Axel S. Meyer

Das weiße Gold des Nordens

Historischer Roman

Rowohlt Taschenbuch Verlag

3. Auflage Dezember 2014

Veröffentlicht im Rowohlt Taschenbuch Verlag,
Reinbek bei Hamburg, Juli 2014

Karte auf Seite 8–9 © Peter Palm
Umschlaggestaltung any.way, Cathrin Günther
Umschlagabbildung akg-images/Erich Lessing
Satz Quadraat Regular, InDesign,
bei Pinkuin Satz und Datentechnik, Berlin
Druck und Bindung
CPI books GmbH, Leck, Germany
ISBN 978 3 499 26714 7

FSC www.fsc.org
MIX
Papier aus verantwortungsvollen Quellen
FSC® C083411

Das für dieses Buch verwendete FSC®-zertifizierte Papier
Creamy liefert Stora Enso, Finnland.

Im Gedenken
an Wilhelmine Meyer

Die Gunnhildssöhne boten ein großes Heer auf,
fuhren am Lande entlang nach Norden
und sammelten Mannschaft und Schiffe. Sie
wollten mit diesem Heere nach Thrandheim
wider Jarl Hakon ziehen.

Aus Snorris Königsbuch I

KGR. DÄNEMARK
Innerer Seeweg
Signalfeuer
Halbinsel Frosta
Thrandheimfjord
Grakallen
Hladir
Berghütte
Orkdal
Nid
0 10 20 30 km
Haithabu
Nordmeer
Hammaburg
HZM. SACHSEN
FRIESLAND
Wesera
Colonia
Aquisgranum
Rhenus
Main
Magontia
Wormaza
Nähere Erläuterungen zu den jeweiligen Ortsnamen finden Sie auf Seite 665f.
0 20 40 60 km

Baltisches Meer
N
S
Hedinsey
Rujana
Dierkow
Wolygast
Uznojim
Dziwna
Pyana
Jumne
Varnowa
Nordmark
Elba
Odera
Magathaburg
Halberestat
Ostmark
Quidilingaburg
Halla
N
S
Halogaland
Naumudal
Smøla
Hitra
Hladir
Thrandheim
Raumsdal
Sunnmoer
Sogn
Ögvaldsnes
Karmøy
Roga-
land
Kaupang
Agdir
Lidandisnes
0 50 100 150 km

1. Teil

Kühneren Jarl wir kennen keinen unter des Mondes Steg.
Hoch fliegt im Ansehen der Mäster von Odins Vogel.
Und es laben sich die Raben am Fleisch der Leichen!

Herbst–Winter 965

1.

Innerer Seeweg

Am Abend sah Ospak den Raben wieder.

Seit dem Morgen verfolgte der Vogel die beiden Schiffe, die zwischen der Küste und den Inseln nach Süden fuhren: ein großes, breites Handelsschiff, die *knörr*, sowie ein gut einhundert Fuß langes, schmales *langskip* – ein Langschiff mit niedrigen Bordwänden, hoch aufgezogenen Steven und vierzig Riemenpaaren. An Bord der Schiffe waren achtzig Männer, die meisten stammten aus dem Rogaland, und sie waren mit Schwertern, Äxten, Messern und Speeren bewaffnet. Der König hatte Ospak bei der Auswahl der Mannschaft freie Hand gelassen. Nur die besten Seeleute hatte er mitgenommen – erfahrene Rogaländer, aber auch einige dänische Söldner, die ihr Handwerk verstanden: nicht nur die Seefahrt, sondern auch das Kämpfen und Töten.

Ospak stand am Ruder des Handelsschiffs. Er war ein hochgewachsener Mann mit breiten Schultern und vernarbtem Gesicht. Seine Miene war finster und steif wie eine Frostnacht, sein Bart zu zwei Zöpfen geflochten.

Sein Blick war auf den schwarzen Punkt gerichtet, der sich aus Richtung einer der Inseln den Schiffen näherte. Er glitt über die vom rötlichen Abendlicht gefluteten Wellenkämme dahin wie ein Bote des Todes.

«Verdammter Vogel!», knurrte Ospak.

Er spuckte aus. Aber eine Böe trieb die Spucke zurück vor Ospaks Stiefel.

Der Vogel war so nah herangekommen, dass seine krächzenden Laute an Bord zu hören waren. Er segelte dicht über den Wellen dahin, die der Wind auftürmte und gegen den Rumpf klatschen ließ.

Irgendetwas stimmte nicht. Niemals zuvor hatte Ospak einen Raben so weit vor der Küste gesehen. Dabei kannte er alle Fjorde und Buchten am Nordweg von Lidandisnes im Süden bis hinauf in den Norden zu den Ländern, in denen das Eis niemals wich und wo die Stämme der Terfinnen und Samen lebten.

In den Felsformationen las Ospak wie die Munkis, die Christen, in ihren Büchern.

Vom hohen Norden aus hatten sich die Seeleute vor fünf Tagen auf den Rückweg gemacht und nun die unteren Ausläufer des Halogalands erreicht. Ihr Ziel war der Hof Ögvaldsnes im Rogaland, auf dem König Harald Eiriksson, genannt *gráfeldr*, Graufell, mit seiner Sippe lebte.

Die Schiffsladung bestand aus Walrosshäuten, Rentierfleisch, Federn und Otterfellen – und aus dem, was unter den Planken zu Ospaks Füßen versteckt war. Nur er wusste davon. Niemand sonst durfte es sehen. So lautete der Befehl des Königs, und Ospak würde ihn ausführen. Würde die geheime Ladung abliefern, um den Rest des Lohns zu bekommen, den Lohn für sein Schweigen.

Er rief einen der Männer, die das Rahsegel im Wind hielten, zu sich. Der Kerl hieß Kjallak, ein Mann mittleren Alters mit wettergegerbter Haut, die sich über den Wangenknochen spannte. Nachdem er Kjallak das Ruder übergeben hatte, ging Ospak zu einem der mit Steinen gefüllten Eimer, die unterhalb der Bordwand standen. Die Steine dienten zum Beschweren der Schiffe, wurden bei einem Angriff aber auch zur Verteidigung genutzt. Ospak wählte einen faustgroßen Stein aus und richtete sich wieder auf.

Komm schon, dachte er. Komm näher, verfluchter Vogel!

Nicht weit von der Knörr entfernt segelte der Rabe über die aufblitzenden Wellenkämme dahin.

Als Ospak seine Finger um den Stein schloss, zitterten sie leicht. Er konnte sich nicht erklären, warum ihn das Tier nervös machte. Es war nur ein Vogel, nur ein verdammter Vogel! Aber schon heute Morgen, als der Rabe das erste Mal über die Schiffe hinweggeflogen war, hatte Ospak ein Ziehen im Magen verspürt, und dieses unangenehme Gefühl hatte sich seither nicht gelegt.

Ospak kannte keine Furcht. Er hatte viele Kämpfe ausgetragen. Nicht ohne Grund hatte der König ihn mit der Führung der Reise betraut, von der offenbar viel abhing. Was genau das war, wusste Ospak nicht, und er wollte es auch gar nicht wissen. Er kümmerte sich um seine Angelegenheiten, und die betrafen ausschließlich das Geld, das der König ihm versprochen hatte. Und diesen aufdringlichen Vogel, der Ospak unruhig machte.

Er hob den Stein.

«Den triffst du nicht ...», hörte er Kjallak sagen.

Ospak richtete seine Konzentration auf den Raben.

«... aber solltest du ihn doch treffen, bezahl ich deine nächste Hure!»

«Halt den Mund!», knurrte Ospak und holte aus.

Der Stein schoss auf den Raben zu, verfehlte ihn jedoch um Haaresbreite, als der Vogel die Flügel durchschlug und sich in die Höhe schwang. Der Stein platschte ins Wasser.

Kjallak lachte kurz, verstummte aber sofort wieder.

Der Rabe schwang sich im steilen Flug höher und höher hinauf, als wollte er in den Wolken verschwinden, die der Wind vom offenen Meer über die Inseln und das Land trieb.

Mit einem Mal musste Ospak an den Göttervater Odin denken und an die beiden Raben, Hugin und Munin, die Odin berichteten, was auf der Welt vor sich ging. Ein Schauer lief ihm über den Rücken. Was, wenn dieser Rabe einer von Odins Boten war? Wenn Ospak zu weit gegangen war und sich den Zorn des Allvaters zugezogen hatte?

Er tastete nach dem kleinen Kreuz, das an einem Lederband um seinen Hals hing. Sein König hatte den neuen Glauben angenommen und den alten Göttern entsagt, damals, als der Bischof nach Ögvaldsnes gekommen war. Nachdem er den König getauft hatte, verlangte er auch von dessen Gefolgsleuten, dem neuen Gott zu huldigen. Ospak hatte es getan, denn wenn der König daran glaubte, konnte es nicht falsch sein.

Beim Gedanken an Odins Raben beschlichen ihn jedoch leise Zweifel.

Der Vogel tauchte in eine Wolke ein, die sich grau und schwer am Himmel ballte. Ospak wollte sich abwenden, um das Ruder wieder zu übernehmen, als er den Vogel zurückkommen sah. Und wie er zurückkam! Im Sturzflug schoss er mit angelegten Flügeln vom Himmel herab wie Gungnir, Odins Speer. Schnell kam er näher und näher ...

Unwillkürlich hob Ospak die Hände.

Kjallak stöhnte laut auf, auch die anderen Männer an Bord waren nun auf den Raben aufmerksam geworden. Sie drehten die Köpfe und riefen laut durcheinander. Jemand musste eines der Seile losgelassen haben. Das Segel drehte sich und schlug hart im Wind.

Ospak hatte nur Augen für das, was vom Himmel auf ihn herabstürzte. Den Kopf tief in den Nacken gelegt, starrte er fassungslos nach oben.

«Was soll das?», hörte er Kjallaks verwirrte Stimme. «Was soll ...»

Und dann griff der Rabe an. Jagte mit angelegten Flügeln auf Ospak zu, der den Schnabel wie eine Lanzenspitze auf sich zurasen sah. Er stieß einen Schrei aus und streckte die Hände hoch, um den Angriff abzuwehren oder zumindest den Aufschlag zu dämpfen.

Doch im letzten Moment spannte der Rabe seine Flügel auf

und fegte an Ospak vorbei. Er spürte den Luftzug auf seiner Haut, und das Krächzen hallte in seinen Ohren wider. Er ließ die Hände sinken. Der Vogel flog zwischen der Knörr und dem Langschiff über das Wasser, schlug die Flügel kräftig durch und glitt dann ein gutes Stück durch die Luft, wobei er sich mehrfach um die eigene Achse drehte, bis er schließlich mit einem lauten Krächzen zur Insel davonflog.

Ospak atmete aus. «Das Vieh hätte ich gerupft wie ein Huhn ...», sagte er zu Kjallak, als ihm mit einem Mal die Worte im Halse stecken blieben.

Hinter der Insel kamen zwei Schiffe hervor, Drachenschiffe, *dreki*, deren Vordersteven mit holzgeschnitzten Drachenhäuptern gekrönt waren. Ihre Segel waren dunkel, und sie näherten sich schnell.

Ospak rief die Männer zu den Waffen. Er hatte in all den Jahren, in denen er den Nordweg bereiste, mehrere Angriffe von Seeräubern abgewehrt, und das würde er auch dieses Mal tun. Diese Narren hatten ja keine Ahnung, mit wem sie sich anlegten.

Auch auf dem Langschiff, das der König ihnen zum Schutz mitgegeben hatte, machten sich die Männer kampfbereit. Ospaks Herz trommelte vor Aufregung. Er würde die Dreckskerle dorthin schicken, wo sie hingehörten: in die Tiefen des Meeres.

Er schätzte, dass die beiden Drachenschiffe mit kaum mehr als sechzig Männern besetzt waren, also gut zwanzig weniger, als er bei sich hatte. Aber das war nur das eine, das ihn siegessicher machte. Das andere war die Schlagkraft seiner Mannschaft. Seeräuber waren zwar wilde Kerle, die gnadenlos kämpften und töteten. Aber es waren meist verwahrloste, hungrige Burschen, die aus der Not heraus handelten und häufig mit schlechten Waffen ausgerüstet waren. Normalerweise überfielen diese Bastarde ungeschützte Händler und hielten sich von Kriegsschiffen fern. Hatten sie den Verstand verloren, dass sie sich tatsächlich mit ihm und seiner Mannschaft anlegen wollten?

Nur Verrückte wie diese hier wagten es, in Unterzahl eine hochgerüstete Truppe anzugreifen, und Ospak musste bei dem Gedanken, wie er mit diesen lebensmüden Kerlen kurzen Prozess machen würde, grinsen.

Er rief den Männern auf dem Langschiff zu, das Segel einzuholen und längsseits zur Knörr zu kommen, auf der ebenfalls das Segel eingeholt wurde. Dann richteten sie die Schiffe so aus, dass die Inseln und die Angreifer vor ihnen und das Festland hinter ihnen war. Als die beiden Schiffe nebeneinanderlagen, band man die Vordersteven mit Seilen aneinander. Die Schiffe bildeten nun eine Einheit, an der sich die Seeräuber die Zähne ausbeißen sollten.

Ospaks Männer setzten Helme auf, nahmen Schilde von den Bordwänden und Äxte, Schwerter und Speere zur Hand. Sie waren bereit zum Töten.

Mit Schild und Beil bewaffnet, stapfte Ospak nach vorn in den Bug. Er sah, dass die Angreifer noch etwa zehn Schiffslängen entfernt waren. Einige seiner Krieger hatten Steine in den Händen und lachten, als sie auf die anderen Schiffe zeigten.

Auch die Angreifer holten ihre Segel ein. Die Fahrt der Drachenschiffe verlangsamte sich, bis sie schließlich nur noch in den Wellen dümpelten.

«Die haben die Hosen voll», bemerkte Kjallak, der, gerüstet mit Speer, Schild und Helm, neben Ospak getreten war.

«Dann greifen wir sie an!», rief ein Mann. «Lasst uns die Bastarde aufschlitzen!»

Gelächter wurde laut.

«Ruhe!», brüllte Ospak.

Da war etwas, das ihm merkwürdig vorkam. Die Seeräuber mochten nicht die hellsten Köpfe sein. Aber so dumm, dass sie jetzt erst bemerkten, wie sehr ihr Vorhaben zum Scheitern verurteilt war, konnten sie wiederum auch nicht sein.

Die Wikinger hatten inzwischen die Riemen ausgelegt, ruderten aber nicht und machten auch sonst keine Anstalten, sich weiter zu nähern. Sie schienen auf etwas zu warten, und je länger sie das taten, desto unruhiger wurde Ospak.

Sie belauern uns, dachte er.

Er drehte sich um und schätzte die Entfernung zum Festland ab. Noch gut eine halbe Meile, aber die Strömung drückte sie unaufhörlich gegen die Küste, deren zerklüftete Felshänge steil aus dem Wasser ragten.

Ospak beschloss zu handeln. Er wollte gerade den Befehl geben, die Seile an den Steven wieder zu lösen, um die Seeräuber anzugreifen, als er sah, wie die Riemen der Drachenschiffe ins Wasser tauchten.

Dann war plötzlich der Rabe wieder da. Ospak hatte ihn in der Aufregung vollkommen vergessen. Der Vogel erhob sich von einem der Drachenschiffe und kam zu Ospaks Schiffen herübergeflogen. Er kreiste um die Masten und ließ eine Ladung Kot regnen, die einem Mann ins Gesicht klatschte.

«Schicken wir die Bastarde in die Hölle», knurrte Kjallak.

Ospak reagierte nicht. Er beobachtete, wie der Rabe zu einem der Drachenschiffe zurückflog und auf der Schulter eines Mannes am Vordersteven landete. Der Dreki war auf gut drei, vier Schiffslängen herangekommen. Ospak starrte den Kerl mit dem Raben an, und mit einem Mal löste sich seine Gewissheit über einen sicheren Sieg in Nichts auf.

Allmächtiger! Nun wusste er, mit welchem Feind er es zu tun hatte!

Schweißperlen traten auf seine Stirn. Als er sie wegwischte, fiel ihm ein, dass er es im Überschwang nicht für nötig gehalten hatte, seinen Helm aufzusetzen.

Die Drachenschiffe kamen näher.

Ospak war diesem Feind niemals zuvor begegnet. Aber er kannte die Geschichten über ihn. Jeder Mann im Norden hatte von ihm gehört und gab die Geschichten weiter – die Schauergeschichten vom dunklen Krieger, dem Jarl von Hladir, der die alten Götter anbetete und mit bösen Mächten im Bunde stand.

Ospak griff nach dem Kreuz auf seiner Brust. Nun verstand er, warum der Rabe ihn so nervös gemacht hatte, und er fragte sich, warum er nicht gleich stutzig geworden war. In den Geschichten über den Jarl wurde auch über den Vogel gesprochen. Den Höllenvogel!

Der Jarl stand regungslos am Steven, die rechte Hand am Drachenkopf. Er hatte den dunklen Mantel hinter das Schwert zurückgeschlagen, das in einer Scheide steckte und von dessen Klinge an den Feuern zwischen Raumsdal, Sogn und dem Rogaland voller Ehrfurcht gesprochen wurde.

Der Jarl war der Erzfeind des Königs! Seit vielen Jahren bekämpften sich die Familien der Throender, zu denen der Jarl gehörte, und jene des Königs. In den Ländern des Nordens gab es kaum eine Sippe, die keine Opfer aus den Kämpfen zu beklagen hatte.

Eine Böe jagte über das Wasser und peitschte die schäumenden Wellen. Der Wind fuhr ins schwarze Haar des Jarls und wirbelte es durcheinander. Ospak spürte kühle, feuchte Gischt auf seinem Gesicht.

«Macht euch bereit!», flüsterte er heiser.

Kjallak drehte sich zu ihm um. «Was hast du gesagt?»

Ospak streckte den Rücken durch, ballte die Fäuste und rief: «Macht euch bereit, den Hundesöhnen die Kehlen durchzuschneiden!»

Die Männer johlten und hämmerten mit Beilen und Schwertgriffen gegen ihre Schilde. Außer Ospak schien niemand den Jarl erkannt zu haben, und er hielt es für besser, sie im Ungewissen zu lassen.

Die Wikinger zogen die Riemen nicht voll durch und legten beim Rudern längere Pausen ein. Es schien, als würde der Jarl noch immer auf etwas warten.

Da wurde Ospak mit einem Mal klar, was das war. Er wirbelte herum – und tatsächlich: Von achtern hatte sich ein drittes Drachenschiff genähert, das mit weiteren dreißig oder vierzig Männern besetzt war. Damit waren die Angreifer nicht nur in der Überzahl – unter den Feinden waren auch noch jede Menge Bogenschützen.

Sie waren dem Jarl in die Falle gegangen! Natürlich griff der Kerl nicht unüberlegt an oder überließ das Schicksal dem Zufall. Er war ein gottverdammter Krieger.

Aber auch Ospak war ein Krieger.

Rasch schickte er einen Teil seiner Männer auf die Hinterschiffe, damit sie mit ihren Schilden die Pfeile abwehrten. Doch der Dreki hatte bereits beigedreht, und gut zwei Dutzend Krieger spannten die Bögen und schossen. Die Pfeile erhoben sich in die Luft, senkten sich auf dem höchsten Punkt ihrer Flugbahn und prasselten kurz darauf als tödlicher Hagelschauer auf die Knörr und das Langschiff.

Ospak sah einen Mann, dessen Hals von einem Pfeil durchbohrt worden war. Blut schoss aus der Wunde. Er taumelte über das Langschiff, rempelte andere Männer an, stieß mit den Beinen gegen die Bordwand und kippte in die Fluten.

Wieder und wieder hagelte es Pfeile, bis die Planken rutschig vom Blut geworden waren.

Und dann griff der Jarl an. Ein gewaltiger Ruck ging durch die Schiffe, als sie von einem Dreki gerammt wurden. Planken krachten und knirschten.

Ospak wankte, stieß gegen einen Mann, der auf dem Deck lag,

verlor den Halt und fiel der Länge nach hin. Er bemühte sich, die aufkommende Panik zu unterdrücken und tastete nach seinem Beil. Er fand es in einer Blutlache und rappelte sich wieder auf, den Schild in der linken Hand.

Überall wurde gekämpft. Ospaks Männer wehrten sich erbittert gegen die Feinde, die johlend und brüllend über die Bordwände sprangen. Die Luft war erfüllt von Schreien.

Ospak sah, wie Kjallak mit der Streitaxt einen Wikinger niederstreckte. Gleich darauf bedrängten ihn zwei andere Krieger. Kjallak holte aus, doch der Axthieb ging ins Leere. Da bohrte ihm einer der Angreifer eine Schwertklinge tief ins Fleisch, drehte sie und riss sie, begleitet von einem Blutschwall, wieder aus der Wunde. Kjallak biss die Zähne zusammen und schlug erneut zu. Die Axt traf nur den Helm eines Angreifers. Wieder blitzte eine Schwertklinge auf. Kjallak wankte, und ein Wikinger schlug ihm mit einem Beil den Kopf ab.

Dann tauchte der Jarl auf, und es schien, als würde die Luft zu knistern beginnen. Der Jarl war eine stattliche Erscheinung und größer, als Ospak ihn sich vorgestellt hatte. Er trug einen einfachen Helm, unter dem das schwarze Haar hervorschaute. Seine Miene war wie versteinert, und in dem Gesicht mit den ausgeprägten Wangenknochen wuchs ein kurzer dunkler Bart.

Der Jarl trat über Kjallaks Leiche hinweg, und als ihm zwei Rogaländer entgegenstürmten, rammte er einem Mann den Schildbuckel ins Gesicht. Den anderen ließ er ins Leere laufen, packte ihn von hinten und stieß ihn über Bord.

Ospak musste sich von dem Anblick losreißen, als plötzlich ein Wikinger vor ihm stand. Der Kerl war jung, vielleicht siebzehn oder achtzehn Jahre. Er lachte und nannte Ospak einen Krötenschiss. Er war mit einem kurzen Speer bewaffnet, der eher zum Zustoßen als zum Werfen geeignet war. Damit stieß er nach Ospak, der den Angriff mit dem Schild abwehrte. In den Augen des jungen Mannes sah Ospak das Feuer der Kampflust brennen, und er fühlte sich an seine eigene Jugend erinnert, als er davon beseelt war, in die Schlacht zu ziehen und so viele Männer wie möglich zu töten.

Nun war Ospak dreißig, aber er hatte nichts von seiner Kraft verloren. Er wehrte einen weiteren Stoß mit dem Schild ab, sprang dann vor und hackte dem Angreifer das Beil in den Hals. Der Schlag trennte dem Wikinger den halben Kopf ab. Blut spritzte in Ospaks Gesicht.

Er sah sich gerade nach einem neuen Gegner um, als ihn plötzlich etwas Hartes am Hinterkopf traf.

Wo ist mein verdammter Helm!, dachte er noch, bevor die Welt um ihn herum schwarz wurde.

Ospak tauchte aus tiefer Bewusstlosigkeit auf. Er lag auf dem Rücken und blinzelte in den dunkler gewordenen Himmel. Schmerzen wüteten in seinem Schädel wie Hammerschläge. Er spürte einen Tropfen seine Wange hinunterlaufen. Hörte die Geräusche von Schritten auf den Planken und raues Gelächter.

Der Kampf war vorüber.

Etwas drückte auf seinen Brustkorb. Ihm stockte der Atem. Auf seiner Brust saß der Rabe. Der graue Schnabel war nur eine Handbreit von seinem Gesicht entfernt. Als der Rabe bemerkte, dass Ospak wach war, stellten sich seine Kopffedern auf. Der Schnabel öffnete sich, und er schrie: *krag-krag-krag*. Die Laute klangen in Ospaks Ohren wie das Brüllen des Höllenfeuers.

Er versuchte, eine Hand zu heben, um den Vogel wegzustoßen. Aber er konnte seine Arme nicht bewegen, sie lagen unter seinem Rücken. Seine Hände waren gefesselt. Sie hatten ihn also am Leben gelassen und gefangen genommen. Aber warum?

Der Rabe krächzte erneut. Schwere Schritte näherten sich.

Zwei Männer tauchten in Ospaks Sichtfeld auf und knieten

links und rechts von ihm nieder. Der eine war ein steinalter Bursche mit den eingefallenen Lippen eines Mannes, der keine Zähne mehr hat. Das wenige Haar wehte dem Alten wie helle Spinnweben um den Schädel.

Der andere Mann war der Jarl.

Der Rabe erhob sich mit einem Flügelschlag und ließ sich auf der Schulter des Jarls nieder.

Ospak hörte den Alten meckernde Laute ausstoßen, die entfernt nach Lachen klangen, bevor er auf Ospaks Brust zeigte.

In der Hand des Jarls blitzte eine Messerklinge auf.

«Tötet ... tötet mich nicht», stieß Ospak aus. «Tötet mich nicht ... nicht so ...»

«Er will mit dem Schwert in der Hand sterben!», sagte der Alte. «Weißt du, Rogaländer, das wollen alle Männer. Einigen, die es verdient haben, ist es vergönnt, anderen nicht. Sieh mich an. Ich bin älter geworden als alle anderen Männer, die ich jemals gekannt habe. Aber Odin hat mich noch nicht bei sich aufgenommen. Er hat mich immer davonkommen lassen, obwohl ich mich danach sehne, mit den Einherjar, den auserwählten Kriegern, in Walhall zu feiern, anstatt hier unten dünnen Brei zu schlürfen. Aber ...»

Er hob die rechte Hand, in der er ein Schwert hielt. «Aber offenbar soll ich noch ein paar von euch töten.»

Er zeigte wieder auf Ospaks Brust. Der Jarl schnitt mit dem Messer das Lederband durch, nahm das Kreuz und betrachtete es kurz, bevor er es ins Wasser warf.

Irgendwo auf dem Schiff wurden Stimmen laut. Offenbar stritten sich einige Wikinger um Münzen, Waffen, Kettenhemden und andere Wertsachen, die sie ihren Opfern abgenommen hatten. Ospak fragte sich, wie viele Rogaländer und Dänen wohl noch am Leben waren. Oder war er der Einzige? Was hatten sie mit ihm vor?

Der Jarl hielt noch immer das Messer über Ospak. Die Klinge war etwa so lang wie eine Hand und der Griff aus Geweih gefertigt.

Es schien eine halbe Ewigkeit zu vergehen, bis der Jarl wieder eine Regung zeigte. Er bat den Alten, ihn mit Ospak allein zu lassen. Das schien dem Alten zwar zu missfallen, aber er zog sich zurück. Der Jarl schaute zu den Kriegern, die die Leichen plünderten und die Waren begutachteten, bevor er sich wieder an Ospak wandte und sich über ihn beugte. Ospak spürte den Atem auf seiner Haut und starrte in Augen, die so dunkel waren wie die des Raben.

«Wo sind sie?», fragte der Jarl leise.

Im ersten Moment verstand Ospak nicht, was er meinte. Dann wurde es ihm schlagartig bewusst. Aber das war unmöglich! Vollkommen unmöglich! Der Jarl *konnte* nichts davon wissen.

Ospak war vorsichtig gewesen. Er hatte sogar die beiden samischen Händler getötet, die ihm dabei geholfen hatten, im Schutz der Nacht die Sachen unter den Planken beim Steuerruder der Knörr zu verstecken. Ihre Leichen hatte Ospak zu den Felsen über einer Bucht geschleppt und in einen tiefen Spalt geworfen. Er hatte das alles haargenau geplant und sich keinen einzigen Fehler erlaubt.

Dennoch schien der Jarl zu wissen, dass dieses Schiff die Walrosshäute und Otterfelle nur als Vorwand geladen hatte.

«Was ... meint Ihr?»

«Psst! Du weißt, wovon ich spreche, Ospak Ofeigsson.»

«Ihr kennt mich?»

«Wo?»

Das Messer näherte sich Ospaks Kehle.

Den Glauben an den Christengott hatte er spätestens in dem Moment aufgegeben, als der ihn in diese hinterhältige Falle hatte fahren lassen. Jetzt brauchte er Odin und die alten Götter.

«Weißt du, wer ich bin?», fragte der Jarl mit gedämpfter Stimme.

«Ja.» Die Schmerzen hämmerten gegen Ospaks Schädeldecke.

«Das ist gut. Und nun sag mir, wo das ist, wonach ich dich gefragt habe.»

Ospak spürte, wie der Druck des Messers auf seinem Hals stärker wurde.

2.

Die dänische Mark

Schreie wiesen ihnen die Richtung durchs Unterholz.

Äste knackten unter Bischof Poppos Füßen und denen seines Begleiters, eines hünenhaften Mannes, der Skammkill hieß. Durch das bunt verfärbte Blätterkleid der Bäume fielen Sonnenstrahlen und bohrten sich durch Nebelschwaden, die über dem Waldboden waberten. Es war der zwanzigste Tag des Monats *october* im Jahre des Herrn 965, und der Herbst hatte Einzug in die dänische Mark gehalten.

Bischof Poppo und Skammkill, der mit einer Streitaxt bewaffnet war, schritten zügig voran und näherten sich der Quelle der Schreie, dieser sündigen Lustschreie – dieser dämonischen Lautäußerungen fleischlicher Gelüste.

Obwohl sich der Bischof bei dem Gedanken an diese Gelüste ekelte, ergriff ihn pure Lebenskraft, und er spürte das Blut in seinen Adern pulsieren. Gleich würde es beginnen! Gleich würde er wieder die Welt säubern von allem Übel, von den Plagen, mit denen der Teufel die Menschheit verdarb.

Vor ihnen öffnete sich das Dickicht. Sie traten auf eine Lichtung, auf der eine windschiefe Hütte stand. Die Bretterwände waren morsch, das Dach war an mehreren Stellen eingefallen. Zu der Hütte führte ein Pfad durch schulterhohe Brennnesseln und Brombeergestrüpp. Der einsame Ort lag fernab aller Wege. Es war ein guter Ort, um Sünden zu begehen – und ein guter Ort, um diese Sünden zu sühnen. Schon einmal war Poppo dem Sünder hierher gefolgt, hatte ihn damals aber nur beobachtet.

Begleitet von anhaltendem Stöhnen, drangen weitere Schreie aus der Hütte und hallten über die Lichtung.

Poppo tastete nach dem Kruzifix, einer aus Silber gefertigten Figur des gekreuzigten Heilands, die er zwischen Daumen und Zeigefinger drehte, bis sich sein Herzschlag beruhigte. Er atmete tief und gleichmäßig und hörte Skammkill einen Laut ausstoßen, der wie das Grollen eines nahenden Gewitters klang.

Der Mann war eine Kreatur, die der Herrgott mit so viel Kraft gesegnet, wie er sie mit Hässlichkeit geschlagen hatte. Zwischen breiten Schultern ragte ein bleicher Schädel hervor, und auf dem Gesicht zogen sich tiefe Falten von den Wangenknochen an Mund und Nase entlang bis an das vorspringende Kinn. Unter der Haut an den Schläfen wanden sich blaue Adern. Den rasierten Schädel zierte ein Haarstreifen, den der Hüne jeden Morgen mit Schafsfett einschmierte, bis die Haare abstanden wie ein Hahnenkamm.

Er war einst ein friesischer Sklave gewesen. Der Bischof hatte ihn vor einigen Jahren gekauft, weil man von ihm sagte, sein Griff sei so hart, dass sich das Fleisch von den Knochen löse, wo er hinlange. Poppo hatte ihm die beste Ausbildung zuteilwerden lassen. Skammkill hatte Gottes Segen empfangen und das Kämpfen erlernt. Viel Zeit und Geld hatte es den Bischof gekostet, um sich die Kraft des Mannes zunutze machen zu können. Um ihn abzurichten wie einen Bluthund.

Es war Zeit, die Bestie wieder einmal von der Kette zu lassen!

Poppo hob die rechte Hand, woraufhin sich der Hüne die Streitaxt über die Schulter legte und seinem Herrn durch das Gestrüpp folgte. Vor der Hütte blieben sie stehen. Schreie und Stöhnen drangen aus der Öffnung, die irgendwann einmal mit einer Tür versehen gewesen war.

Poppo wies seinen Gefährten an, vor der Hütte zu warten. Dann strich er seine Kutte glatt, richtete das Kruzifix mittig auf seiner Brust aus und trat mit einem Lächeln ein.

Es war genau so, wie er es erwartet hatte. Dennoch musste er gegen die Übelkeit ankämpfen, die ihn bei diesem Anblick überkam. Zwischen den Schenkeln einer jungen Frau ragte das blanke Hinterteil des Mannes auf, der immer wieder hart gegen ihren Unterleib stieß. Die junge Frau lag rücklings auf dem Boden, den Mund weit geöffnet und den Blick zum Dach gerichtet. Die graue Tunika war hochgerutscht bis über die Brüste, und der zierliche Körper bewegte sich im Rhythmus der Stöße.

Der Bischof räusperte sich, bis die junge Frau den Kopf hob. Sie schien eher noch ein Mädchen zu sein, kaum älter als vierzehn Jahre. Als sie den Bischof sah, erstarrte ein Schrei auf ihren Lippen.

«Weiter!», hörte Poppo den Mann keuchen. «Mach weiter! Ich bin gleich ...»

Doch das Mädchen begann zu wimmern, woraufhin der Mann innehielt und den Kopf drehte. Poppo genoss es, wie sich der Ausdruck auf dem Gesicht des Mannes verwandelte. Eben noch glühte das Gesicht vor Erregung, bevor es von Erstaunen zu Wut wechselte.

Der Mann rückte von dem Mädchen ab und zog seine Hose aus den Kniekehlen hoch, um sein Gemächt zu verbergen.

«Was fällt Euch ein?», stieß er aus.

Während er sich nach Gürtel und Schwert bückte und beides anlegte, verdeckte das Mädchen seine Blöße unter der Tunika. Dann kroch es an die hinterste Wand, gegen die es sich mit angezogenen Beinen kauerte.

Poppo lächelte.

«Was wollt Ihr?», fragte der Mann. Er reckte den Kopf, um an Poppo vorbei zur Tür zu schauen, wohl um festzustellen, ob dort noch weitere Männer waren.

«Ich habe Euch etwas Wichtiges mitzuteilen, Markgraf Herimann», sagte Poppo.

«Und deshalb habt Ihr mich verfolgt? Ihr hättet mich morgen in Haithabu aufsuchen können.»

«Leider duldet es keinen Aufschub!»

«Dann redet und geht! Lasst mich allein!»

«Allein?», echote der Bischof mit Blick auf das verängstigte Mädchen. «Sagt, weiß Euer Eheweib von Eurer Liebschaft?»

«Das geht Euch nichts an!»

Der Bischof betrachtete die Fingernägel seiner linken Hand, als seien sie für irgendetwas wichtig. «Als geistliches Oberhaupt dieses Bistums geht es mich sehr wohl etwas an. Ich bin für Euer Seelenheil verantwortlich. Daher bereitet es mir Sorgen, wenn Ihr Euch versündigt.»

Der Graf knurrte in seinen gestutzten Bart, widersprach aber nicht.

«Ist das Weib überhaupt getauft?», fragte Poppo.

«Wollt Ihr Geld? Schweigegeld?»

Poppo setzte eine entrüstete Miene auf. «Ihr leistet Abbitte, indem Ihr einen Diener Gottes besticht? Oh, mein lieber Markgraf – ich fürchte, Eure Lage verschlechtert sich mit jedem Wort.»

Der Graf nahm den Mantel und warf ihn über seine Schultern. «Sagt endlich, was Ihr zu sagen habt!»

«Ihr möchtet schon gehen?»

«Wollt Ihr mich daran hindern?»

Poppo schüttelte den Kopf. «Ich bin nur ein bescheidener Mann, der sein Heil in Gebeten und dem Dienst am Herrn sucht.»

«Ach ja? Die Menschen, die Ihr gefoltert und ermordet habt, wüssten ganz andere Sachen über Euch zu berichten. Hätte man mich damals nicht in die Mark geschickt, würdet Ihr noch immer ...»

«Ihr nennt es Mord – und ich nenne es die Erfüllung einer heiligen Mission! Wenn die Worte des Herrn auf trockenen Boden fallen, muss man den Boden wässern und düngen, und manchmal ist es Blut, das die Saat keimen und die Pflanzen sprießen lässt.»

Der Graf nahm eine kleine Münze aus dem Beutel an seinem Gürtel und warf sie dem Mädchen hin. Dann machte er einen Schritt in Richtung Tür. Doch Poppo trat ihm in den Weg und schnippte laut mit den Fingern.

Skammkills Gestalt füllte den Türrahmen aus. In der rechten Hand hielt er die Streitaxt, eine gewaltige Waffe mit einem gut drei Fuß langen Stiel.

Der Graf wich zurück und zog sein Schwert eine Handbreit aus der Lederscheide.

«Unsere Unterredung ist noch nicht beendet», sagte Poppo. «Es wäre unhöflich von Euch, mich einfach stehen zu lassen, meint Ihr nicht?»

«Ruft diesen ... diesen Kerl da zurück!»

«Skammkill leistet uns ein wenig Gesellschaft. Ich denke, Ihr solltet Euer Schwert auf den Boden legen und mit dem Fuß zu mir herüberschieben.»

Der Graf wirkte verunsichert, machte aber keine Anstalten, der Aufforderung Folge zu leisten.

«Ihr droht mir? Ich bin der Herr der Mark ...»

«Und ich Euer Bischof. Wollt Ihr Euch über Gott stellen?»

Herimanns Blick zuckte zwischen Poppo und Skammkill hin und her. Als der Hüne die Axt hob, zog sich der Graf weiter zurück, bis er gegen das Mädchen stieß.

«Ich ... weiß nicht, ob sie getauft ist, Bischof.» Seine Stimme zitterte jetzt. «Ja, ich habe mich versündigt, an meinem Eheweib und an Gott. Erlegt mir eine Buße auf, wenn es das ist, was Ihr von mir wollt.»

Poppo setzte ein breites Grinsen auf. Er hatte den Grafen da, wo er ihn haben wollte: mit dem Rücken an der Wand und so von Angst erfüllt, dass sie beinahe zu riechen war. Es bereitete dem

Bischof immer wieder große Freude, zu sehen, welche Wirkung Skammkill auf andere Menschen hatte, vor allem auf Menschen, die sich ihrer Sünden bewusst wurden. Gestandenen Männern trieb es den Schweiß auf die Stirn und Frauen und Kindern die Tränen in die Augen. Es war das fassungslose Entsetzen, weil sie ihre eigene Verdorbenheit erkannten.

«Ein Vaterunser, oder zwei oder drei?», rief Poppo lachend. «Nein! Bevor ich Gottes Urteil vollziehen werde, habe ich Euch noch eine Nachricht zu überbringen. Eine traurige Nachricht.»

Er bekreuzigte sich. «Brun, der selige Erzbischof von Colonia und Erzkanzler des Reichs, der Bruder des Kaisers und Euer Mentor, Herr Graf – er ist verstorben.»

Herimann schnappte nach Luft. «Brun? Bei Gott – das darf nicht sein!»

Poppo bemühte sich um eine ernste Miene. «Der Herr hat ihn zu sich geholt, am elften Tag dieses Monats. Ich habe erst heute Morgen davon erfahren.»

Der Blick des Grafen flackerte. Ihm war anzusehen, wie es in seinem Kopf arbeitete, während er versuchte zu begreifen, welche Folgen der Tod des Erzbischofs Brun für ihn selbst hatte.

Zum Erzbistum Colonia gehörten auch die dänischen Bistümer. Brun hatte die Verwaltung der Diözesen nach jahrelangem Streit mit Adaldag, dem Erzbischof der Hammaburg, an sich gerissen. Die Lehen boten eine lukrative Einnahmequelle für Bruns ehrgeizige und kostspielige Kirchen- und Kathedralenbauten. Aber hintergründig war es Brun nicht um Reichtümer gegangen, sondern darum, Adaldags und Poppos Missionsarbeit zu behindern. Nachdem der alte Markgraf getötet worden war, hatte Brun Herimann in die dänische Mark gesandt, mit dem Auftrag, die Abgaben einzutreiben – und Poppo auf die Finger zu schauen.

Alles, was er in der Mark aufgebaut hatte, hatte Herimann binnen kurzer Zeit zunichtegemacht: Der Graf ließ die Heiden wieder zu ihren Götzen beten, zu Dämonen wie Odin oder Thor, ohne dass die Sünder Angst vor Verfolgung haben mussten. Sittenlosigkeit und Verfall machten sich breit, und die dunklen Mächte streckten ihre Hände nach den Herzen jener Menschen aus, die der Bischof mühevoll vom Unrat des Unglaubens gesäubert hatte. Herzen, in die er den Samen des wahren Glaubens gepflanzt hatte und in denen er das Pflänzchen der Liebe zu Gott hatte aufgehen lassen.

Poppo hatte Brun verachtet, so wie er Herimann verachtete. Sie verstanden nichts von der Missionierung der Ungläubigen. Dass man dem Pack den Teufel mit Feuer und Schwert austreiben musste!

Herimanns Blick war jetzt starr auf die Tür gerichtet, sein einziger Fluchtweg. Nun hatte er offenbar verstanden, dass mit Bruns Ableben auch sein eigenes Schicksal besiegelt worden war, und er war klug genug zu wissen, dass es nichts bringen würde, um sein Leben zu betteln.

Poppo hob die rechte Hand und schlug das Kreuz über Herimann. «Ich werde für Eure Seele beten», sagte er und schnippte erneut mit den Fingern.

Skammkill holte aus. Die schwere Axt fuhr durch die Luft. Doch der Graf war schnell. Es gelang ihm, dem Hieb auszuweichen. Die Axt krachte in die Wand. Splitter und Holzstücke fielen auf das schreiende Mädchen. Bevor Skammkill die Waffe befreit hatte, hatte der Graf sein Schwert gezogen und ging zum Gegenangriff über. Aber sein Schlag war zu hektisch ausgeführt. Die Klinge glitt von Skammkills Brünne ab, die er unter dem Mantel trug.

Poppo grinste. Herimann hätte sich lieber gleich von Skammkill den Kopf abschlagen lassen sollen, denn das hätte sein Leiden verkürzt. Nun wurde der Hüne wütend, sehr wütend, und er würde sich nicht damit begnügen, den Markgrafen nur zu töten ...

Ein markerschütterndes Brüllen erfüllte die Hütte und übertönte alle anderen Geräusche, auch die Angstschreie des Mädchens.

Skammkill riss die Axt aus der Wand. Der Graf, der zum nächsten Gegenschlag ausholen wollte, hielt inne, als er erkannte, dass er nur eine einzige Gelegenheit hatte, mit dem Leben davonzukommen. Er musste fliehen. Doch dafür war es zu spät. Die Axt fuhr nieder, traf aber nicht Herimanns Kopf. Diesen Gefallen tat Skammkill ihm nicht. Er zerschmetterte die rechte Schulter des Grafen und trennte den Arm vom Rumpf ab.

Herimann starrte zunächst ungläubig auf die Stelle, aus der das Blut schoss, dann auf Skammkill, der mit einem zufriedenen Grunzen die Waffe fallen ließ. Schweißperlen glitzerten auf seiner Glatze, und unter seinem keuchenden Atem hob und senkte sich die Brust, die breit wie die eines Ochsen war. Er streckte seine gewaltigen Hände nach Herimann aus, der wie erstarrt dastand. Die Pranken packten ihn und zogen ihn hoch, um ihn gleich darauf mit voller Wucht auf den Boden zu werfen. Dann ließ sich Skammkill mit den Knien voran auf Herimanns Oberkörper fallen. Poppo hörte Knochen brechen, und er hörte die Todesschreie.

Während Skammkill sein Opfer zerfetzte wie ein Raubtier seine Beute, holte Poppo einen Beutel hervor, aus dem er ein Amulett nahm, das er neben der Tür auf den Boden fallen ließ.

Skammkill drosch noch immer auf den Körper ein, der unter jedem Schlag erbebte. Ob der Graf noch lebte, war nicht zu erkennen.

Poppo wollte gerade die Hütte verlassen, um draußen zu warten, als sein Blick auf den abgeschlagenen Arm fiel. Einer Eingebung folgend hob Poppo den Arm auf. Er war überraschend leicht und schlackerte hin und her. Bald würde jedoch die Totenstarre einsetzen. Da hatte Poppo eine Idee und nahm den Arm mit nach draußen.

In Skammkills Grunzen mischten sich die Schreie des Mädchens. Offenbar machte der Hüne sich nun über sein nächstes Opfer her. Während im Hintergrund die Schreie verklangen, spann Poppo den Gedankenfaden weiter. Mit einem Mal durchfuhr ihn ein wohliges Gefühl, und je länger er im Licht der untergehenden Herbstsonne den Arm betrachtete, desto deutlicher nahm ein Gedanke Gestalt an.

3.

Hladir, Jarlshof

Klack-klack-klack …

Malina hasste die Geräusche. Sie wehten durch die Halle des Jarlshauses und erinnerten Malina an den Klang mahlender Knochen der Totengötter, während sie vor der Feuerstelle kniete, in der rechten Hand eine kleine Schaufel, in der linken den Eimer. Eine schmutzig graue Wolke wirbelte auf, als sie die Schaufel in das Loch stieß, das in den Lehmboden eingelassen war, und verkohlte Holzreste und Asche in den Eimer schüttete.

Klack-klack-klack …

Sie schaute zu dem Webstuhl, zwei Stützen aus Holz, die an der Wand lehnten und an den oberen Enden durch ein Rundholz, den Tuchbaum, verbunden waren. Vom Tuchbaum hingen Fäden herab, die von Gewichten aus Ton und Stein gestrafft wurden. Vor dem Webstuhl stand, mit dem Rücken zu Malina, die alte Bergljot und schob das Webschwert mit dem Wollfaden durch die Fäden, wobei sich die Gewichte bewegten und gegeneinanderstießen.

Klack-klack-klack …

«Verschütte nichts von der Asche!», sagte Bergljot, ohne ihre Arbeit zu unterbrechen. «Der Boden ist gerade gefegt worden!»

Ja, und von wem?, dachte Malina und verzog das Gesicht. Sie selbst hatte den Morgen damit zugebracht, die Halle sauber zu machen.

Sie schaufelte weiter. Als der Eimer voll war, erhob sie sich, um die Asche nach draußen zu bringen.

Irgendwo in der Halle spielten und lachten die beiden Kinder. Hakons Kinder.

«Wenn du damit fertig bist, kümmerst du dich ums Essen!», sagte Bergljot.

Malina wollte zur Tür gehen, doch die Alte rief ihr zu, sie solle stehen bleiben.

Bergljot war vom Webstuhl zurückgetreten. Ihr Rücken war gebeugt und ihr Haar schlohweiß. In ihren Augen blitzte Zorn auf.

«Mach den Mund auf, wenn ich dich etwas frage!», fauchte sie.

Malina hatte keine Frage gehört, ging aber nicht weiter darauf ein. Es hatte keinen Zweck, der Alten zu widersprechen.

«Was möchtest du hören, Bergljot?»

Die Alte spitzte die spröden Lippen. «Du solltest mir danken, dass ich dich nicht längst vom Hof gejagt habe.»

Das Kinderlachen war verklungen. Die vierjährige Aud und ihr elfjähriger Bruder Eirik traten in die Halle. Eiriks Mutter war einst von einem Sachsen getötet worden, und Auds Mutter lebte im Naumudal nördlich von Thrandheim.

Bei einem Stützpfeiler blieben die Kinder in sicherer Entfernung stehen. Sie schienen zu ahnen, was nun wieder geschehen würde.

Lächle, sagte sich Malina. Lach die bösen Gedanken weg, lach gegen Bergljots Hass an. Sie hasst nicht mich – sie hasst das Leben, und das hatte es nicht immer gut mit ihr gemeint.

Aber das hatte es auch mit Malina nicht. Bei den Göttern – nein, das hatte es wirklich nicht! Ihr Vater hatte sie in die Sklaverei verkauft, als sie elf gewesen war, so wie er es mit ihren Schwestern getan hatte. Die Familie, die in einer Siedlung im Slawenland lebte, war arm. Sie bräuchten das Geld und könnten die Mädchen nicht ernähren, hatte der Vater gesagt. Die Brüder waren zu etwas zu gebrauchen, zur Feldarbeit, zum Holzhacken, für die Jagd und

Fischerei. Die Mädchen waren jedoch eine Belastung. Hungrige Mäuler, die gestopft werden mussten, ohne dass es sich für den Vater auszahlte.

Malina hatte ihren Vater dafür verabscheut, hatte aber auch versucht, ihn zu verstehen. Ihr Vater, dieser grobe und doch manchmal liebevolle Mann. Er hatte ihr ihren Namen gegeben. Malina bedeutete in der Sprache der Slawen «Himbeere», und genauso süß sei sie, hatte er gemeint. Bald darauf hatte er sie verkauft. Sie hatte ihn niemals wiedergesehen, auch ihre Mutter und die Geschwister nicht. Der Mann, dem sie danach gehörte, hatte sie geschlagen, sich an ihr vergangen, und sie hatte ihn getötet, als ihr das Lachen zu vergehen drohte.

Das Lachen gab ihr die Kraft zum Überleben. Es war das Letzte, das ihr noch geblieben war. Es gab ihr Hoffnung und den Mut, weiter auf die Götter zu vertrauen, die ihr eines Tages wohlgesonnen sein würden. Dann würde ihr das bisschen Glück zuteilwerden, nach dem sie sich sehnte. Keinen Hunger zu leiden, Kleidung und ein Platz an einem wärmenden Feuer. Keine Schläge mehr, keine Männer, die sie missbrauchten, die sie behandelten wie Dreck.

Dann hatte sie Hakon gefunden, damals vor vier Jahren in der Stadt Aquisgranum im Sachsenreich. Dorthin hatte sie sich durchgeschlagen und Männer für eine Münze oder eine warme Mahlzeit befriedigt. Sie war eine Hure geworden.

Hakon hatte sie anders behandelt, wie einen Menschen. Er war gut zu ihr, ein Mann, auf den sie sich verlassen konnte, und sie hatte geglaubt, bei ihm das Glück zu finden. Als er sich entschied, sie in seine Heimat mitzunehmen, hatte sie vor Freude geweint.

Das Glück schien zum Greifen nah, doch Hakons Mutter Bergljot hatte es ihr nicht gegönnt. Hatte sie von Anfang an abgelehnt. Was Malina auch tat, es war falsch. An allem gab es etwas auszusetzen: Wenn sie die Kleider wusch, fand die Alte Dreckflecken, wo keine waren. Wenn sie Essen kochte, schmeckte es angeblich fade. Wenn sie das Jarlshaus fegte, wurde es niemals sauber.

Hakon nahm sie vor der Alten in Schutz. Doch wenn er nicht da war, und das kam häufig vor, ließ Bergljot ihre Wut an Malina aus. Das Gekeife, die ungerechtfertigten Anschuldigungen und Vorwürfe, all das nagte an ihr. Es drohte, sie zu zerfressen und ihr das Lachen zu nehmen.

Die Alte steckte das Webschwert zwischen die Fäden und bewegte sich in Malinas Richtung. Wie ein grimmiges Tier näherte sie sich auf ihren kurzen, dicken Beinen – wie ein Tier, das sein Revier gegen einen Eindringling verteidigen musste.

Malina holte Luft und empfing das Tier mit einem Lächeln, als es sich zischend vor Wut vor ihr aufbaute, mit funkelnden Augen und bebendem Kinn, auf dem sich die weißen Borstenhaare aufrichteten. Malina war nicht groß, doch die Alte war noch einen halben Kopf kleiner. Sie ballte die rechte Hand, an der wie an der linken Hand der Ringfinger fehlte, spreizte den knochigen Zeigefinger ab und richtete ihn wie eine Kralle auf Malina.

«Er hätte dich niemals mitbringen dürfen», fauchte sie. «Du gehörst nicht hierher. Bist keine von uns. Du wirst immer eine Fremde bleiben!»

Malina lächelte, aber ihre Mundwinkel wurden schwerer.

«Grins du nur», schnaubte die Alte. «Mach dich nur über uns lustig. Ihn hast du verzaubert, aber mich täuschst du nicht, du Natter!»

Malina spürte, wie sich ihre Lippen verkrampften.

«Nichts kannst du», fuhr die Alte fort. «Du frisst uns das Essen weg, und unsere Gutmütigkeit dankst du uns mit deiner Faulheit.»

Malinas Verlangen, der Alten zu widersprechen, sie anzuschreien und ihr ihre Boshaftigkeit und Verlogenheit vorzuhalten, wurde immer größer. Malina war kein gewalttätiger Mensch, auch wenn sie in ihrem früheren Leben hatte töten müssen, um zu überleben. Aber im Moment wünschte sie sich nichts so sehr, wie der Alten die verdammte Asche über den Kopf zu schütten. Einmal war ihr die Hand ausgerutscht. Aber es hatte nichts geändert, im Gegenteil alles nur noch schlimmer gemacht. Als Hakon davon erfuhr, war er wütend wie niemals zuvor geworden.

Häufig fragte sich Malina, warum sie sich das antat. Warum sie nicht einfach fortging. Die Antwort, die sie sich jedes Mal auf diese Frage gab, war, dass sie Hakon liebte.

Weil er sie liebte.

Aus den Augenwinkeln sah sie die Kinder näher kommen, und aus der Kochnische waren zwei Mägde angelockt vom Geschrei in die Halle getreten.

«Du hast Asche verschüttet», zischte die Alte. Ihr Zeigefinger fuchtelte vor Malinas Gesicht herum.

«Das habe ich nicht getan.»

«Und was ist das?» Die Alte zeigte zu der Feuerstelle, an deren Rand tatsächlich ein wenig Asche lag.

«Sie muss danebengefallen sein. Ich fege sie gleich weg ...»

«Du bist eine Schande für den Jarl. Du hast es nicht verdient, dass er dich in unserem Haus leben lässt.»

«Es ist Hakons Haus, und es ist seine Entscheidung. Nur wenn er es verlangt, werde ich gehen.»

«Ha!», keifte die Alte. «Das wird er nicht tun. Du hast ihn verzaubert! Du bringst Unglück über uns alle. Seit du hier bist, fallen die Ernten schlecht aus. Das Vieh war niemals so mager, und du weißt ganz genau, warum in den letzten Jahren die Heringsfänge immer schlechter geworden sind!»

Malina schloss die Augen. Natürlich bin ich auch schuld, dass es im Winter zu kalt und im Sommer zu heiß ist ...

«Verschwinde! Hörst du? Verschwinde! Ich kann dich nicht mehr ertragen!»

Die Worte der Alten tropften wie flüssiges Eisen in Malinas

Ohren. Es wurde immer schlimmer mit ihr, jedes Mal wurde es schlimmer. Malina sehnte sich nach Hakon. Wo war er, verdammt noch mal? Er hatte niemandem erzählt, wohin er fahren wollte, als er Hladir verlassen hatte.

Sie zwang sich, ruhig zu atmen. Und zu lächeln. Langsam öffnete sie die Augen. Vor ihr schwebte das rot angelaufene Gesicht der Alten. Der Zeigefinger wirbelte durch die Luft.

«Verschwinde!»

«Ich gehe jetzt hinaus. Wenn ich den Eimer ausgeleert habe, komme ich zurück, fege die restliche Asche weg und dann ...»

«Dann verlässt du unseren Hof!»

«Und dann werde ich den Mägden beim Kochen helfen ...»

Ein plötzlicher Schmerz ließ sie zusammenfahren. Die Alte hatte ihr den Zeigefinger gegen die linke Brust gestoßen.

«Er hat etwas Besseres verdient als dich!»

Malina wich einen Schritt zurück. Doch die Alte schnellte vor. Erneut zuckte der Schmerz auf.

«Hör auf damit!», zischte Malina.

«Er soll sich eine Frau nehmen, die eines Jarls würdig ist. Eine Frau, die ihm Kinder schenken kann!»

Malinas Blick fiel auf Eirik und Aud, die entgeistert zu ihnen herüberstarrten. Dass sich Malina und Bergljot stritten, war nicht ungewöhnlich, wohl aber, dass die Situation derart aus dem Ruder lief.

«Was glaubst du denn, wo er gerade ist?», schrie Bergljot.

«Wenn Hakon eine andere Frau begehrt, hätte er es mir gesagt.»

Die Alte warf den Kopf in den Nacken und stieß glucksende Laute aus. Mit einem Mal verstummte sie wieder und stieß noch härter zu als vorher. Ein grausamer Schmerz zuckte in Malinas Brust auf. Der Eimer entglitt ihrer Hand, und die Asche verteilte sich auf dem Boden.

«Du Hure!», schrie die Alte.

Da schlug Malina zu. Ihre Faust hinterließ einen aschgrauen Fleck auf Bergljots roter Wange. Sie taumelte auf ihren Stummelbeinen zurück, hob eine Hand und tastete nach ihrer Wange.

Eines der Kinder schrie auf, vermutlich Aud. Dann legte sich eine eisige Stille über die Halle. Nur Bergljots Atem war noch zu hören, keuchender Atem. Das nächste Geräusch war die Tür, die mit einem Knall hinter Malina zufiel.

4.

Haithabu

Bischof Poppo kniete vor dem Altar. Den Kopf leicht gesenkt, die Hände zum Gebet gefaltet. «Denn nur wer glaubt», murmelte er, «wird die Herrlichkeit Gottes sehen ...»

Das Geräusch der sich hinter ihm öffnenden Kirchentür unterbrach sein Gebet. Er spürte einen kühlen Hauch im Nacken. Die Flamme der Bienenwachskerze flackerte neben dem Kreuz auf dem mit einem hellen Leinentuch bedeckten Altar.

«Ich bin die Auferstehung und das Leben, sagt der Herr», fuhr Poppo lauter fort. «Wer an mich glaubt, wird leben, auch wenn er stirbt. Und jeder lebt, der an mich glaubt, und wird in Ewigkeit nicht sterben.»

Jemand trat in die Kirche. Die Tür wurde wieder geschlossen. Schritte erklangen auf dem Lehmboden.

Poppo stand auf, bekreuzigte sich zum Altar hin und drehte sich um.

Der Besucher war im vorderen Bereich der Kirche stehen geblieben. Das Gesicht war kaum zu erkennen im Halbschatten des kleinen, fensterlosen Gebäudes, in das das Licht nur durch Spalten zwischen Dach und Wänden fiel. Die Kirche hatte nur einen Raum, keine Apsis, keinen Chor und ließ auch sonst jegliche Pracht vermissen, die eines Gotteshauses würdig gewesen wäre. Die Wände waren aus Holzbrettern gezimmert, das Dach war mit Reet gedeckt. Die Einrichtung bestand aus dem Altar und einem Taufbecken aus Speckstein, in das dämonenhafte Wesen eingeritzt worden waren. Man sagte, der selige Missionar Ansgar habe das Becken vor mehr als einhundert Jahren anfertigen lassen. Poppo hatte viel über diesen Ansgar gehört, und er verachtete ihn, so wie er Brun verachtet hatte. Beide waren aus dem gleichen Holz geschnitzt, einem viel zu weichen Holz. Schwache Männer, nachlässig in der Erziehung der Ungläubigen und daher unwürdig für Gottes Liebe.

Poppo trat näher heran, und als er sah, dass der Besucher eine Tasche dabeihatte, begann sein Herz schneller zu schlagen. Ob das, worum Poppo ihn gebeten hatte, darin war? Mit dem Blick auf die Tasche kniete er nieder und küsste den Ring an Erzbischof Adaldags linker Hand.

«Wir haben uns lange nicht mehr gesehen», bemerkte der Erzbischof.

Poppo erhob sich wieder.

Adaldag hatte nichts übrig für ausufernde Begrüßungszeremonien, und das war Poppo nur recht. Der Tag war zu kurz, um die Zeit mit unnötigen Worten zu vergeuden.

«Vier Jahre», erwiderte er knapp.

«Es ist viel geschehen. Bedeutende Männer sind gestorben. Erst Papst Leo, dann Gero, der Graf der Nordmark im Slawenland – und nun Erzkanzler Brun.»

«Ja, es ist ein Jammer!»

Die Miene des schlanken, groß gewachsenen Erzbischofs blieb undurchschaubar. «In der Tat – sehr bedauerlich.»

Poppo hörte einen leisen Unterton heraus. «Der Kaiser trauert vermutlich sehr um seinen Bruder», sagte er.

«Tun wir das nicht alle?», entgegnete Adaldag, und der Anflug eines Lächelns huschte über das blasse Gesicht mit den tiefliegenden Augen. «Brun erfreute sich durchaus einiger Beliebtheit, bei gewissen Männern. Der gute Brun – immer fleißig, immer strebsam.»

«Es ist ein Jammer», sagte Poppo noch einmal.

«Mir ist zu Ohren gekommen, dass auch Markgraf Herimann ums Leben gekommen ist.»

«Ums Leben gebracht worden ist er, wenn man es genau nimmt. Traurig, sehr traurig. Der Herrgott gibt, der Herrgott nimmt!»

«Ich nehme an, Ihr habt das Nötige veranlasst, um den Tod des Markgrafen zu sühnen.»

Poppo nickte ernst.

«Gut, sehr gut!» Adaldag begann einen Rundgang durch die Kirche. Nachdem er das wenige, was es in dem Zwielicht zu sehen gab, inspiziert hatte, kam er zurück, und die beiden Männer schauten sich in die Augen. Wie immer, wenn Poppo dem Erzbischof begegnete, konnte er sich nicht des Eindrucks erwehren, dass er mit der vorspringenden Nase in dem langen, strengen Gesicht aussah wie ein eitler Hahn.

Adaldag richtete sich zu voller Größe auf und sagte: «Da Brun von uns gegangen ist, habe ich Vorkehrungen getroffen, damit die Mark wieder meinem Erzbistum zugesprochen wird.»

Jetzt hielt sich das Lächeln ein wenig länger auf seinen dünnen Lippen, und Poppos Herz begann zu trommeln, als der Erzbischof eine Hand an die Tasche legte.

«Habt Ihr die Reliquie bekommen?», entfuhr es Poppo. Sofort biss er sich auf die Lippen. Adaldag durfte nicht wissen, wie sehr Poppo sich danach sehnte, wie sehr er sie begehrte. Wenn er sein Verlangen verriet, machte er sich angreifbar.

Er hielt die Luft an und beobachtete, wie Adaldag aus der Tasche ein handlanges, mit Schnitzereien versehenes Kästchen nahm. Er öffnete den Deckel, hielt das Kästchen jedoch so, dass man nicht hineinschauen konnte. Der Deckel klappte wieder zu.

Poppo ließ die angestaute Atemluft durch die Nase entweichen. Er konnte den Blick nicht von der Schatulle abwenden, während der Erzbischof begann, von den Ereignissen der vergangenen Jahre zu berichten.

Im Jahr 961, vor vier Jahren also, war Adaldag im Gefolge König Ottos nach Rom gereist, wo Otto vom Papst zum Kaiser gekrönt wurde. Was für ein Triumph! Zum ersten Mal hatte ein Sachse diesen Thron erklommen. Der Kaiser blieb in Rom und der Lombardei, wo er erfolgreich Intrigen, Kriege und Seuchen überstand. Im Herbst des vergangenen Jahres beschloss er jedoch, sich wieder den Reichsgebieten nördlich der Alpen zu widmen.

Wenn sich der Kaiser etwas in den Kopf gesetzt hatte, musste es sofort geschehen. Der Tross, in dem sich auch Adaldag befand, brach noch im Spätherbst auf. Auf dem Lukmanierpass überraschte sie der Winter. Aber Gott hielt seine schützende Hand über den Kaiser, sodass er ohne Zwischenfälle, dem Lauf des Rheins folgend, nach Sankt Gallen und anschließend zum Kloster Reichenau kam. An der Grenze zwischen Alemannien und Franken wurde der Tross vom inzwischen neunjährigen Sohn des Kaisers, der ebenfalls Otto hieß, sowie von Erzbischof Wilhelm erwartet.

«Von dort aus zogen wir weiter, zunächst nach Wormaza», erzählte Adaldag, «und dann nach Colonia, wo der Kaiser einen Reichstag abhielt – im Beisein seines Bruders Brun.»

Adaldag seufzte, und Poppo kommentierte die Erwähnung Bruns mit einem traurigen Gesichtsausdruck. Das Andenken an den Verstorbenen verbot es den beiden Kirchenmännern, ihre klammheimliche Freude offen auszudrücken – oder gar auszusprechen. Dennoch wussten beide, was der andere dachte.

Das galt auch in Bezug auf den Markgrafen Herimann. Adaldag hatte Poppo zwar nicht direkt damit beauftragt, den Mann aus dem Weg zu räumen. Damit sie jedoch ihr Ziel erreichen konnten, war Herimanns Tod nötig gewesen. Und diesem Tod mussten nun weitere Schritte folgen. Letztlich war Bruns Tod also das eindeutige, von Gott gegebene Zeichen, und die ganze Verantwortung, Gottes Willen auf Erden zu erfüllen, lag nun bei Adaldag – und vor allem lag sie in Poppos Händen.

Nachdem Adaldag mit seinen Ausführungen geendet hatte, wagte Poppo einen weiteren Vorstoß und bat, einen Blick auf den Inhalt des Kästchens werfen zu dürfen. Doch Adaldag ließ die Schatulle in die Tasche zurückgleiten.

«Alles zu seiner Zeit», sagte er. «Berichtet mir zunächst von den Fortschritten unserer heiligen Mission.»

«Nun, wie Ihr wisst, waren mir durch Brun und den Markgrafen die Hände gebunden ...»

«Was Euch nicht davon hätte abhalten sollen, auf den Dänenkönig Harald Gormsson einzuwirken.»

Poppo verzog das Gesicht. König Harald Gormsson, den man Blauzahn nannte, war stur wie ein alter Ochse. Seit Poppo vor nunmehr siebzehn Jahren in die Dänenmark gekommen war, hatte er nichts unversucht gelassen, den Dänenkönig zur Annahme des Christenglaubens zu bewegen, bislang ohne Erfolg. Mehr Erfolg hatte Poppo hingegen dabei gehabt, dessen Neffen, Harald Eiriksson Graufell, den König vieler Länder am Nordweg, zu bekehren. Aber auch Graufells Taufe – das war Poppo vollkommen bewusst – war nur ein Schritt, wenn auch kein unbedeutender, in Richtung des großen Ziels.

Er schluckte seinen Ärger über Adaldags Bemerkung herunter und sagte: «Jetzt, da Brun von uns gegangen ist, werde ich natürlich versuchen, erneut auf den Dänenkönig einzuwirken.»

Ein kühles Lächeln legte sich auf Adaldags Lippen, als er erneut in die Tasche griff und ein eingerolltes, mit einem Siegel versehenes Pergament hervorzog.

«Der Kaiser», sagte er bedeutungsvoll, «hat größtes Vertrauen in Euch, nicht zuletzt, weil es Euch gelungen ist, Graufell, den König der Nordmänner, zu taufen.»

Adaldag wedelte mit dem versiegelten Pergament. «Daher hat der Kaiser nicht gezögert, meinen Rat anzunehmen, und Euch mit einer ...» Er warf einen Blick zur Tür, vor der plötzlich Geräusche zu hören waren, bevor er mit gedämpfter Stimme fortfuhr: «Der Kaiser betraut Euch mit einem Auftrag ...»

In dem Moment wurde die Tür geöffnet, und ein Mönch trat ein, gefolgt von Skammkill.

«Es ist alles vorbereitet», sagte der Mönch.

«Nicht jetzt», zischte Poppo.

Adaldag ließ das Pergament schnell wieder in der Tasche verschwinden.

Der Mönch machte eine entschuldigende Geste. «Unmut macht sich breit. Wir können nicht länger warten.»

«Warten womit?», fragte Adaldag, verärgert über die Unterbrechung.

«Mit der Hinrichtung eines Mörders», erwiderte Poppo.

Als sie über den Hof vor der Kirche eilten, wunderte sich Poppo über die vielen Soldaten, die Adaldag mit nach Haithabu gebracht hatte. Es waren gut zwei Dutzend Männer, alle in voller Rüstung und schwer bewaffnet. Doch es war nicht der passende Augenblick, den Erzbischof auf sein Gefolge anzusprechen.

Begleitet von einigen Soldaten verließen Poppo, Adaldag, der Mönch und Skammkill das mit einer halbhohen Steinmauer umfasste Gelände, auf dem die Mitglieder der christlichen Gemeinde in einfachen Hütten wohnten. Der Mönch ging voran über den Weg, der sie in den Wald führte, bis sie etwa auf halber Strecke nach Haithabu einen Hügel erreichten, der sich zwischen den Bäumen erhob.

Auf der Kuppe des Hügels hatte sich eine Menschenmenge um eine Eiche versammelt. Der Baum war alt, und seine Äste waren dick und ausladend. An einen Ast hatte man ein Seil gebunden, das am unteren Ende mit einer Schlinge versehen war. Sie lag um den Hals eines etwa fünfunddreißig Jahre alten Mannes.

Sie stiegen den Hügel hinauf, und Skammkill übernahm die

Führung, indem er sich durch die Menge drängte, die vor dem Hünen zurückwich. Die anderen folgten ihm, bis sie zur Eiche kamen, wo Poppos Soldaten die Schaulustigen auf Abstand hielten.

Poppo hörte das klagende Geschrei einer Frau, die von einem Soldaten festgehalten wurde. Hinter der Frau klammerten sich vier Kinder aneinander, während die Frau immer wieder schrie, ihr Mann sei unschuldig. Auch in der Menge rumorte es. Bauern, Markthändler, Handwerker und ihre Weiber verlangten vom Bischof, die Schuld des Verurteilten zu beweisen.

Poppo holte Luft und rief das Volk zur Ruhe. Doch erst als Skammkill die Streitaxt aus seinem Gürtel zog, verstummten die Proteste. Nur das Jammern und Klagen der Frau hallte noch über den Hügel. Poppo konnte ihre Verzweiflung durchaus nachvollziehen. Allein würde sie es künftig kaum schaffen, die Kinderschar durchzubringen, von denen das größte nicht älter als acht Jahre war.

Er schüttelte den Gedanken ab. Sentimentalitäten konnte er sich nicht erlauben, und was scherte ihn das Schicksal einer Ungläubigen? Es war seine Aufgabe, Gottes Recht zu sprechen und das Urteil zu vollstrecken.

Er spürte Adaldags bohrenden Blick. Der Erzbischof war noch immer verärgert darüber, dass ihr Gespräch in der Kirche unterbrochen worden war – scheinbar nur, um einen Bauern hängen zu lassen.

«Grisar hat sich niemals etwas zuschulden kommen lassen», rief ein Mann, dessen Gesicht durch eine Narbe verunstaltet war.

Poppo merkte sich das Gesicht. «Ihr wollt einen Beweis?», rief er der Menge zu. «Gott hat diesen Mann der Schuld überführt – das sollte euch Beweis genug sein! Da ihr jedoch dem Urteil des Herrn misstraut, werde ich euch weitere Beweise liefern!»

Er ließ sich von einem Soldaten, der bei dem Verurteilten

stand, einen in ein Leinentuch eingeschlagenen Gegenstand geben und wickelte ihn aus. Es war ein Schwert mit rostiger Klinge, an der getrocknetes Blut klebte.

«Ist das dein Schwert?», fragte Poppo den Mann, der mit auf dem Rücken gefesselten Händen auf einem Schemel stand. Sein Gesicht war tiefrot angelaufen. Die Schlinge war fest zugezogen und schnürte ihm Blut und Atem ab.

«Ich habe es ... nicht getan», brachte er hervor.

«Das habe ich nicht gefragt, Grisar», sagte Poppo.

«Er ist unschuldig!», schrie die Frau, und in der Menge begann es wieder zu rumoren.

Poppo ging zu dem Verurteilten und sagte leise: «Du lügst, ebenso wie deine Frau. Sie wusste genau, was du vorhattest, als du in den Wald gegangen bist. Wenn du meine Frage nicht beantwortest, werde ich dein Weib ebenfalls zum Tode verurteilen!»

Er trat zurück und wiederholte seine Frage: «Ist das dein Schwert, Grisar?»

Der Mann drehte und wendete seinen eingeschnürten Hals, um Luft zu bekommen. Die Augen quollen ihm aus den Höhlen, als er zu seinem Weib schaute, das verzweifelt versuchte, sich aus dem Griff des Soldaten zu befreien. Tränen liefen dem Mann über die geröteten Wangen, und ein Beben fuhr durch seinen Körper, als sich sein Mund öffnete.

«Was?», rief Poppo. «Sprich lauter! Alle sollen hören, was du zu sagen hast.»

«Es ist ... mein Schwert», japste Grisar. «Aber ich ...»

«Hört ihr?», unterbrach ihn Poppo. «Wir haben es in seinem Schuppen gefunden, wo er es unter einem Heuhaufen versteckt hatte.»

«Nein!», schrie die Frau.

Poppo beachtete sie nicht, sondern sagte zu Grisar: «Für wie dumm hältst du mich? Das Weib, das wir beim ermordeten

Markgrafen gefunden haben, war deine älteste Tochter. Du bist ihr zur Hütte gefolgt und hast sie dort mit Herimann überrascht. Der Graf war ein tadelloser, treuer Mann. Er hatte Frau und Kinder. Doch deine Tochter hat ihn verführt – mit den Werkzeugen des Teufels. Und in deiner Wut hast du die beiden nicht nur getötet ...»

Poppo machte eine bedeutungsschwere Pause, bevor er fortfuhr: «Du hast Herimann geschlachtet! Du hast ihm die Gliedmaßen abgehackt und ihn ausgeweidet wie ein Vieh! Und dann hast du dasselbe mit deiner Tochter getan!»

Er schloss die Augen und legte die rechte Hand an seine Stirn, als bereite ihm die Vorstellung des Grauens, das Grisar angerichtet hatte, Kopfschmerzen. Dann stieß er einen langen Seufzer aus und holte unter seinem Umhang ein Amulett hervor, das an einem Lederband hing.

«Dieses Amulett», rief er, «stellt den Hammer des Götzen Thor dar. Es ist ein weiterer Beweis. Wir haben es in der Hütte gefunden, in der die grausamen Morde verübt wurden. Grisar, der mit den Dämonen im Bunde steht, hat es dort verloren!»

Er reichte das Amulett an Skammkill weiter, der es dem Verurteilten über den Kopf legte.

«Grisar hat niemals etwas Böses getan», jammerte die Frau.

Fassungslosigkeit machte sich breit, als die Menschen hörten, wie Poppo dem Hünen den Befehl gab, das Urteil zu vollstrecken. Skammkill trat den Schemel weg, und Grisar fiel herab. Das Seil spannte sich, und die Schlinge zog sich fest um seinen Hals. Ein Stöhnen ging durch die Menge, vereinzelt wurden Protestrufe laut. Zufrieden stellte Poppo fest, dass die Länge des Seils exakt so bemessen worden war, dass Grisars Fußspitzen gerade eben den Boden berührten, ohne jedoch sein Körpergewicht auffangen zu können. Er würde also noch einen Moment leben. Natürlich hätte Poppo ihn auch auf ein Fass stellen und das Seil mit einem dicken

Knoten binden lassen können, damit Grisars Genick beim Sturz gebrochen wäre. Das hätte sein Leiden erheblich verkürzt.

Das Volk sollte jedoch sehen, dass andere Zeiten angebrochen waren. Dass Gott keine Sünden mehr duldete.

Adaldag bedachte Poppo mit einem anerkennenden Nicken. «Eine beeindruckende Vorstellung, Bischof.»

Dann forderte er Poppo auf, ihm zu folgen.

Begleitet von Skammkill und den Soldaten der Leibgarde des Erzbischofs gingen sie auf die Menschen zu. Als Poppo sich der Frau näherte, spuckte sie ihm ins Gesicht.

Er wandte sich an den Soldaten, der sie festhielt. «Hängt das Weib neben Grisar!»

Sie folgten dem Weg bis zum Waldrand, von wo aus man die Stadt Haithabu am Ufer einer Ausbuchtung des Fjords überblicken konnte. Das Wasser glitzerte im Sonnenschein.

Die Stadt, in der sich die Hütten und Grubenhäuser dicht an dicht drängten, war von einem halbrunden Wall umgeben, den der Dänenkönig Harald Blauzahn hatte erhöhen und verstärken lassen. Haithabu war eine wichtige Stadt, sie war das Tor an der Grenze zwischen dem sächsischen Kaiserreich im Süden und den Ländern der Barbaren im Norden. Haithabu stand zwar auf dänischem Boden, aber der Dänenkönig hielt seit vielen Jahren Frieden mit den Sachsen. Dennoch stellte der wankelmütige Blauzahn eine Gefahr für die heilige Mission dar. Solange es Poppo nicht gelang, ihn zum Christentum zu bekehren, so lange war dieser Frieden brüchig.

Adaldag nahm Poppo beiseite und wies mit seiner knochigen Hand auf den von einer Palisade umgebenen Hafen. Ein gutes Dutzend Schiffe hatte an den Landebrücken festgemacht.

«Seht Ihr das große Handelsschiff?», fragte Adaldag.

Es war unverkennbar ein neues Schiff, dessen helle Planken

sich von denen der anderen Schiffe abhoben. Die Brücke, an der es lag, wurde von bewaffneten Männern abgeriegelt. Poppo erinnerte sich an die Soldaten bei der Kirche.

«Plant Ihr eine Seereise, Adaldag?»

«Nein, ich nicht.»

Adaldag holte das Pergament wieder aus der Tasche und wollte es öffnen, zögerte jedoch, als Skammkill zu ihnen trat.

«Ihr könnt ihm vertrauen», sagte Poppo.

Adaldag musterte den Hünen skeptisch. Dann brach er das Wachssiegel, entrollte das Schriftstück und reichte es Poppo. Es war in lateinischer Sprache verfasst, und Poppo las es mit wachsendem Erstaunen. Als er sah, wer es unterzeichnet und beurkundet hatte, stockte ihm der Atem.

«Der Kaiser will, dass ich ...»

«Psst», machte Adaldag und schaute zu Skammkill, der teilnahmslos neben Poppo stand.

«Warum ich?», fragte Poppo.

Adaldag dämpfte seine Stimme. «Weil Ihr den König der Nordmänner besser kennt als jeder andere.»

Es war zwar übertrieben, dass Poppo Harald Graufell wirklich kannte, aber er beschloss, den Erzbischof in diesem Glauben zu lassen. Schließlich war es eine Ehre, vom Kaiser einen solchen Auftrag zu erhalten, auch wenn aus dem Schreiben nicht ganz ersichtlich war, worin dieser Auftrag im Detail bestand.

«Habt Ihr deshalb die vielen Soldaten hergeführt?», fragte Poppo.

«Sie werden Euch begleiten, getarnt als Handelsfahrer.»

«Erlaubt mir eine Frage: In dem Schreiben ist nur die Rede von *der Ware*. Worum handelt es sich dabei?»

Adaldag warf wieder einen Blick auf Skammkill, der jedoch damit beschäftigt war, seine Nase in den Wind zu halten, als nehme er eine Witterung auf.

«Um etwas sehr Wertvolles», sagte Adaldag leise.

«Gold?»

Die tiefliegenden, dunkel geränderten Augen des Erzbischofs funkelten. «Etwas, das wertvoller ist als Gold.»

Da Adaldag keine Anstalten machte, mehr über diese Ware zu verraten, beschloss Poppo, es einstweilen dabei zu belassen. Immerhin kam der Auftrag vom Kaiser, und der würde seine Gründe haben, warum er ein Geheimnis darum machte.

«Ihr werdet gleich morgen früh in See stechen», sagte Adaldag. «Es sind bereits alle Vorkehrungen getroffen worden.»

Poppo rollte das Pergament zusammen, um es unter seinem Umhang zu verstauen, als ihm ein Gedanke kam. Wenn Adaldag eine so bedeutende Sache von ihm verlangte, durfte er ihm einen kleinen Wunsch nicht ausschlagen.

«Zeigt sie mir!», sagte Poppo.

Adaldag spitzte die Lippen, offenbar überrascht von der Hartnäckigkeit des Bischofs. Doch er griff in die Tasche, nahm das Kästchen heraus und klappte den Deckel auf. Er warf einen Blick hinein, als müsse er sich zunächst selbst versichern, dass sich der Inhalt noch an seinem Platz befand, bevor er Poppo das Kästchen hinhielt. Innen war es mit rotem Stoff verkleidet, auf dem drei kleine Knochen lagen, die von dunklem, vertrocknetem Fleisch und Sehnen zusammengehalten wurden.

Die Reliquie! Der Finger des Lazarus, des von Jesus Auferweckten!

Poppo hob eine Hand. Er musste den Finger berühren. Doch der Deckel klappte vor seiner Nase wieder zu.

5.

Hladir

Der Jarl stand am Vordersteven der Knörr, als er vor Einbruch der Abenddämmerung nach Hladir zurückkehrte. Dem Handelsschiff folgten drei weitere Schiffe: das Langskip, das man ebenso wie die Knörr den Rogaländern abgenommen hatte, sowie zwei der Schiffe, mit denen der Jarl vor einigen Wochen aufgebrochen war. Das dritte Schiff hatte er den überlebenden Rogaländern gelassen.

Das Ende des letzten Sommermonats, des *haustmánuðr*, war bereits angebrochen, und das Jahr ging nun in den *gormánuðr*, den Schlachtmonat, über. Die hinter den Bergen untergehende Sonne warf einen rötlichen Schimmer auf die Oberfläche des Fjords, der sich von der Küste des Nordmeeres aus viele Meilen landeinwärts erstreckte. Ein mäßiger Wind trieb Wolkenfetzen über das Land und die Schiffe den Landebrücken in der Mündung des Flusses Nid entgegen.

Im Hafen hielten sich mehr Menschen auf als die paar Fischer, die dort für gewöhnlich ihren Fang versorgten und die Netze flickten. Die Nachricht, dass der Jarl mit neuen Schiffen zurückkehrte, hatte sich offenbar schnell herumgesprochen in der Siedlung, die sich von einer weitläufigen Palisade umgeben den Hang hinaufzog.

Der Jarl straffte die Schultern. Seine Feinde nannten ihn aus Respekt, aber vor allem aus Hass den *dunklen Krieger*. Sein Blick war meist finster und sein langes Haar so schwarz wie das Gefieder seines Raben. Der Name des Jarls war Hakon. Er war der Sohn des Sigurd Hakonsson und der Bergljot Thoresdottir. Sigurd war vor einigen Jahren gestorben. Daraufhin hatten die Throender, die Bewohner der acht *fylki*, den Bezirken um den Fjord im Lande Thrandheim, Hakon zu ihrem Jarl gewählt. Seither war er ihr oberster Kriegsherr, so wie vorher Sigurd und davor dessen Vater Hakon Grjotgardsson. Seit vielen Generationen stellte die Sippe der Hladir-Jarle die einflussreichsten Männer in Thrandheim.

Und so sollte es bleiben, auch wenn dunkle Zeiten angebrochen waren und schwere Stürme bevorstanden. Seit jeher weckte Thrandheim Begehrlichkeiten bei Herrschern aus anderen Ländern, die die Throender unter ihre Abgabenpflicht zwingen wollten. Das Land war fruchtbar, und wenn der Wettergott es gut meinte, ließ er auf den Äckern Getreide, vor allem Gerste, gedeihen. Auf den üppigen Wiesen fraßen sich Schafe, Ziegen und Rinder dicke Fettschichten an, und in den Gewässern schwammen große Fische.

Doch nun waren die Kämpfe wieder aufgeflammt, und die Feinde säten Hass und Missgunst. Seit vielen Jahren lieferte sich Hakons Sippe erbitterte Schlachten mit den Nachkommen des Königs Harfagri. Nach dessen Tod hatte ihm sein Sohn Eirik nachgeeifert. Doch der hatte vor allem mit seinen eigenen Brüdern zu kämpfen, die ihm die Macht streitig machten. Obwohl Eirik fast alle seine Brüder erschlagen hatte, was ihm den Beinamen *blóðøx*, Blutaxt, eintrug, war er schließlich vertrieben worden. Daraufhin herrschte einige Zeit Ruhe, bis sein Sohn Harald Graufell zurückkehrte. Aufgehetzt durch seine rachsüchtige Mutter Gunnhild überzogen Graufell und seine Brüder die Länder erneut mit Krieg und Gewalt.

Die Kriegsgötter fuhren reiche Ernte ein, und niemand konnte sagen, wann das Töten ein Ende finden würde, zumal Hakons Feinde mächtige Verbündete gefunden hatten. Die Sachsen hatten Graufell davon überzeugt, Odin abzuschwören und einen neuen

Glauben anzunehmen. Aber es war weniger der Glaube an diesen Gott, der Graufell dazu bewogen hatte. Vielmehr war es die Aussicht auf Unterstützung durch den mächtigen Sachsenkaiser, der mittlerweile die halbe Welt beherrschte.

Während die Knörr auf die Mündung des Nid zusteuerte, dachte Hakon daran, wie er vor einigen Jahren selbst mit dem neuen Glauben in Berührung gekommen war. Der Gedanke weckte keine guten Erinnerungen. Der Glaube ließ nur einen einzigen Gott zu, den man den Allmächtigen nannte. Dieser Gott hatte zwar einen Sohn, aber in welcher Rangordnung er mit dem Vater stand, war Hakon nicht klargeworden. Letztlich war es ihm egal. Hakon hatte erlebt, wozu die Anhänger dieses Gottes – diese Christen, Munkis! – fähig waren: Wer nicht bereit war, Odin abzuschwören, den folterten und töteten sie.

Auch in den Ländern des Nordens hatte es in der Vergangenheit Bestrebungen gegeben, den Menschen den Christenglauben aufzuzwingen. Alte Rituale wurden verboten und Tempel niedergerissen.

Wie zuvor seine Ahnen hatte sich Hakon gegen die Christen zur Wehr gesetzt. Er hatte sie aus Thrandheim gejagt, oder, wenn sie nicht weichen wollten und mit Waffengewalt drohten, vor das Thing geschleppt und nicht selten ihr Todesurteil erstritten. Sein Volk hatte schon immer an die alten Götter geglaubt, an den Allvater Odin, den Kriegsgott Thor, die Göttin der Fruchtbarkeit Freyja oder an Thorgerd Hölgabrud, die Schutzgöttin der Throender.

Warum sollte Hakon das ändern? Warum sollte er sich von diesen Munkis zum Glauben an einen Gott, den er verabscheute, zwingen lassen?

Die Schiffe glitten in den Hafen.

Der Rabe auf Hakons Schulter ließ ein leises *krok-krok-krok* hören, stellte die Kopffedern auf und verschlang ein Stück Trockenfisch, das Hakon ihm hinhielt.

Im Hafen hatten sich inzwischen einige Dutzend Menschen versammelt, und weitere strömten von der Siedlung ans Ufer des Nid herunter. An und auf den Landebrücken drängte sich die Menge, um die Heimkehrer in Empfang zu nehmen.

Hakon hielt nach Malina Ausschau, konnte sie jedoch nirgendwo entdecken.

Er drehte sich zum Steuer um und winkte Thorleif zu sich, der schon ein enger Vertrauter von Hakons Vater Sigurd gewesen war, und schon damals war er ein alter Mann. Mittlerweile waren es so viele Jahre, dass er selbst die Anzahl vergessen hatte.

«Die Knörr soll an der hintersten Brücke festmachen», erklärte Hakon.

Thorleif öffnete den zahnlosen Mund, als wolle er nach dem Grund für diese Anordnung fragen. Schließlich erwarteten die Menschen, dass man ihnen das neue Schiff mitsamt der erbeuteten Ladung mitten im Hafen präsentierte, wo es von allen Seiten betrachtet werden konnte.

Doch Thorleif schluckte die Frage hinunter und stapfte zum Heck, um den Befehl weiterzugeben.

Das Langschiff und die beiden kleineren Schiffe, von denen man die Drachenköpfe abgenommen hatte, legten im Hafen an. Die Knörr wurde zu dem abseits gelegenen, maroden Landesteg gerudert, an dem gewöhnlich nur Fischerboote festmachten.

Viele Menschen machten sich sogleich auf den Weg dorthin, und als das Handelsschiff vertäut wurde, ballte sich die Menge vor der Brücke. Hakons Krieger hielten die Neugierigen zurück, damit die morschen Holzbohlen nicht unter der Last zerbrachen.

Die Beute war unter den Männern verteilt worden, und nicht nur Thorleif hatte sich gewundert, dass der Jarl nur einen kleinen Anteil für sich beansprucht hatte.

«Du bist bescheiden, Jarl», sagte Thorleif, der zurückgekehrt war. «Willst du tatsächlich nur die beiden lächerlichen, mit Vogelfedern gefüllten Säcke haben? Du hast den Angriff geführt. Dafür steht dir eine wertvollere Beute zu.»

«Ich habe die Schiffe.»

«Sie gehören jetzt zur Flotte von Hladir und damit uns allen.»

«Ich weiß.»

Thorleif ließ nicht locker. «Hat deine Bescheidenheit etwas damit zu tun, was du von dem Schiffsführer erfahren wolltest?»

Hakon hatte den Alten zwar weggeschickt, war sich aber nicht sicher, ob der nicht doch etwas von der Unterredung mitbekommen hatte. Zudem hatte Ospak es tunlichst vermieden, die Sachen beim Namen zu nennen, nach denen Hakon suchte. Da Thorleif auch später nicht mehr danach gefragt hatte, hatte Hakon angenommen, dass es ihn nicht weiter interessierte. Das war offenbar ein Irrtum.

«Dein Vater hat mir vertraut, Jarl. Und er wusste, warum er das tun konnte. Ich habe ihn niemals enttäuscht.»

Hakon schaute ihm in die Augen. «Du siehst müde aus, alter Mann. Geh in deine Hütte und leg dich aufs Lager. Ruh dich aus. Ich hole dich später ab.»

«Du holst mich ...»

«In der Nacht.»

Schlagartig hellte sich das eingefallene Gesicht auf, und Thorleif verließ fröhlich das Schiff über die Rampe, um den Männern zu folgen, die die Beute ans Ufer brachten. Die Menge begutachtete Helme, Kettenhemden und Waffen sowie Kisten und Fässer, die mit Walrosshäuten, kostbaren Fellen und gepökeltem Fleisch gefüllt waren.

Bevor Hakon an Land ging, warf er einen letzten Blick in den Laderaum, wo die beiden Säcke verloren zwischen den mit Steinen gefüllten Eimern herumlagen. Immerhin ließen sich mit den Vogelfedern einige Kissen stopfen.

6.

Hladir

Thorleif wälzte sich von einer Seite auf die andere. Unter ihm knisterten Reisig und Binsenstroh, mit denen das Bett gepolstert war. Die Geräusche der Fischersiedlung, in der Thorleifs Hütte stand, waren längst verstummt.

Hatte der Jarl ihn vergessen? Wollte er ihn doch nicht ins Vertrauen ziehen in dieser geheimnisvollen Sache?

Natürlich hatte sich Hakon um viele Dinge zu kümmern. Er musste die Verteidigung und die Wehrbereitschaft sichern. Musste die Sippen zusammenhalten, damit niemand abtrünnig wurde und zu Graufell überlief. Und er musste sein eigenes Land bestellen und seine Knechte und Mägde zur Arbeit anhalten, damit das Einkommen nicht nur für Haus und Hof reichte, sondern auch für die Bezahlung der Krieger seiner Haustruppe.

Warum also sollte er dem alten Thorleif mehr Beachtung schenken als anderen?

Er setzte sich auf und blinzelte in die Hütte, die aus einem einzigen Raum bestand, in dem er schlief, aß und seine Fischfanggeräte aufbewahrte. In der Feuerstelle knackte die Glut des Nachtfeuers. Er gähnte, aber an Schlaf war nicht zu denken. Stattdessen ärgerte er sich über seine Zweifel. Er war nun mal ein alter Kerl, nutzlos wie eine Ziege, die keine Milch mehr gab. Wie ein Hund, dessen Zähne zu stumpf geworden waren, um die Schafherde vor Wölfen zu beschützen.

Ach, die Zähne!

Er streckte die müden Glieder, bevor er aus dem Bett stieg.

Seine Knochen knackten wie trockene Äste, als er zur Feuerstelle schlurfte. Mit einem brennenden Holzspan entzündete er eine Tranlampe, die er auf den kleinen Tisch stellte, auf dem sich Netzgewichte aus Stein und Ton, rostige Angelhaken und verknotete Schnüre zu einem Haufen türmten.

Dort lag auch das neue Schwert – Thorleifs Anteil aus der Beute. Er wusste nicht mehr, welchem von Graufells Bastarden es gehört hatte, aber das war auch egal. Die Hauptsache war, dass der Mistkerl es nicht mehr gegen einen Throender erheben konnte.

Thorleif nahm das Schwert. Es war am Griff mit ineinander verschlungenen Ranken verziert und besaß eine aufwendig geschmiedete, fast drei Fuß lange, zweischneidige Klinge, die mit einer Blutrinne versehen war. Die Waffe war ein Vermögen wert und lag bedeutend besser in der Hand als Thorleifs altes Schwert, dessen Klinge mit Kerben übersät war und nun in einer Ecke an der mit Lehm verputzten Wand lehnte.

Ich gehöre aussortiert wie das alte Schwert, dachte er und legte die neue Waffe auf den Tisch zurück.

Er holte die Holzschale von dem verstaubten Brett an der Wand, schöpfte aus einer Schüssel dünne Gerstengrütze in die Schale, setzte sich auf den Schemel und begann den Brei zu löffeln. Etwas anderes als dieses Zeug bekam er nicht mehr herunter. Der letzte Zahn war ihm vor Jahren ausgefallen. Oder war er ihm ausgeschlagen worden? Er konnte sich nicht mehr erinnern.

Während er den Brei schlürfte, dachte er wieder an den Jarl.

Irgendetwas befand sich auf diesem Schiff, das er geheim halten wollte. Thorleif brannte darauf, dahinterzukommen, was das war. Während er darüber grübelte, merkte er, dass er doch an etwas anderes denken konnte, anstatt sich der Schwermut hinzugeben und trübsinnig auf das Ende seines Lebens zu hoffen, dessen er längst überdrüssig geworden war ...

Da klopfte es.

Thorleif wäre vor Schreck beinahe der Löffel aus der Hand gefallen. Er wischte mit dem Handrücken Brei aus seinem dünnen Bart, ging zur Tür und schob den Riegel zur Seite.

Ohne ein Wort trat Hakon in die Hütte und ließ sich auf dem Schemel nieder. Der Rabe, der auf seiner Schulter saß, drehte den Kopf hin und her, hüpfte dann auf den Tisch und steckte den Schnabel in die Schüssel mit dem Brei.

Da von draußen kühle Nachtluft in die Hütte zog, schloss Thorleif die Tür. Es machte nicht den Anschein, als wolle Hakon gleich wieder gehen.

Thorleif setzte sich auf die Truhe, in der er weitere Fischfanggeräte aufbewahrte. Er hielt es für ratsam, den Jarl nicht zu drängen. Etwas schien ihn zu beschäftigen. Er sah mitgenommen aus, in schwere Gedanken versunken.

«Sie ist weggelaufen», sagte er nach einer Weile.

«Weggelaufen? Malina?»

«Hm.»

Thorleif hatte sich schon bei der Rückkehr gewundert, dass sie nicht wie sonst in den Hafen gekommen war. Er mochte die kleine Slawin, sehr sogar. Ihr hinreißendes Lächeln hatte ihm an vielen Tagen, an denen sich die Schwermut über ihn legte wie eine Decke, den Nebel von der Seele genommen. Einfach durch ihr Lächeln, wenn sie in seine Hütte gekommen war, um nach ihm zu sehen. Ein Lächeln, das ihn wärmte wie ein Sonnenstrahl, der den Schnee tauen ließ. Malina, die Himbeere.

«Sie hat Bergljot geschlagen», erklärte Hakon.

«Hat deine Mutter das behauptet?»

«Sie sagt, Malina hat im Haus Asche verstreut, und als Bergljot sie zur Rede stellen wollte, hat Malina ihr ins Gesicht geschlagen.»

«Und das glaubst du?»

«Natürlich nicht!»

Der Rabe fegte mit einem Tritt die leere Schale vom Tisch.

Thorleif bückte sich nach der Schale, füllte sie mit neuem Brei und stellte sie wieder vor den Raben, der sich mit einem gurrenden Laut bedankte.

«Seit wann ist sie fort?»

«Ein paar Tage, eine Woche vielleicht. Bergljot behauptet, sie könne sich nicht mehr genau erinnern.»

«Hast du eine Vermutung, wo Malina sein könnte?»

Hakon gab keine Antwort. Er holte tief Luft und erhob sich. Der Rabe nahm noch einen Schnabel voll Brei, dann schwang er sich auf Hakons Schulter.

«Wir haben etwas zu erledigen», sagte er und wandte sich zur Tür.

Der Wind hatte sich gelegt, und die Nacht war klar und kühl. In der Fischersiedlung herrschte Stille, die nur hin und wieder durch das Rumpeln des Karrens gestört wurde, wenn das hölzerne Rad auf dem schmalen Weg über einen Stein oder durch ein Schlagloch rollte. Hakon hatte den mit Decken beladenen Karren vom Jarlshof mitgebracht.

Als sie sich dem Hafen näherten, traten zwei Männer aus dem Schatten einer Hütte.

«Was wollt ihr?», fragte einer der Männer, die dort Wache schoben und mit Schwertern und Lanzen bewaffnet waren. Als er jedoch im Mondschein den Jarl erkannte, verstummte er.

«So spät in der Nacht noch unterwegs?», fragte der andere, der Arnfid hieß.

«Ich hole meinen Anteil», erwiderte Hakon.

«Die Federn ... wir haben davon gehört.»

Thorleif hob die Tranlampe und sah Arnfid grinsen. Sogleich wurde dessen Gesicht wieder ernst.

«Die Federn müssen ins Haus, bevor sie feucht werden», erklärte Hakon.

«Du meinst, es regnet heute Nacht?», sagte der andere Mann und schaute in den sternklaren Himmel.

Arnfid stieß ihm den Ellenbogen in die Seite. «Wenn der Jarl sagt, es könnte regnen, wird er seinen Grund dafür haben. Dürfen wir euch beim Aufladen helfen? Wir stehen uns hier vor Langeweile die Beine in den Bauch ...»

Hakon ließ ein tonloses Lachen hören. «Mit den beiden Federsäcken werden wir allein fertig.»

Die Wachen gaben den Weg frei, und als Hakon und Thorleif an ihnen vorbeigingen, hörte Thorleif sie tuscheln.

Hakon schob den Karren vorbei an kieloben liegenden Fischerkähnen und Gerüsten, an denen Netze aufgespannt waren, dann weiter an den Landebrücken entlang bis zum abseits gelegenen Steg, an dem sich die Umrisse der Knörr vor dem Nachthimmel abzeichneten.

Unter ihren Füßen knirschten und knackten die alten Bohlen der Landebrücke. Nachdem Hakon sich davon überzeugt hatte, dass ihnen niemand gefolgt war, stellte er den Karren ab und nahm die Decken von der Ladefläche. Darunter lag ein Beil, das er nahm und damit an Bord ging. Ohne die beiden Federsäcke im Laderaum zu beachten, marschierte er weiter zum Heck, wo er neben dem Steuerruder niederkniete.

Als Thorleif hinzukam, hörte er Hakon dem Raben etwas zuflüstern. Der Vogel erhob sich daraufhin von Hakons Schulter, schlug zwei-, dreimal die Flügel durch und ließ sich auf der Mastspitze nieder.

Hakon bat Thorleif um die Tranlampe, mit der er das Deck ableuchtete, während er die Planken abtastete. Schließlich schien er gefunden zu haben, wonach er suchte. Er stellte die Lampe ab und schob die scharfe Kante des Beils als Hebel zwischen die Planken. Nachdem sich die Nägel gelöst hatten, hebelte er das andere Ende auf. Das Ganze wiederholte er mit anderen Planken, bis ein etwa armbreites Loch freigelegt war. Im Schein der Tranlampe waren da unten mehrere Decken zu sehen, in die etwas eingewickelt war.

Hakon gab Thorleif die Lampe, beugte sich in den Schiffsrumpf hinunter und begann, den Inhalt der Decken freizulegen. Es waren mehrere Stangen.

Thorleif verengte die Augen, um besser sehen zu können, dann stockte ihm der Atem. «Ist es das, wonach es aussieht?»

Hakon warf einen Blick zum Raben, der stumm auf der Mastspitze verharrte. Dann griff er nach unten und holte eine der Stangen hervor, von denen die längsten an die zehn Fuß maßen.

«Narwalstoßzähne», flüsterte Thorleif. «Wie viele sind es?»

«Mindestens zwei Dutzend», schätzte Hakon.

Thorleif schlug das Herz bis zum Hals. «Zwei Dutzend! Das ist ... ein Vermögen!»

«Ihr Gewicht wird zehnfach mit Gold aufgewogen.»

«Aber dann wäre das ja ein ganzer Wagen voll Gold.»

«Zwei Wagenladungen, denke ich.»

«Darf ich?», fragte Thorleif.

Hakon hielt ihm einen Stoßzahn hin, und Thorleif ließ seine Finger über die kalte Oberfläche gleiten.

«Nur ein einziges Mal», raunte er, «habe ich bisher einen solchen Zahn gesehen. Diese Wale sind sehr selten. Vor vielen Jahren hatte ein Händler dem Volk der Samen ein solches Stück abkaufen können. Als sein Schiff in Hladir anlegte, hat er mir den Zahn gezeigt. Er wollte damit zu den Sachsen fahren, um ihn dort zu verkaufen. Die Sachsen sollen ganz verrückt danach sein. Sie nennen es *ainkhürn* und schnitzen daraus Figuren, mit denen sie Kästchen verzieren, in denen sie die Überreste ihrer Heiligen aufbewahren. Meist verwenden sie dafür ein Material, das sie *helfantbein*, Elfenbein, nennen. Aber das Narwalbein sei noch viel wertvoller, meinte der Händler, und er nannte es ...»

Thorleif machte eine andächtige Pause, bevor er fortfuhr: «Er nannte es das weiße Gold des Nordens. Als ich ihn nach dem Wert fragte, lachte er nur und meinte, für den Erlös des Zahns könne er sich wohl ein neues Schiff kaufen.»

In dem Moment stieß der Rabe kurze Warnlaute aus.

Ein Mann, offenbar einer der Wächter, näherte sich. Vielleicht wunderte er sich, dass der Jarl so lange brauchte, um zwei Säcke mit Federn zu holen. Doch er blieb einige Landebrücken entfernt stehen und pinkelte ins Wasser. Als er fertig war, verschwand er wieder.

«Es interessiert mich nicht, was die Sachsen mit diesem Elfenbein machen», sagte Hakon. «Mich interessiert nur, dass es Graufell nicht in die Finger fällt.»

«Du wusstest also vor dem Überfall von den Zähnen?»

«Ich hatte gehört, dass er etwas Großes plant und deswegen Schiffe in den Norden geschickt hat.»

«Wer hat dir das gesagt?»

«Es gibt Männer, die Geheimnisse verraten, wenn sie dafür bezahlt werden.»

Da wurde Thorleif bewusst, in welcher Gefahr der Jarl schwebte. «Du darfst die Beute nicht vor den anderen verheimlichen! Wenn die Throender von dem Schatz erfahren, werden sie dich auf dem Thing anklagen und des Landes verweisen. Wenn man dich nicht gleich für vogelfrei erklärt. Die Beute muss verteilt werden, so wollen es die Gesetze – und die kennst du besser als alle anderen Männer in Thrandheim.»

Hakon nickte. «Das Elfenbein würde Hladir wohl zur reichsten Stadt im Norden machen. Aber dafür müssten wir es den Sachsen verkaufen.»

«Ja! Lass uns das tun.»

«Nein! Unsere Feinde werden alles unternehmen, um genau das zu verhindern. Es wäre zu gefährlich, die Zähne nach Süden zu bringen. Graufell kann dreimal so viele Schiffe bemannen wie wir.»

«Dann frage ich mich, warum du diesen Ospak hast gehen lassen. Wir hätten sie alle töten und gleich weiter zu den Sachsen fahren sollen ...»

«Graufell ist nicht dumm. Er lässt den Seeweg überwachen.»

Thorleif nickte nachdenklich, und er kam nicht umhin, den Jarl für dessen Weitsicht zu bewundern. Wenn die Throender von den Stoßzähnen erfuhren, würden sie sofort verlangen, sie zu verkaufen. Eine solche Gelegenheit würde sich niemand entgehen lassen.

«Was wirst du also damit machen, Hakon?»

«Ich werde sie verstecken.»

«Und wo ...?»

Der Rabe stieß erneut einen Warnlaut aus. Die beiden Wächter waren vor die Hütte getreten.

Hakon legte den Stoßzahn zur Seite. «Zunächst bringen wir sie zum Karren, wickeln sie in die Decken und verstecken sie unter den Federsäcken.»

Thorleif seufzte. Dann machten sie sich an die Arbeit, während die Wächter sich langsam in ihre Richtung bewegten.

7.

Ögvaldsnes, Rogaland

Poppo zog den regennassen Mantel vor der Brust zusammen und schlang die Arme um seinen Oberkörper. Die Kälte kroch unter die feuchte Kleidung und ließ ihn frösteln. Skammkill schien das Wetter nichts auszumachen. Aufrecht saß er neben Poppo auf der Truhe, als habe er ein Brett verschluckt. Die Truhe war mit einem massiven Schloss gesichert. Den Schlüssel dafür bewahrte Poppo auf, seit sie in Haithabu abgelegt hatten.

Nun, fünf Tage später, glitt das Handelsschiff über einen bleifarbenen Sund. Die frischen Eichenplanken des Rumpfs schimmerten hell im grauen Dunst aus Nieselregen und Nebel, der sich wie ein Leichentuch über dem Wasser ausbreitete. Rechter Hand war die nebelverhangene Küste des Rogalands zu erkennen. Berge schälten sich wie eine gewaltige, dunkle Mauer aus dem Dunst. An Backbord zogen die Konturen der Insel Karmøy dahin.

Immerhin waren die Gewitterwolken landeinwärts weitergezogen. Das Unwetter hatte sie gegen Mittag mit Sturm, Hagel und Regen beim Hafrsfjord erwischt und war so plötzlich wieder vorbei gewesen, wie es begonnen hatte. Seither war der Wind abgeflaut. Das Segel hing schlaff und nass an der Rah. Hin und wieder gab eine Böe dem Schiff einen Schub und brachte es dem Ziel näher.

Poppo hörte die Stimme des Lotsen, der dem Steuermann etwas zurief. Sie hatten die Einfahrt zu der Bucht erreicht, in der sich der Hafen von Ögvaldsnes befand.

Ögvaldsnes war eine ansehnliche Siedlung, die ihre Bedeutung und ihren Reichtum der strategisch günstigen Lage am schmalen

Karmsund verdankte, den die Schiffe auf dem inneren Seeweg passieren mussten.

Aber die Siedlung war nicht nur reich, hier befand sich auch der Königssitz. Harald Halfdanarson, genannt *harfagri*, Schönhaar, hatte nach seinem Sieg in der Schlacht auf dem Hafrsfjord vor gut hundert Jahren auf der Insel Karmøy einen Palas errichten lassen. Nach Harfagris Tod musste sein ältester Sohn, der Bruderschlächter Eirik Blutaxt, den Königssitz zwar aufgeben und fliehen. Aber vor einigen Jahren war dessen ältester Sohn Harald Graufell mit seiner Mutter Gunnhild und seinen Brüdern nach Ögvaldsnes zurückgekehrt.

Die Mannschaft holte das Segel ein und legte die Riemen aus. Das Schiff glitt in die Hafenbucht. Im Laderaum stapelten sich Salzfässer, Kisten mit Tongefäßen und mit Wolle gefüllte Säcke. Niemand hatte jedoch vor, die Waren hier oder anderswo zu verkaufen, sie dienten lediglich als Vorwand für die angebliche Handelsfahrt.

Poppo wartete, bis das Schiff an einer Landebrücke angelegt hatte. Die sächsischen Soldaten holten ihre unter den Waren versteckten Rüstungen und Waffen hervor. Skammkill schob die Streitaxt hinter den Gürtel. Dann nahm er die Truhe und folgte Poppo an Land. Ein Dutzend Soldaten begleitete sie. Am Fuß der Brücke traten ihnen Wachen mit Schwertern, Lanzen und Schilden in den Weg. Poppo ging auf sie zu, öffnete seinen feuchten Mantel und zeigte das Kruzifix vor, das er an einem Lederband um den Hals trug. Die Rogaländer erkannten den Bischof wieder, der ihren König getauft hatte, und ließen die Besucher passieren.

Zwei Rogaländer führten sie über einen Knüppelweg an Bootshäusern und Fischerhütten vorbei und eine felsige, mit niedrigen Kiefern bewachsene Anhöhe hinauf, bis sie zu der Siedlung kamen, eine für nordische Verhältnisse ansehnliche, belebte Ansammlung von Lehmhütten und Holzhäusern.

Als die Sachsen vorbeizogen, unterbrachen Männer und Frauen ihre Arbeit und schauten ihnen nach. Vor allem Skammkill erregte Aufmerksamkeit. Der Hüne schleppte ohne jede Mühe eine Truhe, die so schwer zu sein schien, dass dafür eigentlich zwei Männer nötig wären. Ein Mann, der gerade eine Ziege ausnahm, die blutverschmierten Arme tief in den Eingeweiden vergraben, rief seiner Frau zu, sie solle schnell die Kinder ins Haus bringen. Seine Furcht legte sich nicht, als Poppo ihm freundlich zunickte.

Abseits der Siedlung lag der mit einer Mauer umgebene Palas, ein langgezogenes Bauwerk mit Wänden aus Eichenstämmen und einem Schindeldach. Die Nordmänner wiesen Poppo an zu warten, bevor sie selbst im Palas verschwanden.

Poppo schaute sich um und sah einige Kinder in dreckigen Kleidern, die ihnen gefolgt waren und nun in sicherer Entfernung tuschelten. Immer wieder zeigten sie auf Skammkill, der die Truhe festhielt, als sei sie mit ihm verwachsen.

Da waren plötzlich Schreie zu hören und Geräusche, die wie Peitschenhiebe klangen.

Die Rogaländer tauchten wieder auf, winkten Poppo zu sich und wollten nur ihm Einlass in den Palas gewähren. Doch er bestand darauf, dass Skammkill ihn begleitete. Man einigte sich darauf, dass zumindest die Soldaten draußen zu warten hatten.

Die Nordmänner traten zur Seite, und Poppo und Skammkill stapften an ihnen vorbei.

Im Palas war es stickig und dunkel. Eine geräumige Halle wurde von einem Feuer und Trankerzen mit mattem, flackerndem Schein erhellt. Rauch waberte um die Stützbalken.

Poppo kniff die Augen zusammen. Als er sie wieder öffnete, erkannte er mehr Einzelheiten und sah zwei Männer hinter dem Feuer auf einer mit Fellen gepolsterten Bank sitzen.

Es waren die Brüder des Königs. Gudröd hieß der eine, ein

stämmiger Mann mit langem Bart, der unter dem Kinn zu zwei Zöpfen geflochten war. Der andere hieß Sigurd Sleva, ein drahtiger Jüngling, der einen Kopf kleiner war als sein Bruder. Während Sleva die Besucher mit finsterer Miene anstarrte, interessierte sich Gudröd vor allem für die Truhe.

Poppo konnte weder Graufell noch die Königsmutter Gunnhild entdecken.

Aus dem hinteren Bereich der mit Pelzen, Schilden und Waffen geschmückten Halle tauchte eine Frau auf, vermutlich eine Sklavin. Sie brachte einen Krug und schenkte die Becher der Brüder mit Bier voll. Beide tranken, ohne den Gästen etwas anzubieten.

Da hörte Poppo wieder einen Peitschenknall und dann Schreie. Die durch die Wände gedämpften Geräusche wurden abgelöst vom Klappern der Schüsseln und Löffel aus der Kochnische. Gudröd rülpste, und im Feuer knackten Scheite.

Als Poppo einen Schritt in Richtung der Brüder machte, begann Sleva unruhig auf der Bank hin- und herzurutschen.

Poppo straffte den Rücken. «Ich bin überwältigt von dem freundlichen Empfang im Hause des Königs.»

Gudröd rülpste erneut.

Sleva stellte den Becher ab und legte eine Hand an das Messer, das in einer Lederscheide an seinem Gürtel steckte. Als Skammkill ein bedrohliches Knurren ausstieß, ließ er das Messer los und verlegte sich darauf, seine Finger mit einer solchen Intensität zu kneten, als gäbe es dafür einen Preis zu gewinnen.

Poppo hatte Sleva schon bei ihrer letzten Begegnung nicht ausstehen können, hielt ihm aber seine Jugend zugute. Als Einziger der Brüder hatte sich Sleva hartnäckig gegen die Taufe ausgesprochen, sich aber schließlich doch überreden lassen. Weniger aus Überzeugung als vielmehr in der Hoffnung, der neue Gott würde ihn mit Reichtum und Ruhm überschütten. Aber – und da machte sich Poppo nichts vor – auch bei vielen anderen Nordmännern waren die Beweggründe für die Annahme des Christentums nicht die Liebe zu Gott, sondern allenfalls die Gier nach Schätzen. Dennoch war Poppo ein getaufter Herrscher, der im Namen des Allmächtigen seinen Machtbereich ausdehnte, lieber, als wenn dies im Namen der Götzen geschah.

Sleva griff wieder nach seinem Becher und setzte ihn an die Lippen.

«In der Heiligen Schrift heißt es: Vergesst die Gastfreundschaft nicht», sagte Poppo. «Denn durch die Gastfreundschaft haben einige, ohne es zu ahnen, Engel beherbergt.»

Sleva verschluckte sich an seinem Bier und spie es in einem Schwall aus.

«Engel? Was sind das denn für Dreckskerle?», zischte er und wischte sich mit dem Ärmel Bier vom bartlosen Kinn.

Zum ersten Mal erfüllte nun so etwas wie Leben Gudröds massigen Körper, als er nach der Sklavin rief. Die Frau eilte mit einem frischgefüllten Krug herbei, schenkte erst Gudröd und dann Sleva nach.

«Bring Skyr für die beiden Männer», befahl Gudröd.

Die Sklavin huschte davon, und Sleva kicherte in seinen Becher.

«Sauermilch!», rief Poppo. «Ich danke Euch im Namen des Herrn für Eure Großzügigkeit! Da nehmen wir eine beschwerliche Reise auf uns, lassen uns von Hagel und Donner nicht schrecken, um Eurem König einen Schatz zu bringen – und Ihr, die Ihr nicht einmal Engel kennt, verköstigt uns mit Sauermilch!»

Gudröd zuckte zusammen, und Sleva verschluckte sich dieses Mal so heftig am Bier, dass er einen Hustenanfall bekam, der sich erst wieder legte, als Gudröd ihm einen kräftigen Schlag auf den Rücken versetzte.

«Ein Schatz», murmelte Gudröd. Dann brüllte er in die Tiefen der Halle: «Bringt Bier und Fleisch für die Gäste!»

Die Sklavin, die gerade mit einer Schale Skyr zurückkehrte, erschrak so sehr, dass sie einen Teil der Sauermilch verschüttete, die sich über den Boden ergoss.

Gudröd wies die Gäste an, an einem Tisch Platz zu nehmen. Skammkill stellte die Truhe ab, unter deren Gewicht die Tischplatte knackte, und die Brüder konnten ihre Blicke nicht mehr davon nehmen.

Zwei Sklavinnen tischten mit Bier gefüllte Krüge und Holzplatten mit Räucherschinken und gebratenem Geflügel auf.

«Er soll uns den Schatz zeigen ...», forderte Sleva, wurde jedoch unterbrochen, als sich im hinteren Bereich eine Tür öffnete.

Licht flutete die Halle, und die große, kräftige Gestalt Harald Graufells trat ins Haus. Mit der rechten Hand schleifte er einen leblosen Mann am Fuß hinter sich her und blieb in der Mitte der Halle stehen. Seine dunkle Miene verfinsterte sich noch mehr, als sein Blick auf die Besucher und die Truhe fiel.

Poppo legte das angebissene Entenbein auf die Platte zurück. Harald Graufell war einer der beeindruckendsten Männer, denen er jemals begegnet war: ein grausamer, skrupelloser Mann, der keinem Kampf aus dem Weg ging. Zugleich war er aber auch mit einer fast schon erschreckenden Klugheit gesegnet. Dank dieser Eigenschaften war er in wenigen Jahren zum mächtigsten Mann in den Nordländern aufgestiegen. Mit Härte und Weitsicht hatte er das Erbe seiner Ahnen angetreten, die Länder am Nordweg unter seine Herrschaft zu zwingen. Zugleich war es ihm gelungen, den Pelz- und Fellhandel mit den Stämmen der Samen und Finnen auszubauen. Damit sicherte er sich Einnahmen, um sein wachsendes Heer zu bezahlen.

Sein Vorbild war der verstorbene Dänenkönig Gorm der Alte, der Vater von Harald Blauzahn, der die Stämme auf der jütländischen Halbinsel unterworfen und tributpflichtig gemacht hatte. Graufells Vater hatte dies am Nordweg nicht geschafft. Obwohl der alte Eirik im Ringen um den Thron mehrere seiner Brüder getötet hatte, war er auf heftige Gegenwehr gestoßen. Schließlich waren er und seine Gemahlin Gunnhild, die Schwester Harald Blauzahns, über das Nordmeer geflohen. Dort gelang es Eirik, zumindest die Herrschaft über das angelsächsische Königreich Jorvik an sich zu reißen, bevor er getötet wurde.

Nun war Graufell nach Rogaland zurückgekehrt, um das zu erfüllen, was seinem Vater verwehrt worden war: die Alleinherrschaft über die Länder von Vestfold im Osten über Agdir im Süden bis hinauf zum Halogaland.

Auch Graufells Äußeres beeindruckte Poppo. Der König trug einen Mantel aus Bärenfell, darunter eine kurzärmlige Tunika, aus der die mit blauen Ätzungen versehenen, muskulösen Oberarme hervorschauten. Das breite Gesicht war durch eine Narbe verunstaltet, die sich von der linken Schläfe über die Wange zog und im grauen Bart verschwand.

Graufells Blick glitt von der Truhe wieder zu Poppo. Dabei machte der König eine Miene, als wolle er den Besuchern die Haut vom Leibe ziehen. Skammkills Gestalt schien ihn nicht zu beeindrucken. Oder doch?

Er nickte Poppo zu und ließ den Fuß des Mannes los, der bäuchlings auf dem Boden lag. Er war nackt und sein Rücken mit blutigen Striemen überzogen. Das Gesicht war nicht zu erkennen.

Und dann kam Gunnhild durch die Tür. Sie war eine alte Frau, vielleicht sechzig Jahre. Ein Wolfshund folgte ihr, als sie zu dem nackten Mann ging und auf ihn spuckte. Dann begann sie, eine Lederpeitsche einzurollen, während sie Poppo einen Blick zuwarf, den dieser nicht recht deuten konnte.

«Sie haben einen Schatz mitgebracht», rief Sleva.

Poppo wischte seine vom Fleisch fettigen Finger am Mantel ab und erhob sich zur Begrüßung. Doch Gunnhild drehte sich weg und hängte die Peitsche an einen Nagel in einem Stützpfeiler.

«Bleibt sitzen, Bischof!», sagte sie und schlurfte zu einem

Hochstuhl, der neben Graufells Platz stand, ein mit Schnitzereien verzierter Stuhl mit Armlehnen.

Während die Sklavinnen Essen und weiteres Bier brachten, kraulte Gunnhild den Kopf des Wolfshundes zu ihren Füßen. Die hintere Tür war wieder geschlossen worden, und nun beleuchtete das mit frischen Scheiten angefachte Feuer Gunnhilds von tiefen Falten durchzogenes Gesicht. Die Lippen über dem zahnlosen Mund waren eingefallen und ihr graues, dünnes Haar auf dem Hinterkopf zu einem Knoten zusammengesteckt.

Poppos Verwunderung über den unfreundlichen Empfang wurde immer größer. Angesichts des Truheninhalts hatte er doch so etwas wie Freude bei den kühlen Nordmännern erwartet.

Nachdem alle mit Essen versorgt worden waren, speisten sie, bis der nervöse Sleva als Erster das Schweigen brach.

«Er ist schuld!», keifte er und bewarf den nackten Mann mit einem abgenagten Knochen. «Ich schlitz den Krötenschiss auf. Sie haben den Schatz und er ...»

«Halt den Mund!», fuhr Gunnhild ihren jüngsten Sohn an.

Der Wolfshund stieß ein bedrohliches Knurren aus.

Poppo wurde die Geheimnistuerei allmählich zu dumm. Er wandte sich an Graufell.

«Würdet Ihr mir verraten, worin der Zusammenhang zwischen dem Inhalt unserer Truhe und diesem Mann besteht?»

«Fragt ihn doch selbst», gab Graufell zurück.

«Er macht nicht den Eindruck, als würde er noch irgendetwas von sich geben können.»

«Gunnhild hat ihn seit Tagen bearbeitet», rief Sleva dazwischen. «Aber er rückt nicht mit der Wahrheit raus!»

Ein Stoß von Gudröds Ellenbogen brachte Sleva erneut zum Schweigen. «Hör auf deine Mutter, Bursche!»

«Wir sind nicht hergekommen, um Spielchen zu spielen!», sagte Poppo ungeduldig.

Gunnhild und Graufell wechselten einen Blick. Dann stemmte sich der König aus dem Stuhl, ging um den Tisch herum zu dem Mann und zog ihn am Genick hoch. Der Mann hing schlaff in dem Griff. Wie der Rücken waren auch Brust und Bauch von Peitschenhieben blutig geschlagen worden. An mehreren Stellen war die Haut aufgerissen, und aus offenen Wunden quoll Blut. Auch sein Gesicht hatte einiges abbekommen: Die Lippen waren aufgeplatzt und das linke Auge zugeschwollen und blau verfärbt.

Poppos erster Gedanke war, was diese Barbaren doch für Stümper waren. Wenn sie etwas aus dem Mann herausbekommen wollten, mussten sie geschickter vorgehen. Er nahm sich vor, den Nordmännern bei passender Gelegenheit zu zeigen, wie man foltert, anstatt zu versuchen, ein Opfer mit plumper Gewalt zu brechen.

«Wasser!», rief Graufell.

Sofort brachte eine Sklavin eine Schüssel, deren Inhalt sie dem Mann ins Gesicht schüttete. Nun regte sich Leben in dem geschundenen Körper. Das unverletzte Auge öffnete sich.

«Berichte dem Bischof, was geschehen ist, Ospak!», herrschte Graufell ihn an.

Die blutigen Lippen öffneten sich. Doch erst als Poppo zu Graufell und dem Verletzten, der Ospak hieß, ging, konnte er die Worte verstehen.

«Unsere Schiffe ... sind überfallen worden», flüsterte er.

Poppo stockte der Atem. «Die Schiffe mit *der Ware* für den Kaiser?»

Ospak nickte.

«Um welche Ware handelt es sich?», fragte Poppo.

«Wisst Ihr das nicht?», wollte Graufell wissen.

«Mein Auftraggeber war der Meinung, es sei besser, wenn ich es so spät wie möglich erfahre. Ich weiß nur, dass es etwas sehr Wertvolles ist.»

«Wertvoll – o ja!», schnaubte Graufell, und sein Blick ging zu der von Skammkill bewachten Truhe.

«Stoßzähne», sagte er dann. «Stoßzähne von Walen, die es nur ganz weit oben im Norden gibt.»

Poppo holte tief Luft. Narwale! Das hätte er sich denken können! Er hatte von den Tieren gehört und von ihren langen Stoßzähnen, die aus einem kostbaren Material bestanden wie das Elfenbein aus dem Süden. Der Kaiser war ganz versessen auf Elfenbein, aus dem man biblische Darstellungen schnitzte für die Schreine, in denen Reliquien aufbewahrt wurden. Reliquien wie den Finger des heiligen Lazarus!

Poppo ballte die Hände zu Fäusten. «Wie viele Stoßzähne waren es?»

«Zwei Dutzend», erwiderte Graufell. «Es war der größte Fang, den die Samen jemals gemacht haben.»

«Und wo sind diese Zähne jetzt?»

«Das versuchen wir seit Tagen von diesem Kerl zu erfahren. Er trug die Verantwortung für die Fahrt.»

«Ich ... weiß nicht, wo er sie hingebracht hat», stammelte Ospak. Seine Stimme war lauter geworden.

«Lügner!», schrie Sleva aus dem Hintergrund.

«Er? Wer ist er?», wollte Poppo wissen. Es gelang ihm nur mit Mühe, seine Wut zu unterdrücken.

«Der ... Jarl.»

«Der Jarl? Welcher Jarl?»

Sogleich beschlich Poppo ein schrecklicher Verdacht. Es gab nicht viele Männer, die dafür in Frage kamen – und der Mann, an den Poppo dachte, war der gefährlichste. Er war dem Mann einmal bei Haithabu begegnet. Er war der Jarl mit dem Raben, der schlimmste Götzenanbeter in den Ländern des Nordens. Er war ...

«Hakon Sigurdarson», keuchte Ospak.

«Und du steckst mit ihm unter einer Decke», rief Sleva.

«Niemand war über die Lieferung eingeweiht», sagte Graufell. «Nur wir und Ospak. Wie hätte der Jarl also davon erfahren sollen, wenn nicht von dir, du Dreckskerl?»

«Ich habe niemandem gegenüber ein Wort darüber verloren», jammerte Ospak.

«Lügner!», rief Sleva.

Er war aufgesprungen und näherte sich mit der Hand am Messer, was wiederum Skammkill dazu veranlasste, sich zu erheben, die Axt aus dem Gürtel zu ziehen und hinter dem Tisch hervorzukommen. Sleva hielt inne.

«Und warum hat der Jarl ausgerechnet dich am Leben gelassen?», knurrte Graufell.

«Damit ich Euch mitteile, wer Eure Schiffe überfallen hat.»

«Das hätten wir uns auch so denken können», zischte Sleva.

«Wenn ich das Geheimnis verraten hätte, wäre ich doch nicht zurückgekehrt», wagte Ospak einen verzweifelten Versuch der Gegenwehr.

Poppo betrachtete die jämmerliche Gestalt, und er glaubte ihm. Glaubte ihm, weil er Dutzende Männer verhört und gefoltert hatte. Glaubte ihm, dass Hakon Sigurdarson die Schiffe überfallen und das Elfenbein geraubt hatte – und was das für alle Anwesenden bedeutete, war Poppo ebenfalls klar. Adaldag hatte ihm im Namen des Kaisers den Schatz mitgegeben, mit dem er die Stoßzähne bezahlen sollte.

Er drehte sich um und ging zu seinem Platz zurück. Skammkill folgte ihm und legte die Axt neben die Truhe. Poppo schob das Fleisch von sich weg. Ihm war der Appetit vergangen. Er stützte die Ellenbogen auf den Tisch und vergrub sein Gesicht in den Händen.

Ein dumpfes Geräusch und ein Stöhnen waren zu hören, als Graufell Ospak wie einen Sack fallen ließ.

«Er hat es gewusst!», schluchzte Ospak. «Er hat ... es einfach gewusst ...»

Poppo hob den Blick. Graufell saß wieder auf seinem Thron.

Da sprang Sleva, der als Einziger noch stand, plötzlich zu Ospak, riss dessen Kopf an den Haaren hoch und schnitt ihm mit dem Messer die Kehle durch. Ospak keuchte und röchelte, zuckte noch einige Male, dann regte er sich nicht mehr.

Poppo beachtete Ospak nicht, sondern funkelte die Gastgeber an. «Vielleicht hat jemand anderes als Ospak den Mund nicht halten können.»

«Was wollt Ihr damit sagen, Bischof?», fuhr Sleva ihn an, das blutverschmierte Messer noch in der Hand.

«Du hast verstanden, was ich gesagt habe», gab Poppo zurück. «Der Jarl ist nicht dumm. Er wird Männer dafür bezahlen, damit sie ihm erzählen, welche Pläne Ihr habt. Da reicht ein unbedachtes Wort im falschen Augenblick.»

Als er sah, wie Sleva das Gesicht verzog, als habe man ihm Sand in die Augen geworfen, wusste er, dass er mit seinem Verdacht richtig lag. Und damit war er nicht der Einzige.

«Sigurd Sleva!», donnerte Graufells Stimme durch die Halle. «Wem hast du von den Stoßzähnen erzählt?»

«Niemandem», entgegnete Sleva.

So wie Poppo glaubte ihm der König kein Wort. «Mach dein verdammtes Maul auf!», rief Graufell. «Oder ich lasse dich die Peitsche spüren!»

«Es kann sein», druckste Sleva herum, «dass ich mal beim Würfelspiel erwähnt habe, dass wir Schiffe zu den Samen schicken, aber …»

«Du verdammter Bastard!», brüllte Graufell und wollte aufspringen. Doch Gunnhild hielt ihn zurück.

Sleva schlich wie ein geprügelter Hund zu seinem Platz zurück. Graufell forderte ihn auf, sofort die Namen aller Männer zu nennen, die beim Würfelspiel dabei gewesen waren, was Sleva umgehend tat.

Poppo nahm sich vor, die Verhöre selbst zu leiten. Seine Kehle fühlte sich trocken an. Er nahm einen Schluck vom schalen Bier, stellte den Becher ab und legte eine Hand auf die Truhe.

«Von dem Elfenbein hängt vieles ab», sagte er.

«Wenn Euer Kaiser es nicht bekommt, wird er die Belohnung nicht zahlen», erwiderte Graufell. «Und ohne das Geld kann ich kein Heer aufrüsten, um den Jarl zu vernichten und alle anderen, die sich mir noch widersetzen ...»

Er nahm das Kruzifix, das Poppo ihm zur Taufe gegeben hatte, zwischen Daumen und Zeigefinger seiner rechten Hand. «Und all jene, die noch die alten Götter anbeten.»

«Ja», sagte Poppo nur.

«Was sollen wir also tun?», fragte Gudröd, der sich bislang zurückgehalten hatte.

Nun war es an der alten Gunnhild, die Stimme zu erheben: «Das kann ich euch sagen! Ihr werdet diesem Jarl die Stoßzähne wieder abjagen!»

«Man kann dem Jarl nicht einfach das Leben nehmen, wie man eine Ziege oder ein Kalb schlachtet», warf Gudröd ein. «Er hat viele Männer unter sich, und es geht das Gerücht um, er wolle sich mit dem Jarl vom Naumudal verbünden ...»

«Schweig!», zischte Gunnhild. Ihre Augen funkelten. «Ihr müsst handeln! Greift unsere Feinde an! In Vik im Osten herrscht noch immer Tryggvi, und er hat wegen seiner königlichen Abstammung sogar die Berechtigung dazu, auch wenn ich ihn lieber heute als morgen am Galgen sehen würde. Aber was ist mit Jarl Hakon? Er gebietet über ganz Thrandheim, und unser Volk fragt sich schon lange, warum wir es zulassen, dass ein einziger Jarl über ein so großes Gebiet herrschen kann. Die Zeit ist gekommen, das Erbe eures Vaters und eures Großvaters anzutreten. Nehmt dem Jarl das Land! Nehmt ihm sein Volk! Nehmt ihm sein Leben – und schlagt ihm endlich den Kopf ab!»

Als Gunnhild – diese so gebrechlich wirkende Greisin – geendet hatte, herrschte Schweigen in der königlichen Halle. Alle Blicke richteten sich nun auf Graufell, der in seinem Stuhl saß und auf irgendetwas am Boden starrte. Seine Hände umklammerten die Lehnen so fest, dass die Knöchel weiß hervortraten. Er war der König, und es war an ihm, eine Entscheidung zu treffen.

Er zog sich an den Lehnen nach vorn. Unter den buschigen Augenbrauen funkelten die Augen, als sein Blick zur Truhe wanderte. Dann teilte er den anderen seine Entscheidung mit.

8.

In den Bergen von Thrandheim

Der Wind trieb graue Wolken über die Berge und kräuselte die Oberfläche des Flusses Nid. Die Luft roch nach Schnee, und das kalte Wasser, das Malina umströmte, biss in ihre nackten Unterschenkel und ließ ihre Füße taub werden. Sie überlegte, ob sie zum Ufer zurückwaten sollte, um sich ein wenig aufzuwärmen. Schon viel zu lange stand sie im Fluss.

Doch dann waren sie plötzlich da! Überall waren sie, und ihre schlanken Schatten huschten stromaufwärts durchs Wasser.

Malina hob den Speer, den sie aus einem Haselstock geschnitzt und angespitzt hatte. Am unteren Ende hatte sie ein Seil befestigt und es an ihr rechtes Handgelenk gebunden. In den vergangenen Tagen hatte sie erfolglos nach Lachsen Ausschau gehalten. Doch jetzt hörte sie das Platschen der aus dem Wasser springenden Fische und konzentrierte sich auf ihre Bewegungen.

Kommt näher, flehte sie. Kommt näher!

Sie vergaß das Wasser, das mit eisigen Zungen an ihren Beinen leckte. Sah nur noch die flinken Schatten zwischen den Steinen unter der Oberfläche. Hörte nicht mehr ihren knurrenden Magen, der in den Tagen, seitdem sie den Jarlshof verlassen hatte, nur Blaubeeren, Pilze und Flechten bekommen hatte. Ihr Magen gierte nach richtiger Nahrung.

Malina wartete. Sie durfte nicht riskieren, die Fische durch einen Fehlwurf oder eine unachtsame Bewegung zu verschrecken. Aber es musste bald geschehen, sonst riskierte sie, dass die Kälte sie krank machte.

Da schob sich ein gut drei Fuß langer Lachs vor ihren Füßen langsam über den kiesigen Grund.

Malina zielte mit dem Speer eine Handbreit unterhalb des Fisches. Hakon und der alte Thorleif hatten sie einige Male zum Lachsstechen mitgenommen. Sie hatten ihr erklärt, dass das Wasser den Blick täuschte und der Fisch niemals an der Stelle war, an der man ihn sah. Damals hatten sie reiche Beute gemacht, wenn die Lachse im Spätherbst in den Fluss zogen. Aber damals hatten sie auch richtige Fischspieße gehabt, die mit drei Eisenspitzen versehen waren, und deren Widerhaken die Fische festhielten wie ein Raubtier seine Beute zwischen den Kiefern.

Der Lachs hielt noch immer still. Nur seine Flossen wedelten über dem Grund.

Malina holte aus und schleuderte den Speer, der sich ins Fleisch des Fisches bohrte. Sogleich schoss der Lachs davon. Wasser spritzte, und das Seil straffte sich. Die hellen Flanken blitzten auf. Dann durchbrach der Fisch die Oberfläche, sprang hoch und klatschte zurück in die Fluten.

Das Seil zerrte an Malinas Handgelenk. Sie spürte die Kraft des Tieres, die ruckartigen Fluchtbewegungen und begann, hinter dem Lachs herzuwaten, damit die Spannung des Seils nicht zu stark und der Speer aus dem Fischkörper gezogen wurde.

Scharfkantige Kiesel drückten sich in ihre Füße. Schritt um Schritt stapfte sie voran, bis sie mit dem rechten Fuß gegen einen größeren Stein stieß. Sie wankte, verlor das Gleichgewicht und stürzte in den Fluss. Eiskaltes Wasser schlug über ihr zusammen. Sie spürte einen harten Ruck am Handgelenk, bevor die Spannung nachließ und das Seil erschlaffte.

Wut und Enttäuschung packten Malina. Fluchend rappelte sie sich auf, wand den Knoten am Handgelenk auf und warf den Speer in den Fluss, wo er von der Strömung davongetragen wurde.

Zitternd schleppte sie sich zum Ufer und schlüpfte in ihre

Schuhe. Dann folgte sie in ihren nassen Kleidern dem Pfad, der sich durch das Unterholz den Berghang hinaufwand. Das Rauschen der letzten Blätter, die noch dem Herbst trotzten, begleitete ihren einsamen Marsch durch den sich jetzt rasch verdunkelnden Wald.

Im Dämmerlicht erreichte sie die Hütte unterhalb des Felsvorsprungs. Es war eine schlichte Behausung mit Wänden aus groben, geschälten Baumstämmen und einem flachen Dach. Die Hütte lag etwa einen Tagesmarsch von Hladir entfernt. Früher hatte sie Jägern als Schutzunterkunft gedient, wenn sie auf der Jagd nach Elchen, Wildschweinen oder Rehen vom Wetter überrascht wurden.

Vor längerer Zeit hatte Malina mit Hakon hier eine Nacht verbracht, als sie durch die Berge gestreift waren. Nach dem Streit mit Bergljot hatte sich Malina an die Hütte erinnert. Aus einem Schuppen auf dem Jarlshof hatte sie das Seil, das sie vorhin dummerweise in den Fluss geworfen hatte, sowie ein Messer und zwei Decken mitgenommen. Für den nahenden Winter war sie jedoch trotz der Decken denkbar schlecht ausgerüstet.

Aber sie würde nicht zu Bergljot zurückkehren. Was sie stattdessen tun sollte, war ihr nicht ganz klar. In den ersten Tagen war sie damit beschäftigt gewesen, das eingefallene Dach der Hütte mit Laub, Ästen und Grassoden auszubessern, Feuerholz zu suchen und Beeren und Pilze zu sammeln.

Sie war überzeugt, dass sie überleben würde. Gleich morgen wollte sie einen weiteren Versuch unternehmen, einen Lachs zu fangen, und sie würde den Fischen so lange nachstellen, bis sie einen gefangen hatte.

Sie war zäh und hatte niemals aufgegeben, in dieser Welt der bösen Menschen – mit Männern, die sie ausbeuteten und sich an ihr vergingen, mit Huren, die ihr den Lohn stahlen. Malina kannte Hunger, sie kannte Leid und Entbehrungen und hatte all das überwunden. Doch nun musste sie eine weitere Nacht überstehen, mit leerem Magen und nassen Kleidern.

Sie stieß die Tür auf und trat ein. Durch Ritzen zwischen den Baumstämmen und Löchern im Dach sickerte dünnes Dämmerlicht in die Hütte. Es roch nach morschem Holz und kaltem Rauch.

Sie ging zur Feuerstelle, die in den mit dünnen Kiefernstämmen ausgelegten Boden eingelassen worden war und zerrte sich die nassen Kleider vom Leib. Dann kniete sie vor der kleinen Grube nieder und hielt eine Hand über die von Asche bedeckten Holzreste. Die Glut war längst erloschen.

Malina zitterte am ganzen Körper, während sie nach dem Bogen suchte, den sie am Morgen neben die Feuergrube gelegt hatte. Doch nun lag er ein Stück weit davon entfernt. Offenbar hatte ihre Erinnerung sie getäuscht. Der Bogen bestand aus einem Haselzweig, der mit einem Hanfseil gespannt war. Sie schlang das Seil um ein Holzstück und drückte es auf ein Stück Baumrinde. Indem sie den Bogen hin- und herbewegte, sollte die Rinde so heiß werden, dass Glut entstand. Doch sosehr sie sich bemühte, es stieg kein Rauch auf.

Vermutlich war das verdammte Holz auch noch feucht geworden!

«Brenn endlich!», keuchte sie. «Brenn!»

Als nichts geschah, wurde sie von einem Gefühl ohnmächtiger Wut übermannt. Sie schleuderte Bogen und Holzstück in eine Ecke und kroch zu dem Lager aus Reisig und Binsen. Dort lehnte sie den Rücken gegen die Wand, legte die Decken über ihren ausgekühlten Körper und zog die Beine ganz fest an.

Ihr war eiskalt. Sie spürte Tränen über ihre Wangen laufen, als sie plötzlich erstarrte. War da nicht ein Geräusch gewesen? Ein Geräusch vor der Hütte?

Die Tür öffnete sich, und eine Gestalt erschien darin, die sie im Gegenlicht nicht erkennen konnte. Die Tür wurde wieder geschlossen. Ein Schatten bewegte sich auf sie zu. Sie wollte nach dem Messer greifen, da fiel ihr ein, dass es am Gürtel hing, und der war bei den Kleidern neben der Feuergrube.

Der Schatten näherte sich. Schritte auf dem knackenden Boden. Bei der Feuerstelle blieb er stehen.

Die Tür! Malina riss die Decken weg und sprang auf. Sie musste die Tür erreichen, sich im Wald verstecken!

Doch der Schatten stellte sich ihr in den Weg, und sie prallte gegen einen harten Körper. Kräftige Hände hielten sie fest. Malina schlug zu, traf irgendetwas, schlug erneut zu. Ihre Handgelenke wurden gepackt, und sie hörte eine Stimme, zunächst wie aus weiter Ferne.

Seine Stimme!

Sie stöhnte, und ihre Beine knickten ein. Er hielt sie fest, führte sie zum Lager zurück und legte sie darauf nieder. Seine Hand strich über ihr tränenfeuchtes Gesicht. Sie spürte die Decken, die er über sie zog, bevor er sie darin einwickelte.

«Wie hast du mich gefunden?», flüsterte sie.

Hakon antwortete nicht. Er wendete sich ab, holte den Bogen und das Holzstück und ging damit zur Feuerstelle. Sie hörte die kratzenden und schabenden Geräusche auf der Baumrinde. Kurz darauf sah sie einen kleinen Lichtpunkt in der Dunkelheit aufglimmen, der rasch größer wurde, als das trockene Moos Feuer fing und Hakon damit in der Grube Späne entzündete. Er legte Holz nach. Flammen loderten auf.

Er saß mit der Seite zu ihr beim Feuer und wischte dunkle Haarsträhnen aus seinem Gesicht. Das harte, stille, dunkle Gesicht, das so selten lachte, das aber dennoch freundlich und vertraut auf sie wirkte.

Als das Feuer richtig brannte, kam er zu ihr, nahm sie in die Arme und trug sie zum Feuer. Nachdem er sie behutsam abgesetzt hatte, schlug sie die Decken auseinander, um die Wärme an ihren

Körper zu lassen. Dann setzte er sich ihr gegenüber und betrachtete sie über die tanzenden Flammen hinweg.

«Woher wusstest du, dass ich hier bin?», wiederholte sie die Frage.

«Ich hatte es gehofft.»

«Und wenn ich mit einem Schiff weggefahren wäre?»

«Davon hätte man mir berichtet.»

«Ja ... du warst lange fort.»

«Es gab etwas zu erledigen.»

Und was du zu erledigen hattest, wirst du mir wohl kaum verraten, dachte sie und versuchte zugleich, das Gefühl der Eifersucht wieder fortzuschieben.

Er soll sich eine Frau nehmen, die eines Jarls würdig ist. Eine Frau, die ihm Kinder schenken kann. Bergljots Worte.

Sie sah ihn aus einem mitgebrachten Beutel etwas herausnehmen. Im Feuerschein erkannte sie ein Stück Käse und einen geräucherten Fisch. Der Duft stieg ihr in die Nase, und das Wasser lief ihr im Mund zusammen. Als er ihr das Essen reichte, riss sie es ihm fast aus der Hand, biss in den Käse und in den Fisch und wieder in den Käse. Es schmeckte wundervoll!

Er beobachtete sie mit seinen dunklen Augen, während sie aß. Im Feuer knackte die Glut, und hin und wieder waren auf dem Dach Geräusche zu hören, die klangen, als würde ein Vogel, vermutlich der Rabe, dort oben umherspazieren. Die Wärme, das Essen – allmählich kehrten Malinas Lebensgeister zurück. Sie fühlte sich besser, nein, eigentlich fühlte sie sich so gut wie seit langem nicht mehr.

Sie wischte sich Fett und Krümel von den Lippen und sagte: «Aber ich kehre nicht mehr zum Jarlshof zurück.»

«Hm.»

«Ich komme allein zurecht.»

«Du hättest ihn beinahe gehabt.»

Sie zuckte zusammen. «Du warst unten am Fluss?»

«Wenn du nicht gestolpert wärst, hättest du den Fisch gefangen.»

Es gefiel Malina überhaupt nicht, dass er sie bei ihrem Missgeschick beobachtet hatte.

«Ich komme wirklich sehr gut allein zurecht», sagte sie noch einmal.

«Ja.»

Sie wartete auf eine weitere Reaktion. Aber er schaute sie nur an. Schatten flackerten auf dem verschlossenen Gesicht.

«Ich habe sie geschlagen», sagte sie dann.

«Das hat sie mir erzählt.»

«Und du glaubst ihr?»

Hakon zuckte mit den Schultern.

«Warum hast du mich trotzdem gesucht?»

«Ich möchte, dass du mich nach Hladir begleitest.»

«Nein!», entfuhr es ihr.

Sie meinte es ernst. Sie hatte geschworen, sich niemals mehr von Bergljot beleidigen und provozieren zu lassen. Dennoch musste sie sich eingestehen, dass es Momente gegeben hatte, in denen sie ihren Entschluss bereute – wenn die Kälte nachts in ihre Füße biss, wenn ihr Magen vor Hunger schmerzte, wenn sie wieder einmal ohne Fang vom Fluss zurückkehrte. Und wenn sie an Hakon dachte ...

«Sie will, dass du eine andere zur Frau nimmst.»

Sie sah Hakon das Gesicht verziehen und biss sich auf die Unterlippe. Verdammt! Warum hatte sie den Mund nicht halten können? Nun musste sie ihm wieder vorkommen wie ein eifersüchtiges Weib, das an nichts anderes denken konnte als an die Nebenbuhlerin. Oder war sie etwa genau das – von Eifersucht verblendet?

Er schob einen Scheit in die Flammen. Dann erhob er sich, kam um das Feuer herum, ließ sich neben ihr nieder und legte seinen rechten Arm um ihre nackten Schultern. Ein prickelndes Gefühl durchfuhr ihren Körper.

«Ich habe dir gesagt, dass Thordis nicht wichtig für mich ist, nicht als Frau. Nicht nur einmal habe ich dir das gesagt.»

«Ja», erwiderte Malina leise. «Aber sie ... ist so ...»

Sie brachte den Satz nicht zu Ende. Er hatte ihren Namen so beiläufig ausgesprochen, als rede er über irgendeine Frau, die keinerlei Bedeutung hätte. Dabei war Thordis die Tochter des Jarls vom Naumudal nördlich von Thrandheim. Ihr Vater, Asgeir Asmundsson, war ein einflussreicher Bauer, der über ein großes Gebiet herrschte und viele Männer zu den Waffen rufen konnte. Schon aus dem Grund wäre es vernünftig, Hakon würde Thordis zur Frau nehmen und sich dadurch die Unterstützung der Naumudaler sichern.

Der andere Grund, der Malina schlaflose Nächte bereitete, war Thordis' weithin gerühmte Schönheit. Noch in entfernten Gegenden vertrieben sich Männer die tristen Nächte mit Geschichten über die schöne Jarlstochter. Wer ihr begegnete, konnte seinen Blick nicht abwenden von ihrem langen, blonden Haar, von den roten Lippen, ihrer hellen, makellosen Haut und dem verführerischen Körper, den sie noch in den dicksten Kleidern zur Geltung bringen konnte. Malina hatte Männer erlebt, die nur noch wirres Zeug von sich gaben, wenn Thordis den Raum betrat.

Aus diesen Gründen verstand es niemand, warum Hakon Thordis nicht zur Frau nahm. Er hatte Malina erzählt, dass er nur eine Nacht bei ihr gelegen hatte. Es war in dem Winter gewesen, bevor Hakon ins Sachsenreich gereist war, wo er Malina kennengelernt hatte. Das Ergebnis der Nacht mit Thordis hieß Aud, war inzwischen vier Jahre alt und hüpfte und trällerte meist fröhlich durch den Jarlshof.

Als Jarl Asgeir Asmundsson von der Schwangerschaft seiner Tochter erfuhr, hatte er darauf bestanden, dass Hakon Thordis zur

Frau nahm. Doch Hakon weigerte sich, und Asgeir verwies ihn des Hofs – zusammen mit der Bastardtochter, die seither bei Hakon lebte. Außerdem kündigte Asgeir den Throendern die Gefolgschaft. Ein Waffenbündnis würde er erst erneuern, wenn es eine Hochzeit zu feiern gab.

Warum also sollte sich Hakon für sie, für Malina, die unbedeutende Slawin vom Stamm der Varnower, entscheiden? Das war ihr ebenso ein Rätsel, wie es eines für die Throender und die Naumudaler war.

«Du misstraust mir!», hörte sie ihn sagen, und es schnürte ihr die Kehle zu. «Habe ich dir einen Anlass gegeben, mir nicht zu vertrauen?»

«Nein ... ich weiß nicht ...»

Er zog seinen Arm zurück.

«Nein!», stieß sie aus. «Bitte geh nicht ...»

Er nahm einen Stock und schürte die Glut. Funken wirbelten auf. «Ein Mann braucht eine Frau, die ihm glaubt.»

Malina streckte den Rücken durch. Frag ihn!, dachte sie. Sie hatte schon genug unbedachte Worte gesagt. Da kam es auf ein paar mehr auch nicht mehr an.

«Warum sagst du mir nicht, wo du gewesen bist?»

Die Hand mit dem Stock hielt inne.

Ein Schauer lief Malina über den Rücken. Sie griff nach einer Decke und bedeckte damit ihre Blöße. Aus den Augenwinkeln beobachtete sie, wie er den Stock aus der Glut zog, in der Mitte zerbrach und die Teile ins Feuer warf.

«Habe ich damals an deiner Aufrichtigkeit gezweifelt?», fragte er dann.

«Damals?» Ihr war unklar, wovon er sprach.

Er wandte ihr sein Gesicht zu, das hart wie ein Fels war.

«Skarpedin», sagte er. «Glaubst du, ich hätte nicht bemerkt, wie er dich mit seinen Blicken verfolgt hat?»

Malina runzelte die Stirn. Skarpedin war der Halbbruder eines Mannes namens Pálnir, mit dem Hakon über die Meere gefahren war. Pálnir und Skarpedin waren Seeräuber, harte Männer, denen ein unheilvoller Ruf vorauseilte und die an allen Küsten gefürchtet waren. An einem Sommerabend vor etwa drei Jahren war ihr Schiff im Hafen von Hladir eingelaufen, und Hakon hatte die beiden Männer und ihre Mannschaft aufgenommen. Auf dem Jarlshof wurde ein Gelage gefeiert, und Skarpedin hatte dabei tatsächlich die Augen nicht von Malina genommen. Wenn Malina ehrlich war, hatte ihr seine Aufmerksamkeit durchaus geschmeichelt.

«Aber ... ich wäre doch niemals darauf eingegangen», protestierte sie.

«Ich vertraue dir», erwiderte Hakon, «so, wie du mir vertrauen solltest.»

Die Geschichte mit Skarpedin war zwar nach Malinas Meinung überhaupt nicht mit der von Thordis zu vergleichen, aber sie nickte. Sie war erleichtert, als Hakon seinen Arm wieder um ihre Schulter legte.

«Es herrscht Krieg», sagte er. «Graufell wird uns angreifen, wenn er stark genug ist und wenn er genug Reichtümer angehäuft hat, um ein Heer mit guten Waffen auszurüsten. Wir haben gekämpft, um das zu verhindern. Nur aus dem Grund war ich fort! Wir haben einige seiner Männer getötet und zwei Schiffe erbeutet. Sie liegen im Hafen. Du kannst mitkommen und dich davon überzeugen.»

Malina wusste nicht, was sie darauf erwidern sollte.

Hakon holte etwas aus der Ledertasche, die an seinem Gürtel befestigt war. Es war eine Halskette. Im Feuerschein funkelten blaue und grüne Perlen aus Glas und orangefarbene aus Bernstein.

Er nahm die Decke von ihren Schultern und legte ihr die Kette um den Hals. Malina bekam eine Gänsehaut, als sie die kühlen Perlen auf der Haut spürte.

«Sie ist wunderschön», flüsterte sie.

Hakon erhob sich und zog Malina mit sich. Er führte sie zum Lager und breitete die Decken aus. Sie setzte sich, während er den Gürtel abnahm und dann seine Kleider auszog. Als er zu ihr kam, ließ sie sich auf das Lager sinken. Und sie wünschte sich in diesem Moment nichts sehnlicher, als dass er ihr die Zweifel nehmen könnte, wie er ihr die Wärme zurückgegeben hatte.

Doch die Zweifel waren noch da, irgendwo, ganz tief in ihrem Innersten ...

9.

Mündung des Thrandheimfjords

Der Schnee schob sich wie eine weiße Wand vom Meer über die Felsenküste. Böen trieben dicke Flocken vor sich her und peitschten sie weiter ins Landesinnere. Auf einem Bergplateau über der Küste hockten zwei Männer im Windschutz einer Felswand. In dicke Decken gehüllt duckten sie sich zwischen Holzhaufen, die zum Schutz vor Feuchtigkeit mit Ziegenfellen abgedeckt worden waren, während der Wind um die Felsen fauchte und die weißen Massen an ihnen vorbeijagte.

Einer der Männer hieß Ölvir, er war jung, noch keine siebzehn Jahre alt. Der andere war Armod, ein Krieger und gefürchteter Schwertkämpfer.

Als Armod, der fast doppelt so alt war, sah, wie Ölvir seine klammen Hände aneinanderrieb, zog er seine Handschuhe aus und reichte sie ihm. Ölvir schlüpfte hinein und schob seine Hände unter Decke und Mantel über Kreuz unter seine Achseln.

Diese Kälte, dachte Ölvir, diese verdammte Kälte!

Vor drei Tagen hatten sie die anderen Wachposten abgelöst und froren sich seither hier oben den Hintern ab.

«Und warum das alles?», fragte Ölvir bei sich.

«Hm?», machte Armod.

«Warum sitzen wir hier?»

«Der Jarl weiß es.»

«Ach ja?», gab Ölvir missgelaunt zurück. «Du hast gut reden. Ich werde auf unserem Hof gebraucht. Wir waren mit dem Abtrieb der Schafe beschäftigt, als der Befehl kam, ich müsse mich in Hladir einfinden. Dabei braucht mein Vater jede Hand, um die Tiere in die Ställe zu bringen und den Hof winterfest zu machen.»

«Junge, es könnte bald keinen Hof mehr geben, der dich und deine Familie versorgt!»

«Niemand ist so verrückt, bei diesem Wetter in See zu stechen!»

Armod wandte sich wieder dem Schneetreiben zu, und Ölvir seinen Fingern, die er in den Handschuhen bewegte. Allmählich kehrte das Gefühl zurück. Es waren gute Fäustlinge aus dickem Leder, innen mit weichem Fell. Der Jarl sorgte für seine Krieger. Aber Ölvir war nur der Sohn eines *bóndi*, eines Bauern, und er hatte wichtigere Sachen zu erledigen, als auf diesem Wachposten zu versauern. Das war so unsinnig, wie einem Schaf nach dem Abtrieb das Fell zu scheren und es im Winter der Kälte zu überlassen.

Dennoch hatte Ölvirs Vater es nicht verhindern können. Seit vielen Jahren gab es das Gesetz, das für alles bewohnte Land galt, so weit Lachse darin in den Flüssen aufsteigen konnten: Demnach hatte jeder Hof im Kriegsfall Männer zu stellen, und der Thing hatte Jarl Hakon Sigurdarson zum obersten Kriegsherrn der Throender am Thrandheimfjord gewählt. Ölvirs Vater hatte zwar versucht einzuwenden, dass von Krieg derzeit keine Rede sein könne. Aber darauf waren die Männer des Jarls nicht eingegangen, und so hatte sich Ölvir zusammen mit anderen Bauern auf den Weg nach Hladir gemacht, anstatt bei der Familie zu bleiben.

Während er nun, zitternd vor Wut und Kälte, auf dem Berg saß, schwor er sich, nach der Rückkehr auf seinen Vater einzuwirken, damit der sich bei der nächsten Thingversammlung für die Abwahl des Jarls stark machte. Es würde sich schon jemand finden lassen, der die Throender mit mehr Sinn und Verstand führte. Ölvir wusste, dass er nicht der einzige Mann war, der so dachte und der genug hatte von der fortwährenden Alarmbereitschaft für den Fall, dass Harald Graufell oder irgendein anderer Bastard angreifen würde.

Seit Ölvir sich erinnern konnte, lagen die Throender im Streit mit den von Graufell beherrschten Ländern sowie mit den Dänen unter Harald Blauzahn. Natürlich hasste auch Ölvir all diejenigen, die versuchten, die Throender unter ihre Herrschaft zu zwingen, um von ihnen Abgaben zu erpressen oder ihnen den Glauben an den neuen Gott aufzuzwingen. Wie viele andere sehnte er sich jedoch nach Frieden. Er hatte genug davon, inmitten eines Schneesturms auf einem Berg an der Fjordmündung zu sitzen, anstatt daheim zu sein, wo er hingehörte – bei seinem Vater, seiner Mutter, den Brüdern und Schwestern. Und er dachte voller Wehmut daran, wie sie nach getaner Arbeit am Abend im Wohnhaus bei Brot und Bier beisammensaßen, die Füße am knisternden Feuer. Stattdessen musste er diesen unsinnigen Dienst verrichten.

Nur weil der Jarl glaubte, jemand könne so wahnsinnig sein, zu dieser Jahreszeit ein paar Schiffe zu schicken.

«Sind deine Hände endlich warm geworden?», fragte Armod.

Ölvir zuckte mit den Schultern. «Geht so.»

«Dann gib mir die Handschuhe zurück und mach dich auf den Weg.»

Ölvir seufzte, nahm die Hände unter Mantel und Decke hervor, zog die Fäustlinge aus und seine Fellkappe tiefer ins Gesicht. Es hatte keinen Zweck, Armod zu widersprechen.

Er streckte die eingefrorenen Glieder und trat hinter der Felswand hervor, unter der das Lager eingerichtet war. Der Wind schleuderte ihm Schnee ins Gesicht. Mit unverminderter Stärke fauchte der Sturm über den Berg, und bald würde nach dem kurzen Tag die Dämmerung hereinbrechen. Leise vor sich hin fluchend machte sich Ölvir an den Aufstieg. Unter seinen Füßen knirschte frisch gefallener Schnee, der Armods Spuren von vorhin längst wieder unter sich begraben hatte.

Ölvir kämpfte sich hinauf bis zur Bergspitze. Dort fand er hinter einem Felsbrocken Deckung und spähte in die Ferne.

Weit draußen über dem Meer, jenseits der Inseln, schimmerten am Himmel helle Flecken durch den Schnee. Der Sturm würde sich also bald wieder verzogen haben. Allerdings bedeutete ein wolkenloser Himmel auch eine bitterkalte Nacht, und Ölvir beschloss, sich heute um keinen Preis davon abhalten zu lassen, ein Feuer zu entzünden, wenigstens ein kleines Feuer.

Natürlich würde Armod versuchen, das zu verhindern. Er hatte seine Befehle, und als Krieger des Jarls achtete er darauf, dass diese Befehle eingehalten wurden. Aber Armod würde wohl kaum riskieren, den Kältetod zu sterben. Außerdem könnte Ölvir mit dem Feuer warten, bis der Krieger schlief. Er würde schon aufpassen, dass die Flammen nicht zu hoch wurden. Sonst bestand die Gefahr, dass ihr Schein bei den Posten, die weiter im Landesinnern ausharrten, einen Fehlalarm auslöste. Sie würden dann nämlich ihrerseits die Feuer entzünden, bis sich das Signal den Fjord hinunter zum Adlerfelsen beim Jarlshof fortpflanzte, wo die vermeintliche Kriegsnachricht für helle Aufregung sorgen würde. Das wäre natürlich eine Katastrophe, und Ölvir wagte nicht, sich auszumalen, welche Folgen das für ihn hätte. Deshalb nur ein Feuerchen, kleine Flammen, über denen er seine Hände wärmen und seinen durchgefrorenen Körper auftauen konnte ...

Die Wolkengrenze hatte sich weiter gegen das Land vorgeschoben, und jenseits der Inseln wurde das offene Meer bereits wieder von hellem Licht geflutet. Rings um Ölvir tobte jedoch noch der Sturm. Schnee fegte über das Wasser, das schäumend und dunkel gegen die Küste brandete.

Ölvir wollte sich gerade wieder den Gedanken an ein Feuer hingeben, als er zwischen den tanzenden Flocken unten auf dem Wasser etwas zu sehen glaubte. Er wischte sich den Schnee aus den Augen und versuchte in dem Durcheinander etwas zu erkennen.

Und dann sah er es! Wie aus dem Nichts tauchte plötzlich ein

Schiff auf. Es näherte sich der Fjordmündung aus Richtung der Insel Hitra.

Er schirmte seine Augen mit der rechten Hand gegen den Schnee ab, und ihm stockte der Atem, als sich ein zweites Schiff aus dem Gestöber schälte – und dann ein drittes. Bei der Göttin Thorgerd Hölgabrud! Das waren keine Handelsschiffe, das waren Langschiffe, Kriegsschiffe!

Das Herz schlug Ölvir bis zum Hals. Alle Gedanken an ein Feuer waren wie fortgeblasen. Er würde gleich Wärme bekommen, viel Wärme. Jetzt ging es darum, ein Signalfeuer zum Brennen zu bringen.

Inzwischen waren vier Schiffe zu erkennen, nein, fünf. Eine Flotte, es war eine verdammte Flotte, die sich da unten auf den Fjord zuschob. Ölvir hatte keinen Zweifel, dass die Flotte nur ein Ziel hatte – Hladir!

Fünf Schiffe! Alles in Ölvir drängte danach, sofort zu Armod zu laufen. Aber er musste abwarten, ob weitere Schiffe kamen, damit sie die genaue Anzahl signalisieren konnten.

Sechs Schiffe!

Ölvir war gut im Zählen. Der Vater hatte es ihm beigebracht, damit er beim Schafabtrieb die ungefähre Anzahl an Tieren in der Herde abschätzen konnte, sodass sie den Überblick behielten, wann sie alle Schafe, die sie im Frühjahr auf die saftigen Bergwiesen gebracht hatten, wieder beisammenhatten.

Sieben Schiffe!

Ölvir überschlug im Kopf die Zahl der Männer, die auf den Schiffen unterwegs waren: Es mochten gut und gerne vierhundert sein.

Als kein weiteres Schiff mehr auftauchte, rannte Ölvir los, rutschte mehr, als dass er lief, den Hang hinunter, stolperte über seine eigenen Füße, landete mit dem Gesicht im Schnee, rappelte sich wieder auf und hastete weiter.

Armod sah sofort, dass etwas nicht stimmte, als der mit Schnee bedeckte Bauer in panischer Eile zum Lager zurückkehrte, und dem erfahrenen Krieger war klar, dass sie rasch handeln mussten.

«Wie viele?», fragte er nur.

Ölvirs Zähne klapperten so sehr, dass er kein Wort herausbrachte. Er hob beide Hände und spreizte sieben Finger ab.

«Bring Reisig zur Feuerstelle!», rief Armod.

Er selbst machte sich daran, die Ziegenfelle von den Holzstapeln zu zerren, während Ölvir die kleinen, unter einem anderen Fell liegenden Äste zusammenklaubte.

Sie mussten schnell sein. Wenn der Junge bei der Witterung so viele Schiffe erkannt hatte, konnten sie nicht mehr weit von der Mündung entfernt sein. Und vorher musste das Signal weitergegeben worden sein, damit sie die Feuer wieder löschen konnten, bevor man den Schein auf den Schiffen bemerkte.

Armod schleppte Armladungen mit Holzschciten zu der Feuerstelle am Rande des Plateaus, wo Ölvir bereits das Reisig bereitgelegt hatte und nun Armod mit dem Feuerholz half. Armod kniete neben dem Reisighaufen nieder, nahm den Bogen, in dessen Sehne er den Holzkeil spannte, und begann sogleich damit, ihn auf einem Brett zu drehen. Doch sobald etwas Glut aufglimmte, blies der Wind sie wieder aus.

Armod rief Ölvir zu sich, und gemeinsam versuchten sie, mit ihren Körpern den Anzünder zu schützen. Endlich sprang etwas Glut auf den Zunder über, ein kleines Bündel aus Moos und getrocknetem Baumpilz, den Armod in einem Lederbeutel aufbewahrt hatte. Kurz darauf fraßen sich Flammen durch das Reisig, züngelten empor und sprangen schließlich auf die Scheite über.

Ölvir hatte inzwischen eines der Ziegenfelle geholt, das er als Windschutz vor das Feuer hielt, während Armod weitere Scheite herbeischleppte. Es war zwar noch hell, aber bald loderten die Flammen so hoch auf, dass der nächste Posten sie sehen musste.

Armod nahm dem Bauern das Fell ab. Das Feuer war jetzt so stark, dass der Wind ihm nichts mehr anhaben konnte. Im Gegenteil waren die Böen nun hilfreich, da sie die Flammen anfachten. Armod begann, die Anzahl der Schiffe zu signalisieren, indem er in regelmäßigen Abständen den Feuerschein in Richtung der nächsten Wache abdeckte.

Die Hitze trieb ihm den Schweiß in Strömen aus den Poren, und es war nicht nur die Hitze, die ihn schwitzen ließ.

Sieben Schiffe, dachte er. Er ging davon aus, dass der Junge sich nicht verzählt hatte. Das waren viele Schiffe, viel zu viele Schiffe!

Der Jarl mochte mit einem Angriff gerechnet haben, aber ganz bestimmt nicht mit einer solchen Übermacht. Selbst wenn die Feuerzeichen rechtzeitig Hladir erreichten und der Jarl jeden verfügbaren Mann zu den Waffen rief, würde ihre Anzahl nicht zur Verteidigung Hladirs ausreichen.

10.

Thrandheimfjord

Grau und schwer zogen die Wolken über das Wasser, und als das erste Schiff, die Seeschlange, die Mündung des Fjords erreichte, ebbte der Schneesturm ab. Die Riemen wurden unter die Ruderbänke geschoben, die Masten aufgerichtet und die Segel wieder gehisst. Harald Graufell stand im Bug der Seeschlange, das dunkelblonde Haar unter einer grauen Fellkappe verborgen und die rechte Hand am Vordersteven, auf dem ein aus Holz geschnitzter zähnefletschender Dämonenschädel steckte.

Die Seeschlange war Graufells Stolz – der Stolz der Meere, mit einem Rumpf aus Planken, die man aus Eichenstämmen gespalten hatte und die nicht so schnell verrotteten wie Kiefer oder Esche. Graufell hatte das Schiff in Jorvik bauen lassen, der Stadt am anderen Ende des Nordmeers, in die sein Vater einst geflohen war. Jeden Schritt des Baus der Seeschlange, mit der er in die Heimat seiner Ahnen zurückgekehrt war, hatte Graufell selbst überwacht. Es sollte das beste Schiff werden, das jemals über die Meere kreuzte, und er hatte weder Kosten noch Mühen gescheut, denn er würde auf der Seeschlange die Herrschaft über die Länder am Nordweg erringen, die seinem Vater verwehrt worden war. Das Schiff sollte ihn von Sieg zu Sieg tragen, ihn reich machen und so viel Macht einbringen, dass er eines Tages den verhassten Bruder seiner Mutter, den Dänenkönig Harald Blauzahn, vernichten konnte.

Deshalb hatte Graufell die Baumfäller nicht aus den Augen gelassen, als sie in den Wäldern bei Jorvik die Eichen auswählten und ihre Stämme spalteten, und er hatte die Schmiede kontrolliert, die die Nägel aus Eisen hämmerten. Er war den Schiffbauern nicht von der Seite gewichen, während sie den Kiel auflegten, die Steven und Rippen aufzogen, die Planken nagelten und nieteten und Stränge aus mit Pech bestrichener Schafwolle dazwischenstopften. Er hatte eigenhändig die Fäden auf Festigkeit geprüft, mit denen Frauen die gewebten Wolltücher zusammennähten, bevor das Segel mit Fett und Bienenwachs eingeschmiert wurde. Es hatte ihn mit einem Glücksgefühl erfüllt, zu sehen, wie der Mast eingesetzt und das Rahsegel und die Takelage aus Walrosshäuten befestigt wurden.

Als die Seeschlange vom Stapel lief, stand er – genau wie heute – am Steven, den Wind im Gesicht, die zitternden Planken unter den Füßen und die Geräusche des knarrenden Mastes in den Ohren. Die Menschen waren in den Hafen von Jorvik geströmt, um dabei zu sein, als er mit dem prächtigen Schiff ausfuhr, um den Schwur seines Vaters zu erfüllen.

Graufell hatte Siege errungen, den Königshof Ögvaldsnes im Rogaland zurückerobert und in blutigen Schlachten die Länder von Raumsdal bis Agdir unter seine Herrschaft gezwungen. Nun war er an den Thrandheimfjord gekommen, um den Widerstand der starrköpfigen Throender zu brechen und alle zu vernichten, die sich ihm in den Weg stellten. Im Geiste sah er sich eine Schale in der Hand halten, die aus dem Schädel des Jarls von Hladir gemacht worden war und aus der er den Met trank.

Sieben Schiffe führte er gegen Hladir und gut vierhundert Männer, bewaffnet mit Schwertern, Schilden, Äxten, Bögen und Lanzen. Es war ein ordentliches Heer, kein überwältigendes, aber stark genug, um den Feind niederzuschlagen, denn der Feind, das wusste Graufell inzwischen, hatte viel weniger Männer unter Waffen, als er angenommen hatte.

So glitt die Flotte im nachlassenden Wind durch den Fjord. Als in der Dämmerung die Konturen der Berge vor dem sich verdunkelnden Himmel verschwammen, ließ Graufell das Segel wieder einholen und die Riemen auslegen. Er wartete, bis die anderen Schiffe zur Seeschlange aufgeschlossen hatten, und gab dann das Kommando beizudrehen, um zu einer Bucht zu rudern, die sich unterhalb der Berge am östlichen Ufer auftat, unweit jener Stelle, an der der Fjord breiter wurde und eine Biegung nach Osten beschrieb.

«Ihr wollt eine Rast einlegen?», hörte er eine Stimme sagen.

Der Bischof war an den Steven gekommen, begleitet von dem Hünen, der ihm stets wie ein Schatten folgte. Hinter ihnen warfen sich die Männer in die Riemen, und sechzig Ruderblätter schoben die Seeschlange auf das Ufer zu.

«Wir werden in der Bucht das Nachtlager aufschlagen», erwiderte Graufell.

Der Bischof spitzte die Lippen. «Lasst uns bei Nacht angreifen! Der Mond wird bald aufgehen und uns zu unserem Ziel geleiten.»

Dem Sachsen war die Ungeduld anzusehen. Für ihn stand viel auf dem Spiel. Es hatte Graufell einige Überredung gekostet, bis Poppo ihm einen Großteil des Schatzes ausgehändigt hatte, obwohl der Bischof die Stoßzähne noch nicht bekommen hatte. Aber die Argumente waren auf Graufells Seite gewesen: Der Kaiser des Bischofs wollte das Elfenbein haben, wie es die Sachsen nannten. Ohne ein Heer konnte Graufell es dem Jarl jedoch nicht abjagen. Kein Wunder also, dass der Bischof angespannt wie eine Bogensehne wirkte und seine ohnehin schmalen Lippen noch dünner waren. Würde der Angriff keinen Erfolg bringen, hätte der Sachse beides verloren – den Schatz und das Elfenbein.

«Die Männer sind erschöpft», entgegnete Graufell, «ihre Kleider sind durchnässt, und das Knurren ihrer Mägen ist lauter als das Geschrei der Möwen.»

Der Bischof wandte den Blick ab und schaute zum breiten Steinstrand der von hohen Felswänden umgebenen Bucht.

«Morgen bekommt Ihr Euer Elfenbein», sagte Graufell, «und ich herrsche über Thrandheim.»

Der Bischof bekreuzigte sich.

Im Hintergrund gab der Steuermann das Kommando, die Riemen einzuholen, und als sich der Kiel der Seeschlange in den kiesigen Untergrund bohrte, wäre der Munki beinahe nach vorn über die Bordwand geschleudert worden, hätte der Hüne ihn nicht festgehalten.

Graufell stützte sich am Steven ab und spürte das Zittern der Planken, dann kam das Schiff zum Stehen. Anhand der weiter oben auf dem Strand liegenden Schneekante war zu erkennen, dass sich das Wasser zurückzog. Bis zum nächsten Morgen würde die Flut wieder einsetzen und die Schiffe aufschwimmen lassen.

Nachdem die Männer an Land gewatet waren, sammelten sie Treibholz und schichteten mehrere Haufen auf. Da das Holz feucht war, dauerte es bis in die Dunkelheit hinein, bis Flammen emporschlugen und die Nacht erhellten. In dichten Trauben drängten sich die Männer um die Feuer, trockneten ihre Kleider und wärmten ihre Knochen. Graufell ließ die letzten Vorräte verteilen, Räucherfisch, hartes Brot, Zwiebeln und Bier. Morgen würden sie in Hladir die Vorratskammern plündern und sich die Bäuche vollschlagen. Es war davon auszugehen, dass die Kammern gut gefüllt waren. Die Throender-Fylki waren mit fruchtbaren Böden und saftigen Wiesen gesegnet, und die Aussicht auf die hohen Abgaben, die er den Throendern auferlegen würde, steigerte Graufells Laune.

An den Feuern wurde die Stimmung gelöster, je wärmer den Männern wurde und je mehr Bier sie tranken. Die Männer lachten, erzählten Geschichten von Schlachten und Weibern. Sie konnten es kaum erwarten, über die Frauen und Mädchen von Hladir herzufallen.

Als die Nacht schon weit fortgeschritten war und der Mond

fahl und rund über dem Fjord hing, beendete Graufell das Treiben. Ein betrunkenes Heer war ein schwaches Heer. Ein Teil der Mannschaft zog sich auf die Schiffe zurück, über die man Segeltücher gezogen hatte. Andere Männer rollten sich am Strand in Felle und Decken. Die Glücklichsten ergatterten einen Platz an den heruntergebrannten, aber noch wärmenden Feuern.

Graufell konnte noch nicht an Schlaf denken, obwohl es nicht mehr lange dauern konnte, bis die Morgendämmerung einsetzte. Er zog sich mit seinen Brüdern Gudröd und Sigurd Sleva, dem Bischof und dessen Hünen zu einer Feuerstelle unterhalb der Felswand zurück. Jemand legte Treibholz nach, und sie schauten in die Flammen, die sich zischend ins feuchte Holz fraßen.

«Der Bastard sitzt in der Falle», sagte Sleva nach einer Weile. Sein Gesicht war rot und erhitzt. Er hatte reichlich Bier getrunken. «Ich werde ihn ausweiden», lallte er, «und ich werde auf seiner Leiche tanzen ...»

«Er gehört mir!», unterbrach ihn Graufell barsch.

«Erst muss er uns zum Elfenbein führen», warf der Bischof ein.

«Und wenn er sich weigert?», meinte Sleva.

Auf den schmalen Lippen des Bischofs zeigte sich die Andeutung eines Lächelns. «Ich denke, ich habe hinreichend bewiesen, dass ich jeden Mann zum Reden bringe, oder?»

Graufell pulte eine Gräte aus seinen Zähnen und schnippte sie ins Feuer. «Der Jarl ist aus anderem Holz geschnitzt als der Mann, den Ihr Euch in Ögvaldsnes vorgenommen habt.»

«Wo ist dieser Dreckskerl eigentlich abgeblieben?», wollte Sleva wissen. «Wir hätten ihn längst töten sollen. Stattdessen schleppen wir ihn mit uns herum.»

«Aus gutem Grund, Sleva», sagte der Bischof und schickte den Hünen los, der kurz darauf einen Mann zum Feuer brachte.

Sogleich sprang Sleva auf den Mann zu, spuckte ihm ins Gesicht und zog sein Messer.

«Grani Grjotgardsson!», schrie Sleva. «Weißt du, was ich mit dir tun werde? Ich schneid ihn dir ab!»

Auf Granis Gesicht spiegelte sich Todesangst. Auf den ersten Blick schien er unverletzt zu sein, und abgesehen vom Humpeln wies nichts auf das Grauen hin, das er durchlebt hatte.

Es war nicht schwer gewesen, ihn als den Verräter aus der Würfelrunde, in der Sleva sein dummes Maul nicht hatte halten können, zu entlarven. Grani, so stellte sich heraus, hatte tatsächlich die geheime Schiffsreise an den Jarl verraten.

Wie es dem Bischof letztlich gelungen war, den Verräter zu entlarven, hatte sich Graufell nicht erschlossen. Der Sachse hatte darauf bestanden, die Männer aus der Würfelrunde allein und nur in Anwesenheit des Hünen zu verhören. Es dauerte nicht lang, bis er Grani in den Palas brachte und als den Schuldigen präsentierte. Natürlich stritt Grani zunächst alles ab – bis der Bischof ihn folterte. Graufell war beeindruckt gewesen, auf welche Weise der Bischof den Mann mit glühenden Eisen bearbeitete, bis er zugab, dass er vom Jarl nach Ögvaldsnes geschickt worden war, um herauszufinden, was der Feind plante. Graufell ärgerte sich, dass er Sleva überlassen hatte, die Männer für die Haustruppe auszuwählen – und so dem Verräter Tür und Tor geöffnet hatte. Aber letztlich hatte die Sache auch etwas Gutes: Von Grani wussten sie nämlich, dass der Jarl viel weniger Männer unter Waffen hielt, als Graufell angenommen hatte.

«Ich schneid ihn dir ab!», schrie Sleva erneut.

Der Lärm weckte ein paar Männer, die aus ihren Schlaflagern krochen und näher kamen.

Sleva riss Grani den Mantel von den Schultern, schlitzte dessen Tunika auf und zog ihm die Hose herunter, sodass seine Vorderseite entblößt war. Die Männer in der anwachsenden Menge betrachteten neugierig die Wunden auf Granis Oberkörper, die im Feuerschein rötlich schimmerten.

Sleva senkte das Messer und hielt es an Granis Gemächt.

«Du bist gesehen worden, Grani!», keifte Sleva. «Du und der Jarl! Er hat dir seinen nackten Hintern hingehalten, und ihr habt beide in dieselbe Richtung geschaut!»

Schallendes Gelächter erhob sich, und es wurde noch lauter, als Sleva an Granis Schwanz zog und die Messerklinge im Feuerschein aufblitzte.

«Nein», wimmerte Grani.

Da trat der Bischof vor, legte Sleva eine Hand auf den Arm und sagte: «Es reicht. Nimm das Messer da weg!»

Graufell beobachtete seinen Bruder aufmerksam. Er war gespannt, wie Sleva reagieren würde. Seine Augen drehten sich in den Höhlen; an den Schläfen traten Adern wie dicke, blaue Würmer hervor. Sleva war einen guten Kopf kleiner als die meisten Männer und von schmächtiger Statur. Gunnhild hatte niemals ein Wort darüber verloren, aber es gab nicht wenige Stimmen, die sagten, Sleva sei wohl nicht von Gunnhilds Gemahl gezeugt worden. Einmal hatte Graufell einem Mann das Genick gebrochen, weil der behauptet hatte, Slevas Vater sei ein Ziegenbock gewesen.

Slevas Messer bewegte sich nicht von Grani fort. «Ich schneid ihm das Ding ab!», rief er.

«Das wirst du nicht tun», entgegnete der Bischof ruhig.

«Aber er hat uns verraten!»

«Weil du deinen Mund nicht halten konntest.»

Für einen Moment schien es, als wolle sich Sleva auf den Bischof stürzen. Doch als der Hüne einen Schritt vortrat, zögerte Sleva.

Graufell war hin und her gerissen, ob er eingreifen sollte. Er kannte Sleva, und es stand zu befürchten, dass es Tote geben würde. Aber Graufell war auch neugierig, wie sich die Sache weiterentwickeln würde, und er wollte wissen, aus welchem Grund der Bischof sich für Grani einsetzte.

«Ihr habt wohl Mitleid mit dem Verräter?», fauchte Sleva.

Der Bischof schüttelte den Kopf. «Ich möchte nur vermeiden, dass er verblutet.»

Sleva ließ Grani los und tippte stattdessen mit dem Finger auf eine der Wunden. Grani stieß einen gequälten Laut aus.

«Verblutet?», rief Sleva. «Der da? Ihr selbst habt dem Bastard einen glühenden Spieß ins Fleisch gebohrt!»

«Dabei ist aber kein Blut geflossen», sagte der Bischof, noch immer vollkommen ruhig.

Gemurre wurde in der Menge laut. Inzwischen drängten sich mehrere Dutzend Männer um das Feuer. Graufell beschloss, dass nun der Zeitpunkt gekommen war, um einzuschreiten und zu demonstrieren, wer das letzte Wort bei Streitigkeiten hatte.

Da packte Sleva Grani plötzlich im Nacken und drückte ihn zum Feuer herunter. Die Flammen züngelten nur eine Handbreit vor dem schweißglänzenden Gesicht.

«Ich verbrenne ihn», keifte Sleva. «Dabei wird auch kein Blut fließen!»

Graufell schnellte vor, griff nach seinem Bruder und zerrte ihn und Grani vom Feuer weg.

«Geh schlafen!», befahl er. «Leg dich hin! Morgen kannst du töten!»

Sleva gab keine Ruhe. Er versuchte sich zu befreien, doch der Griff war zu fest.

Graufell wandte sich an den Bischof. «Aus welchem Grund soll Sleva den Verräter verschonen?»

«Ganz einfach – weil er Hladir kennt, alle Schlupfwinkel und alle Verstecke.»

Graufell nickte. Darauf hätte er selbst kommen können, auch wenn er meinte, dass sie Granis Wissen eigentlich gar nicht brauchten. Schließlich stand außer Frage, wer aus der bevorstehenden Schlacht als Sieger hervorgehen würde.

Er rief einige Männer zu sich und befahl ihnen, Grani eine Decke und einen Platz am Feuer zu geben, wo sie ihn bewachen sollten. Damit war die Sache für ihn erledigt.

Sleva jedoch, sein kleiner hitzköpfiger Bruder, war anderer Meinung.

«Der Munki und sein verfluchter Gott bringen nichts als Ärger und Unglück!», rief er.

Der Bischof zuckte zusammen und legte eine Hand an das Kruzifix auf seiner Brust.

«Halt endlich dein vorlautes Maul, Sigurd Sleva!», zischte Graufell.

«Ich ... scheiße auf seinen Gott!»

Da holte Graufell aus und schlug seinem Bruder mit der flachen Hand ins Gesicht. Sleva stieß einen wütenden Schrei aus und griff nach seinem Messer. Die Messerklinge blitzte auf. Graufell legte alle Kraft in seinen Arm und schleuderte Sleva gegen den Fels. Er prallte mit voller Wucht gegen den Stein, verlor das Messer, wankte und sank auf die Knie.

Alle Blicke richteten sich auf Sleva, der benommen wirkte und das Bewusstsein zu verlieren schien, als mit einem Mal ein ohrenbetäubendes Donnern die Nachtluft erfüllte.

Von einem Augenblick auf den anderen verschwand Sleva, als habe der Erdboden ihn verschluckt. Schnee, Sand und Kiesel spritzten Graufell ins Gesicht. Er spürte eine heftige Druckwelle. Unwillkürlich wich er einige Schritte zurück und wischte den Dreck aus seinem Gesicht. Als er zu der Stelle schaute, an der soeben noch Sleva gekniet hatte, glaubte er, seinen Augen nicht zu trauen.

Ein Felsbrocken hatte Sleva unter sich begraben. Zerquetschte, blutverschmierte Gliedmaßen – ein Arm, eine Hand, ein Bein – schauten unter dem Fels hervor. Und nicht nur dieser Brocken war wie vom Himmel gefallen, überall entlang der Felswände lagen jetzt große Steine.

Graufell wollte gerade schwören, angesichts dieser Gottesstrafe niemals wieder die Existenz des Allmächtigen anzuzweifeln, als die Hölle losbrach.

Feuer! Überall war Feuer, und die Luft war erfüllt von sirrenden, rauchenden Pfeilen!

Unzählige Brandpfeile gingen in der Bucht auf die Männer und die Schiffe nieder. Es dauerte nur einen Wimpernschlag, bis Graufell begriff, dass es doch nicht der Christengott war, der ihre Sünden sühnte, indem er Gesteinsbrocken regnen ließ und einen Feuersturm schickte. Es waren Krieger aus Fleisch und Blut, die sie vom Rand der Felsen unter Beschuss nahmen!

In der Bucht brach heillose Panik aus. Männer irrten umher, schlaftrunken und vollkommen überrascht versuchten sie, Deckung zu finden, die es nirgendwo gab.

Graufell riss einem Mann einen Schild aus den Händen, hielt ihn sich über den Kopf und hastete zum Ufer. Sie mussten die Schiffe retten, mussten sie außer Reichweite der Pfeile schaffen. Zwei Schiffe brannten trotz der feuchten Witterung bereits. Feuer schlug aus den Segeltüchern, die man über die Schiffe gezogen hatte. Graufell sah Männer darunter hervorkriechen, ihre Haare und Kleider standen in Flammen, und sie stießen Todesschreie aus.

Vor ihm stürzte ein Mann auf den Strand. Ein Pfeil ragte aus seiner Schulter. Flammen fraßen sich in den Mantel. Ein anderer Mann stolperte über den Verwundeten, fiel ebenfalls zu Boden, und ihre Körper zuckten, als sie von weiteren Pfeilen getroffen wurden. Ununterbrochen schwirrten die brennenden Geschosse durch die Luft, einen Schweif aus Rauch hinter sich herziehend.

Graufell rannte weiter zum Ufer. Das Wasser, das über Nacht abgelaufen war, war noch nicht wieder hoch genug angestiegen. Einige Schiffe lagen zum Teil auf dem Trockenen.

Er brüllte und schrie und schickte Männer zu den Schiffen, befahl, Eimer von Bord zu holen, um zu löschen, was noch zu retten war. Drei der sieben Schiffe standen mittlerweile in Flammen, die anderen, auch die Seeschlange, hatten erst wenige Treffer abbekommen.

Graufell spürte einen harten Ruck im rechten Arm, als sich ein Pfeil in den Schild bohrte. Er wirbelte herum, schaute zu den Felswänden, auf denen im Mondschein die Umrisse von Kriegern zu erkennen waren. In dem Durcheinander war es jedoch unmöglich, die Stärke des Feindes einzuschätzen. Die Angreifer waren oberhalb der Bucht verteilt, die zu einer tödlichen Falle geworden war.

Immer wieder drangen donnernde Geräusche an Graufells Ohren, wenn weitere Steine die Wände herabstürzten und Männer zermalmten, die hofften, unter den Felsen Schutz zu finden.

Die Schritte des Bischofs und des Hünen knirschten auf dem Kies.

«Helft, die Schiffe ins Wasser zu schieben», rief Graufell ihnen zu.

Sie folgten ihm über den rutschigen Untergrund, über Schnee und mit Algen bewachsene Steine bis zur Seeschlange, deren Bug auf dem Trockenen lag. Er befahl weitere Männer zu sich. Sie sollten mit Löschen aufhören und stattdessen beim Schieben helfen. Immer mehr Männer flohen aus dem Uferbereich zu den anderen Schiffen. In unverminderter Heftigkeit sirrten und zischten Pfeile durch die Luft, während sich der Kiel der Seeschlange langsam über die Wasserkante schob.

Graufell warf den Schild weg, stieß einen Mann zur Seite und stemmte sich mit aller Kraft gegen den Vordersteven. Schmerzen zuckten an seinem Oberschenkel auf. Aber der Pfeil hatte ihn nur gestreift, die Hose aufgerissen und war dann ins Wasser getaucht. Und dann ließ der Widerstand des Schiffes nach. Der Kiel schwamm auf. Männer zogen sich an den Planken hoch. Graufell sah den Hünen, der dem Bischof an Bord half, dann griff er selbst nach der obersten Planke und hievte sich an Deck.

Nachdem das Segel zusammengepackt war, warfen sich die Männer auf die Bänke, legten die Riemen aus und begannen zu rudern. Doch die Bewegungen waren unkoordiniert, Ruderblätter schlugen gegeneinander. Die Seeschlange drehte sich dem Ufer zu, anstatt Fahrt aufzunehmen. Graufell bestimmte einen Mann dazu, den anderen Kommandos zu geben, und endlich entfernte sich das Schiff von der Bucht.

Nur noch wenige Pfeile erreichten das Schiff, und als es noch weiter auf die dunklen Fluten hinausglitt, versiegte der Beschuss endgültig. Nur zwei andere Schiffe hatten es geschafft, auf das offene Wasser zu entkommen. Wie die Seeschlange lagen auch sie viel tiefer als sonst im Wasser, weil sie mit Männern überladen waren.

Graufell legte seine rechte Hand an den Steven. Erst jetzt bemerkte er, dass er am ganzen Körper vor Wut zitterte, weil er den Feind unterschätzt hatte.

Er befahl den Männern, das Rudern einzustellen, und schaute mit versteinerter Miene zur Bucht. Über den Felsen erhob sich ein heller Streifen. Graufell hatte jedes Gefühl dafür verloren, wie lange der Angriff gedauert hatte. Es schien eine Ewigkeit vergangen zu sein, seit Sleva von dem Felsbrocken getötet worden war.

Graufell trauerte nicht um seinen Bruder, ebenso wenig wie um die vielen Männer, deren Leichen im aufkommenden Dämmerlicht auf dem Kiesstrand zu sehen waren. Er schätzte, dass mehr als die Hälfte der Männer tot oder schwer verwundet waren, und das Sterben hatte noch kein Ende gefunden. Von den Felsen wurden gezielte Pfeilschüsse auf Männer abgegeben, die über den Strand irrten und in der Falle saßen. Es war ein langsames, grausames Abschlachten. Einige versuchten sich zu retten, indem sie ins eiskalte Wasser liefen, um zu den Schiffen zu schwimmen.

Keiner von ihnen kam jedoch weit, bevor die Kälte ihre Körper lähmte und sie in den Fluten versanken.

Wind kräuselte die Oberfläche. Die Seeschlange schaukelte sanft in den Wellen. Noch gab Graufell nicht den Befehl, das Segel zu hissen. Noch konnte er den Blick nicht abwenden von den Felsen, auf denen die Feinde nun deutlicher zu sehen waren.

Er wurde von ohnmächtiger Wut erfüllt, als er erkennen musste, dass die Feinde kaum mehr als hundert Krieger zählten. Er selbst hatte viele Männer verloren, mindestens zweihundert, und es war ein Gesetz des Krieges, dass es Opfer gab, ja. Aber von einem Feind geschlagen zu werden, der in einer solchen Unterzahl war, machte den Geschmack der Niederlage unerträglich bitter.

Hinter sich hörte er Schritte. Der Bischof und der Hüne zwängten sich an den vollbesetzten Ruderbänken vorbei. Das Gesicht des Bischofs war leichenblass, und die schmalen Lippen waren so fest zusammengepresst, dass sie kaum noch zu erkennen waren.

Der Sachse sprach kein Wort, stand einfach nur da und starrte.

Die Strömung hatte die Seeschlange erfasst, und sie entfernten sich immer weiter von der Bucht. Noch war zu sehen, wie Krieger die Felsen herabkletterten, über den Strand ausschwärmten, Überlebende erschlugen und Leichen ausplünderten. Möwen gesellten sich zu ihnen und hackten die Schnäbel in das frische Fleisch der Toten.

Da sah Graufell auf einem der Felsen über der Bucht die Gestalt eines Mannes auftauchen. Der Mann trug einen dunklen Mantel, und auf seiner Schulter saß ein schwarzer Vogel.

Der Jarl! Der gottverdammte Jarl!

Unbändiger Zorn stieg in Graufell auf. Der Bastard hatte an dem meilenlangen Fjord ihr Nachtlager ausfindig gemacht. Wie ihm das gelungen war, war ein Rätsel. Offenbar verfügte der Jarl über besondere Fähigkeiten, vielleicht sogar Zauberei, dunkle Magie, gegen die auch der Christengott machtlos zu sein schien.

Der Jarl stand regungslos über dem Abgrund, als sich der Rabe von seiner Schulter erhob und mit ausgebreiteten Schwingen in die Tiefe hinabsegelte. Dicht über der Wasseroberfläche schlug er die Flügel durch und schwebte auf die Seeschlange zu, kam näher und näher. Niemand an Bord sprach ein Wort. Alle starrten auf den Raben, der sich dem Schiff bis auf gut zehn Schritt näherte und dann plötzlich in die Höhe schoss. Das Rauschen des Flügelschlags drang an Graufells Ohren. Immer weiter stieg der Rabe auf, bis er nur noch ein schwarzer Punkt inmitten hellgrauer, treibender Wolken war. Dort oben kreiste er einige Male über die Schiffe und setzte dann zu einem Sturzflug an. Wie ein Stein fiel er geradewegs auf die Seeschlange herab, um im letzten Moment beizudrehen und elegant mit ausgebreiteten Schwingen auf der Mastspitze zu landen. Er öffnete den Schnabel und stieß heisere *rraapp-rraapp-rraapp*-Rufe aus.

Graufell, der vor nichts in der Welt Angst hatte, schauderte. Die Rufe klangen wie dreckiges, höhnisches Gelächter, und wahrscheinlich waren sie genau das.

Aus den Augenwinkeln nahm er eine Bewegung wahr, als jemand an Bord etwas nach dem Vogel warf. Es war ein Messer, das das Tier jedoch verfehlte. Der Rabe plusterte die Kopffedern auf, schleuderte den Männer ein letztes *rraapp* entgegen, bevor er sich wieder in die Lüfte schwang und davonflog, zurück zum Jarl.

Er hat gewonnen, dachte Graufell. Dieses Mal hat er gewonnen. Die alten Götter waren auf seiner Seite. Aber wir kommen wieder, und bis dahin hungern wir ihn und seine Brut aus, bevor wir sie vernichten und uns holen, was uns gehört!

Und dann trinke ich das Feiermet aus deinem Schädel! Ich trinke es auf dein Wohl!

11.

Die dänische Mark

Sie lauerten in einem Gebüsch.

Ein paar Schritt entfernt wand sich ein Pfad an kahlen Buchen und Eichen vorbei zu dem Dorf, einer Ansammlung von einem halben Dutzend Strohdachhütten. Es war ein kalter Tag im Monat *ianuarius* des Jahres 966. Der Wind trieb Schneeflocken vor sich her, die den Waldboden mit einer glänzend weißen Schicht überzogen.

Poppo zog die Handschuhe aus und hauchte in seine Hände. Seit dem Morgengrauen warteten sie schon, und mit einiger Erleichterung sah er endlich einen Mann aus dem Dorf kommen, der von der Statur her dem entsprach, wonach Poppo suchte. Auf dem Rücken schleppte er einen großen Korb mit sich, vielleicht um Feuerholz zu holen.

Als er an ihrem Versteck vorbeigegangen war, trat Skammkill hinter ihm auf den Weg und schloss mit ein paar langen Schritten zu ihm auf. Bevor der Mann ahnte, was geschah, schlug ihm Skammkill mit der Faust auf den Kopf wie mit einem Schmiedehammer. Der Mann brach geräuschlos zusammen.

Skammkill packte ihn an den Füßen und schleifte ihn in den Wald, während Poppo den beiden folgte und dabei mit einem Reisigbündel die Spuren verwischte. Der Neuschnee würde die Spuren zwar bald verdecken, aber Poppo wollte kein Risiko eingehen.

Gut hundert Schritt vom Weg entfernt legte Skammkill seine Beute hinter einem umgestürzten Baum ab. Der Mann stieß einen gequälten Laut aus. Als er die Augen öffnete, schlug Poppo das

Kreuz über ihn. Skammkill nahm die Umhängetasche ab und zog die Streitaxt aus dem Gürtel. Es dauerte einen Augenblick, bis dem Mann Skammkills Absicht bewusst wurde, und er riss Augen und Mund auf. Doch da fuhr die Axt schon auf ihn nieder und spaltete seinen Schädel. Das Blut spritzte auf den Schnee und Skammkills Fellhose.

Poppo kniete neben dem Toten nieder, zog dessen rechten Ärmel bis über den Ellenbogen hoch und tippte auf eine Stelle unterhalb des Handgelenks. Nachdem er zur Seite getreten war, durchtrennte Skammkill mit einem Axthieb den Unterarm. Poppo wickelte die abgetrennte Hand in ein Leinentuch, bevor er sie in der Tasche verstaute. Anschließend versteckten sie die Leiche unter einem Schneehügel und beseitigten die Spuren.

Den ganzen Tag über folgten sie dem Weg, der sich durch die Wälder der jütländischen Halbinsel zog und das dänische Reich mit der Hammaburg im Süden verband und der wegen der Viehtriebe «Ochsenweg» oder zu kriegerischen Zeiten auch «Heerweg» genannt wurde. Am späten Nachmittag erreichten sie einen Bach, über den eine Holzbrücke führte. Hinter der Brücke zweigte ein Pfad nach rechts ab, der sie zu einer Lichtung führte.

Sie blieben am Waldrand stehen, und Poppo spürte sein Herz schneller schlagen. Rauch waberte in dicken Schwaden über die Lichtung. In der Mitte des weitläufigen, von hohen Bäumen gesäumten Geländes stand auf einem kleinen Hügel ein Großsteingrab, zu dessen Fuß sich etwa zwei Dutzend Männer versammelt hatten. Sie waren mit Fellmänteln und Pelzkappen bekleidet und wärmten sich an einem Feuer, tranken und lachten und bereiteten sich offenbar auf das Julfest vor, das sie in dieser Nacht hier zu feiern gedachten.

«Egal was geschieht – du wirst niemanden angreifen», ermahnte Poppo Skammkill.

Der bedachte seinen Herrn mit einem langen Blick. Es schien eine Weile zu dauern, bis der Befehl in dem bleichen, mit dem Hahnenkamm gekrönten Schädel angekommen war.

Während des Marschs hatte Poppo ihm mehrmals erklärt, wie der Abend ablaufen würde und was Skammkill dabei zu tun hatte. Dennoch hielt er es für ratsam, ihn erneut darauf hinzuweisen.

«Hast du mich verstanden?», fragte er.

Skammkill zuckte nur mit den Schultern, aber Poppo kam nicht dazu, ihm die ganze Sache ein weiteres Mal darzulegen. Inzwischen waren die Männer am Steingrab auf die beiden aufmerksam geworden. Fünf von ihnen stapften durch den Schnee auf sie zu.

Poppo atmete tief durch. Nun gab es kein Zurück mehr. Die Dänen hatten die Mäntel hinter die Schwertscheiden gelegt, sodass sie die Klingen jederzeit ziehen konnten. Dass sie davon Gebrauch machen würden, wenn sie es für nötig hielten, stand außer Frage.

Poppo gab sich einen Ruck und trat den bärtigen, grimmigen Männern mit einem offenen Lächeln entgegen. Die Dänen musterten erst den unheimlichen Hünen, dann den Bischof, der mit einer grauen Kutte und einem Mantel aus Fuchsfell bekleidet war und auf dessen Brust deutlich sichtbar das Kruzifix hing.

«Du hast hier nichts zu suchen, Munki», sagte einer der Dänen, ein älterer Mann mit grauem Bart und rotgeränderten Augen.

Poppo breitete, noch immer lächelnd, seine Arme aus, als wolle er die Dänen umarmen, um seine friedlichen Absichten zu betonen.

«Es tut mir leid, euch beim Julfest zu stören. Aber ich muss euren König sprechen, denn das, was ich ihm mitzuteilen habe, duldet keinen Aufschub.»

«Ich kenne den Mann», sagte ein anderer Däne. «Er ist der Bischof aus Haithabu.»

Das schien den Alten nicht zu beeindrucken.

«Und der da?», fragte er mit Blick auf Skammkill. «Er trägt die Haare wie ein Krieger aus dem Friesenland.»

Poppo nickte nur und sagte: «Was ich zu sagen habe, ist wichtig. Äußerst wichtig!»

«Dann rück mit der Sprache raus! Was hast du zu sagen?»

Der Mann schien ein ranghöherer Däne zu sein, vielleicht ein reicher Bauer. Dennoch hatte Poppo nicht vor, ihm alles auf die Nase zu binden.

«Ich überbringe ihm eine Nachricht von seinem Neffen», antwortete er.

Der Alte hob die buschigen Augenbrauen. «Graufell? Dieser Dreckskerl? Was will der?»

«Das muss ich dem König selbst sagen.»

Der Blick des Dänen wanderte wieder zu Skammkill. «Der da soll seine Axt abgeben.»

Skammkill verzog das Gesicht zu einer Grimasse, die nichts Gutes verhieß. Ein Mann wie er gab seine Waffe niemals freiwillig heraus. Da Poppo jedoch geahnt hatte, dass die Dänen genau das verlangen würden, hatte er Skammkill eindringlich ermahnt, einer solchen Aufforderung Folge zu leisten. Widerwillig zog der Hüne also die Axt aus dem Gürtel und hielt sie dem Dänen hin.

«Er soll sie fallen lassen», sagte der Alte. Offenbar wollte er dem Hünen nicht zu nahe kommen.

«Mach schon!», zischte Poppo.

Die Axt fiel in den Schnee.

Doch der Däne ließ sie noch immer nicht passieren.

«Die Tasche!», schnaubte er. «Was schleppt er noch mit sich rum?»

«Nur ein Geschenk für den König.»

«Ich will es sehen!»

Poppo zögerte. Er hatte damit gerechnet, musste jedoch verhindern, dass die Dänen den Inhalt der Tasche kontrollierten. Also griff er selbst hinein und nahm den Kelch aus Silber heraus.

«Hm», machte der Däne, und sein Blick bekam einen verräterischen Glanz. Es war unschwer zu erkennen, dass der Kelch ein kostbares Geschenk war, ganz nach dem Geschmack habgieriger Dänen.

«Bring Harald das Geschenk», sagte er. «Sag, was du zu sagen hast, und dann verschwindet ihr wieder dahin, woher ihr gekommen seid.»

Er deutete mit dem Daumen über seine Schulter auf das Steingrab. «Das hier ist nichts für Munkis!»

Poppo schenkte dem Alten ein verständnisvolles Lächeln, und als er und Skammkill an den Dänen vorbeigingen, wichen sie zur Seite. Es gab Poppo ein Gefühl von Sicherheit, seinen Bluthund bei sich zu haben, aber letztlich wäre auch Skammkill machtlos gegen so viele Krieger. Deshalb durften sie sich nicht den kleinsten Fehler erlauben, und Poppos Herz schlug schneller, als sie sich dem Feuer unterhalb des Hügels näherten.

König Harald Blauzahn stand mit vor der Brust verschränkten Armen inmitten der anderen Dänen. Ihre Blicke waren so düster wie der Himmel, der in der Dämmerung von schweren, grauen Wolken bedeckt wurde.

Es war einige Jahre her, seit sich Poppo und Blauzahn das letzte Mal begegnet waren. Poppo hatte damals eine heidnische Zauberin angeklagt und dafür gesorgt, dass der Dänenkönig sie zum Tode verurteilte. Die Hinrichtung wurde zwar von dem aufsässigen Volk in Haithabu verhindert. Aber Blauzahn musste die Seherin verbannen. Poppo hatte nie erfahren, was aus dem Weib und ihren Kindern, einem Zwillingspaar und einem kleinen Mädchen, geworden war. Er war jedoch überzeugt, dass sie längst dort waren, wo sie hingehörten – in der Hölle.

Auf dem Gesicht des Königs, das so runzlig wie getrockneter

Schafsmagen war, zeichnete sich zwischen den grauen Augenbrauen eine tiefe Zornesfalte ab. Auch der Bart und das Haar, das unter der Pelzkappe hervorschaute, waren ergraut. Er mochte inzwischen weit über fünfzig sein. Unzählige Kämpfe und Gelage hatten ihre Spuren in dem wettergegerbten Gesicht hinterlassen, und unter dem Mantel wölbte sich ein ansehnlicher Bauch. Als er sich bewegte, glitzerte im Feuerschein die silberne Fibel, die seinen schweren Bärenfellumhang an der Schulter zusammenhielt.

«Ein Geschenk?», fragte er mit Blick auf den Kelch in Poppos Hand.

«Mit den besten Wünschen des Kaisers!»

Das war zwar glattweg gelogen, aber es konnte niemals schaden, den Dänen gegenüber den mächtigen Sachsenherrscher zu erwähnen, dem sie tributpflichtig waren.

Blauzahn nahm den Kelch und wog prüfend das Gewicht. Nachdem er das Geschenk offenbar für angemessen befunden hatte, reichte er es an einen anderen Mann weiter.

«Er ist zurückgekehrt, habe ich gehört», sagte Blauzahn.

«Ja, im vergangenen Winter hat der Kaiser die Alpen überquert», bestätigte Poppo.

«Und aus welchem Grund schickt er mir einen Bischof und ein Geschenk?»

«Es gibt Neuigkeiten von Eurem Neffen.»

Der Mund des Königs öffnete sich und entließ einige Atemwölkchen. Dann wurde der massige Körper mit einem Mal von einem heftigen Beben erfasst. Er begann lauthals zu lachen, und die anderen Dänen stimmten ein. Es war kein fröhliches Lachen, es war ein Lachen voller Hohn und Verachtung. So plötzlich, wie er zu lachen begonnen hatte, so plötzlich verstummte er wieder.

«Graufell!», stieß er aus und spuckte in den Schnee. «Was will der Hund? Will er endlich die Abgaben zahlen, die er mir schuldet?»

«Nun, er wäre dazu durchaus bereit, unter gewissen Umständen zumindest.»

«Umstände? Will der Wurm um meine Hilfe betteln?»

Einige der Dänen lachten wieder, und auch die Lippen des Königs verzogen sich zu einem Grinsen, das seine faulen Zähne entblößte, die ihm den Namen *blatand* eingebracht hatten.

«Er hat sich den Arsch verhauen lassen, er und die anderen Gunnhildssöhne», rief er. «Und weil sie zu feige sind, selbst herzukommen, schicken sie einen Bischof.»

«Ich nehme an, Ihr habt von der Schlacht am Thrandheimfjord gehört!», sagte Poppo.

Lautes Gelächter brach aus, und die Dänen verhöhnten Graufell und dessen Brüder.

«Es gibt kaum einen Mann, der nicht von der Niederlage erfahren hat», sagte Blauzahn. «Gute Nachrichten verbreiten sich schnell, auch im Winter.»

Poppo spitzte die Lippen. Es war an der Zeit, einen anderen Ton anzuschlagen.

«Ihr meint also, es sei eine gute Nachricht, wenn der Seeräuber Hakon Sigurdarson seine Macht im Norden ausbaut? Es würde mich doch sehr überraschen, wenn der Jarl *Euch* Abgaben zahlt. Sollte es so sein, bin ich gespannt zu erfahren, was Kaiser Otto davon hält, dass Ihr Euch auf Hakons Seite gestellt habt.»

Blauzahns Grinsen verschwand. Immer wieder hatte es erbitterte Kämpfe zwischen Dänen und Sachsen gegeben, und auch wenn der Frieden schon seit einigen Jahren hielt, so war er doch brüchig wie dünnes Eis. Blauzahn hielt die Waffenruhe zwar ein, aber er hatte den alten Göttern nach wie vor nicht abgeschworen, und auch heute Nacht würde er beim heidnischen Julfest die Götzen anbeten. Und die Niederlage am Thrandheimfjord hatte einen weiteren Rückschlag für Poppos Bemühungen bedeutet, den König auf den Pfad des wahren Glaubens zu führen.

«Jeder weiß, dass Graufell verloren hat, weil er den neuen Gott anbetet», rief ein Mann aus der Menge.

«Thor hat ihm Blitze in den Hintern gejagt!», rief ein anderer, was wieder für Gelächter sorgte.

Poppo kannte die grotesken Geschichten, die man sich inzwischen über die Schlacht erzählte. Der Götze Thor und andere Dämonen seien dem Jarl zu Hilfe geeilt, hieß es, und sie seien feuerspeiend über die Rogaländer hergefallen.

Die Dänen kamen näher, und die Luft schien dick und schwer zu werden.

Poppo sah aus den Augenwinkeln, wie Skammkill drohend seine Fäuste hob. Wenn er außer Kontrolle geriet – was bei ihm schnell geschehen konnte –, würde er wohl einige Dänen töten, aber es waren zu viele, und sie waren bewaffnet.

Poppo breitete die Arme aus und rief: «Bitte beruhigt euch! Es wird viel geredet über die Schlacht. Aber nichts davon entspricht der Wahrheit!»

«Woher wollt Ihr das wissen?», fragte Blauzahn.

«Ich war dort!»

Die feindseligen Rufe verstummten. Die Dänen liebten Geschichten, aber noch mehr liebten sie Berichte aus erster Hand.

«Ihr seid am Thrandheimfjord gewesen?», fragte Blauzahn überrascht.

«Da waren keine Dämonen und auch keine Götter. Der Jarl hat die Schiffe in einen Hinterhalt gelockt und mit Feuerpfeilen angegriffen.»

«Immerhin hat er Graufell besiegt und die falsche Schlange Sigurd Sleva getötet.»

«Aber nur, weil die Throender in der Überzahl waren. Es waren Hunderte Krieger, die uns im Schlaf überrascht haben. Trotzdem töteten die Männer Eures Neffen viele Angreifer. Der Jarl hat den Sieg teuer bezahlt. Es ist wahrlich keine Heldentat, derer man sich rühmen sollte, wehrlose Männer im Schlaf zu verbrennen.»

«Hunderte Krieger? Woher sollten die Throender so viele Männer bekommen? Es heißt, sie seien nur eine Handvoll gewesen, und Graufells Flotte habe aus zwanzig Schiffen bestanden ...»

«Das sind Lügen, nichts als Lügen! Euer Neffe kam nur mit drei Schiffen an den Fjord. Er war dazu gezwungen worden, es war Notwehr. Die Seeräuber haben seine Schiffe überfallen, Höfe angegriffen. Sie haben Alte und Kinder erschlagen, Mädchen vergewaltigt!»

Einige Dänen lachten. Mitleid war diesen Barbaren fremd.

Poppo musste zum Punkt kommen – und mit dem Schauspiel beginnen. Er reckte die Hände in die Höhe und richtete den Blick in den Nachthimmel. Der Mond war aufgegangen und schickte fahles Licht durch die kahlen Wipfel.

«Oh – Allmächtiger! Dir ist es zu verdanken, dass viele Rogaländer mit dem Leben davonkamen», rief er. «Das ist ein wahres Wunder! Und Gott, der Herr, wird Harald Graufell zum Sieg verhelfen!»

Er schaute zu Blauzahn, der die Arme vor der Brust verschränkt hatte und den Blick des Bischofs erwiderte.

«Dann braucht Graufell meine Hilfe wohl doch nicht!», knurrte er.

Poppo ging nicht darauf ein. Einige Male hatte er sich am Dänenkönig schon die Zähne ausgebissen, als er versuchte, ihn zu bekehren. Er hatte ihm Geschenke gebracht, hatte ihm den Erlass eines Teils der Abgaben an den Kaiser in Aussicht gestellt und ihm Land und Lehen versprochen. Doch Blauzahn blieb stur wie ein Ochse, der nicht ins Gehege wollte.

Aber Poppo brauchte den Dänenkönig – gerade jetzt brauchte er ihn mehr denn je. Die Missionierung der Heiden im Norden war bedroht. Alles, was Poppo und die anderen Geistlichen in vielen

Jahren harter Arbeit und trotz der Risiken für Leib und Leben aufgebaut hatten, war in Gefahr. All die zarten Pflänzchen, die in Gottes Namen aufgegangen und mit Seinen Worten gewässert worden waren, drohten, von den Heiden zertrampelt zu werden. Seit die Geschichte vom glorreichen Sieg des Jarls die Runde machte und von Lagerfeuer zu Lagerfeuer wanderte, verfielen immer mehr Menschen wieder den alten Götzen.

Auch Poppos Existenz stand auf dem Spiel. Kaiser Otto würde ihn fallenlassen wie heißes Eisen, wenn die Saat des Teufels wieder aufging – und wenn er sein verdammtes Elfenbein nicht erhielt.

Poppo brauchte unbedingt einen Erfolg, und den würde er nur bekommen, wenn es ihm gelang, den mächtigsten Dänen zum Christenglauben zu bewegen. Nur dann würde sich die Waagschale erneut zugunsten des Guten neigen.

Er musste handeln, obwohl die Voraussetzungen denkbar schlecht waren, Blauzahn in dieser Julnacht zu überzeugen. Die Umstände duldeten keinen Aufschub. Deshalb war Poppo hergekommen – zu den Barbaren, die ihm mit Hass und Missgunst begegneten, deren Blicke ihn wie glühende Klingen zu durchbohren schienen. Deshalb musste er alles aufs Spiel setzen, auch sein Leben! Deshalb musste das Feuer nun über das weitere Schicksal entscheiden.

Er schickte im Stillen ein Gebet an den Allmächtigen, als ihn plötzlich etwas an der Schulter traf. Jemand hatte ihn mit einem Stein beworfen. Auch Skammkill hatte es bemerkt. Poppo warf ihm rasch einen mahnenden Blick zu.

«Der Christengott ist schwach!», rief ein Däne.

«Er kann Odin niemals besiegen!», rief ein anderer.

Die Stimmung wurde aggressiver, drohte zu kippen. Der kleine Vorteil, den sich Poppo durch seine Erzählung von der Schlacht erarbeitet hatte, war verpufft.

«Mein Gott!», rief Poppo. «Rette mich vor meinen Feinden! Beschütze mich vor meinen Widersachern! Hilf mir gegen die Blutgierigen! Denn siehe, sie lauern auf mein Leben ...»

Ein Schwall Bier klatschte ihm ins Gesicht.

«Verschwinde, Munki!», brüllte jemand.

Schwerter wurden gezogen.

«Starke sammeln sich gegen mich, o Herr», fuhr Poppo unbeirrt fort. «Du aber lachst über sie! Du spottest über alle Heiden!»

Blauzahn beobachtete das Geschehen scheinbar teilnahmslos. Er befand sich ebenfalls in keiner einfachen Lage, war er doch schlau genug zu wissen, dass es Kaiser Otto nicht gefallen würde, wenn die Dänen Jagd auf Christen machten und einen Bischof töteten. Aber da lag noch etwas anderes im Blick des Königs. War es Bewunderung? Respekt? Wahrscheinlich beeindruckte es ihn, dass der Bischof trotz der aufgebrachten Männer standhaft blieb.

«Der Gott der Christen ist nicht schwach!», rief Poppo. «Er ist der Herr und der Starke, der Held im Streit!»

Da hob Blauzahn seine rechte Hand und gemahnte die Menge zur Ruhe.

«Wenn Euer Gott so stark ist, wie Ihr behauptet, Bischof, dann beweist uns seine Stärke!»

Poppo atmete auf. Darauf hatte er gewartet und gehofft. Er wandte sich direkt an Blauzahn, sprach aber so laut, dass alle Dänen seine Worte verstehen konnten.

«Gott wird Euch durch mich ein Zeichen geben!»

Das Grummeln wurde leiser, und die Feindseligkeit wich blanker Neugier.

«Tretet zurück!», rief er. «Lasst mich ans Feuer!»

Die Dänen zögerten. Von einem Bischof wollten sie sich nichts vorschreiben lassen. Erst als ihr König sich hinter das Feuer zurückzog, folgten sie ihm.

Poppo warf Skammkill einen eindringlichen Blick zu und hoffte, dass hinter dem bleichen Schädel die Gedanken am richtigen Platz waren.

«Gib mir das Eisen und die Zange!», befahl Poppo.

Skammkill griff in die Tasche und gab Poppo die geforderten Dinge, mit denen er zu Blauzahn ging.

«Die Stärke, die mir der Glaube an Gott verleiht, ist größer als der Schmerz des glühenden Eisens», sagte Poppo mit beschwörender Miene.

Dann wartete er einen Augenblick, bis die Bedeutung seiner Worte zu den Dänen vorgedrungen war.

Blauzahn verlangte, das Eisen zu sehen. Er drehte und wendete den etwa handlangen Barren, wog ihn ab und prüfte die Festigkeit.

«Ihr wollt Euch selbst der Eisenprobe unterziehen?», fragte er erstaunt und gab den Barren zurück.

Ein Raunen wanderte durch die Menge. Die Eisenprobe war nicht nur den Christen bekannt, von denen sie als Gottesurteil herangezogen wurde. Auch die Heiden nutzten die Methode, um anhand der Wunden, die durch das glühende Eisen verursacht wurden, den Rat ihrer Götzen einzuholen.

«Gott, der Herr, wird mich beschützen», sagte Poppo.

«Niemand übersteht die Eisenprobe unverletzt», gab der König zurück.

«Der Munki ist verrückt!», rief jemand.

Poppo kniete vor dem Feuer nieder und schob mit der Zange den Barren in die Glut. Dann erhob er sich und richtete sich zu voller Größe auf.

«Wenn der Gott der Christen schwächer ist als die alten Götter des Nordens, dann, ja dann wird mich das Eisen verbrennen. Dann wird es sich in mein Fleisch fressen und mich mit Höllenschmerzen peinigen. Dann werde ich Euch niemals wieder behelligen, Harald, Sohn des mächtigen Gorm. Dann werde ich eingestehen, dass der Herr Jesus Euren Götzen unterlegen ist!»

Poppo suchte Blickkontakt mit Blauzahn, der auf der anderen Seite des Feuers stand.

«Sollte der Gott, dessen treuer Diener ich bin, mich aber verschonen», fuhr Poppo fort, «werdet Ihr dann die Vormachtstellung des Christengottes gegenüber Euren Götzen anerkennen?»

Auf dem versteinerten Gesicht des Königs zeichnete sich keine Regung ab.

«Wenn Gott meine Wunden heilt», legte Poppo nach, «wenn der Schöpfer mich unantastbar macht für die Glut des Feuers – werdet Ihr dann bereit sein, den Segen Gottes zu empfangen?»

«Er soll sich die Hand verbrennen!», rief jemand.

Einige Dänen lachten.

«Und dann verbrennen wir ihn und sein Ungeheuer!», rief ein anderer.

«Unverwundbar?», fuhr Blauzahn dazwischen. «Ihr wollt sagen, dass Euer Gott Euch unverwundbar macht, Bischof?»

Es wurde still auf der Lichtung. Alle Blicke richteten sich auf Poppo. Er winkte Skammkill zu sich und gab ihm die Zange, während er seinerseits die Tasche an sich nahm.

Wie besprochen hockte sich Skammkill ans Feuer, packte den Barren mit der Zange, drehte ihn und pustete zugleich kräftig in die Glut. Funken stoben auf und tanzten um die Flammen. Mit kurzen Pausen wiederholte Skammkill dies mehrere Male.

Es dauerte eine Weile, bis das Eisen glühte wie in einem Schmiedefeuer. Als es endlich so weit war, verkündete Poppo den Dänen, dass er sich nun mit einem Gebet auf die Prüfung vorbereiten müsse. Er schritt den kleinen Hügel zum Steingrab hinauf, legte die Tasche auf dem obersten Stein ab und breitete die Arme weit auseinander.

«Der Herr ist in seinem heiligen Tempel», rief er, wobei er den Dänen den Rücken zukehrte. «Der Thron des Herrn ist im Himmel, und seine Blicke prüfen die Menschenkinder ...»

Er spürte seinen harten Herzschlag. Unter der Kutte trat ihm der Schweiß aus den Poren. Ganz ruhig!, befahl er sich, kämpfte gegen die aufkommende Panik an und fuhr mit dem Psalm fort:

«Der Herr prüft den Gerechten, aber den Gottlosen und den, der Frevel liebt, hasst seine Seele ...»

Langsam ließ er die Arme wieder sinken. Er stand noch immer mit dem Rücken zu den Dänen und verdeckte die Tasche mit seinem Körper. Er atmete einige Male tief ein und aus. Dann griff er in die Tasche und holte daraus die abgetrennte Hand des Bauern hervor, während er rief: «Der Herr lässt Schlingen regnen über die Gottlosen, Feuer, Schwefel und Glutwind ist das Teil ihres Bechers. Denn der Herr ist gerecht, er liebt Gerechtigkeit. Die Aufrichtigen werden sein Angesicht schauen.»

Als er geendet hatte, hielt er die steife Hand des Bauern unter dem weiten Kuttenärmel verdeckt fest. Er drehte sich wieder zum Feuer um, sah die Dänen im Flammenschein zu ihm hochstarren und Skammkill ins Feuer pusten. Mit gemessenen Schritten stieg er hinab zu Skammkill und forderte ihn auf, ihm das Eisen zu geben.

«Wartet!», hörte er Blauzahn sagen.

Poppo erstarrte. Wenn ihm der Dänenkönig zu nah käme, wäre alles verloren. Doch der wollte nur das Eisen prüfen, und als er die Hitze spürte, gab er mit einem Nicken sein Einverständnis.

Das Schauspiel konnte beginnen!

Ein unangenehmer Geruch stieg Poppo in die Nase, als Skammkill ihm das glühende Eisen in die tote Hand legte. Poppo stieß heisere Schreie aus. Das Fleisch dampfte und zischte.

Einige Dänen lachten, und ihr Lachen wurde lauter, als Poppo mit schmerzverzerrtem Gesicht vor ihren Reihen auf- und abschritt und schrie, als würde er die schlimmsten Höllenqualen durchleiden. Er krümmte und wand sich beim Gehen, und es schien, als würde er jeden Augenblick das Bewusstsein verlieren.

Doch je länger sein Leiden andauerte, desto mehr Dänen verstummten, bis das höhnische Gelächter vollkommen verklungen war und nur noch Poppos Schreie und seine gurgelnden und klagenden Laute die Lichtung erfüllten.

Die Mienen der Dänen waren gezeichnet von der Bewunderung, die sie ihm für seine Standhaftigkeit zollten, obwohl die Eisenprobe doch offensichtlich das Gegenteil von dem bewies, was der Bischof damit hatte bezwecken wollen. Schließlich bewahrte sein Gott ihn nicht vor Schmerzen und Wunden.

Ein halbes Dutzend Mal war Poppo vor dem Feuer auf- und abgeschritten, als er meinte, das Schauspiel beenden zu können. Mit einem heiseren Stöhnen sank er vor Skammkill auf die Knie, wobei er seine Augen so verdrehte, dass fast nur noch das Weiße zu sehen war. Er drehte die Hand, auf der sich das Eisen bis auf die Knochen durchgefressen hatte, dann ließ er es herunterrutschten. Es fiel zischend in den festgetretenen Schnee.

«Wasser!», stieß er gequält aus. «Wasser! Gib mir Wasser!»

Skammkill nahm ihn bei den Schultern, half ihm auf und schleppte ihn zum Steingrab, wo sie einen Trinkschlauch aus der Tasche nahmen und zugleich die verbrannte Hand darin verschwinden ließen.

«Das Kruzifix!», zischte Poppo. «Nimm es mir ab, schnell!»

Skammkill hob das Kruzifix am Lederband über Poppos Kopf, und während der voller Inbrunst weitere heulende Klagelaute ausstieß, kehrten sie zum Feuer zurück. Dort ließ er sich vor den Augen der Dänen von Skammkill das Kruzifix in die rechte Hand legen. Ein Raunen erhob sich, als die Heiden Zeuge wurden, wie der Schmerz aus den Gesichtszügen des Bischofs wich und er die rechte Hand hob – die unversehrte, auf wundersame Weise geheilte Hand.

Der Erfolg war größer, als Poppo es sich erträumt hatte. Er ließ von Skammkill in einem Krug Wasser aus dem Bach heranbringen, der nach Poppos Worten von nun an *heiligbek*, der heilige Bach, genannt werden sollte. Dann stellte er sich auf das von Fackeln beleuchtete Steingrab.

«Entsagt Ihr allen Opfern und Göttern, die die Heiden zum Kult und zu Göttern haben?»

Blauzahn nickte nur stumm, doch viele der anderen Dänen riefen lauthals: «Ja!»

Sie konnten es kaum erwarten, unter den Schutz dieses Gottes gestellt zu werden, der all ihre Wunden würde heilen können. Einige Männer begannen zu rangeln und gerieten in Streit darüber, wer als Erster von ihnen die Taufe empfangen durfte. Als Schwerter gezogen wurden, rief Blauzahn die Männer zur Ordnung, auch wenn sie der Meinung waren, es würde doch nichts schaden, sich gegenseitig ein paar ordentliche Wunden zuzufügen, da diese ja doch gleich wieder geheilt werden würden.

Daher gab es lange Gesichter, als Poppo den Männern etwas Wasser in den Wein schütten musste.

«Erst wenn ihr euch als Seine treuen und wahrhaftigen Diener erweist», klärte er sie auf, «wird Er euch so unverwundbar machen, wie Er es mit mir getan hat!»

Das schien zwar überhaupt nicht nach dem Geschmack der kampflüsternen Dänen zu sein, hatten sie doch geglaubt, gleich nach der Taufe die neuen Fähigkeiten in Zweikämpfen ausprobieren zu können. Aber zu Poppos Erleichterung blieben sie bei ihrer Entscheidung, und die Zeremonie konnte beginnen.

«Tut Buße!», rief er vom Steingrab. «Und jeder von euch lasse sich taufen auf den Namen Jesu Christi zur Vergebung der Sünden. So werdet ihr die Gabe des Heiligen Geistes empfangen. Denn euch gilt die Verheißung und euren Kindern und allen, die ferne sind, so viele der Herr, unser Gott, herzurufen wird!»

Zunächst ließ er Harald vortreten und sagte: «Credo in Deum, Patrem omnipotentem, Creatorem caeli et terrae ...»

Der Dänenkönig verfolgte die Worte, die er nicht verstand, mit versteinerter Miene. Waren ihm nun doch Zweifel gekommen? Selbst wenn es so sein sollte, zählte das in diesem Moment nicht. Das Einzige, was zählte, war, dass die Heiden endlich getauft wurden. Dass diese Nachricht in die Welt ging. Dass alle davon erfuhren, wie er – Bischof Poppo! – die Barbaren zum wahren Glauben bekehrt hatte. Dass alle Menschen diesem Beispiel folgten – und dass der Kaiser und der Papst sich erkenntlich zeigen und Poppo zum Erzbischof erheben würden.

«Nehmt Eure Kappe ab, Harald», bat Poppo.

Der König folgte der Aufforderung.

«Sprecht mir nun nach, Harald, König der Dänen», sagte Poppo. «Ich glaube an Gott, den Vater, den Allmächtigen, den Schöpfer des Himmels und der Erde ...»

Er sah, wie sich der Mund mit den faulen Zähnen langsam öffnete und Blauzahn die Worte tatsächlich wiederholte. Ein Gefühl der Erleichterung und des Glücks überkam Poppo. Er war überzeugt, dass Gott sich seiner angenommen hatte und sich nun alles zu seinen Gunsten wenden würde.

Vergessen war die bittere Niederlage am Fjord. Vergessen war der Hohn des Götzenanbeters mit dem Raben. Poppo würde das Elfenbein zurückholen und den Jarl vernichten, so wie alle anderen Heiden, die sich dem Allmächtigen in den Weg stellten.

«Vergebung der Sünden», rief Poppo. «Auferstehung der Toten und das ewige Leben. Amen.»

Als er geendet hatte, schöpfte er etwas Wasser aus dem Krug und ließ es auf den Kopf des Königs tropfen.

Die Schlacht konnte beginnen.

2. Teil

Fallender Stirnglanz Fullas fiel,
da lebte Hakon,
hellschimmernd auf Skaldens Schildesrand-Gefilde.
Elbenglanz jetzt,
aller Jörds Schoß längst gehörte.
Machtlos gegen mächtigen Mann ist jeder andre.

Winter 966

1.

Hladir

Hakon tauchte seine Hände in den geöffneten Fischleib, zog Gedärme heraus und warf sie zu den anderen Resten in einen Eimer. Im Hafen von Hladir arbeiteten an langen Tischen einige Dutzend Männer an armlangen Schellfischen und Kabeljauen. Sie schnitten den Fischen die Köpfe ab und nahmen sie aus, bevor sie sie an den Mittelgräten teilten. Die gewaschenen Hälften wurden mit Schnüren zusammengebunden und zu Holzgestellen gebracht, auf denen sie paarweise einige Wochen an der frischen Luft trocknen würden.

Die beiden letzten Wintermonate *gói* und *einmánuðr* waren die günstigste Zeit, um Stockfisch, *skreið*, herzustellen. Bei dem kühlen Wetter gab es noch keine Fliegen, die ihre Eier auf dem Fisch ablegen konnten. Zudem verhinderte die Kälte, dass er in der salzhaltigen Fjordluft zu faulen begann.

Die Männer arbeiteten hart und schnell, um das Tageslicht, das zu dieser Jahreszeit rasch wieder verging, zu nutzen. Ihre Hände waren aufgerissen und ihre Finger taub vom kalten Wasser und den glitschigen Innereien. Dennoch war die Stimmung gelöst. Niemand hatte mit einem so erfolgreichen Fang gerechnet, als sie am Morgen noch in der Dunkelheit die Zugnetzschuten zu Wasser gelassen hatten und auf den Fjord gerudert waren.

«Es lebe unser Jarl!», rief jemand.

Andere Männer stimmten ein, Hakon und die Götter hochleben zu lassen und dabei mit den Messergriffen auf die Tischplatte zu hämmern.

Hakon nickte ihnen zu, während er seine Hände weiter in die Eingeweide grub. Über einer Tunika aus dickem Leinenstoff trug er eine Lederschürze, die mit Fischschleim und Blut beschmiert war.

Sein Blick fiel auf den Raben, der auf einem kieloben abgelegten Boot saß. Hakon schnitt ein Stück Fisch ab, das er dem Raben über den Tisch zuwarf. Doch der Vogel legte den Kopf schief, plusterte die Kopffedern auf und wandte sich ab.

«Er verschmäht Kabeljau», bemerkte Thorleif, der sich neben Hakon durch die Fischmengen arbeitete.

«Manchmal mag er ihn, manchmal nicht.»

Hakon hatte aufgehört, sich über die Fressgewohnheiten des Vogels zu wundern, der seine Vorlieben wechselte, wie der Wind neues Wetter brachte. Kabeljau gehörte offensichtlich gerade nicht zu seinen Leibspeisen. Ohne das Fischstück zu beachten, schlug der Rabe die Flügel durch und flog in Richtung des Adlerfelsens davon, der über der Mündung des Nid aufragte.

Ein junger Mann am anderen Ende des Tischs schnitt einem großen Schellfisch, einem *ýsa*, den Kopf ab und hielt ihn in die Höhe.

«Wisst ihr, wer das ist?», rief er, wobei er das Maul des Fisches auf- und zuklappen ließ. «Das ist Glupschauge Graufell!»

Schallendes Gelächter wanderte um den Tisch.

«Und das hier ist Hakon Sigurdarson!», rief Thorleif und knuffte ihm in die Seite. «Hakon, der Bezwinger von Glubschauge Graufell!»

Wieder erklang Gelächter.

«He, was ist los mit dir?», fragte Thorleif. «Verstehst du keinen Spaß? Du machst ein Gesicht, als hättest du von dem Wasser da getrunken.»

Hakon tauchte eine Fischhälfte in den Eimer. Das Wasser darin war von den Fischresten braun geworden.

«Es ist gut, wenn ihr euch freut», sagte er. «Aber wer zu viel lacht, wird überheblich und unvorsichtig.»

«Ach was!», rief ein Fischer. «Wir haben den Rogaländern ordentlich eingeschenkt. Die kommen nicht wieder!»

Hakon hätte die Zuversicht der Throender gern geteilt, aber das Leben hatte ihn anderes gelehrt. Natürlich hatte der Feind eine bittere Niederlage einstecken müssen, die ihm viel Gespött eintrug. Graufell war jedoch kein Mann, der sich durch eine verlorene Schlacht entmutigen ließ. Wahrscheinlich haderte er in seinem Palas in Ögvaldsnes mit seinem Schicksal und leckte seine Wunden bei Wein und Weibern. Doch der Trübsinn würde vergehen, wenn er es nicht längst war. Nein, in den Ländern des Nordens würde es keinen Frieden geben, solange Hakon sich dem König widersetzte – und solange er die Stoßzähne hatte.

Er hätte gern auch an diesem Wintertag mit den Männern gelacht. Im Herbst hatten sie die siegreiche Schlacht gefeiert – eine Schlacht, deren glücklicher Ausgang selbst Hakon überrascht hatte, und der Sieg nährte seine Hoffnung, dass die Götter sich den Throendern wieder zuwandten. Dass sie ihnen wieder die Waffen führten.

Es hatte sich ausgezahlt, die Feuerwachen entlang der Fjordküste trotz des Wintereinbruchs nicht abzuziehen. Als die Signale den Adlerfelsen erreichten, hatte Hakon binnen kürzester Zeit alle verfügbaren Throender zusammengerufen und Schiffe bemannen lassen. Zunächst wollte er Graufells Flotte entgegenfahren, um sie in einer offenen Seeschlacht von Hladir fernzuhalten, auch wenn dies wegen Graufells Übermacht wenig Aussicht auf Erfolg gehabt hätte. Dann signalisierten die Feuerwachen, dass Graufell am östlichen Fjordufer haltgemacht hatte. Das bewog Hakon zu dem kühnen Plan, die Feinde vom Land aus anzugreifen, obwohl er nicht genau wusste, wo sie ihr Lager aufgeschlagen hatten. Die Throender setzten über den Fjord. Hakon schickte Späher auf mitgebrachten Pferden über die verschneiten Pfade voraus, während er mit gut einhundert Kriegern an der Küste entlangeilte.

War es Glück oder Zufall gewesen? Oder doch die Götter, die Graufell in einer Bucht hatten an Land gehen lassen, die nicht allzu weit von Hakons Landestelle entfernt war? Im Gegensatz zu anderen Männern fiel es ihm schwer, den Göttern allein die günstige Wendung zuzuschreiben. Zu häufig hatten sie ihn im Stich gelassen.

Er sah den Raben zurückkehren. Der Vogel kreiste über dem Tisch, wobei er einige *kek-kek*-Rufe ausstieß, bevor er sich wieder auf dem Schiffsrumpf niederließ. Er hatte ein totes Eichhörnchen mitgebracht, das er vor sich ablegte, und wartete, bis Hakon seine Anerkennung über die Beute mit einem Nicken ausdrückte. Erst dann begann er, das Tier zu fressen – auf eine Art und Weise, die Hakon schon einige Male bewundert hatte. Der Rabe pickte mit dem Schnabel ins Maul des Eichhörnchens, grub sich immer tiefer hinein, zermalmte Knochen und riss Fleisch heraus, bis schließlich das Innere des Tiers nach außen gekehrt und nur noch das umgestülpte Fell zurückgeblieben war.

Hakon wollte sich gerade wieder den Fischen zuwenden, als er auf dem Fjord ein Schiff sah, das sich unter vollem Segel Hladir näherte. Ein Handelsfahrer zu dieser Jahreszeit war selten, allerdings auch nicht ungewöhnlich. Dafür brauchte es einen kühnen, vor allem aber geldgierigen Schiffsführer, der sich von kalten Stürmen nicht abschrecken ließ, um einer der Ersten zu sein, der Waren lieferte – und dafür einen entsprechenden Preis verlangte.

Auch einige Fischer bemerkten die Knörr und legten die Messer beiseite. Da es sich um ein einzelnes Schiff handelte, machte sich keine Unruhe breit. Die Ankunft verhieß eine Abwechslung in den eintönigen Wintermonaten. Hakon hatte nichts dagegen, dass die Männer zu den Hütten liefen, um ihre Frauen und Geld zu holen. Der Großteil der Fische war bereits zum Trocknen vorbereitet.

Hakon und Thorleif säuberten ihre Hände, legten die Schürzen ab und gingen hinunter zu den Anlegestellen, wo sie warteten, bis die etwa fünfzig Fuß lange Knörr an einer Landebrücke festgemacht hatte. Die Ladefläche war vollgestellt mit Kisten, Ballen und Fässern.

Über eine Rampe kam ein dicklicher Mann mit blondem Bart von Bord, vermutlich der Schiffsführer, der sich für einen Seemann ungewöhnlich fein herausgeputzt hatte. Kleine Schellen an seinen Stiefeln klangen bei jedem Schritt hell auf. Unter dem Fellmantel trug er eine blaue, mit Stickereien verzierte Tunika. Zu seiner Mannschaft gehörten sieben weitere Seeleute, die Waren an Land schleppten.

Hakon mit dem Raben auf der Schulter und Thorleif betraten die Landebrücke.

«Ihr müsst Jarl Hakon sein, von dem man so vieles hört», sagte der Schiffsführer, nahm seine Fuchsfellkappe vom Kopf und deutete eine kurze Verbeugung an. Seine wachen Augen glitten von Hakon zum Raben und wieder zurück.

«Mein bescheidener Name ist Eyvind Skreyja.»

«Was habt ihr geladen?», fragte Hakon.

«Ihr gefallt mir, Herr! Ihr redet nicht lange herum, sondern kommt gleich zum Geschäftlichen. Wir haben Wein, Honig, Weizen, Wolle ...»

«Auch Waffen?»

«Bedaure, so leichtsinnig bin nicht einmal ich – obwohl ich weder Kosten noch Mühen gescheut habe, um mit Euch, ehrenwerter Jarl, Handel zu treiben.»

«Die See ist ruhig und das schon seit Tagen. Also sind die Gefahren überschaubar, falls du mit dem Argument deine Preise in die Höhe treiben willst.»

Ein hintergründiges, verschlagenes Lächeln legte sich auf die Lippen des Händlers.

«Die See ist ruhig – ja! Trotzdem ist es gefährlich, Euch aufzusuchen.»

«Warum?»

Das Lächeln wurde breiter. «Dann wisst Ihr es tatsächlich noch nicht?»

Inzwischen waren viele Menschen aus der Siedlung heruntergekommen, und am Ufer, wohin die Seeleute die Waren gebracht hatten, begann ein munteres Feilschen.

«Ich habe wichtige Neuigkeiten für Euch», fuhr Eyvind fort. «Die sollten aber nur für Eure Ohren bestimmt sein. Unwissende Männer, schwatzhafte Weiber – ich denke, Ihr versteht, was ich meine ...»

«Wie viel?»

«Was meint Ihr?»

«Wie viel verlangst du für die Neuigkeiten?»

Eyvind lachte leise. «Wir verstehen uns, Jarl Hakon. Wir verstehen uns wirklich! Ihr seid ein kluger Mann, und ich schätze es, mit klugen Männern Geschäfte zu machen. Ich nehme an, der Beutel an Eurem Gürtel ist nicht mit Steinen gefüllt.»

«Berichte mir, und ich entscheide, was die Neuigkeiten wert sind!»

Der Schiffsführer schüttelte den Kopf. Er holte eine Waage aus einer Tasche, die er um die Schulter trug. «Ein halbes Pfund Silber!»

Hakon verzog das Gesicht. An Unverschämtheit war der Kerl kaum zu überbieten. Für ein halbes Pfund Silber konnte man einen Sklaven kaufen! Er wollte Eyvind schon stehen lassen, als er es sich doch anders überlegte. Der Händler mochte dreist sein. Wenn aber die Neuigkeiten unwichtig wären, würde er es kaum wagen, eine so hohe Summe zu verlangen.

Hakon zog den Geldbeutel vom Gürtel und wog ihn in der Hand.

«Zehn Münzen als Anzahlung. Und du bekommst weitere zehn, wenn die Neuigkeiten es wert sind.»

«Es macht Spaß, mit Euch Geschäfte zu machen, Jarl. Suchen wir uns ein ruhiges Plätzchen, an dem wir uns unter vier Augen unterhalten können.»

«Unter sechs Augen», erwiderte Hakon.

«Der da?», fragte Eyvind mit Blick auf Thorleif, der demonstrativ die Arme vor der Brust verschränkte.

«Ja.»

«Und der Rabe vermutlich auch», stellte der Händler fest.

Nach dem Gespräch war Hakons Geldbeutel leer. Schweigend schauten er und Thorleif Eyvind hinterher, der zu seinem Schiff zurückspazierte. Seine Neuigkeiten waren zwar alles andere als gut, aber ihr Geld allemal wert gewesen, und es dauerte einen Moment, bis Hakon wieder einen klaren Gedanken fassen konnte.

Allmählich senkte sich Dunkelheit über das Land, und es wurde still im Hafen. Die Throender hatten reichlich Waren zu überteuerten Preisen gekauft und hinauf in ihre Häuser geschafft. Auch waren die letzten Fische geschlachtet und zum Trocknen aufgehängt worden.

Hakon hatte Eyvind und seiner Mannschaft gestattet, für einige Tage in einer Hütte am Hafen zu wohnen. Dort wollten sie weitere Waren verkaufen und dann ihrerseits Güter der Throender an Bord nehmen, um diese im Sachsenland zu veräußern. Kein Seefahrer konnte es sich leisten, eine so lange Reise ohne Ladung zu machen, und Eyvind würde wohl einer der wenigen Händler bleiben, die in der nächsten Zeit Hladir anliefen.

Wie Hakon nun wusste, hatte Graufell damit begonnen, den Seeweg entlang der Küste abzuriegeln. Daher hatte Eyvind den ungeschützten Weg über das offene Meer nehmen müssen – ein Wagnis, auf das sich nicht viele Händler einlassen würden. Nach

Eyvinds Worten ließ Graufell mehrere Schiffe unterhalb der Mündung des Thrandheimfjords patrouillieren, um Hladir von den Versorgungswegen abzuschneiden.

Die Vorratskammern der Throender waren fast leer. Eine Zeitlang würden sie sich ernähren können, vor allem vom Fischfang und den Schafen. Getreide und Gemüse waren jedoch nach der schlechten Ernte kaum noch vorhanden, und Kohl, Gerste, Zwiebeln und Bohnen würde es erst im Sommer wieder geben.

Für die Bevölkerung würde Graufells Blockade deutliche Einschnitte zur Folge haben. Zudem erschwerte es ein Waffenbündnis mit den Naumudalern – was noch schwerer wog als die mangelnde Versorgung. Wenn keine Händler zu den Throendern durchkamen, war auch das Naumudal abgeschnitten. Schlimmstenfalls könnte sich dadurch deren Jarl Asgeir Asmundsson bewogen fühlen, sich auf Graufells Seite zu schlagen. Bislang hatten sich die Naumudaler weder zu einem Pakt mit den Throendern noch mit Graufell entschließen können.

Und es gab noch weitere schlechte Nachrichten.

«Er hat es tatsächlich getan», schnaubte Thorleif und kickte einen Kieselstein in den Schuppen, in dem Fischer ihre Fanggeräte aufbewahrten. «Dieser Verräter! Keine Ehre im Leib! Ich habe ihn für einen aufrichtigen Mann gehalten – obwohl er Däne ist.»

«Es ist noch nicht klar, welche Auswirkung Blauzahns Taufe für uns hat», sagte Hakon, merkte aber, wie schwach der Einwand war.

«Das liegt doch auf der Hand: Er wird sich mit Graufell verbünden. Der hat ebenfalls die Götter verraten. Außerdem will Blauzahn die Abgaben haben, die sein Neffe ihm schuldet ...»

Die Hoffnungen, die sich Hakon nach dem Sieg gemacht hatte, zerrannen wie Sand zwischen seinen Fingern. Der Wind drehte sich schnell, und nun schien es, als ginge Graufell sogar gestärkt aus der Niederlage hervor.

Hakon musste handeln, bevor die Feinde Hladir aushungerten und bevor Graufell und Blauzahn ein gemeinsames Heer aufstellten. Aber was konnte er tun?

Er sah den Raben mit dem Eichhörnchen auf einem Fass sitzen und die letzten Fleischbrocken abpicken. Beim Anblick der von innen nach außen gekrempelten Haut kam Hakon ein Gedanke, eine vage Idee, die jedoch, je mehr er darüber nachdachte, Gestalt annahm.

Wenn die Götter nicht zu ihm kamen, musste er zu ihnen gehen. Musste in ihr Reich vorstoßen. Aber sie spielten ihre Spiele nach Regeln, die nur wenige Menschen kannten – Menschen, die mit den Göttern Verbindung aufnehmen konnten.

«Erinnerst du dich an die Seherin aus Haithabu?», fragte Hakon.

«Velva? Natürlich! Sie hat deinem Vater Sigurd beigestanden, eine mächtige Frau ...»

«Sie konnte mit den Göttern sprechen.»

«Nach allem, was ich gehört habe, lebt sie nicht mehr.»

«Sie nicht», erwiderte Hakon, «aber vielleicht ihre Tochter.»

«Velva hatte Zwillinge: einen Jungen und ein Mädchen.»

«Das Mädchen heißt Asny. Sie müsste jetzt zwanzig sein, vielleicht etwas älter. Bevor ich damals mit Malina nach Hladir zurückgekehrt bin, hat man die Zwillinge auf eine Burg an der Grenze zwischen dem Sachsen- und dem Slawenland gebracht.»

«Und du glaubst, diese Asny könnte uns helfen?»

Der Rabe stieß die Eichhörnchenhaut vom Fass herunter. Dann reckte er den Kopf in Hakons Richtung, wobei er die Augen halb geschlossen hielt und glucksende Laute von sich gab.

«Ich glaube an das Schicksal!», sagte Hakon.

2.

Hladir, Jarlshof

Der aufsteigende Dampf des kochenden Wassers trieb Malina den strengen Geruch in die Nase. In den Sud schüttete sie kleingeschnittene Zwiebeln, die sich in der brodelnden Masse unter die Fischstücke mischten. Malina hatte diesen getrockneten Fisch nie gemocht. Doch die Menschen in Hladir aßen ihn, ohne mit der Wimper zu zucken, auch wenn er so schmeckte, wie er roch.

Die Stückchen aus dem vergangenen Jahr, die sich jetzt in eine gelbgraue Masse verwandelten, waren zuvor zwei Tage in einer Salzlauge aufgeweicht worden, bevor sie den gestrigen Tag über in frischem Wasser gelegen hatten.

Als die Männer vor drei Tagen Kabeljau und Schellfisch aus dem Fjord geholt hatten, hatte Malina gehofft, sie würden einige Fische zum Braten oder Backen übrig lassen. Stattdessen wurde der gesamte Fang zu Stockfisch verarbeitet. So hielt er sich über Jahre und bot auch in schlechten Zeiten ein nahrhaftes Mahl.

Wenn er nur nicht so abscheulich schmecken würde!

Im Hintergrund hörte sie Bergljot und die Mägde bei der Zubereitung von Molke mit Löffeln und Eimern hantieren, und sie musste innerlich lachen, als sie daran dachte, dass der Stockfisch sie an die Alte erinnerte: Er war zäh und vertrocknet, und wenn er aus seiner Trockenstarre gerissen wurde, fing er an zu stinken.

Malina begann, mit einer Kelle Fischstücke aus dem Kessel zu schöpfen, der an einem Dreibein über dem Feuer hing. Die Brocken legte sie in eine Schüssel.

Aus der Halle drangen die Geräusche der Kinder, die mit den von Hakon geschnitzten Schwertern spielten.

Wohin er verschwunden war, wusste Malina nicht. Heute Morgen war er vor der Dämmerung aufgebrochen, ohne ein Wort zu sagen. Überhaupt schien er seit einigen Tagen noch schweigsamer zu sein als sonst. Eine Gelegenheit, ihn darauf anzusprechen, hatte Malina bislang nicht gefunden. Ihre Tage waren erfüllt von der Arbeit im Haushalt, und wenn er abends erschöpft heimkehrte, nahm er sein Essen schweigend zu sich und ging dann zu Bett.

Irgendetwas schien ihn zu beschäftigen.

Durch sein Verhalten fühlte sie sich noch einsamer, als sie es ohnehin war. Nachdem sie sich im Herbst hatte überzeugen lassen, wieder mit zum Jarlshof zu kommen, hatte sie sich geschworen, dass es das letzte Mal sein würde, sollte Bergljot sie jemals wieder so provozieren wie damals. Bislang hatte sich die Alte aber weitgehend zurückgehalten, vermutlich weil Hakon auf sie eingeredet hatte.

Dennoch traute Malina dem Frieden nicht.

Laute Stimmen rissen sie aus ihren Gedanken. Sie legte die Kelle beiseite und ging in die Halle.

Die kleine Aud hatte ihr Schwert fallen gelassen und stand mit in die Hüften gestemmten Fäusten vor ihrem sieben Jahre älteren Bruder.

«Du hast mich absichtlich geschlagen!», rief sie.

«Du lügst!», entgegnete Eirik und schaute hilfesuchend zu Malina. «Sie kämpft wie eine Irre. Ich habe mich nur verteidigt.»

«Du bist böse!», fauchte seine Schwester.

«Schwerter sind halt nichts für Mädchen.»

Malina schob sich zwischen die Streithähne. «Eirik, hilf den Knechten draußen beim Holzhacken. Und du, Aud, kannst mir in der Küche zur Hand gehen.»

«Ich werde eine Kriegerin!», rief Aud.

Obwohl sie erst vier Jahre alt war, verstand sie es hervorragend, ihrem hübschen Gesicht einen finsteren Ausdruck zu geben.

Eirik stapfte zur Tür und verschwand nach draußen.

«Er hat mich geschlagen», wiederholte Aud. «Wenn ich eine Kriegerin bin, haue ich ihn tot!»

«So etwas darfst du nicht einmal denken, Aud! Er ist dein Bruder ...»

In dem Moment wurde die Tür erneut geöffnet. Ein kalter Windstoß fuhr in die Halle und ließ die Flammen in der Feuerstelle flackern.

Malina, die mit dem Rücken zur Tür stand, hörte Schritte und sah, wie sich Auds Miene aufhellte. Sie drängte an Malina vorbei und jauchzte begeistert. Ein Schauer kroch über Malinas Rücken. Langsam drehte sie sich um.

Vor der geöffneten Tür stand eine große, in einen Pelzumhang gehüllte Frau. Aud hatte sich ihr an die Beine geworfen, während die Frau den Kopf des Mädchens tätschelte. Dann nahm sie die Kapuze ab.

Malina schaute in das helle Gesicht mit den ebenmäßigen Zügen, klaren Augen und vollen roten Lippen, und sie verspürte ein Ziehen im Magen, wie jedes Mal, wenn sie Thordis begegnete. Die schöne Thordis mit dem goldblonden Haar, nach der sich immer alle Männer umdrehten!

Sogleich begann Aud, sich bei ihrer Mutter über Eirik zu beschweren.

«So schlimm wird es schon nicht gewesen sein, mein Kind!», entgegnete Thordis und strich der Kleinen erneut übers Haar.

«Doch! Er hat mich verprügelt – mit dem Schwert!»

Thordis befreite sich aus dem Klammergriff ihrer Tochter und schloss endlich die Tür.

Als sie in die Halle kam, bedachte sie Malina mit einem flüchtigen Blick, bevor sie sich Bergljot zuwandte, die aus der Küche herbeigeeilt kam und sie freudig begrüßte.

«Ist er hier?», fragte Thordis und zog ein Gesicht, als leide sie unter Schmerzen.

«Hakon?» Bergljot zuckte mit den Schultern. «Er hat mir nicht erzählt, wo er hingegangen ist. Du kennst ihn doch ...»

«Ich muss ihn sprechen!»

«Jetzt setz dich erst einmal», sagte die Alte.

Sie nahm Thordis den Mantel ab und führte sie zu der mit Fellen gepolsterten Bank hinter dem Tisch. Aud folgte ihrer Mutter, doch als sie zu ihr auf den Schoss klettern wollte, schob Thordis sie fort, und das Mädchen zog sich mit traurigem Gesichtsausdruck zurück.

«Bring uns Bier!», befahl Bergljot Malina. «Und Brot und Käse! Unser Gast wird Hunger haben. Du hast eine lange Reise hinter dir, nicht wahr, Thordis? Wie bist du hergekommen? Mit dem Schiff, oder seid ihr geritten?»

Die Alte war wie ausgewechselt.

«Geritten», erwiderte Thordis schwach. «Vor drei Tagen sind wir aufgebrochen, ich und drei meiner Knechte. Sie sind draußen und versorgen die Pferde.»

«Ach, es ist gut, dass du hier bist. Viel zu lange haben wir uns nicht mehr gesehen. Du musst mir alles erzählen! Wie ist es euch im Naumudal ergangen?»

Thordis fuhr sich über ihr Haar, um festzustellen, ob die geflochtenen Strähnen noch an ihrem Platz lagen. Das musste Malina der Frau lassen: Auch nach einem langen, beschwerlichen Ritt sah sie aus wie eine prächtige Braut. Sie trug eine hellblaue Tunika, und um ihren Hals hingen Ketten mit Perlen aus Bernstein und buntem Glas.

Sie war eine Jarlstochter – und das zeigte sie allen. Bei jeder Gelegenheit!

Malina besaß nur die Kette, die Hakon ihr im Herbst geschenkt hatte. Sie zog die Perlen vorsichtig aus dem Ausschnitt ihrer Tunika, unter der sie sie während der Arbeit verbarg, damit sie nicht kaputtgingen.

Insgeheim hegte sie den Verdacht, dass Thordis sich so fein zurechtgemacht hatte, um Hakon zu beeindrucken. Wahrscheinlich hatte sie die makellose Tunika gerade eben erst angezogen.

«Hörst du schlecht?», rief Bergljot. «Und wärm das Bier vorher an. Der armen Thordis ist kalt. Siehst du nicht, wie sie zittert?»

Kein Wunder, wenn sie sich draußen in der Kälte umzieht, dachte Malina, während sie damit rang, ob sie sich vor Thordis' Augen wie eine Dienstmagd herumscheuchen lassen sollte.

Bergljot nahm ihr die Entscheidung ab. Unvermittelt sprang sie auf und stapfte in die Küche, nicht ohne Malina noch einen wütenden Blick zuzuwerfen.

Malina blieb unschlüssig in der Halle stehen. Zu ihren Füßen spielte Aud mit einer kleinen Elchfigur aus Speckstein.

Thordis beachtete weder ihre Tochter noch Malina. Seufzend stützte sie die Ellenbogen auf der Tischplatte ab, beugte sich vor und bettete die Stirn in ihre Hände.

Bergljot kam mit einer Platte voll Käse und Brot zurück.

«Du lässt den Fisch zerkochen», zischte sie Malina zu. «Muss ich mich um alles kümmern?»

Dann stellte sie das Essen auf den Tisch und begann, im Flüsterton auf Thordis einzureden.

Als eine Magd zwei Becher Bier brachte, ging Malina in die Küche, obwohl sie darauf brannte, zu erfahren, was Thordis bedrückte. Wenn es mit Hakon zu tun hatte, ging es schließlich auch sie etwas an!

Lustlos fischte sie die letzten Brocken aus dem Kessel und verteilte sie in Schalen, die sie in den vorgewärmten Herd stellte. Die letzte Schale wäre ihr beinahe aus der Hand gefallen, als sie plötzlich Hakons Stimme hörte. Schnell verschloss sie den Herd, ging in die Halle zurück, und als sie ihn sah, setzte ihr Herz einen Schlag aus.

Er stand zusammen mit Thordis vor dem Tisch. Sie hatte ihre Arme um ihn geschlungen und ihr Gesicht in seine Halsbeuge gedrückt. Er erwiderte die Umarmung zwar nicht, hatte ihr aber die rechte Hand auf die Schulter gelegt.

Malina kam näher und räusperte sich.

Hakon löste sich von Thordis, deren Gesicht tränenüberströmt war. Schwerfällig ließ sie sich wieder neben Bergljot auf der Bank nieder. Hakon nahm den beiden Frauen gegenüber Platz und forderte Malina auf, sich neben ihn zu setzen.

«Sie hat in der Küche zu tun!», knurrte Bergljot.

«Der Fisch steht im Ofen», entgegnete Malina.

«Dann soll sie den Mägden mit der Molke helfen ...»

Hakon schlug mit der flachen Hand auf den Tisch. «Malina bleibt hier! Und du, Thordis, sag, was du zu sagen hast!»

«Asgeir ist ... krank, sehr krank.»

Ein Schatten legte sich über Hakons Gesicht.

«Er hat Schmerzen in der Brust, und er spuckt Blut. Viel Blut», stammelte Thordis.

Hakons Kieferknochen mahlten. «Wie lange geht das schon so?»

«Es begann im Winter, nach den Julfeiern. Zunächst haben wir angenommen, dass er zu viel getrunken hatte, als er nicht mehr aus dem Bett kam. Aber es wurde immer schlimmer.»

«Wird er sterben?»

Tränen rannen über Thordis' Wangen und tropften auf den Tisch. «Ich weiß es nicht. Er redet davon, ja. Hakon, wir machen uns große Sorgen!»

Sie griff über den Tisch nach seinen Händen. «Bitte! Du musst mit ins Naumudal kommen.»

Da konnte sich Malina nicht mehr zurückhalten. «Nein! Das wird er nicht tun!», rief sie.

Die Vorstellung, Hakon zusammen mit Thordis fortgehen zu lassen, bereitete ihr große Angst.

Er befreite seine Hände aus Thordis' Griff. «Ich werde darüber nachdenken», sagte er leise.

Malina hackte das Beil im Schein der brennenden Fackel in das Holzscheit. Sie hatte die Fackel aus dem Wohnhaus mitgenommen und in eine Halterung an der Wand gesteckt. Das Holz splitterte, und die Stücke fielen vom Klotz. Sie klaubte die Hälften auf und schleuderte sie auf den Brennholzhaufen, den die Knechte den Tag über aufgeschichtet hatten. Dann stellte sie das nächste Scheit bereit und spaltete es wieder mit einem einzigen Hieb.

Sie scherte sich nicht um ihre schmerzenden Arme und Hände, sondern hackte wie von Sinnen, als könne sie dadurch ihre Ängste und Wut besiegen. Doch sosehr sie sich gegen die bedrückenden Gedanken wehrte, es gelang ihr nicht, sie zu verdrängen. Bei jedem Hieb stellte sie sich vor, das Beil würde nicht auf Holz, sondern auf Thordis einschlagen – auf den Schädel des verdammten Weibsstücks, das ihr den Mann wegnehmen wollte!

Sollte Asgeir doch sterben! Malina war ihm einige Male begegnet. Was für ein grober, abweisender Kerl! Sie konnte ihn genauso wenig leiden wie seine Tochter.

«Hier bist du!», ertönte plötzlich hinter ihr Hakons Stimme.

Sie drehte sich um.

Er lehnte im geöffneten Scheunentor, die Arme vor der Brust verschränkt, und es schien, als würde er sie schon länger beobachten.

«Wo soll ich sonst sein?», gab sie giftig zurück. «Du hast wohl gehofft, ich wäre wieder weggelaufen, damit du ruhigen Gewissens mit ihr zusammen sein kannst!»

Malina wusste, dass ihre Anschuldigungen ungerechtfertigt waren. Dass sie heillos übertrieb und sich benahm wie ein gekränktes Kind. Aber sie war so verzweifelt.

Er ließ sich nicht aus der Ruhe bringen, was die Sache für Malina nur noch schlimmer machte.

«Es ist nicht die Zeit, um Holz zu hacken», sagte er und kam näher. Er griff nach dem Beil. Widerwillig ließ sie es sich abnehmen, und er rammte es in den Hackklotz, bevor er sich auf der Bank neben dem Holzstapel niederließ.

«Du bist immer noch eifersüchtig auf sie.»

«Bin ich nicht!»

Seine dunklen Augen funkelten sie an. «Ich muss mit dir reden.»

Sie zögerte, doch dann setzte sie sich zu ihm. Er legte nicht den Arm um ihre Schultern, wie er es sonst manchmal tat.

Malinas Hals fühlte sich an, als ob darin etwas anschwoll.

«Was muss ich noch alles sagen oder tun, damit du mir endlich glaubst?», fragte er.

Sie schluckte krampfhaft. Was sollte sie darauf erwidern? Dass er recht hatte? Dass sie eifersüchtig war und Angst hatte, ihn an Thordis zu verlieren? Es sprach doch alles für das Weib, mit dem er eine Tochter gezeugt hatte und das ihm weitere Kinder schenken könnte. Sie war wunderschön, begütert, die Tochter eines reichen Jarls.

Und Malina? Sie war gar nichts! Wurde nicht schwanger und stammte nicht einmal vom selben Volk ab wie Hakon.

«Ich habe keine andere Wahl», sagte er.

Irgendwo raschelten Mäuse. Eine Böe strich um die Scheune.

«Ich muss sie begleiten.»

Der Kloß in ihrem Hals schien fast zu platzen. Sie presste ihre Hände im Schoß zusammen und spürte Tränen in ihre Augen schießen. Nein! Sie durfte nicht weinen. Durfte keine

Schwäche zeigen. Thordis hatte geweint, und so wollte Malina nicht sein.

«Schau mich an!»

Sie schüttelte den Kopf und starrte auf ihre ringenden Hände. Wenn sie ihm jetzt in die Augen sah, würden die verdammten Tränen kommen. Malina konnte ihm nicht verdenken, dass er wütend war. Eifersucht? Die Angst, alles zu verlieren? Ja! Das Leben hatte sie gelehrt, vorsichtig zu sein. Es bestand aus Verrat, aus Missgunst, aus gebrochenen Versprechen und missbrauchtem Vertrauen.

«Schau mich an – bitte!» Seine Stimme war scharf wie eine Messerklinge.

Sie spürte seine Hand an ihrem Arm und überwand sich, drehte ihr Gesicht zu ihm und presste die Zähne fest zusammen. Keine Tränen!

«Ich werde es dir erklären», sagte er. «Doch du musst schwören, niemandem etwas davon zu verraten. Ich bin mir nicht sicher, ob es gut ist, dich einzuweihen. Aber ich sehe, wie du leidest, und ich will, dass du verstehst, warum ich sie begleiten muss.»

Seine Miene war versteinert und sein Blick hart – aber ehrlich. «Schwörst du?»

Als sie nickte, begann er zu erzählen von seinem Feind, Harald Graufell, der den Seeweg blockierte, um Hladir von den Versorgungswegen abzuschneiden. Vom Dänenkönig Blauzahn, der sich habe taufen lassen und, so vermutete Hakon, sich mit Graufell verbünden werde.

«Zusammen können sie wahrscheinlich zweitausend Krieger aufstellen, vielleicht noch mehr, auch Sachsen unterstützen sie», fuhr er fort. «Wir sind viel weniger, selbst wenn wir die Knaben und Greise mit in die Schlacht schicken. Deshalb brauchen wir die Naumudaler für ein Bündnis, für eine Waffenbrüderschaft. Hörst du, Malina, deshalb muss ich Asgeir aufsuchen!»

Sie hatte ihm mit wachsendem Entsetzen zugehört und für den Moment sogar ihre Eifersucht vergessen. Wie alle anderen auch hatte sie angenommen, nach der gewonnenen Schlacht würde endlich Ruhe einkehren.

«Warum darf niemand davon erfahren?», fragte sie.

«Die Throender sollen sich um ihr Vieh kümmern und im Frühjahr ihre Felder bestellen. Es ist zu früh, um Unruhe zu verbreiten. Die Feinde werden sich Zeit lassen. Graufell hat erlebt, was geschehen kann, wenn er unüberlegt angreift. Er wird vorsichtiger geworden sein. Eine erneute Niederlage kann er sich nicht leisten.»

«Die Throender werden Fragen stellen, wenn keine Schiffe mehr kommen.»

«Darüber habe ich mir auch den Kopf zerbrochen, bin aber noch zu keinem Ergebnis gekommen. In den Wintermonaten wird niemand die Händler vermissen, und ich hoffe, dass hin und wieder trotzdem ein Schiff den Weg nach Hladir finden wird, so wie vor drei Tagen. Die geldgierigen Ratten werden Schlupflöcher finden.»

«Irgendwann musst du es den Menschen sagen.»

«Wenn der Zeitpunkt dafür gekommen ist, werde ich den Kriegspfeil in die Throender-Fylki schicken – und dann hoffentlich auch ins Naumudal.»

«Wann wird das sein?»

Sein Blick flackerte kurz, als überlege er, ob er Malina weiter ins Vertrauen ziehen dürfe.

Er dämpfte die Stimme, als ob er Angst hätte, die Mäuse könnten ihn hören. «Ich habe einen Boten ausgesandt – unseren Knecht Sighvat. Heute Morgen ist er mit Eyvind, dem Händler, aufgebrochen. Sighvat wird Hilfe holen.»

«Hilfe?» Malina war irritiert. «Die meisten Länder am Nordweg stehen unter Graufells Herrschaft.»

«Wir brauchen die Unterstützung der Götter. Sie müssen uns ein Zeichen geben. Nur dann werden unsere Krieger mit der Entschlossenheit kämpfen, die es braucht, um die Feinde zu vernichten ...»

Hakon verstummte, als im Scheunentor ein Schatten auftauchte.

Thordis trat ein. Keine Spur von Trauer war mehr auf ihrem Gesicht, stattdessen umspielte ein sanftes Lächeln die roten Lippen.

«Ich habe nach meinen Pferden geschaut», sagte sie. «Du weißt ja, Hakon, es ist besser, man kümmert sich selbst um alles.»

Sie deutete auf Malina. «Hast du sie überzeugen können?»

Hakon schwieg.

«Es ist alles für unsere Abreise vorbereitet», fuhr sie fort. «Ach, und Aud fragt nach dir. Sie ist aufgeregt wegen der Reise ins Naumudal und kann nicht einschlafen.»

Thordis machte keine Anstalten, die anderen wieder allein zu lassen.

«Komm mit ins Haus», sagte Hakon und erhob sich.

Malina schaute zu ihm hoch und suchte in seinem Gesicht nach etwas, das ihr die Sorgen nehmen würde. Aber sie fand nichts.

Da drehte er sich um und ging zum Scheunentor. Sie hörte Thordis lachen, ihre helle, klare Stimme, und ballte im Schoß die Hände zu Fäusten.

3.

Ögvaldsnes

Im Palas von Ögvaldsnes blieb ein Platz am Tisch leer. Aber niemand vermisste Sigurd Sleva.

Poppo sah Gudröd Fleisch in den Mund stopfen, mit prallvollen Backen kauen und dann die Bissen mit Bier herunterspülen, um gleich darauf erneut zuzulangen.

Graufell hingegen rührte das Essen nicht an, auch Gunnhild ließ das Fleisch, das eine Sklavin in mundgerechte Stücke geschnitten hatte, unbeachtet liegen.

Während Graufell und dessen Mutter nur Augen für den Bischof hatten, der ihnen gegenüber am Tisch saß, riss Gudröd fettiges Fleisch von Knochen und aß, als wäre es sein letztes Mahl.

Die Anspannung war beinahe körperlich zu spüren. Dennoch ließ Poppo die Herrscher warten und verzehrte, ebenso wie Skammkill an seiner Seite, eine große Portion Fleisch. Die lange Schiffsreise von Haithabu zur Insel Karmøy hatte sie hungrig gemacht.

In das Schmatzen mischten sich die Geräusche klappernder Löffel und Schüsseln aus der Kochnische. Junge Sklavinnen brachten weiteres Essen und schenkten Bier nach.

Graufells Finger trommelten auf der Tischplatte.

Erst als Poppo kurz davor stand, zu platzen, schob er die Holzplatte von sich fort, nahm einen Schluck Bier und wischte seine fettigen Finger an einem Tuch ab. Nicht, dass der Herrgott ihn noch der Sünde der Völlerei bezichtigte.

«Hat es Euch geschmeckt?», fragte Graufell, wartete die Antwort jedoch nicht ab. «Ja? Gut! Dann können wir nun reden. Erzählt, wie es Euch gelungen ist, den stinkenden Dänen zu taufen ...»

Poppo würgte die Frage ab, indem er eine Hand hob.

Graufell knurrte verärgert. Es kostete ihn offensichtlich Überwindung, dem Bischof die Führung des Gesprächs zu überlassen.

Doch Poppo war in einer vorteilhaften Lage. Er – und nur er! – hatte Blauzahn den Schwur auf Gott abgetrotzt. Dafür erwartete er Respekt. Auch wenn der Hochmut, so wie die Völlerei, eine Todsünde war, meinte Poppo, sich ausnahmsweise diesem erhabenen Gefühl hingeben zu dürfen.

In aller Seelenruhe pulte er Fleischfetzen aus seinen Zähnen, während Graufell und Gunnhild ihre Neugier kaum zügeln konnten. Skammkill aß unterdessen seine dritte Fleischportion.

Nach einer Weile meinte Poppo, seine Gastgeber lange genug gewartet haben zu lassen. Bevor er ihnen aber aus erster Hand erzählen würde, worüber man sich am Nordweg die Mäuler zerriss, wollte er ihnen eine Lektion der neuen Machtverhältnisse erteilen.

«Als ich gestern Abend auf Karmøy eintraf», sagte er mit erhobenem Zeigefinger wie früher sein strenger Domschullehrer, «da wurde ich Zeuge, wie unten beim Hafen Weiber ihre Neugeborenen ins Wasser warfen.»

Graufell und Gunnhild unterbrachen ihre Tuschelei. Auch Gudröd schaute vom Essen auf.

«Was sollen sie sonst damit machen?», entgegnete Graufell. «Sie übergeben die Töchter dem Wasser, weil es an Männern fehlt. Die Rogaländer haben viele Söhne am Thrandheimfjord verloren.»

«Hm», machte Poppo. Er legte die Hände wie zum Gebet zusammen und berührte mit den Fingerspitzen seine Nase. «Hm! Es ist eine Sünde, ein heidnischer Brauch. Auch Neugeborene sind Geschöpfe Gottes.»

«Menschen sterben halt!», warf Gunnhild ein. «Sie sterben in der Schlacht, und sie sterben, wenn sie nicht genug zu essen haben.»

Gudröd klopfte sich auf die Brust und rülpste.

«Wenn man die Mädchen nicht tötet, gibt es bald zu viele davon», fuhr Gunnhild fort. «Es ist nicht gut, wenn es mehr Frauen als Männer gibt. Frauen können keine Familien ernähren ...»

«Nein!», rief Poppo. «Es ist eine Sünde, gegen Gottes Gebote zu verstoßen. Als Euer geistliches Oberhaupt ist es meine Aufgabe und meine Pflicht, über die Einhaltung Seiner Gebote zu wachen. Ich verlange, dass diese heidnischen Gräueltaten eingestellt werden – umgehend!»

Die einzige Reaktion war ein Schulterzucken von Graufell.

«Wann beantwortet Ihr endlich die Frage des Königs, Bischof?», zischte Gunnhild.

Poppo ließ sich nicht beirren. «Werdet Ihr das Töten der Kinder unterbinden?»

Graufell murmelte etwas in seinen Bart.

«Ich habe Euch nicht verstanden, Harald», beharrte Poppo.

«Ja», knurrte Graufell. «Ja, ja.»

Poppo hob noch einmal seinen Zeigefinger, dann sagte er: «Zu Eurer Frage! Nicht mir ist es gelungen, Blauzahn auf den Pfad des wahren Glaubens zu führen. Nein, Gott, der Herr, war es. Nur Er allein kann einem Mann die Stärke verleihen, glühendes Eisen zu halten und die Wunden zu heilen.»

«Dann stimmt es also wirklich?», fragte Graufell.

«Natürlich!» Poppo zeigte seine unversehrte rechte Handfläche vor.

«Stimmt es auch, dass uns der Bastard unterstützen will?»

«Ja, er wird es tun – wenn Ihr ihm die Abgaben zahlt.»

Graufell lachte gequält. «Er hält sich also immer noch für den König des ganzen Nordens. Der Möwenschiss soll sich mit dem begnügen, was ihm zusteht. Abgaben? Von mir aus kann er die Köttel unserer Schafe von den Bergwiesen aufsammeln.»

«Die kann er fressen, bis er daran verreckt», fuhr Gunnhild dazwischen. «Mein Bruder ist ein Bastard!»

«Habt Ihr eine andere Wahl?», fragte Poppo. «Haben wir eine andere Wahl? Blauzahn ist stark. Er wird eine Flotte mit tausend Männern schicken – genug, um dem Treiben des Jarls ein Ende zu bereiten. Eure Krieger, Harald, und die Eures Onkels – das wäre eine Streitmacht, mit der wir den Jarl überrollen!»

«Und woher soll ich das Silber nehmen, das der Bastard als Abgabe verlangt?», knurrte Graufell.

«Ihr denkt den zweiten Schritt vor dem ersten», sagte Poppo. «Ich verrate Euch kein Geheimnis, wenn ich Euch sage, dass Blauzahn gar nicht in der Lage ist, Euch die Unterstützung zu verweigern. Es würde den Kaiser sehr wütend machen, wenn Blauzahn tatenlos dabei zuschaut, wie das Heidentum an Macht gewinnt. Und wer sagt denn, dass Ihr ihm tatsächlich alle Abgaben entrichtet – selbst wenn Ihr es ihm versprecht?»

Poppo senkte seine Stimme, damit seine Worte nur am Tisch gehört werden konnten: «Er weiß nichts von den Stoßzähnen. Wenn Ihr dem Jarl das Elfenbein abjagt, wird sich Kaiser Otto erkenntlich zeigen!»

«Ach ja? Warum sollte der Kaiser zweimal dafür bezahlen?»

Das war eine gute Frage. Aber es war nicht davon auszugehen, dass Otto bislang von den geraubten Stoßzähnen erfahren hatte.

«Oh, der Schatz war nur eine Anzahlung», log Poppo. Eigentlich sollte das Elfenbein mit dem Inhalt der ersten Truhe bereits beglichen sein.

Graufell hob die Augenbrauen. «Und wie viel legt der Kaiser noch drauf?»

«Das überlasst mir!»

Poppo wusste zwar nicht, wie er Erzbischof Adaldag oder den

Kaiser überzeugen sollte, den Nordmännern noch mehr Gold und Silber zu geben, aber alles zu seiner Zeit. Im Moment war es wichtiger, die zerstrittenen Könige zusammenzubringen, um ein schlagkräftiges Heer aufzustellen, den Jarl zu vernichten und das Elfenbein zurückzuholen.

Graufell wechselte mit seiner Mutter einen langen Blick. Gudröd hatte inzwischen das Essen beendet und starrte in seinen Becher. Auch Skammkill schien satt zu sein. Er strich sich mit den Fingern durch den Haarstreifen und brachte den fettglänzenden Hahnenkamm in Form.

Graufell straffte den Rücken. «Wir trinken! Wir trinken auf den Tod des Jarls!»

Poppo seufzte erleichtert und hob seinen Becher.

Bevor sie jedoch dazu kamen, auf den bevorstehenden Sieg über die Throender zu trinken, klopfte es laut an der Tür. Jemand hämmerte so hartnäckig dagegen, bis Graufell einem Knecht befahl, den Ruhestörer zurechtzuweisen. Als der Knecht jedoch die Tür entriegelte, stürmte ein Krieger aus der königlichen Haustruppe in die Halle und trat vor den Tisch.

«Draußen ist ein Mann, der meint, er müsse Euch unbedingt sprechen», sagte der Krieger.

«Schick den Hund fort!», knurrte Graufell. «Ich habe keine Zeit für Bittsteller.»

«Er sagt, es ... geht um den Jarl von Thrandheim ...»

Graufell ließ den Becher auf den Tisch sinken, und die Blicke aller Anwesenden wanderten zur Tür, in der ein gedrungener Mann mit blondem Bart erschien. Er hatte seinen Fellmantel zurückgeschlagen, unter dem er eine blaue, mit Stickereien verzierte Tunika trug. Ohne eine entsprechende Aufforderung abzuwarten, kam er herein und nahm die Fuchsfellkappe vom Kopf. An seinen Stiefeln machten kleine Schellen beim Gehen Geräusche wie Glöckchen. Am Tisch verbeugte er sich vor dem König.

«Ich erbitte untertänigst Eure Entschuldigung, König Harald, Sohn des großen Eirik. Mein bescheidener Name ist Eyvind Skreyja. Ich bin Seefahrer und Händler und habe Neuigkeiten, die Euch interessieren könnten.»

Ein hintergründiges Lächeln legte sich über seine Lippen. «Und ich bin bereit, Euch diese Neuigkeiten mitzuteilen – gegen eine angemessene Bezahlung.»

4.

Hladir, Jarlshof

Auf dem Heimweg zum Jarlshof hörte Malina die Geräusche spielender Kinder. Sie schaute hinüber zum zugefrorenen Teich unterhalb der Felswand, die sich vom Fuß des Adlerfelsens bis zur Palisade auf der anderen Seite Hladirs zog. Unter den Kindern war auch Eirik. Malina erinnerte sich, wie er am Morgen das Jarlshaus nach seinen Schlittknochen abgesucht hatte. Offenbar hatte er sie gefunden.

Obwohl Malina fror, blieb sie stehen und beobachtete Eirik, der sich mit kraftvollen Bewegungen abstieß. Er flitzte über das Eis und ließ dabei sein offenes Haar wehen, das so dunkel wie das seines Vaters war.

Vor zehn Tagen war Hakon zusammen mit Thordis und Aud aufgebrochen. Thordis hatte darauf bestanden, den weiten Weg ins Naumudal auf Pferden zurückzulegen anstatt mit einem Schiff. Warum ihr das wichtig war, blieb Malina ein Rätsel.

Auch Thorleif hatte darauf keine Antwort gehabt. Der alte Mann war ihr ein wichtiger Halt geworden. Sie vertraute ihm ihre Gedanken an, und er zeigte Verständnis für ihre Sorgen und Ängste, erinnerte sie aber auch daran, welche Verantwortung auf Hakon lastete. Schließlich könne er sich nicht von einer eifersüchtigen Frau davon abhalten lassen, das zu tun, was womöglich für das Überleben der Throender wichtig war.

Auch wenn Malina das bewusst war, fiel es ihr noch immer schwer, sich gegen ihre Gefühle zu wehren. In den ersten Tagen und Nächten hatte sie kaum Ruhe gefunden. Ihre Gedanken kreisten um Thordis. Wie sie Hakon schöne Augen gemacht hatte. Wie sie ihn umarmt und sich von ihm hatte trösten lassen.

Würde er standhaft bleiben, da oben im Naumudal?

Diese Frage quälte sie, ohne dass sie etwas dagegen tun konnte. Auch nicht, als sie seinen Sohn über das Eis schlittern sah.

Sie wollte sich gerade von Eiriks Anblick losreißen, als sie einen anderen Jungen auf ihn zufahren sah. Er war einen halben Kopf größer und verpasste Eirik einen Stoß in den Rücken. Eirik verlor das Gleichgewicht, stolperte und stürzte. Als er sich wieder aufrappelte, stieß ihn der Junge erneut nieder.

Wut stieg in Malina auf. Eirik war zwar nicht ihr Kind, aber er war Hakons Sohn, und sie mochte ihn. Sie sprang in den Schnee am Wegesrand und stapfte zum Teich. Der Junge fuhr gerade seinen nächsten Angriff gegen Eirik, der benommen dahockte.

Das Eis knirschte unter Malinas Füßen. Sie musste Eirik zu Hilfe eilen!

Da packte er den anderen Jungen mit einer blitzschnellen Bewegung an den Beinen und brachte ihn zu Fall. Der Junge rutschte zehn, fünfzehn Schritt über den Teich, bevor er zum Halten kam. Eirik schlitterte hinterher, ließ sich mit den Knien voran auf dessen Brustkorb fallen und schlug ihm ins Gesicht.

Andere Kinder gesellten sich zu ihnen. Sie jubelten Eirik zu, der sich erhob und Hose und Mantel abklopfte, während sein Gegner mit gesenktem Kopf davonschlich.

Eirik bemerkte Malina am Ufer und schlitterte zu ihr. Sein Gesicht war von der Anstrengung gerötet. «Stehst du schon lange hier?», fragte er.

Stolz erfüllte sie. Einmal hatte sie Hakon einen Zweikampf austragen sehen. Obwohl ihm der Gegner an Kraft überlegen war, hatte Hakon nicht aufgegeben und den anderen schließlich besiegt. Genau diesen Kampfmut, diese Schnelligkeit und Geschicklichkeit besaß auch sein Sohn.

Und die dunklen Augen, die Malina jetzt erwartungsvoll anschauten.

«Lange genug», erwiderte sie lächelnd. «Warum hat er dich angegriffen?»

Eirik strahlte übers ganze Gesicht. «Er hat behauptet, er sei der beste Schlittknochenläufer in Hladir. Dann haben wir einen Wettlauf ausgetragen.»

«Vermutlich hast du gewonnen, und er wollte sich damit nicht abfinden.»

«Genauso war es!», rief er vergnügt, ließ sich am Ufer nieder und löste die Lederbänder, mit denen die zurechtgeschliffenen Pferdeknochen unter seinen Schuhen befestigt waren. «Warum bist du überhaupt hier, Malina?»

«Um dich zu beschützen, falls es nötig sein sollte.»

Es war als Scherz gemeint, doch er zog die Augenbrauen zusammen. «Ich bin elf – und groß genug, um allein auf mich aufzupassen!»

«Das weiß ich doch», entgegnete sie rasch.

Er stand auf und hängte die Schlittknochen über seine Schulter. Dann stapften sie zusammen durch den Schnee zurück zum Weg, der durch einen schmalen Durchbruch in der Felswand führte, den die Throender Thorsspalte nannten, und dann weiter zum Jarlshof.

«Schade, dass Hakon den Kampf nicht gesehen hat», sagte Eirik beim Gehen.

«Wir werden ihm davon erzählen, wenn er zurückkommt.»

«Ich dachte, er wollte nur ein paar Tage bei Auds Mutter bleiben.»

«Das habe ich auch angenommen. Wahrscheinlich hat das schlechte Wetter ihn aufgehalten.»

«Hm, es hat ja tüchtig geschneit. Bergljot meint, dass bald noch viel mehr Schnee fällt.»

Tatsächlich war wenige Tage nach Hakons Aufbruch der Winter mit Eiseskälte und Schnee zurückgekehrt und hatte den Landweg ins Naumudal unpassierbar gemacht.

Vor ihnen tauchte der Jarlshof auf, der mit einer Mauer aus aufgeschichteten Steinen umgeben war. Daran schloss sich die Holzpalisade an, die Hakon vom Adlerfelsen im Norden Hladirs um die Siedlung herum bis hinunter zum Nid hatte ziehen lassen.

Die Throender hatten damals gemurrt, weil der Bau eines so großen Walls viel Arbeit und Zeit kostete, in der sie sich nicht um ihr Vieh, ihre Äcker und andere Arbeiten kümmern konnten. Aber Hakon setzte den Bau auf dem Thing durch, und die Bewohner sahen ein, dass sie ihre Stadt schützen mussten. Schon einmal war Hladir bei einem Angriff niedergebrannt worden.

Malina und Eirik traten durch das Tor, an dem ein großes Elchgeweih befestigt war. Im hinteren Bereich des Hofs stand das Jarlshaus, in dem die Bewohner lebten und arbeiteten. Während der kalten Jahreszeit war dort auch ein Teil des Viehs untergebracht: Ziegen, Schafe, Rinder und Kühe, die im Frühling wieder auf die Bergweiden getrieben wurden. Außerdem gab es eine Scheune für Brennholz, Heu und Stroh sowie kleinere Hütten und Schuppen für Gerätschaften und weiteres Vieh.

Vor einer Hütte schaufelten zwei Knechte Schnee. Den Weg zum Jarlshof hatten sie bereits frei geräumt.

Malina winkte ihnen zu, doch sie erwiderten den Gruß nicht, sondern starrten nur entgeistert zu ihr herüber. Malina wunderte sich zwar über das Verhalten, ging aber weiter. Ihr war kalt. Auch Eirik hatte angefangen zu bibbern. Vor der Tür klopften sie ihre Schuhe ab und traten ein. In der Halle war es eigenartig still. Das brennende Hausfeuer spendete etwas Licht.

Neben einem der Stützpfosten sah Malina Kleidungsstücke auf einem Haufen liegen, und als sie näher kam, glaubte sie, ihren Augen nicht zu trauen: Das waren ihre Kleider!

«Wo warst du?», herrschte eine Stimme sie an.

Malina wirbelte herum.

Zwischen zwei Pfosten trat Bergljot aus dem Schatten. In der rechten Hand hielt sie das Holzkästchen, in dem Malina kleinere Dinge aufbewahrte, wie ihren Kamm, eine Specksteinfigur des slawischen Gottes Svantevit und einen silbernen Armreif. Malina war so irritiert, dass sie kein einziges Wort herausbrachte.

«Unten beim Teich», hörte sie Eirik sagen. Der Junge nahm die Schlittknochen von der Schulter.

«Nicht du, Junge», zischte die Alte. «Das Weib!»

«Was ... hast du mit meinen Sachen gemacht?», stieß Malina aus.

«Ich habe sie durchsucht.»

«Du hast meine Kleider durchsucht? Warum hast du das getan?»

«Weil du Geld gestohlen hast!», schrie Bergljot.

Eirik wich zurück. Er mochte ein tapferer Junge sein, aber von seiner zornigen Großmutter hielt auch er sich lieber fern.

Malina fühlte sich wie vor den Kopf geschlagen. Der Vorwurf war so absurd, dass es einen Moment dauerte, bis die Worte zu ihr durchgedrungen waren.

«Es fehlen mehrere Münzen», keifte Bergljot.

Sie zeigte den Lederbeutel vor, in dem sie das Geld für die Einkäufe aufbewahrten. Der Diebstahl des Haushaltsgeldes war ein Verbrechen, das den Ausschluss aus der Sippe zur Folge haben konnte. Menschen, die so etwas getan hatten, fanden meist keine Gemeinschaft mehr, die sie aufnahm, und sie waren gezwungen, außer Landes zu gehen.

Die ungeheuerliche Anschuldigung machte Malina wütend, und sie musste sich beherrschen, nicht auf die Alte loszugehen.

«Natürlich habe ich die Münzen genommen», sagte Malina. «Ich habe Odd Anason ausgezahlt, der uns im Herbst die Ziege verkauft hat. Die Ziege, deren Milch du trinkst, Bergljot!»

Der Mund der Alten klappte auf und wieder zu wie bei einem Kabeljau. Die Borstenhaare auf ihrem Kinn zitterten.

«Das hättest du mir sagen müssen, Weib! Ich habe alles auf den Kopf gestellt. Sogar die Sachen der Mägde und Knechte habe ich durchsuchen lassen!»

Das erklärte die Reaktion der Knechte.

Malina begann unter ihrem Mantel zu schwitzen, als sie sich vor Bergljot aufbaute.

«Odd bat vor einigen Tagen um das Geld, das wir ihm schulden. Das habe ich dir gestern Abend erzählt.»

«Das hast du nicht getan! Du machst immer nur das, was du für richtig hältst.»

Wenn die Alte nicht weiterwusste, begann sie damit. Niemals würde sie zugeben, sich geirrt zu haben.

Malina zwang sich, ruhig zu atmen. Sie durfte sich nicht provozieren lassen, auch wenn es ihr zunehmend schwerer fiel. Seit Hakons Abreise war es mit Bergljot wieder schlimmer geworden. An allem fand sie irgendetwas auszusetzen.

«Du musst besser zuhören», sagte Malina.

«Willst du behaupten, ich sei schwachsinnig?», keifte Bergljot.

Ihr Gesicht war dunkelrot angelaufen. Da riss sie die Augen auf, ließ das Kästchen fallen und stürmte an Malina vorbei in die Kochnische zum Ofen, aus dem ein unangenehmer Geruch in die Halle drang.

Malina legte ihren Mantel ab und bückte sich nach den Sachen, die aus dem Kästchen gefallen waren.

«Warum streitet ihr euch immer?», fragte Eirik.

«Wir sind zu unterschiedlich», antwortete sie, weil ihr nichts Besseres einfiel.

«Aber das sind Aud und ich auch.»

Während Malina die Sachen einsammelte und das Kästchen hinter das Schlaflager stellte, hörte sie Bergljot in der Küche hantieren. Hoffentlich brachte die Hausarbeit die Alte auf andere Gedanken.

Doch wenige Augenblicke später tauchte sie wieder in der Halle auf. In der rechten Hand hielt sie in einem Tuch einen verkohlten Brotlaib.

«Sie sind verbrannt!», rief sie. «Verbrannt – alle Brote, die ich gebacken habe.»

«Warum haben die Mägde nicht darauf aufgepasst?», erwiderte Malina.

Das faltige Gesicht der Alten zog sich zusammen wie eine Gewitterwolke – und dann brach der Sturm los.

«Du Hure! Es ist deine Schuld, dass ich nicht an die Brote gedacht habe. Wegen dir haben wir nichts zu essen!»

Es schien, als würden bei der Alten sämtliche Dämme brechen. Bevor Malina reagieren konnte, stürmte Bergljot auf sie zu und schlug mit dem Brot nach ihr. Der schwarze Laib traf sie im Gesicht, er war hart wie Holz, und er war heiß. Schmerzen durchzuckten Malina. Sie hob abwehrend die Hände, doch auch der nächste Schlag traf. Wie von Sinnen prügelte die Alte auf sie ein.

«Hör auf!», schrie Malina. «Hör endlich auf!»

Sie versuchte, nach dem Brot zu greifen. Aber die Alte entwickelte ungeahnte Kräfte, schlug wieder und wieder zu. Malina schmeckte Blut und Asche.

Sie will mich umbringen, schoss es ihr durch den Kopf. Ihre Nase blutete, die Wange riss auf.

Endlich bekam sie Bergljots Handgelenk zu fassen, drehte es um und bog den Arm nach hinten. Die Alte stieß einen gellenden Schrei aus, der Brotlaib entglitt ihren Fingern.

Malina war jetzt hinter ihr.

«Ich bin nicht schuld!», schrie sie der Alten ins Ohr. «Ich habe kein Geld gestohlen. Wenn du mir zugehört hättest, hättest du das Brot nicht vergessen ...»

«Es ist aus mit dir», keuchte Bergljot. «Ich habe die Mägde in die Siedlung geschickt, damit sie überall erzählen, dass du deine Sippe bestiehlst. Niemand wird dir noch ein Wort glauben!»

Da war es um Malinas Beherrschung geschehen. Sie schlug zu, einmal, zweimal, dreimal.

Bergljot wankte. Ihre Augen drehten sich in den Höhlen. Sie streckte eine Hand nach Malina aus. Die Finger schlossen sich um die Kette, und im Fallen riss sie das Lederband durch. Perlen prasselten auf den Boden, einige rollten in die Blutlache, die sich um Bergljots Kopf ausbreitete.

Fassungslos stand Malina über der Alten. Was hatte sie nur getan?

Sie bemerkte eine Bewegung an ihrer Seite. Eirik starrte mit aufgerissenen Augen auf seine Großmutter herab.

Malina wollte etwas sagen, aber die Stimme versagte ihr, und dann lief sie zur Tür, lief nach draußen, runter vom Hof, in die Siedlung, zum Hafen ...

5.

Magathaburg

Der Mönch Ketil lief um sein Leben.

Er hetzte durch die Gassen unterhalb der Magathaburg. Unter seinen riesigen Stiefeln spritzte es aus schlammigen Pfützen, in denen sich das Tauwasser gesammelt hatte. Er schlug einen Haken, schlitterte um eine Ecke in eine andere Gasse und glitt beinahe im Schneematsch aus. Das wütende Gebrüll der Verfolger war dicht hinter ihm. Ketil rannte weiter durch das stinkende Armenviertel der Vorstadt, entlang der mit faulendem Stroh gedeckten Grubenhäuser, deren Dächer fast bis an den Boden reichten und vor deren Eingängen sich Unrat türmte.

Bald darauf erreichte er den Marktplatz, wo er seine Schritte verlangsamen musste. Die ersten Händler hatten zwar zum Ende des Tages damit begonnen, Waren von den Auslagen zu räumen und ihre Buden zu verriegeln. Doch es herrschte noch immer ein lebhaftes Treiben auf dem Markt, der an der Schnittstelle wichtiger Handelswege lag. Aus den Slawenländern im Osten wurden Pelze, Häute, Honig, Wachs und Sklaven geliefert und aus dem Westen über die Heerstraßen Gewürze, Metallwaren, Schmuck und Gewebe herangekarrt. Über den großen Fluss, die Elba, kamen Heringe für die Fastenzeit oder Salz aus den Salinen bei Halla.

Hinter sich hörte Ketil Rufe. Im Laufen schaute er über die Schulter und sah eine Handvoll Soldaten durch die Menge drängen. Da stieß er mit einem Mann zusammen, der eine kleine Kiste verlor. Eier klatschten auf den Boden, und der Mann brüllte Ketil Flüche hinterher, bis er von den Soldaten zur Seite gestoßen wurde.

Gedanken jagten Ketil durch den Kopf. Ereilte ihn nun die Strafe Gottes? Hatte er die Geduld des Allmächtigen überstrapaziert? Warum hatte er auch ausgerechnet mit Soldaten gewürfelt, anstatt mit Leuten, die unbewaffnet waren?

Er konnte es den Soldaten nicht einmal verdenken, dass sie ihm nach dem Leben trachteten. Schließlich hatte er sie nach allen Regeln der Kunst ausgenommen. Zunächst hatte er sie gewinnen lassen, damit sie keinen Verdacht schöpften und mit ihren Einsätzen hochgingen. Dann erst mischte er den präparierten Knochenwürfel, den er mitgebracht hatte, unter die anderen Knobel, ohne dass es jemand bemerkte. In den Würfel hatte er zuvor ein winziges Loch gebohrt, eine Bleikugel darin eingesetzt und das Loch mit Gips verschlossen. Der Würfel zeigte bei jedem Wurf sechs Augen – und verhalf Ketil somit zu einer beträchtlichen Anzahl Münzen, die in dem Lederbeutel an seinem Gürtel klimperten.

«Da ist der Betrüger!», hörte er jemanden rufen.

Die Soldaten näherten sich zwischen den Buden und Ständen.

Sie hatten es nicht schwer, ihn ausfindig zu machen, da Ketil wegen seiner Körpergröße nicht zu übersehen war. Wie ein Turm ragte sein Kopf aus der Menschenmenge. Aber Ketil war nicht nur sehr groß, er war auch überaus stark, und deshalb stürmte er gegen zwei von links kommende Soldaten, bevor man ihn einkreisen konnte. Einem der Soldaten verpasste er einen so heftigen Hieb gegen die Brust, dass der Mann rücklings in einen Stand geschleudert wurde. Es klirrte und schepperte, Holz brach, Becher und Schüsseln gingen zu Bruch. Ketil nahm sich vor, dem Händler die Sachen später zu erstatten, aber natürlich nur, wenn er heil aus der Sache herauskam.

Der andere Soldat wich vor Ketil zurück, obwohl er ein *sax*, ein Kurzschwert, gezogen hatte. Ketil drängte sich an ihm vorbei und lief weiter.

Er musste die wütenden Männer abhängen, bevor er ins Kloster zurückkehrte. Insgesamt war es gut ein Dutzend Soldaten, die in einer Hütte am Westtor des Walls, der sich um die Vorstadt zog, zum Würfelspiel zusammengekommen waren.

Die Verfolger dicht an den Fersen jagte er zwischen zwei Buden hindurch und bemerkte zu spät, dass vor ihm ein Karren den Gang versperrte. Er sah nur einen einzigen Ausweg, beschleunigte und sprang mit einem großen Satz über den Karren hinweg, vorbei an verdutzten Männern und Frauen. Ein Soldat, der es ihm gleichtun wollte, blieb mit einem Fuß hängen und stürzte mitsamt dem Karren in den Dreck. Ketil warf einen Blick zurück. Die anderen Soldaten versuchten, das Gefährt wegzuschieben, was jedoch in dem engen Gang nicht einfach war.

Das verschaffte Ketil einen Vorsprung. Als er mit einigen Umwegen durch das Gewirr aus Ständen und Buden endlich das andere Ende des Marktplatzes erreichte, war von den Verfolgern nichts mehr zu sehen oder zu hören.

Im Schatten eines Hauses hielt er inne, um zu Atem zu kommen. Allmählich begann es zu dämmern. Er musste warten, bis die Nacht hereinbrach, bevor er sich ins Kloster schleichen konnte, obwohl ihn die Ungeduld auffraß. So schnell wie möglich musste er seinem Freund Aki erzählen, was er in der Soldatenunterkunft erfahren hatte – und was letztlich dazu geführt hatte, dass sein Schwindel aufgeflogen war.

Ketil hätte die Mitspieler wohl noch um die eine oder andere Silbermünze erleichtert, wenn nicht ein Soldat, der nach seiner Wachablösung zu der Runde hinzukam, berichtet hatte, welcher Mann soeben durch das Tor gekommen war. Als Ketil den Namen des Mannes hörte, traf es ihn wie ein Schlag ins Gesicht. Vor Schreck hatte er seinen Würfel fallen lassen, und durch den Aufprall auf dem Steinboden war die Bleikugel herausgesprungen. Als die anderen die Kugel entdeckten, nutzte Ketil den Moment der Verwirrung, um seinen Gewinn zusammenzuraffen und aus der Hütte zu stürmen.

Nachdem sich sein Herzschlag beruhigt hatte, setzte er seinen Weg fort, der ihn zunächst in Richtung der auf einem Hügel errichteten Magathaburg führte. Dicht an dicht drängten sich in der Vorstadt die Holzhäuser, in denen Handwerker und Händler lebten und ihre Werkstätten und Lager eingerichtet hatten.

Ketil ging mit gemessenen Schritten weiter, um nicht aufzufallen. War es ihm tatsächlich gelungen, die Verfolger abzuschütteln?

Am Fuß der Burg, um die Kaiser Otto einen hohen, mit einer Palisade bewehrten Wall hatte ziehen lassen, bog Ketil nach links ab. Er folgte einer dunklen Gasse bis zu dem schmalen Durchlass zwischen zwei Häusern. Dahinter führte ein Pfad den Hügel hinauf zur Steinmauer, hinter der das Kloster des heiligen Mauritius lag.

Die Stelle, an der Ketil sich jetzt befand, war von der Palisade aus nicht einsehbar. Aus einem Gebüsch holte er seine Mönchskutte, die er vorhin hier versteckt hatte, und zog sie über die Tunika. Dann kletterte er über die mannshohe Mauer und landete auf der anderen Seite im Klostergarten, in dem er eigentlich hätte arbeiten sollen.

Inzwischen war der Mond aufgegangen. Ketil schaute sich um, konnte jedoch in dem Zwielicht keinen Mönch erkennen, auch nicht den Alten, der die Aufsicht über den Garten hatte. Ketil würde dem älteren Bruder das Schweigegeld also später geben müssen.

Die Münzen waren jedoch das Letzte, an das er im Moment dachte.

Er stapfte vorbei an den noch blätterlosen Birnen-, Pflaumen- und Apfelbäumen und vom Schnee befreiten, umgegrabenen Beeten, bis er zu den Gebäuden kam. Zu seiner Erleichterung hielt sich auch hier niemand auf, sodass er unbemerkt den Eingang des

Dormitoriums erreichte, in das sich die Brüder nach der Komplet zurückgezogen hatten. Er schlüpfte aus den von Schneematsch und Schlamm verdreckten Stiefeln, trat ein und schlich durch den Schlafsaal zu Akis Bett. Eine brennende Tranlampe in einer erhöhten Nische an der Wand warf einen matten Schein über den jungen Mann.

Ketil lauschte in den Saal. Einige Mönche schnarchten. Irgendwo hustete jemand, ein anderer wälzte sich auf dem knarrenden Lager hin und her.

Ketil beugte sich zu Aki hinunter und wollte ihn gerade wecken, als er eine leise, aber scharfe Stimme hörte.

«Wo bist du gewesen, Bruder Ketil?»

Im Bett hinter Akis Lager hatte sich ein Mönch aufgerichtet. Bruder Ekberth, ausgerechnet! Dieser Dreckskerl! Ekberth entstammte, wie viele andere Mönche im Mauritiuskloster auch, einer adligen Familie und hielt sich für etwas Besseres als Ketil und Aki, die nur dienende Brüder waren.

«Ich musste pinkeln», flüsterte Ketil.

«Dann hast du wohl eine Blase wie ein Pferd. Wir haben dich schon bei der Komplet vermisst.»

«Sei still», gab Ketil zurück. «Du weckst mit deinem Geplapper den ganzen Saal auf.»

«Ich werde dem Abt berichten müssen, dass du dich wie ein Dieb durch die Nacht schleichst!»

«Ja, ja», erwiderte Ketil nur.

Er zog die Kutte aus, ließ sich auf sein Bett sinken und tat, als wolle er schlafen. So lag er eine Weile da, bis Ekberth sich ebenfalls wieder hingelegt hatte.

Ketil tastete unter der Decke nach dem Geldbeutel. Nicht auszudenken, wenn Ekberth die Münzen bemerkt hätte! Der Kerl hätte ein schönes Geschrei gemacht. Persönlicher Besitz war den Mönchen verboten. Ketil wagte es erst gar nicht, sich vorzustellen, was geschehen würde, wenn herauskäme, dass er einen Geldgewinn aus einem Glücksspiel ins Kloster geschmuggelt hatte.

Als aus Ekberths Richtung leise Schnarchgeräusche zu hören waren, löste Ketil den Beutel vom Gürtel und stopfte ihn unter die mit Stroh gepolsterte Matratze. Dann schlug er die Decke zurück, stieg aus dem Bett und weckte Aki, indem er ihm sanft über die Wange strich.

Als Aki die Augen öffnete, legte Ketil rasch einen Finger an die Lippen. Aki nickte überrascht. Neben dem alten Gärtner war er der Einzige, der von Ketils geheimen Unternehmungen wusste – Unternehmungen, für die Ketil als Strafe gewiss nicht mit ein paar Vaterunser oder dem Ausschluss von den Mahlzeiten davonkommen würde. Den größten Teil des Geldes, das er seinen ahnungslosen Mitspielern abluchste, brachte er bei den Huren unten im Hafenviertel durch, und er bezahlte sie ordentlich.

Auch wenn er heute noch einmal mit heiler Haut davongekommen war, war es sicher nur eine Frage der Zeit, bis sein Geheimnis auffliegen würden. Bislang hatte der Herr zwar schützend die Hände über seinen sündigen Diener gehalten. Aber auch die Geduld des Allmächtigen würde eines Tages erschöpft sein. Die Folgen würden schwerwiegend sein – zumal Ketils Gönner, der Erzbischof Brun von Colonia, im vergangenen Herbst gestorben war.

Ketil beugte sich zu Aki hinunter und flüsterte ihm ins Ohr: «Steh auf.»

Aki runzelte die Stirn. «Warum?»

«Mach schon! Er ist hier.»

«Er?»

Ketil seufzte. Warum konnte der Junge nicht einfach das tun, worum er ihn bat?

«Wer ist hier?»

«Der Bischof!», flüsterte Ketil.

Mit einem Schlag war Aki hellwach.

Es war windig geworden. Helle, vom Mond beschienene Wolkenfetzen trieben von den Wäldern im Slawenland im Osten über die Elba zur Magathaburg. Vor dem Nachthimmel zeichneten sich die Umrisse des Klostergebäudes ab, in dem der Abt wohnte. Unweit der Tür kauerten Ketil und Aki hinter einem Ochsenkarren, den Arbeiter der nahe gelegenen Dombaustelle hier abgestellt hatten.

Aus dem Abtshaus drang kein Laut. Nur der Wind rauschte durch die Anlage und brachte den Geruch von Schnee mit. In diesem Jahr hielt sich die Kälte hartnäckig, und Ketil fühlte sich an seine Zeit auf Island, der großen Insel im Nordmeer, erinnert, auf der er seine Kindheit verbracht hatte, bis man ihn von dort verbannte und er das Land verlassen musste.

Er rieb seine klammen Hände aneinander.

«Glaubst du wirklich, er ist da drin?», fragte Aki.

«Wo sollte er sonst sein?», entgegnete Ketil. «Ein Bischof wird kaum im alten Gasthaus absteigen.»

«Vielleicht hast du dich verhört, und es ist ein anderer Bischof.»

«Ich höre wahrscheinlich nicht mehr so gut wie du, Junge. Aber in diesem Fall kann ich mich an jedes einzelne Wort erinnern. Die Soldaten hatten einen Mann am Betreten der Stadt hindern wollen, weil er ihnen nicht ganz geheuer erschien. Ein Friese, enorm groß gewachsen, und er soll ausgesehen haben wie ein Ungetüm. Dann habe sich der Begleiter des Mannes als Bischof zu erkennen gegeben, woraufhin man die beiden passieren ließ. Bis dahin hatte ich mir nichts weiter dabei gedacht und mich auf das Spiel konzentriert. Doch dann erwähnte einer der Soldaten den Namen des Bischofs – und ich verwette meinen Hintern darauf, dass es nur einen einzigen Bischof gibt, der so einen Namen ...»

«Psst!», machte Aki.

Die Tür des Abtshauses wurde von innen geöffnet, und ein hünenhafter Mann trat heraus, vermutlich das Ungetüm, von dem die Soldaten gesprochen hatten. Er war mindestens so groß wie

Ketil, vielleicht noch etwas größer. Ketil spürte, wie sich seine Nackenhaare aufstellten, als der Mann aus dem Schatten des Hauses trat und vom Mondlicht erfasst wurde. Selbst auf die Entfernung war zu erkennen, welche Ausgeburt an Hässlichkeit sich dort breitbeinig postierte: der kahle Schädel, den ein Haarstreifen zierte, die bleiche Totenmaske mit den hohen Wangenknochen und starr vor sich hinglotzenden Augen.

Zwei mit schwarzen Kutten bekleidete Männer traten neben den Hünen. Einer der beiden war Abt Thiadrich, der andere ... ja, bei Gott, das war er – der Bischof!

Ketils Magen verkrampfte sich, und er merkte, wie Aki neben ihm zusammenzuckte.

Gut fünf Jahre war es her, dass Ketil den Bischof das letzte Mal gesehen hatte. Damals war Ketil von Erzbischof Brun in die Dänenmark geschickt worden. Er sollte herausfinden, was der Bischof dort trieb, und die schlimmsten Gerüchte hatten sich bestätigt.

Ketil wurde Zeuge, wie der Bischof und der damalige Markgraf ihrem Verständnis einer christlichen Mission nachgingen. Wie sie Menschen, die den heidnischen Glauben nicht ablegen wollten, quälten und töteten. Auch Ketil trachteten sie nach dem Leben, als er versuchte zu verhindern, dass der Bischof und der Graf eine Familie verbrannte – eine Familie, die sich nichts hatte zuschulden kommen lassen, außer einen alten Thorshammer zu besitzen.

Der Bischof war es auch gewesen, der Akis Mutter, die Seherin Velva, und seine Schwestern Asny und Gyda hinrichten lassen wollte. Das konnte zwar gerade noch verhindert werden, aber die Familie wurde verbannt. Velva und die kleine Gyda starben, und die Zwillinge Aki und Asny wurden versklavt.

Ketil sah, wie der Abt etwas zum Bischof sagte, woraufhin sich die beiden Männer entfernten, gefolgt von dem Ungetüm, das die Kirchenmänner um gut zwei Köpfe überragte. Sie marschierten geradewegs zum Dom und verschwanden kurz darauf in dem Vorbau, dem Atrium.

«Wir müssen hinterher!», drängte Ketil.

Aki zögerte. «Das Portal wird bewacht. Hast du das vergessen?»

«Der Seiteneingang nicht.»

«Woher weißt du das?»

Ketil machte eine wegwerfende Geste. «Ich weiß es eben.»

Er stand auf, schaute sich um, und da niemand zu sehen war, verließen sie ihre Deckung. Geduckt huschten sie zum Dom, der wie ein Felsmassiv jenseits des Kreuzgangs in den Nachthimmel ragte.

Otto, damals noch König der Sachsen, hatte nach seinem Sieg über die Ungarn im Jahre 955 angeordnet, über den Fundamenten der alten Mauritiuskirche einen Dom, eine *basilica nova*, zu errichten. Am Ufer der Elba, unmittelbar an der Grenze zu den Slawenländern, sollte das prächtigste Kirchenbauwerk nördlich der Alpen entstehen, das in seiner Ausstattung den römischen Basiliken in nichts nachstand. Die Arbeiten schritten zügig voran, und als der Kaiser nach seiner Rückkehr aus Rom im Sommer des vergangenen Jahres einen Reichstag auf der Magathaburg abhielt, konnte der Dom bereits für einen Gottesdienst genutzt werden. Sogar jetzt im Winter wurde auf der Baustelle gearbeitet. Denn bereits in den Tagen vor dem nächsten Pfingstfest wurde der Kaiser erneut erwartet.

Am Kreuzgang hielten Ketil und Aki inne. Das Atrium, der von einer Mauer umgebene Eingangsbereich des Doms, war nur einen Steinwurf entfernt. Sie gingen an der Außenwand des Kreuzgangs entlang, bis sie zu einer Lücke zwischen Dom und Mauer kamen. Durch die Lücke gelangten sie ins Innere des Kreuzgangs und von dort aus zu einer Tür, die ins Mauerwerk des hinteren Querschiffs eingelassen war.

Erleichtert stellte Ketil fest, dass die Tür nicht verriegelt war.

Sie knarrte leise in den eisernen Angeln, als er sie so weit öffnete, dass sie hindurchschlüpfen konnten.

Drinnen waren keine Geräusche zu hören. Daher schlichen sie weiter bis zu einer Säule, hinter der sie in Deckung gingen. Durch Fenster im oberen Bereich des Mauerwerks fiel Mondlicht in das mit Baumaterialien vollgestellte Mittelschiff. Bretter und zu Quadern zurechtgeschlagene Steine waren mannshoch aufgestapelt, Sand zu Haufen aufgeschüttet. An den Innenwänden hatte man Gerüste hochgezogen, auf denen Kunstmaler das Mauerwerk mit farbigen Wandgemälden, den Fresken, versahen.

Inmitten dieses Durcheinanders entdeckte Ketil die wertvolle Fracht wieder, die vor einigen Tagen mit einer Kolonne aus Lasttieren und Ochsengespannen herangekarrt worden war: Otto, so hieß es, habe bei Ravenna in Romagna Kirchen plündern und die erbeuteten Säulen aus Granit, Porphyr und Marmor den weiten und beschwerlichen Weg über die Alpen auf die Magathaburg bringen lassen.

Jetzt, in der Nacht, umgab eine geheimnisvolle Stille diesen Ort, an dem tagsüber Hunderte Arbeiter ihr Tagwerk verrichteten. Die beiden Geistlichen und der Hüne waren nirgends zu sehen. Aber irgendwo mussten sie sein!

«Hast du das gehört?», flüsterte Aki.

Ketil verneinte, aber er wusste, dass Aki gute Ohren hatte.

Aki zeigte zum Chor, dem halbrunden hinteren Bereich des Doms, in dem der Hauptaltar und das massive Taufbecken aus Rosenporphyr, das ebenfalls aus Ravenna stammte, standen.

«Von dort kommen Stimmen!», flüsterte er.

Ketil konnte jedoch niemanden erkennen, und das ließ nur einen Schluss zu: «Sie müssen unten in der Krypta sein!»

Aki stieß einen Seufzer aus.

«Wir müssen es wenigstens versuchen», ermunterte Ketil ihn.

Natürlich war er sich des Risikos bewusst. Die Krypta war das

Heiligtum des Doms. Hinter einer zumeist verschlossenen Eisengittertür befand sich die wertvollste Reliquie des Klosters, wenn nicht des ganzen Kaiserreichs: In einem Sarkophag lag der Körper des heiligen Mauritius, eines Märtyrers, der Anführer einer thebäischen Legion gewesen und hingerichtet worden war, weil er sich geweigert hatte, die Waffen gegen Christen zu erheben.

Die Krypta, in der auch Ottos erste Gemahlin Edgitha ihre letzte Ruhestätte gefunden hatte, durfte nur mit Erlaubnis des Kaisers oder des Abts betreten werden. Ketils Magen zog sich zusammen, als er daran dachte, wie man einmal zwei Männer in der Krypta erwischt hatte. Sie gehörten zu einem Bautrupp aus der Stadt Como in der Lombardei und hatten aus dem Abtshaus den Schlüssel für die Eisentür entwendet. Man ertappte sie dabei, als sie versuchten, das Grab des Heiligen zu öffnen. Zur Mahnung an alle anderen Arbeiter – und auch der Mönche – wurden die beiden Lombarden auf dem Platz vor dem Palatium ausgepeitscht und anschließend mit den Köpfen nach unten aufgehängt. Dort hingen sie, bis ihr Fleisch von den Knochen faulte.

«Gut», flüsterte Aki, «dann lass es uns tun.»

Ihre Neugier war stärker als die Angst. Was auch immer der Bischof auf der Magathaburg zu suchen hatte – sie mussten es herausfinden!

Ihre Schuhe hinterließen Spuren auf den staubigen Steinplatten, an den Säulen entlang und dann weiter zu der offen stehenden Tür, hinter der eine Treppe in den Untergrund führte.

Die Stimmen wurden deutlicher. Ein kratzendes Geräusch war zu hören, als ob Stein auf Stein schabte.

Ketil und Aki stiegen vier Stufen hinab, dann gingen sie in die Hocke und spähten um die Mauerkante in die Krypta: Vor ihnen lag ein langgezogener, etwa acht Fuß hoher Raum mit mehreren Gewölbepfeilern. An der hinteren Wand standen in einer Reihe fünf Steinsärge und davor die drei Männer, mit dem Rücken zur Treppe. Der Hüne hatte den Kopf tief gesenkt. In der rechten Hand hielt er eine brennende Fackel. Flackerndes Licht fiel auf einen Sarg, dessen Deckplatte ein Stück weit zur Seite geschoben worden war.

«... es gibt noch immer starken Widerstand gegen das Vorhaben des Kaisers», hörte Ketil die Stimme des Abts. «Seit Jahren ringen wir darum, dass das Bistum der Magathaburg zum Erzbistum erhoben wird – obwohl der Papst längst seinen Segen dazu gegeben hat. Bernhard, der Erzbischof von Halberestat, fürchtet jedoch, dass dadurch sein Einflussbereich schwindet und seine Diözese verkleinert wird. Er hat in Wilhelm, dem Sohn des Kaisers, einen mächtigen Verbündeten ...»

Der Bischof schien an Thiadrichs Ausführungen nicht sonderlich interessiert. Seine Aufmerksamkeit galt dem Inhalt des halb geöffneten Sargs.

«Das ist ... der Heilige», raunte er.

Thiadrich unterbrach seine Rede. «Ja, das ist er – der heilige Mauritius! Im Winter 960 wurde sein Körper auf die Magathaburg übertragen.»

«Ich danke Euch, dass Ihr mich einen Blick auf ihn werfen lasst.» Der Bischof beugte sich vor, um in den Sarg zu fassen.

«Nein!», zischte Thiadrich. «Tretet augenblicklich zurück!»

Der Bischof zögerte. «Ich will ihn nur einmal anfassen, nur ganz kurz ...»

«Das ist nicht gestattet! Es ist schon eine große Ausnahme, dass ich Euch überhaupt einen Blick auf die Reliquie werfen lasse.»

Der Bischof zog widerstrebend die Hand zurück. «Habt Ihr Angst, dass er zu Staub zerfällt? Ich habe schon einmal die Überreste eines Heiligen berührt.»

«Ach ja?»

Der Bischof wandte sich dem Abt zu, sodass Ketil ihn besser betrachten konnte. Poppo hatte sich kaum verändert. Vielleicht waren ein paar Falten hinzugekommen in dem kantigen, bartlosen Gesicht mit der hervorstechenden Nase und den schmalen, zusammengepressten Lippen. Die dunklen, funkelnden Augen mit dem eisenharten Blick jagten ihm wieder einen Schauer über den Rücken.

«Allerdings!», gab der Bischof zurück. «Es waren die Gebeine des heiligen Lazarus, des von Jesus Auferweckten! Mit dieser Hand habe ich sie berührt!»

Er zeigte dem Abt seine rechte Hand.

Thiadrich schien beeindruckt. «Dennoch darf ich es nicht zulassen ...»

«Gut!», sagte der Bischof mit einem kalten Lächeln. «Ich habe verstanden. Kommen wir nun zu den Angelegenheiten, die ich mit Euch zu besprechen habe. Zunächst das Geschäftliche: Ich brauche mehr Geld!»

Thiadrichs Miene wurde starr. «Erzbischof Adaldag hat Euch die Truhe mit Gold und Silber überreicht, die ich ihm gegeben hatte.»

«Ihr kennt das Wesen der Nordmänner nicht, Abt Thiadrich. Sie sind unersättlich.»

«Soll das heißen, dass Ihr das Elfenbein nicht bekommen habt?»

«Das soll lediglich heißen, dass König Graufell mehr verlangt. Offenbar ist ihm bewusst geworden, welchen Wert die Stoßzähne tatsächlich haben.»

Thiadrichs Wangenmuskeln zuckten. «Wie viel?»

«Noch einmal die gleiche Summe.»

«Und wenn es auf der Magathaburg nicht so viel gibt? Der Auftrag unterliegt strengster Geheimhaltung. Es würde auffallen, wenn ich so viel Gold und Silber abzweige.»

Der Bischof drehte sich zum Sarg um. «Ich fürchte, Ihr habt keine andere Wahl. Wir werden Eure Gastfreundschaft noch einige Tage in Anspruch nehmen, damit Ihr Zeit habt, die Summe aufzubringen. Sonst könnt Ihr lange warten, bis Euer Kloster das Ansehen genießt, das es braucht, damit die Kirchenoberen die Magathaburg als Sitz eines Erzbistums anerkennen ...»

«Woher wisst Ihr, wofür das Elfenbein verwendet werden soll?», fuhr Thiadrich dazwischen.

Der Bischof lachte leise.

«Ihr unterschätzt mich! Ich bin durchaus in der Lage, eins und eins zusammenzuzählen. In diesem schlichten Sarkophag liegt eine bedeutende Reliquie. Um die Scharen von Pilgern anzulocken, die viele Münzen zahlen würden, um dem Heiligen nahe zu sein, müsst Ihr ihnen etwas mehr bieten, als seine in einer Krypta versteckten Gebeine.»

Er wandte sich wieder dem Abt zu. «Ihr wollt den Pilgern einen Heiligen in einem prunkvollen, mit kostbarem Elfenbein verzierten Sarg bieten! Und wenn sie ergriffen vor einem solchen Sarg niederknien, wäre es nebensächlich, ob der Heilige tatsächlich darin liegt oder weiterhin in dieser Gruft, in der Ihr ihn ganz für Euch allein habt, Abt Thiadrich!»

Das Gesicht des Abts verdunkelte sich. «Ich werde sehen, was ich tun kann. Und welche Angelegenheit wollt Ihr noch mit mir besprechen?»

In dem Moment war aus der Domhalle ein leises Geräusch zu hören, das klang, als ob jemand hustete. Weder der Bischof noch die anderen beiden schienen es unten in der Krypta zu hören, da sie nicht darauf reagierten. Dennoch gab Aki Ketil ein Zeichen, dass sie sich zurückziehen sollten. Da hörten sie, wie der Name des Erzbischofs Brun ausgesprochen wurde.

«Sein Tod ist ein großer Verlust für die Kirche», sagte Thiadrich. «Ich bete täglich für den verstorbenen Brun.»

«Oh, das tue ich auch», erwiderte der Bischof. «Ich habe ihn außerordentlich geschätzt. Die christliche Mission wäre ohne Bruns Unterstützung nicht da, wo sie ist. Er war ein Mann voller Güte. Es heißt, im Mauritiuskloster würden zum Christentum bekehrte Nordmänner leben, die zum seligen Brun in einer ... nun ja, in einer besonderen Verbindung standen.»

Ketil erstarrte. Ob sich der Bischof an ihm rächen wollte? Schließlich war es Ketil gewesen, der Brun über die Machenschaften des Bischofs in der dänischen Mark aufgeklärt hatte. Nach dem Tod des alten Markgrafen hatte Brun einen anderen Grafen in die Mark entsandt, der das grausame Treiben des Bischofs unterbunden hatte.

«Ja, wir haben zwei Brüder, die unter Bruns Obhut standen. Hätte er sich nicht so sehr für sie verwendet, hätte ich sie längst aus dem Kloster ausgeschlossen. Vor allem der eine von ihnen, ein Isländer, macht nichts als Ärger ...»

Da hallte mit einem Mal ein lauter Knall durch den Dom, wie von einem Brett, das zu Boden fiel.

Nun hatten auch der Bischof und der Abt etwas gehört. Sie drehten sich zur Treppe um, auf der sich Ketil und Aki blitzschnell hinter die Mauer zurückgezogen hatten.

Aki stand die Angst ins Gesicht geschrieben, aber Ketil rührte sich nicht vom Fleck.

Als das Geräusch verhallt war, wurde es im Dom wieder still. Hatte eine Wache ein Brett vom Stapel gestoßen?

Ketil lauschte in die Krypta. Es waren jedoch keine Schritte zu hören, nur die gedämpfte Stimme des Bischofs.

Ketil schob sich wieder näher an die Mauerkante heran, bis er in die Krypta schauen konnte.

«Es heißt, einer der beiden Nordmänner habe eine Zwillingsschwester», hörte er den Bischof so leise sagen, dass es kaum noch zu verstehen war.

Thiadrich nickte angewidert. «Ein schreckliches Weib! Man müsste es eigentlich dem Feuer übergeben. Doch Brun hatte einen Narren an diesen Leuten gefressen. Daher konnten wir nicht anders, als das Weib im Stift auf der Quidilingaburg unterzubringen – bei den hochwohlgeborenen Schwestern. Es ist eine Schande!»

Ketil sah, wie Aki vor Wut seine Hände zu Fäusten ballte, bis die Knöchel weiß hervortraten.

«Warum erkundigt Ihr Euch nach diesen Leuten?», fragte Thiadrich.

Da wurde der Bischof noch leiser, sodass die Antwort nicht zu verstehen war.

6.

Quidilingaburg

Nur wer die Treue durchhält bis in den Tod, empfängt die Krone des ewigen Lebens. Gelobst du diese Treue?»

Asny zuckte zusammen. Vor dem Pult stand die greise Machthilt, das faltige Gesicht wie eine Faust geballt. Das Weib war die Witwe des alten Sachsenkönigs Heinrich und hatte die Quidilingaburg einst als Witwengut erhalten und hier das Stift gegründet. In der rechten Hand hielt sie eine Haselgerte. Die spitze Nase zielte auf Asny, während die Hautlappen unter Machthilts Kinn flatterten wie bei einem Huhn.

«Gelobst du dem Herrn Treue?», wiederholte sie. Die Gerte wanderte nach oben.

In dem Raum, der als Skriptorium und Unterrichtsraum genutzt wurde, war es totenstill geworden. Die anderen Frauen und Mädchen drehten sich an ihren Pulten um. Nicht wenige von ihnen betrachteten Asny mit unverhohlener Schadenfreude. Gleich würden sie wieder etwas zu sehen bekommen, das Abwechslung in ihren Alltag im Stift des heiligen Servatius auf der Quidilingaburg brachte.

«Frömmigkeit, Strebsamkeit, Demut!», zählte Machthilt mit funkelnden Augen auf. «So lauten die Tugenden, nach denen wir Gott, unserem Herrn, dienen. Hast du das vergessen?»

Asnys Lippen blieben geschlossen, und in das vor ihr schwebende alte Gesicht kroch Zornesröte. Einige der Frauen, die man hier im Stift Kanonissen nannte, begannen zu kichern. Asny hasste sie alle, diese verhätschelten, adligen Weiber.

«Ruhe!», fauchte Machthilt.

Sofort erstarb das Gekicher. Die Stiftsdamen kuschten vor der alten Wachtel wie Sklavinnen vor der Peitsche. In Asnys Augen besaßen sie nicht einen Funken Ehre im Leib. Sie beteten, arbeiteten, lernten und beteten wieder, den lieben langen Tag. Ora et labora!

Oh, wie sehr Asny das alles zuwider war! Die Gebete, die speichelleckenden Gören und die Königswitwe, die über siebzig Jahre alt war und aussah, als würde sie jeden Augenblick von ihrem hochgepriesenen Herrgott abberufen werden, damit sie im Christenhimmel all die anderen Seelen schikanieren konnte.

Es war ja nicht so, dass Asny nichts von dem mitbekam, was ihr Machthilt und andere Kanonissen eintrichterten von ihrem Herrn Jesus, dem Paradies, von Gottvater – und von den Heiden, den bösen Feinden des Christentums.

Nach dieser Einordnung war auch Asnys Mutter, die Seherin Velva, böse, denn sie hatte sich von den Missionaren nicht beugen lassen. Velva war eine mächtige Frau gewesen, weithin gerühmt und gehasst zugleich, weil sie dem heidnischen Glauben treu blieb und mit den Göttern im Bunde stand.

Asny dachte häufig an ihre Mutter, an die Liebe, die sie den Kindern hatte zuteilwerden lassen, an ihre Weisheit und an den mit farbigen Mustern und Sonnendarstellungen tätowierten Körper. An die geheimnisvollen Rituale, bei denen der würzige Geruch verbrannter Kräuter durch die kleine Hütte zog, in der Velva mit ihren Kindern lebte. Und Asny erinnerte sich an den Gesang, an die wundervolle Stimme, die mal leise und flüsternd und mal laut, zum Schrei anschwellend, die Rituale begleitete, bei denen ihr Körper erbebte und die Tätowierungen pulsierten, wenn die Götter in ihren Leib fuhren.

Was war denn der leiernde Singsang der Christen gegen ein solches Ritual? Was waren deren jauchzende Psalmen gegen die

Lieder und Geschichten der Götter – die Geschichten von Ragnarök, der letzten Schlacht um die Welt, dem Fenriswolf oder der alles verschlingenden Midgardschlange?

Nichts!

Nein, das Christentum war nichts gegen das, woran Velva geglaubt hatte, und trotzdem behaupteten die Munkis, sie würden die alleingültige Wahrheit vertreten!

«Nur wer die Treue bis in den Tod durchhält, empfängt die Krone des ewigen Lebens!», hörte Asny Machthilt sagen. Die Haselrute in der erhobenen Hand zitterte.

«Es ist das Eheversprechen! Das Eheversprechen an Gott! Denn dein Bräutigam ist Christus!»

Es wäre ein Leichtes für Asny, der Strafe zu entkommen. Sie brauchte nur zu sagen, wonach die Alte verlangte, und die hätte sich wieder beruhigt. Aber in Asny sträubte sich alles dagegen, der Alten nach dem Mund zu reden.

Aber wenn sie unbedingt etwas von Asny hören wollte, dann sollte sie etwas zu hören bekommen!

Sie schloss die Augen, holte tief Luft – und sang: «Weit ist gespannt zum Waltode Webstuhls Wolke, Wundtau regnet. An Geren grau hat sich erhoben Volksgewebe der Freundinnen ...»

Ein Schrei übertönte ihre Stimme, und gleich darauf spürte sie einen brennenden Schmerz auf der linken Wange.

Sie öffnete die Augen wieder und sah das vor Zorn glühende Faltengesicht nach Luft schnappen. Die Frau war zwar steinalt, aber ihr Schlag noch immer kräftig.

Einen Moment maßen sich die beiden Frauen mit Blicken, und als Asny sah, wie Machthilt zu wanken begann, wie ihre alten Beine einzuknicken drohten, öffnete sie den Mund wieder. Mit kräftiger Stimme sang sie von den *valkyrjar*, den Walküren, die an einem Webstuhl sitzen, dessen Spannfäden Menschendärme und dessen Webgewichte Männerschädel sind.

«Schaft soll brechen, Schild soll krachen und durch die Harnische der Helmwolf dringen ...»

Die Haselrute schnitt erneut durch die Luft und schlug eine zweite blutige Scharte in Asnys Wange. Irgendwo im Skriptorium kreischte jemand, und dann fiel die Alte und sackte vor dem Pult in sich zusammen.

Ein Mädchen eilte ihr zu Hilfe. Es war die Enkelin der Alten, die ebenfalls Machthilt hieß. Sie sollte in wenigen Wochen, wenn der Kaiser zum Pfingstfest den Hoftag auf der Quidilingaburg abhalten würde, die erste Äbtissin des bislang von ihrer Großmutter geleiteten Stifts werden, obwohl sie erst zwölf Jahre alt war.

Andere Kanonissen kamen herbei und umringten die Alte, während die kleine Machthilt voller Sorge rief, man solle Wasser bringen. Da schlug die Alte die Augen wieder auf. Es hätte Asny auch gewundert, wenn sie wirklich so sang- und klanglos dahingeschieden wäre. Diesen Gefallen würde sie ihr nicht tun.

Asny verfolgte das Geschehen hinter dem Pult. Blut lief an ihrer Wange hinunter und tropfte auf die Schreibunterlage.

Die alte Machthilt erhob sich stöhnend, die Haselrute noch immer in der Hand.

Asny wollte die Augen wieder schließen, in Erwartung des nächsten Schlags, als die Tür aufflog und eine kleine, füllige Frau ins Skriptorium trat.

«Asny?», rief sie mit voller, dröhnender Stimme. «Asny, wo bleibst du denn?»

Die Alte fuhr herum. «Gerberga! Du störst meinen Unterricht!»

Die Frau senkte den Blick und die Stimme. «Ich ... habe auf Asny gewartet. Der Unterricht hätte längst beendet sein müssen. Ich brauche ihre Hilfe im Garten.»

Machthilts Blick glitt von Asny zu Gerberga und zurück.

«Verschwinde!», fauchte sie in Asnys Richtung. «Und wasch dir das Gesicht!»

Asny stand auf und ging zur Tür. Als sie an Machthilt vorbeikam, sagte diese: «Du hast es meinem Großmut zu verdanken, dass ich dich nicht längst aus unserer Gemeinschaft ausgeschlossen habe, nachdem Brun gestorben ist. Gott hab ihn selig!»

Asny blieb stehen und sah Machthilt fest in die Augen. Worte ihrer Mutter kamen ihr in den Sinn, gefährliche Worte, mit denen Velva einst einen bösen Mann verflucht hatte. Doch Asny biss die Zähne zusammen. Sie durfte sich nicht hinreißen lassen.

Stattdessen tastete sie nach ihren Wunden und leckte dann das Blut von der Kuppe ihres Zeigefingers. «Ich danke Euch für Eure Güte, ehrwürdige Mutter!»

«Kindchen, Kindchen! Wenn du so weitermachst, ist dein schönes Gesicht bald vollkommen entstellt», sagte Gerberga und betupfte Asnys Wange mit einem feuchten Lappen.

«Ich denke, dem Herrn wird es egal sein, wie seine Braut aussieht», entgegnete Asny.

Schmerzen flammten auf ihrer Wange auf. Gerberga hatte zu fest gedrückt.

«Du darfst den Herrn nicht lästern!», befahl sie streng, aber mit einem Lächeln.

Asny, die an der Mauer des Klostergartens lehnte, schaute in die Ferne. Die Quidilingaburg lag auf einer Felskuppe. Einst hatte man Heinrich, dem späteren Gemahl der alten Wachtel Machthilt, bei einer Falkenjagd an diesem Felsen den Wunsch angetragen, König der Sachsen zu werden und die Stämme zu einen. Daraufhin hatte er hier das Stift des heiligen Servatius errichten lassen, außerdem eine Kirche, einen Palas und mehrere Nebengebäude.

Am Fuß des Felsens duckten sich einige Dutzend Hütten aus Lehmwänden und Strohdächern. Bedienstete der Burg lebten darin und Bauern, die die Äcker und Felder bewirtschafteten, die sich bis zu den Wäldern erstreckten.

Vor einer der Hütten sah Asny wieder die beiden mit Kutten bekleideten Männer sitzen, die sie gestern schon bemerkt hatte. Vielleicht waren es Bettelmönche, die hin und wieder um das Stift schlichen, in der Hoffnung, etwas zu essen zu bekommen. Einer hockte mit dem Rücken an der Wand, der andere davor auf einem zu einer Bank umfunktionierten Baumstamm. Der hintere Mann, dessen Gesicht unter der Kapuze verborgen war, schien zu schlafen. Der andere hatte den Kopf in den Nacken gelegt. Es war nicht zu erkennen, ob er hinauf zur Burg schaute oder einfach nur sein Gesicht in den Strahlen der noch schwachen Sonne wärmte.

Asny spürte auf ihrer Haut den kühlen Wind, der von Osten her über die Landschaft strich.

«Du zitterst ja», sagte Gerberga.

Asny schlang ihre Arme um den Oberkörper.

Sie spürte Gerbergas bohrende Blicke. Sie war eine heilkundige, erfahrene Frau, mindestens fünfzig Jahre alt, und die einzige Kanonisse, bei der Asny den Eindruck hatte, sie stünde ihr nicht feindselig gegenüber. Dennoch war Asny auch bei ihr vorsichtig. In den zwei Jahren, die sie mittlerweile im Stift lebte, hatte sie sich niemandem anvertraut und ihre Gefühle und Gedanken für sich behalten. Anfänglich war sie über ihre Lebensgeschichte befragt worden, vor allem die alte Machthilt hatte sie regelrechten Verhören unterzogen. Doch Asny blieb kurz angebunden, erzählte nichts von Velva, ihrem Zwillingsbruder Aki oder dem gemeinsamen Freund Ketil, und natürlich schwieg sie über die Götter, die sie im Stillen anbetete, und über die Rituale, denen sie im Geheimen nachging.

Fast fünf Jahre waren vergangen, seit sie mit Aki und Ketil auf die Magathaburg gekommen war. Erzbischof Brun hatte sich für sie eingesetzt, und sie hatten damals keine andere Möglichkeit gesehen, als die Hilfe anzunehmen. Asny und Aki hatten in der dänischen Mark, ihrer Heimat, alles verloren. Sie waren Geächtete, und die Heimat war zum feindlichen Territorium geworden.

Aki hatte sich mit dem Leben im Mauritiuskloster arrangiert, wo er mit Freuden Schreiben und das Lesen alter Schriften lernte. Aber Asny hatte sich gegen die Unterbringung in einem Kloster gewehrt. Daher bekam sie Arbeit im Palatium, einem prächtigen Haus auf der Magathaburg. Dort putzte sie, wusch die Kleider der hohen Herrschaften und half in der Küche. Obwohl sie es hasste, anderen Menschen zu dienen, hatte sie die Arbeiten klaglos verrichtet. Auf diese Weise konnte sie in Akis und Ketils Nähe bleiben, auch wenn sie die beiden nur selten sah. Die Mönche durften das Kloster nur in Ausnahmefällen verlassen. Zum Glück nahm Ketil es damit nicht so genau, und sie hatte ihn hin und wieder auf den Auenwiesen unten am Fluss getroffen und auf langen Spaziergängen das vertraute Gespräch genossen.

Ketil war es auch gewesen, der sie immer wieder zur Vorsicht ermahnte, damit sie es mit den Ritualen nicht übertrieb. Er glaubte zwar an den Christengott, hatte aber auch die alten Götter nicht vergessen. Leider waren die wenigsten Christen so aufgeschlossen wie Ketil; die meisten hielten sich streng an das, was ihr Gott ihnen auferlegte: Sie durften keine anderen Götter neben ihm haben!

Ob Gerberga auch so dachte, wusste Asny nicht. Sie konnte das Risiko nicht eingehen, es herauszufinden. Welche Folgen es hatte, wenn die Christen hinter ihr Geheimnis kamen, war ihr auf der Magathaburg bewusst geworden, kurz bevor man sie auf die Quidilingaburg brachte. Eines Tages hatte man in der Hütte, in der sie mit anderen Dienerinnen wohnte, ein Amulett gefunden, das den Hammer des Gottes Thor darstellte. Sie hatte es aus einem Knochen geschnitzt und trug es bei den Ritualen, für die sie sich in ein entlegenes Waldstück zurückzog.

Die Rituale gaben ihr Kraft und sollten sie zu den Göttern bringen – und zu Velva. Von ihr hatte sie schon als Kind gelernt, was man tun musste, um die Götter anzubeten. Aber Asnys Wissen war lückenhaft. Und so war es ihr bislang nicht gelungen, bei der Göttin Freyja Gehör zu finden, der Asny ihre Sorgen, Gefühle und Ängste anvertrauen und deren Rat sie einholen wollte.

Das größte Problem war, so glaubte Asny, dass sie nicht die richtigen Kräuter und Pilze kannte, die sie einnehmen musste, damit ihr Geist sich vollständig von ihrem Körper lösen und ins Götterreich reisen konnte. Nun, nüchtern betrachtet, hatte es daher sogar etwas Gutes, dass man sie gezwungen hatte, sich im Stift auf der Quidilingaburg aufnehmen zu lassen. Hier hortete Gerberga in einer Kammer große Vorräte an Kräutern und Pilzen, aus denen sie die unterschiedlichsten Mixturen herstellte. Sie schloss die Kammer zwar ab, aber Asny hatte herausgefunden, wo sie den Schlüssel versteckte, wenn sie ihn nicht gerade bei sich trug. Wenn Asny heimlich in die Kammer schlich, achtete sie darauf, immer nur geringe Mengen zu entwenden. Sie durfte die behäbig wirkende Kanonisse nicht unterschätzen.

Gerne hätte Asny mit ihr über die Verwendung der Kräuter und Pilze gesprochen und sich Ratschläge über die richtige Dosierung eingeholt. Dann wäre sie jedoch in Erklärungsnot geraten – nicht nur wegen der Einbrüche, sondern auch, wofür sie die Mittel benötigte.

«Ich glaube, ich habe etwas gegen deine Kälte», hörte sie Gerberga sagen.

Asny drehte sich zu ihr um. Ein hintergründiger Ausdruck lag auf dem Gesicht der Stiftsdame.

«Ich werde reingehen und mich an einem Feuer wärmen», erwiderte Asny.

Gerberga schüttelte den Kopf, streckte die rechte Hand aus und strich ihr eine Strähne aus der Stirn.

«Kein Feuer kann diese Kälte nehmen. Ich werde dir etwas geben, aber nicht hier, wo uns jeder beobachten kann.»

Sie wies zur Kirche oberhalb des Klostergartens. «Begleite mich!»

Die Kirchentür schloss sich mit einem dumpfen Knall hinter ihnen. Dann umgab den Ort wieder die eigentümliche Stille, die Asny aus anderen Gotteshäusern kannte. Es war eine bedrückende Stille, die zum Flüstern zwang, als hätten die Wände Ohren – die Ohren des Christengotts, der jedes gesprochene Wort nach seinen Regeln und Gesetzen bewertete.

Schweigend folgte sie Gerberga durch die Kirche bis zu einer Steintreppe, die mit einer Eisengittertür gesichert war und links neben dem Altarraum, dem Sanktuarium, in die Tiefe führte. Gerberga entzündete an einer Fackel eine Bienenwachskerze. Dann schloss sie die Tür auf und stieg die Stufen hinunter in ein kühles, halbrundes Gewölbe, das man einst in den Fels geschlagen hatte.

In diesem Raum, der Confessio, war Asny niemals zuvor gewesen. In Nischen in der Felswand standen Kästchen – kostbare, mit Gold, Silber und Elfenbein verzierte Schatullen. An der Stirnseite waren drei Schächte in die Wand eingelassen worden. Die Öffnung des mittleren Schachts war zugemauert. Das musste das Grab des im Jahre 936 verstorbenen Sachsenkönigs Heinrich sein. Auch Machthilt würde hier unten ihre letzte Ruhestätte finden.

Das Gewölbe ruhte auf zwei massiven Säulen, zwischen denen eine Holzbank stand. Gerberga ließ sich darauf nieder, die flackernde Kerze in der Hand, den Blick auf Asny gerichtet.

«Ich weiß, was du denkst», sagte sie.

«Ach ja?»

«Du kannst es kaum erwarten, dass die Mutter Oberin hier unten einziehen wird.»

Asny zuckte mit den Schultern. Natürlich hatte Gerberga recht. Asny würde keine Träne um Machthilt vergießen.

«Ihr wolltet mir etwas geben», sagte Asny.

«Komm zu mir.»

Asny zögerte. Da war etwas in Gerbergas Stimme, das wie eine Drohung klang. Dennoch siegte ihre Neugier.

Gerberga hielt etwas in der Hand, das zuvor unter ihrem Gewand verborgen gewesen sein musste. Es war ein Leinentuch, und darin war etwas eingeschlagen.

«Was ist das?»

«Getrocknete Kräuter und Pilze.»

«Das sehe ich, aber warum zeigt Ihr sie mir?»

«Es sind besondere Pflanzen. Sie können dich töten. Aber in der richtigen Menge eingenommen geben sie dir das, wonach du dich sehnst.»

Asny fühlte sich ertappt, und sie spürte Angst in sich aufsteigen.

«Glaubst du etwa, ich hätte nicht bemerkt, dass du in meine Kammer eingebrochen bist?», fragte Gerberga. In ihrer Stimme lag kein Vorwurf.

«Ich danke dem Herrn, dass du an den Giften bislang nicht gestorben bist. Stechapfel, Fliegenpilze, Schlafgras, Bilsenkraut – du hast wirklich nichts ausgelassen, meine Liebe.»

Asnys Kehle zog sich zusammen. Sie dachte an ihre Versuche, bei denen sie manchmal zu viel der Mittel zu sich genommen hatte. Manche hatten sie gleichgültig gemacht, träge und schlapp. Manchmal hatte sie sich auch leicht und glücklich gefühlt. Einige dieser Mittel hatten ihr jedoch Atemnot bereitet. Und Todesängste. Ihr war vollkommen bewusst, wie riskant die Selbstversuche waren. Doch wie sollte sie sonst die richtige Zusammensetzung herausfinden, mit der Velva zu den Göttern gereist war?

«Ich weiß, was du damit vorhast», fuhr Gerberga fort. «Auch ich war einmal jung und habe meine Erfahrungen mit den Kräutern gesammelt. Eines ist mir dabei schnell klargeworden: Man muss sehr vorsichtig sein.»

Ihre Augen glänzten im Kerzenschein. «Ich mag dich, Asny,

sehr sogar! Und ich möchte nicht, dass man dich eines Tages auf der Lichtung findet, wohin du dich zurückziehst, wenn du mitten in der Nacht zwischen den Gebeten das Stift verlässt. Ich habe dich beobachtet. Du stellst dich geschickt an. Dennoch grenzt es an ein Wunder, dass man dich bislang nicht erwischt hat. Es kann natürlich sein, dass der Herrgott gar nicht will, dass dich eine der Stiftsdamen im Nachtdienst überführt.»

Asny schluckte. «Warum habt Ihr mich nicht verraten?»

«Das hätte ich wohl längst tun müssen.»

Ein sanftes Lächeln umspielte ihre Lippen. «Ich habe dir jedoch gesagt, dass ich dich sehr mag. Es kann gut sein, dass es eine Sünde ist, jemanden wie dich zu mögen. Doch der Herr sagt auch: Vergib ihnen, denn sie wissen nicht, was sie tun!»

Sie schwenkte das Leinentuch in der Hand hin und her. «Ich möchte, dass du mir etwas zeigst!»

«Was wollt Ihr sehen?», stieß Asny aus. Sie war erleichtert über Gerbergas Worte und konnte den Blick nicht von dem Bündel nehmen. Vielleicht befand sich darin wirklich der Schlüssel, um das Tor zu den Träumen zu öffnen, zu den Göttern. Und zu Velva.

«Zeig mir deinen Körper!»

Asny wich einen Schritt zurück. «Nein!»

«Bitte, hab keine Angst. Ich möchte dich nur anschauen.»

«Das kann ich nicht tun!»

Gerberga seufzte und legte das Tuch in ihrem Schoß ab. «Es ist deine Wahl.»

«Wartet! Warum wollt Ihr mich sehen?»

«Wir haben beide unsere Geheimnisse. Nur Gott kennt das Verborgene, wie in der Geschichte von Susanna im Bade. Du kennst sie.»

Natürlich kannte Asny die Geschichte. Es war unmöglich, im Servatiusstift an dieser Susanna vorbeizukommen. Die alte Machthilt hatte die Geschichte im Unterricht mindestens ein Dutzend

Mal zum Besten gegeben. Darin wollten sich zwei Richter an dem nackten Mädchen vergehen. Als die verheiratete Susanna um Hilfe rief, behaupteten die Richter, sie hätte sich mit einem jungen Mann getroffen, um ihren Ehemann zu hintergehen. Dafür sollte Susanna mit dem Tode bestraft werden. Doch Gott flüsterte einem Mann namens Daniel die Wahrheit zu, woraufhin Daniel dem Mädchen das Leben rettete.

«Meine Wahrheit ist, dass ich mich zu dir hingezogen fühle, Asny. Du beherrschst meine Gedanken, seit ich dich das erste Mal gesehen habe. Ich kann nicht sagen, warum das so ist. Vielleicht weil du schön bist, so unverfälscht, natürlich ... und unbeugsam. Meine Zuneigung zu dir wurde mit jedem Mal größer, wenn ich dir in den Wald gefolgt bin, wo ich dich zu deinen Göttern habe beten sehen. Wenn du dich für sie entkleidet hast. Ich habe die Male auf deiner Haut gesehen, die bunten Zeichen, die du vor den anderen bislang hast verbergen können.»

Gerbergas Unterlippe begann zu zittern. «Ich möchte dich nicht berühren, Asny, nur anschauen. Will deinen Anblick aufnehmen. Dich nur für diesen Augenblick für mich haben und dein Geheimnis teilen.»

Ihre Augen schimmerten feucht. «Das hier ist eine Mischung aus verschiedenen Kräutern und Pilzen. Du würdest viele Jahre brauchen, um hinter das Geheimnis der Zusammensetzung zu kommen – immer mit der Gefahr, dabei zu sterben. Ich werde es dir geben, und ich werde dafür sorgen, dass du heute Nacht unbemerkt das Stift verlassen kannst.»

Asnys Herz trommelte, und das Blut rauschte in ihren Ohren. Ihr Blick glitt von Gerbergas Gesicht zu dem Bündel in ihrem Schoß.

Dann begann sie sich zu entkleiden.

7.

Quidilingaburg

Sie ließen die Pferde in der Siedlung zurück und liefen hinauf zur Quidilingaburg.

Bevor Aki Ketil daran hindern konnte, begann der mit den Fäusten gegen das Tor zu hämmern, bis sich eine Klappe öffnete. In der Öffnung erschien ein mürrisches, bärtiges Gesicht mit tiefliegenden Augen, die die beiden Mönche musterten.

Der Mann schüttelte den Kopf. «Kommt später wieder. Die Stiftsdamen bringen das Essen für Bettler erst am Nachmittag runter.»

Als er die Klappe schließen wollte, drückte Ketil sie wieder auf.

«Wir sind nicht hier, um zu betteln, Bursche!»

Aki legte ihm beruhigend eine Hand auf den Arm. Er konnte nicht riskieren, dass Ketil durch seine Unbeherrschtheit alles unnötig erschwerte.

«Wir möchten die Leiterin des Servatiusstifts sprechen», erklärte Aki.

«Sie empfängt keinen Besuch – und schon gar nicht von Männern», gab der Wächter zurück.

«Es ist dringend!»

«Der da soll die Klappe loslassen. Sonst rufe ich Verstärkung, und wir lassen euch mit Waffengewalt entfernen.»

«Ketil, mach, was er sagt!», bat Aki.

Ketil schnaubte vor Wut, zog seine Hand aber zurück. Die ganze Anspannung, die sich während der Reise angestaut hatte, drohte hervorzubrechen.

«Worum geht es?», fragte der Wächter.

«Meine Schwester lebt in dem Stift. Wir haben eine Nachricht für sie.»

«Deine Schwester?»

«Ihr Name ist Asny.»

Der Wächter sah überrascht aus. «Wartet hier!», sagte er, bevor er die Luke schloss.

«Sie müssen uns zu ihr lassen», knurrte Ketil.

Seine Kiefer mahlten, und er trat gegen einen Stein, der den Weg hinunterrollte. Aki konnte seinen Freund nur zu gut verstehen. Es ging ihm ja nicht anders.

Vor zwei Tagen hatten sie erfahren, dass der Bischof die Magathaburg bereits vor längerer Zeit verlassen hatte. Offenbar waren er und sein Begleiter gleich am Morgen nach dem Besuch in der Krypta aufgebrochen. Dabei hatte Aki geglaubt, der Bischof wolle noch eine Weile auf der Magathaburg bleiben, so wie er es gegenüber Abt Thiadrich angekündigt hatte. Die ganze Zeit über vermutete Aki den Bischof im Abtshaus; schließlich sollte ja noch etwas mit diesem Elfenbein geregelt werden, was auch immer es damit auf sich hatte.

Doch dann hatte Aki aus einem Gespräch des Abts mit einem anderen Mönch herausgehört, dass der Bischof längst fort war. Noch in derselben Nacht hatten sich Aki und Ketil aus dem Dormitorium geschlichen und waren über die Mauer beim Obstgarten geklettert. All ihre Überlegungen, aus welchen vorgeschobenen Gründen sie eine Erlaubnis zum Verlassen des Klosters bekommen konnten, waren hinfällig geworden.

Nun mussten sie mit schweren Folgen rechnen, da ihre Abwesenheit längst aufgeflogen war. Das Schlimmste wäre, dass man sie für immer aus dem Mauritiuskloster ausschloss, zumal sie mit Erzbischof Brun ihren Fürsprecher verloren hatten. Vor allem für Aki würde der Ausschluss einen herben Einschnitt bedeuten. Er hatte sich an das Klosterleben gewöhnt, an die Arbeit, die Gebete. So wie Ketil hatte auch er den alten Glauben zwar nicht vergessen, aber im Gegensatz zu seiner Schwester konnte er den Worten des Christengottes viel Gutes abgewinnen. Begierig hatte er lesen und schreiben gelernt, und er liebte es, sich in die Bücher mit den heiligen Schriften zu vertiefen.

Das alles würde ihm fehlen. Dennoch war er bereit, mit diesem Leben zu brechen. Niemals könnte er sich verzeihen, wenn Asny etwas zustoßen würde, und er wusste, dass Ketil genauso dachte.

Mit Ketils Geld aus den Glücksspielen hatten sie einem Bauern zwei Pferde abgekauft und waren den gestrigen Tag und die ganze Nacht nach Westen geritten, bis sie heute Morgen die Quidilingaburg erreichten.

«Er lässt sich Zeit», knurrte Ketil. «Ich hätte seinen verdammten Kopf durch die Luke ziehen sollen! Hättest sehen können, wie schnell er uns dann geöffnet hätte, dieser Hund!»

Aki wandte sich ab und schaute hinauf zur Burgmauer, als er mit einem Mal Ketil schnaufen hörte.

«Jetzt reicht's mir!», rief er und begann erneut, das Tor mit den Fäusten zu bearbeiten, dass es nur so dröhnte.

Da wurde die Klappe mit einem Ruck geöffnet, und das faltige Gesicht einer alten Frau erschien. Sie sah aus wie ein verschrumpelter Apfel. Doch die Augen blitzten Ketil so scharf an, dass er einen Schritt zurückwich.

Der Blick glitt zu Aki. «Es ist nicht zu leugnen, dass du ihr Bruder bist! Warum willst du sie sprechen?»

Aki sah durch die Luke ein Mädchen hinter der Alten stehen, und da war auch der Wächter, eine Hand am Griff seines Schwerts.

«Seid Ihr die Leiterin des Servatiusstifts?», fragte Aki.

«Was wollt ihr von Schwester Asny?»

«Ich ... wir müssen wissen, wie es ihr geht.»

«Keiner von euch beiden ist jemals zuvor hier gewesen. Warum ausgerechnet heute?»

«Wir durften das Mauritiuskloster nicht verlassen.»

«Das gilt für euer Kloster ebenso wie für das Stift des heiligen Servatius! Weiß Abt Thiadrich, dass ihr hier seid?»

«Ja», log Aki.

Die Blicke der Alten schienen ihn zu durchbohren. Er war überzeugt, dass sie ihm nicht glaubte, konnte ihr aber den wahren Grund nicht verraten. Bischof Poppo war ein mächtiger Mann, und vielleicht stand sie auf seiner Seite. Vielleicht war er gerade oben im Stift ...

Die Alte verschwand. Leise Stimmen waren zu hören, und kurz darauf tauchten hinter der Luke die beiden Gesichter der Alten und des Mädchens auf.

«Wir machen uns Sorgen um Asny», sagte das Mädchen.

Aki vermutete, dass es Machthilt war, die Enkelin der Alten, die – wie allgemein bekannt war – bald die erste Äbtissin des Stifts werden sollte.

«Sorgen?» Aki machte einen Schritt auf die Tür zu. Sein Herz schlug schneller. «Dürfen wir mit ihr reden?»

«Das ist leider nicht möglich», erwiderte das Mädchen. Im Gegensatz zu ihrer Großmutter war sie geradezu freundlich. «Asny ist fort.»

Aki fuhr zusammen.

«Seit wann?», rief Ketil.

«Sie ist vor zwei Nächten verschwunden.»

«Heiliger Gott! Und wo ist sie hin?»

«Das wissen wir nicht.»

Das Mädchen schielte zu der Alten, die das Gespräch mit finsteren Blicken verfolgte. «Es gab einen Streit», fuhr die junge Machthilt fort. «Asny ist manchmal etwas ... aufsässig.»

«Manchmal?», knurrte die Alte.

«Bitte, Mutter Oberin! Ihr dürft Euch nicht aufregen.»

Das Mädchen wandte sich wieder an Aki und Ketil. «Zunächst hatten wir geglaubt, der Streit sei der Grund für Asnys Verschwinden. Aber dann haben wir festgestellt, dass auch eine andere Schwester fehlt, Gerberga. Die beiden waren zuletzt zusammen im Garten gesehen worden – am Abend vorher.»

«Ihr meint, sie haben das Stift zusammen verlassen?», hakte Aki nach.

Das Mädchen nickte. «Wir haben alle Gebäude auf den Kopf gestellt, auch die Siedlung und die Umgebung haben wir absuchen lassen. Keine Spuren, nichts!»

Eine schreckliche Vorahnung beschlich Aki. Natürlich gab es keine Gewissheit, dass Asny etwas zugestoßen war. Ihr Verschwinden und das der anderen Frau konnte alle möglichen Gründe haben. Asny verabscheute die Christen, und Aki ging davon aus, dass sich ihre Einstellung nicht geändert hatte. Das Mädchen hatte soeben behauptet, Asny sei aufsässig gewesen ...

Er beschloss, seine Zurückhaltung aufzugeben und fragte: «Habt Ihr in den vergangenen Tagen Besuch von einem Bischof gehabt?»

«Was für ein Bischof?», zischte die Alte.

«Sein Name ist Poppo.»

«Warum soll der hier gewesen sein?»

«Bitte!», flehte Aki. «Es ist wichtig.»

«Nein», antwortete das Mädchen. «Ein Bischof mit einem solchen Namen war nicht bei uns.»

Aki biss auf seine Unterlippe. «Habt Ihr andere fremde Männer gesehen? Es sind zwei. Einer der beiden ist so groß wie Bruder Ketil.»

Die junge und die alte Machthilt wechselten einen langen Blick, und mit einem Mal war die Miene der Alten nicht mehr so abweisend. Nun schien sie aufrichtig besorgt zu sein.

«Vor einigen Tagen sind zwei Bettelmönche in die Siedlung gekommen», erklärte das Mädchen, «und einer der beiden hatte eine Statur wie der Bruder da. Wir hatten angenommen, ihr seid diese Mönche.»

Aki spürte, wie sich seine Nackenhaare aufstellten. «Wie lange sind die Mönche schon fort?»

«Wir haben sie seit gestern nicht mehr gesehen.» Die junge Machthilt schluckte. «Glaubt ihr, die beiden haben etwas mit Gerbergas und Asnys Verschwinden zu tun?»

Doch da liefen Aki und Ketil bereits hinunter in die Siedlung.

8.

Sankt Wiperti

Die Wirkung war stark und hallte nach. Immer noch. Sie war unvorsichtig gewesen, zu gierig. Alles auf einmal hatte sie erreichen wollen und hatte dabei Gerbergas Warnung, nur eine kleine Menge zu nehmen, in den Nachtwind geschlagen. Auf der Lichtung hatte sie die Kräuter und Pilze in einem Topf mit Wasser über einem Feuer zum Kochen gebracht. Als der Sud abgekühlt war, hatte sie einige Schlucke getrunken, und dann hatte sich die Wirkung entfaltet – das Gefühl einer Leichtigkeit, die sie niemals zuvor erlebt hatte. Sie fühlte sich unbeschwert. Und frei! Wie von Granitblöcken befreit. Das Mondlicht war so hell und gleißend, dass es sie blendete, und die Flammen stiegen bis hinauf in den Sternenhimmel.

Sie erinnerte sich, wie sie sich entkleidete und nicht fror, obwohl die Nacht kalt war. Wie sie mehr trank, weil sie befürchtete, das Gefühl könnte nachlassen und ihr Gewicht sie am Boden halten. Wie die Wirkung stärker wurde. Wie die Mischung der verschiedenen Gifte ihren Geist endlich auf die Reise schickte.

Ihr fehlte jegliches Gefühl, wie viel Zeit seither vergangen war. Aber in den lichten Momenten, die allmählich an Intensität und Dauer zunahmen, wurde ihr bewusst, dass sie nicht mehr auf der Lichtung war. Dass der Boden unter ihren Füßen kein weiches Gras, sondern harter, kalter Stein war. Dass ihre hochgezogenen Arme von der unbequemen Haltung schmerzten.

Dann hörte sie auch Stimmen. Doch sie entfernten sich wieder und wurden leiser, bis sie verschwanden.

Asny floh zurück in den Traum. Löste sich aus der Hülle ihres Körpers, flog hinauf zu den Sternen. Da war ein Licht. Es führte sie auf eine Wiese. Sie roch frisches Gras und blühende Blumen und sah Schmetterlinge in der klaren Luft tanzen.

Und sie sah Velva mit geschlossenen Augen im Gras sitzen.

Schmetterlinge ließen sich auf ihrem nackten Körper nieder, auf den ausgebreiteten Armen, den Brüsten, den überkreuzten Beinen, und ihre bunten Flügel verschmolzen mit den Tätowierungen.

Asny wollte zu ihr. Wollte sie berühren, sie an sich drücken und niemals wieder loslassen. Doch sie verharrte auf der Stelle, unfähig, sich zu bewegen. Etwas hielt sie an den Handgelenken fest und zog sie zurück.

«Mutter!», schrie sie. «Mutter – halt mich fest!»

Velva öffnete die Augen, und als Asny ihre Stimme vernahm, ließ das Ziehen nach.

Du musst lernen, sagte Velva, ohne die Lippen zu bewegen, und doch konnte Asny sie hören. Die Stimme klang vertraut und doch so fremd.

Du musst lernen, den Weg zu gehen ...

«Welchen Weg, Mutter?»

Den Weg, der dorthin führt, wo du findest, was du wissen musst.

«Ich will lernen! Ich will den Weg finden!»

Dann folge meinen Worten. Sie werden dich zum Eingang in die Unterwelt geleiten, wo Feuer und Eis aufeinandertreffen, wo die Nebel Niflheims entstehen. Dort, in den Erdtiefen unterhalb von Midgard, liegt der Brunnen Hvergelmir, der kochende Kessel, die Quelle des Flusses Gjöll ...

Von irgendwoher kam ein Geräusch. Es klang wie das Heulen eines Wolfs.

Wenn du Garm, dem Hund, begegnest, füttere ihn mit Fleisch, und du wirst nach Svartalfheim gelangen, wo die Zwerge wohnen. Der Fluss Gjöll stürzt am Wasserfall in die Tiefe. Geh weiter. Im Osten liegt der Eisenwald und dahinter die Berge Jötunheims ...

Das Geheul wurde lauter.

Achte auf die Wölfe! An den Bergen triffst du den Fluss Gjöll wieder. Sein schwarzes Wasser reißt Schwerter, Speere, Beile und Schilde mit sich. Folge seinem Lauf bis zur Brücke. Überquere sie, schnell und ohne Furcht, sonst wird sie unter deinen Füßen bersten und Gjöll dich verschlingen ...

Das Heulen schwoll an. Asny hatte zunehmend Mühe, Velvas Worte zu verstehen.

Auf der anderen Seite ist die Luft dunkel und schwer. Du kommst zur Mauer, die das Reich der Hel umgibt. Das Reich, in dem die Toten zu Hause sind ...

Asny wollte sich die Ohren zuhalten, aber ihre Hände gehorchten ihr nicht. Velvas Stimme war kaum noch zu hören, und so wie ihre Stimme vom Heulen übertönt wurde, so löste sich ihre Gestalt auf. Dunkle Schatten breiteten sich aus. Totes Gras bedeckte die Erde. Aus dem Boden wuchsen Arme. Hände griffen nach ihr.

Dort wohnen die Schatten deiner eigenen Vergangenheit. Die Toten kennen alle Fragen, und sie kennen alle Antworten ...

«Velva!», schrie Asny. «Bleib! Bleib bei mir!»

Die Stimme in ihrem Kopf erstarb. Da war nur noch das Heulen, das ihren Schädel zu zerreißen drohte.

Und dann kam der Wolf, setzte zum Sprung an und biss zu.

Ihr Kopf wurde von einem heftigen Schlag zur Seite gerissen. Sie öffnete die Augen und schaute direkt in ein Gesicht, das sie schon einmal gesehen hatte. Es war schmal, mit engstehenden Augen über einer großen spitzen Nase. Auf den schmalen Lippen lag ein freudloses Lächeln. Ein kaltes Lächeln.

Die Lippen öffneten sich. «Ah – sie kommt wieder zu sich!»

Sie kannte den Mann, dem das Gesicht gehörte, kannte ihn gut. Erinnerungen sickerten in ihr getrübtes Bewusstsein. Schreckliche Erinnerungen!

Dann nahm sie weitere Einzelheiten wahr. In der linken Hand hielt der Mann eine brennende Fackel. Der Schein fiel auf Säulen und Steinplatten. Über ihr war ein Gewölbe, das mit bunten, christlichen Figuren bemalt war.

Sie hing mit den Armen an zwei Seilen, die links und rechts von ihr an Säulen befestigt waren und sie zu einer aufrechten Stellung zwangen, obwohl sie kaum Kraft hatte, die Beine durchzudrücken. Die Fesseln hatten sich so tief in ihre Handgelenke eingeschnitten, dass sie ihre Hände nicht mehr spürte.

Ihre Augenlider wurden schwer, und ihr Geist drohte abermals zu entgleiten.

Da schlug der Mann erneut zu.

«Bring Wasser!», rief er über seine Schulter.

War ihr nicht schon einmal eingefallen, wer der Mann war?

Ein kalter Schwall klatschte in ihr Gesicht.

Befand sie sich in einer Krypta unter einer Kirche? Sie drehte den Kopf ein wenig und sah einen Gang, der hufeisenförmig um die Apsis, in der man sie gefesselt hatte, führte. Ihr gegenüber, an der Stirnseite, war ein Quergang zu erkennen und rechts Stufen einer Steintreppe.

Im vorderen Bereich der Apsis stand ein zweiter Mann, der so groß war, dass er unter dem Gewölbe den Kopf einziehen musste. Sein Schädel war bleich und kahl, nur einen Haarstreifen hatte er. Es zischte, als er mit einem Blasebalg die Glut in einer Feuerschale anfachte.

Schweiß rann über Asnys Gesicht.

Angestrengt versuchte sie, sich zu erinnern. Die Tunika, die ihren Körper bedeckte, hatte sie in der Nacht getragen, in der sie aus dem Stift geschlichen war. Sie hatte sich an der Burgmauer abgeseilt, war durch die Siedlung gelaufen, dann über den Weg, der sie durch die Felder zum Wald und weiter zur Lichtung führte. Sie hatte den Trank zubereitet und dann …?

Und dann war da der kahlköpfige Mann, der sie festhielt, während der andere sie schlug und ihr Fragen stellte.

Plötzlich war Gerberga wie aus dem Nichts aufgetaucht. Sie hatte die Männer angegriffen, die kleine, alte Frau, und der Kahlkopf hatte sie getötet.

Die Erinnerungen verschwammen, und nun war sie wieder hier, in der Krypta, Auge in Auge mit dem Mann ... dem Bischof, der damals Velva gezwungen hatte, ihre Arme in kochendes Wasser zu tauchen.

Asny spürte Angst in sich aufsteigen. Was wollte der Bischof von ihr? Und wie hatte er sie gefunden?

Er war wie der Kahlkopf mit einer zerschlissenen Mönchskutte bekleidet. Sie waren die verdammten Bettelmönche, die Asny in der Siedlung gesehen hatte.

Der Bischof drehte sich zu dem anderen Mann um. «Bist du so weit?»

Der Kahlkopf nahm einen Schürhaken aus der Glut, prüfte ihn, schüttelte den Kopf und steckte das Eisen in die Feuerschale zurück.

Als der Bischof sich wieder an Asny wandte, lag ein Lächeln auf seinen Lippen. Er schob die Fackel in die Halterung an einer Steinplatte, die aussah wie eine große Grabplatte, die man anstatt einer Säule zum Stützen des Gewölbes in die Krypta eingebaut hatte.

Der Bischof holte ein Messer hervor.

«Gleich können wir beginnen, mein Kind», sagte er sanft.

Dann setzte er die Klinge an ihren Ausschnitt und zog sie durch die Tunika nach unten, bis das Kleidungsstück in zwei Hälften auseinanderfiel.

Nachdenklich betrachtete er Asnys entblößten Körper.

«Wie die Mutter, genauso hässlich und verkommen. Hast du nichts dazugelernt auf der Magathaburg oder im Stift, hm? Oder hast du doch den Götzen abgeschworen, dem Teufel, der durch deine Mutter in dich gefahren ist? Das würde die Sache erleichtern – für dich und für mich. Glaub mir, ich tue das, was ich tun muss, nicht gern. Wenn du dem Teufel entsagst, verspreche ich dir, dass es dir viel Leid ersparen wird. Und wenn du mir Antworten auf meine Fragen gibst!»

Asny sehnte sich nach Gerbergas Kräutern. Das betäubende Gefühl hatte deutlich nachgelassen, und obwohl die Glut den Raum erhitzte, kroch jetzt die Eiseskälte aus den Steinplatten durch ihre Füße die Beine hinauf und breitete sich in ihrem Körper aus.

Sie begann zu zittern, als der Kahlkopf kam und dem Bischof den glühenden Schürhaken reichte.

«Schwörst du den falschen Göttern ab?», fragte der Bischof.

Asny war außerstande, darauf eine Antwort zu geben. Sie starrte auf das Eisen. Ihr Herz schlug immer schneller. Es wird vorübergehen, dachte sie. Es muss vorübergehen ...

Dann schossen die Schmerzen durch ihren Körper. Sie roch verbranntes Fleisch – ihr Fleisch! Die Schmerzen raubten ihr die Sinne. Sie schrie und wand sich in den Fesseln. Niemals zuvor hatte sie so etwas gespürt. Es tat weh, die Muster in die Haut zu ritzen und dann die Farbe darüber zu streichen, damit sie in die Wunden einzog. Aber das war in keiner Weise mit diesen Schmerzen zu vergleichen.

Sie schnappte nach Luft und versuchte, einen klaren Gedanken zu fassen. Durch einen Tränenschleier sah sie den Bischof einen Schritt zurücktreten und sein Werk begutachten.

«Erkennst du Gott, den Herrn und Schöpfer?»

Er hielt die Spitze des Schürhakens zu Boden gerichtet.

«Erkennst du die Kraft seiner Liebe? Durch den Schmerz erkennen wir das Göttliche. Der Allmächtige hat durch seinen Sohn Jesus Christus großes Leid auf sich genommen, als man ihn ans Kreuz schlug. Gott liebt dich, Asny. Du bist ein Kind des Herrn!

Er liebt dich sehr. Spüre Seine Kraft und Seine Liebe. Erflehe Seine Vergebung, und Er wird dich mit offenen Armen aufnehmen.»

Schweiß rann in Asnys Augen. Sie blinzelte, und ein Gefühl der Erleichterung überkam sie, als sie sah, wie der Bischof dem Hünen das Eisen zurückgab.

Brauchte sie wirklich nur das zu sagen, was er hören wollte? Hatten die Schmerzen dann ein Ende?

Sie schaute zu der Wunde am Ansatz ihrer linken Brust. Ein kleines, schwarz verfärbtes Loch.

Der Bischof näherte sich, und der Geruch seines Atems mischte sich mit dem Gestank des verbrannten Fleischs.

Asnys Blick fiel an ihm vorbei auf den Kahlkopf, der den Schürhaken wieder in die Schale steckte und begann, mit dem Blasebalg die Glut erneut anzufachen.

Nein, bitte nicht! Obwohl sich alles in ihr dagegen sträubte, die Götter zu verraten, würde sie dem Bischof zustimmen, würde so tun, als würde sie den Göttern abschwören.

Der Bischof kam ihr zuvor. «Ich möchte noch etwas anderes von dir erfahren. Ich denke, du weißt, was ich meine.»

Nein, natürlich hatte sie keine Ahnung, worauf er anspielte. Aber sie würde sich etwas ausdenken, damit er sie nicht noch einmal verbrannte. Ja, verdammt – sie würde ihm alles sagen, was er hören wollte!

Sie hob den Kopf und straffte ihren Körper, was dazu führte, dass die Schmerzen aufloderten.

«Nun?», fragte der Bischof.

Sie hasste diesen Mann! Hasste ihn wie keinen zweiten auf der Welt. Hasste seine ruhige Stimme, sein Lächeln, seine starrenden Augen.

Sie nickte.

Sein Lächeln wurde breiter. «Das ist gut. Vielleicht brauchen wir das Eisen nicht mehr.»

Sie spürte seine Finger über ihre Wange streichen, raue Finger, und sosehr sie den Mann auch hasste, in diesem Moment genoss sie die Berührung. Seine Finger krochen von ihrer Wange über ihren Hals herab zum Loch über ihrer linken Brust.

«Es gibt da einen Mann, den du kennst. Auch ich kenne ihn. Dieser Mann will etwas von dir – und ich will wissen, was es ist!»

Ein Mann? Von wem sprach der Bischof?

Sein Zeigefinger näherte sich der Wunde. Er berührte das Brandmal, und dann drückte er den Finger fest hinein.

Sie krümmte sich vor Schmerzen in den Seilen, presste die Zähne aber fest zusammen.

Der Bischof lachte leise. «Du darfst ruhig schreien. Lass es raus, dann werden die Schmerzen erträglicher. Wir sind ganz ungestört. Die Mönche waren so freundlich, mir die Krypta zu überlassen, als ich ihnen erklärte, ich würde sie für eine Teufelsaustreibung benötigen.»

Mönche? Dann konnten sie nur im Kloster des heiligen Wiperti sein. Das Kloster befand sich kaum eine Meile von der Quidilingaburg entfernt. Ob die Kanonissen nach ihr suchten? Nein, das war unwahrscheinlich. Die alte Machthilt war bestimmt froh, dass sie fort war. Aber gewiss suchten sie nach Gerberga! Aber wenn sie sie mit gebrochenem Genick auf der Lichtung gefunden hatten, würden sie annehmen, Asny habe Gerberga getötet.

«Also? Was will er von dir?»

«Wen ... meint Ihr?», keuchte sie.

Es waren die ersten Worte, die sie überhaupt gesagt hatte, seit der Bischof mit seinem Verhör begonnen hatte – und es waren offensichtlich nicht die Worte, die er hören wollte. Sie hatte die Hand nicht kommen sehen und stieß einen Schrei aus, als der Bischof ihr ins Gesicht schlug.

«Lüg mich nicht an! Lüg mich niemals an! Skammkill, bring das Eisen!»

«Nein, bitte nicht!»

«Du willst reden?»

Reden? Was sollte sie dem verdammten Bastard denn sagen?

Als habe er ihre Gedanken erraten, griff er nach ihrem Kinn, hob ihren Kopf an, und als sich ihre Blicke trafen, lächelte er wieder.

«Der Jarl von Hladir hat einen Boten nach dir geschickt, einen Mann namens Sighvat.»

Der Jarl von Hladir? Ein Bote namens Sighvat? Es dauerte einen Moment, bis Asny dämmerte, dass mit dem Jarl nur Hakon Sigurdarson gemeint sein konnte. Hakon? Was wollte er von ihr? Sie hatte ihn doch schon ewig nicht mehr gesehen. Es war Jahre her, dass Velva ihm einen Bogen gegeben hatte, mit dem er jemanden töten sollte, und später waren sie dann in der Pfalanza von Aquisgranum aufeinandergetroffen.

Gedanken rasten durch ihren Kopf. Sie wusste weder etwas von Hakon noch von einem Sighvat. Aber das konnte sie doch dem Bischof gegenüber nicht eingestehen.

«Dieser Bote ... was hat er gesagt?», fragte sie vorsichtig.

«Das will ich ja von dir wissen. Ich hatte den Mann auf Ögvaldsnes abgefangen, aber aus ihm nur herausbekommen, dass der Jarl ihn zu dir geschickt hat. Und dann ist Sighvat mir entwischt und bei der Flucht über eine Klippe ins Meer gestürzt. Seine Leiche wurde später wieder ans Ufer geschwemmt. Also, welche Botschaft könnte er für dich gehabt haben?»

Schweiß strömte über Asnys Körper. Sie musste dem Bischof etwas sagen, irgendetwas! Die Angst vor den Schmerzen ließ ihr Herz rasen.

«Skammkill!», rief er.

Der Hüne zog den glühenden Schürhaken aus der Schale und reichte ihn an den Bischof weiter.

«Erzähl mir etwas von den Stoßzähnen.»

«Stoßzähne?», entfuhr es Asny. Es wurde immer verrückter.

«Elfenbein, Narwalzähne», erklärte der Bischof.

Das Eisen näherte sich dieses Mal Asnys rechter Brust, die sich unter ihren Atemzügen hob und senkte. Sie konnte die Hitze bereits auf der Haut spüren.

Jarl Hakon, ein Bote, Elfenbein, Wale ... Worin bestand der Zusammenhang? Was sollte sie sich denn da ausdenken, um dem Bischof die Antwort zu geben, die er hören wollte?

«Will der Jarl die Zähne verkaufen?», fragte er.

Die glühende Spitze schwebte nur noch eine Handbreit über ihrer Brust. «Ja!», keuchte sie.

«Hm, und du sollst einen Käufer vermitteln?»

«Ich, nein ... doch, ja. Ja! Ja!»

Der Schmerz kam unvermittelt und brutal. Sie schrie aus Leibeskräften. Verbranntes Fleisch! Ihr wurde schwarz vor Augen, und dann knickten ihre Beine ein. Die Seile rissen an ihren Handgelenken, hielten sie oben.

Sie hörte Stimmen. Wasser klatschte in ihr Gesicht. Wieder eine Stimme, seine Stimme.

«Wem will er das Elfenbein verkaufen?»

Asny zitterte. Schweiß strömte in ihre Augen.

«Wem?», schrie der Bischof. «Nenn mir Namen!»

Und sie begann zu reden, wie von Sinnen nannte sie alle Namen, die ihr einfielen, den des Kaisers, des Abtes, der Königswitwe und der Kanonissen. Die Namen sprudelten aus ihrem Mund, ohne dass sie etwas dagegen tun konnte, bis der Bischof sie wieder schlug.

«Lügnerin!», brüllte er. «Willst du dich über mich lustig machen, Hure Satans?»

Er zog das Eisen über ihren Bauch, und sie schrie und zerrte an den Fesseln. Blitze zuckten durch ihren Kopf. Sie war zu keinem normalen Gedanken mehr fähig, spürte nur Schmerzen, und sie sehnte ihren Tod herbei, damit die Qualen aufhörten, als mit einem Mal andere, laute Stimmen zu ihr vordrangen.

Sie zwang sich, bei Bewusstsein zu bleiben und die Augen zu öffnen. Da waren Schatten im Quergang. Drei oder vier Mönche in dunklen Kutten.

Sie gestikulierten wild und schrien dabei immer wieder: «Feuer! Feuer!»

9.

Sankt Wiperti

Die Flammen fraßen sich am Gebälk empor, setzten Stroh in Brand und schlugen knisternd und knackend durch das Dach in den Nachthimmel.

Hinter einem Bretterhaufen verborgen beobachteten Aki und Ketil, was sie angerichtet hatten, während im Kloster des heiligen Wiperti das Chaos ausbrach. Kurz nachdem Aki den Geräteschuppen, der an ein größeres Gebäude angebaut war, in Brand gesetzt hatte, war das Feuer bemerkt worden. Binnen weniger Augenblicke wimmelte es auf dem Hof zwischen der Kirche und dem brennenden Schuppen von Mönchen, die umherliefen und in Eimern Wasser heranschleppten. Aki konnte nicht verhehlen, dass es ihn mit Genugtuung erfüllte, zu sehen, wie die Mönche einen aussichtslosen Kampf gegen die Flammen führten. Schließlich hatten sie den Bischof aufgenommen, der Asny in seiner Gewalt hatte.

Auf der Suche nach ihm hatten sich Aki und Ketil durch die Siedlung gefragt, bis ihnen jemand den entscheidenden Hinweis gab: Die Bettelmönche waren zuletzt vor zwei Tagen in der Siedlung gesehen worden – und ebenso lange waren Asny und die Kanonisse verschwunden. Außerdem erfuhren Aki und Ketil, dass die Bettelmönche die Gegend nicht verlassen hatten, sondern in Sankt Wiperti untergekommen waren, wie es ihnen Mönche, die diesem freien Klerikerverband angehörten, erzählten.

Daraufhin waren die beiden zum Kloster geeilt, hatten die Nacht abgewartet und dann die Mauer überwunden. Ketil hatte einen Mönch abgepasst, ihn in ein Gebüsch gezerrt und gedroht, ihm den Kopf abzureißen. Der Mönch hatte sofort bestätigt, dass sie zwei Männer und eine junge Frau aufgenommen hätten, und der Abt, der vom Hass auf alle Ungläubigen erfüllt sei, habe den Männern die Krypta für eine Teufelsaustreibung zur Verfügung gestellt.

Ketil hatte sich beherrschen müssen, dem Mönch nicht tatsächlich den Kopf abzureißen. Denn der erzählte, dass sich die Wipertibrüder in der Kirche versammelt hatten, um Gott zu preisen, während der Satan aus dem befallenen Leib gejagt wurde.

Nun lag der Mönch gefesselt und geknebelt im Gebüsch hinter der Kirche, während Aki und Ketil beobachteten, wie die aufgescheuchten Gottesdiener versuchten, das Feuer zu löschen. Und sie hatten alle Hände voll zu tun, denn die Flammen drohten, auf ein Nachbargebäude überzugreifen.

Als Aki und Ketil annahmen, dass kein Mönch mehr in der Kirche war, huschten sie durch das offen stehende Portal. Drinnen wiesen ihnen brennende Tranlampen den Weg an den Säulen der Basilika entlang zum Sanktuarium. Links davon führte eine Treppe hinab – und über die kamen ihnen gerade drei Mönche entgegen, die ebenso überrascht zu sein schienen wie sie selbst.

Ein hagerer Mönch breitete die Arme aus, als wolle er sie aufhalten.

Aki und Ketil zögerten, doch als ein Schrei von unten aus der Krypta drang, packte Ketil den Hageren an der Kutte und schleuderte ihn hinter sich. Der Mann schlitterte über den Steinboden. Die beiden anderen Mönche liefen zu ihm, halfen ihm auf, und dann stürmten sie nach draußen.

Wieder schrie jemand. Asny?

Sie stiegen über die Stufen in einen schmalen Gang hinunter. Ein Stück weiter links ging es in die Krypta, und auf der rechten Seite huschten flackernde Schatten über das Mauerwerk.

Eine Stimme war zu hören.

Die beiden schoben sich bis zur Ecke, hinter der die Krypta lag. In dem von Säulen und Steinplatten gestützten Gewölbe sahen sie zwei Männer. Der eine, unverkennbar der Hüne, wartete bei einer qualmenden Feuerschale, und der andere, der Bischof, stand vor einer Frau, die an zwei Säulen gefesselt war, sodass ihre Arme von den Seilen auseinandergezogen wurden.

Der Kopf der Frau war nach vorn gekippt. Strähniges Haar fiel ihr wie ein Schleier vor das Gesicht. Tätowierungen schimmerten im Fackelschein. Auch wenn das Gesicht nicht zu erkennen war, konnte es nur Asny sein!

In der rechten Hand hielt der Bischof einen Schürhaken mit glühender Spitze. Es sah aus, als spreche er mit Asny. Doch sie reagierte nicht. Hatte sie das Bewusstsein verloren?

Ketil deutete auf den Hünen, und Aki, der vor Zorn kaum einen klaren Gedanken fassen konnte, verstand, dass Ketil zuerst versuchen würde, den großen Kerl zu überwältigen.

Aki nickte. Das würde die beiden Männer ablenken, während er Asny von den Fesseln befreien konnte. Einen besseren Plan hatten sie nicht.

Der Bischof ließ den Schürhaken sinken.

Da stürmte Ketil in die Apsis. Zwei, drei Schritte, dann war er bei dem Hünen und versetzte ihm von hinten einen Faustschlag in den Nacken. Es war ein Schlag, der ein Pferd umgeworfen hätte. Aber der Mann wankte nur. Bevor er sich umdrehen konnte, rammte Ketil ihm noch die andere Faust in den Rücken. Der Hüne verlor den Halt und prallte mit dem Schädel gegen eine Steinplatte.

Der Bischof wirbelte herum. Fassungslos blickte er auf den am Boden liegenden Mann, dann zu Ketil, der sich ihm mit erhobenen Fäusten näherte.

Aki rannte los und schlüpfte über den im Schatten liegenden Umgang zu der Säule, an der eine der Fesseln befestigt war. Er zog sein Messer, um das Seil zu zerschneiden, hielt dann jedoch inne. Asny regte sich noch immer nicht. Wenn er aber ihre Fesseln kappte, musste sie auf eigenen Beinen stehen können.

Dafür kehrte das Leben in den Hünen zurück. Der Kerl musste einen Schädel aus Eisen haben!

Währenddessen hielt der Bischof Ketil mit dem Schürhaken auf Abstand. Aki musste sich beeilen! Noch schien der Hüne benommen zu sein. Aus einer Stirnwunde rann Blut und zeichnete ein netzartiges Muster auf das bleiche Gesicht.

Ketil bekam davon nichts mit, seine ganze Aufmerksamkeit galt dem Bischof.

Aki war hin und her gerissen. Sollte er Ketil warnen? Nein, zunächst musste er Asny befreien, und jetzt endlich begann sie sich in den Seilen zu bewegen. Er verließ die Deckung, machte einen Schritt in die Apsis und stand hinter seiner Schwester.

«Ich bin es, Aki», flüsterte er.

Ihre Augenlider flatterten. Langsam drehte sie den Kopf, und ihr geschwollenes Gesicht hellte sich auf. Er zeigte ihr das Messer und deutete auf eines der Seile. Asny wirkte schwer angeschlagen, verstand aber, was er wollte, und drückte die zitternden Beine durch. Aki setzte das Messer an. Die Klinge war scharf und schnitt schnell durch die Fasern. Die erste Fessel löste sich, dann machte er sich an der zweiten zu schaffen.

«Lass das Eisen fallen, du Bastard!», hörte er Ketil sagen.

Die beiden waren nur drei, vier Schritt von Aki und Asny entfernt, wobei der Bischof ihnen den Rücken zukehrte.

«Du erteilst mir Anweisungen, Mönch?»

Das Lachen des Bischofs hallte vom Gewölbe wider – und er hatte allen Grund zum Lachen, denn hinter Ketil wuchs die Gestalt des Hünen in die Höhe.

Ketil, der die Gefahr noch immer nicht bemerkt hatte, machte einen Schritt zur Seite, um eine Lücke in der Deckung des Bischofs zu finden. Um ihm einen Fausthieb zu verpassen, durfte er dem Eisen nicht zu nahe kommen.

Unterdessen arbeitete sich die Messerklinge durch die Fasern. Sobald Aki die Fessel gelöst hatte, würde er Ketil helfen. Doch das zweite Seil war fester. Ein Schnitt, ein zweiter, ein dritter, und endlich fiel es auseinander.

Asny war frei!

«Lauf nach oben», flüsterte Aki, «versuch, aus dem Kloster zu kommen ...»

Da erschütterte ein ohrenbetäubendes Brüllen die Krypta.

Der Hüne hatte Ketil von hinten die Arme um den Oberkörper geschlungen und presste ihm die Luft aus dem Brustkorb, während sich seine Zähne in Ketils Halsbeuge gruben. Ketil stieß einen Schrei aus, der Aki durch Mark und Bein fuhr. Dann hob der Hüne seinen Kopf und riss dabei mit den Zähnen Haut und Fleisch aus Ketils Nacken.

«Lauf!», zischte Aki. «Lauf endlich!»

Asny rührte sich nicht.

Aber jetzt hatte ihn der Bischof gehört und drehte sich um. Das Lächeln verschwand aus seinem Gesicht, als er die zerschnittenen Fesseln bemerkte. Er richtete das Eisen auf die Zwillinge.

«Ich habe mich schon gewundert, wo du bleibst, Kleiner. Allein hätte mich dein Freund wohl kaum finden können.»

Im Hintergrund wurde Ketil von einem harten Schlag auf den Umgang geschleudert.

Binnen weniger Augenblicke hatte sich die Situation vollkommen gedreht.

Weil Asny noch immer wie erstarrt dastand, gab Aki ihr einen Schubs. Sie taumelte aus der Apsis, stolperte auf den Umgang und verschwand in den Schatten.

Von der anderen Seite waren die Geräusche harter Schläge und das Keuchen der kämpfenden Männer zu hören.

Aki richtete das Messer auf den Bischof, der einen Schritt zurückwich, aber nur, um sich gleich wieder mit dem Schürhaken zu nähern.

Ketil wankte in die Apsis zurück. Sein Gesicht war zerschlagen, und aus der Halswunde quoll Blut. Benommen drehte er sich zu dem Hünen um, der, abgesehen von der aufgeplatzten Wunde auf der Stirn, unverletzt zu sein schien. Die gewaltigen Hände zu Fäusten geballt wartete er, bis Ketil einen Schritt in seine Richtung machte.

Da schlug der Bischof zu. Das Eisen streifte Akis rechten Arm und die Hand. Das Messer entglitt ihm und rutschte über den Steinboden hinter die Säulen. Als Aki zurückwich, stieß er gegen den kleinen Altar am hinteren Ende der Apsis.

Der Bischof lächelte. Er war ein Mann Gottes, der vermutlich viel Zeit mit Gebeten verbrachte. Dennoch bewegte er sich flink wie ein Krieger, als er Aki nachsetzte, das Eisen zum nächsten Schlag erhoben.

Früher war Aki ein Kämpfer gewesen. Er hatte lernen müssen, sich gegen andere Jungen zu wehren, die ihn wegen seiner zauberkundigen Mutter anfeindeten. Auch das Leben während der Verbannung im Wald hatte ihn hart und seinen Körper geschmeidig gemacht. Doch die Jahre im Kloster hatten ihn abgestumpft. All das Lesen und Schreiben nützten ihm im Augenblick überhaupt nichts. Im Kloster hatte es keine Raufereien gegeben, und er musste nicht über Stock und Stein Tieren hinterherjagen. Aki hatte seine Schnelligkeit und seine Instinkte eingebüßt, und so musste er, eingekeilt zwischen Altar und Feind, hilflos mit ansehen, wie das Eisen immer näher kam. Der Bischof zielte auf seinen Kopf.

Mit einem Mal war Asny wieder da.

Aki wollte ihr zurufen, sie solle verschwinden, sich in Sicherheit bringen. Doch er brachte keinen Ton heraus, sah nur den

Bischof grinsen und den Schürhaken zucken. Das Eisen würde seinen Schädel knacken wie eine Eierschale.

Doch bevor der Bischof zuschlug, veränderte sich sein Gesichtsausdruck. Der Mund klappte auf, und die Augen weiteten sich. Er ließ den Schürhaken sinken, drehte sich zu Asny um, und da sah Aki, dass sein Messer in der linken Schulter des Bischofs steckte.

Dann überschlugen sich die Ereignisse.

Der Bischof holte mit dem Eisen aus, verfehlte Asny aber. Zugleich landete Ketil mit der Faust einen Treffer im Gesicht des Hünen. Der war von Asnys Auftauchen abgelenkt worden, weil er sich offenbar um seinen Herrn sorgte. Ketils Hieb war hart genug, um den Hünen von den Füßen zu holen, sodass er erst gegen eine Säule prallte und dann aus der Apsis geschleudert wurde.

Geistesgegenwärtig machte Aki einen Satz nach vorn und stieß den Bischof zur Seite. Dann stürmten die drei aus der Krypta, weiter in den Gang nach rechts und die Steintreppe hinauf.

Aki hörte den Bischof hinter ihnen her brüllen, als sich in der Kirche die Umrisse von fünf Gestalten aus dem Zwielicht schälten. Es waren Mönche, die mit Forken und Hacken bewaffnet waren!

Die drei hielten inne. Durch die geöffnete Kirchentür war nur noch ein schwacher Feuerschein zu erkennen. Vielleicht war der Schuppen inzwischen heruntergebrannt, oder man hatte das Feuer löschen können. Die Mönche wirkten zornig, aber auch unsicher, und als von der Treppe her Schritte zu hören waren, hoben Aki und Ketil ihre Fäuste.

Dann traten sie ihnen entgegen.

10.

Hladir

Aus den Bergen lief das Tauwasser in den Nid. Der Fluss schwoll an und leitete die Fluten weiter in den Fjord, auf dem sich gleißendes Sonnenlicht widerspiegelte.

Mit dem hereinbrechenden Frühling zog der Hering, der *silð*, an die Küste vor Hladir. Es war bereits früher Nachmittag, als Malina und Thorleif endlich auf einen Schwarm stießen. Die Fische füllten rasch das Netz, das hinter dem Ruderboot hergezogen wurde. Malina blinzelte gegen die Helligkeit an. Von ihrer Stirn tropften Schweißperlen, während sie den Fang Zug um Zug aus der Tiefe hievte.

«Das machst du gut, mein Mädchen!», rief Thorleif.

Er war auf der Ruderbank ganz nach außen gerutscht, um mit seinem Körpergewicht die Krängung des Boots auszugleichen.

Unter Malina tauchte das mit glitzernden Fischen gefüllte Netz im Wasser auf. Noch zwei, drei kräftige Züge, dann kam es an Bord, und die Heringe ergossen sich über die Planken.

Thorleif stieß einen Jubelschrei aus.

Mit einer schuppenverklebten Hand wischte sich Malina den Schweiß von der Stirn. Drei Tage lang hatten sie, ebenso wie Dutzende anderer Fischer, den Fjord erfolglos nach dem Hering abgesucht. Der fette *silð* war eine begehrte Beute und eine wichtige Nahrungsquelle für die Throender, die die Ankunft der Fische herbeigesehnt hatten. Nun waren Malina und Thorleif die Ersten, die beim Nidarholm, der Felseninsel etwa eine halbe Seemeile vor der Küste, einen Schwarm gefunden hatten.

Sie griffen beherzt zu, klaubten die Fische auf, pulten sie aus den Maschen und warfen sie in Kisten, die sich rasch füllten. Alles war mit silbrig glänzenden Schuppen übersät. Morgen würden sie genug Zeit haben, die Sachen wieder zu reinigen. Nun galt es erst einmal, den Fang in den Hafen zu bringen und für die weitere Verarbeitung vorzubereiten. Außerdem wollten sie den anderen Fischern zeigen, wo der Hering stand.

Thorleif nahm ein mit Fischschleim verschmiertes Tuch und winkte damit den kleinen Booten und den etwas längeren Schuten, die in einiger Entfernung ihr Glück versuchten. Die Nachricht verbreitete sich schnell, zumal inzwischen ganze Scharen hungriger Möwen ihre Runden über Thorleifs Ruderboot drehten.

Auf den anderen Booten setzte Hektik ein. Leere Netze wurden eingeholt und Riemen ausgelegt. Als die ersten Fischer näher kamen, zeigte Thorleif ein paar Heringe vor. Ein Mann rief, es bringe wohl doch Glück, Weiber mit zum Fischen zu nehmen, und dass Thorleif sich das Bier redlich verdient habe. Es war Brauch, dass man demjenigen, der den ersten Fang machte, ein Fass spendierte, wobei sich die anderen natürlich rege daran beteiligten, es zu leeren.

«Das wird ein ordentliches Gelage heute Abend», sagte Thorleif und begann zu rudern. «Du kommst natürlich mit, Mädchen. Schließlich war es deine Idee, beim Nidarholm zu fischen.»

«Nein, Thorleif. Dafür bin ich zu erschöpft. Ich werde mich hinlegen, nachdem wir die Fische fertig gemacht haben.»

«Ach was! Du musst endlich mal wieder ein paar andere Leute sehen, nicht nur mich alten Knochen.»

«Die anderen würden doch nur mit den Fingern auf mich zeigen. Ich kann das Gerede nicht ertragen.»

Sie griff nach dem Netz, um die letzten Heringe aus den Maschen zu ziehen.

«Ich verstehe dich», sagte Thorleif. «Aber so wird das Gerede niemals aufhören. Der Verdacht, du hättest das Haushaltsgeld gestohlen, ist längst ausgeräumt worden. Odd Anason hat doch bestätigt, dass du ihm die Münzen gegeben hast.»

Ein Hering hing so fest in den Maschen, dass der Kopf abriss, als Malina zu kräftig daran zog.

«Das Geld ist nur eine Sache, und das weißt du!»

«Vergiss endlich Bergljot! Du hast ihr die Nase gebrochen – na und! Es war Notwehr. Immerhin hat sie zuerst zugeschlagen. Jeder in Hladir kennt Bergljot und weiß, was für eine aus ihr geworden ist. Früher war sie eine wundervolle Frau, und wenn Sigurd sie mir damals nicht vor der Nase weggeschnappt hätte ...»

Thorleif seufzte. «Na, er war ja auch der Jarl und ich nur ein armer Mann, dem die Fischschuppen im Bart kleben. Jetzt, im Nachhinein betrachtet, kann ich mich aber wirklich glücklich schätzen, dass sie nicht mein Weib geworden ist. Immer dieses Gemecker, das hält kein Mann auf Dauer aus.»

«Aber sie erzählt überall herum, ich hätte sie umbringen wollen.»

Malina lehnte sich über die Bordwand und hielt ihre Hände ins Wasser. Schuppen lösten sich und trudelten in die Tiefe. «Vielleicht wollte ich das ja wirklich», ergänzte sie leise.

«Bald wird Hakon zurückkommen, und dann wird er schon die richtigen Worte für seine Mutter finden ...»

Malina richtete sich abrupt auf. «Ich gehe niemals wieder auf den Jarlshof zurück, solange sie dort ist!»

Einige Wochen waren vergangen, seit Malina die blutende Bergljot im Jarlshaus zurückgelassen hatte. In ihrer Verzweiflung hatte sie sich an Thorleif gewandt, der sie in seiner Hütte aufnahm, bevor er nach der Alten schaute. Inzwischen war sie von den Knechten versorgt worden, und es stellte sich heraus, dass die Verletzung schlimmer aussah, als sie war. Dennoch war Bergljot nicht von ihrer Behauptung abzubringen, Malina habe sie töten wollen. Man verständigte sich darauf, dass Malina zunächst bei Thorleif blieb, bis Hakon nach seiner Rückkehr alles Weitere entscheiden sollte.

Thorleif ruderte das Boot in den Hafen, wo sie an den Landebrücken und dem Handelsschiff vorbeikamen, das gestern in Hladir festgemacht hatte. Malina war darüber verwundert gewesen, schließlich hatte Hakon erzählt, dass Graufell den Seeweg blockiere. Es stellte sich jedoch heraus, dass die Händler aus dem Halogaland im Norden kamen, und Graufells Schiffe lauerten südlich des Thrandheimfjords. Die Händler hatten Walrosshäute, Elchgeweihe, Eichhorn- und Marderfelle geladen und wollten in Hladir weitere Waren an Bord nehmen.

Da Thorleif von Graufells Blockade wusste, hatte er dem Schiffsführer geraten, den inneren Seeweg zu meiden; angeblich seien dort Piraten gesichtet worden. Den wahren Grund verriet er natürlich nicht, damit die Seeleute nichts davon in Hladir herumerzählten. Noch hatten die Throender von Graufells Plänen nichts mitbekommen.

Thorleif stöhnte und ächzte, während er zum Ufer ruderte. Malina bot ihm an, die Riemen zu übernehmen, was er aber wie immer ablehnte.

«Wenn ich eines Tages dafür zu schwach sein sollte, Mädchen, stürze ich mich vom Adlerfelsen – wenn ich bis dahin nicht in einer Schlacht den Tod gefunden habe.»

Er umkurvte einen großen, mit Tang und Muscheln bewachsenen Stein, der jetzt bei Ebbe aus dem Wasser ragte, und zog die Riemen noch einmal kräftig durch, bevor der Kiel im seichten Uferbereich auflief. Sogleich eilten Männer, Frauen und Kinder herbei, halfen, das Boot aufs Trockene zu ziehen und klopften dem Alten begeistert auf die Schultern. Einen Teil der Heringe verkauften Thorleif und Malina an Ort und Stelle. Die restlichen Fische wollten sie räuchern, um dadurch einen höheren Preis zu erzielen.

Als später die anderen Fischer zurückkehrten, wurde Bier herbeigeschafft, und Thorleif stieß mit ihnen auf die Fänge an. Malina verabschiedete sich und schleppte zwei gefüllte Fischkisten zu der windschiefen Hütte am oberen Rand des Hafens. Dort füllte sie Wasser in einen Trog, schlitzte die Heringe mit einem Messer an der Bauchseite auf und riss die Eingeweide heraus, die sie zwischen die Hütten warf, wo sich Möwen um die Leckerbissen zankten.

Nachdem sie alle Fische ausgenommen, im Trog gesäubert und in den Kisten verstaut hatte, spürte sie ihre schmerzenden Glieder. Auch merkte sie erst jetzt, wie sehr sie fror.

Es begann bereits zu dämmern. Malina sehnte sich nach dem wärmenden Feuer. Sie klemmte sich die Kisten unter die Arme, um sie wegen der unersättlichen Möwen mit nach drinnen zu nehmen.

So beladen trat sie vor die Hütte, schob die Tür mit dem Fuß auf und schlüpfte hinein. Es dauerte einen Moment, bis sich ihre Augen an das Zwielicht gewöhnten. Ein unangenehmes Gefühl beschlich sie, als ihr Blick auf die Feuerstelle fiel, in der mehrere Holzscheite brannten. Wer hatte sie angezündet?

Als sie sich zum Tisch umdrehte, sah sie dort eine Gestalt sitzen, und mit einem Knall landeten die Kisten auf dem Boden. Die Heringe fielen heraus, ohne dass Malina davon etwas mitbekam.

«Oh, das tut mir leid! Habe ich dich erschreckt? Das wollte ich nicht.»

Thordis erhob sich vom Tisch.

Regungslos stand Malina zwischen den Fischen, während Thordis näher kam. Sie sah so wundervoll aus in ihrem Mantel aus weißem Fuchsfell. Ihre Wangen waren leicht gerötet und das blonde Haar auf dem Hinterkopf zusammengesteckt. Sanft umspielte ein Lächeln die vollen Lippen.

Malina kniete nieder und begann, die Heringe wieder in die Kisten zu legen.

«Was willst du hier?», fragte sie, wobei sie sich bemühte, das Beben in ihrer Stimme zu unterdrücken.

«Ich habe gehört, du seist bei dem alten Mann untergekommen.»

«Hat Bergljot das erzählt?»

«Ja, und noch einige andere Dinge, die ich ihr gar nicht glauben mag. Sie behauptet, du wolltest sie umbringen.»

War da nicht ein Unterton in Thordis' Stimme, der klang, als mache sie sich lustig?

«So, sagt sie das?», erwiderte Malina.

Sie kroch auf allen vieren über den Boden. Einige Heringe verbrannten im Feuer, andere waren zwar etwas dreckig geworden, aber sonst unbeschädigt und noch zum Räuchern geeignet. Malina fragte sich, warum sie im Augenblick überhaupt an die Fische denken konnte. Seit Wochen wartete sie auf Hakons Rückkehr, und nun stand die Frau, mit der er fortgegangen war, hier und schaute zu, wie Malina Heringe vom Boden klaubte. Warum war sie hier und nicht Hakon? Thordis hatte Malina doch sonst kaum beachtet, wenn sie auf dem Jarlshof zu Gast war. Kein freundliches Wort, höchstens mal ein flüchtiges Nicken zur Begrüßung.

«Stimmt es denn?», fragte Thordis.

Malina stand auf und wischte ihre Finger an der mit Schuppen verklebten Schürze ab. «Wo ist Hakon?»

Thordis senkte den Blick auf ihre Hände, die den Mantel vor ihrem Oberkörper zusammenhielten, als sei das für irgendetwas wichtig. «Wollen wir uns nicht lieber setzen?»

«Ich habe den ganzen Tag im Boot gesessen», erwiderte Malina, obwohl ihre Beine von der Arbeit schwer waren.

Thordis nahm wieder Platz, als wäre sie in Thorleifs Hütte

daheim. Sie stützte die Ellenbogen auf die Tischplatte und verschränkte die Hände, als wolle sie sich dahinter verstecken.

«Er wird in einigen Tagen nachkommen», sagte sie leise.

Malina spürte, wie sich ihre Kehle zuschnürte. «Warum erst in einigen Tagen?»

«Er hat ... es gibt für ihn im Naumudal noch einiges zu erledigen.»

Malinas Herz pochte schneller. Sie trat vor den Tisch und beugte sich zu Thordis vor, die ihre Hände ein klein wenig anhob.

«Warum – verdammt noch mal?», zischte Malina.

Thordis zuckte zusammen. «Hör zu, Malina! Ich möchte nicht lange herumreden. Du musst es erfahren, je früher, desto besser. Mein Vater ist gestorben, und Hakon wird an seine Stelle treten – als neuer Jarl vom Naumudal.»

«Jarl vom Naumudal?», rief Malina.

«Er hat meinem Vater auf dem Totenbett geschworen, mich zur Frau zu nehmen.»

Malina konnte nicht glauben, was sie da hörte, und schlug mit der Faust auf den Tisch. «Du lügst! Er soll selbst herkommen!»

«Bitte, Malina! Die Entscheidung ist ihm nicht leichtgefallen. Er hängt sehr an dir. Deshalb bin ich vorausgeritten, um es dir zu sagen.»

«Ich glaube dir kein Wort!» Malinas Faust krachte erneut auf den Tisch. Die Holzschalen, aus denen sie und Thorleif am Morgen Grütze gelöffelt hatten, klapperten.

Thordis' Blick verhärtete sich. «Es war seine Entscheidung. Eine vernünftige Entscheidung – die einzige, die er treffen konnte. Die Throender brauchen die Unterstützung der Naumudaler, und wenn er ihr Jarl ist, werden sie ihm folgen. Es gilt als sicher, dass sie ihn wählen werden, denn sonst bliebe nur noch mein Bruder Lambi, der Nichtsnutz. Auch für Aud ist es besser, wenn sie bei ihrer Mutter ist.»

«Aud?», stieß Malina aus. «Du hast dich noch nie um deine Tochter gekümmert! Nein, nein! Hakon ist doch kein Feigling! Er soll sich trauen, mir das alles selbst ins Gesicht zu sagen.»

«Nein, er ist ganz gewiss kein Feigling. Ich war es, die ihn gebeten hat, dir die Nachricht zu überbringen. Ich weiß doch, wie schwer es ihm fällt, dich enttäuschen zu müssen. Aber er hat mich gebeten, dir das hier zu geben.»

Sie schnürte einen kleinen Lederbeutel auf und schüttete Münzen auf den Tisch.

«Es ist viel Geld, Malina. Nimm es und bezahl damit einen Platz auf einem Schiff, bevor Hakon zurückkommt. Das wird auch dir die Sache erleichtern. Glaube mir, es ist für uns alle besser so. Eines Tages wirst du dich mit einem Lächeln an eure gemeinsame Zeit erinnern können.»

Thordis nahm die Arme vom Tisch und fuhr sich über ihre Stirn, als wäre ihr unerträglich heiß geworden. Dann schlug sie den Mantel auseinander und griff wie beiläufig an ihren Halsschmuck.

Malina erstarrte. Thordis trug vier Ketten, von denen sie eine noch nicht gehabt hatte, als sie das letzte Mal in Hladir gewesen war. Sie glich der Kette, die Hakon damals Malina in der Berghütte geschenkt hatte.

«Woher hast du die Kette?», fragte sie.

Thordis warf ihr einen irritierten Blick zu.

«Die Kette mit den blauen und braunen Steinen – woher hast du sie?»

«Ach, das ist ein Geschenk.» Thordis zog den Mantel schnell wieder zusammen und verdeckte den Schmuck. «Malina, bitte nimm die Münzen und fang damit irgendwo ein neues Leben an. Du hast doch sicher eine Familie, dort, wo du herkommst. Oder es wird andere Menschen geben, bei denen du unterkommen kannst. Es ist viel Geld ...»

«Hat Hakon dir die Kette gegeben?»

Ein Ausdruck huschte über Thordis' Gesicht, den Malina nicht deuten konnte. Hatte sie Angst?

Mit einem Ruck erhob sie sich, wobei sie den Mantel noch immer zusammenhielt. «Gut, Malina! Dann sollst du es wissen! Ja, es war Hakon. Er hat mir die Kette geschenkt, nachdem er eingewilligt hat, mich zur Frau zu nehmen.»

Sie schob sich hinter dem Tisch hervor. An der Tür drehte sie sich noch einmal um. «Finde dich damit ab – Hakon hat sich entschieden.»

Die Tür fiel zu.

Malina griff nach den Münzen und schleuderte sie Thordis hinterher. Die Münzen prasselten wie Hagelkörner gegen die Tür, fielen zu Boden und rollten durch die Hütte.

Malina taumelte zur Wand und sank daran nieder. Sie schlang die Arme um die angezogenen Beine, drückte ihren Kopf auf die Knie und ließ den Tränen freien Lauf.

II.

Hladir, Jarlshof

Im schwindenden Tageslicht erreichte Hakon den Jarlshof. Er saß vom Pferd ab und winkte den Knecht Vali zu sich, der, angelockt vom Hufschlag, den Kopf aus dem Scheunentor steckte. Vali eilte herbei und nahm die Zügel entgegen.

«Endlich bist du zurück!», sagte er zum Jarl. Er war ein etwas einfältiger, aber zäher Bursche, der seit vielen Jahren im Dienst der Sippe stand.

«Ich wurde aufgehalten», erwiderte Hakon knapp.

Sein Magen knurrte. Er war erschöpft von der langen Reise. Fast vier Tage hatte er für die Strecke gebraucht. Schneewehen hatten in den höheren Berglagen zwischen dem Naumudal und den nördlichen Ausläufern des Thrandheimfjords das Vorankommen erschwert.

«Hier lag auch viel Schnee!» Vali hielt eine Hand auf Höhe seiner Hüfte. «Doch nun kommt der Frühling. Riechst du ihn auch schon?» Er reckte schnuppernd die Nase.

«Im Moment interessiert mich nur der Geruch von Fleisch und Brot.»

Ein Schatten huschte über Valis Gesicht. «Brot? Hm, du weißt ja nicht, was geschehen ist. Also, hoffentlich ist es nicht wieder verbrannt ...»

«Verbrannt?»

Vali wrang den Zügel in seinen Händen. «Da sind einige Sachen vorgefallen, während deiner Abwesenheit. Ich meine, also, wenn du hier gewesen wärst, wäre das bestimmt nicht so ...»

Über ihnen war das Rauschen von Flügelschlägen zu hören. Der Rabe drehte eine Runde über den Hof, bevor er auf Hakons Schulter landete.

«Ach, der Rabe», bemerkte Vali beiläufig.

Er trat von einem Fuß auf den anderen, als ob er sich dringend erleichtern müsse, dann begann er zu erzählen. Je mehr Hakon erfuhr, desto wütender wurde er. Er bat den Knecht, das Pferd zu versorgen, bevor er über den Hof zum Haus stapfte.

Kaum hatte er die Tür geöffnet, hörte er Bergljot seinen Namen rufen und sah sie durch die Halle auf ihn zulaufen. Der Rabe schlug die Flügel durch und floh vor der nahenden Alten zu der Schale, in der er für gewöhnlich sein Fressen bekam.

Bergljot war vollkommen aufgelöst. Tränen rannen über ihre Wangen und die noch leicht geschwollene Nase. Sie warf sich Hakon entgegen und presste ihr Gesicht in seinen Fellmantel, wobei sie einen Redeschwall ausstieß, von dem Hakon kein Wort verstand.

Über ihren Kopf hinweg sah er erst Thordis aus der Kochnische auftauchen, dann Aud, Eirik und die Mägde. Hakon löste sich aus der Umklammerung seiner schluchzenden Mutter und legte Mantel und Schwert ab.

«Hast du mit den Bauern gesprochen?», fragte Thordis, als sie näher kam.

Hakon nickte, beugte sich zu den Kindern herunter und strich ihnen über die Köpfe. Nach Thordis' Abreise hatte er noch einige Männer im Naumudal aufgesucht und zum Frostathing geladen, um sie dort für ein Waffenbündnis mit den Throendern zu gewinnen.

«Werden sie kommen?»

Hakon zuckte mit den Schultern. «Ich hoffe es.»

Er forderte die anderen auf, sich mit ihm an den Tisch zu setzen, damit sie ihm in allen Einzelheiten von den Ereignissen berichteten. Auf das Durcheinander, das Vali von sich gegeben hatte, konnte er sich keinen Reim machen – nur, dass es reichlich Ärger gegeben haben musste.

Die Mägde brachten Brot, Käse und Bier an den Tisch. Neben der Sitzbank stieß der Rabe *kek-kek*-Rufe aus, mit denen er sich über seinen leeren Napf beschwerte. Er verstummte erst, als man ihm auch ein Stück Käse gegeben hatte.

Unterdessen hörte Hakon mit wachsendem Erstaunen und Entsetzen, was Bergljot zu sagen hatte. Als sie behauptete, Malina habe sie töten wollen, blieb ihm ein Bissen im Hals stecken. Er hustete und musste mit einem Schluck Bier nachspülen, bevor Bergljot fortfahren konnte in ihrer Schilderung, wie Malina – Bergljot nannte sie nur *das Weib* – mit Faustschlägen und Fußtritten über sie hergefallen sei.

Aus den Augenwinkeln sah Hakon seinen Sohn Eirik heftig den Kopf schütteln, was ihn beruhigte. Es wäre nicht das erste Mal, dass Bergljot heillos übertrieb. Hakons Ärger auf seine Mutter wurde immer größer, und als sie behauptete, Malina habe das Haushaltsgeld gestohlen, stellte er den Becher mit einem Knall auf dem Tisch ab.

«Es reicht, Mutter! Vali hat mir erzählt, dass sich diese Angelegenheit längst aufgeklärt hat. Hör auf damit, Malina ständig für Dinge zu beschuldigen, die sie nicht getan hat. Sie hat mit dem Geld Odds Ziege bezahlt. Die Sache ist erledigt!»

Bergljot starrte ihn mit vom Weinen rotgeränderten Augen an. «Das meine ich doch gar nicht. Das Weib hat unsere Ersparnisse gestohlen, unser ganzes Geld. Alle Münzen sind weg. Sie muss sich gestern oder vorgestern ins Haus geschlichen haben. Vor drei Tagen lag der Geldbeutel noch in dem Versteck, doch heute Morgen war er verschwunden ...»

Wieder liefen Tränen über ihr Gesicht.

«So etwas würde Malina niemals tun!», entgegnete Hakon.

«Niemals – hörst du! Sie würde sich eher die Finger abhacken, als das Geld zu stehlen, das auch ihr gehört.»

«Das glaubst du nur, weil sie dich verzaubert hat», stieß Bergljot zwischen den Schluchzern aus und zeigte auf ihre Nase. «Schau mich an: Sie hat mir das Gesicht zerschlagen. Sie ist böse! Böse!»

«Genug!» Der Becher knallte abermals auf den Tisch. «Wahrscheinlich hast du den Geldbeutel nur verlegt. Ihr müsst alles danach absuchen.»

«Leider stimmt es, was deine Mutter sagt», warf Thordis ein. «Ich hatte sie heute Morgen um Münzen gebeten, weil ich mich nützlich machen und auf dem Markt einkaufen wollte. Das Geld ist verschwunden. Wir haben bereits das ganze Haus auf den Kopf gestellt.»

«Und warum hat Vali nichts davon erzählt?», fragte Hakon.

«Weil er es nicht weiß», antwortete Thordis. «Wir – deine Mutter und ich – haben die Sache bislang für uns behalten, damit es nicht wieder Gerede gibt und erneut ein Verdacht auf Malina fällt, der möglicherweise ungerechtfertigt ist.»

«Sie kennt das Versteck», rief Bergljot aufgebracht. «Niemand anderes als das Weib kann die Münzen gestohlen haben!»

Von Vali hatte Hakon erfahren, dass Malina bei Thorleif Unterschlupf gefunden hatte. Er sprang auf, nahm seinen Mantel und eilte zur Tür.

«Sie ist nicht mehr da.»

«Nicht mehr da?», wiederholte Hakon. Ihm war, als spanne sich ein enger Gürtel um seine Brust.

Thorleif nickte traurig. Er saß auf einem Schemel und hielt einen Fisch am Spieß über das fast heruntergebrannte Feuer.

«Wir haben Heringe gefangen. Sind beim Nidarholm auf den ersten Schwarm gestoßen. Na ja, und ich habe den Fang mit den

Fischern gefeiert. Du weißt schon, so wie es sich gehört, mit einem Fass Bier. Dann schleppte jemand noch ein zweites heran. Als ich in die Hütte kam, war Malina noch da, schlief auf dem Lager, und ich habe mich neben sie gelegt. Ich war so verdammt betrunken, dass ich nicht bemerkt habe, wie sie aufgestanden ist. Am nächsten Tag war sie verschwunden, auch ihre Kleider. Alles! Ich dachte, sie ist vielleicht draußen. Aber da war sie auch nicht. Ein Nachbar will gesehen haben, wie sie in aller Frühe hinunter zu den Landebrücken gegangen ist. Dort lag nämlich ein Schiff, eins aus dem Halogaland, aber das war dann auch fort.»

«Du willst also behaupten, Malina sei mit dem Schiff abgehauen?»

«Nein, mein Junge, ich behaupte gar nichts!»

Thorleif wendete den Hering, der auf einer Seite goldgelb geworden war. Der angenehme Geruch des bratenden Fischs überdeckte den Gestank des faulenden Dachstrohs und menschlicher Ausscheidungen, die sonst in der Hütte des Alten vorherrschten.

«Ich gebe nur wieder, was ich erfahren habe», fuhr er fort. «Glaubst du, ich würde mir keine Sorgen machen? Ich mag das Mädchen. Malina war mir eine große Hilfe, sie hat Freude in mein Leben gebracht. Von mir aus hättest du dich ruhig gegen sie entscheiden können. Dann hätte ich sie nämlich hierbehalten ...»

«Warum hätte ich das tun sollen?»

Thorleif nahm den Hering vom Feuer und schnupperte daran. Er probierte ein Stück, spuckte Gräten aus und hielt ihn wieder über die Glut.

«Bergljot erzählt überall, du würdest Malina niemals wieder auf dem Hof wohnen lassen.»

Hakon schwirrte der Kopf. Je mehr Einzelheiten er erfuhr, desto weniger verstand er von dem, was während seiner Abwesenheit vorgefallen sein sollte.

Nach der Reise ins Naumudal vor etwa einem Monat hatte Hakon noch gehofft, bald wieder nach Hladir zurückzukehren. Es war alles zu seiner Zufriedenheit verlaufen: Asgeir hatte ihm sogar verziehen, dass er damals Thordis nicht zur Frau genommen hatte. Wahrscheinlich hatten ihn sein fortgeschrittenes Alter und die Krankheit mürbe gemacht. Doch dann setzte der Schneefall ein, und die Wege wurden unpassierbar. Ein Schiff konnte Hakon nicht nehmen. Vielleicht hätte ihm Asgeir eins geliehen, aber der Tod des alten Jarls machte alle Pläne zunichte. Hakon hatte gehofft, die Führer der Bauernsippen, die Bonden aus dem Naumudal, auf dem Hof zu versammeln. Dann hätten er und Asgeir ihnen die Bedeutung eines Bündnisses mit den Throendern verdeutlicht. Asgeir hätte dafür gestimmt, dessen war sich Hakon sicher, und die anderen hätten sich Asgeirs Urteil angeschlossen. Durch den Tod des Jarls war dies jedoch hinfällig geworden, und auf dessen Sohn Lambi konnte Hakon nicht zählen.

Nach Asgeirs Tod fiel Lambi die Führung der Naumudaler zu, bis man einen neuen Jarl wählte. Doch Thordis' Bruder war ein Säufer und Hurenbock, der es nicht verstand, richtige Entscheidungen zu treffen. Das Einzige, was er konnte, war, die Tage zu vertrinken und Mägde und andere Weiber in sein Bett zu ziehen. Dennoch hatte er gute Aussichten, auch weiterhin den Jarlsposten zu bekleiden, denn er war reich. Asgeir hatte ihm viel Geld, Land und Vieh hinterlassen.

Während Hakon also gezwungen war, wochenlang auf Tauwetter zu warten, verhielt sich Thordis auffallend zurückhaltend. Hakon hatte zunächst befürchtet, sie könne Malinas Abwesenheit ausnutzen, um ihn erneut zur Hochzeit zu drängen. Stattdessen kümmerte sie sich rührend um Aud, was sie bislang nie getan hatte. Sie ging den Mägden zur Hand, wusch Kleider, backte Brot und fegte die Halle. Ihr Verhalten überraschte Hakon. Er hatte sie immer für eine Frau gehalten, die – so wie ihr fauler Bruder – jegliche

Art von Arbeit ablehnte. Er schien sich in ihr getäuscht zu haben und ertappte sich bisweilen sogar bei einem Gedanken, den er bislang für unmöglich gehalten hatte: Wenn es Malina nicht gäbe, hätte er sich dann damals nicht vielleicht doch darauf einlassen sollen, Thordis zur Frau zu nehmen?

Und nun war Malina verschwunden, mit einem Schiff, von dem niemand sagen konnte, wohin es fuhr. Was blieb, war ein schrecklicher Verdacht. Aber im Gegensatz zu den anderen war Hakon nicht bereit, Malina für eine gewissenlose Diebin zu halten.

«Bergljot übertreibt wie immer», sagte er. «Malina würde sie niemals töten wollen.»

Thorleif probierte erneut von dem Hering, der inzwischen gut zu sein schien. Er bot Hakon davon an, doch der lehnte ab.

Er überlegte, ob er von Bergljots Vorwurf erzählen sollte. Er vertraute dem Alten, und er musste einfach mit jemandem darüber sprechen.

«Unser ganzes Geld ist weg», sagte er. «Meine Mutter und Thordis werfen Malina vor, es gestohlen zu haben.»

Thorleif ließ abrupt den Spieß sinken. Er machte einen Gesichtsausdruck, als habe er einen Schlag in den Magen bekommen.

«Bei den Göttern», murmelte er, legte achtlos den Spieß mit dem Fischrest in die Glut und erhob sich. Er ging zu den Brettern, die an Seilen befestigt an der Wand hingen. Darauf waren die Gerätschaften sortiert, die sonst in heillosem Durcheinander auf dem Tisch gelegen hatten. Malina hatte Ordnung in Thorleifs Haushalt gebracht.

Der Alte nahm einen Stapel Holzschalen herunter, stellte sie auf dem Tisch ab und zog die unterste Schale hervor. Damit kehrte er zu Hakon zurück.

«Das hier», sagte er leise, «hat sie mir dagelassen.»

Hakons Herz setzte einen Schlag aus. In der Schale lagen drei

Silbermünzen, große, schwere Münzen. Hakon hatte sie schon einmal gesehen – als er selbst sie in den Lederbeutel zu dem Haushaltsgeld getan hatte.

3. Teil

Stand im Sturme Gönduls schwurtreuem Ger-Schleuderers
Schnell und groß – er wehrt freudig allem Verzuge.
Heischer Hedin-Arm-Mondes hob Streits Segel weidlich,
kühnlich dort der Könige Kämpferlust zu dämpfen.

Frühjahr–Spätsommer 966

1.

Ögvaldsnes, Rogaland

Achte, Herr, wie ich, so geziemt sich's, vortrage das Lied, gibt man Gehör mir. Jeder Mann vernahm, wie der Heerfürst stritt, doch Virdir sah die Toten, wo sie lagen ...»

Poppo unterdrückte ein Gähnen, während er den Worten des Skalden nur mit halbem Ohr lauschte. Die lange und überhastete Reise vom Wipertikloster über die Magathaburg nach Haithabu und dann weiter mit einem Schiff nach Ögvaldsnes steckte ihm noch in den Knochen. Vor zwei Tagen war er mit Skammkill und zwei Dutzend sächsischen Soldaten auf der Insel Karmøy gelandet. König Harald Graufell hatte daraufhin umgehend ein Schiff zum Festland geschickt und alle erreichbaren Männer von Rang und Namen zum Palas laden lassen.

Der Anlass für die Versammlung der Rogaländer stand schwer bewacht in der Halle des Königshauses: eine Truhe, gefüllt mit dem Gold und Silber, das Abt Thiadrich irgendwie beschafft hatte. Woher der Schatz stammte, war Poppo einerlei.

An diesem Abend saßen nun gut drei Dutzend Männer an Tischen auf einer frischgemähten Wiese vor dem Palas. Es war ein schöner, milder Tag zum Ende des Monats *maius*, und warum sollte man sich bei Sonnenschein mit einem Haufen trinkender, rülpsender und furzender Männer in die stickige Halle verdrücken?

Poppos Blick wanderte über die Gesichter der Bonden, wie man die freien Bauern nannte, und der Hersen, was eine Art Fürstentitel war. Er hatte bei den Nordmännern das eine oder andere Gelage miterleben dürfen, oder besser gesagt: müssen. Abgesehen von köstlichen Speisen wie Fleisch und Fisch empfand er nur Abscheu gegenüber diesen Feiern, die sich zu Saufgelagen auswuchsen und kaum einmal ohne Zank und Prügeleien endeten.

Aber in diesem Fall diente das Gelage Poppos Mission, und daher war es gut so.

Unablässig schleppten Mägde und Sklavinnen frisches Bier heran, und nicht wenige Männer waren schon am frühen Abend so betrunken, dass sie den Weibern an die Brüste griffen oder versuchten, unter ihre Tuniken zu langen. Zu nennenswerten Übergriffen war es jedoch noch nicht gekommen, was wohl auch der Anwesenheit von Graufells bewaffneten Kriegern zu verdanken war.

Poppo saß beim König am oberen Ende der im Halbkreis zusammengestellten Tische. Die einzige Frau in der Runde war die Königsmutter Gunnhild, die den Männern beim Trinken in nichts nachstand. Obwohl ihr Blick bereits glasig war, ließ sie ihren Becher in rascher Folge nachfüllen.

Auch Skammkill langte kräftig zu, und Poppo ließ ihn gewähren, da der Hüne reichlich Bier vertrug. Zudem war es sicher nicht falsch, ab und an die Zügel etwas lockerer zu halten.

Der Einzige, der sich außer Poppo beim Trinken zurückhielt, war Graufell.

Seit seiner Ankunft auf Karmøy hatte sich für Poppo noch keine Gelegenheit für ein Gespräch mit Graufell unter vier Augen ergeben. Doch dem König war anzumerken, dass er kaum erwarten konnte, die Neuigkeiten zu erfahren.

Unterdessen setzte der Skalde zu einer weiteren Strophe der *drapa*, des Preislieds, an: «Schwertlärm wuchs an Schildes Rand, Kampf beim Fürsten wuchs, vorwärts er drängte. Schwerts Fuß toste, reißend dahin er schoss, da hörte man Waffenwetters Zauberlied ...»

Graufell schien davon nur mäßig angetan zu sein. Er beugte

sich zu Poppo herüber, wohl um endlich von den jüngsten Ereignissen aus dem sächsischen und dem dänischen Reich zu erfahren, als mit einem Mal seine Mutter aufsprang und dem Skalden einen halb gefüllten Becher ins Gesicht warf. Bier ergoss sich über den Mann, der von dem Angriff so überrascht war, dass er zu Boden stürzte.

«Erschlagt die falsche Schlange!», schrie Gunnhild. «Dieses Lied wurde auf meinen Gemahl Eirik Blutaxt gedichtet, und der Kerl hier wagt es, das Lied als seine Dichtung zu verkaufen!»

Von allen Seiten warfen die Bonden und Hersen johlend Knochen und Fischreste auf den Skalden.

Poppo hatte kein Mitleid mit dem Mann, dem Blut aus der Nase lief. Das Gedicht war sogar Poppo bekannt. Angeblich hatte einst ein Skalde namens Egil Skallagrimsson die Drapa «Haupteslösung» auf Gunnhilds verstorbenen Ehemann gedichtet. Es war eines jener Lieder, die von schwer zu deutenden Wortbildungen, den *kenningar*, durchdrungen waren und Anspielungen auf die heidnischen Götter enthielten. So war der von dem Skalden besungene Virdir nichts anderes als ein Beiname Odins.

Daher überlegte Poppo, den Götzenbesinger später von Skammkill töten zu lassen, wenn Gunnhild ihm nicht den Garaus machte. Zunächst gab es aber Wichtigeres, als sich über einen Dichter zu ärgern. Der hatte sich inzwischen wieder aufgerappelt, wobei er schützend die Hände vor sein Gesicht hielt.

Gunnhild war noch nicht fertig mit ihm und griff in ihrer Wut nach dem Becher ihres Sohns. Doch Graufell legte ihr eine Hand auf den Arm und bat sie, sich wieder zu setzen. Widerwillig folgte sie der Aufforderung.

«Er soll etwas anderes singen», keifte sie, «oder ich peitsche ihm die Haut vom Leib!» Dann nahm sie einen Schluck von Graufells Bier und stopfte zartes Fleisch hinterher, das man für sie in mundgerechte Stücke geschnitten hatte.

«Du hast gehört, was die Königin gesagt hat», rief Graufell dem Skalden zu. «Wenn du dein Leben behalten und einen Dichterlohn bekommen willst, dann lass dir etwas einfallen. Trag uns ein Spottgedicht vor – eine *kolluvisur*! Ein Spottgedicht auf Jarl Hakon Sigurdarson!»

Dröhnendes Gelächter begleitete den Abgang des mit Blut und Bier getränkten Mannes. Er ließ sich in einiger Entfernung auf einem Stein nieder, wohl um auf die Schnelle die geforderten Verse zu dichten.

Während an den Tischen munter weitergetrunken wurde, wandte sich Graufell an Poppo.

«Ihr konntet Euren Kaiser also überzeugen, mir ein weiteres Geschenk zu machen», sagte er leise.

«Ein Geschenk?», entgegnete Poppo. «Der Schatz soll einen bestimmten Zweck erfüllen – und das wisst Ihr!»

«Natürlich, das wird er ja! Daher habe ich die Rogaländer eingeladen. Sie sollen die Ersten sein, die meine Worte hören. Auch in die Länder Sogn, Sunmoer, Raumsdal und ins Hördaland habe ich Boten gesandt, damit die Männer zum nächsten Gulathing kommen ...»

«So so. Aber erlaubt mir eine Zwischenfrage: Sind diese Rogaländer hier nicht schon zu betrunken, um noch Entscheidungen treffen zu können? Ihr solltet kein Bier mehr ausschenken lassen.»

Graufell verzog das Gesicht. Wie jeder Herrscher, der etwas auf sich hielt, hasste er es, unterbrochen zu werden. «Bis zu einem gewissen Zeitpunkt sind betrunkene Männer meist lediglich gut gelaunte Männer, Bischof! Es war durchaus meine Absicht, dass sie sich die Köpfe weich trinken. Denn auch ein auf einem Gelage gegebener Schwur ist verbindlich, und wenn die Rogaländer den Heerbann, das aufgebotene Kriegsheer, unterstützen, werde ich es auf dem Thing nicht schwer haben, alle anderen zu überzeugen, mir zu folgen.»

Poppo fragte sich, ob die Strategie des Königs erfolgreich sein konnte. Aber nach der Niederlage am Thrandheimfjord musste Graufell sich in der Tat etwas einfallen lassen, um Krieger für einen weiteren Kriegszug gegen die Throender zu gewinnen. Das Recht mochte zwar auf seiner Seite sein, denn der König konnte die Sippen in seinem Herrschaftsbereich zur Entsendung von Kriegern verpflichten. Es machte allerdings einen Unterschied, ob die Bauern mit Leib und Seele in einen Kampf zogen oder ob sie bei der ersten Gegenwehr wie die Hasen davonliefen.

Poppo war bewusst, dass es unter den Rogaländern viele Männer gab, die die alten Götter anbeteten, obwohl Graufell Opferfeste, bei denen etwa Pferdefleisch verspeist wurde, unter Strafe gestellt hatte. Aber ein über Jahrhunderte in einem Volk verwurzelter Frevel war nicht in einem Handstreich auszurotten. Diese Erfahrung hatte Poppo mehrfach machen und dabei lernen müssen, sich in Geduld zu üben, auch wenn es ihm nicht leichtfiel.

Zur Erheiterung der Gäste wurden jetzt zwei Sklaven gebracht, die sich im Zweikampf messen mussten. Es waren muskulöse Burschen, die aufeinander einschlugen, dass das Blut nur so spritzte – sehr zum Geschmack der Zuschauer. Nur der König war berechtigt, den Kampf zu unterbrechen, und wenn er das nicht rechtzeitig tat, würde er einen Sklaven verlieren, wenn nicht gar beide. Graufell machte jedoch keine Anstalten, die Gegner zu trennen. Er ließ sich das Gelage wirklich etwas kosten.

«Habt Ihr die Seherin unschädlich gemacht?», fragte er dann.

Poppo hatte mit dieser Frage gerechnet. Um das Gesicht nicht zu verlieren, durfte er seine Niederlage nicht zu offensichtlich eingestehen.

«Nun, ich habe ihr wichtige Informationen entlocken können», sagte er vage. «Sie wusste nichts vom Elfenbein.»

Poppo hatte seine Stimme gedämpft, aber die Aufmerksamkeit der anderen richtete sich ohnehin auf die kämpfenden Sklaven.

«Wir können daher davon ausgehen, dass der Jarl die Stoßzähne bislang nicht verkauft hat», fuhr er fort.

«Ach, und da seid Ihr Euch sicher?»

«Ja!», antwortete Poppo, obwohl das natürlich nur eine Annahme war. «Ich bin überzeugt, dass er das Elfenbein noch immer irgendwo versteckt hat. Wir sollten das Versteck ausfindig machen, und zwar bevor wir das Seeräubernest einnehmen.»

«Einfacher gesagt als getan, Bischof. Der Jarl hat niemandem etwas vom Elfenbein erzählt, sonst hätte ich es erfahren. Auch nördlich von Raumsdal gibt es Männer, die mich auf dem Laufenden halten – und die Nachricht von den Stoßzähnen hätte die Runde gemacht.»

«Genau auf die Weise müssen wir herausfinden, wohin er das Elfenbein gebracht hat.»

«Hm?»

«Wir brauchen jemanden aus seinem Umfeld, der jeden seiner Schritte überwacht.»

«An wen denkt Ihr da?»

«Oh, dazu habe ich mir einige Gedanken gemacht, und ich möchte Euch meinen Plan gern erläutern. Aber nicht hier und jetzt. Nur so viel will ich Euch verraten: Es gibt zwei Möglichkeiten, Menschen dazu zu bringen, das zu tun, was man von ihnen verlangt. Man kann ihnen mit dem Tod drohen, oder man bietet ihnen eine großzügige Belohnung an, sagen wir einmal Gold ... oder auch Macht. Der Mensch ist in jeder Hinsicht verführbar. Schaut Eure beiden Sklaven an! Vielleicht waren es Freunde. Doch die Aussicht für einen von ihnen, mit dem Leben davonzukommen, vielleicht künftig sogar ein freier Mann zu sein, bringt sie dazu, sich gegenseitig umzubringen.»

Graufell nickte nachdenklich. Dann nippte er am Bier, bevor er sich erhob und Krieger zu den Sklaven schickte.

Der Kampf war längst entschieden. Ein Sklave lag regungslos

am Boden, während der andere auf dessen Brust kniete und wie im Wahn zuschlug, bis das Gesicht seines Opfers nur noch eine blutige Masse war.

Graufell wartete, bis man den Verlierer, der offenbar nicht mehr am Leben war, fortgeschleift und dem Sieger ein Bier spendiert hatte. Dann dauerte es noch einen Moment, bis die Gespräche an den Tischen verstummten und dem König alle Aufmerksamkeit zuteilwurde.

«Hört mich an, Rogaländer!», hob Graufell an. «Viele eurer Sippen haben Männer verloren – gute und tüchtige Männer. Söhne und Brüder, deren fleißige Hände auf euren Höfen fehlen. Ich weiß nur zu gut, welch schmerzhafter Verlust dies für euch bedeutet, denn auch ich habe meinen Bruder Sigurd Sleva verloren. Und ich kenne die Geschichten, die man sich über die Schlacht erzählt: Dass der Jarl den Sieg davongetragen hat, weil er mit den alten Göttern im Bunde steht. Dass sie einen Feuersturm geschickt haben, um unsere Männer zu vernichten. Und – ja, das gebe ich zu: Auch ich, der Sohn des Königs Eirik Haraldsson, war nicht ohne Zweifel, ob der Gott, dessen Glauben ich angenommen habe, nicht doch schwächer ist als der Allvater Odin. Aber der neue Gott ist auch ein Gott der Prüfungen. Er will eure Herzen, und er will euch prüfen, ob ihr bereit seid, ihm das Opfer eurer Söhne und Brüder zu bringen!»

Mit wachsendem Erstaunen hörte Poppo dem König zu. Ein christlicher Priester hätte keine treffenderen Worte finden können. Zufrieden stellte er fest, dass die Gespräche mit Graufell über die Wahrheit und Wahrhaftigkeit des Allmächtigen auf fruchtbaren Boden gefallen zu sein schienen. Allerdings blieb ein Rest Zweifel, ob der König dies alles tatsächlich aus christlicher Überzeugung sagte, oder nur, um die großzügige Unterstützung der Sachsen durch das Gold und Silber zu rechtfertigen.

«Die Throender bringen Leid über eure Sippen», fuhr Graufell fort. «Sie schänden eure Frauen und Töchter. Sie töten eure Väter, Brüder und Söhne! Brennen eure Höfe nieder! Rauben euer Vieh! Diese Gewalttaten werden niemals aufhören, solange der Jarl – der Teufel! – am Thrandheimfjord regiert.»

Hier und da sah Poppo einen Rogaländer zustimmend nicken, aber die meisten glotzten den König an wie Schafe einen Wolf, der ihre Lämmer fressen will.

«Ich habe im Herbst meinen ältesten Sohn am Fjord verloren», meldete sich ein Bonde zu Wort, «und ich bin nicht bereit, weitere Söhne zu opfern.»

Verärgert stellte Poppo fest, dass der Bonde mehr Zuspruch erhielt als der König. Diesem starrköpfigen Pack war nicht leicht beizukommen. Jetzt kam es auf Graufells Geschick an. Wenn er nicht einmal die Rogaländer überzeugen konnte, würde ihm das auf dem Thing auch mit den anderen nicht gelingen.

Graufell ließ sich von dem Zwischenrufer nicht beirren. «Wir haben keine andere Wahl, als die Herrschaft des Jarls zu brechen – zusammen mit den Männern aus Sogn, Sunmoer, Raumsdal, Hördaland und Agdir. Und wir werden weitere Unterstützung bekommen! Immer mehr Männer erkennen im neuen Glauben die Wahrheit. Einige von euch werden davon gehört haben, dass mein Mutterbruder, der König der Dänen, Harald Blauzahn, durch diesen Mann hier, Bischof Poppo, auf den rechten Weg gefunden hat. Blauzahn hat den alten Göttern abgeschworen – und er wird Krieger schicken. Viele Krieger! Sie werden unsere Reihen im Kampf gegen die Throender verstärken!»

An den vielen überraschten Gesichtern war abzulesen, dass diese Neuigkeit noch nicht bis zu allen entlegenen Gehöften vorgedrungen war.

«Wie viele Krieger schickt Blauzahn?», wollte ein Mann mit rotem Bart wissen.

Graufell warf Poppo einen fragenden Blick zu.

«Eintausend», flüsterte Poppo schnell, obwohl er keine Ahnung hatte, ob das auch nur annähernd zutreffen würde.

Graufell hob die Hände und spreizte alle zehn Finger ab, da kaum einer der Bauern etwas mit Zahlen anfangen konnte. «So viele ...»

«Oh – wirklich so viele!», entgegnete der Rotbart.

Gelächter machte sich breit.

Graufells Gesicht verdüsterte sich, und er spreizte zweimal alle Finger ab und rief: «So viele Schiffsmannschaften schickt er!»

Nun wanderte anerkennendes Gemurmel um die Tische.

Aber der Rotbart ließ keine Ruhe. «Dann können wir die Dänen vorschicken, damit sie sich von den Throendern abschlachten lassen. So hätte sich zumindest unser Dänenproblem erledigt!»

Zu Poppos Erleichterung lachten darüber nur wenige Männer. Der Widerstand schien geringer zu werden.

Da sprang Gunnhild auf und zeigte auf den Rotbart. «Du willst es den Dänen überlassen, ihre Klingen im Blut der Feinde zu baden, Aslak Ragisson? Ja? Dann nenne ich dich einen erbärmlichen Feigling!»

Augenblicklich verstummte das Gelächter. Der Rotbart senkte den Blick auf seinen Bierbecher.

Gut gesprochen, dachte Poppo, und dann hörte er, wie Graufell seine Strategie wechselte und Argumente vorbrachte, die die Männer offenbar leichter überzeugten als die Worte über Gottes Wahrhaftigkeit: Ein Sieg über die Throender werde die Rogaländer zu reichen Männern machen, wenn man die Feinde unter die Abgabenpflicht des Königs zwang.

Natürlich wäre es Poppo lieber gewesen, die Rogaländer hätten dem Heerzug aus Gottvertrauen zugestimmt. Letztlich kam es aber auf das Ergebnis an, und der Zweck heiligte schließlich die Mittel.

Das letzte Eis brach, als Graufell die Truhe aus dem Palas auf die Wiese bringen und vor aller Augen öffnen ließ. Diese Nordmänner mochten zu Gott und dem Sachsenkaiser stehen, wie sie wollten – der Anblick von Gold und Silber zauberte ihnen Gier auf die Gesichter.

«Ich werde Schiffe bauen und Waffen anfertigen lassen», rief Graufell. «Es wird viel Arbeit für euch geben – reich entlohnte Arbeit!»

Daraufhin winkte er Bedienstete heran, die den sehnsüchtig erwarteten Honigwein brachten. Schnell tranken die Männer das Bier aus, um in den Bechern Platz für den starken, süffigen Wein zu schaffen.

Graufell und seine Mutter setzten sich wieder.

«Mein lieber König», sagte Poppo ergriffen, «Ihr habt ausgezeichnet gesprochen. Und Ihr natürlich ebenfalls, Gunnhild.»

Graufell nahm das Lob mit einem Kopfnicken zur Kenntnis. Dann befahl er den Kriegern, die Truhe in den Palas zurückzubringen und genehmigte sich ebenfalls einen Schluck Wein. Er wirkte vollkommen ruhig, zumindest äußerlich.

«Ob der Skalde es wert ist, ein weiteres Gedicht von ihm zu hören?», fragte er, ohne jemand Bestimmtes dabei anzuschauen.

Der Dichter hockte noch immer auf dem Stein, und es war unklar, ob er die Rede des Königs auf die Entfernung hatte hören können.

«Vielleicht lässt die Angst ihn bessere Worte finden», warf Gunnhild ein.

Graufell ließ den Skalden holen, und als er kurz darauf mit zitternden Knien vor den Tischen stand, musste er Häme und Gelächter der Rogaländer über sich ergehen lassen.

«Hast du eine Drapa gedichtet, die Gunnhild besänftigen wird?», fragte Graufell. «Oder willst du ihre Peitsche spüren?»

«Ich … weiß nicht …», stammelte der Mann. Dann nahm er seinen ganzen Mut zusammen, straffte den Rücken und warf sich in die Brust: «Ein Fisch kam an Land, mit der Flut auf den Sand, dem Seehasen gleich, so schleimig und weich ...»

Von irgendwoher flog ein Knochen gegen seinen Kopf, und Poppo sah Gunnhild die Hände zu Fäusten ballen.

«Der Bastard macht sich über uns lustig!», zischte sie. Als sie den Skalden jedoch fortfahren hörte, entspannten sich ihre Züge.

«Sigurds Weib verschlang gierig den Fang, den Lumpenfisch, das Aas, aus der See kam der Fraß», sang er. «Das Weib wurde rund unter Gürtel und Bund. Das elende Weib wurde dick um den Leib. Es wurde geboren ein kleiner Scheißer, ein rechter Wadenbeißer, ein feiger kleiner Wicht, sie sah Jarl Hakon ins Gesicht!»

Schallendes Lachen begleitete die letzten Worte.

Gunnhild ließ den Mann hochleben, und Poppo sah zum ersten Mal in den beiden Tagen den König lächeln, und er sah zugleich den glühenden Hass in seinen Augen.

Poppo war zufrieden.

2.

Halbinsel Frosta

Der Wind bog Schilf und Gräser, brauste über die in den Fjord ragende Halbinsel, dann über den Thingplatz und den Hügel hinauf, auf dem vierundzwanzig Männer auf Bänken unter den kahlen Ästen eines abgestorbenen Baums saßen. Zwei weitere Männer standen vor ihnen. Die Kuppe des Hügels war mit Haselstangen abgesteckt, an denen die Weihebänder befestigt waren, die man *vébond* nannte, und die die Gerichtsstätte des Frostathings markierten.

Hakon strich sich eine Strähne aus dem Gesicht, während er den Ausführungen eines der Männer zuhörte, der einen anderen beschuldigte, ihn mit einer Axt verletzt zu haben.

Zweimal im Jahr – im Frühjahr und im Herbst – kamen die Throender auf Frosta zusammen. Die Bauern, die gleichzeitig auch Fischer, Handwerker und Händler waren, verfolgten tagsüber mit ihren Familien und dem Gesinde die Verhandlungen am Fuß des Hügels. Nachts schlief man in Zelten oder in festen Buden, deren aus geschichteten Grassoden bestehenden Wände mit Segeltuch überspannt wurden.

Auch in diesem Frühjahr waren an die dreihundert Menschen aus den acht Fylki zum Frostathing geströmt: aus den Innthroendir, den vier am inneren Fjord liegenden Landschaften Veradalr, Skaun, Sparbyggva-Fylki und Eyna-Fylki sowie aus den Utthroendir, den vier Fylki an den äußeren Fjordufern, Strind, Stjórdoela-Fylki, Gaulardalr und Orkdalr.

Jedes Fylki bestimmte für die anstehenden Prozesse drei Männer als Richter, die *dómandi*, und alle Richter zusammen bildeten die *logrétta*, einen Ausschuss von Bonden und Hersen, der über Streitfälle zu entscheiden und Gesetze zu verabschieden hatte.

Wie damals sein Vater Jarl Sigurd Hakonsson gehörte auch Hakon der Logrétta an. Er verrichtete die Aufgabe allerdings weniger aus Begeisterung als vielmehr aus Pflichtgefühl den Throendern gegenüber. Hakon war ein Einzelgänger, das war er schon immer gewesen. In jungen Jahren hatte er es vorgezogen, allein in den Bergen und Wäldern mit Pfeil und Bogen auf Elchjagd zu gehen. Er konnte gerade ein Holzschwert halten, als sein Vater begann, ihn regelmäßig mit nach Frosta zu schleppen. Hier hockten die Menschen auf engstem Raum zusammen, redeten zu viel und zu laut, und nachts betranken sie sich außerhalb der Thingstätte, auf der Bier und Wein unter Strafe verboten waren.

Sigurd erwartete, dass Hakon eines Tages das Amt von ihm übernahm, und so war es gekommen, als der alte Jarl vor fünf Jahren nach einem Angriff auf Hladir gestorben war. Die Throender hatten Hakon daraufhin als neuen Jarl gewählt, und er hatte die Wahl angenommen.

Daher saß er auch heute wieder auf dem Thinghügel und hörte die Klagen an, von denen gleich am ersten Tag einige Dutzend verhandelt wurden. Doch seine Gedanken schweiften ab zu den Dingen, die ihn mehr beschäftigten als Beilhiebe, Wunden von Pferdehufen oder Vieh, das auf fremden Weiden graste.

Er dachte an Malina. Er konnte einfach nicht begreifen, warum sie das Geld genommen hatte. Sie hatte zwar geschworen, den Jarlshof zu verlassen, wenn Bergljot noch einmal handgreiflich werden würde. Aber wirklich geglaubt hatte er nicht, dass sie ihre Drohung wahr machte. Er hatte seiner Mutter eindringlich ins Gewissen geredet, Malina in Ruhe zu lassen, doch kaum hatte er Hladir den Rücken gekehrt, war Bergljot wieder über sie hergefallen.

Unzählige Male hatte er sich seither die Frage gestellt, ob er Malina den Diebstahl verzieh. Darauf konnte er aber nur eine Antwort finden, wenn er sie selbst zu der Sache anhörte. Eines aber wusste er mit Bestimmtheit: dass er sie mehr vermisste, als er jemals für möglich gehalten hatte.

Nicht nur um Malina kreisten seine Gedanken, die ihm nachts den Schlaf raubten oder am Tage in seinem Kopf herumgingen, wenn er mit den Knechten nach dem Vieh sah, Zäune reparierte, Dächer ausbesserte oder zum Fischen auf den Fjord fuhr. Und nun war die Zeit gekommen, diese Gedanken auf dem Thing zur Sprache zu bringen. Er musste die Throender endlich über die Blockade und Graufells Kriegsvorbereitungen aufklären. Längst war auch anderen aufgefallen, wie selten Schiffe Hladir anliefen. Fragen wurden gestellt, und Gerüchte machten die Runde. Je länger Hakon sein Wissen für sich behielt, desto größer würde der Unmut werden, was wiederum seinen Plan gefährdete, für den er die Throender gewinnen musste.

Er bedauerte, dass die Seherin Asny nicht gekommen war, da er gehofft hatte, sie würde ihn dabei unterstützen. Für ihr Fernbleiben konnte es viele Gründe geben. Hatte Sighvat sie vielleicht noch nicht gefunden? Das würde zumindest erklären, warum er bislang nicht zurückgekehrt war. Hoffentlich war ihm nichts zugestoßen. Oder weigerte sich die Seherin, die weite Reise nach Hladir anzutreten? Ein Zeichen der Götter durch Asny hätte die Angelegenheit ungemein erleichtert. Aber sie war nicht hier, und das war eine Tatsache, mit der Hakon sich abfinden musste – und die Zeit drängte.

Vor einigen Tagen hatte er erfahren, dass Graufell Bonden und Hersen aus vielen Ländern zum Waffenthing um sich geschart hatte. Offenbar war es ihm dabei gelungen, die Einberufung für einen Heerbann durchzusetzen.

Und noch immer war von den Naumudalern nichts zu sehen!

Er schreckte aus seinen Gedanken, als ihn jemand ansprach. Die anderen Domandi warfen ihm erwartungsvolle Blicke zu, ebenso der Mann, der gerade in allen Einzelheiten seinen Fall geschildert hatte. Nun sollte der Jarl nach Recht und Gesetz das Urteil verkünden.

Obwohl Hakon nur Bruchstücke davon mitbekommen hatte, schien es doch ein Fall zu sein, wie er häufig zur Anklage gebracht wurde: Der Mann, der Valgerd hieß, war von dem anderen namens Baud in angeblich heimtückischer Absicht mit einem Beil geschlagen worden.

Hakon erhob sich von der Bank und ließ beide Männer vortreten. Valgerd humpelte heran, wobei er hasserfüllte Blicke mit Baud wechselte.

«Wo genau hat das Beil dich getroffen?», fragte Hakon.

Valgerd krempelte sein rechtes Hosenbein hoch, bis über dem Knie eine handlange, verschorfte Wunde sichtbar wurde. Baud stieß einen höhnischen Laut aus.

Hakon wollte wissen, wie tief die Wunde gewesen sei.

«Sein Beil hat meinen Knochen gebissen», erwiderte Valgerd.

«Er lügt!», fuhr Baud dazwischen. «Eine Fleischwunde war das, mehr nicht!»

Hakon rief sie zur Ruhe. «Kannst du Zeugen benennen, Valgerd?»

Valgerd drehte sich zu einer dicken Frau um, die am Fuß des Hügels außerhalb der Weihebänder wartete. «Ja», erwiderte er, «mein Weib und meine Knechte!»

«Ging die Wunde bis auf den Knochen?», rief Hakon den Leuten zu.

Erwartungsgemäß bestätigten Valgerds Frau und einige Männer die Anschuldigung. Immerhin hing von der Art der Verletzung eine nicht unbeträchtliche Geldsumme ab. Baud wollte protestieren, doch Hakon ermahnte ihn zu schweigen.

Einst hatte der Begründer des Frostathings, König Hakon Adalsteinsfostri, dieses und viele andere Gesetze bestimmt, die später von Jarl Sigurd und anderen rechtskundigen Männern ausgearbeitet worden waren. Die Gesetze, deren Inhalte im Gedächtnis der Domandi fortlebten, beinhalteten viele Ausnahmen und Sonderregelungen, was die Sache nicht einfacher machte.

Sigurd hatte früh damit begonnen, Hakon die Gesetze einzutrichtern. Daher überschlug er nun im Kopf die Buße, die für eine solche Tat fällig wurde: eine Unze Silber für eine Fleischwunde, eine zweite Unze, wenn die Schneide den Knochen berührte und eine dritte, wenn das Beil in den Knochen biss.

Baud konnte von Glück reden, dass er Valgerd oberhalb des Knies verletzt hatte, am Schienbein hätte die Geldbuße sechs Unzen betragen.

«Die Logrétta verurteilt Baud zu einer Buße von drei Unzen Silber, die er dem Geschädigten Valgerd spätestens im Herbst zu zahlen hat», sagte Hakon.

Die anderen Richter nickten zustimmend, und damit war das Urteil rechtskräftig. Wutschnaubend stapfte Baud den Hügel hinab, während Valgerd jubelnd von seiner Frau und den Knechten empfangen wurde.

Die Verhandlungen zogen sich bis in den Abend hinein, und je tiefer die Sonne sank, desto unruhiger wurde Hakon, weil es noch immer keine Nachricht von den Naumudalern gab. Ob Thordis doch nicht zu ihrem Wort stand?

Unterdessen sprachen die Domandi Recht und verhängten Bußgelder über Männer und Frauen, die Diebstähle begangen, andere Menschen verleumdet oder deren Hunde fremdes Vieh gerissen hatten.

Die Sonne färbte sich allmählich rot, und Hakon versuchte sich gerade auf die Ausführungen eines Mannes zu konzentrieren, der mit einem anderen um den Fund eines kleinen Wals stritt, als er den Raben krächzen hörte. Der Vogel saß auf seinem gewohnten Platz in einer Eiche, unweit des Thinghügels.

Sofort war Hakon hellwach und als er aufschaute, sah er, wie sich eine Schar Reiter dem Thingplatz näherte.

«Jeder Wal gehört dem freien Mann, der ihn findet», sagte der Kläger, der wie sein Gegner mit dem Rücken zu den Reitern stand.

«Hast du die Rückenfinne mitgebracht?», fragte Hakon, ohne den Mann anzuschauen.

Der Kläger griff in eine Tasche, aus der er das geforderte Beweismittel nahm. Es war lange her, dass ein Wal im Fjord gesichtet worden war. Hakon hätte das als günstiges Zeichen gewertet, wenn nicht seine ganze Aufmerksamkeit auf die Reiter gerichtet gewesen wäre.

«Der Wal lag an meiner Landungsstätte», protestierte der Angeklagte, der die Beute für sich beanspruchte. «Trotzdem hat der Betrüger große Stücke aus dem Wal geschnitten, ohne mich zu fragen.»

«Weil ich ihn entdeckt habe! Jarl Hakon, ich verlange, dass der Mann mir eine Buße zahlt! Er hat mir den Walspeck weggenommen.»

«Was?»

«Eine Buße für ...», wiederholte der Walfinder irritiert.

«Ja, ja, er soll dir den Finderspeck aushändigen», erwiderte Hakon beiläufig.

Im Abendlicht war jetzt Thordis an der Spitze der Schar zu erkennen, gefolgt von einem jungen, mit einer blauen Tunika bekleideten Mann. Hakon stöhnte innerlich auf. Sie hatte ihren Bruder mitgebracht. Insgeheim hatte er gehofft, sie werde den Hitzkopf im Naumudal lassen.

Lambi war von kleiner Statur, etwa zehn Jahre jünger als Hakon, und er war nicht nur ein Säufer und Hurenbock, sondern neigte auch zum Jähzorn. Bereits in jungen Jahren hatte er mehrere Menschen getötet, ohne dass es jemals zur Anklage gekommen war. Wie er, oder vielleicht auch sein Vater Asgeir, das abgewendet hatte, war unklar. Wahrscheinlich war es Lambi gelungen, die Hinterbliebenen so einzuschüchtern, dass sie aus Angst den Gang vor das Thing vermieden.

«Ich will nicht nur einen Eimer Speck», knurrte der Walfinder. «Ich will den ganzen Wal.»

«Wir vertagen die Angelegenheit auf morgen», sagte Hakon.

Da bemerkten Kläger und Beklagter, dass nicht nur der Jarl, sondern auch alle anderen Richter ihnen gar nicht mehr zuhörten.

«Wer ist das?», fragte der Walfinder, der sich umgedreht hatte.

«Die Naumudaler», erwiderte Hakon.

«Diese Frau – ist sie nicht Jarl Asgeirs Tochter?», wollte der Angeklagte wissen. «Bei Odin! Die Geschichten über ihre Schönheit scheinen zu stimmen.»

«Ihr Name ist Thordis», erklärte Hakon.

Die Naumudaler ritten an den Buden und Zelten vorbei und kamen zum Thingplatz. Die Menge trat auseinander, um die Reiter zum Hügel vorzulassen.

Hakon verstand, dass die Männer von Thordis' Anblick überwältigt waren. Sie war mit *litklaeði* angetan, mit außergewöhnlich bunten Kleidern, mit denen sie sich, ebenso wie ihr Bruder in seiner blauen Tunika, aus der Masse der Menschen in ihren schlichten, ungefärbten Tuniken, Hemden und Hosen abhob. Wenn es Thordis' Absicht war, die Throender durch ihre prachtvolle Erscheinung zu beeindrucken, so war ihr dies gelungen. Bunte, oftmals mit Farben aus fernen Ländern gefärbte Kleider waren teuer und somit ein Zeichen von Macht.

Thordis saß mit elegantem Schwung vom Pferd ab. Sie trug eine Tunika aus feingeschorener, rotgefärbter Schafwolle, und die mit Goldplättchen besetzten Borten glitzerten in der Abendsonne, als sie an den staunenden Throendern vorbei zum Hügel schritt. Die Bonden aus dem Naumudal blieben zurück.

Nur Lambi begleitete seine Schwester. In seiner mit Ledergamaschen umwickelten Hose ging er zwar leicht steifbeinig, schien aber nicht betrunken zu sein. Vor den Weihebändern übergab er Hakons Kriegern bereitwillig sein Schwert, dessen lange Klinge in einer Lederscheide steckte, bevor er und Thordis hinter die Vébond traten.

Die Richter erhoben sich von den Bänken und begrüßten die beiden zögerlich. Noch wusste niemand, was hinter dem Auftritt der Naumudaler steckte.

Aus der Nähe betrachtet, machte Lambi auf Hakon nicht mehr einen so selbstsicheren Eindruck. Mit fahrigen Gesten wischte er sich immer wieder eine hartnäckige Strähne aus der Stirn und erwiderte verkniffen die Begrüßung. Außer Hakon schien dies niemand zu bemerken. Die Domandi hatten ausschließlich Augen für Thordis. Ihr langes blondes Haar war auf dem Hinterkopf zusammengesteckt und nicht unter einer Haube verborgen, ein Zeichen dafür, dass sie noch *liðugr*, ledig, war. Den Männern schenkte sie reihum ein Lächeln, das strahlend wie ein Sommermorgen war. Dabei streckte sie ihre von der enggeschnürten Tunika betonten Brüste hervor. Hakon sah, wie der alte Ulf Arnvidsson, ein Bonde aus Gaulardalr, seine Hände hinter den Gürtel zwängte, wohl um der Versuchung zu widerstehen, Thordis' Brüste zu berühren.

«Was verschafft uns die Ehre, die hohe Tochter des viel zu früh verstorbenen Jarls Asgeir auf unserem bescheidenen Thinghügel begrüßen zu dürfen?», fragte Ulf, den Blick starr auf ihren Busen gerichtet.

«Jarl Hakon hat uns eingeladen», erwiderte Thordis überrascht. «Hat er euch das nicht erzählt?»

Alle wandten sich ihm zu, und sogar Ulf löste seine Augen von Thordis.

Hakon ließ die Frage unbeantwortet. Stattdessen schickte er die beiden Männer, die sich um den Wal gestritten hatten, vom Hügel und rief dann der Menge zu, das Thing sei für heute beendet. Alle weiteren Verhandlungen würden auf den nächsten Tag verschoben. Die Ankündigung sorgte für einiges Gemurre, und als sich die Menschen zu den Buden und Zelten begaben, bat Hakon die Richter, Thordis und Lambi bei ihnen Platz nehmen zu lassen.

Dann trat er vor die Runde. Der Augenblick der Wahrheit war gekommen.

Mit wachsendem Entsetzen lauschten sie Hakons Ausführungen über die Seeblockade, Graufells Aufruf zum Krieg und dessen Bündnis mit dem zum Christengott übergelaufenen Dänenkönig Harald Blauzahn.

«Seit wann weißt du das alles?», fragte Ulf Arnvidsson, nachdem Hakon geendet hatte.

«Noch nicht lange», erwiderte Hakon ausweichend. «Vor einigen Tagen wurde mir von den Ereignissen auf dem Gulathing berichtet.» Die Wahrheit, die außer ihm nur Thorleif und Malina kannten, verschwieg er.

Umso überraschter war er, als sich mit einem Mal Lambi zu Wort meldete. Mit süffisantem Unterton verkündete er: «Ich habe gehört, ein Skalde hat einen Schmähvers auf Hakon gedichtet. Wollt ihr den Vers hören?»

«Woher kennst du das Gedicht?», fuhr Hakon ihn an.

«Oh, das Naumudal wird im Gegensatz zu Thrandheim durchaus noch von Handelsschiffen angelaufen. Man hört da so einiges ...»

«Halt deinen Mund!», zischte Thordis neben ihm.

Lambis Hand zitterte leicht, als er die Strähne aus seiner Stirn wischte. Er schaute Hakon herausfordernd an. Seine Augen waren so blau wie seine Tunika.

«Der Mann soll die Strophe aufsagen!», rief der aus Skaun stammende Bonde Ottar. «Eine Schmähung des Jarls wäre eine Kriegserklärung an alle Throender – deswegen müssen wir sie hören!»

Hakon sog hörbar Luft ein. Ottar mochte recht haben. Dennoch hätte er es lieber vermieden, dass die schändlichen Worte noch bekannter wurden. Er hatte davon zusammen mit den anderen Neuigkeiten vom Gulathing erfahren. Die Schmähungen beleidigten nicht nur ihn, sondern seine ganze Sippe, weil sein Vater mit einem Fisch verglichen wurde, der Bergljot schwängerte.

Da die anderen Domandi Ottar jedoch zustimmten, blieb Hakon nichts anderes übrig, als den Spott, der aus Lambis Mund sicher noch widerwärtiger klingen würde, über sich ergehen zu lassen.

Lambi hüpfte von der Bank und trug die Verse mit einer solchen Inbrunst vor, als habe er sie selbst gedichtet. Mit einiger Erleichterung glaubte Hakon an Thordis' Miene zu erkennen, dass sie davon ebenso abgestoßen zu sein schien wie die Throender. Er schloss daraus, dass nicht sie hinter Lambis Auftritt steckte, sondern dass es allein dessen Idee gewesen war. Der Nichtsnutz mochte zwar das Jarlserbe angetreten haben, aber alle wussten, dass Thordis die Entscheidungshoheit besaß. Auf sie hörten die Naumudaler, nicht auf ihren versoffenen Bruder.

Lambi beendete die Strophe und grinste in die Runde. Da ihm niemand Beifall zollte, ließ er sich wieder auf die Bank sinken. Sein Gesicht war vor Erregung rot angelaufen, und es schien, als brauche er dringend einen Becher Wein.

Bedrückende Stille legte sich über den Thinghügel. Ottar spuckte auf den Boden. Auch den anderen Bonden stand die Abscheu ins Gesicht geschrieben.

Hakon ließ einen Moment verstreichen und hörte den Wind in den Blättern der Eiche, in der der Rabe saß, rascheln, bevor er den Rücken streckte und rief: «Wir müssen Kriegspfeile schnitzen und an alle Sippen in den Throender-Fylki senden! Wir müssen die Krieger einberufen!»

Über die Bänke wanderte zwar zustimmendes Nicken, aber die Männer sahen alles andere als überzeugt aus.

«Wie viele Krieger werden Graufell und Blauzahn zusammen aufbieten können?», fragte Ottar.

«Eine große Flotte – viel gewaltiger als die, mit der uns Graufell im Herbst angreifen wollte», antwortete Hakon. «Zwei, drei Dutzend Schiffsmannschaften vielleicht.»

Ottar erhob sich. Er war etwa vierzig Jahre alt und sein Bart lang und hell wie seine zornigen Augen. Er war seit langer Zeit Mitglied der Logrétta. Hakon schätzte ihn als weisen und rechtskundigen Ratgeber. An dieser Stelle hätte er sich jedoch gewünscht, dass Ottar mit seiner Weisheit hinter dem Berg halten und schweigen würde, denn seine Bedenken fielen auf fruchtbaren Boden.

«Selbst wenn alle Familien die durch das Gesetz bestimmte Anzahl an Kriegern stellen, werden wir höchstens die Hälfte der nötigen Mannstärke gegen die Feinde aufbieten können ...»

«Dann müssen wir den Familien mehr Krieger abfordern!», unterbrach Hakon ihn und fing sich dafür finstere Blicke ein.

«Jarl Hakon!», ermahnte ihn Ottar. «Jedes Mitglied der Logrétta hat das Recht auszureden, und es muss gestattet sein, Bedenken gegen deine Pläne vorzubringen.»

Hakon biss die Zähne zusammen. Er musste seine Gefühle unter Kontrolle halten, um sein Ziel nicht zu gefährden. Schweigend und mit zunehmendem Unbehagen hörte er daher, wie Ottar das aussprach, was viele andere Männer dachten: Dass die Bedrohung durch das Bündnis von Graufell und Blauzahn so groß war wie niemals zuvor. Dass die Throender hoffnungslos unterlegen sein würden. Dass man die Sippen nicht ausbluten lassen durfte, indem man Söhne, Brüder und Knechte in einer aussichtslosen Schlacht sterben ließ.

Hakon wartete ungeduldig, bis Ottar sich wieder gesetzt hatte und die Gelegenheit gekommen war, sein Gewicht in die Waagschale zu werfen. Auch wenn er kein Mann großer Worte war, kam nun alles darauf an, die Bonden zu überzeugen. Eine zweite Gelegenheit würde es nicht geben.

Alle Blicke ruhten auf ihm. Er erhob sich, holte Luft und sagte dann: «Du hast gut und weise gesprochen, Ottar! Weise, weil du für die Sorgen der Throender die richtigen Worte gefunden hast. Weise auch, weil eure Sorgen berechtigt sind. Graufell und Blauzahn, die den alten Göttern abgeschworen haben, werden stärker sein als wir – zumindest was die Kopfzahl ihres Heeres betrifft. Aber werden Dänen, Rogaländer, Hördaländer und alle anderen mit ganzem Herzen kämpfen? Werden sie es tun, nur weil die Männer, die sich ihre Könige nennen, ihnen befehlen, im Namen des falschen Gottes ihr Leben aufs Spiel zu setzen?»

Er machte eine kurze Pause und schaute zum Raben in der Eiche. Der Vogel war an den äußersten Rand des Astes geklettert, als wolle er Hakon besser verstehen.

«Haben wir eine Wahl?», fuhr Hakon fort. «Ja, die haben wir! Wir können uns dafür entscheiden, vor den Christen die Waffen zu strecken und uns kampflos zu ergeben. Wir können als Graufells Vasallen Abgaben zahlen, die die Sippen weitaus mehr kosten werden, als der Verlust einiger Söhne und Knechte. Wir können ihre Priester und Munkis in unser Land ziehen lassen, damit sie unsere Tempel niederbrennen und die Opferfeste verbieten. Das alles können wir tun! Aber wenn wir die Wahl haben, dann können wir den Feinden ebenso gut mit erhobenem Haupt entgegentreten. Was haben wir aufzubieten? Vielleicht ein Dutzend Schiffsbesatzungen. Aber ich frage dich, Ottar, warum du in deine Überlegungen nicht die Naumudaler einbezogen hast, die ich bestimmt nicht aus dem Grund zum Thing geladen habe, damit ihr Jarl eine Spottstrophe auf mich singt. Nein, ich habe sie geladen, damit sie ein Waffenbündnis mit uns eingehen ...»

In dem Moment warf Thordis ihrem Bruder einen Seitenblick zu, den Hakon nicht recht deuten konnte. Ermahnte sie Lambi, den Mund zu halten?

«Die Naumudaler», rief Hakon, «sind bereit, zehn Schiffe zu stellen. Das habe ich im Winter mit ihren Bonden ausgehandelt. Wahrscheinlich erreicht unser Heerbann damit nicht die Stärke der Feinde. Aber noch ist nichts entschieden. Ich habe lange über unsere Lage nachgedacht. Und ich bin überzeugt, es gibt eine Möglichkeit, den Feinden so starke Verluste zuzufügen, dass es lange dauern wird, bis sie sich davon erholen. Wenn sie das überhaupt jemals tun werden.»

Erneut legte er eine Pause ein, um seine Worte nachwirken zu lassen. Er schaute in die versteinerten Gesichter, bis endlich jemand die Frage stellte, deren Antwort Hakon bewusst offengelassen hatte.

«Von welcher Möglichkeit sprichst du?», rief ein Bonde.

«Das ist ganz einfach – wir kommen dem Feind zuvor!», erwiderte Hakon. «Wir berufen das größte Heer ein, das Thrandheim und Naumudal jemals aufgestellt haben, und fahren damit nach Karmøy, wo wir Graufell in seinem Palas in Ögvaldsnes ausräuchern. Auf dem Weg dorthin töten wir alle, die sich uns in den Weg stellen – und zwar bevor Blauzahn Krieger nach Norden schicken kann. Wenn er davon hört, wird er gar nicht erst aufbrechen.»

«Graufell wird mit einem Angriff rechnen und Vorkehrungen treffen», gab Ottar zu bedenken.

«Das wird er nicht tun! Vermutlich erfährt er von unserem Heerbann. Er wird jedoch annehmen, dass wir unsere Länder verteidigen wollen. Er ist durchdrungen vom Glauben an seinen Sieg, weil er überzeugt ist, dieses Mal überlegter vorzugehen. Und seine

Vorsicht ist unsere Gelegenheit, ihn zu vernichten! Wir müssen nur schneller sein.»

Wieder machte ein Nicken die Runde, und dieses Mal wirkte es weitaus zuversichtlicher. Hakon spürte, wie der Druck auf seiner Brust nachließ.

«Lasst uns nun abstimmen!», rief er.

Da sah er, wie Thordis sich plötzlich erhob. Die Goldplättchen auf ihrer scharlachroten Tunika schimmerten im letzten Tageslicht. Sie näherte sich, blieb vor ihm stehen und schaute ihn mit ihren großen, unschuldigen Augen an.

«Du hast etwas vergessen, Hakon», sagte sie und wandte sich an die Throender. «Wie euer Jarl soeben verkündet hat, sind die Naumudaler bereit, euch im Kampf zu unterstützen. Allerdings haben sie daran eine Bedingung geknüpft: Unsere Krieger erwarten, dass Hakon sie in die Schlacht führt – als ihr Jarl!»

Hakon stöhnte innerlich, als ihm bewusst wurde, was Thordis im Schilde führte. Das Weib hatte ihre Absichten also doch nicht aufgegeben, und dafür hatte sie den denkbar günstigsten Moment gewählt. Oder den ungünstigsten, aus Hakons Sicht.

«Gegenwärtig führt mein Bruder das Amt meines Vaters weiter», sagte sie. «Aber Lambi ist noch sehr jung, zu jung.»

Und vollkommen unfähig, fügte Hakon in Gedanken hinzu.

Das fand der Angesprochene offenbar nicht. Lambis Miene wurde düster wie eine Gewitterwolke. Seine Hände zitterten jetzt unübersehbar.

«Warum sollten die Naumudaler einen Throender zum Jarl wählen?», wollte jemand wissen.

Thordis lächelte dünn. «Wenn ich seine Frau bin, werden sie es tun.»

Nun war es heraus. Hakon musste sich beherrschen, das Weib nicht einfach zu packen und so lange durchzuschütteln, bis es ein für alle Mal den Gedanken an eine Hochzeit mit ihm aufgab. Er hatte sich nach der einzigen Nacht, in der sie das Lager geteilt hatten, geschworen, sich niemals wieder mit ihr einzulassen. Damals war er betrunken gewesen, und sie hatte seine Verwirrung und seinen Kummer über den Tod seiner ersten Frau Thora genutzt, um ihn zu verführen. Nun sah er in die Gesichter der Throender, und ihm wurde klar, dass er diesen Schwur nicht aufrechterhalten konnte. Es gab ja nicht einmal mehr Malina, die er als Vorwand für seine Weigerung ins Feld führen konnte.

Er sah den Domandi an, dass keiner von ihnen verstand, warum er nicht in Jubel ausbrach. Sie war schön, sie war mächtig, und sie ... ja, das musste Hakon eingestehen, sie hatte sich geändert.

Er dachte an den gemeinsamen Winter im Naumudal. Wie sie sich rührend um Aud gekümmert und den Haushalt besorgt hatte, anstatt die Arbeit wie früher den anderen zu überlassen. Wie freundlich sie zu den Menschen geworden war.

Und er dachte an Malina, die das Geld gestohlen und ihn verlassen hatte. Er hatte sich in ihr getäuscht. Warum sollte er sich nicht auch in Thordis getäuscht haben?

«Heirate sie!», forderte ein Mann.

«Wenn du sie nicht nimmst, dann tue ich es!», krächzte Ulf Arnvidsson.

Das sorgte ringsum für befreiendes Gelächter.

Hakons Miene war wie versteinert, als Thordis erneut vor ihn trat, den Kopf tief in den Nacken legte und ihn mit einem Blick anschaute, in dem er zu versinken drohte. Ihre Lippen öffneten sich.

«Es tut mir leid, dass ich dich unter Druck setze», hörte er sie leise sagen. «Du weißt, dass es mein größter Wunsch ist, deine Frau zu werden, und ich bedaure, dass du diese Entscheidung nun nicht mehr aus freien Stücken treffen kannst.»

Ein Schatten schwebte heran, und der Rabe ließ sich auf einem Ast über ihren Köpfen nieder.

«Du musst sie heiraten!», rief jemand. «Wir brauchen die Naumudaler!»

Die Männer hatten recht, sie hatten so verdammt recht!

«Wenn wir siegreich aus der Schlacht zurückkehren», sagte Hakon laut und in einem letzten Anflug von Widerstand, «werde ich Jarl Asgeirs Tochter zur Frau nehmen.»

Thordis schüttelte den Kopf. «Die Naumudaler verlangen, dass du mich heiratest, bevor sie dir Treue schwören. Es hängt nun alles von dir ab. Von dir ganz allein!»

Tut es das nicht viel zu häufig?, dachte Hakon.

«Wann?», fragte er.

«Gleich morgen.»

Er schloss die Augen und hörte über sich den Raben einige *kek-kek*-Warnlaute ausstoßen, bis er die Augen wieder öffnete und allen seine Entscheidung mitteilte.

3.

Nordmeer

Asny schreckte aus dem Halbschlaf hoch. Es ging schon wieder los! Erst spürte sie das Ziehen im Magen, das schnell heftiger wurde, bis sich die hämmernden Schmerzen unter ihrer Schädeldecke meldeten. Schwerfällig zog sie sich an den Planken hoch.

Bodward, der Schiffsführer, der neben ihr am Ruder stand, bedachte sie mit einem mitleidigen Blick.

Asny gelang es gerade noch, den Kopf über Bord zu halten, bevor die brennende Flüssigkeit ihren Hals hinaufschoss und sie dünnen, gelben Schleim in die wogenden Fluten erbrach. Ihr Hals brannte, als habe sie Nägel verschluckt, und jedes Würgen wurde von dumpfen Schlägen in ihrem Kopf begleitet.

Die Knörr neigte sich und sank in ein Wellental. Gischt spritzte in Asnys Gesicht.

Eine Hand legte sich mit sanftem Druck auf ihren Rücken. Sie drehte den Kopf und sah durch einen Tränenschleier Aki an ihrer Seite stehen und hörte ihn beruhigende, tröstende Worte sprechen. Doch schon rumorte es erneut in ihr, und mit einem Gefühl, als komme der Magen gleich hinterher, spuckte sie weiteren Schleim aus. Etwas anderes gab ihr Körper nicht mehr her, seit die Seekrankheit sie gepackt hatte.

Aki blieb bei ihr, bis sich ihr Magen wieder beruhigte. Er stützte sie, hielt sie fest und versuchte, ihr Mut zu machen. Als sie sich wieder mit dem Rücken gegen die Planken sinken ließ, blieb er bei ihr sitzen, so wie damals, vor vielen Jahren, als die Seekrankheit bei einer Fahrt entlang der friesischen Küste schon einmal über sie gekommen war.

Dieses Mal hatte es begonnen, kurz nachdem Aki, Ketil und sie vor etwa einer Woche von der Hammaburg aufgebrochen waren. Dorthin waren sie nach ihrer Flucht aus dem Wipertikloster gelangt, immer mit der Angst im Nacken, der Bischof könnte sie aufspüren. Sie wussten, dass sie auch auf der Hammaburg nicht vor ihm sicher waren, da es allgemein bekannt war, dass er bisweilen den Erzbischof in der Stadt aufsuchte.

Aber die Götter hatten ihre Hände schützend über sie gehalten. Weder dem Bischof noch dem Erzbischof waren sie begegnet in den fast drei Monaten, die sie in der mückenverseuchten, von Sumpfland umgebenen Hafenstadt am Ufer des Flusses Elba verbracht hatten.

Wahrscheinlich wären sie noch immer dort, wenn Asny nicht eines Tages von einem Seemann bedrängt worden wäre. Der Kerl hatte ihr in dem Gasthaus, in dem sie Arbeit gefunden hatte, die Tunika vom Leib gerissen und sie wegen ihrer Tätowierungen verspottet. Daher hatte er es in ihren Augen verdient, dass sie ihm später, als er in der Nacht betrunken durch die Gassen torkelte, einen Knüppel über den Schädel zog und seinen Geldbeutel an sich nahm. Sie hatte den Seemann niemals wiedergesehen, und deshalb wurden auch keine unangenehmen Fragen gestellt.

Mit dem geraubten Münzen sowie denen, die Aki und Ketil im Hafen verdienten, besaßen sie endlich genug Geld für eine Schiffspassage in den Norden.

Wohin hätten sie auch sonst fliehen sollen? Weder im Sachsenland noch im dänischen Reich oder der Mark konnten sie bleiben. Asny war erschüttert gewesen, als sie im Gasthaus erfuhr, dass es dem Bischof zu Jahresbeginn gelungen war, Blauzahn zu taufen. Der Einfluss des Christengottes wuchs mit jedem Tag – und damit auch Poppos Machtbereich.

Für die Zwillinge und Ketil blieb nur der Ausweg, dorthin zu reisen, wo ihnen der Bischof gewiss nicht über den Weg laufen würde: bei seinem Todfeind Hakon Sigurdarson, dem Jarl von Hladir, der einen Boten nach Asny geschickt hatte. Woher der Bischof das gewusst hatte und wo der Bote abgeblieben war, war ihr vollkommen unklar, ebenso, warum Hakon das getan hatte. Aber bald würde sie ihn selbst danach fragen können.

Es war auf der Hammaburg nicht einfach gewesen, ein geeignetes Schiff zu finden. Wenn sie den Seeleuten ihr Reiseziel nannten, winkten diese sofort ab. Es sei zu gefährlich, hieß es immer wieder – lebensgefährlich! Warum, konnte niemand genau sagen. Es gab Gerüchte, dass Horden von Piraten seit geraumer Zeit am Nordweg ihr Unwesen trieben.

Dass Schiffe überfallen wurden, war nicht ungewöhnlich, aber dieses Mal machten besonders wilde Geschichten die Runde. Geschichten von menschenfressenden Barbaren, die im Verbund mit Seeungeheuern die Mannschaften töteten und ganze Schiffe in die Tiefe rissen.

Tagelang suchten die drei nach einem Schiffsführer, der mutig genug war, sich nicht davon abschrecken zu lassen. Natürlich fragten sich auch Asny, Aki und Ketil besorgt, ob die Geschichten stimmten. Letztlich konnte aber kein Wikinger und kein Seeungeheuer schlimmer sein als der Bischof.

Daher waren sie erleichtert, als sie auf Bodward stießen, einen nicht unfreundlichen Franken, der Rotwein, Töpfergefäße und Stoffe geladen hatte. Die Waren sollte er im Auftrag eines Geistlichen aus der Stadt Colonia zu den Stämmen der Samen bringen und gegen Walrosszähne und Eichhornfelle eintauschen.

Bodward erwies sich als tüchtiger Geschäftsmann, der mehr aufs Geld als auf Gerüchte gab. Seine Augen funkelten, als Asny ihm den prall gefüllten Geldbeutel unter die Nase hielt – für Bodward ein unschlagbares Argument. Zudem musste er für diesen

Handel seinen Plan, den Nordweg fernab der Küste zu befahren, nur für einen kurzen Abstecher nach Hladir abändern. Allerdings wussten weder er noch einer seiner fünfzehn Seeleute, wo diese Stadt überhaupt lag.

Daher nahmen sie im Hafen der dänischen Westküstensiedlung Ripen einen Lotsen an Bord. Der Mann hieß Vak und hatte angeboten, sie für eine angemessene Bezahlung in den Thrandheimfjord zu bringen. Schließlich sei er ein erfahrener und ortskundiger Lotse, der die Küsten am Nordweg besser kannte als jeder andere.

Offenbar hatte er nicht gelogen, und Asny hörte mit großer Erleichterung, wie Vak in diesem Moment rief, es sei an der Zeit, die Küste anzusteuern. Woher Vak das wusste, war Asny ein Rätsel. Für sie sahen die Berge, von denen aus der Entfernung gerade einmal die Spitzen zu erkennen waren, alle gleich aus.

Die Aussicht, bald wieder festen Boden unter den Füßen zu haben, verlieh ihr neue Kräfte, und als Aki ihr den Wasserschlauch reichte, trank sie einen Schluck.

Nachdem er sich vergewissert hatte, dass es ihr wieder besserging, kehrte er zu den Seeleuten zurück. Zusammen mit Ketil half er ihnen, das Rahsegel neu auszurichten. Bodward betätigte das Ruder seiner Knörr, die er liebevoll «Wellenross» nannte. Das Segel schlug durch, und die Planken erbebten. Von Wind und Strömung getrieben, ritt das Schiff auf neuem Kurs über die Wogen.

Asny sah die schroffen, dunklen Felswände in die Höhe wachsen. Niemals zuvor hatte sie so viele und so hohe Berge gesehen. Je näher sie der Küste kamen, desto stärker beschlich sie das Gefühl, heimzukommen in ein Land, in dem die alten Götter herrschten. Es erfüllte sie mit Groll, als sie an die Zeit dachte, die sie bei den Christen verschwendet hatte, bei der widerlichen Machthilt. Die Alte war inzwischen gestorben, wie Asny einem Gespräch im Gasthaus entnommen hatte. Gut so!

Bald tauchte vor dem Schiff eine Insel auf, dann eine zweite. Dahinter verlief der innere Seeweg.

«Nimm Kurs auf die kleinere Insel», rief Vak vom Vordersteven und zeigte auf das rechts vor ihnen liegende Eiland. «Das ist Smøla!»

«Was will er da?», murmelte Bodward. «Nach allem, was ich weiß, liegt die Mündung des Thrandheimfjords ein gutes Stück weiter oberhalb …»

Als habe Vak Bodwards Bedenken gehört, rief er: «Wir werden die Nacht auf Smøla verbringen. Bis nach Hladir schaffen wir es nicht mehr, bevor es dunkel wird.»

Tatsächlich neigte sich die Sonne am schwach bewölkten Himmel dem Meer zu. Auf einen Tag mehr oder weniger würde es nun nicht mehr ankommen, zumal Asny sich wirklich nach nichts mehr sehnte, als endlich das schwankende Schiff zu verlassen. Endlich wieder Ruhe finden. Schlafen. Und etwas essen, ja, vielleicht sogar das.

Das «Wellenross» glitt an Smøla entlang. An der Küste klatschten Wellen gegen flache, von Algen und Vogelkot überzogene Felsen, und über dem Rahsegel kreisten Möwen und forderten kreischend Futter.

Asny hielt Ausschau nach einer Bucht oder einer anderen Landestelle. Vak gab noch immer kein Kommando, die Insel anzusteuern. Stattdessen zeigte er auf eine Ansammlung von Schären, die auf der dem Küstenland zugewandten Seite von Smøla aus dem Wasser ragten, und er forderte Bodward auf, das Segel einholen zu lassen und weiter zum inneren Seeweg zu rudern.

«Kann der Kerl sich mal entscheiden?», knurrte Bodward, gab die Befehle aber an die Mannschaft weiter.

«Untiefen!», rief Vak zur Erklärung. «Hier gibt's überall Untiefen!»

Asny stand auf, beugte sich über die Bordwand und schaute

hinunter auf das dunkelblaue Wasser, das im Windschatten der Insel ruhiger wurde. Ihr Gesicht spiegelte sich auf der leicht gekräuselten Oberfläche wider, zwar nicht sehr deutlich, dennoch erschrak sie vor dem, was sie sah. Ihre Haut war blass, nahezu farblos, ihr blondes Haar strähnig, und unter ihren Augen zeichneten sich dunkle Linien ab. Die Seekrankheit hatte ihren Tribut gefordert.

Als das Segel verstaut worden war, wurden die Riemen ausgelegt. Das Schiff nahm wieder Fahrt auf. Nach Vaks Anweisungen entfernte es sich jedoch immer weiter von Smøla und steuerte durch ein Gewirr scharfkantiger Felsen auf eine deutlich kleinere Insel zu, die mit niedrigen Büschen und windschiefen Kiefern bewachsen war. Das Eiland schien unbewohnt zu sein. Nirgendwo waren Hütten oder Rauch zu sehen.

Das Wichtigste ist, dachte Asny, dass es keine Wellen mehr gibt.

Sie entkorkte den Trinkschlauch, um einen weiteren Schluck zu nehmen, als sie hinter der kleinen Insel etwas hervorkommen sah – es war ein *langskip*, ein Langschiff.

Sie ließ den Schlauch sinken und machte Bodward darauf aufmerksam. Der beschattete seine Augen mit der freien Hand und erstarrte.

«Was hat das zu bedeuten?», stieß er aus. «Vak? Vak! Wir müssen hier weg – schnell!»

Doch der Lotse, der das Langschiff längst gesehen haben musste, machte keine Anstalten, eine neue Fahrtrichtung anzuzeigen.

«Untiefen!», rief er abermals. «Wir dürfen nicht vom Kurs abweichen!»

Die anderen Männer drehten sich auf den Ruderbänken um. Das Langschiff kam näher. Schon war es nur noch fünf oder sechs Schiffslängen entfernt – dicht genug, um Einzelheiten erkennen zu können. Asnys Herz setzte einen Schlag aus, als sie sah, dass es sich um einen Dreki, ein Drachenschiff, handelte, das von mindestens drei Dutzend Riemen angetrieben wurde.

«Vak!», brüllte Bodward. «Wir müssen wenden ...»

Bodwards Unruhe sprang auf die Mannschaft über, und an Bord brach Chaos aus. Einige Seeleute stellten das Rudern ein, während andere versuchten, mit den Riemen den Kurs zu ändern, sodass die Knörr zu schlingern begann.

Aki und Ketil kamen zum Ruder.

«Was sind das für Männer?», fragte Aki.

«Seeräuber!», schnaubte Bodward. «Das können nur verdammte Seeräuber sein!»

«Vielleicht können wir mit ihnen verhandeln.»

«Verhandeln? Du bist kein Seemann, Däne! Was willst du diesen Bastarden anbieten ...?»

«Wir werden kämpfen!», fuhr Ketil dazwischen.

«Womit denn?» Bodward war außer sich. «Wollt ihr den Kerlen mit den Fingernägeln die Augen auskratzen?»

«Wenn's sein muss», brüllte Ketil zurück. «Vielleicht kannst du selbst mal einen Vorschlag machen, Schiffsführer, anstatt rumzujammern?»

Bodward zuckte ratlos mit den Schultern. Inzwischen waren auch die anderen Seeleute zum Ruder gekommen. Nur noch Vak stand vorn im Bug.

Da griff Ketil nach einem Riemen. «Hiermit werden wir sie auf Abstand halten», rief er und schwang den Riemen, der bedrohlich dicht über den Köpfen der anderen durch die Luft zischte.

Bodward öffnete den Mund, und es schien, als wolle er Protest einlegen, doch dann sagte er leise: «Gut, ich ... es gibt Waffen an Bord.»

«Du hast Waffen?», zischte Ketil. «Und das sagst du erst jetzt?»

Der Riemen fiel donnernd auf die Planken. Die Seeleute schreckten vor Ketil zurück. Er mochte mit seiner Körpergröße und dem groben, aber freundlichen Gesicht auf den ersten Blick wie ein sanftmütiger Riese wirken. Wenn ihn jedoch die Wut packte, traten an seinen Schläfen dicke Adern hervor, und die dunklen Augen funkelten. Vom Kampf im Wipertikloster hatte er auf der Stirn und am Hals Narben zurückbehalten, die sich jetzt von seiner vor Zorn geröteten Haut abhoben.

«Die Waffen ... sind unten bei den Waren», sagte Bodward. «In einer Truhe. Aber das hat doch keinen Sinn – es sind zu viele Seeräuber.»

Der Dreki hatte sich der dümpelnden Knörr auf etwa zwei Schiffslängen genähert. Ihre Schilde hatten die Wikinger außen an die Bordwände gehängt. Vierzig Männer waren es mindestens, und an dem mit einem Drachenkopf gekrönten Steven stand ein großer, dunkelbärtiger Mann mit breiten Schultern.

Unter Ketils Füßen krachten die Planken, als er zum Laderaum lief und hinuntersprang. Er wühlte sich durch Kisten und Ballen, bis er die Truhe fand und sie nach oben hievte. Aki und Asny halfen ihm, die Truhe zu den anderen zu bringen.

«Rück den Schlüssel raus!», fuhr Asny Bodward an.

Zögerlich kramte er ihn unter seiner Tunika hervor. «Wenn wir Widerstand leisten, werden sie uns alle töten.»

Asny nahm ihm den Schlüssel weg und warf ihn Ketil zu. Dieser Bodward war genauso feige wie seine Seeleute. Maulhelden, die während der Fahrt von Heldentaten bei Seeräuberangriffen prahlten. Nun standen sie da und glotzten wie Schafe. Es würde Asny nicht wundern, wenn sich der eine oder andere in die Hose gemacht hätte.

Ketil hantierte am Schloss herum, als plötzlich Vak zu ihm sprang, ihm den Schlüssel aus der Hand riss und über Bord warf.

«Bist du ... wahnsinnig?», schrie Ketil.

«Bodward ist der Schiffsführer», zischte Vak. «Er allein hat zu bestimmen!»

Ketil schnappte sich wieder den Riemen. «Ihr erbärmlichen Feiglinge!», brüllte er. «Ich werde mich nicht ...»

Es war zu spät. Das Langschiff drehte bereits bei. Rufe waren zu hören und das Klappern von Schilden, Helmen, Lanzen und Beilen.

«Wenn ihr Waffen habt», rief der Mann am Steven, «legt sie ab. Dann verschonen wir euch!»

Er hatte ein breites, vom Wetter gegerbtes Gesicht, und der Bart hing ihm bis auf die Brünne, über der ein silbernes Kreuz an einem Lederband hing – ein verdammter Christ!

«Wir sind unbewaffnet», erwiderte Bodward.

Der Mann, offensichtlich der Anführer, ließ seinen Blick über die Besatzung der Knörr wandern, wobei er breit grinsend seine gelben Zähne zeigte.

«Spricht der Kerl die Wahrheit, Vak?», rief er.

Asny starrte wie alle anderen den Lotsen an. Der Bastard hatte sie in eine Falle gelockt!

Er nannte sich Kjartan *inn sterki*, der Starke, und sein Lachen dröhnte über das Schiff, als er in die Truhe schaute, deren Schloss man mit einem Beil aufgestemmt hatte. Die Truhe war randvoll mit Beilköpfen, Lanzenspitzen und wertvollen fränkischen Schwertklingen.

«Für wen sind die Waffen bestimmt?», fragte er.

Bodward stand mit hängenden Schultern beim Ruder, machte aber den Eindruck, als habe er die Hoffnung noch nicht aufgegeben, dass die Seeräuber einfach wieder abzogen und er gleich das Segel hissen lassen und in See stechen könnte.

Der Dreki hatte längsseits an der Knörr festgemacht. Die Steven der beiden Schiffe hatte man mit Seilen zusammengebunden. Etwa die Hälfte der Angreifer war an Bord des «Wellenrosses» gekommen, dessen Besatzung sich im Heck niedersetzen musste.

Nur Bodward durfte stehen.

«Ich will die Waffen bei den Samen eintauschen», antwortete er leise. «Gegen Walrosszähne.»

Kjartan trat so dicht vor ihn, dass sich ihre Bäuche fast berührten. «Bei den Samen? Weißt du was? Ich glaube dir kein Wort. Du bist ein verlogenes Stück Ziegenscheiße. Die Waffen sind für den Jarl von Hladir bestimmt!»

Bodward hob abwehrend die Hände. «Nein! Das sind sie nicht! Für die Samen sind sie. Nur für die Samen.»

Kjartan lachte Bodward ins Gesicht. Dann ließ er Vak kommen und beriet sich mit ihm. Aus den Worten erfuhr Asny, dass Vak zu einer Gruppe von Lotsen gehörte, die König Graufell in mehreren Häfen postiert hatte, damit sie Schiffsführer ausfindig machten, die in den Norden fuhren. Wer nach Hladir wollte, den führten die gedungenen Lotsen zu Kjartan oder anderen Nordmännern, die auf dem inneren Seeweg lauerten.

Kjartan wandte sich wieder an Bodward, legte ihm die rechte Hand auf die Schulter, und es schien, als sinke der Schiffsführer unter dem Gewicht in sich zusammen.

«Vak meint, du willst den Thrandheimfjord anlaufen. Einer von euch beiden lügt also, und da frage ich mich doch, ob Vak es wagen würde, mich anzulügen, obwohl er mich kennt.»

Der Druck der Hand schien Bodward noch weiter zu stauchen. «Die Leute da haben mich bezahlt», stammelte er, «damit ich sie nach Hladir bringe.»

Kjartan ließ Bodward los und trat vor die Gefangenen. «Welche Leute? Wen meinst du? Die hier? Nein? Dann vielleicht das Weib und dieser Blonde und der große Kerl?»

«Ja!», rief Bodward. «Einen Beutel mit Münzen haben sie gezahlt.»

«Um die Münzen kümmere ich mich später», sagte Kjartan, ohne den forschenden Blick von Asny, Aki und Ketil zu nehmen.

«Ihr seid Zwillinge!», stellte er fest, und seine Miene hellte sich auf. «Ein großer Munki und Zwillinge – beide jung, beide blond. Heute ist ein guter Tag. Gott, der Herr, sei gepriesen! Er hat uns ein paar richtig dicke Fische ins Netz getrieben.»

Seine Krieger rückten neugierig näher.

«Es gibt jemanden», erklärte Kjartan, «der eine hohe Belohnung auf unsere Beute ausgesetzt hat, und er wird noch mehr zahlen, wenn er diese drei lebend in die Finger bekommt.»

Er flüsterte einem Krieger etwas zu, der daraufhin zu Bodward ging und ihm ohne Vorwarnung die Faust in den Bauch rammte. Bodward krümmte sich vor Schmerzen. Der Krieger griff in dessen Haar und zwang ihn mit dem Kopf nach vorn auf die Knie. Kjartan trat heran und zog sein Schwert. Die Klinge blitzte im Abendlicht auf, als sie einen Bogen beschrieb und tief in Bodwards Nacken eindrang. Die Seeleute schrien vor Entsetzen auf.

«Ich bin aus der Übung», sagte Kjartan seufzend. Erst mit dem zweiten Hieb gelang es ihm, Bodwards Kopf vom Rumpf zu trennen.

Männer durchsuchten den Toten nach Geld und zogen ihm die Stiefel und Kleider aus. Dann warfen sie die Leiche über Bord. Ein dritter Mann hatte unterdessen Bodwards Kopf auf eine Lanze gespießt und reckte ihn unter dem Gejohle seiner Gefährten in die Höhe.

Den Gefangenen stand Todesangst in die Gesichter geschrieben, als Kjartan wieder vor sie trat. «Will noch jemand Kjartan den Starken anlügen?»

Keiner gab einen Laut von sich.

«Du da!», hörte Asny ihn rufen, und es dauerte einen Augenblick, bis ihr klar wurde, dass er sie meinte. «Komm her zu mir, Weib!»

Bevor sie reagieren konnte, sprang Ketil auf.

«Du lässt deine dreckigen Finger von der Frau!», schnaubte er.

Kjartans Unterkiefer klappte herunter. Es war nicht zu erkennen, ob er über diese Dreistigkeit oder über Ketils wuchtige Erscheinung so erstaunt war.

«Legt den Troll in Ketten», befahl Kjartan.

Krieger richteten Lanzen über die Köpfe der anderen Gefangenen hinweg auf Ketil.

«Wenn ich mit den Fingern schnippe», drohte Kjartan, «spießen sie dich auf wie eine Sau.»

Ketil atmete heftig, bewegte sich aber nicht. Die Lanzenspitzen waren nur eine Handbreit von ihm entfernt.

Da Asny befürchtete, er könne die Kontrolle verlieren und sich in Lebensgefahr bringen, erhob sie sich. Sie drängte sich an den anderen Gefangenen vorbei zu Kjartan, den sie mit einem hasserfüllten Blick bedachte.

«Was willst du von mir?», zischte sie, obwohl ihre Knie weich wie Leder waren.

Kjartans Atem roch nach fauligem Fleisch. «Warum hat der Bischof eine so hohe Belohnung auf dich ausgesetzt?», fragte er.

«Frag doch den Bischof danach!», antwortete sie.

Kjartan schlug ihr ins Gesicht.

Sie wankte, hielt sich aber auf den Beinen und schmeckte Blut, das ihren Mund füllte.

Kjartan wollte erneut zuschlagen, als ein Schatten an Asny vorbeischoss.

Sie hörte Rufe, Schreie, Kampfgeräusche und sah Aki, der Kjartan an die Gurgel ging. Aki drückte mit seinen schmalen Händen zu und würgte den Nordmann, der brüllend um sich schlug. Aber Aki ließ sich nicht abschütteln, und Kjartan taumelte rückwärts gegen die Bordwand.

Hilfesuchend drehte sich Asny nach Ketil um. Der hatte die Fäuste erhoben, konnte sich jedoch nicht rühren, da die Lanzen ihn zurückhielten.

Asny wollte ihrem Bruder gerade zu Hilfe eilen, da bekam Kjartan ihn zu fassen, drückte ihn von sich weg und verpasste ihm einen Faustschlag ins Gesicht. Aki stürzte auf die Planken.

Das Schwert blitzte auf und schnitt durch die Luft.

Kjartan lachte, verstummte jedoch abrupt, als Asnys Stimme über das Schiff gellte.

«Fahrt hin zur Hel, von Hunden zerfleischt!», schrie sie. «Eure Seelen versinken in Qualen!»

Sie schrie und schrie. Verfluchte Kjartan und seine Krieger. Verfluchte ihre Seelen. Verbannte sie hinab ins Totenreich, zu Hel, der Totengöttin.

Starr vor Entsetzen hörte Kjartan den Fluch. Er stand über Aki. Blut tropfte von der Schwertklinge.

4.

Smøla

Die Möwen bekamen ein Festmahl. Mit rauschenden Flügelschlägen flogen sie heran, umschwärmten die Kadaver und zankten sich um die besten Brocken – das frische Fleisch der Seemänner vom «Wellenross». Kjartan hatte sie auf angespitzte Pfähle spießen lassen, die man am Ufer der Bucht in den Boden gerammt hatte. Die in einer Reihe stehenden Leichen hatte man so ausgerichtet, dass ihre Gesichter der gegenüberliegenden Küste zugekehrt waren. Warum Kjartan die Männer nicht einfach ins Meer hatte werfen lassen, wusste Asny nicht. Vielleicht hoffte er, durch die wie bei einem Ritual getöteten Männer den Fluch abwenden zu können, den Asny über ihn verhängt hatte.

Nun hockten Kjartan und seine Krieger an einem Feuer, das sie mit feuchtem Treibholz entfacht hatten. Wie eine schwarze Säule erhob sich der Rauch in den windstillen Abendhimmel. Das «Wellenross» und das Langschiff waren unweit des Lagers an Land gezogen worden.

Asny und Ketil waren die einzigen Überlebenden der Besatzung, und nun kauerten sie gut zwanzig Schritt von den Nordmännern entfernt am Fuß einer Felswand. Der Überfall und die anderen Ereignisse kamen Asny wie ein Traum vor. Wie ein Albtraum. Immer wieder tauchte vor ihrem inneren Auge das Bild ihres blutüberströmten Bruders auf, dem Kjartan die Schwertklinge ins Herz bohrte. Immer wieder hörte sie sich den Fluch ausstoßen. Worte voller Hass und Gift, die ihr jetzt so unwirklich erschienen wie Akis Tod.

Sie erinnerte sich dunkel daran, wie Ketil außer sich geraten war. Wie er die Lanzen wegstieß. Wie er zwei Krieger niederschlug und einen dritten über Bord warf. Wie er wütete und tobte, bis Krieger ihn niederrangen und in Fesseln legten.

Wie man Asny selbst überwältigt hatte, daran erinnerte sie sich nicht mehr. Hatte sie Widerstand geleistet?

Nur Kjartans Gesichtsausdruck hatte sich in ihr Gedächtnis gebrannt. Der Mörder war zu Tode erschrocken gewesen, als Asny ihm den Fluch entgegenschleuderte. Vor vielen Jahren hatte ihre Mutter einen bösen Mann verflucht, und auch dessen Gesicht hatte Asny niemals vergessen: Sein Mund war weit aufgerissen, die Augen quollen aus den Höhlen, und unter der Haut kochte das Blut, als würde der Schädel bersten.

So wie bei Kjartan.

Asny glaubte, bei dem Fluch in das Innerste des Mörders geblickt zu haben. Ja, sie hatte sie gesehen, die Würmer und Schlangen, die durch seine Eingeweide krochen, die Schleimspuren hinterließen und ihn aushöhlten. Das Böse, das Verdorbene. Hel, das Totenreich – es verbarg sich auch in Kjartan.

Dann hatte sie einen Schlag gegen den Hinterkopf bekommen. Als sie aus ihrer Bewusstlosigkeit erwachte, lag sie neben Ketil in dieser kleinen, von Felsen gesäumten Bucht, die zum Wasser hin in einen schmalen Strand auslief, auf dem jetzt mehr als ein Dutzend Seemänner von Möwen zerhackt wurden.

Was mit Aki geschehen sei, war ihre erste Frage an Ketil gewesen. Unter Tränen hatte er ihr berichtet, dass sie Akis Leiche in Decken gehüllt und auf dem Langschiff verstaut hatten. Sie wollten sich die Belohnung nicht entgehen lassen.

Asny schaute zum Lager. Dort standen auch mehrere Fässer vom «Wellenross». Die Krieger bedienten sich am Wein und füllten ihre Becher nach. Einige Männer torkelten um die Flammen herum. Als ein Krieger einen falschen Tritt machte, fing seine

Hose Feuer, und er wälzte sich auf dem Boden, bis die Flammen gelöscht waren.

Niemand lachte darüber, aber es eilte ihm auch niemand zu Hilfe.

Nur die Möwen feierten ihr Festmahl. Die Krieger hingegen schütteten den Wein schweigend in sich hinein, wobei sie hin und wieder verstohlene Blicke zu Asny hinüberwarfen und ansonsten trüben Gedanken nachzuhängen schienen. Ihre Angst war fast greifbar.

Asnys Tunika war an der Vorderseite aufgerissen, sodass ihre Brüste freilagen. Vielleicht hatte Kjartan das getan. Die tätowierten Symbole hatten den Nordmännern offenbar die letzte Gewissheit gegeben, von einer echten Seherin verflucht worden zu sein.

Obwohl seit dem Überfall einige Zeit vergangen sein musste, war es noch immer hell. Asny hatte sich schon vor Tagen darüber gewundert, dass die Nächte kürzer wurden, je weiter sie nach Norden segelten. Da hatte Ketil ihr von seiner Heimat erzählt, der großen Insel Island, weit draußen im Nordmeer, wo im Sommer die Tage ebenfalls nicht enden wollten. Voller Begeisterung hatte er von den Bergen berichtet, den fischreichen Gewässern, den üppigen Weiden, auf denen sich die Schafherden Fett anfraßen.

Im Moment war von diesem Ketil, der sich freuen konnte wie ein kleines Kind, nichts zu erkennen. Sein Gesicht war versteinert, und seine geröteten Augen schimmerten feucht. Er kannte die Zwillinge seit vielen Jahren. Sie waren seine Familie geworden. Waren wie Geschwister. Und wie Freunde, auf die man sich verlassen konnte, die ihr eigenes Leben für das der anderen geben würden.

Nun hatte Aki sein Leben für Asny gegeben, hatte sie beschützen wollen vor einem Mann, der weniger wert war als der Kot, den die Möwen da unten bei den Leichen verspritzten.

Sie schaute in Ketils Gesicht, und sie sah, dass er wie sie fühlte.

Sah die unendliche Trauer und den heißen Schmerz, weil er den Freund nicht hatte retten können.

Sie suchte nach tröstenden Worten, um Ketils Trauer zu lindern, obwohl es sie selbst zu zerreißen drohte. Leise begann sie zu erzählen von Asgard, dem Reich der Götter, und von Walhall, der prächtigen Halle des Allvaters Odin, in der sie Aki bald wiedertreffen würden. Auch Velva und ihre kleine Schwester Gyda würden dort sein. Und die von Asny verehrte Göttin Freyja. Ihnen allen würden sie von Akis Tapferkeit berichten.

Ketil nickte nur dann und wann, während Asny redete und redete, bis nach einer Weile seine Augenlider vor Erschöpfung zufielen und er leise zu schnarchen begann.

Asny lehnte den Kopf gegen die Felswand und spürte die Beule von dem Schlag. Dann endlich, in einem überwältigenden Gefühl von Verlust und Einsamkeit, das größer als alles andere war, ließ sie die Tränen kommen.

Sie musste ebenfalls eingeschlafen sein und erwachte, als gedämpfte Stimmen in ihr Bewusstsein drangen. Sie öffnete die Augen, sah aber nur Nebel, der in dichten Schwaden die Bucht verhüllte.

Oder träumte sie?

Nein, sie fühlte die Beule am Hinterkopf und glaubte, Schatten und Umrisse von Männern zu erkennen.

Ganz in der Nähe standen drei oder vier Männer. Asny hörte ihre Stimmen, konnte aber nur einzelne Wörter verstehen: *Bischof* und *König* und immer wieder *Fluch*. Ehrfürchtig sprachen die Männer davon.

Asny lauschte dem Gespräch mit halb geschlossenen Augen und erfuhr, dass die Männer überlegten, wie sie die Seherin aus der Bucht fortschaffen könnten, ohne erneut verflucht zu werden. Der Fluch hatte seine Wirkung nicht verfehlt: Die Dreckskerle hatten Angst vor ihr. Allein die Aussicht auf die reiche Belohnung hinderte sie daran, den beiden Gefangenen die Kehlen durchzuschneiden.

Mit einem Mal verstummten die Männer, und andere Geräusche waren zu hören: erst Rufe aus der Richtung, in der das Lagerfeuer brannte, dann Schreie, laute Schreie. Der Nebel verschluckte die Schatten der Männer, als sie sich entfernten.

Asny stieß Ketil an, der mit einem Grunzen erwachte und sich irritiert umschaute, bis die Erinnerung zurückkehrte. «Ich habe von Aki geträumt ...»

«Psst!»

«Hm?»

«Hörst du nicht?»

«Doch, ja! Was ist da los?»

Andere Geräusche mischten sich unter die Schreie. Geräusche von Stahl, der auf Stahl traf, und donnernde Laute, wie von Schlägen auf Schilde. Kampfgeräusche.

«Vielleicht sind sie in Streit geraten», überlegte Asny. Den Bastarden war es zuzutrauen, sich gegenseitig umzubringen. Betrunken genug waren sie.

Ketil setzte sich auf und stöhnte hinter zusammengepressten Lippen. Ein Mann hatte ihm beim Kampf auf dem Schiff den rechten Oberschenkel mit einer Lanzenspitze aufgerissen. Unter der langärmligen Tunika wölbten sich seine Muskeln, als er sie anspannte und versuchte, das Seil, mit dem seine Hände auf dem Rücken gefesselt waren, zu zerreißen. Die Hanffasern knirschten, gaben aber nicht nach.

Da Asny nirgendwo verräterische Schatten erkennen konnte, glaubte sie, es wagen zu können, ihren Plan in die Tat umzusetzen. Der Gedanke war ihr vorhin gekommen, doch da waren die Krieger zu nah gewesen.

Sie erklärte Ketil, was sie sich überlegt hatte, und er drehte sich auf seine rechte Seite. Sie selbst schob sich über den Boden zu seinen Füßen, bis sie seitenverkehrt mit den Rücken zueinander lagen. Sofort begannen sie, an den Fußfesseln des anderen zu ziehen. Es war wichtiger, zuerst die Füße zu befreien, damit sie weglaufen und sich irgendwo auf der Insel verstecken konnten, falls ausgerechnet jetzt jemand kam.

Doch die Nordmänner hatten ganze Arbeit geleistet. Die Knoten waren so fest zugezogen, dass es Asny nicht gelang, Ketil zu befreien, und es dauerte nicht lange, bis ihre Finger taub waren.

Ketil hatte mehr Glück. Erleichtert spürte sie, wie das Seil an ihren Füßen lockerer wurde und sich die Fessel dann löste.

Das alles war jedoch nutzlos, wenn sie ihn nicht auch frei bekam. Während sie noch an dem Knoten zerrte, kamen die Kampfgeräusche näher. Dumpfe Schläge auf Holz irgendwo im Nebel. Jemand stieß einen Schrei aus, bevor die Schläge aufhörten und sich schwere, knirschende Schritte entfernten.

«Lauf weg!», zischte Ketil. «Hau ab, verdammt noch mal!»

Sie ging nicht darauf ein, und kurz darauf lockerte sich endlich der Knoten. Sie zog weiter daran, bis Ketils Füße frei waren.

Die beiden rappelten sich auf. Um die Handfesseln würden sie sich später kümmern. Jetzt galt es, aus der Bucht zu fliehen und den Abstand zu Kjartan und seinen Männern zu vergrößern.

Sie wandten sich nach rechts, weg vom Lagerfeuer, an dem mit unverminderter Härte gekämpft zu werden schien. Asny erinnerte sich an einen Spalt, einen Durchlass zwischen zwei Felsen, den sie vorhin gesehen hatte, und übernahm die Führung. Vorsichtig tasteten sie sich an den Felsen entlang, damit sie im Nebel nicht die Orientierung verloren.

Asny legte Pausen ein, um auf Ketil zu warten, der wegen der Wunde am Bein nur langsam vorankam. Dann ging sie weiter, wobei ihre rechte Schulter gegen die Felsen schrammte, bis sie mit einem Mal beinahe den Halt verloren hätte.

Sie hatte den Spalt gefunden!

Nacheinander zwängten sie sich durch die Lücke, hinter der der Nebel dünner wurde. Schemenhaft konnte Asny eine von weiteren Felsen gesäumte Fläche erkennen, deren Boden mit Steinen und Treibgut übersät war.

Schnell suchten sie nach scharfen Stellen am Gestein. Es dauerte nicht lange, bis Ketil das Hanfseil an einer Kante durchgescheuert hatte und dann Asny von ihrer Fessel befreite. Es tat so gut, die Hände wieder bewegen zu können. Sie rieb sich die abgeschnürten Handgelenke, bevor sie die Lederbänder am Ausschnitt ihrer Tunika zusammenzog, um ihre Blöße zu verbergen.

Die Kampfgeräusche waren hier nur noch undeutlich zu hören. Vereinzelt drangen Schreie an ihre Ohren. Wenn die Bastarde so weitermachten und sich gegenseitig abschlachteten, wäre wenigstens dieses Problem aus der Welt geschafft. Zugleich bedauerte Asny, Kjartan nicht eigenhändig die Kehle durchschneiden zu können.

Sie stieg durch das Treibgut in den Dunst, bis sie das andere Ende der Freifläche erreichte, wo sie mit dem Fuß gegen einen Widerstand stieß. Sie beugte sich hinunter und fühlte raue Felsvorsprünge, die stufenartig in die Höhe führten.

Ketil nickte ihr aufmunternd zu. Trotz seiner Verletzung würde er es dort hinauf schaffen.

Asny kletterte voran die Absätze empor und kam auf eine mit niedrigen Bäumen bewachsene Felskuppe. In dichten Schwaden waberte der Nebel zwischen den Bäumen umher und ließ die Bäume aussehen wie Wesen mit ausgestreckten Armen.

Hinter ihr kam Ketil schnaufend auf die Kuppe, als sich mit einem Mal einige der Bäume zu bewegen schienen. Asny fuhr zusammen. Die Schatten lebten! Waren es die Schatten von Geistern?

Im Zwielicht sah sie fünf Gestalten näher kommen. Aber es

waren keine Geister – sondern Krieger, bewaffnet mit Schilden, Streitäxten und Schwertern.

Asny versuchte, die aufkommende Panik zu unterdrücken. Sie waren in eine Falle gelaufen! Unter den Helmen waren die Gesichter nicht zu erkennen, aber Asny spürte den Hass, der ihnen entgegenschlug.

Die Krieger näherten sich im Halbkreis. Keiner von ihnen sagte etwas. Nur Atemzüge waren zu hören – und dann plötzlich ein ohrenbetäubendes Brüllen. Ketils Brüllen.

Er sprang vor und krachte gegen einen Schild. Die Wucht des Aufpralls warf den Krieger zu Boden. Drei andere Krieger griffen Ketil an, doch der riss dem gefällten Mann den Schild aus der Hand und wandte sich damit gegen die Angreifer.

Der fünfte Krieger machte einen Schritt auf Asny zu. Sie wich zurück und musste dabei aufpassen, nicht zu dicht an den Rand des Felsens zu geraten. Verdammt, sie brauchte eine Waffe, irgendetwas zur Verteidigung. Der Mann schlug mit dem Schwert nach ihr, doch sie wich mit einem raschen Sprung zur Seite aus.

Der Krieger setzte ihr nach, aber auch der zweite Hieb ging ins Leere. Warum hatte Kjartan so unerfahrene Kämpfer in seinen Reihen?

Sie duckte sich in den Nebel über dem Boden, tauchte darin ein und kroch auf allen vieren davon. Irgendwo stieß sie mit einer Hand gegen einen faustgroßen Stein. Sie nahm ihn und sprang wieder auf. Der Krieger war nur ein Schatten, etwa drei, vier Schritt hinter ihr. Sie warf den Stein in seine Richtung.

Ein metallisches Geräusch, dann ein Schrei. Der Mann ging zu Boden.

Asny sprang zu ihm, rammte ihr Knie auf seine Brust und rang ihm das Schwert aus der Hand. Dabei fiel ihr Blick auf das Gesicht unter ihr. Der Stein hatte das Nasal des Helms verbogen, dem Mann Nase und Oberkiefer zertrümmert und mehrere Zähne ausgeschlagen. Es schien ein sehr junger Mann zu sein, nur wenig Bart wuchs auf seinem Kinn. Sie nahm ihm den Schild ab.

Im Hintergrund hörte sie Ketils Brüllen, in das sich die Schreie anderer Männer mischten. Geduckt bewegte sich Asny auf sie zu. Etwas krachte hart auf Holz. Eine der schattenhaften Gestalten fiel um. Nur zwei Männer standen jetzt noch.

Beim Näherkommen glaubte Asny, Ketil am Boden hocken zu sehen. Offenbar war er so schwer verletzt, dass er sich nicht mehr aufrecht halten konnte. Auf den Knien hockend schwang er eine erbeutete Axt, mit der er die beiden Gegner auf Abstand hielt.

Asny überlegte gerade, wie sie sich unbemerkt hinter einen der Krieger schleichen könnte, um ihm das Schwert in den Rücken zu stoßen, als mit einem Mal noch mehr Männer auftauchten. Mindestens sechs Krieger stürmten durch den Nebel heran.

Asny hob den Schild, doch da trat ihr jemand die Beine weg, und sie landete auf dem Stein, verlor Schild und Schwert.

«Keine Gefangenen!», hörte sie eine Stimme rufen. «Tötet sie alle!»

«Aber das hier ist eine Frau», erwiderte ein anderer, offenbar derjenige, der sie von den Beinen geholt hatte und jetzt über ihr stand. Er hatte eine helle, junge Stimme.

«Eine Frau?», knurrte der andere, ein etwas älterer Krieger, dessen Bart zu einem Zopf geflochten war. «Was hat die hier zu suchen?»

Er drängte den Jüngeren zur Seite und musterte Asny. Er hatte seinen Helm abgenommen. Sie konnte sich nicht erinnern, ihn bei den Seeräubern gesehen zu haben.

«Töte sie», fuhr er den jungen Kerl an. «Du kennst den Befehl!»

In der Nähe waren Kampfgeräusche zu hören. Ketil wehrte sich noch immer gegen die Angreifer.

«Warum ausgerechnet ich?», fragte der Junge. «Das ist nur ein Weib ...»

Der Zopfbart stöhnte. «Ihr müsst noch viel lernen, ihr Burschen. Verdammtes Pack! Da drüben sitzt ein Mann – ein einzelner Mann – und hält fünf von euch davon ab, ihn zu töten. Ihr habt den Befehl erhalten, diesen Fels zu halten, falls welche von den Hurensöhnen hierhin flüchten – indem ihr sie tötet. Und jetzt schau genau zu, Bursche.»

Asnys Herz trommelte. Über ihr erschien der Zopfbart, in der rechten Hand eine Axt, die er hob, um Schwung zu holen.

Im Hintergrund stieß Ketil einen Schmerzensschrei aus, dann verstummte er.

Asny schloss die Augen. Sie spürte Wut und Trauer. Und tiefe Erschöpfung. Beinahe hätten sie es geschafft! Beinahe hätten sie fliehen können. Aus welchem Loch auch immer diese Männer gekrochen waren, sie hatten ihre letzte Hoffnung zunichtegemacht, lebend davonzukommen.

Gleich sehen wir uns wieder, dachte Asny. Gleich sind wir wieder vereint. Du, Ketil, und Aki und Mutter und Gyda.

In Erwartung des Schlags betete sie zu den Göttern, der Krieger da über ihr möge sein Handwerk beherrschen. Sie dachte an Kjartans misslungenen Versuch, Bodward den Kopf mit einem Hieb abzuschlagen.

Keine Schmerzen mehr, flehte sie still. Keine Schmerzen! Lass es schnell gehen. Damit ich Ruhe finden kann. Und Frieden.

Doch der tödliche Hieb ließ auf sich warten. Stattdessen zerriss plötzlich ein Krächzen die Stille. Etwas landete auf ihrer Brust. Sie öffnete die Augen, und ihr erster Gedanke war, dass einer der beiden Odinsvögel Hugin oder Munin gekommen war, um sie nach Asgard zu geleiten.

Aber der Rabe, der sich auf ihr niedergelassen hatte, machte keine Anstalten, wieder zu verschwinden. Er plusterte die Kopffedern auf und starrte sie an.

5.

Nidarholm

Der Rabe flog über das glitzernde Wasser davon, bevor er mehrere Kreise über den Nidarholm, die kleine Fjordinsel vor Hladir, zog. Dann tauchte er zwischen den Bäumen ab und verschwand aus Asnys Blickfeld.

Sie saß neben Hakon im Heck eines breiten, kräftigen Kahns, einem *byrding*, der von einem Dutzend Männer aus der Mündung des Nid und dann weiter über den Fjord gerudert wurde. An diesem Morgen war es fast windstill, daher gab es kaum Wellen, die Asny hätten seekrank machen können.

Hakon hielt mit dem Ruder Kurs auf das etwa eine Seemeile vor dem Festland liegende, felsige Eiland. Als er Asny gestern Abend gebeten hatte, ihn zu begleiten, hatte sie keinen Augenblick gezögert. Sie sehnte sich danach, Rache an Akis Mörder zu nehmen.

Vor fünf Tagen hatten die Throender Ketil und sie aus der Gewalt der Rogaländer befreit, und wäre der Rabe nicht gewesen, hätte Skjaldar, der Hauptmann von Hakons Haustruppe, Asny erschlagen. Sie bewunderte den eigenartigen Vogel, das hatte sie schon früher getan, als Hakon ihre Mutter in Haithabu aufsuchte. Es war ihr ein Rätsel, wie der Rabe sie in dem nebelverhangenen Durcheinander wiedererkannt hatte – und woher er überhaupt wusste, dass sie in Gefahr schwebte. Hakon hatte zu dem Zeitpunkt unten am Strand gekämpft.

Trotz der glücklichen Rettung war Asnys Trauer über Akis Tod allgegenwärtig. Da half es ihr auch nichts, sich einzureden, es gehe ihm gut, dort, wo er jetzt war. Seine Leiche hatten sie auf dem Gräberfeld von Hladir bestattet. Aber er war jetzt bei Velva und Gyda, und er war bei den Göttern. Davon war Asny überzeugt.

Auf dem Jarlshof hatte Hakon ihr ein Lager in einer Hütte eingerichtet. Das Angebot, bei den anderen im Langhaus zu wohnen, hatte sie ausgeschlagen. Sie brauchte die Ruhe und Abgeschiedenheit, um sich ihrer Trauer hingeben zu können. Um zu den Göttern zu beten und Antworten auf die Frage zu finden, warum Aki geopfert wurde. Doch die Götter schwiegen, und in ihren dunkelsten Momenten ertappte sich Asny bei dem Gedanken, ihrem Leben ein Ende zu setzen, um wieder bei Aki sein zu können.

Nur Hakon und Ketil vertraute sie ihre Gedanken an. Ketil ließ sich im Jarlshaus von einer Magd pflegen, was ihm augenscheinlich gut bekam. Hakon nahm sich für sie alle Zeit, die ihm seine Aufgaben ließ. Sie hatte ihn damals als wortkargen Mann kennengelernt, und eigentlich war er das noch immer. Angesichts seiner Sorgen schienen aber auch ihm die Gespräche gutzutun.

Und er erwartete etwas von Asny – erwartete viel zu viel! Immer wieder bat er sie, mit den Göttern in Kontakt zu treten, die ihn im Kampf gegen die Feinde unterstützen sollten. Ihr blieb nichts anderes übrig, als ihn zu vertrösten. Zumindest so lange, bis sie ihre Trauer überwunden hatte und wieder klare Gedanken fassen konnte.

Hakon war felsenfest davon überzeugt, dass sie in der Lage sei, ihm – und damit den Throendern – zu helfen. Allein die Tatsache, dass sie nach Hladir gekommen war, deutete er als ein Zeichen der Götter. Und vielleicht war es das wirklich.

Er besorgte Sachen, die Asny für die Rituale brauchen würde: Rasseln, Runenstäbe und Schalen. Auch schickte er heilkundige Frauen in die Wälder, damit sie Kräuter und Pilze suchten, und er ließ ein kostbares Gewand anfertigen, das genauso aussehen sollte wie das, das Velva damals getragen hatte.

Er fragte Asny nach ihrer Zeit bei den Christen aus und hörte aufmerksam zu, wenn sie von der Magathaburg erzählte. Von Aki und Ketil, die in einem Kloster lebten, und von ihr selbst, wie sie in einem Palas aus Stein hohe Herrschaften bedienen, putzen und Kleidung waschen musste. In weitaus unangenehmerer Erinnerung waren ihr die Quidilingaburg und die Stiftsdamen geblieben, die strenge Machthilt, die ewigen Gebete, das Gerede von Susanna und Jesus.

Während sie davon erzählte, merkte sie, dass diese Ereignisse in ihren Gedanken schon weit weg waren. Nur wenn sie dabei an Aki dachte, an die wenigen gemeinsamen Erlebnisse, traten ihr diese lebhaft und schmerzvoll vor Augen.

Besonderes Interesse zeigte Hakon an ihren Ausführungen über den Bischof, der Asny gefoltert hatte, um herauszufinden, warum Hakon einen Boten nach ihr geschickt hatte.

«Er hat also nach den Stoßzähnen gefragt», hatte Hakon nachdenklich gesagt. Das war vor zwei Tagen gewesen, als sie abends in der Bucht oberhalb des Jarlshofs auf dem Felsen saßen, der nur bei Ebbe trockenen Fußes zu erreichen war.

«Ich sollte ihm verraten, wem du das Elfenbein verkaufen willst», erklärte sie. «Ich habe ihm alle Namen genannt, die mir einfielen – nur damit er aufhört, mir diese Schmerzen zuzufügen. Aber er hat mir nicht geglaubt.»

Sie dachte an die Narben auf ihrer Brust und fragte dann: «Verrätst du mir, was es mit dem Elfenbein auf sich hat?»

Hakon schaute zu den Bergen, die sich jenseits des Fjords vor dem sich verdunkelnden Himmel erhoben. «Eines Tages werde ich es dir erzählen ... vielleicht schon bald. Ja, ich werde dich einweihen, aber erst, wenn es so weit ist.»

Mehr sagte er nicht dazu, und sie fragte nicht weiter nach.

Nach einer Weile wateten sie vom Felsen durchs gestiegene Wasser zurück ans Ufer. Hakon nahm Asnys Hand und führte sie an den unter der Oberfläche verborgenen Steinen vorbei.

Seither hatte er kein Wort mehr über den Bischof verloren.

Während sie weiter zum Nidarholm fuhren, tauchten mit einem Mal ganz in der Nähe die Buckel von Walen auf. Sofort entspann sich eine angeregte Diskussion, ob man nicht versuchen sollte, einige der Tiere zu erlegen. Ihr Fleisch und Tran würden die Vorratskammern füllen. Es war Ewigkeiten her, seit man Wale im Fjord gesichtet hatte. Hakon entschied jedoch, dass die Angelegenheit auf dem Nidarholm Vorrang hatte.

Bald darauf erreichten sie eine Landebrücke, an der sie von Skjaldar und anderen Kriegern empfangen wurden. Der Hauptmann bedachte Asny mit einem unsicheren Blick, doch als sie ihm zunickte, schien er erleichtert zu sein. Sie hatte ihm verziehen, weil Hakon sie darum gebeten hatte und weil er auf der richtigen Seite kämpfte. Von den mehr als vierzig Rogaländern waren nur fünf am Leben geblieben, und einer davon war Kjartan. Die Throender hatten hingegen nur wenige Krieger verloren. Der junge Mann, dem Asny mit dem Stein das Gesicht zertrümmert hatte, war zwar schwer verletzt, würde aber durchkommen.

Am Morgen nach dem Kampf hatte Hakon die aufgespießten Leichen vom Strand holen und dem Meer übergeben lassen, bevor man die Gefangenen auf den Nidarholm brachte. Von der kaum mehr als zweihundert Schritt breiten, bewachten Insel war eine Flucht unmöglich.

Von der Landestelle aus folgten sie einem Pfad, der sie zu einer aus Baumstämmen errichteten Hütte führte, vor der sich zwei Dutzend Krieger aufhielten.

Auf dem Dach saß der Rabe, der Asny und die anderen mit einem Krächzen empfing.

«Kann er laufen?», fragte Hakon Skjaldar.

«Ich weiß nicht, ob er es noch kann. Aber ich werde dem Hurensohn schon Beine machen. Wohin willst du ihn haben?»

Hakon wies zu einer kalten Feuerstelle, um die im Halbkreis Bänke standen. Auf einer Bank ließ er sich mit Asny nieder, während Skjaldar in der Hütte verschwand.

Der Rabe breitete auf dem Dach die Flügel aus, stieg hoch in die Luft und drehte eine Runde über der Insel, bevor er auf Hakons Schulter landete. Er plusterte die Kopffedern auf, hob den Schnabel und schaute Asny mit einem Auge an. Dabei gab er ein Geräusch von sich, das wie ein Seufzen klang.

Die Tür der Hütte öffnete sich. Kjartan taumelte nach draußen und stolperte über seine eigenen Füße. Hinter ihm trat Skjaldar ins Freie. Kjartan hielt sich die Hände vor die Augen. Seit er eingesperrt worden war, hatte er offenbar kein Tageslicht mehr gesehen. Skjaldar schleifte ihn an den Haaren zur Feuerstelle.

Beim Anblick von Akis Mörder stieg der Hass in Asny auf wie bitterer Gallensaft. Es bereitete ihr nur wenig Genugtuung, dass Kjartan aussah wie durchgekaut und ausgespuckt: Seine Haut war bleich wie eine gekalkte Wand und das Gesicht eingefallen. Unter den Augen hingen dunkle Ringe. Am ganzen Leib zitternd setzte er sich auf und blinzelte gegen die Helligkeit an.

Als er Asny sah, zuckte er zusammen, als habe er sich verbrannt.

Hakon beugte sich auf der Bank vor. «Ich habe Fragen an dich, Kjartan!»

Dessen Lippen verzogen sich zu einem gequälten Lächeln. «Du hast Fragen, und ich habe keine Antworten für dich!» Gebrochen war der Mann noch nicht.

Skjaldar trat ihm von hinten gegen die rechte Hüfte, und Kjartan krümmte sich vor Schmerzen, bis Skjaldar ihn im Genick packte und ihn zwang, sich wieder aufrecht hinzuhocken.

«Niemand redet so mit dem Jarl!», zischte der Hauptmann.

Kjartan biss die Zähne zusammen, und als Hakon ihn aufforderte, die Wunde aus dem Kampf zu zeigen, zog er umständlich die verdreckte Tunika und das Hemd über die Hüfte. Durch Skjaldars Tritt war die Verletzung, die von einem Axthieb herrührte, wieder aufgeplatzt. Blut und Eiter sickerten aus einem handlangen Schnitt, um den herum sich eine blau verfärbte Schwellung gebildet hatte.

Als Skjaldar ihn daran hindern wollte, die Wunde wieder unter der Tunika zu verdecken, schnaubte Kjartan: «Nimm deine dreckigen Finger von mir!»

Skjaldar lachte höhnisch. «Ich könnte meine Finger drei Tage lang in Scheiße baden, und sie wären nicht halb so dreckig, wie du es bist.»

Kjartan verbiss sich einen Kommentar.

«Willst du leben?», fragte Hakon.

Kjartan mochte zwar wie halb tot aussehen, aber sein Blick funkelte hasserfüllt. «Leben? Natürlich will ich leben. Irgendwann stirbt jeder Mann, aber bis dahin will ich es noch einigen Weibern besorgen.»

«Erzähl mir, wie viele Schiffe Graufell hat.»

«Du willst, dass ich den König verrate, Jarl? Warum sollte ich das tun?»

«Das hast du doch gerade eben selbst gesagt: wegen der Weiber.»

Kjartans Blick zuckte zu Asny. «Die da soll den Fluch von mir nehmen!»

Hakon und der Rabe schauten Asny an. «Du hast ihn verflucht?»

Durch die Reihen der Krieger hinter den Bänken ging ein ehrfürchtiges Raunen.

«Mich! Und die gesamte Mannschaft», stieß Kjartan aus, bevor Asny antworten konnte. «Warum glaubst du, Jarl, habt ihr uns überwältigen können? Bestimmt nicht, weil du solche Dreckschweine wie das hier in deiner Truppe hast.»

Dafür fing er sich von Skjaldar einen Schlag auf den Hinterkopf ein.

«Lass ihn reden!», rief Hakon seinen Hauptmann zur Ordnung.

Skjaldar trat von dem Gefangenen zurück.

«Wie viele Schiffe?», wiederholte Hakon die Frage.

«Lässt du mich am Leben, wenn ich rede?», entgegnete Kjartan. «Und wird das Zauberweib den Fluch von mir nehmen?»

«Ich werde dich nicht töten, doch über den Fluch kann nur die Seherin entscheiden.»

Hakon beugte sich zu Asny und flüsterte: «Würdest du es tun?»

«Niemals!», erwiderte sie ebenso leise. «Er hat Aki getötet. Dafür soll er im Feuer seiner Christenhölle brennen ...»

«Ja, trotzdem wirst du ihm zustimmen – überlass den Rest mir!», sagte Hakon und obwohl er flüsterte, klang es wie ein Befehl.

Bevor Asny protestieren konnte, wandte Hakon sich wieder an Kjartan. «Die Seherin wird dir den Gefallen tun. Und nun beantworte meine Frage!»

Erneut huschte Kjartans Blick zu Asny, die innerlich vor Wut kochte. Was bildete Hakon sich ein? Er mochte ein mächtiger Mann sein, der Jarl der Throender. Aber das bedeutete nicht, dass er über Asny bestimmen konnte. Das konnte niemand!

Kjartan hingegen schien erleichtert zu sein. Beinahe dankbar sah er aus, und dafür hasste Asny ihn noch mehr.

«Wie viele Schiffe?», fragte Hakon.

«Und du stehst zu deinem Wort und das Weib auch?»

«Ja.»

«Also gut. Graufell hat zwei Dutzend Langschiffe bauen lassen!»

Hakon sog geräuschvoll Luft durch die Nase ein. Sein Blick war starr auf Kjartan gerichtet. «Und Blauzahn? Wie viele Schiffe wird der Dänenkönig schicken?»

«Man sagt, es würden noch einmal so viele kommen!»

Die Antworten schienen Hakon überhaupt nicht zu gefallen, er versuchte aber offenbar, sich nichts anmerken zu lassen. «Wie viele Schiffe überwachen gegenwärtig den Nordweg?», fragte er.

«Graufell hat zehn Langschiffe an den Küsten zwischen Rogaland und Raumsdal postiert. Wir waren am weitesten nach Norden vorgestoßen.»

Hakon nickte nachdenklich. Er hatte Asny erklärt, dass er vorhatte, Graufell mit einem Angriff zuvorzukommen – doch dafür brauchte er mehr Schiffe und mehr Krieger.

«Wann wird Graufell angreifen?»

Kjartan zuckte mit den Schultern. «Ich führe nur meine Befehle aus. Er bespricht sich mit Gunnhild, vielleicht noch mit seinem Bruder Gudröd.»

«Du lügst! Ich sehe dir an, dass du lügst!»

«Ich habe alles gesagt, was ich weiß. Das Weib soll endlich den Fluch von mir nehmen ...»

Hakon wollte erneut wissen, wann Graufell angreifen werde. Aber Kjartan schüttelte den Kopf.

«Vielleicht fällt mir noch ein bisschen mehr ein, wenn ich nicht mehr verflucht bin», sagte er.

Hakon ließ sich nicht beirren. «Kommt er noch in diesem Sommer? Oder erst im Herbst?»

«Der Fluch!»

«Sommer oder Herbst?»

Kjartan verdrehte die Augen. «Gut, verdammt! Erst im Spätsommer, vielleicht, oder Herbst ... noch nicht in den nächsten Tagen, aber noch vor der Ernte. Habe ich gehört. Und jetzt soll das Weib den Fluch ...»

«Welchen Fluch?»

Kjartan machte ein Gesicht, als habe Hakon verkündet, ihm das abzuschneiden, womit er eigentlich noch einige Frauen beglücken wollte. «Du hast es versprochen, Jarl!», stieß er aus.

«Ich – ja! Aber sie nicht. Ich kann den Fluch nicht von dir nehmen. Ich war nicht dabei, als du ihren Bruder getötet hast.»

«Aber ... du hast versprochen ...»

Hakon zog sein Schwert. «Ja, das habe ich getan. Ich habe versprochen, dich nicht zu töten.»

Kjartans rotgeränderte Augen weiteten sich. «Du ... falsche Natter!»

Dafür fing er sich erneut einen Schlag auf den Hinterkopf von Skjaldar ein, und dieses Mal tadelte der Jarl seinen Hauptmann nicht.

«Ich stehe zu meinem Wort, Kjartan. Skjaldar! Halt ihn fest.»

Der Hauptmann legte eine Hand auf Kjartans Schulter, und mit der anderen hielt er dessen Handgelenke auf dem Rücken fest. Als Kjartan sah, wie Hakon das Schwert mit dem Griff voran an Asny weiterreichte, stieß er einen heiseren Laut aus.

In ihrer Hand spürte Asny das harte Leder, mit dem der Griff umwickelt war. Das Schwert zu halten weckte in ihr ein Gefühl von Stärke und Macht. Sie erhob sich, die schwere Klinge in der rechten Hand. Voller Zuversicht fühlte sie sich, voller Kraft – und voller Rache.

Sie trat vor Kjartan, dessen Blick zwischen der Klinge und ihren Augen hin- und herzuckte. Sein Atem ging flach und schnell, als ihre Hand mit einem Mal zu zittern begann. Sie hatte noch niemals einen Menschen getötet. Was würde Velva jetzt an ihrer Stelle tun?

Gib mir ein Zeichen, Mutter, flehte sie. Sag mir, was ich machen soll! Doch Velva schwieg.

Da drehte sich Asny zu Hakon um, der jedoch auf ihren fragenden Blick nicht reagierte. Es war ihre Entscheidung. Ganz allein ihre Entscheidung!

Kjartan schnappte nach Luft.

Asny hob die Klinge, bis die Spitze seine linke Brust berührte, unter der das Herz wild pochte. Er hatte ihrem Bruder das Leben genommen. Er hatte gelacht, als Aki verblutete. Er hat keine Gnade verdient.

Und dann nahm sie Rache.

6.

Hladir

Sie knüpften Kjartan mit dem Kopf nach unten an eine Eiche auf dem Nidarholm. Dort würde er hängen bleiben, bis ihm das Fleisch von den Knochen gefault war.

Nachdem Asny die Klinge in sein Herz gestoßen hatte, hatte ihm Skjaldar mit einem Messer die Kehle durchgeschnitten. Das Blut wurde in einer Schale aufgefangen und mit nach Hladir genommen. Dort sollte es am Abend desselben Tages im Hafen bei einem *blót*, einem Blutopfer, dazu dienen, die Waffen für die Waljagd zu weihen.

Asny reagierte mit gemischten Gefühlen auf Hakons Bitte, die Zeremonie zu leiten. Sie fühlte sich noch nicht bereit, eine solche Verantwortung zu übernehmen, auch wenn es eine große Ehre war. Hakon ließ jedoch nicht locker, und schließlich stimmte Asny zu, schlüpfte in ihrer Hütte in das weiße Gewand und färbte ihr Gesicht mit Asche, so wie sie es bei Velva gesehen hatte.

Als sie nach Einbruch der Dunkelheit in den von lodernden Feuern erhellten Hafen zurückkehrte, ging ein Raunen durch die Reihen der versammelten Bewohner von Hladir. Asny fühlte sich nicht wohl in ihrer Haut. Niemals zuvor hatte sie eine Zeremonie geleitet, und dann sollte sie das gleich vor so vielen Menschen tun.

Erleichtert sah sie Hakon mit dem Raben auf der Schulter durch die Menge auf sie zukommen. Er nahm sie an seine Seite und führte sie zum Ufer, wo man Lanzen, Fischspeere und Beile bereitgelegt hatte. Dort reichte er ihr die mit Kjartans Blut gefüllte Schale.

Unschlüssig schaute sie erst in die Schale und dann zu Hakon auf.

«Sag etwas», flüsterte er. «Sprich zu den Menschen.»

«Ich weiß nicht, was ich sagen soll», erwiderte sie.

«Sprich zu den Göttern. Bitte sie um Beistand. Um ein Zeichen!»

Asny drehte sich zu den Throendern um. Sie waren ihnen gefolgt und starrten sie an, während die Flammen ihre Gesichter erhellten. Die Menschen waren voller Erwartung an die Seherin, die ihr Jarl zu Hilfe gerufen hatte.

Asny kämpfte gegen die aufkommende Panik an. Würden die Götter sie anhören?

«Mach schon!», drängte Hakon.

Sie versuchte sich vorzustellen, was Velva in einer solchen Situation getan hätte. Aber die wenigen Rituale, denen Asny beigewohnt hatte, hatten im kleinen Kreis in ihrem Grubenhaus in Haithabu oder später in der Waldhöhle stattgefunden – niemals jedoch vor einer solchen Menschenmenge!

Sie schloss die Augen. War es nicht vollkommen egal, wie viele Menschen zuhörten? Letztlich kam es auf die Götter an. Es kam immer auf die Götter an!

Asny versuchte, die Außenwelt zu vergessen, und ließ ihre Gedanken auf eine einsame Waldlichtung wandern, so wie jene Lichtung bei der Quidilingaburg, von der der Bischof sie damals verschleppt hatte. Sie sehnte Gerbergas Kräutermischung herbei, die es ihr ermöglicht hatte, mit den höheren Mächten in Verbindung zu treten. Aus den Kräutern, die man Asny besorgt hatte, hatte sie keinen Trank brauen können, da noch wichtige Zutaten fehlten.

Sie begann, anschwellende, brummende Laute auszustoßen, wobei ihr Oberkörper hin- und herwankte.

«Asny heiße ich!», rief sie. «Von Asgard gebt mir Nachricht, Njörd – Gott des Meeres ...»

Mit einem Mal spürte sie einen Schauer durch ihren Körper fahren. Ein angenehmes Kribbeln, eine unbestimmte Kraft.

«Ich höre die Hunde nahen und Sleipnir, das achtbeinige Pferd Odins. Ich sehe darauf den Allvater aus der Walhall reiten, und ich sehe Njörd kommen.»

Sie blinzelte und sah durch die halb geöffneten Lider in die erwartungsvollen Gesichter der Männer und Frauen, bevor sie sich an Hakon wandte, der ihr aufmunternd zunickte. Dann tauchte sie die Finger ihrer rechten Hand in die Schüssel und ließ Blut über die Waffen tropfen.

«Hört mich an, ihr Götter!», rief sie. «Weiht diese Waffen dem Kampf und der Jagd! Weiht sie mit dem Blut des Feindes!»

Je länger die Zeremonie dauerte, desto leichter kamen ihr die Worte über die Lippen. Sie hatte das Gefühl, die Worte entstanden nicht in ihrem Kopf, sondern ganz woanders.

Als die Schale geleert und alles Blut verspritzt war, richtete sie ihren Blick auf die Menschen, und es schien ihr, als habe sich mit ihnen etwas verändert. Sie sah Erleichterung und Zuversicht, und sie betete im Stillen, dass die Götter ihr keinen Streich spielten. Dass sie die Waffen und die Jagd wirklich weihen würden. Dass Akis Tod auf diese Weise vielleicht doch einen Sinn bekam.

Nach einer Weile zerstreute sich die Menge. Die Waffen wurden eingesammelt und für die Jagd am nächsten Morgen in die Fischerboote gebracht.

Hakon begleitete Asny hinauf zum Jarlshof. Jetzt erst spürte sie die Kälte, die sie durchdrungen hatte. Unter dem dünnen Gewand trug sie keine weitere Kleidung. In der Hütte legte Hakon ihr ein Schaffell um, und sie spürte dabei den leichten Druck seiner Hände auf ihren Schultern. Auf dem Heimweg hatte er kein Wort gesagt. Aber seine Gesichtszüge waren entspannter als in den Tagen zuvor, und für einen Augenblick schien es, als wolle er seine Arme um sie legen.

Doch dann wandte er sich zum Gehen.

«Ich bin mir nicht sicher», sagte sie, als er die Tür öffnen wollte, «ob die Götter mich wirklich erhört haben.»

Er drehte sich noch einmal zu ihr um. «Wir werden es bald wissen.»

Dann ließ er sie allein zurück mit ihren Gedanken und Zweifeln. Und mit ihren Ängsten.

7.

Thrandheimfjord

Der erste Tag brachte keinen Erfolg. Von morgens bis abends fuhren die Fischer in flachen Ruderkähnen, den Schuten, über den Fjord, ohne einen einzigen Walbuckel zu entdecken. Auch am zweiten Tag wurde kein Tier gesichtet, und als die Männer am dritten Tag die Jagd bereits um die Mittagszeit abbrachen und Kurs auf den Hafen nahmen, war von der anfänglichen Begeisterung nichts mehr zu spüren.

Wie an den Vortagen, an denen das Wasser zu Asnys Erleichterung ebenfalls ruhig gewesen war, saß sie neben dem alten Mann, der Thorleif hieß, hinten in einem Boot, das von Hakon, Ketil und vier weiteren Männern gerudert wurde. Niemand sagte etwas. Sogar dem Alten waren die Worte ausgegangen. Zu Beginn der Jagd hatte er noch unablässig geredet, und nicht einmal Ketils durchaus ernstgemeinte Drohung, ihn über Bord zu werfen, wenn er nicht endlich den Mund hielt, hatte ihn verstummen lassen.

Asny schaute zu den Waffen unter den Ruderbänken und sah die getrockneten Blutspritzer auf den Lanzen und Beilen. Weder Hakon noch irgendein anderer Mann hatte ihr einen Vorwurf gemacht. Dennoch war allen die Enttäuschung über den ausbleibenden Jagderfolg anzumerken – ein Erfolg, den Asnys Zeremonie sichern sollte.

Als sie in den Hafen einliefen, fand der Alte seine Sprache wieder und machte die anderen auf zwei Schiffe aufmerksam, die am Morgen noch nicht hier gelegen hatten. Hakon drehte sich auf der Bank um, und seine Miene verdüsterte sich.

«Warum kommt das Weib allein?», knurrte er.

«Das Weib ist deine Frau, vergiss das nicht», wies Thorleif ihn zurecht.

Hakon hatte Asny von der Hochzeit mit einer Frau namens Thordis erzählt. Sie war die Mutter seiner Tochter, aber was er gegen sie hatte, war aus seinen Worten nicht hervorgegangen. Er sprach nur mit Verachtung von ihr. Asny vermutete, dass es mit seiner gekränkten Ehre zusammenhing. Schließlich hatte sie ihn zu der Hochzeit gezwungen, weil sie das Bündnis mit den Sippen im Naumudal davon abhängig machte.

«Sie hat zehn Langschiffe versprochen», erwiderte Hakon, «und nun taucht sie mit zwei Kähnen, ihren Mägden, Knechten und vielleicht drei Dutzend Kriegern auf. Will uns das Weib für dumm verkaufen?»

«Hör dir doch erst einmal an, was sie zu sagen hat», gab Thorleif zurück.

Sie hatten die Schuten gerade an Land gezogen, als Asny eine Frau auf Hakon zueilen sah. Allem Anschein nach war es Thordis, deren Schönheit viel gerühmt wurde. Auch Asny musste eingestehen, dass die Frau mit dem blonden Haar, den vollen Lippen und dem Gewand aus rotgefärbter Schafwolle einen prächtigen Anblick bot. Ganz sicher übte sie auf die meisten Männer einen unwiderstehlichen Reiz aus, dem sich sogar Ketil nicht entziehen konnte. Er starrte sie mit einem Blick an, als habe er die Magd, die sich aufopferungsvoll um ihn gekümmert hatte, schon wieder vergessen.

Thordis begrüßte Hakon mit einem bezaubernden Lachen, während er abweisend blieb und gleich zur Sache kam. Aber sein Ärger legte sich, als Thordis berichtete, die Naumudaler würden nicht nur zehn, sondern sogar dreizehn Langschiffe bereitstellen.

Später am Abend ließ er sich sogar zu einem Lächeln hinreißen, als man im Jarlshaus in großer Runde beisammensaß. Asny, die von Thordis nicht weiter beachtet wurde, nahm daran teil und hörte, dass die Naumudaler entschieden hatten, Hakon, ihrem neuen Jarl, in den Kampf gegen Graufell zu folgen. Bald werde die Flotte in Hladir eintreffen, wann genau, könne sie aber nicht sagen, da die Kriegspfeile noch bis in die entlegenen Täler getragen werden mussten.

Hakon warf Asny hin und wieder einen Blick zu, den sie zunächst nicht deuten konnte. Aber dann ging ihr auf, dass er die Zustimmung der Naumudaler als Zeichen der Götter deutete – ebenso wie die Wale, die am nächsten Morgen auftauchten.

Die Nachricht verbreitete sich wie ein Lauffeuer. Vom Adlerfelsen aus hatten Wachposten die Tiere im Morgengrauen unweit des Nidarholms gesichtet. Daraufhin wurden im Hafen rasch Schuten und andere Ruderboote zu Wasser gelassen.

Wie an den Vortagen fuhren Asny, Hakon, Ketil und Thorleif mit vier anderen Männern in einer Schute. Dieses Mal musste der Alte an den Riemen aushelfen, was ihn nicht daran hinderte, wieder unablässig vor sich hin zu plappern. Hakon hatte mit dem Raben auf der Schulter den Platz am Vordersteven eingenommen, um Ausschau nach den Walen zu halten.

Sie passierten den Nidarholm, auf dem Kjartans Leiche kopfüber im Baum hing, als Hakon die anderen auf eine Schar Möwen aufmerksam machte. Immer wieder stießen die Vögel ins Wasser hinab, um kleinere Fische zu fangen – Fische, die womöglich von Walen an die Oberfläche gejagt wurden.

Hakon trieb die Ruderer an. Er wollte als Erster an der Stelle sein, und mit Ketil an Bord hatten sie einen entscheidenden Vorteil gegenüber allen anderen Schuten. Niemand konnte die Riemen so kräftig durchziehen wie er.

Von den Schiffen aufgeschreckt, erhoben sich die Möwen in die Luft und flogen lärmend davon, was der Rabe mit einem zufriedenen Krächzen kommentierte. Er mochte keine Möwen, zumindest nicht lebendig.

Was folgte, war eine gespenstische Stille. An diesem Morgen wehte kein Wind. Hakon forderte die Männer auf, das Rudern einzustellen, und sie glitten, vom Rauschen des Bugwassers begleitet, über den glatten Fjord. Hakon ließ sich einen Fischspeer reichen, an den ein Seil angebunden war, bevor die anderen Waffen verteilt wurden. Die Schute wurde langsamer, bis sie schließlich auf der Oberfläche dahindümpelte. Andere Boote kamen näher, auf denen sich die Fischer bewaffneten.

«Es sind keine gewöhnlichen Fische», raunte Thorleif Asny zu. «Irgendwann müssen sie nach oben kommen, um Luft zu holen, weißt du. Es ist lange her, seit ich das letzte Mal einen lebenden Wal gesehen habe, und das will was heißen. Ich bin schon sehr alt ...»

Asny nickte, hatte aber nur Augen für das Wasser. Die Anspannung an Bord war förmlich mit Händen greifbar.

«Als ich jung war, Seherin, das war noch zu Zeiten von König Schönhaar, sind wir an manchen Tagen bis vor die Küste am Nordweg gefahren, um die Biester zu jagen. Eine mühsame Angelegenheit, kann ich dir sagen, und eine gefährliche ...»

Asny glaubte, im Wasser etwas gesehen zu haben – eine Bewegung, nicht weit vom Boot entfernt. Ja, da war es wieder: ein Strudel, der rasch größer wurde. Thorleif verstummte. Auch die anderen hatten es bemerkt.

Hakon hob den Speer auf Schulterhöhe an. Plötzlich war unter dem Strudel ein Schatten zu erkennen – ein verdammt großer Schatten, und dann durchbrach ein Wal die Oberfläche. Mindestens zwanzig, dreißig Fuß war das Tier lang.

Die Männer schleuderten Speere und Lanzen, und die eisernen Spitzen drangen tief in den Rücken des Tieres ein. Hakon warf als Letzter den Fischspeer, dessen Schaft lang und dick wie ein

Riemen war, und die mit Widerhaken besetzte Spitze bohrte sich durch Speck und Fleisch in den Walschädel.

Schnell band Hakon das andere Ende des Seils um den Vordersteven, zog den Knoten fest und schickte die anderen Männer ins Heck. Unter ihren Füßen zitterten die Planken. Das Boot neigte sich unter ihrem Gewicht zunächst nach achtern, und dann, als der Wal, begleitet von einem rauschenden Schwall, abtauchte, ging ein harter Ruck durch die Schute.

Die eine Hand am Steven und die andere mit einem Messer am Seil, hielt Hakon sich bereit, die Verbindung zum Wal zu kappen, wenn das Boot unterzugehen drohte. Wie von Geisterhand gezogen pflügte es durchs Wasser, beschrieb einen weiten Bogen, um dann geradewegs auf die anderen Kähne zuzuhalten. Auf mehreren Booten wurde inzwischen mit Walen gekämpft. Fischer stachen und hackten auf die Tiere ein. Das Wasser färbte sich rot. Es war ein gnadenloses, blutiges Handwerk, ein Kampf ums Überleben.

Thorleif hatte erzählt, dass die Throender die Wale, die mächtigen Herrscher des Nordmeeres, verehrten. Doch die Menschen brauchten ihr Fleisch, ihren Tran, ihre Knochen. Sie mussten ihre Vorräte auffüllen und brauchten Nahrung, um Kraft zu sammeln für die bevorstehenden Kämpfe.

Kleinere Wale trieben bereits leblos an der Oberfläche und wurden mit Tauen an Booten festgebunden. Aber Hakons Kampf war noch nicht beendet.

Mit einem Mal verlor die Schute an Fahrt, das Seil wurde schlaff, und vor ihnen tauchte der mit Schäften gespickte Wal auf. Das verletzte Tier stieß eine blutrote Fontäne aus, bevor es erneut abtauchte und das Boot scheinbar mühelos hinter sich herschleppte.

Asny hörte Männer jubeln. Doch sie verstummten, als die Schute auf sie zuschnellte. Hakon gestikulierte mit den Armen, rief, sie sollten ausweichen. In wilder Panik wurden Riemen durchgezogen, dann pflügte die Schute an anderen Kähnen vorbei, rammte ein kleineres Boot und stieß die Besatzung über Bord. Schreie. Männer fielen ins Wasser.

Asny betete zu Njörd, dem Gott des Meeres und der Fischer, dem Vater der Geschwister Freyja und Freyr ...

Die Schute rauschte an weiteren Booten vorbei, bis der Wal hochkam, die Fontäne blies und wieder abtauchte. Er machte kehrt, hielt erneut auf die anderen Boote zu, als wolle er möglichst viele von ihnen versenken. Der Steven knackte, und der Bug neigte sich bedrohlich nah zur brodelnden Oberfläche. Wasser schwappte über Hakons Stiefel. Zwei Männer krabbelten nach vorn und begannen, mit Eimern zu schöpfen. Dann krachten sie gegen einen anderen Kahn. Das hässliche Geräusch von berstendem Holz war zu hören. Männer gingen schreiend über Bord. Die Wucht des Aufpralls riss auch Asny von der Bank in den gefluteten Rumpf. Ketil griff nach ihr, bekam sie zu fassen und zog sie zurück.

Sie hörte Thorleifs Stimme. «Das ist ein Spaß!», kreischte der Alte, als habe er den Verstand verloren. «Wir besiegen die Bestie! Wir besiegen sie! Odin! Thor! Njörd! Die Götter sind mit uns!»

Der Wal zog sie von den anderen Booten weg, während Schiffbrüchige in die Kähne gezogen wurden. Die Throender büßten zwar einige Ruderboote ein, aber daran dachte im Augenblick niemand. Wie im Blutrausch feierten sie den Kampf, und da wurde Asny klar, dass es hierbei um mehr ging, als Wale zu erbeuten. Die Männer brauchten den Erfolg über die Tiere, damit ihr Mut und ihr Wille gestärkt wurden, den Sieg über die Feinde zu erringen.

Etwa ein halbes Dutzend Tiere waren inzwischen erlegt und vertäut worden, alle deutlich kleiner als der, den Hakon noch immer am Seil hatte. Er war der Jarl, und es war seine Aufgabe, den größten Wal zu töten. So wie er Graufell töten musste.

«Niemand wird uns bezwingen!», kreischte Thorleif mit kindlicher Begeisterung. «Wenn Wind und Wellen tosen ...»

«Hier tost kein Wind», fuhr Ketil ihn an. «Halt endlich die Klappe, sonst verfütter ich dich an die Möwen!»

Thorleif ließ sich nicht beirren. «Du bist eine Landratte, Isländer. Aber wir sind die Herren der Meere ...»

«Er wird langsamer!», rief Hakon, der so nass war, dass er wie ein Bündel Seekraut tropfte.

Der Druck auf die Schute ließ spürbar nach, und der Bug hob sich. Das Seil erschlaffte. Asny starrte auf die Stelle, wo sie den Wal vermutete.

Hakon griff nach einem Fischspeer mit dreizackiger Spitze und richtete sich langsam auf.

Da sahen sie den Rücken an der Wasseroberfläche.

«Rudert!», rief Hakon.

Sofort warfen sich die Männer auf die Bänke und legten die Riemen aus. Die Fischer auf den anderen Booten schauten zu Hakon, der sich dem wie ein Fels aus dem Wasser ragenden Buckel näherte. Mit einem Mal begannen sich die Lanzen auf dem Rücken zu bewegen. Die Fluke, die Schwanzflosse des Wals, brach durch die Oberfläche und klatschte aufs Wasser, bevor sich der Wal umdrehte. Eine Bugwelle gurgelnden Wassers vor sich herschiebend, schwamm er auf die Schute zu, und das Tier war verdammt schnell.

Hakon wirbelte herum. Sein Gesicht glühte vor Anspannung. «Zieht die Riemen wieder ein!», rief er. «Haltet euch fest! Haltet euch gut fest!»

Asny klammerte sich mit einer Hand an die Bordwand, mit der anderen an die Ruderbank. Der Wal kam näher. Hakon stand, den Raben noch immer auf der Schulter, am Steven, die Lanze erhoben, Auge in Auge mit dem Wal. Die Knöchel seiner Faust traten hart und weiß hervor.

Asny rief im Stillen Njörd an, er möge dem Jarl beistehen, möge ihn und alle anderen vor der Wut des Wals beschützen. Sie schloss das Tier in ihr Gebet ein, hatte Mitleid mit ihm. Es hasste seine Jäger, hasste sie für die Schmerzen, die sie ihm und den anderen Walen zufügten. Asny selbst wäre es nicht anders ergangen.

Ihr Blick fiel auf den Wal, der unmittelbar vor der Schute abzudrehen schien, doch nur, um gleich darauf das Boot mit seiner Flanke zu rammen. Planken krachten. Ein Lanzenschaft fuhr dicht über Asnys Kopf hinweg. Die Schute neigte sich gefährlich. Wasser brach über Asny herein. Sie sah den dunklen, feucht glänzenden Körper an der Bordwand entlangschrammen. Wieder wurde sie von der Ruderbank geworfen.

Sie flog übers Deck, knallte gegen etwas Hartes. Blitze zuckten in ihrem Kopf auf. Die Welt erbebte, drehte sich. Ein harter, heftiger Ruck, als würde das Boot in zwei Teile gerissen, und dann folgte ein Moment vollkommener Stille.

«Der Jarl!», hörte sie jemanden rufen. Es war Ketil. «Seht doch! Verdammt – der Jarl!»

Sie rappelte sich benommen auf, schüttelte sich, um das lähmende, taube Gefühl loszuwerden, und hob den Kopf, der vom Aufprall gegen die Ruderbank dröhnte.

Ketil war aufgestanden und starrte entgeistert ins Wasser. «Er ist ... hinterhergesprungen», stammelte er. «Einfach hintergesprungen, der Teufelskerl ist verrückt ...»

«Das ist er nicht, Munki!», keifte Thorleif. «Der Jarl lässt sich niemals eine Beute entgehen. In deinem Munkikloster hast du wohl alles vergessen, was einen Mann zum Krieger macht!»

«Da!», rief jemand.

Alle Blicke folgten dem ausgestreckten Arm, mit dem der Mann auf etwas zeigte, das Asny den Atem verschlug. Der Wal tauchte aus dem Wasser auf, zeigte seine Größe, seine Stärke. Und da war Hakon wieder. Er hing an dem Wal, umklammerte mit der linken Hand das Seil unterhalb des Fischspeers, in der rechten hielt er das Beil, mit dem er auf den Schädel einschlug. Wasser spritzte auf. Hakon schlug erneut zu. Wie aus dem Nichts stürzte der Rabe herab, hackte nach einem Walauge, bis er wieder aufflog, als der Wal mit Hakon auf dem Rücken erneut unter der Oberfläche verschwand, um kurz darauf wieder aufzutauchen. Das Beil fuhr nieder. Blut spritzte.

Thorleif stieß einen Jubelschrei aus. Dann rief er den Namen des Jarls, wieder und wieder rief er ihn. Die Männer auf der Schute und die auf allen anderen Booten stimmten ein. Auch Ketil konnte nicht mehr an sich halten, er schrie, brüllte, jubelte, während der Wal und sein Jäger auf- und abtauchten, das Beil tiefe Wunden schlug und der Rabe dem Jarl zu Hilfe flog. Allmählich wurden die Bewegungen des Tieres schwächer, bis sie schließlich abebbten. Ein letzter kraftloser Schlag mit der Finne, als wolle er zeigen, dass er aufgab.

Thorleif rief die Männer, die ihre Plätze auf den Ruderbänken wieder einnahmen und zum Wal ruderten. Von überallher näherten sich Boote dem besiegten Tier, auf dessen noch immer zuckendem Rücken ein vollkommen entkräfteter Jarl saß. Sein Gesicht war hinter einem Schleier aus dunklen, nassen Haaren verborgen.

Als sie den Wal erreichten, hob er den Kopf und strich die Strähnen zur Seite. Asny erschrak. Sie hatte angenommen, Hakon wäre glücklich über den Erfolg, aber er sah nur erschöpft aus. Seine Augen schimmerten feucht, und es war nicht zu erkennen, ob es Wasser oder Tränen waren. Dafür gebärdete sich der Rabe wie ein Sieger und hüpfte krächzend auf dem Wal herum, als tanze er vor Freude.

Mit einer fast beiläufigen Bewegung warf Hakon das Seil zur Schute hinüber. Als Ketil es fangen wollte, schnappte Thorleif es ihm weg und zog selber das Boot zum Wal heran.

Hakon kletterte hinein und ließ sich hinten auf die Ruderbank sinken, unbeeindruckt davon, dass ihm ringsherum die Männer noch immer zujubelten.

Der Wal wurde zwischen der Schute und einem zweiten Boot festgemacht, bevor sie mit der Beute in der Mitte Kurs auf den Hafen nahmen. Es ging nur sehr langsam voran, was niemanden störte. Die Stimmung unter den Fischern war ausgelassen. Thorleif lachte aus voller Kehle und erzählte immer wieder, wie der Jarl den Wal besiegt hatte, wobei er mit den Armen fuchtelte, als würde er selbst gerade das Tier mit dem Beil erlegen.

Asny hatte sich neben Hakon gesetzt, der schweigend vor sich hinstarrte, während die Fischerflotte die Mündung des Nid ansteuerte. Den Platz auf dem Vordersteven hatte der Rabe eingenommen, und er war mit seinen aufgestellten Kopf- und gespreizten Schwanzfedern der würdige Vertreter eines siegreichen Jägers.

Im Hafen wurden sie von einer Menschenmenge erwartet, aus der die bunt gekleidete Thordis hervorstach. Sie stand winkend am Kopf einer Landebrücke. Hakon erwiderte den Gruß nicht, als die Schute an ihr vorüberglitt. Mit keinem Blick beachtete er die Frau. Stattdessen schaute er Asny an.

«Du bist nun bereit», sagte er leise.

«Bereit wofür?»

«Für die Reise zu den Göttern.»

Bevor sie ihn fragen konnte, woher er das wusste, wandte er sich Thordis zu, die am Ufer entlang zur Landestelle lief. Er hob die Hand, winkte ihr, und dann sagte er zu Asny: «Halt dich bereit.»

8.

Hladir, Jarlshof

Hakon spürte am Rücken den leichten Druck ihres warmen Körpers und hörte die gleichmäßigen Atemzüge. Er blinzelte in die Halle. Allmählich wurde es dunkel. Es waren bereits einige Wochen vergangen, seit sie Mittsommer gefeiert hatten, und die Nächte wurden wieder länger. Aber noch sickerte die matte Helligkeit des zu Ende gehenden Tags durch Ritzen in den Wänden.

Die Stellen müssen abgedichtet werden, bevor der Winter kommt, dachte er. Der nächste Winter?

Er erschrak bei dem Gedanken, der ihm so gewöhnlich erschien, als habe er keine anderen Sorgen, als an die anstehenden Arbeiten zu denken. Dabei war nichts gewöhnlich, auch wenn sich die Zeichen mehrten, dass die Throender die Gunst der Götter wiedererlangt hatten. Die Ernte stand bevor, und sie würde gut werden. Auch die Waljagd war erfolgreich gewesen.

Die Tiere waren zerteilt und ihr Speck zu Lampentran verarbeitet worden. Den Großteil des Fleisches hatte man durch Räuchern und Pökeln haltbar gemacht, den Rest in den vergangenen Tagen verspeist. Gebraten oder gekocht – Hakon konnte kein Walfleisch mehr sehen! Und es nicht mehr riechen. Nicht nur im Jarlshaus, auch in der Siedlung war der Geruch im ausgehenden Heumonat, dem *kornskurðarmánuðr*, allgegenwärtig. Es qualmten die Räucheröfen und dampften die Kessel, in denen der Speck zu Tran verkocht wurde.

Hakon hörte Bergljot schnarchen und Aud im Schlaf brabbeln, während ihn Thordis' Atem im Nacken kitzelte.

Es war an der Zeit aufzustehen. Doch als er sich von Thordis wegschieben wollte, schmiegte sie sich noch enger an ihn. Ihre Brüste drückten gegen seinen Rücken, und ihre Hand schob sich unter dem Fell auf seine Hüfte. Das hatte sie schon einige Male im Schlaf getan, und er hatte sie dann einfach weggestoßen. Heute durfte er nicht riskieren, sie aufzuwecken.

Im Gegensatz zu Hakon hatte Bergljot Thordis mit offenen Armen im Jarlshaus aufgenommen. Wie ausgewechselt war seine Mutter seither, nicht mehr wiederzuerkennen im Vergleich zu den Zeiten, in denen Malina unter ihr zu leiden hatte. Ja, es schien, als sei für Bergljot mit Thordis das pure Glück im Hof eingezogen. Thordis bemühte sich auch redlich, der Alten keinen Anlass zur Klage zu geben. Sie half im Haushalt und machte die Wäsche. Sie mahlte mit ihren feinen Händen Korn, versorgte das Vieh und kümmerte sich um Aud.

Dennoch verachtete Hakon sie mehr denn je. Sie hatte ihn bloßgestellt. Hatte ihn in eine Situation gebracht, in der er nicht mehr Herr über seine Entscheidung war. Hatte ihn zur Hochzeit gezwungen durch ihre Drohung, das Bündnis mit den Naumudalern aufs Spiel zu setzen. Das war etwas, das Hakon ihr niemals verzeihen würde, egal wie sehr sie sich als fleißige Hausfrau und Mutter ausgab. Er verabscheute sie, ihre Schönheit, ihre Stimme, und es verursachte ihm Magenkrämpfe, ihre Atemzüge zu hören und ihre Brüste und ihren warmen Körper zu spüren, wie er damals Malina gespürt hatte.

Da sie keine Anstalten machte, sich von ihm fortzubewegen, nahm er unter dem Fell vorsichtig ihre Hand von seiner Hüfte, rückte von ihr ab und setzte sich auf. Als er sich erheben wollte, sah er, dass ihre Augen geöffnet waren. Im Zwielicht erkannte er den traurigen Ausdruck in ihrem Gesicht.

«Gehst du zu ihr?», flüsterte sie.

«Schlaf weiter!» Er wich ihrem Blick aus.

Sie stützte sich auf den Ellenbogen. Unter ihr knisterte Reisig. «Was mache ich falsch, Hakon?»

«Ich muss mir die Füße vertreten. Ich finde keine Ruhe.»

Er brauchte sie nicht anzuschauen, um zu wissen, dass ihre Augen feucht wurden, dass sie ihm kein Wort glaubte, und Mitleid überkam ihn. Er ertappte sich bei dem Gedanken, dass er sich vielleicht wirklich auf sie hätte einlassen können, wenn die Voraussetzungen anders gewesen wären.

Obwohl alles in ihm danach drängte, endlich das Haus zu verlassen, schaute er sie doch noch einmal an. Ja, verdammt, irgendwo tief in seinem Innersten tat es ihm leid, dass er sie verletzte. Verletzen musste.

«Ich mache mir Sorgen wegen der Naumudaler», schob er als Erklärung nach.

Thordis schniefte leise. «Sie werden kommen, glaub mir! Sie haben es geschworen, und sie werden die Tochter ihres alten Jarls nicht hintergehen.»

«Und wann? Unsere Schiffe liegen im Hafen, das Heerlager platzt aus allen Nähten. Die Throender stehen bereit für die Schlacht. Nur die Naumudaler offenbar nicht.»

«Bitte, vertrau mir, Hakon ...»

Hinter ihr drehte sich Bergljot auf die andere Seite, schnarchte aber weiter. Hakon musste endlich hier weg, bevor noch jemand aufwachte. Er ließ sich dazu hinreißen, kurz Thordis' Schulter zu berühren.

«Ich muss an die frische Luft. Schlaf jetzt!»

Er hörte sie schwer seufzen, als er sich erhob. Dann zog er Tunika, Hose, Stiefel und Mantel an. Kurz überlegte er, ob er das Schwert mitnehmen sollte, entschied sich aber dagegen. Es hätte Thordis womöglich misstrauisch gemacht, da er ihre Blicke spüren konnte. Ein Messer musste also genügen, sollte es Probleme geben.

Ohne sich noch einmal umzudrehen, ging er durch die Halle zur Tür, und als er sie entriegelte, hörte er vom Lager Geräusche. Reisig knisterte, Holz knackte leise. Entweder hatte sie sich wieder hingelegt, oder sie hatte sich aufgesetzt.

9.

In den Bergen von Thrandheim

Der Rabe begrüßte ihn mit einem Krächzen und flog vom Walskelett auf, das sich im Licht des Vollmonds neben der Scheune abzeichnete. Mit rauschendem Flügelschlag landete er auf Hakons Schulter.

Die Knochen hätten längst weiterverarbeitet werden sollen. Aber der Rabe hatte lauten Protest eingelegt, als man ihm seinen neuen Lieblingsplatz wegnehmen wollte. Offenbar nahm er für sich in Anspruch, als Bezwinger des Wals ein Anrecht darauf zu haben. Also hatte Hakon dem Vogel einige Rippen gelassen, von denen aus er nachts wie auf einem Hochsitz über alles wachte.

Mit dem Raben auf der Schulter ging er über den Hof. Vor der Hütte drehte er sich noch einmal zum Jarlshaus um. Niemand folgte ihm. Er drückte die Tür auf. Drinnen war es stockfinster. Vorsichtig tastete er sich bis zum Bett neben der erkalteten Feuerstelle vor und kniete nieder. Nach einer Weile hatte er ein neues Feuer entfacht, und die Flammen erhellten den Raum.

Asny lag noch immer in derselben Stellung auf dem Bett, in der er sie gestern Morgen zuletzt gesehen hatte: Unter einem Mantel aus Eichhornfellen bereitete sie sich, ungestört von äußeren Einflüssen, auf das Ritual vor.

Hakon beugte sich über sie und hörte unter dem Mantel murmelnde Laute. Worte waren nicht zu verstehen. Seine Anspannung stieg. Er durfte sie nicht stören, durfte aber auch keine Zeit verlieren. Sie hatten noch einen weiten Weg vor sich, und es musste in dieser Vollmondnacht geschehen.

Mit einem Mal erstarb das Gemurmel. Vielleicht hatte sie das Feuer gerochen, vielleicht seine Anwesenheit gespürt. Eine dünne Hand tauchte auf und zog den Mantel herunter. Asny drehte Hakon das Gesicht zu. Sie sah müde aus, wirkte so erschöpft, als habe sie eine Woche keinen Schlaf gefunden, und nicht nur eineinhalb Tage.

Rasch füllte er einen Becher mit Wasser, reichte ihn ihr und sah zu, wie sie den Becher an ihre Lippen führte. Ihre Hand zitterte. Seit gestern Morgen hatte sie weder gegessen noch getrunken.

Sie leerte den Becher in kleinen Schlucken, bevor sie sich erhob. Hakon wollte sie stützen, doch sie lehnte ab und zog sich den Mantel über die Schultern. Im Fell glitzerten die Bernsteine und Glasperlen. Sie legte einen aus Feuerschwamm gefertigten Gürtel um und füllte in einen daran befestigten Lederbeutel getrocknete Pilze und Kräuter. Schließlich schlüpfte sie in die mit bunten Knöpfen und Bändern geschmückten Lederschuhe und griff nach einem kleinen Topf, bevor sie Hakon mit einem Nicken zu verstehen gab, dass sie bereit war.

Mondlicht flutete den Hof. Der Himmel war sternenklar. Vom Fjord wehte ein sanfter Nachtwind herüber und streichelte ihre Gesichter, als würden die Götter ihnen ihren Atem zuhauchen.

Schweigend gingen sie durch die stille Siedlung hinunter zum Hafen, wo ihnen einige Krieger entgegentraten, die sich aber gleich wieder zurückzogen, als sie den Jarl erkannten. Am Ufer schob Hakon ein kleines Boot ins Wasser, ruderte es an den Zelten des Heerlagers vorbei und dann weiter stromaufwärts über den sich durch das Tal windenden Nid. Weder Asny, die im Heck saß, noch Hakon sprachen ein Wort, auch der Rabe schwieg vorn im Bug. Die einzigen Geräusche machte das über Steinen und Baumstämmen gurgelnde Wasser.

Einige Male musste Hakon aussteigen, um den Kahn über Untiefen zu ziehen, bis endlich das Rauschen des Wasserfalls zu hören war. Es schwoll zu einem Donnern an, als sie die kleine Insel passierten, die den Fluss in zwei Arme teilte.

Hakon steuerte das Ufer an, und etwa einhundert Schritt unterhalb des Wasserfalls gingen sie an Land.

Dem Pfad folgend stiegen sie die Hänge hinauf, der sie zu der alten Hütte führte. Hakon verspürte einen Stich, als ihn die Erinnerungen an die Nacht mit Malina überkamen, verdrängte die Gedanken jedoch sofort wieder. Malina hatte ihn verlassen, und das Einzige, auf das er sich jetzt konzentrieren musste, war das, was vor ihm lag.

In der Hütte versicherte sich Hakon im Schein des durch die Löcher im Dach einfallenden Mondlichts, dass die Holzstangen auf dem Boden unverändert aussahen. Das Versteck war also noch sicher, selbst wenn in der Zwischenzeit jemand hier gewesen sein sollte.

Nachdem er ein kleines Feuer entzündet hatte, breitete sich angenehme Wärme in der Hütte aus. Asny füllte den mitgebrachten Topf mit Wasser, das sie über dem Feuer zum Kochen brachte, bevor sie ihn wieder aus den Flammen zog und Kräuter und Pilze aus dem Lederbeutel hineingab.

Dann begann sie sich zu entkleiden, legte Schuhe, Gürtel, Mantel und Tunika ab. Fasziniert betrachtete Hakon ihre Tätowierungen, die farbigen Sonnen und wellenförmigen Muster, die vom Hals abwärts ihren Oberkörper und die Beine bedeckten.

Der Rabe tippelte über einen Dachbalken und schaute auf die beiden herunter.

Hakons Herz schlug schneller. Er fühlte sich von Asnys Körper angezogen, schalt sich aber innerlich dafür. Sie war eine Seherin – seine Seherin! –, die nur von Göttern berührt werden durfte. Schließlich verhüllte sie sich wieder mit dem Fellmantel und setzte sich mit überkreuzten Beinen Hakon gegenüber ans Feuer. Sie wich seinem Blick aus und rührte mit einem Stock den Trank um.

Hakon hatte jegliches Gefühl verloren, wie viel Zeit vergangen war, seit sie den Jarlshof verlassen hatten. Aber es konnte nicht mehr lange dauern, bis der Mond verschwand. Er sah Asny einen Finger in den Topf stecken und war erleichtert, als sie den Trank ansetzte und einen langen Schluck nahm. Es war so weit!

In dem Moment zerriss ein krächzender Warnlaut die Stille. Hakon bedeutete dem Raben mit einer wütenden Geste, den Schnabel zu halten, doch der krächzte nur umso lauter, wobei er auf dem Balken hin- und herhüpfte.

Was war mit dem Vogel los? Ob er Hakon vor etwas warnen wollte? Oder machte ihn der durchdringende Kräutergeruch nervös? Oder – und das schien wahrscheinlicher – spürte er die Nähe der Götter?

Asny ließ sich von dem Gekrächze nicht aus der Ruhe bringen, und als der Vogel verstummte, waren ihre leisen, beschwörenden Worte zu hören, die sie über den Trank sprach, bevor sie den Topf erneut ansetzte und ihn dann über das fast heruntergebrannte Feuer hinweg Hakon reichte.

Er zögerte. Die Kräuter und die Pilze waren heilig, aber er war kein Zauberer. Er befürchtete, der Trank könnte eine unvorhersehbare Wirkung auf ihn haben. Er hatte Männer gesehen, die solche Pilze gegessen und sich in rasende Unwesen verwandelt hatten, in brüllende Berserker, Bärenmänner, die noch mit abgehackten Gliedmaßen und dem Wahnsinn in den Augen kämpften.

Andererseits vertraute er Asny, und wenn es für das Ritual wichtig war, wollte er tun, was sie von ihm erwartete. Er nahm einen kleinen Schluck, doch als er absetzen wollte, schüttelte sie den Kopf, und er trank weiter, bis der Topf leer war. Anschließend saßen sie sich schweigend am Feuer gegenüber. Der Rabe krächzte zwar nicht mehr, hüpfte aber weiterhin von einer Seite des Balkens zur anderen.

Nach einer Weile begann Asnys Oberkörper unter dem Mantel

hin- und herzuschwanken, als wäre sie von einer unsichtbaren Hand angestoßen worden. Brummende, murmelnde Laute drangen aus ihrem halb geöffneten Mund.

Während Hakon sie beobachtete, veränderte sich ihr Anblick. Ihre Gestalt dehnte sich aus, teilte sich, und es schien, als würden zwei Asnys über dem Boden tanzen. Hakon kniff die Augen fest zusammen und öffnete sie wieder. Die Wirkung des Tranks hatte eingesetzt, und er spürte, wie sich die Wärme in seinem Körper ausbreitete, begleitet von einem Kribbeln. Es bereitete ihm Angst und faszinierte ihn zugleich.

Asnys Stimme schwoll zu einem schrillen Singsang an, der mit einem Mal vom heiseren Krächzen des Raben gestört wurde.

Hakon schaute zum Dachbalken, sah den Raben doppelt und hörte die Warnlaute. Er wollte den Vogel zur Ruhe rufen, bekam aber den Mund nicht auf. Seine Kehle war rau und trocken, und die Zunge schien die ganze Mundhöhle auszufüllen. Er senkte den Blick wieder auf Asny, die die Arme ausbreitete, wobei der Mantel von ihren Schultern rutschte und ihren Körper freigab, den bunten, geheimnisvollen, schönen Körper. Den verführerischen Körper.

Hakon verspürte den Drang, nach der Seherin zu greifen, sie zu berühren, als sein Herz zu rasen und unter seiner Schädeldecke ein Gewitter zu brausen begann. Schnell massierte er mit den Daumen seine Schläfen, um die Besinnung nicht zu verlieren.

Dann hob er wieder den Blick und sah direkt in Asnys weit aufgerissene Augen. Bei den Göttern! War das noch Asny? Ihr Gesicht hatte dämonische Züge angenommen, und zwischen ihren Lippen quollen Worte hervor, die vom Sturm in seinem Kopf übertönt wurden.

Ein Schatten fiel vom Dach, als der Rabe mit ausgebreiteten Schwingen auf dem Boden landete und zeternd gegen die Tür hackte.

Hakons Hand griff wie von selbst nach einem Scheit, den er auf den Vogel schleuderte. Das Holz streifte das Tier, das vor Schreck einen Schrei ausstieß.

Was hatte Hakon nur getan? Der Rabe war sein Freund. Hakon musste die Tür öffnen und ihn rauslassen, aber er war unfähig, sich zu bewegen.

Da waren Asnys Worte zu hören.

«Hel!», rief sie die Totengöttin an. «Hel! Hel! Ich stehe an der Pforte. Was soll ich tun?»

Ihr starrer Blick war auf Hakon gerichtet. «Was soll ich tun?»

Es dauerte einen Moment, bis er begriff, dass die Frage an ihn gerichtet war. «Geh hindurch», antwortete er schnell.

Asnys Augen schlossen sich, und hinter den Lidern zuckten die Augäpfel, als würden sie gleich aus ihrem Kopf springen.

Sie war zu Hel vorgedrungen!

Gedanken zuckten wie Blitze in Hakons Kopf auf. «Geh durch die Pforte», forderte er sie noch einmal auf.

Offenbar hatte sie dies bereits getan. «Stell deine Fragen!», rief sie.

«Was siehst du, Asny?»

Sie erschauerte, schlang die Arme um ihre angezogenen Knie. «Dunkelheit! Ich sehe nichts, da ist nur Dunkelheit!»

Mit einem Mal legte sich der Sturm in seinem Kopf. «Geh weiter! Such nach Licht! Irgendwo muss Licht sein!»

«Ich gehe. Ja, ich gehe, es wird heller. Da ist etwas unter meinen Füßen. Es ist weich und feucht.»

«Schau nach unten! Was siehst du?»

Ein anhaltendes Stöhnen kam aus ihrem Mund. «Leichen. Der Boden ist bedeckt mit – Leichen.»

«Erkennst du die Toten?»

«Nein ... es sind Männer und Frauen und Kinder ...»

«Schau dir ihre Gesichter an!»

Sie sagte etwas, doch ihre Stimme wurde vom Krächzen des Raben übertönt. Der Vogel musste endlich raus, bevor der Lärm Asnys Reise gefährdete. Hakon wollte sich gerade mühsam aufrichten, als er die Seherin wieder hörte.

«Sie haben keine Gesichter!», schrie sie.

«Geh weiter! Such das Licht!»

«Ich sehe etwas ... einen hellen Schimmer ... da ist ein Hügel ...»

«Steig hinauf!»

«Auf dem Hügel steht ein Hochstuhl, ein Thron ... ein Mann sitzt darauf ... ein König.»

«Woher weißt du, dass es ein König ist?»

«Eine Stimme sagt es mir.»

«Wer spricht zu dir?»

«Ich höre nur die Stimme ...»

«Wer ist der König?»

«Ich kann sein Gesicht nicht erkennen ... bin zu weit entfernt ...»

«Geh weiter!»

Hakon versuchte, den Bildern zu folgen, die Asnys Worte in ihm auslösten: Leichen, ein Hügel, ein Mann, der ein König sein sollte. Der Sturm in seinem Kopf hatte nachgelassen. Es schien, als könne Hakon die Wirkung des Tranks nun besser unter Kontrolle halten.

Der Rabe gab noch immer keine Ruhe. Was hatte er bloß? Brachte ihn das Ritual so durcheinander? Oder war etwas draußen vor der Hütte? Hakon schaute zur Tür, die der Rabe mit seinem Schnabel bearbeitete. Ein Wolf vielleicht? Ein Bär? Oder ein Mensch?

«Freyja!», schrie Asny plötzlich und zog Hakons ganze Aufmerksamkeit wieder auf sich. «Freyja Vanadis! Die Herrin der Vanen! Sie fliegt in ihrem Wagen über die Leichen. Sie kommt zu mir! Was soll ich tun?»

«Warte auf sie! Rede mir ihr!» Hakons Herz trommelte vor Aufregung. Asny begegnete der Göttin!

«Ich ... habe Angst vor ihr ...»

«Nein! Hab keine Angst. Freyja ist auf unserer Seite.» Hoffentlich ist sie das wirklich, dachte er.

«Freyja!», kreischte Asny. «Hör auf! Bitte! Es tut so weh!»

Ihre Brüste bebten unter ihrem rasenden Atem. Sie riss die Arme in die Höhe und rief immer wieder den Namen der Göttin. Mit einem Mal verstummte sie und kippte hintenüber.

Hakon zwang sich aufzustehen und wankte ums Feuer. Asny lag rücklings auf dem Boden, den Blick aus den weit aufgerissenen Augen zum Dach hinauf gerichtet. Sie schien bei Bewusstsein zu sein.

Hakon kniete neben ihr nieder und berührte ihre heiße Stirn. Schweiß rann über ihr Gesicht, und ihre Lippen zitterten.

«Die Göttin ... will dich treffen», stieß sie aus.

Ihn treffen! Wie sollte das möglich sein? Er war noch niemals zu den Göttern gereist, er war doch kein Seher ...

Zwischen Asnys Lippen quollen Laute hervor, die wie das Gurren von Tauben klangen. Schwer verständliche Worte: «Ein ... Geschenk. Du musst ihr ein Geschenk bringen ...»

Da wurde Hakon klar, was Asny, nein, was Freyja wollte. Nach welchem Geschenk sie verlangte!

«Bleib bei ihr, Asny», flüsterte er ihr ins Ohr. «Sie wird dir nichts antun.»

Zumindest hoffte er das, während er zur hinteren Wand taumelte. Bei den Bewegungen wurde das Gewitter in seinem Kopf wieder stärker. Er musste sich an der Wand abstützen, als er sich langsam auf die Knie sinken ließ. Er nahm das Messer vom Gürtel und begann, mit der Klinge den getrockneten Lehm zwischen den Holzstangen auszukratzen, den er und Thorleif im vergangenen Herbst eingebracht hatten.

Sein Kopf drehte sich. Immer wieder musste er kleine Pausen einlegen, während er Lehmbrocken löste und auf den Knien über den Boden rutschte. Bald war die erste Holzstange frei gelegt, dann die zweite und die dritte. Hakon schob sie zur Seite.

Er hörte Asnys Stimme, die mal leise gurrend, dann wieder zu klagenden Rufen anhebend die Hütte erfüllte, nur unterbrochen vom Krächzen des Raben, und er ärgerte sich, dass er vergessen hatte, den Vogel vor die Tür zu setzen.

Endlich hatte er so viele Holzstangen frei gelegt, dass in dem ausgeschachteten Hohlraum darunter die Tücher sichtbar wurden, in die die Stoßzähne eingewickelt waren. Mit Thorleifs Hilfe hatte er das Elfenbein hier versteckt, nachdem sie nach Hladir zurückgekehrt waren.

Er nahm einen Stoßzahn heraus und kehrte damit zu Asny zurück, um sie zu fragen, was nun zu tun wäre. Unter ihren Lidern rollten die Augäpfel wie in einem Albtraum.

«Asny?», sprach er sie leise an. «Ich habe ein wertvolles Geschenk für die Göttin.»

Da schlug Asny die Augen auf, doch Hakon konnte ihren Blick nicht einfangen. Es schien, als starre sie einfach durch ihn hindurch.

Hakon wurde von Panik ergriffen. Asny durfte den Kontakt zu Freyja nicht verlieren. Dann wäre alles umsonst gewesen, denn eine weitere Möglichkeit würde es nicht geben. Noch vor dem nächsten Vollmond musste Hakon angreifen, um Graufell zuvorzukommen, da Späher berichtet hatten, dass der König sein Heer bereits sammelte.

«Wasser!», stammelte Asny. «Bitte – gib mir etwas zu trinken.»

Hakon legte den Stoßzahn zur Seite und tastete nach dem Schlauch. Er fand ihn, half Asny dabei, den Oberkörper aufzurichten und hielt ihr das Mundstück an die Lippen. Sie nahm einen Schluck, doch unter einem Hustenanfall spuckte sie alles wieder aus. Erst beim zweiten Versuch gelang es ihr, das Wasser bei sich zu behalten. Ihr Atem ging jetzt langsamer.

«Ist Freyja noch bei dir?», fragte Hakon. «Ich habe ein Geschenk für sie. Bitte, sprich mit ihr!»

Asnys Blick war abwesend. Sie schien etwas Verborgenes zu sehen, was Hakon als gutes Zeichen deutete.

Ihre Lippen zitterten. «Freyja Vanadis! Die Schicksalsfrau aus dem Vanengeschlecht steigt aus dem Wagen. Ihre Schönheit erfüllt mich mit Licht und Wärme. Ihr Schmuck blendet mich ...»

Der Rabe rang mit lautem Gekrächze erneut um Aufmerksamkeit, und Hakon hatte Mühe, Asnys Worte zu verstehen.

«Freyja will, dass du jetzt deine Fragen stellst.»

Und was war mit dem Geschenk? War es für Freyja Geschenk genug, dass er ihr das Versteck verraten hatte?

«Stell deine Fragen!», stieß Asny aus.

«Ja ... ich ... also ... werden die Naumudaler Wort halten und uns unterstützen?»

Asny zögerte, und es schien eine Ewigkeit zu vergehen, bis sie endlich eine Antwort erhielt. «Sie werden kommen.»

«Und wann ist der günstigste Zeitpunkt, um die Feinde anzugreifen?»

«Du darfst nicht mehr lange warten.»

Diese Antwort half Hakon nicht wirklich weiter, und er entschloss sich, die Schicksalsfrage zu stellen, bevor Freyja das Interesse an ihm wie an dem Geschenk verlor.

«Werde ich ... werden die Throender die Feinde besiegen?»

Er hielt vor Anspannung die Luft an, während er auf eine Antwort wartete. Aber bevor Asny etwas sagte, meldete sich der Rabe. Dieses Mal machte er einen solchen Lärm, dass Hakon aufsprang, zur Tür stolperte, sie aufriss und den Vogel mit einem Schubs nach draußen beförderte. Dann verriegelte er die Tür von innen und kehrte zu Asny zurück.

«Können wir die Schlacht gewinnen?», fragte er.

«Freyja sagt, sie sammele nur die Leichen ein ...»

«Wessen Leichen – verdammt?»

Von draußen drang Krächzen in die Hütte. Es klang, als wolle der Rabe den ganzen Wald zusammenschreien. So aufgeregt war er schon lange nicht mehr gewesen. Was ging dort vor sich?

«Wer sind die Toten?», wiederholte Hakon seine Frage. «Sind es ... Throender?»

Asny wandte ihm mit geschlossenen Augen ihr Gesicht zu. Sie wirkte mit einem Mal wie eine müde, alte Frau.

«Das will sie dir selbst sagen. Du musst zu ihr kommen.»

Hakon fuhr zusammen. Was sollte das nun wieder bedeuten?

Asnys Hand legte sich auf seinen Arm. «Sie sagt, du sollst mit mir reisen. Ich bringe dich zu ihr.»

Asny ließ sich rücklings auf den Boden sinken und spreizte die Schenkel.

Hakon verstand. Freyja wollte nicht den Stoßzahn, der zum Feuer gerollt war, sodass die Spitze in der Glut schwarz anlief, ohne zu brennen. Die Göttin des Schicksals, der Fruchtbarkeit und Liebe wollte ihn.

Er begann, sich auszuziehen, wobei er seine Kleider achtlos hinter sich warf.

Noch einmal war das Krächzen zu hören. Dann verstummte der Rabe, und es wurde still.

Hakon betrachtete Asnys dünnen Körper. Rippen und Beckenknochen schienen sich fast durch die tätowierte Haut zu drücken. Vor seinen Augen tanzten die wellenförmigen Muster und die Sonnen auf ihren Brüsten.

Er kniete sich zwischen ihre Schenkel, beugte sich über sie und spürte ihre heiße Haut. Dann machte er sich auf die Reise zur Göttin.

Und der Rabe schwieg.

Er öffnete die Augen und sah, dass durch die Löcher im Dach Licht in die Hütte fiel. Tageslicht. Als er sich aufsetzte, zuckten Schmerzen vom Liegen auf dem harten Boden durch seinen Rücken. Dennoch fühlte er sich erleichtert, geradezu beschwingt.

Freyja hatte ihm die Zukunft vorausgesagt. Hatte das Schicksal gedeutet – und ihre Antworten erfüllten ihn mit Zuversicht.

Asny schnarchte leise an seiner Seite.

Sein Blick fiel auf die Feuerstelle. Die Spitze des Stoßzahns war verkohlt und zum Teil von Asche bedeckt.

Er erhob sich. Sein Kopf dröhnte, was vermutlich eine Nachwirkung des Tranks war. Er suchte seine Kleider zusammen, zog sich an und deckte Asny mit dem Fellmantel zu. Dann legte er den Stoßzahn zurück zu den anderen in das Loch, das er mit den Holzstangen wieder verschloss. Um die Zwischenräume abzudichten, brauchte er Lehm, von dem es hinter der Hütte welchen gab. Vorsichtig, um Asny nicht aufzuwecken, ging er zur Tür, entriegelte sie und trat nach draußen.

Er blinzelte ins helle Licht, das durch die Bäume drang. Die Sonne stand bereits hoch über den Bergen.

Tief sog er die frische Luft ein und spürte, wie das Leben in seine steifen Glieder zurückkehrte. Wie neue Kraft seinen Körper flutete – die Kraft, die er für den Sieg brauchte, und er würde ihn erringen, so wie die Göttin es ihm prophezeit hatte. Er, Hakon Sigurdarson, war der König auf dem Hügel, der über den Leichen seiner Feinde thronte.

Er reckte sich und stieß dann einen schrillen Pfiff aus, um den Raben zu rufen. Doch der zeigte sich nicht, auch nicht, nachdem Hakon erneut gepfiffen hatte. Kein schwarzer Schatten tauchte zwischen den Bäumen auf, kein rauschender Flügelschlag war zu hören.

Hatte Hakon den Raben so sehr gekränkt, dass der ihn nun ignorierte?

Er wird sich schon wieder einkriegen, dachte Hakon und nahm sich vor, den Vogel mit einer Schale Speck zu besänftigen, wenn sie wieder auf dem Jarlshof waren.

Dann ging er hinter die Hütte zu der kleinen, mit Laub zugedeckten Mulde, aus der sie beim letzten Mal den Lehm geholt hatten. Als er näher kam, sah er etwas auf dem Boden liegen. Etwas Schwarzes. Er drehte sich danach um, und seine Kehle schnürte sich zu. Dort lag der Rabe, dessen rechter Flügel unnatürlich verdreht war.

Hakon ging in die Hocke und berührte den noch warmen Vogelkörper, als er im Laub etwas glitzern sah. Er hob es auf und starrte auf die Perlen in seiner Hand. Und er verstand. Verstand, dass Freyja nur ein Spiel mit ihm getrieben hatte. Ein grausames Spiel!

Als der Pfeil durch das Unterholz zischte, war alles zu spät.

10.

Hladir

Der Wetzstein glitt über die Klinge und schärfte sie für die bevorstehende Schlacht, so wie Thorleif es schon viele Male in seinem langen Leben getan hatte. Er liebte das schabende, metallische Geräusch, liebte die Vorbereitung auf den Kampf, während er sich vorstellte, wie sein Schwert in die Leiber der Feinde drang. Wie es durch Fleisch, Gedärm und Knochen fuhr und vom Blut gefärbt wurde, das sich in der Rinne sammelte. Wie die Feinde schrien und die Schwerter das Lied des Todes sangen. Wie Stahl gegen Stahl schlug …

«Du kannst das Schwert ja kaum noch heben, Alter», drängte sich die Stimme des Munkis in Thorleifs kriegslüsterne Gedanken.

«Was willst du damit überhaupt anfangen?», fragte Ketil. «Kämpfen? Na, vielleicht werden deine Gegner bei deinem Anblick ja vor Lachen tot umfallen. Gib lieber mir das Schwert und nimm den Holzlöffel, mit dem du die Grütze futterst …»

«Warum legst du nicht einfach deinen Schwanz in ein Munkibuch und klappst es kräftig zu, damit du da unten überhaupt mal wieder etwas spürst?», entgegnete Thorleif, ohne den Bärenmann anzuschauen.

Der große Kerl verbrauchte schon viel zu lange die Luft in seiner Hütte, während er ihn aus seinen dunklen, unheimlichen Augen beobachtete.

Jetzt ging ein Beben durch den gewaltigen Körper, und er stieß ein dröhnendes Lachen aus.

«Weil ich kein Buch habe, Alter!»

Thorleif pustete den vom Wetzstein abgeschabten Staub von der Klinge, prüfte die Schärfe mit dem Daumen und war mit dem Ergebnis zufrieden.

«Und ich dachte, ihr Munkis treibt es mit euren Büchern, anstatt es wie richtige Männer mit Weibern zu tun.»

«Oh, es überrascht mich, dass so ein alter Knochen wie du überhaupt noch in der Lage ist zu denken. Du solltest dich ins Bett legen und nicht in eine Schlacht ziehen. Tota vita dies unus est!»

«Hm?»

«Das ganze Leben ist wie ein Tag.»

«Deine Munkisprüche werden dir im Kampf nichts nützen. Wenn ich sterbe, tue ich das mit diesem Schwert in der Hand, denn so trete ich vor Odin als Einherjar – als auserwählter Krieger. Und dann werde ich feiern und Weiber haben und mich schlagen und Fleisch essen, bis ich platze ...»

«Ohne Zähne?» Der Bärenmann grinste von einem Ohr zum anderen.

Er besaß wirklich den größten Mund, den Thorleif jemals gesehen hatte. Überhaupt war alles an dem Bastard so riesig, dass man darüber entweder erschauern oder lachen konnte.

Thorleif zog es vor zu lachen. «In Walhall brauche ich keine Zähne. Dort könnten sogar schwanzlose Faulpelze – nichtsnutzige Kohlenbeißer, wie du einer bist – Weiber beglücken.»

«Schwanzlos?», bellte der Munki.

Er sprang vom Schemel auf, dem er mit seinem Gewicht einiges abverlangte, zog die Tunika hoch und entblößte darunter etwas, dessen Anblick Thorleif ein anerkennendes Grunzen entlockte.

«Ich habe gehört, die fette Magd, diese Dalla, würde hin und wieder unter deine Felle kriechen», sagte Thorleif. «Sag bloß, damit spießt du das arme Weib auf. Sie hätte dich vor die Hunde gehen lassen sollen, statt dich gesund zu pflegen.»

«Fett?» Der Munki ließ sich wieder auf den Schemel sinken, der unter ihm ächzte und knirschte. Thorleif bekam aufrichtiges Mitleid mit der Magd.

«Dalla ist genau richtig», empörte sich der Munki. «Sie hat ordentlich Fleisch auf den Hüften.»

«Sie ist doch nur froh, überhaupt noch einen Kerl abbekommen zu haben.»

Der Munki grinste. «Im Gegensatz zu dir kann ich meinen Hammer noch schwingen. Deiner ist doch nur noch zum Pinkeln gut.»

«Pinkeln?», rief Thorleif. Verdammt, der Bastard mochte ein Munki sein. Aber Thorleif konnte ihn wirklich leiden. «Woher willst du wissen, dass ich damit noch pinkeln kann? Es läuft raus, wann es will.»

Und dann lachten beide wie Jungen, die etwas ausgefressen hatten und dabei nicht erwischt worden waren.

Thorleif wischte sich Tränen aus den Augen, erhob sich und legte Schwert und Wetzstein auf den inzwischen wieder mit allerlei Gerümpel und Angelgeräten beladenen Tisch. Dann trat er vor den Munki, der ihn noch im Sitzen überragte, und klopfte ihm anerkennend auf die Schulter. Der Kerl hätte Thorleif mit bloßen Händen zerreißen können. Da er es bislang nicht getan hatte, nahm Thorleif an, dass er ihn ebenfalls leiden konnte.

«Du bist wirklich der dämlichste Bastard, dem ich jemals begegnet bin», sagte Thorleif. «Weißt du, ich habe viele Männer kennengelernt – und alle überlebt. Es wäre mir eine Freude gewesen, dich nach Walhall zu schicken, wenn du nicht so ein Gänseschiss wärst, der an den verfluchten Christengott glaubt und in den Christenhimmel will.»

Er lachte glucksend, verstummte jedoch, als er sah, wie sich ein Schatten über das Gesicht des Munkis legte und die Mundwinkel nach unten sanken.

Thorleif nahm die Hand zurück und wechselte das Thema. «Ich konnte sie alle haben, die Weiber. Nur eins nicht. Na, kommst du drauf, welches das ist? Nein? Gut, dann verrate ich es dir. Bergljot. Ja, die alte Gewitterziege. Das Weib hatte nur Augen für den alten Jarl Sigurd, Hakons Vater. Soll ich dir etwas sagen? Ich habe verdammtes Glück gehabt, dass sie mich abgewiesen hat, auch wenn sie nicht immer so war. Da bleibe ich doch lieber allein in meiner stinkenden Hütte, anstatt mir von so einem keifenden Troll das Leben vermiesen zu lassen ...»

Wieder ging ein Beben durch Ketil. Der Schemel knarrte. «Woher willst du wissen, dass ich den Christengott noch anbete?»

Thorleif wich unwillkürlich zurück.

«Trage ich das Kreuz?», bellte der Munki. «Hast du mich den Namen des Herrn Jesus anrufen hören?»

Thorleifs Hals war wie zugeschnürt. Plötzlich war mit dem Munki eine Veränderung vor sich gegangen. So hatte er Ketil noch nie erlebt. Er sprang auf und wuchs in die Höhe, bis sein Kopf beinahe gegen einen Dachbalken stieß.

Thorleif tastete auf dem Tisch hinter sich nach dem Schwert und bekam den Griff zu fassen. Als er es ein Stück zu sich heranzog, spürte er, wie seine Hose im Schritt feucht wurde. Verdammt! Der Munki hatte ihm einen solchen Schrecken eingejagt, dass er sich einnässte. Ausgerechnet jetzt. Es war erniedrigend!

«Was ist los mit dir?», stammelte er und hoffte, dass sich vorn auf der Tunika kein Fleck bildete.

Der Munki schien Thorleif vollkommen vergessen zu haben und starrte, die dunklen Augenbrauen tief herabgezogen, durch ihn hindurch.

«Ich soll dem Herrn danken für seine Gerechtigkeit!», rief er und stieß Laute aus, die wie verächtliches Lachen klangen. «Und ich soll den Namen des Herrn, des Höchsten, lobsingen! Aber der Herr ist nicht gerecht. Er ist nicht gerecht!»

Ketil packte den Schemel und brach ein Bein davon ab wie einen morschen Zweig. Thorleif hatte den Schemel einst selbst gebaut aus einem Stück gespaltener Buche, in die er drei armdicke Äste eingesetzt hatte.

Der Munki brach das zweite Bein ab.

«Der Herr ist nicht gerecht!», rief er so aufgebracht, dass ihm Speichel aus dem Mund sprühte. «Er ist nicht gnädig. Er ist nicht barmherzig!»

Mit einem hässlichen Knacken wurde auch das dritte Bein ein Opfer seiner Wut. Thorleif duckte sich, als er den Munki ausholen sah. Doch der Buchenklotz krachte ein Stück weit von ihm entfernt auf den festgestampften Boden. Beim Aufprall wurden trockene Lehmbrocken herausgerissen.

«Im Namen des Herrn ist sie gefoltert worden», bellte der Munki. «In Seinem Namen wurde er getötet ...»

Thorleif schaute zur Tür. Mit zwei, drei Sätzen könnte er sie erreichen. Er musste aus der Hütte raus, bevor Ketil in seiner Raserei alles kurz und klein schlug. Wahrscheinlich würde er in seiner Zerstörungswut keinen Unterschied machen zwischen den Einrichtungsgegenständen und dem Mann, der hier wohnte.

Gerade ging der Schaft eines Fischspeers zu Bruch, und Thorleif hörte den Munki den Namen der Seherin rufen, dann den ihres Bruders Aki.

Thorleif hechtete zur Tür, so flink und behände, wie er es selbst kaum noch für möglich gehalten hatte. Er zog die unverriegelte Tür auf und schlüpfte nach draußen. Ins Licht, in Sicherheit. Von einem rasenden Munki zermalmt zu werden, war so ziemlich der unwürdigste Tod, den Thorleif sich vorstellen konnte.

Seine Flucht hatte ein jähes Ende, als er vor der Hütte geradewegs in den üppigen Busen seiner Nachbarin Audgunn rannte.

«Was ist denn hier los?», keifte sie, während er sich von ihr löste.

Aber sie meinte weder Thorleif noch den Lärm aus seiner Hütte, die gerade zu Kleinholz verarbeitet wurde, sondern die durch die Gassen strömende Menge. Von überallher schoben und drängten sich Menschen hinunter zum Hafen.

Thorleif reckte den Kopf und sah den Grund für den Aufruhr: Schiffe, die sich der Mündung des Nid näherten. Neugier packte ihn. Aber er besann sich eines anderen und steckte den Kopf wieder durch die Tür.

Ketil hatte innegehalten. Mitten im Raum stehend betrachtete er fassungslos das Chaos, das er angerichtet hatte.

«Es ... tut mir leid», stammelte er, als erwache er aus einem bösen Traum.

Thorleifs Ärger verrauchte sofort, und er beschloss, dem Munki zu verzeihen. «Die Naumudaler kommen», rief er.

Der Munki hob den Blick. «Ich weiß auch nicht, wie ...»

«Darüber reden wir später», erwiderte Thorleif und dachte zugleich: Die Sachen wirst du mir ersetzen, Kerl – doppelt und dreifach!

Bei den Landebrücken rief jemand Thorleifs Namen, und als er sich umdrehte, sah er Skjaldar, den Hauptmann, durch die Menge drängen. Sein Gesicht war vor Anstrengung und Aufregung rot angelaufen.

«Ich komme gerade vom Jarlshof», keuchte er. «Der Jarl ist immer noch nicht aufgetaucht!»

Hakons Verschwinden stimmte auch Thorleif nachdenklich. Für gewöhnlich zog er ihn ins Vertrauen, bevor er Hladir länger verließ.

Das letzte Mal war er vor drei Tagen hier am Hafen gesehen worden. Wachen hatten erzählt, der Jarl sei mit der Seherin in einem Boot stromaufwärts gerudert. Es war also gut möglich, dass sie zur Berghütte wollten, und Thorleif fragte sich, ob es etwas mit dem Elfenbein zu tun hatte, von dem eigentlich nur er und der Jarl wissen sollten.

Weitaus beunruhigender aber war, dass Hakon sich ausgerechnet jetzt davongemacht hatte. Das passte so gar nicht zu ihm. Jeden Tag war mit dem Eintreffen der Naumudaler zu rechnen, und Hakon hatte sehnsüchtig darauf gewartet, die Heere zu vereinen und Graufell anzugreifen.

Nein, die Sache stank zum Himmel, und je länger Thorleif darüber nachdachte, desto überzeugter war er, dass dem Jarl etwas zugestoßen sein musste. Daher beschloss er, so schnell wie möglich bei der Hütte nachzuschauen. Allerdings gab es dabei ein Problem: Wie sollte er dort hinkommen?

Mit dem Schwert zu kämpfen, war eine Sache, gegen die Strömung zum Wasserfall zu rudern, eine vollkommen andere. Ein alter Knochen wie er brauchte dafür mindestens einen ganzen Tag. Es sei denn ...

Der Munki, der neben ihm wie ein Turm aus der Menge ragte, glotzte zu den Schiffen bei den Landebrücken.

Ob Thorleif ihn rudern lassen sollte? Er würde Fragen stellen und wissen wollen, warum sie den Jarl ausgerechnet in der Hütte suchten. Der Kerl mochte zu unkontrollierten Gewaltausbrüchen neigen, aber er war nicht dumm. Zumindest nicht so dumm wie andere Munkis, die Thorleif ins Jenseits befördert hatte.

Nun, er würde später gründlich darüber nachdenken. Ob heute oder morgen – auf einen Tag kam es auch nicht mehr an, dachte er und beobachtete, wie die Naumudaler an den Brücken festmachten.

«Warum haben die Feuerwachen die Schiffe nicht gemeldet?», überlegte Skjaldar laut.

Thorleif deutete auf die Banner mit dem Elchgeweih, die auf einigen der Schiffe flatterten. «Wahrscheinlich haben sie gesehen, dass es die Naumudaler sind.»

Skjaldar rieb sich den Nacken. «Ich glaube kaum, dass die Banner von den Bergen aus zu erkennen sind.»

«Oder eure Wachen haben geschlafen», warf der Munki ein.

«So dumm ist kein Throender», schnaubte Skjaldar. «Jeder weiß, welche Strafe darauf steht.»

«Mhm», machte Thorleif. «Und wollten die Naumudaler nicht viele Schiffe schicken? Das hier sind nicht mehr als fünf.»

Zwei Schiffe lagen bereits an den Landebrücken, während die anderen drei ein Stück weiter stromaufwärts gerudert wurden, um dort freie Landestellen anzusteuern.

Sie gingen zu einer der Brücken, und ernüchtert musste Thorleif feststellen, wer das Kommando über die Naumudaler führte: Von Bord des größten der Schiffe, ein prächtiges *langskip* mit gut fünf Dutzend Mann Besatzung, stolzierte ein in bunte Kleider gewandeter Wicht über eine Rampe auf die Brücke. Lambi Asgeirsson blieb am Brückenkopf stehen, bis Krieger zu ihm aufschlossen. Es waren drei Krieger. Thorleif kannte die Bastarde, von denen einer grimmiger aussah als der andere. Der älteste hieß Björn Totschläger, und er hatte sich den Namen redlich verdient.

Wie beim Frostathing im Frühjahr sah der in helles Blau gekleidete Lambi aus wie ein Gockel, und Thorleif hätte ihn am liebsten gerupft und auf seine Kleider gepisst. Bei dem Gedanken fiel ihm seine eigene Hose wieder ein, und er versicherte sich rasch, dass auf der Tunika noch immer nichts von seinem Missgeschick zu sehen war. Das hätte noch gefehlt.

Als Lambi die anderen näher kommen sah, legte er den Umhang hinter das Schwert, das in einer Lederscheide an seinem Gürtel hing. Seine mit Fett eingeriebenen Stiefel bewegten sich nicht von der Stelle, und er erwartete Thorleif, Skjaldar und den Munki mit verkniffener Miene.

Der Krötenschiss hält sich für einen Kriegsherrn, dachte

Thorleif. Wenn irgendwann die Gelegenheit kommen sollte, dem Wicht die Flügel zu stutzen, hätte er nichts dagegen, das selbst zu übernehmen.

Er blieb mit Ketil einige Schritt hinter Skjaldar stehen, der zu den Naumudalern trat und sich vor Lambi aufbaute. Björn Totschläger und seine Brüder legten die Hände an die Schwertgriffe.

«Ist das alles?», fragte Skjaldar. «Ihr hattet mehr Schiffe versprochen.»

Lambis Mundwinkel zuckten leicht. «Wo ist der Jarl?», entgegnete er. «Hält er es nicht für nötig, uns einen angemessenen Empfang zu bereiten? Stattdessen schickt er Bauern. Wenn ich mich recht entsinne, war er es, der uns um Hilfe angebettelt hat.»

«Der Jarl ist verhindert», sagte Skjaldar.

«Oh, verhindert! Er stößt wohl gerade meine Schwester.» Lambi stieß ein freudloses Lachen aus, das die drei Brüder mit knurrenden Lauten begleiteten.

Thorleif machte einen Schritt auf Lambi zu. «Sprich niemals abfällig über den Jarl!»

Skjaldar zog Thorleif zurück und fragte: «Bist du gekommen, um zu streiten, Lambi Asgeirsson, oder um für deine Freiheit zu kämpfen?»

«Für die Freiheit», sagte Lambi und kicherte dümmlich. Aber er schien nicht belustigt zu sein, sondern wirkte angespannt.

Ihm fehlt der Wein, dachte Thorleif. Er hätte sich nicht gewundert, wenn Lambi nach der Seefahrt so betrunken gewesen wäre, dass er sich kaum auf den Beinen hätte halten können.

Inzwischen hatten auch die anderen drei Schiffe weiter oben angelegt, doch kein Krieger ging von Bord, während an Land die Menge der Schaulustigen anwuchs.

Mit einem Mal hellte sich Lambis Gesicht auf. Als Thorleif sich umdrehte, sah er Thordis herbeieilen und mit federnden Schritten an ihm, Skjaldar und dem Munki vorbei zu ihrem Bruder huschen.

Sie begrüßte ihren Bruder und tauschte flüsternd mit ihm einige Sätze aus.

Skjaldar räusperte sich. «Ich warte auf deine Antwort, Lambi.»

Thordis wandte sich zum Hauptmann. Sie schien betrübt, beinahe traurig, wobei eine tiefe Falte zwischen ihren hellen Augenbrauen sie noch reizvoller wirken ließ.

«Ich habe ihm nur erzählt, dass Hakon verschwunden ist», erklärte sie, «und dass ich ... dass wir uns große Sorgen machen.»

«Das tun wir auch», mischte sich Thorleif ein. «Dennoch wollen wir wissen, warum ihr weniger Schiffe geschickt habt, als ihr zugesagt hattet.»

Thordis bedachte ihren Bruder mit einem vorwurfsvollen Blick. «Warum hast du es ihnen nicht erklärt?»

Lambi senkte den Blick auf die Spitzen seiner fettglänzenden Stiefel, die wohl kaum jemals durch Schlamm und Blut auf einem Schlachtfeld gewatet waren.

«Die anderen kommen bald», sagte er zu den Stiefeln.

«Bald?», rief Skjaldar. «Was bedeutet *bald?*»

«In einer Woche, vielleicht ...»

«Es braucht Zeit, bis alle Schiffe bemannt sind», sprang Thordis ihrem maulfaulen Bruder zur Seite. «Lambi ist vorausgefahren, damit Hakon sieht, dass die Naumudaler zu ihrem Wort stehen.»

Wahrscheinlich ist er vorausgefahren, um uns die Vorräte wegzufressen, dachte Thorleif und fragte: «Habt ihr Verpflegung mitgebracht?»

«Etwas Brot und ein paar Fässer mit gesalzenem Fisch», erwiderte Lambi.

Skjaldar und Thorleif wechselten einen Blick. Es war keine Kleinigkeit, weitere fünf Schiffsmannschaften zu versorgen, da bereits gut dreihundert Männer aus den Throender-Fylki im Heerlager zelteten. So viele Männer würden die Vorräte der Stadt bald aufgebraucht haben.

Wenn nur der Jarl hier wäre, dachte Thorleif und schaute zu Ketil, der ungewohnt zurückhaltend und mit hängenden Schultern hinter ihnen stand. Vielleicht grübelte er noch immer darüber nach, was er vorhin in der Hütte angerichtet hatte.

Ja, Thorleif würde nicht darum herumkommen, ihn um Hilfe bei der Suche nach Hakon zu bitten. Irgendeine Ausrede würde er sich schon ausdenken.

Er hörte, wie Thordis ihren Bruder aufforderte, die Krieger ins Heerlager abrücken zu lassen.

Lambi schaute auf und reckte die rechte Hand in die Höhe, was offenbar das Zeichen zum Aufbruch war, denn in die Schiffsmannschaften kam Bewegung.

Daraufhin zogen sich Thorleif, Skjaldar und der Munki zurück und beobachteten vom Ufer aus, wie die Naumudaler in ungeordneten Reihen durch den Hafen trotteten.

Zwischen ihnen und den Throendern herrschte seit vielen Jahren Frieden, aber Thorleif konnte sich an andere Zeiten erinnern, auch wenn ihm entfallen war, unter welchem König zuletzt die Throender gegen die Naumudaler gekämpft hatten.

«Sie haben gute Waffen», bemerkte Skjaldar. «Es hätte mich nicht gewundert, wenn sie mit Knüppeln und Hacken ausgerüstet wären.»

Die Naumudaler hatten Lanzen mit polierten Spitzen und Schäften aus Eschenholz; viele Schwertträger waren unter ihnen, Männer mit Streitäxten und einige Bogenschützen. Die Schilde zeigten kaum Spuren von Abnutzung.

Thorleif sah Thordis und ihren Bruder am Fuß der Landebrücke stehen, wo die Krieger an ihnen vorbeizogen. Lambi knetete seine Finger. Er schien den Wein immer nötiger zu brauchen.

Als sich Thordis' Blick mit dem von Thorleif kreuzte, schenkte sie ihm ein sanftes Lächeln, und er ertappte sich bei dem Gedanken, dass er in jungen Jahren bestimmt sein Leben dafür gegeben hätte, mit einem solchen Prachtweib das Lager zu teilen. Ein Weib, das wie von den Göttern gemacht zu sein schien und jeden Mann um den Verstand bringen konnte.

Nur den Jarl nicht.

Er wird seine Gründe haben, dachte Thorleif, aber es gelang ihm nicht, den Blick von diesen roten, vollen, lächelnden Lippen zu lösen.

11.

Hladir

Als die Dämmerung über die Berge und Wälder kroch, hatten die Naumudaler ihre Zelte abseits von denen der Throender errichtet. Vom Fluss stieg Nebel auf und waberte wie von Geisterhand bewegt durchs Heerlager. Lambi drehte eine letzte Runde, um sich zu überzeugen, dass alle Vorbereitungen getroffen worden waren, auch wenn es ihm zunehmend schwerer fiel, seine Gedanken und das Zittern seiner Hände unter Kontrolle zu halten.

Björn folgte ihm und nahm am Eingang von Lambis Zelt seinen Posten ein.

Lambi ging allein hinein. Er verschloss hinter sich den Eingang, holte tief Luft und drehte sich langsam um. Das Innere wurde von einer brennenden Trankerze matt erhellt. Sein Blick fiel auf das Bett, auf dem die weichen Felle lagen, und dann auf den Schild, der an der Truhe lehnte, in der sich das befand, wonach er sich mehr sehnte als nach allem anderen. Seine Hände zitterten so heftig, dass es ihm Mühe bereitete, den Gürtel abzuschnallen. Er legte Gürtel und Schwert aufs Bett, bevor er sich niederließ und den Blick auf die Truhe richtete.

Sein Herz schlug schneller. Nun war er allein – und doch war er nicht allein. Die flackernde Flamme zeichnete pulsierende Schatten auf die Wände aus dicht gewebtem Leinen. Die Dämonen krochen wieder aus ihren dunklen Ecken hervor, lockten ihn mit Versprechungen und flüsterten Komplimente. Er sah ihre Schatten über die Truhe kriechen.

Öffne sie!, zischelten sie.

Er ballte die bebenden Hände zu Fäusten und spürte das dumpfe Hämmern hinter seinen Schläfen. Das Verlangen!

Er erhob sich und kniete vor der Truhe nieder. Öffnete sie. Griff hinein. Fühlte das kalte, pralle Leder, das das Mittel gegen seine Sehnsucht barg.

Er nahm den mit starkem Honigwein gefüllten Trinkschlauch heraus. Vor der Abreise hatte er ihn in die Truhe gelegt mit der festen Absicht, ihn erst zu leeren, wenn die Sache überstanden war. Zuvor hatte er sich tagelang in die Besinnungslosigkeit getrunken, weil er hoffte, das Verlangen damit für längere Zeit unterdrücken zu können. Aber das war ein Trugschluss gewesen. Es hatte kaum einen Tag gedauert, bis die Dämonen ihn wieder umschwärmten. Es wäre einfach, die Dämonen zurück in ihre Ecken zu schicken. Er brauchte nur einen Schluck zu trinken.

Ein Schluck! Nur einen einzigen Schluck, flüsterten sie. Wer konnte etwas dagegen einwenden? Niemand beobachtete ihn in diesem Moment, nicht einmal seine Schwester.

Thordis war auf den Jarlshof zurückgekehrt, begleitet von Björns Brüdern Baug und Bjalfi, die aufpassen sollten, damit niemand Thordis belästigte, weder Naumudaler noch Throender. Diese Bastarde, die ihre Blicke nicht von ihr nehmen konnten.

Er hasste sie alle, und am meisten hasste er den Jarl. Die Vorstellung, wie seine Schwester vom Jarl mit dreckigen Fingern befummelt wurde, bereitete ihm schlaflose Nächte – und verstärkte den Drang, diese Gedanken zu betäuben.

Björn würde den Mund halten. Lambi wagte es erst gar nicht, sich auszumalen, was geschehen würde, wenn Thordis erfuhr, dass er sich ausgerechnet in dieser Nacht betrank. Das hatte sie ihm vorhin noch einmal ganz deutlich unter die Nase gerieben: kein Wein, kein Bier – nicht einen einzigen kleinen Schluck! Diese Hure!

Er berührte den Holzpfropf, der im Mundstück des Trinkschlauchs steckte. Der Tag wird kommen, an dem ich mir nichts mehr befehlen lasse, dachte er.

Noch war sie es, die das Sagen hatte, und dafür hasste er sie. Und er liebte sie.

Nach ihrer Schönheit hatte sich sogar ihr Vater, der verfluchte Asgeir, verzehrt. Bei dem Gedanken an seinen Vater wurde der Drang, den Pfropfen zu ziehen und den verdammten Wein seine Kehle herabrinnen zu lassen, übermächtig. Sein Herz raste, und Schweiß strömte ihm über Nacken und Rücken. Nur ein Schluck!

Nein!

Er zwang sich, gleichmäßig zu atmen, bis das Zittern ein wenig nachließ. Doch er wusste, dass das Verlangen zurückkehren würde, und beschloss daher, sich abzulenken. Er legte den Schlauch in die Truhe zurück, setzte sich aufs Bett, öffnete den Lederbeutel an seinem Gürtel und nahm das Ohr heraus. Er hatte es seinem toten Vater abgeschnitten, nachdem man den Alten für dessen letzte Reise auf das Schiff gebracht hatte, auf dem er mitsamt einer Sklavin und seinem besten Pferd verbrannt worden war.

Lambi betrachtete das Ohr. Dunkel verfärbtes Fleisch hatte sich um die Knorpel zusammengezogen und verströmte einen unangenehmen Geruch.

Es ist deine Schuld, Vater, ganz allein deine Schuld, sagte sich Lambi im Stillen. Ich habe alles versucht, dir einen Grund zu geben, damit du stolz auf mich sein kannst, aber du hast immer Thordis vorgezogen. Hast du dich für mich geschämt, weil ich kleiner war als die anderen Jungen? Weil ich nicht so schnell laufen und nicht so schwere Steine heben konnte? Ich habe zu dir aufgeschaut, doch du hast mich behandelt wie Dreck.

Weißt du noch, damals, als die Münzen aus deinem Geldbeutel verschwunden waren? Wen hast du verdächtigt? Natürlich mich! Obwohl ich dir bei meinem Leben geschworen habe, dass ich das Geld nicht angerührt hatte. Angefleht habe ich dich. Doch du hast mich durchs ganze Haus geprügelt, grün und blau hast du mich geschlagen.

Bei der Erinnerung füllten sich Lambis Augen mit Tränen. Er hob das Ohr so dicht vor seinen Mund, dass er es beinahe mit seinen Lippen berührte, und flüsterte: «Ich bin es nicht gewesen, Vater. Aber ich weiß, wer es war. Willst du es hören? Nein, vermutlich willst du die Wahrheit gar nicht erfahren. Du würdest mir ja doch nicht glauben, dass deine schöne Thordis in der Lage ist, ihren eigenen Vater zu bestehlen, oder? Aber ich habe gesehen, wie sie die Münzen im Wald hinter unserem Hof vergraben hat. Warum ich das damals nicht erzählt habe? Was für eine dumme Frage! Weil du mir nicht geglaubt hättest. Deine Thordis – eine Diebin? Niemals! Sie war doch dein schönes Mädchen.»

Lambi hielt das Ohr über die Flamme der Trankerze neben dem Bett. Stinkender Qualm stieg auf. Schnell zog er es zurück.

«Noch nicht», murmelte er. «Noch musst du mir zuhören, bis ich dir alles erzählt habe ...»

Am Eingang war ein Geräusch zu hören. Lambi versteckte das Ohr wieder im Beutel.

«Komm rein!», rief er dann.

Die Zeltbahn wurde zur Seite geschlagen, und Björn steckte seinen knochigen Schädel herein. Der Mann war eine Ausgeburt an Hässlichkeit. Lambi hatte ihn nach Asgeirs Tod vor dem Galgen gerettet und dafür einen guten Teil seines schmalen Erbes ausgegeben. Aber es hatte sich gelohnt, den Mann und seine Brüder auszulösen.

Björn war der älteste der drei. Unter seiner Führung hatten sie im vergangenen Herbst einen Hof im nördlichen Naumudal überfallen. Als der Hausherr und seine Knechte die Räuber stellen wollten, wurden sie von den Brüdern umgebracht. Anschließend vergingen sie sich an den Frauen und schnitten ihnen die Kehlen durch. Bei einer Magd waren sie allerdings zu nachlässig gewesen. Sie konnte fliehen, und der Fall wurde vor das Thing gebracht. Man jagte und fing die Mörder, die sich in den Bergen versteckt hatten, und wenn Lambi nicht das hohe Blutgeld an die Verwandten der Hofbesitzer entrichtet hätte, wären Björn, Baug und Bjalfi längst an den Galgenbäumen am Ufer des Flusses Namsen verwest.

«Sie haben deine Schwester auf dem Jarlshof abgeliefert», sagte Björn.

«Na und? Warum erzählst du mir das?», herrschte Lambi ihn an.

Björn sah irritiert aus. «Weil du benachrichtigt werden wolltest, wenn sie zurück sind.»

Das hatte Lambi vergessen, was auch kein Wunder war, angesichts der Qualen, die er zu durchleiden hatte.

«Sie hat übrigens verlangt, dass wir noch vor dem Morgengrauen zum Jarlshof kommen», sagte Björn.

«Was?»

«Ja, wir drei Brüder!»

«Warum das denn?»

Björn zuckte mit den Schultern.

«Nein, verdammt – das geht nicht!», stieß Lambi aus, wusste jedoch zugleich, dass er sich Thordis' Anweisungen nicht widersetzen konnte. Er kochte innerlich vor Wut. Ausgerechnet morgen sollte er auf Björn und seine Brüder verzichten – auf die Männer, die er bezahlte!

«Darf ich dich was fragen?», meinte Björn.

«Kommt drauf an», schnaubte Lambi.

Björn trat herein. «Warum ist sie nicht hiergeblieben, ich meine, gerade heute Nacht?»

«Sie wird ihren Grund haben», gab Lambi zurück.

Was fiel dem Kerl ein, neugierige Fragen zu stellen? Er mochte Lambis Gefolgsmann sein, der ihm auf Gedeih und Verderben ausgeliefert war und der sich eher beide Füße abhacken lassen würde, bevor er seinen Herrn verriet. Dennoch brauchte er nicht in alle Einzelheiten eingeweiht zu sein.

«Gibt es noch etwas für uns zu tun?», wollte Björn wissen und machte Anstalten, das Zelt wieder zu verlassen.

Besorg mir Wein, dachte Lambi, und dann sorg dafür, dass ich mich in aller Ruhe volllaufen lassen kann, bis die Schmerzen nachlassen. Er drängte den Gedanken zur Seite, als ihm doch noch eine Idee kam.

«Besorg mir eine Frau!», befahl er.

«Eine Frau?»

«Ja – ein Weib! Hörst du schlecht?» Lambi schob die zitternden Hände unter seine Beine.

«Jetzt gleich? Wo sollen wir eins herbekommen?»

Lambi verdrehte die Augen. Der Kerl mochte ein gewissenloser Mörder und guter Krieger sein, aber er war so schwer von Begriff wie ein Ochse. «Lasst euch etwas einfallen! Sucht im Hafen oder in der Siedlung. Irgendwo wird es hier Huren geben, und wenn ihr keine findet, dann fangt ein Weib von der Straße weg.»

«Irgendeins?»

Lambi stöhnte. «Natürlich nicht irgendeines. Du weißt genau, was ich für ein Weib haben will. Ihr erledigt das nicht das erste Mal für mich.»

Hinter Björns Ochsenschädel begann es zu arbeiten.

Lambi warf ihm zwei Münzen zu und forderte ihn auf, sich endlich auf die Suche zu begeben.

«Dürfen wir auch ... so wie beim letzten Mal?», fragte Björn mit einem hintergründigen Lächeln.

«Das sehen wir dann – und nun verschwinde!»

Als er wieder allein war, heftete sich sein Blick auf die Truhe. Die Sache mit dem Weib war wirklich ein guter Einfall gewesen, die einzige Möglichkeit, diese Nacht zu überstehen. Er wusste genau, dass es niemals bei einem Schluck bleiben würde. Wenn er mit dem Trinken anfing, konnte er nicht mehr aufhören.

Sollten die Kerle jedoch wirklich ein Weib nach seinem Geschmack auftreiben, dann – ja dann ließ sich das Verlangen wahrscheinlich unterdrücken.

Wenigstens in dieser Nacht.

Es war bereits stockfinster, als Björn ein Mädchen ins Zelt brachte. Seine Brüder mussten draußen bleiben, obwohl sie einiges dafür gegeben hätten, bei der Abwechslung dabei sein zu dürfen. Für fünf Leute war das Zelt jedoch zu klein, und vielleicht ließ Lambi ihnen ja tatsächlich noch etwas übrig.

Er war begeistert von dem jungen Ding, das auf den ersten Blick in etwa seinen Ansprüchen genügte: Es war schlank, hatte langes, blondes Haar und ein Gesicht, das durchaus schön war. Wie sich herausstellte, war sie eine Hure, die bei der Aussicht auf einen anständigen Lohn freiwillig mitgekommen war. Das war gut, dann würde sie sich nicht wehren, zumindest am Anfang nicht.

Das Mädchen schien ihr Handwerk zu verstehen und lächelte Lambi aufreizend an.

Lambi stellte sich vor sie. Von nahem betrachtet verblasste die Schönheit ein wenig. Er entdeckte Schmutzflecken und gab ihr einen feuchten Lappen, damit sie sich das Gesicht abwischte. Als sie fertig war, reichte er ihr die Schminke.

Zu seiner Erleichterung stellte sie keine dummen Fragen, sondern tat, was er von ihr verlangte. Während sie ihre Wangen rötete und ihre Augenränder schwärzte, wuchs seine Erregung.

Als sie fertig war, bat Lambi sie höflich, ihre Kleider abzulegen.

Dieses Mal zögerte sie jedoch. «Bleibt er hier?», fragte sie in Björns Richtung, der sie mit aufgerissenen Augen anstarrte.

«Hast du damit ein Problem?»

Die Hure grinste keck. «Für zwei weitere Münzen mache ich es mit euch beiden.»

Lambi gab ihr das geforderte Geld, das sie im Beutel an ihrem Gürtel verstaute. Gutes Mädchen, dachte Lambi noch einmal. Es stellt keine Fragen und scheint willig zu sein. Wahrscheinlich überlegte die Hure schon, was sie mit dem Geld anfangen würde. Lambi grinste innerlich über ihre Naivität und genoss das Gefühl, die Macht über ihr Leben und ihren Tod zu haben. Und über ihren Schmerz.

Ja, das gehörte zum Spiel dazu.

Sie löste ihren Gürtel, dann zog sie sich – ganz vorsichtig, um die Schminke nicht zu verwischen – erst die Obertunika über den Kopf und dann die dünnere Tunika, die sie darunter trug.

Lambi betrachtete den zarten Körper und entdeckte im Schein der Tranlampe auf den Schenkeln und unter den Brüsten dunkle Stellen, die Schmutzränder sein konnten. Er überlegte kurz, ob er verlangen sollte, dass sie ihren ganzen Körper säuberte, verwarf diesen Gedanken jedoch wieder. Er war inzwischen viel zu erregt, um sich mit Nebensächlichkeiten aufzuhalten.

Das Spiel konnte beginnen.

«Willst du gar nicht meinen Namen wissen?», fragte sie.

Er schüttelte den Kopf und gab Björn einen Wink, der daraufhin den Stofffetzen unter seinem Mantel hervorholte. Ehe sie merkte, was geschah, war er hinter sie getreten, hielt ihre Hände auf dem Rücken fest und steckte ihr den Lappen in den Mund. Ihre Augen weiteten sich. Allmählich schien sie zu begreifen, dass dies kein normaler Hurendienst werden würde. Lambi streichelte mit seinen Fingerkuppen ihre Wangen, während Björn ihr die Hände auf dem Rücken festhielt. Ihre Brüste hoben und senkten sich. Gut so, jetzt bekam sie Angst.

Lambi beugte sich vor und flüsterte in ihr Ohr: «Wie schön du bist, Thordis.»

Undeutliche Laute drangen unter dem Knebel hervor. Panische Laute.

Björn kicherte.

Lambi holte den Knüppel hinter der Truhe hervor, ein armdicker, geschälter Ast, der kräftig genug war, um Knochen zu brechen.

Sie atmete immer heftiger und wand sich in Björns Griff. Ihre Angst steigerte Lambis Vergnügen. Langsam holte er aus und begann, seine Schwester zu bearbeiten, prügelte all die Erniedrigungen, all die Demütigungen, die er ihretwegen erleiden musste, aus dem Körper, der unter den Schlägen zuckte. Niemals liebte er seine Schwester mehr als in diesen Momenten. Sie war so unendlich schön – und er zerstörte sie.

Für den Augenblick hatte er sogar den Wein vergessen.

12.

Hladir

Ketil wurde von einem Geräusch geweckt. War eine Tür geschlossen worden?

Er blinzelte mit schweren Lidern in die Halle des Jarlshauses, in der es dunkel und still war. Nur Bergljots röchelndes Schnarchen war zu hören, und irgendwo drehte sich jemand auf einem Lager um. Er spürte Dallas weichen Körper an seiner Seite und schloss die müden Augen wieder, aber an Schlaf war nicht mehr zu denken. Sofort begannen sich in seinem Kopf die Gedanken zu drehen, mit denen er am Abend zuvor ins Bett gegangen war und die in endlosen Schleifen um die Ereignisse des vergangenen Tages kreisten.

Warum hatte er sich in Thorleifs Hütte aufgeführt wie ein wilder Ochse? Warum hatte er sich dazu hinreißen lassen, die Einrichtung des Alten zu zertrümmern? Es tat ihm entsetzlich leid; er würde alles ersetzen. Er war nicht er selbst gewesen, als schier ohnmächtige Wut ihn gepackt hatte – lange angestaute Wut. In dem Augenblick waren alle Dämme gebrochen. Warum hatte er sich von einem Gott blenden lassen können, der es zuließ, dass seinen Freunden all die grauenvollen Dinge widerfahren waren?

Gott prüft die Menschenkinder, hatten die dumm daherschwatzenden Mönche im Kloster des heiligen Mauritius behauptet: «Er prüft den Gerechten, aber den Gottlosen und den, der Frevel liebt, hasst seine Seele. Denn der Herr ist gerecht, und die Aufrechten werden sein Angesicht schauen.»

Ketil ballte unter dem Fell die Hände zu Fäusten. Aki war nicht gottlos gewesen, und Asny war keine Frevlerin! Dieser verdammte Christengott! Seit der Flucht aus dem Wipertikloster hatten Ketil die Zweifel am Glauben nicht mehr losgelassen. Die Verkörperung des Christentums war für ihn nicht mehr der gütige Erzbischof Brun von Colonia, der ihn einst vor dem Galgen gerettet und in die Kirche aufgenommen hatte. Nein, es waren Männer wie Bischof Poppo und Kjartan, der das Christenkreuz trug, als er Akis Herz durchbohrte.

Eine der Mägde brabbelte im Schlaf vor sich hin, und Ketils Gedanken wanderten zu den Naumudalern und zu diesem Winzling in seinen bunten Kleidern und fettigen Stiefeln. Ketil hatte den Kerl vom ersten Moment an verabscheut, und er konnte verstehen, dass auch Hakon dies tat.

Aber letztlich zählte nur, dass die Naumudaler endlich eingetroffen waren, zumindest ein Teil des angekündigten Heerbanns.

In den Tagen vor seinem Verschwinden war Hakon immer unruhiger geworden. Man hatte ihm ansehen können, wie sehr ihn das Warten auf die Verstärkung zermürbte, wie sehr er seinen Plan gefährdet sah, den Feind mit einem Erstschlag zu vernichten.

Nun waren die Naumudaler gekommen – doch wer fehlte, war der Jarl.

Thorleif hatte Ketil am Abend gebeten, ihn am nächsten Tag flussaufwärts über den Nid zu rudern. Den Grund dafür verriet der Alte nicht und deutete nur an, dass er nach dem Jarl suchen wolle. Natürlich hatte Ketil sofort zugesagt. Der Jarl hatte ihn wie einen Freund in seinem Haus aufgenommen, und so etwas vergaß Ketil niemals.

Hakon konnte auf ihn zählen, was auch geschah.

Je mehr Ketil darüber nachdachte, desto stärker begann er, den Morgen herbeizusehnen. Endlich konnte er etwas tun, und während er sich in Gedanken versuchte auszumalen, was der nächste Tag bringen würde, überkam ihn die Müdigkeit.

Wieder waren es Geräusche, die ihn aus dem Schlaf rissen. Dieses Mal hämmerte jemand von außen so hart gegen die Tür, dass es im ganzen Haus dröhnte. Mattes Licht schimmerte unter dem Dach hervor. Sofort war Ketil hellwach. Es konnte nichts Gutes bedeuten, wenn jemand da draußen in aller Frühe einen solchen Lärm veranstaltete.

Einer der Knechte war bereits aufgesprungen und ging zur Tür, die von den Schlägen im Rahmen klapperte. Im Zwielicht erkannte Ketil, dass auch die Mägde und Hakons Sohn Eirik erwacht waren. Bergljot drückte mit mürrischen Lauten ihren Unmut über die Störung aus. Nur Thordis und ihre Tochter Aud konnte Ketil nirgendwo sehen.

Ketil bekam keine Gelegenheit, sich darüber zu wundern. Nachdem der Knecht den Riegel zur Seite geschoben hatte, flog die Tür auf, und zwei Männer aus Hakons Haustruppe stolperten in die Halle. Es waren erfahrene Krieger, die Ketil bei Kampfübungen beobachtet hatte – Krieger, die sich Ruhm in Schlachten erarbeitet hatten. Doch nun stand den harten Kerlen das Entsetzen in die Gesichter geschrieben. Sie waren aufgebracht und außer Atem, und Ketil hatte Mühe, ihren Worten zu folgen.

Was er jedoch hörte, trieb ihm den Schweiß auf die Stirn: Schiffe! Viele Schiffe! Vom Adlerfelsen aus war eine Flotte gesichtet worden, die sich Hladir näherte.

Die Krieger wurden von den Hausbewohnern mit Fragen überschüttet: Wem gehörten die Schiffe? Handelte es sich um die Nachhut der Naumudaler? Ratloses Achselzucken war die Antwort.

Die Anzahl von mehr als zwei Dutzend Schiffen ließ jedoch nur einen Schluss zu: Der Feind war ihnen zuvorgekommen!

Ketil lief hinter den Kriegern her auf den Hof, der sich mit Männern der Haustruppe füllte. Sie hatten in den Nebengebäuden, in Schuppen und der Scheune übernachtet und rüsteten sich noch schlaftrunken für den Kampf. Schwerter wurden gegürtet und Lanzen, Beile und Schilde ergriffen. Brünnen wurden angelegt, und einige Männer halfen sich gegenseitig, ihre Kettenhemden überzustreifen.

Ketil entdeckte Skjaldar am Hoftor. Der Hauptmann hatte den Blick in die Ferne auf etwas gerichtet, das von Ketils Position aus nicht zu erkennen war. Erst als er zum Tor lief, sah er die Schiffe. Der Adlerfelsen verdeckte zwar die freie Sicht auf den Fjord. Aber jenseits der Mündung des Nid tauchten hinter dem Felsen mehrere Langschiffe auf. Die Segel waren eingeholt worden. Ruder peitschten das Wasser.

Als Ketil zu Skjaldar kam, schickte der gerade eine Gruppe Männer los, die die Throender und Naumudaler zu den Waffen rufen sollten. Noch waren die Angreifer ein gutes Stück von den Landestellen im Hafen entfernt. Es blieb also noch Zeit, um die Verteidigung der Stadt zu sichern.

Die Krieger beeilten sich, den Auftrag zu erfüllen, und liefen zu dem Weg, der runter in die Stadt führte, die man vom Hof aus nicht sehen konnte.

«Die verfluchten Feuerwachen!», hörte Ketil den Hauptmann fluchen. «Warum hat schon wieder keiner das Signal gegeben? Niemand kann eine solche Flotte übersehen. Die Sache stinkt wie ein Eimer Schweinedreck.»

«Ich habe gehört, es seien zwei Dutzend Schiffe», sagte Ketil. «Das ist zwar eine ordentliche Menge, und ich bin ja kein erfahrener Krieger. Aber ich glaube kaum, dass der Feind damit eine von Hunderten Männern gesicherte Stadt einnehmen kann.»

«Zwei Dutzend sollen das sein?», schnaubte Skjaldar. «Ich habe eben auf dem Adlerfelsen gerade einmal drei Hände voll Schiffe gezählt. Ich hätte niemals geglaubt, dass Graufell so dumm ist, denselben Fehler zweimal zu begehen.»

«Vielleicht weiß er nichts vom Bündnis mit den Naumudalern?»

Skjaldar zuckte mit den Schultern. Dann streckte er den Rücken, sodass sich das Kettenhemd vor seiner breiten Brust spannte, über der der Thorshammer hing, und rief: «Der Geruch des Todes liegt in der Luft! Wir werden den Gunnhildssöhnen die Lichter ausblasen und sie in ihre Hölle schicken!»

Während die Männer auf dem Hof jubelten, konnte Ketil ihre Begeisterung nicht teilen. Er glaubte, etwas wahrgenommen zu haben, und atmete noch einmal tief durch die Nase ein. Kein Zweifel!

«Ich fürchte, du hast recht, Skjaldar», sagte er. «Der Geruch des Todes liegt tatsächlich in der Luft.»

Skjaldar entglitten die Gesichtszüge. «Das ... kommt unmöglich von den Hausfeuern ...»

In dem Moment kehrten die Krieger, die er soeben fortgeschickt hatte, schon wieder zurück, und als sie riefen, dass unten Häuser und Zelte brannten, bestätigte sich der schreckliche Verdacht.

Skjaldar tastete nach seinem Thorshammer und umschloss ihn mit der Faust, bis die Knöchel weiß hervortraten, während die Männer von Kämpfen im Heerlager und in der Stadt berichteten. Da wurde Ketil schlagartig bewusst, was das zu bedeuten hatte.

Jetzt hatten sie ein verdammt großes Problem.

Ketil lief ins Jarlshaus, wo er eine von Hakons Streitäxten und einen Schild von der Wand nahm. Die Frauen und Eirik forderte er auf, drinnen zu bleiben und die Tür zu verriegeln. Die Knechte sollten sich bewaffnen und auf dem Hof bereithalten. Niemand protestierte gegen seine Anweisungen. Sogar Bergljot hatte es die Sprache verschlagen.

Kurz darauf holte er Skjaldar und die Krieger ein, die dem Weg folgten, der zunächst zum Adlerfelsen hinaufführte. Dort wandten sie sich nach links und rannten weiter am Fuß des Felsens entlang.

Beim Laufen schlugen Schwertscheiden gegen Beine. Schilde klapperten. Männer keuchten unter der Last ihrer Rüstungen. Und als sie zu der Stelle kamen, hinter der sich das Gelände ins Tal neigte, blieben die zuvorderst laufenden Männer so abrupt stehen, dass Nachrückende gegen sie prallten.

Ketils Blick fiel auf die Stadt und das Heerlager, und es dauerte einen Moment, bis er begriff, was sich da unten vor seinen Augen abspielte. Im Licht der Morgensonne sah er im Lager Männer, die andere Männer töteten. Er sah Leichen im frischgemähten Gras liegen. Es waren wilde Kämpfe ohne Ordnung. Ein einziges Hauen und Stechen, als wären die Männer dem Wahnsinn anheimgefallen und gingen in purer Mordlust aufeinander los.

Erst beim näheren Hinsehen glaubte Ketil Banner erkennen zu können und schloss daraus, dass es Naumudaler waren, die die Throender abschlachteten. Offenbar hatten sie sie im Schlaf überrascht. Da war eine Gruppe von einem Dutzend Männern, Naumudaler, die ein Zelt der Throender niederrissen und dann mit Äxten und Lanzen auf die darin gefangenen Männer einschlugen. Der Stahl wurde durch die Stoffbahnen getrieben, bis sie sich vom Blut rot färbten.

Durch das südliche Tor waren Naumudaler vom Heerlager in die Stadt eingedrungen. Sie brachen Hütten auf, töteten Männer, Frauen und Kinder und warfen die Leichen in die Gassen. Häuser brannten, und Rauch quoll dick und schwarz in den blassen Morgenhimmel.

«Diese verfluchten Verräter sind uns in den Rücken gefallen», stieß Skjaldar aus.

Fassungslosigkeit spiegelte sich in den Gesichtern der Männer oben am Hang.

«Wir müssen irgendetwas tun!», rief einer.

Niemand ging darauf ein.

Die Lage wurde noch aussichtsloser, als die ersten Schiffe im

Hafen anlandeten. Hunderte Krieger sprangen von Bord. Unter ihren Füßen schäumte das Wasser, als sie zum Ufer stürmten und die zurückgebliebenen Wachen niedermetzelten. Es waren kaum mehr als drei Dutzend Throender, die sich den Feinden entgegenstellten. Wie von einer gewaltigen Welle wurden sie zu Boden gerissen und erschlagen.

Im oberen Hafengelände, wo Thorleifs Fischerhütte stand, sah Ketil zwei Throender, die sich gegen die Übermacht wehrten. Sie kämpften mit Schilden und Schwertern, und es gelang ihnen, einige Angreifer niederzustrecken. Erst als Feinde mit Streitäxten gegen sie vorgingen, wurden ihre Schilde zerfetzt und sie getötet.

Ketil hielt Ausschau nach Thorleif, konnte ihn aber nirgendwo sehen. Hoffentlich war es dem alten Narren gelungen, sich in Sicherheit zu bringen.

Währenddessen flutete das angreifende Heer vom Hafen weiter zum Haupttor im westlichen Wall, wo es kaum auf Gegenwehr stieß. Somit hatte der Feind die Stadt in die Zange genommen, strömte ungehindert durch die Tore, und die Gassen füllten sich mit Leichen.

Oben auf dem Hang drückte bleierne Stille auf die zum Zuschauen verdammten Krieger. Sie hatten Verstärkung von einigen Männern bekommen, die ihre Posten auf dem Adlerfelsen verlassen hatten. Alles in allem waren es vielleicht fünfzig, sechzig Männer, die meisten von ihnen stammten aus den Throender-Fylki. Aber es waren auch Dänen, Schweden und Isländer darunter, sogar der eine oder andere Sachse – Söldner, die sich dem Mann anschlossen, der sie dafür bezahlte. Diesen Männern war es egal, für welchen Herrn und für welche Sache sie kämpften, wenn der Lohn stimmte. Doch in diesem Augenblick waren sie alle fassungslos über das, was dort unten geschah.

Während sich die Angreifer mordend und brandschatzend durch die Stadt arbeiteten, schoben sie die überlebenden Throenderkrieger – vielleicht vierzig Männer – und an die zweihundert Stadtbewohner wie eine Bugwelle vor sich her. In heilloser Panik drängten die Flüchtenden zum hinteren, dem östlichen Stadttor. Von dort aus führte ihr Fluchtweg an der Festwiese und dem Teich vorbei zum Durchlass zwischen der Felswand, der Thorsspalte, und dann weiter den Hang hinauf, auf dem Ketil, Skjaldar und die Krieger standen.

Da setzte Skjaldar seinen Helm auf, zog sein Schwert und rief den anderen zu, was zu tun sei.

13.

Hladir

Er kam zu spät. Wieder einmal war er nicht in der Lage gewesen, Menschen, die ihm vertrauten, zu beschützen. Vor einigen Jahren waren es Dänen und Sachsen gewesen, die Hladir überfallen und viele Menschen getötet hatten – auch Hakons Frau Thora musste damals sterben, weil er selbst nichts Besseres zu tun gehabt hatte, als in den Bergen einen Elch zu jagen.

Dieses Mal waren ihm nicht nur die Feinde zuvorgekommen, sondern er war auch von Menschen verraten worden, die vorgegeben hatten, seine Freunde zu sein. Denen er vertraut hatte.

Es hatte viele bittere Momente in seinem Leben gegeben. Manchmal rechtfertigte er die Niederlagen vor sich selbst damit, dass es Rückschläge geben musste, wenn man Verantwortung für ein ganzes Volk übernahm. Vor allem, wenn sich die Götter von ihm abgewandt hatten. Aber dieser Moment, in dem er auf einer Anhöhe südlich von Hladir stand, um auf das nackte Grauen zu blicken – dieser Moment gehörte zu den schwärzesten seines Lebens.

Er zitterte vor Zorn auf die Verräter und vor Enttäuschung über sich selbst.

Er war nicht da gewesen, als die Menschen ihn brauchten. Ihn – ihren Jarl, der sein Schicksal in die Hände der Götter gelegt hatte! Sie hielten die Schicksalsfäden in der Hand, und sie bestimmten den Lauf der Welt. Und wenn der Tod das Schicksal der Throender war, würde Hakon mit ihnen sterben.

Er verlagerte sein Körpergewicht auf den Stock, um das rechte

Bein zu entlasten. Der Pfeil hatte eine tiefe Wunde in seinen Oberschenkel gerissen. Dennoch war es Hakon gelungen, den Bogenschützen zu überwältigen: Er hatte sich tot gestellt, und als der Bastard aus dem Unterholz gekrochen war und sich über Hakon beugte, hatte er dem Schützen das Messer in den Bauch gerammt. Hakon brauchte keine Antworten mehr aus dem Mund des Sterbenden, der einer von Thordis' Knechten war, um das zu erfahren, was er ohnehin wusste, seit er ihre Kette im Laub entdeckt hatte.

Er nahm an, dass der Rabe ihr den Schmuck abgerissen hatte, bevor sie ihn mit einem Knüppel fast totgeschlagen hatte. Es hatte Hakon das Herz zerrissen, als er den leblosen Vogel gesehen und zunächst geglaubt hatte, er sei tot. Zu seiner Erleichterung begann sich der Rabe aber wieder zu regen, und es stellte sich heraus, dass nur sein rechter Flügel gebrochen war. Die Verletzung war nicht lebensbedrohlich gewesen.

Gefährlicher sah es für Hakon aus. Es dauerte eine Weile, bis Asny die Blutung aufhalten und die Wunde versorgen konnte. Er hatte viel Blut verloren und war in eine tiefe Bewusstlosigkeit gefallen, aus der er erst am nächsten Tag erwachte.

Wäre er nicht vollkommen entkräftet gewesen, wäre er sofort aufgebrochen. Wie sehr es eilte, war ihm spätestens klargeworden, als Asny ihm erzählte, dass das Ruderboot verschwunden war. Offenbar hatte Thordis es ins Wasser geschoben und abtreiben lassen, bevor sie selbst mit einem Boot nach Hladir zurückkehrte. Stromabwärts wäre das für sie keine Schwierigkeit gewesen. Sie wollte wohl ganz sichergehen, dass er von Hladir fernblieb, bis die Mordbrenner ihr Werk verrichtet hatten.

Obwohl er längst nicht wieder voll bei Kräften war, waren Asny und er gestern Morgen aufgebrochen. Den Raben trug Asny. Der Marsch durch die von dichten Wäldern überzogenen Berge war selbst für einen gesunden Mann eine Herausforderung, für einen Mann jedoch, der sich nur humpelnd auf einen Knüppel gestützt fortbewegen konnte, war es eine Tortur. Jeder Schritt wurde von Schmerzen begleitet, die er verdrängen musste – angetrieben vom Bewusstsein, die Menschen warnen zu müssen. Und vom Hass auf die Frau, die ihn mit ihren Zuneigung heuchelnden, wasserblauen Augen und mit ihrer angeblichen Verwandlung zur fürsorglichen Mutter getäuscht hatte.

Sie hatte ihn zum Narren gehalten, und er war blind gewesen.

Es war ihm ein Rätsel, wie und wann sie sich mit dem Feind verbündet hatte. Und warum hatte sie die Throender und Hakon, den Vater ihrer Tochter, ans Messer geliefert? Was war der Grund für diesen Hass?

Während unten die Throender von den Angreifern durch Hladir gejagt wurden und das Blut der Erschlagenen den Boden tränkte, während Häuser brannten und Überlebende hinauf zum Jarlshof flohen, schaute er zu Asny, die fassungslos neben ihm stand. Sie starrte auf die Stadt, den verletzten Raben in ihren Armen haltend, behutsam wie ein neugeborenes Kind.

Die Seherin traf keine Schuld. Es war der Wille der Götter gewesen, Hakon von Hladir fortzulocken, damit der Feind seinen Plan in die Tat umsetzen konnte.

«Geh zurück in die Berge», sagte er zu ihr. «Versteck dich irgendwo und nimm den Raben mit.»

Sie reagierte nicht, den Blick weiter auf die brennende Stadt gerichtet.

«Hör mich an, Asny», sagte er scharf. «Verschwinde von hier und bring dich in Sicherheit.»

«Nein!», sagte sie. Mehr nicht.

Wenn er ehrlich war, hatte er keine andere Antwort erwartet. Als er sie vor vielen Jahren zum ersten Mal bei ihrer Mutter Velva gesehen hatte, war sie ein zartes Mädchen gewesen. Zart war sie noch immer. Aber in diesem Augenblick erschien sie ihm härter als Stahl. Als wäre in ihrem Inneren etwas gestorben.

Hakon blieb nichts anderes übrig, als ihre Antwort zu akzeptieren.

Sie folgten dem Pfad, der in einiger Entfernung um die Stadt führte, bis sie sich dem Jarlshof von der Rückseite näherten, wo ein Tor in den Wall eingelassen war. Hakon schlug mit den Fäusten dagegen, bis es von Kriegern geöffnet wurde. Bevor die überraschten Männer etwas sagen konnten, drängten Hakon und Asny an ihnen vorbei.

Er fragte sich, wo Thordis war. Ob sie irgendwo hier auf mich lauert?, dachte er.

Er bat Asny, beim Haus zu bleiben, um bei der Versorgung von Verletzten und Flüchtlingen zu helfen, bevor er allein auf den Hof trat. Es waren bereits einige Dutzend Menschen aus der Stadt eingetroffen. Als sie ihn bemerkten, starrten sie zu ihm herüber, und er konnte in den stummen Gesichtern die Frage ablesen, warum er nicht hier gewesen war, als sie ihn brauchten.

Dann humpelte er an den Menschen vorbei. Ihre anklagenden Blicke verfolgten ihn.

14.

Hladir

Der Wind trieb den Rauch aus der Siedlung herüber, während Ketil auf einem erhöhten Felsen stand und beobachtete, wie noch immer Menschen durch das östliche Tor flohen. Sie hasteten den Hang hinauf zum Durchlass in der Felsmauer, die sich als schwer überwindbarer Wall durch das Gelände zwischen der Stadt und dem Jarlshof zog. Die Throender nannten den Durchbruch am Fuß des Adlerfelsens Thorsspalte, weil sie überzeugt waren, der Gott Thor habe mit seinem Hammer Mjöllnir, dem Zermalmer, einst die Lücke in den Fels geschlagen.

Mit der wachsenden Menge an Flüchtlingen nahm auch die Stärke des Verteidigungsheeres zu. Skjaldar wählte kampffähige Männer aus und befahl ihnen zu bleiben, während Verletzte, Greise, Frauen und Kinder hoch zum Jarlshof geschickt wurden.

An die zweihundert Männer zählten die Verteidiger mittlerweile. Auch einige Frauen bestanden darauf, am Kampf teilzunehmen, und so verstärkten sie ein Heer, das an Armseligkeit schwer zu überbieten war. Es gab vor Angst bebende Burschen, die kaum alt genug waren, um mit der Hacke einen Acker zu bearbeiten. Es gab Frauen, die faustgroße Steine suchten, um sie als Wurfgeschosse an den Felsen bereitzulegen. Es gab alte, zahnlose Männer, die mit Fischspeeren, Sensen oder Knüppeln ausgerüstet auf den Feind warteten. Selbst die etwa siebzig bis achtzig gestandenen Krieger wirkten nicht gerade zuversichtlich angesichts des übermächtigen Gegners, der sich in der Stadt austobte und Leichen und die Häuser, die noch nicht brannten, plünderte.

Allmählich versiegte der Menschenstrom. Etwa ein Drittel der Stadtbewohner war getötet und viele junge Männer und Frauen als Sklaven gefangen worden. Hinter den letzten Flüchtlingen jagte eine Gruppe Feinde her, etwa sechzig Krieger. Sie erschlugen jeden, den sie in die Finger bekamen, bevor sie den Sterbenden Schuhe und Kleider auszogen.

Ketil winkte zu Skjaldar herüber und machte ihn auf die näher kommenden Angreifer aufmerksam. Der Hauptmann kletterte zu ihm auf den Felsen, und sie sahen, wie ein Krieger eine alte Frau von den Beinen holte und ihr sein Beil in den Nacken schlug, bevor er ihre Kleider nach Münzen durchwühlte. Noch immer trennte die letzte der Gruppe der Flüchtenden etwa zweihundert Schritt von der rettenden Felsspalte.

Wieder suchte Ketil nach Thorleif, und er spürte, wie sich vor Sorge seine Brust zusammenzog, als er ihn nicht entdeckte.

«Bogenschützen!», brüllte Skjaldar in die rauchschwere Morgenluft.

Einige Männer traten vor, spannten die Sehnen, aber sie zögerten noch, die Pfeile abzuschießen, da die Gefahr zu groß war, auf die Entfernung die eigenen Leute zu treffen. Unterdessen wurde der Abstand zwischen den Verfolgern und der Gruppe Flüchtender schnell kleiner. Da flogen Pfeile. Aber sie waren zu zaghaft geschossen und landeten fernab von Freund und Feind.

«Die Leute schaffen es nicht», stieß Ketil aus.

«Wir werden runtergehen, die Bluthunde aufhalten und unsere Leute da rausholen», sagte jemand hinter ihnen.

Als Ketil herumfuhr und in das Gesicht des Jarls schaute, wäre er beinahe vom Felsen gefallen. Sosehr er sich über Hakons Auftauchen freute, sosehr erschrak er über dessen Aussehen. Mit den dunklen Augenringen im blassen Gesicht, den fettigen Haarsträhnen und dem struppigen Bart wirkte er wie ein Toter, der aus seinem Grab wieder hervorgekrochen war.

Von allen Seiten kamen Männer und Frauen herbei, um den vor sich hin starrenden Jarl zu betrachten, bis Skjaldar alle auf ihre Posten zurückschickte. Wenn der Hauptmann ebenfalls überrascht sein sollte, ließ er sich davon nichts anmerken.

«Wir haben nicht genug Krieger, um uns dem Feind im Nahkampf zu stellen», sagte er.

«Ich brauche zwei Dutzend Männer – mehr nicht», entgegnete Hakon.

«Willst du zwei Dutzend Männer in den sicheren Tod schicken?»

«Wir müssen alle sterben, irgendwann.»

Skjaldar öffnete den Mund, um seinem Herrn zu widersprechen. Doch dann zuckte er nur mit den Schultern und rief einige Krieger zusammen, die mit Schilden, Helmen, Hieb- und Stichwaffen nach unten zum Weg liefen und sich dort aufstellten. Die Angst stand in ihre Gesichter geschrieben.

Als Skjaldar zu ihnen gehen wollte, hielt Hakon ihn zurück.

«Du bleibst hier», sagte er. «Ich führe die Männer in den Kampf.»

Skjaldar deutete auf Hakons rechtes Bein. «Damit?»

Jetzt bemerkte auch Ketil die Stofffetzen, mit denen der Oberschenkel des Jarls abgebunden war. Das Hosenbein war mit getrocknetem Blut überzogen, und in der rechten Hand hielt Hakon einen Knüppel, auf den er sich stützte. Was auch immer ihm widerfahren war, einen kampffähigen Eindruck machte er wirklich nicht.

«Besorg mir Helm, Schild und Schwert», entgegnete er nur und schaute Ketil an. «Du kommst mit!»

Ketil schluckte – und nickte. Er hielt zwar ebenso wenig von dem Plan wie Skjaldar. Aber es schien alles besser zu sein, als hier oben untätig herumzustehen.

Auf den Stock gestützt humpelte Hakon hinunter zur Thorsspalte, wo man ihm die geforderten Waffen überreichte. Dutzende Augenpaare beobachteten, wie er den Stock einem Mann gab und dann den Helm aufsetzte, das Schwert gürtete und den Schild nahm.

Vom Felsen aus warf Ketil einen letzten Blick den Hang hinunter. Die Flüchtenden waren nur noch etwa fünfzig Schritt entfernt und die Verfolger ihnen dicht auf den Fersen.

Die Bogenschützen wurden mutiger, schossen weitere Pfeile ab, und es gelangen ihnen einige Treffer. Ketil sah Feinde zu Boden gehen, woraufhin die anderen langsamer wurden, weil sie sich unter ihre Schilde ducken mussten.

Der Jarl erwartete ihn am Durchlass. Sein Gesicht verzog sich vor Schmerzen, als er einige Schritte ohne den Stock machte und durch die Thorsspalte vor den Felswall trat.

«Seid ihr bereit zu kämpfen?», rief er zu den Kriegern, die ihm zögernd folgten, doch er erntete dafür keine Jubelrufe.

«Sie werden uns abschlachten!», sagte stattdessen ein hagerer Mann.

«Vielleicht werden sie das tun», entgegnete Hakon und blieb stehen.

Nicht weit von ihnen entfernt brach ein Throender, von einer Lanze zwischen den Schulterblättern getroffen, zusammen. Alles in allem waren es vielleicht noch dreißig Flüchtlinge, die da draußen um ihr Leben rannten – und in einem von ihnen erkannte Ketil endlich Thorleif. Der alte Fischkopf war nicht kleinzukriegen!

Hakon straffte den Oberkörper und rief: «Vielleicht werden sie uns abschlachten. Aber bevor sie das tun, werden wir viele von ihnen mitnehmen!»

Dann humpelte er davon. Ketil schloss zu ihm auf, und die anderen Krieger folgten.

«Warum tust du das?», fragte Ketil leise.

«Weil ich ihr verdammter Jarl bin», antwortete Hakon.

Kurz darauf kamen die ersten Flüchtlinge. Vor Angst verzerrte, von Ruß und Blut verschmierte Gestalten hasteten vorbei.

Der Jarl befahl die Krieger in den Schildwall, woraufhin die eine Hälfte von ihnen eine geschlossene Reihe bildete. Sie legten die Kanten ihrer Schilde übereinander und zogen die Schwerter, während sich die anderen mit Lanzen und Streitäxten hinter ihnen aufstellten.

Weitere Throender rannten vorbei, bis nur noch Thorleif und zwei Frauen fehlten. Die Frauen kamen nur langsam voran, weil sie irgendwelche Dinge mitschleppten, von denen sie sich offenbar nicht trennen wollten.

Dumme Weiber!, dachte Ketil, lassen sich lieber abstechen, als sich von Hab und Gut zu trennen.

Er sah Thorleif auf den Schildwall zulaufen. Er mochte zwar alt sein, war aber durchaus gut zu Fuß. Sein Gesicht glühte vor Anstrengung. Ein Mann war ihm dicht auf den Fersen und hieb mit dem Schwert nach ihm, verfehlte ihn jedoch. Da blieb der Alte abrupt stehen, drehte sich blitzschnell mit ausgestrecktem Schwert um und ließ den überraschten Verfolger geradewegs in die Klinge laufen, die er so liebevoll geschliffen hatte. Sie glitt in den Mund des Mannes. Thorleif drehte sie und zog sie dann, begleitet von einem Blutstrom, wieder heraus.

Im Hintergrund jubelten die Throender auf den Felsen und riefen den Namen des Alten, bevor ein Pfeilhagel auf die Feinde niederging. Die Angreifer gerieten erneut ins Stocken und sammelten sich ihrerseits zum Schildwall. Sie waren jetzt so nah, dass Ketil hinter den feindlichen Schilden einzelne Gesichter erkennen und ihre Worte verstehen konnte. Die Naumudaler und Rogaländer verhöhnten die Throender.

Unterdessen erreichten die Frauen die Thorsspalte.

Thorleif blieb hingegen beim Schildwall stehen. Sein Atem

rasselte, als habe er einen Eimer Kieselsteine verschluckt, und als er den Jarl entdeckte, hellte sein Gesicht sich auf.

«Hast du gesehen, wie das Schwein meine Klinge geküsst hat?», rief er und schaffte es, dabei auch noch zu grinsen. «Wo ist denn dein Rabe? Sag bloß, er lässt sich den Kampf entgehen!»

«Verschwinde hinter die Felsen», entgegnete Hakon.

«Willst du auf deinen besten Mann verzichten? Du glaubst doch nicht, dass ich dich mit diesem Haufen hier allein lasse!»

Als Hakon sich abwandte und zum Feind schaute, glaubte Ketil, auf seinem Gesicht ein flüchtiges Lächeln gesehen zu haben.

«Komm her, du alter Narr», rief er, und Thorleif schob sich neben ihn.

Unvermindert gingen Pfeile auf den feindlichen Schildwall nieder, ohne jedoch nennenswerte Schäden anzurichten. Langsam rückten die Angreifer näher. An die sechzig Männer waren es – dreimal so viele wie die Throender.

«Warum ziehen wir uns nicht wieder zurück?», brüllte der Bursche neben Thorleif, ein Junge mit Bartflaum auf dem Kinn.

«Wir dürfen keine Schwäche zeigen», antwortete Hakon.

«Aber sie sind in der Überzahl!»

Andere Männer stimmten dem Jungen zu, während die feindliche Linie näher kam.

«Sie werden uns niedermachen!», jammerte ein Kerl am anderen Ende des Schildwalls. «Jetzt habe ich mir in die Hose gemacht. Ich kann das nicht! Ich hau ab! Ich will nicht sterben!»

«Wenn du den Schildwall verlässt, töte ich dich», zischte Hakon so laut, dass jeder seiner Krieger die Drohung verstehen konnte.

Ketil zweifelte nicht daran, dass der Jarl es ernst meinte. Die Worte verfehlten ihre Wirkung nicht. Niemand wagte es mehr, seine Stimme zu erheben.

Unten am Hang beim Stadttor tauchten weitere Feinde auf. Offenbar waren die Plünderungen beendet worden, und der Weg füllte sich rasch mit Männern, die aus dem Tor quollen wie Ameisen aus einem zertretenen Haufen.

Währenddessen rückte der feindliche Schildwall weiter gegen die sirrenden Pfeile vor, ohne auf die Verstärkung zu warten. Warum sollten sie mit noch mehr Männern die Beute und den Ruhm teilen, den diese Gegner hier versprachen? Sie wollten Hakon!

«Da ist der Jarl!», riefen einige der Feinde. «Der Jarl – und sein feiges Weiberpack!»

«Wir machen euch nieder und zertrampeln euch wie Mäuse unter unseren Stiefeln», höhnte ein Mann.

«Ja, und aus den Därmen des Jarls lassen wir uns eine Hose weben, um da kräftig reinzuscheißen!», rief ein anderer, und alle lachten.

«Das sind ja verlockende Aussichten für deine Zeit nach dem Tode», sagte Thorleif zu Hakon.

In jeder anderen Situation hätte Ketil darüber gelacht. Aber ihm war nicht danach zumute, auch keinem anderen, außer Thorleif selbst, der glucksende Laute ausstieß.

Als die Feinde auf etwa fünfzehn, zwanzig Schritt herangerückt waren, versiegte der Pfeilbeschuss, und die Angreifer begannen, mit den Schwertern gegen ihre Schilde zu hämmern. Sie machten sich zum Sturm bereit.

Mit einem Mal hörte Ketil hinter sich lautes Gebrüll. Als er den Kopf drehte, sah er die Throender kommen. Alle Männer, die Waffen halten konnten, stürmten durch die Thorsspalte – angeführt von Skjaldar. Und da verstand Ketil: Hakon, dieser listige Hund, hatte gar nicht vorgehabt, sich und seine Krieger hier den Bastarden zum Fraß vorzuwerfen. Nein, er wollte den anderen Throendern ein Beispiel geben. Ein Beispiel, dass ein Mann niemals aufgeben durfte, auch nicht, wenn er kaum noch gehen konnte. Dass man den Mut niemals verlieren durfte. Dass alle Furcht verdrängt werden musste, denn jetzt zählte einzig und allein der Kampf!

Der Jarl wartete, bis sich die Verstärkung in den Schildwall eingereiht hatte, dann stapften an die zweihundert brüllende Throender gegen den verdutzten Feind vor, dessen eigene Unterstützung noch immer ein gutes Stück entfernt war. Die Beschimpfungen blieben den Bastarden in den Kehlen stecken, während die Front der Throender wie eine tollwütige Meute auf sie prallte.

Das Töten begann!

Hakon stand in der ersten Reihe. Ketil und Thorleif waren dicht hinter ihm. Hakon rief Ketil zu, einen feindlichen Schild mit der Axt herunterzuziehen und hieb nach einem Schild. Der Mann dahinter duckte sich. Ketil hakte die Axt hinter dem Schildrand ein und riss ihn mit einem kräftigen Ruck nach vorn. Dahinter tauchte ein bärtiges Gesicht auf. Stahl blitzte auf, als Hakon dem Feind seine Klinge in den Hals stieß. Der Mann verdrehte die Augen, und in seinem Gesicht spiegelte sich die Überraschung, die die ganze Truppe der Angreifer zu lähmen schien.

Ketil stieß einen Jubelschrei aus. Thorleif stimmte ein, und dann erschallten überall auf dem Feld die Rufe der Throender, während die Feinde unter ihren Waffen wie die Fliegen starben.

Hakon rammte einem Mann den Schildbuckel vor die Brust. Der Mann taumelte, und Ketils Axt fuhr in seine Schulter. In der Rückwärtsbewegung stolperte der Mann über einen Toten und ging zu Boden. Thorleif schnellte vor und trennte ihm den Kopf vom Hals. Das musste Ketil dem alten Knochen lassen – im Kampf entwickelte er ungeahnte Kräfte.

Die Throender kämpften wie beseelt von der Aussicht auf einen schnellen Sieg, doch die Verstärkung der Feinde drängte unaufhaltsam den Hang hinauf.

Hakon rief zum Rückzug. In eiliger Hast nahmen die Throender den Verletzten und Toten die Waffen ab und rannten damit zur Thorsspalte, die rasch mit großen Steinen verschlossen wurde, die dafür bereitgelegt worden waren.

Sie hatten einen Sieg errungen, einen kleinen Sieg, aber was dieser wert war, konnte in diesem Augenblick niemand sagen.

Die Throender hatten sieben Männer verloren, der Feind an die dreißig, wahrscheinlich einige mehr. In heilloser Panik waren die Überlebenden den Hang hinuntergeflüchtet, kehrten nun aber mit der Verstärkung wieder zurück: eine gewaltige Front von gut dreihundert Kriegern. Ihr Vormarsch endete, als von den Felsen Pfeile abgeschossen wurden, die jedoch ihre zu weit entfernten Ziele nicht erreichten.

Hakon befahl, den Beschuss einzustellen, um Pfeile zu sparen. Er stand, wieder auf den Stock gestützt, mit Ketil, Skjaldar und Thorleif zusammen auf den Felsen, von wo aus sie die Feinde beobachteten. Immer mehr Männer drängten aus der Stadt nach, und als der Strom endete, hatte sich ihre Anzahl auf mindestens vierhundert erhöht. Die Übermacht war gewaltig, dennoch wagten sie es anscheinend nicht, weiter vorzurücken. Die Felsmauer wäre nur unter großen Verlusten einzunehmen.

«Da ist er – der verfluchte Bastard», rief Skjaldar und zeigte auf eine Gruppe von einem halben Dutzend Männern, die etwas abseits standen.

Ketil hatte keinen der Männer jemals zuvor gesehen, nahm aber an, dass einer von ihnen Harald Graufell, der Erzfeind der Throender, war. Wahrscheinlich der große Kerl mit dem grauen Bart und dem Kettenhemd, über den ein Banner gehalten wurde, das ein weißes Christenkreuz auf blauem Grund zeigte.

«Gudröd ist auch dabei», schnaubte Skjaldar voller Verachtung.

Damit war vermutlich der dicke Kerl an Graufells Seite gemeint, der mit vor der Brust verschränkten Armen zu ihnen hochschaute.

«Und wo ist Blauzahn?», fragte Thorleif.

Die Frage konnte ihm niemand beantworten.

Dann tauchte bei der Gruppe ein kleiner Mann auf, den Ketil kannte, und dessen Erscheinen für hasserfüllte Rufe unter den Throendern sorgte.

Skjaldar spuckte aus. «Lambi Asgeirsson! Der Hurensohn! Der Verräter!»

«Ich habe ihn unterschätzt», erwiderte Hakon, «ihn – und seine Schwester.»

Thorleif räusperte sich. Ihm war anzusehen, was er dachte, und mit ihm dachten vermutlich die meisten Männer und Frauen auf den Felsen an die Schmach: Hakon war von seinem eigenen Eheweib hintergangen worden, war auf Thordis hereingefallen und hatte den Feinden Tür und Tor geöffnet.

«Es ist ihnen irgendwie gelungen, die Wachen am Fjord daran zu hindern, die Feuer zu entzünden», erklärte Skjaldar. «Wahrscheinlich waren es die Männer, die Thordis begleitet hatten. Ich habe die Kerle seit Tagen nicht mehr gesehen.»

Hakon nickte nur.

Unten am Hang hatten die Männer ihre Beratung beendet. Lambi entfernte sich und kehrte kurz darauf mit einer jungen Frau zurück, die er am Arm hinter sich herschleifte. Begleitet von zwei Kriegern und mit dem Mädchen im Schlepptau kam er zu den Felsen. Als sie in Rufweite waren, nahm er die junge Frau wie einen Schutzschild vor sich, zog ihren Kopf am Haar nach hinten und hielt ihr ein Messer an den Hals.

Ketil sah Lambis schmieriges Grinsen und sein rotes, aufgedunsenes Gesicht hinter dem Mädchen.

Auf den Felsen stieß jemand einen Schrei aus, und ein Mann lief herbei.

«Das ist Bera – meine Tochter», stammelte er. «Unternimm etwas, Hakon! Lambi wird sie töten.»

Der Jarl reagierte nicht auf das Flehen. Ketil bemerkte jedoch, wie Hakons Hand, die den Stock hielt, leicht zu zittern begann. Der Blick des Jarls war fest auf Lambi gerichtet, der den Kopf des Mädchens noch weiter zurückzog, wobei er die Klinge fest gegen dessen Kehle drückte.

«He, Jarl!», rief Lambi. «Ich habe dir eine Botschaft deines Königs zu überbringen. Es ist ein Angebot! Ein gutes Angebot, wie ich finde.»

Hakons Miene war wie in Stein gemeißelt.

«Kannst du mich nicht hören, Jarl?», rief Lambi. «Oh, doch! Ich glaube, du verstehst mich sehr gut.»

«Sag ihm, dass ich ihn aufschlitzen werde», zischte Hakon zu Skjaldar.

Der schien zunächst irritiert, rief dann aber: «Der Jarl wird dich töten!»

Lambis Lachen drang zu den Felsen hinauf, bevor er mit dem Messer leicht die Haut der jungen Frau ritzte, bis etwas Blut ihren Hals hinunterrann.

«Bitte, hör ihn an», flehte ihr Vater, der Brynjolf hieß. «Bera ist das Letzte, was mir noch geblieben ist. Sie haben meine Frau und meine Söhne umgebracht, und ich dachte, Bera wäre ebenfalls tot. Sonst hätte ich sie niemals allein zurückgelassen.»

«Frag ihn, was sie anzubieten haben», forderte Hakon Skjaldar auf. Dem Jarl war anzumerken, wie schwer ihm die Worte über die Lippen kamen.

Nachdem Skjaldar die Frage gestellt hatte, rief Lambi: «Legt alle Waffen nieder. Werft sie die Felsen runter und ergebt euch. Dann wird kein Throender mehr sterben. Das Töten wird ein Ende haben! Ihr werdet Haralds Herrschaft bedingungslos anerkennen und ihm den Schwur leisten, künftig jeden geforderten Tribut zu zahlen.»

«So wirklich überrascht mich das Angebot nicht», warf Thorleif ein.

Hakon wandte sich an die anderen. «Wollt ihr euch ergeben?»

«Ich würde mein eigenes Leben opfern, wenn ich dadurch meine Tochter retten kann», rief Brynjolf schnell. Seine Augen schimmerten feucht. «Bitte, lasst uns tun, was sie verlangen.»

«Seid ihr alle dieser Meinung?», wollte Hakon wissen.

Skjaldar kratzte sich unter dem Bart. «Ich glaube dem Wicht nicht weiter, als man gegen den Wind pissen kann.»

Brynjolf zuckte zusammen, und Thorleif berührte ihn leicht am Arm.

«Skjaldar hat recht», sagte Thorleif, während Hakon auf weitere Meinungen wartete.

Betretene, verschüchterte, zweifelnde Gesichter umringten sie, aber niemand sagte etwas.

«Ein letztes Mal frage ich euch», rief Hakon. «Sollen wir uns den Feinden ergeben?»

«Vielleicht spricht Lambi die Wahrheit», erwiderte jemand aus einer der hinteren Reihen, erhielt aber nur wenig Zustimmung.

Brynjolf liefen Tränen über die Wangen.

Die schweigende Mehrheit schien Skjaldars Ansicht zu sein, oder sie war, wie Ketil selbst, hin und her gerissen: Konnte man einem Verräter glauben, der sich mit dem Feind verbündet hatte? Und konnte man dem Feind vertrauen? Obwohl Ketil überzeugt war, dass alles getan werden musste, um dem Töten ein Ende zu bereiten, hegte er ernsthafte Zweifel an der Aufrichtigkeit von Männern, die unter den Throendern ein Schlachtfest veranstaltet hatten, die Frauen und Kinder schändeten und sie in ihren Hütten verbrannten.

«Hat's euch die Sprache verschlagen?», rief Lambi, das Messer noch immer an der Kehle des vor Angst erstarrten Mädchens.

Hakons Kiefer mahlten. Da die Throender nicht in der Lage waren, eine Entscheidung zu treffen, kam es nun auf ihn an – auf ihn allein.

Ketil fragte sich, was in seinem Kopf vor sich ging. Er hatte alle Hoffnungen in einen Plan gesetzt, der zum Scheitern verurteilt war, weil die Verräter die eigenen Reihen unterwandert hatten. Ketils Magen zog sich zusammen, während er den Jarl beobachtete. Der Mann hatte schwere Schuld auf sich geladen. Äußerlich wirkte er zwar vollkommen unbewegt, aber was mochte er in diesem Augenblick durchleben? Welche Kämpfe tobten in seinem Innern? Welche Selbstzweifel?

Ketil war überzeugt, dass der Jarl alles tun würde, um dem Mädchen das Leben zu retten. Viel zu viele Menschen waren an diesem Morgen bereits gestorben.

Allmächtiger Gott!, dachte Ketil und wandte den Blick zum Himmel. Wenn es dich wirklich gibt – warum lässt du all dies geschehen? Warum bringst du so unendliches Leid über die Menschen? Weil sie gegen dein Gebot verstoßen? Weil sie andere Götter anbeten? Dann sind es nur Lügen, die die Geistlichen in deinem Namen predigen! Lügen über Vergebung! Lügen über Güte und Erbarmen!

«He, Jarl», bellte Lambi. «Unsere Geduld ist erschöpft. Dabei ist es wirklich schade um dieses junge Ding hier. So ein schönes Weib. Es wird sterben – wegen deiner Sturheit! Ihr alle werdet sterben!»

Da ging plötzlich ein Ruck durch Hakon. Er riss den Kopf herum und schaute zum Weg, der am Fuß des Adlerfelsens den Hang hinauf zum Jarlshof führte, der von hier aus nicht zu sehen war.

Er wandte sich wieder an Lambi und rief: «Hol deine Schwester!»

«Thordis? Warum sollte ich das tun?»

«Ich verhandele nur mit ihr!»

«Das geht nicht. Werft die Waffen runter! Oder ich schneide dem Weib die Kehle durch ...»

«Und dann töten sie uns alle», sagte Hakon bei sich und schaute abermals zum Adlerfelsen. «Sind dort oben noch welche von unseren Männern?», fragte er.

Skjaldar schüttelte den Kopf. «Sie sind alle hier.»

«Schick jemanden da rauf – sofort!», zischte Hakon.

«Warum?»

«Mach schon! Sie sollen den Fjord im Auge behalten!»

Mit einem Schulterzucken führte Skjaldar den Befehl aus, und zwei Krieger machten sich auf den Weg.

«Wann wurde Thordis das letzte Mal gesehen?», fragte Hakon in die Runde.

«Gesehen habe ich sie nicht», antwortete Ketil, «aber ich glaube, sie hat heute Nacht das Haus verlassen. Ich habe eine Tür gehört, und am Morgen war sie verschwunden, zusammen mit deiner kleinen Aud.»

Hakon sah aus, als hätte Ketil gerade einen bösen Verdacht bestätigt. Er wandte sich wieder an Lambi, der hinter seiner Geisel von einem Bein aufs andere trat. Auch unter den Männern beim König schien sich Unruhe breitzumachen.

«Ich werde nur mit meiner Frau verhandeln!», rief Hakon.

«Du bist nicht in der Position, Forderungen zu stellen!», brüllte Lambi zurück.

Da schnellte mit einem Mal Brynjolf vor. Er stieß Hakon zur Seite, dessen verletztes Bein einknickte. Er stürzte zu Boden.

«Wir ergeben uns!», schrie Brynjolf und warf sein Schwert die Felsen hinunter.

Skjaldar machte einen Satz auf ihn zu. Ehe er ihn jedoch packen konnte, sprang Brynjolf hinter dem Schwert her. Er landete mit einem dumpfen Aufprall unten auf dem harten Boden, rappelte sich auf und lief dann auf Lambi und seine Tochter zu.

«Wir ergeben uns!», rief Brynjolf noch einmal.

Die Krieger an Lambis Seite zogen ihre Schwerter.

Skjaldar und Ketil halfen Hakon auf die Beine. Jemand reichte ihm den Stock. Hakon nahm ihn entgegen, wobei sein Blick nicht auf Brynjolf, sondern auf den Adlerfelsen gerichtet war.

Als Ketil ebenfalls hinaufschaute, sah er die beiden Männer, die inzwischen die Kuppe erreicht hatten, mit den Armen gestikulieren, als wollten sie die anderen warnen. Sie riefen etwas, was jedoch kaum zu verstehen war.

«Ich nehme zwei Dutzend Männer mit zum Jarlshof», sagte Hakon.

«Was geht da vor sich?», fragte Skjaldar.

«Ich glaube, die Männer haben in der Bucht beim Jarlshof Schiffe gesehen», erwiderte Hakon.

«Noch mehr Schiffe?», rief Ketil entsetzt. «Dann sind die Flüchtlinge in Gefahr. Ich begleite dich!»

«Du wirst hier gebraucht», sagte Hakon und schaute noch einmal den Hang hinunter: Einer der beiden Krieger streckte Brynjolf mit einem Schwerthieb nieder, bevor Lambi dem Mädchen die Messerklinge in den Hals stach.

15.

Hladir, Jarlshof

Es begann zu regnen. Zunächst waren es nur wenige Tropfen, doch bis Hakon das Tor erreichte, schüttete es wie aus Eimern. Auf dem Hof drängten sich die Überlebenden. Alte und Verletzte hockten in Pfützen, in denen sich schmutzig braunes Wasser sammelte. Mütter säugten zitternde Neugeborene. Kinder schrien, Männer und Frauen weinten.

Hakon befahl den Kriegern, die ihn begleitet hatten, das Tor und den Hof zu sichern, dann hielt er Ausschau nach Asny, die aber nirgendwo zu sehen war. Er humpelte zu einer Gruppe abgerissener Gestalten, die in der Nähe des Jarlshauses standen.

«Warum sucht ihr nicht drinnen Schutz vor dem Unwetter?», fragte er erstaunt.

Ein älterer Mann hob unter der Kapuze das rußverschmierte Gesicht und funkelte den Jarl an. «Weil sie uns aus deinem Haus gejagt hat!»

Hakon konnte nicht glauben, was er hörte. «Bergljot hat euch fortgejagt?»

«Nicht Bergljot – deine Frau hat das getan.»

Hakon stockte der Atem. Sie war hier? Das hatte er nun wirklich nicht erwartet. Ihr musste doch klar sein, dass man ihren Verrat längst durchschaut hatte. So dumm und leichtsinnig war Thordis nicht, nein, diese Frau war schlau und berechnend.

«Ist sie allein?»

Der Alte schüttelte den Kopf, hob die rechte Hand und spreizte drei Finger ab.

«Bewaffnet?»

«Zwei Männer mit Schwertern, ein Mann mit einer Axt.»

«Hat Thordis gesagt, warum sie euch aus dem Haus geschickt hat?»

«Gesagt?» Der Alte schnaubte verächtlich. «Die Waffen ihrer Begleiter waren überzeugend genug.»

Hakon musste sofort ins Haus. Kurz überlegte er, ob er Verstärkung mitnehmen sollte, entschied sich aber dagegen. Die Krieger wurden auf dem Hof gebraucht. Außerdem sagte ihm sein Gefühl, dass Thordis aus einem ganz bestimmten Grund dort drinnen war und dass es mit ihm zu tun hatte. Was auch immer sie vorhatte, er musste sich ihr allein stellen – ihr und drei bewaffneten Männern.

Er schaute in den grauen, regenverhangenen Himmel, der sich über dem Fjord bereits wieder aufzuklaren begann. Bald würde das Unwetter vorübergezogen sein. Hakon rief ein paar Krieger zu sich und erklärte ihnen, was sie tun sollten. Sie warfen ihm irritierte Blicke zu, stellten aber keine Fragen.

Er ließ die Männer stehen und humpelte am Haus entlang, bis er um die hintere Ecke bog.

Das kleine Tor stand offen. Unterhalb der Palisade lagen die beiden Männer, die Asny und ihn vorhin hereingelassen hatten. Einer der Männer hatte eine tiefe Wunde am Kopf, der andere blutete am Rücken.

Hakon kniete bei ihnen nieder. Die Männer waren tot und ihre Wunden frisch. Er erhob sich wieder, trat durchs Tor nach draußen vor die Palisade und schaute sich um. Der Regen nahm ihm die Sicht. Schemenhaft waren die Bäume jenseits der Felder und Äcker zu erkennen. Die Bucht oberhalb des Jarlshofs war noch immer in einen dichten Grauschleier gehüllt.

Hakon kehrte zum Haus zurück und schleppte sich zu der kleinen Tür in der Rückseite. Wie er vermutet hatte, war sie nicht verriegelt. Er zog sie auf, trat ins dunkle Hinterhaus und nahm den vertrauten Tiergeruch wahr. Als er weiterhumpelte, raschelte Stroh unter seinen Füßen. Eine Ziege stieß meckernde Laute aus, und beim Weitergehen berührte Hakon mit dem Stock einen Eimer, der umfiel und über den Boden rollte. Hakon gab sich keine Mühe, leise zu sein.

In der Wohnhalle hinter den Ställen und Vorratskammern schimmerte Licht, und als er eintrat, sah er die in der Feuerstelle lodernden Flammen. Neben dem Feuer saß Bergljot steif auf einem Schemel, ihr bleiches, eingefallenes Gesicht war Hakon zugewandt. Thordis stand hinter ihr, die rechte Hand mit einem Messer locker auf Bergljots rechter Schulter abgelegt.

Hakon ließ den Blick zu Thordis gleiten, deren Lippen ein Lächeln umspielte. Ihre klaren, blauen Augen schimmerten im Feuerschein wie Edelsteine. Eine blonde Strähne hatte sich aus ihrem Haarknoten gelöst und kringelte sich über Stirn und Wange.

Im Feuer knackte ein Scheit. Funken stoben auf und schwebten hinüber zum Tisch, vor dem neben einem umgekippten Schemel jemand lag. Bevor die Funken verglommen, spiegelten sie sich in dem Blut wider, das sich in einer Lache ausgebreitet hatte. Es war Asny, und ihre Augen waren geschlossen, ihr Gesicht war zur Decke gerichtet.

Hakons Finger schlossen sich fester um den Stock.

Hinter Asny glaubte er eine Bewegung wahrzunehmen, einen flüchtigen Schatten. War es der Rabe?

Bei den Betten an der Längsseite der Halle stieß jemand ein unterdrücktes Lachen aus. Hakon sah dort drei Männer stehen, kräftige Kerle mit breiten Oberkörpern und feisten, bärtigen Gesichtern. Die beiden Schwertkrieger lehnten an Stützpfeilern, ein dritter Mann stand bei Eirik, der auf einem Lager kauerte; es schien, als wolle sich der Junge ganz klein machen, unsichtbar. Er zitterte am ganzen Leib und starrte zu seinem Vater herüber.

Hakons Magen zog sich zusammen. Er hatte seinen Jungen

ebenso wenig vor den Feinden beschützen können wie Asny und Bergljot.

Über Eirik schimmerten Hakons Waffen im Feuerschein an der Wand, Beile, Schilde und Lanzen, und vor dem Bett lagen die Schlittknochen des Jungen. Sie waren zerbrochen, vielleicht hatte der Kerl sie mit der Streitaxt, die er lässig auf seine Schulter gelegt hatte, zerschlagen.

Hakons Blick wanderte zu Thordis zurück. «Lass Eirik und Bergljot gehen, sie haben dir nichts getan.»

Thordis' helles Lachen erfüllte die Halle. «Das haben sie wirklich nicht – und trotzdem bleiben sie alle hier: der ganze kümmerliche Rest deiner Sippe.» Ihre Stimme war fest und klar. Die Frau schien sich ihrer Sache überaus sicher zu sein.

«Wo ist Aud?», fragte Hakon.

«In Sicherheit!»

«Wo gibt es in Hladir einen Ort, der sicher vor dir wäre?»

Thordis schien kurz nachzudenken, ob sie es Hakon erzählen sollte, und entschied sich dann dafür. Warum auch nicht? Sie hatte gewonnen. «Sie wartet im Geräteschuppen, in dem wir uns versteckt hatten, bis ich dich zurückkehren sah.»

Sie deutete auf sein verletztes Bein. «Ich dachte, er wäre ein besserer Schütze. Aber ich darf mich nicht beklagen. Mir ist es ja auch nicht gelungen, deinen Raben zu töten.»

Hakon sah aus den Augenwinkeln zu dem zuckenden Schatten bei Asny. «Und warum hast du es jetzt nicht getan?»

Sie lachte wieder. «Er stellt keine Gefahr mehr dar.»

«So wie die Wachen, hinten am Tor ...»

«Björn Totschläger und seine Brüder Baug und Bjalfi haben das erledigt. Lambi hat sie mir überlassen. Vielleicht hast du von ihnen gehört?»

Das hatte Hakon. Die Geschichte von den Männern, die eine ganze Familie auf dem Gewissen hatten, hatte sich bis nach Hladir herumgesprochen, und es wunderte ihn nicht, dass sich Lambi mit solchen Mördern umgab.

«Was ist mit den Kriegern, die dich nach Hladir begleitet haben? Sind sie bei den Feuerwachen?»

«Du bist schlau, Hakon Sigurdarson. Vermutlich kannst du dir auch denken, warum ich das Tor habe öffnen lassen.»

«Für die Dänen, die in der Bucht warten, während ihre Verbündeten die Stadt einnehmen.»

«Ja, die Dänen werden landen, sobald die Flut es zulässt, und dann die Throender von hinten in die Zange nehmen. Du musst zugeben, dass das ein guter Plan ist!»

Hakon sah, wie der Mann mit der Streitaxt, offenbar jener Björn, einen Schritt vortrat und sich somit ein Stück von Eirik fortbewegte.

«Es war übrigens mein Plan», erklärte Thordis. «Und ich muss zugeben, dass es mich mit Stolz erfüllt. Sogar der König war beeindruckt, als ich ihm den Vorschlag unterbreitet habe, wie Hladir am einfachsten einzunehmen wäre.»

«Warum bist du zur Verräterin geworden?»

Thordis warf den Kopf in den Nacken und lachte so laut, dass Bergljot unter ihr zusammenzuckte. «Du nennst es Verrat, und ich nenne es ... Vernunft. Du bist verblendet, Hakon! Du hast doch nicht ernsthaft geglaubt, auf Dauer Widerstand gegen einen Mann wie Graufell leisten zu können! Er hat fast alle Länder am Nordweg unter seine Herrschaft gebracht, und es war nur noch eine Frage der Zeit, bis er auch Thrandheim niedergerungen hat. Ja, ich nenne es Vernunft, mich auf die Seite des Stärkeren zu stellen. Oder ist es etwa vernünftiger, den Tod so vieler Menschen in Kauf zu nehmen, anstatt sich dem Mächtigen zu beugen? Ich habe die Wahrheit erkannt, wozu du nicht in der Lage bist. Ihr Throender! Ihr seid so sturköpfig, dass es weh tut, und nun seht ihr, was ihr davon habt! Nichts! Nur Verlust! Und Leid und Elend.»

«Ich nehme dir nicht ab, dass die Macht der einzige Grund für deinen Verrat ist.»

Thordis hob die Augenbrauen. «So?»

«Du willst Rache!»

Sie lachte. «Dir kann ich nichts vormachen, Hakon. Ja, ich muss zugeben, dass es mir ein großes Vergnügen bereitet, dich verlieren zu sehen. Ich glaube nicht, dass du dir vorstellen kannst, wie sehr du mich verletzt und gedemütigt hast. Immer wieder hast du mich abgewiesen – mich, die Mutter deiner Tochter. Es war ein Zeichen der Götter, dass ich das Kind von dir bekam. Doch du warst blind! Und dann schleppst du diese Slawenhure nach Hladir, dieses graugesichtige, nichtsnutzige Weib, eine Fremde – obwohl du mich hättest haben können. Eine Jarlstochter, eine Frau von deinem Stand. Ich hätte jeden verdammten Kerl nehmen können. Glaubst du etwa, dass ich es nicht bemerke, wie sie mich anstarren? Wie ihnen die Spucke im Maul zusammenläuft, wenn sie mich sehen? Doch der einzige Mann, den ich wollte, holt sich eine Slawenhure ins Bett!»

«Und dafür hasst du mich.»

«Ja! Ich habe dich geliebt, weil du anders bist ... und, ja das gebe ich zu, natürlich auch, weil du ein Jarl bist. Zusammen hätten wir die Macht über Thrandheim und das Naumudal haben können. Mit mir an deiner Seite hättest du König werden können. Doch du hängst dich an diese Kröte. Ich hoffe, du vermisst sie!»

«Sie hat mich bestohlen.»

Thordis warf den Kopf in den Nacken und lachte so laut, dass Bergljot erneut zusammenfuhr. «Auch der Plan ist aufgegangen», sagte sie dann, «und ich muss gestehen, dass es mich selbst überrascht hat, wie einfach es war, das dumme Ding fortzutreiben. So groß kann ihre Liebe zu dir also doch nicht gewesen sein – und deine zu ihr auch nicht. Das Weib hätte es niemals übers Herz gebracht, das Haushaltsgeld zu stehlen ...»

«Du ... hast es genommen?», stieß Hakon aus.

«Natürlich. Ich habe es der Slawin zugesteckt. Du hättest ihr Gesicht sehen sollen, als ich ihr erzählte, du hättest dich für mich entschieden. Ich habe behauptet, du würdest dich nicht trauen, ihr die Wahrheit zu sagen, und sie solle das Geld nehmen und damit eine Schiffsreise bezahlen.»

Hakon spürte, wie sich sein Magen zusammenzog. Die Erkenntnis schnürte ihn ab wie ein enger Gürtel. Thordis hatte recht. Dieses verdammte Miststück hatte recht! Er selbst hatte Malina doch immer wieder vorgehalten, sie dürfe ihm nicht misstrauen. Dabei war er selbst zu blind gewesen, die Wahrheit zu sehen: Er hatte ihre Liebe und Zuneigung als etwas Selbstverständliches hingenommen, als etwas Unumstößliches. Dabei hatte er nicht gemerkt, wie sehr er sich von ihr entfernte, wie er sie vernachlässigte. Und wie sehr er selbst ihr misstraute. Er hatte ihr tatsächlich eine solche Tat zugetraut.

«In einer Sache habe ich mich allerdings getäuscht», fuhr Thordis fort. «Ich war überzeugt, dass du dich für mich entscheiden würdest, wenn sie fort wäre. Dass auch bei dir endlich die Vernunft siegen würde. Doch du bist stur geblieben, obwohl ich alles versucht habe. Denkst du etwa, es ist mir leichtgefallen, in deiner Gegenwart das brave Hausweib zu spielen und die Arbeiten des Gesindes zu verrichten? Wäsche waschen, Brot backen, mich ums Kind kümmern? Nein, Hakon, ich bin eine Frau von Rang und Namen, eine Herrscherin ...»

Sie redete und redete und hatte keine Eile damit, das zu tun, was in ihren Augen offenbar nötig war: Hakon aus dem Weg zu räumen.

Will Thordis Zeit schinden?, überlegte Hakon. Die Krieger schienen lediglich die Aufgabe zu haben, ihn auf Abstand zu halten, bis ... ja verdammt, bis was geschehen würde?

Unterdessen berichtete Thordis, wie Graufell im Frühjahr

Männer ins Naumudal geschickt habe, um sie für ein Bündnis gegen die Throender zu gewinnen. Die Verhandlungen habe ein Bischof geführt – ein nach Thordis' Worten abstoßender Kerl, dem es allerdings vor nicht langer Zeit gelungen war, den Dänenkönig zu taufen.

Während Thordis von dem Besuch erzählte und dass sie sich zunächst geweigert habe, mit Graufell einen Pakt einzugehen, begann Hakon seine Möglichkeiten abzuschätzen. Die Aussichten schienen jedoch verschwindend gering zu sein, Bergljot und Eirik zu befreien. Außerdem konnte er Asny nicht einfach zurücklassen, solange er nicht wusste, ob sie wirklich tot war. Und was war mit dem Raben?

Nur eines wusste Hakon sicher: dass die Zeit gegen ihn arbeitete. Jeden Moment konnte die Flut für die Dänenschiffe hoch genug aufgelaufen sein. Doch was konnte er tun? Er war verletzt, und ihm standen drei bewaffnete Krieger und eine Frau gegenüber, die seine Mutter mit einem Messer bedrohte.

Da bemerkte er beim Tisch eine Bewegung und sah den dunklen Schatten des Raben. Der Vogel drehte den Kopf hin und her. Aber war da nicht noch etwas anderes gewesen? Hatte sich nicht gerade Asnys Hand bewegt? Ja, nun sah er, wie sich ihre linke Hand durch die Blutlache langsam an ihre Hüfte zog. Asny lebte!

«Ich wollte nicht mit dem Bischof reden, aber sie boten mir Schätze an – und noch etwas, das ich nicht ausschlagen konnte: die Macht, die mir als Frau eines Herrschers zusteht!»

Hakon musste versuchen, ihre ganze Aufmerksamkeit auf sich zu ziehen. «Du redest Unsinn!», zischte er. «Ich habe dich zum Weib genommen.»

Aus den Augenwinkeln beobachtete er, wie sich Asnys Hand auf ihren Bauch schob, während sie auf der abgewandten Seite gleichzeitig mit der anderen Hand den Raben zu sich heranzog. Der Vogel verhielt sich dabei ganz still.

Thordis stieß einen verächtlichen Laut aus. «Du hast mich genommen, weil du keine andere Wahl hattest! Sobald du die Schlacht gewonnen hättest, wäre ich wertlos für dich geworden. Du hättest mich vom Hof gejagt wie ein Bettelweib!»

Hakon erwiderte nichts darauf.

«Eins interessiert mich noch», sagte Thordis. «Hättest du nach der Slawin gesucht?»

Die Frage überraschte Hakon. «Sie kann überall sein.»

Thordis' Augen blitzten auf. «Oh, dann bist du wohl doch nicht so schlau, wie ich angenommen habe.»

«Willst du damit sagen, dass du weißt, wo sie ist?»

Sie lächelte hintergründig. «Es gibt nicht viele Orte, die für diese Frau in Frage kommen. Vermutlich warst du durch deine Vorbereitungen für die Schlacht so verblendet, dass dir das Naheliegende nicht eingefallen ist. Oder hat es dich gar nicht interessiert, zu erfahren, wohin sie gegangen sein könnte?»

«Wo ist sie?», stieß er aus.

«Du enttäuschst mich, Hakon. Vielleicht erzähle ich es dir, nachdem Graufell dir den Prozess gemacht hat ...»

«Dann willst du mich gar nicht töten?»

Asny zog den Raben weiter zu sich heran und setzte ihn auf ihren Bauch. Weder Thordis noch die Krieger hatten bislang etwas davon bemerkt.

«Oh, es wäre mir ein Vergnügen, dich zu töten, Hakon. Ich würde dich langsam sterben lassen und es genießen, dass du mir für den Augenblick ganz allein gehörst. Aber Graufell hat dich dem Bischof versprochen. Der hat nämlich darauf bestanden, dir den Teufel auszutreiben.»

Hakon sah, wie Asny den Raben in beide Hände nahm – und da wurde ihm klar, was sie vorhatte.

Es war so weit! Er biss die Zähne zusammen und spannte das verletzte Bein an, um sein Körpergewicht auf das linke Bein zu verlagern. Gleichzeitig lockerte er den Griff um den Knüppel, damit er schnell nach dem Schwert greifen konnte.

Er musste sich auf die Krieger konzentrieren. Es wäre nicht das erste Mal, dass er gegen drei Männer kämpfte, und er war ein besserer Schwertkämpfer als die meisten Krieger. Allerdings war er durch seine Verletzung im Nachteil, und die Kerle waren keine Bauern, die man zum Heeresdienst gezwungen hatte, oder ausgehungerte Wegelagerer, die ihre Opfer auf einsamen Bergpässen überfielen.

Das hier waren gestandene Krieger, und ihr Handwerk war das Töten.

Plötzlich verstummte Thordis. Hatte sie Hakons leicht veränderte Körperhaltung wahrgenommen?

Er schätzte die Krieger ab. Björn schaute zu ihm herüber, die Axt lässig über die Schulter gelegt. Baug und Bjalfi lehnten an den Stützpfeilern.

Hakon spannte die Muskeln an.

Thordis' Blick glitt in dem Moment an ihm herab zu seiner rechten Hand, als er den Knüppel etwas anhob. Sie riss die Augen auf und rief: «Nehmt ihm das Schwert ab!»

Und dann stach sie zu.

Zugleich richtete sich Asny auf und warf den Raben hoch, der mit einem lauten Krächzen auf Thordis' Kopf landete. Krallen bohrten sich in ihren Schädel. Wild schlug er mit dem unverletzten Flügel umher, um das Gleichgewicht zu halten. Dann begann er, mit dem Schnabel auf ihr Gesicht einzuhacken. Thordis stieß spitze Schreie aus und schlug panisch um sich.

Hakon holte aus und schleuderte den Stock auf den Mann, der ihm am nächsten stand. In der gleichen Bewegung zog er die Klinge aus der Scheide. Der Knüppel traf Baug an der Schläfe, und er taumelte rückwärts gegen das Bett.

Hakon sah gerade noch, wie Eirik aufsprang, bevor Björn und

Bjalfi auf Hakon zustürmten. Björn hieb mit der Streitaxt nach seinem Kopf, doch Hakon duckte sich darunter weg. Er spürte den Lufthauch im Gesicht und achtete nicht auf die wütenden Schmerzen in seinem Oberschenkel.

Er schnellte vor, ließ seine Klinge in Bjalfis Unterleib fahren und zog sie wieder heraus. Bjalfi verlor sein Schwert und sank auf die Knie, die Hände gegen den Unterleib gepresst. Ein Blutstrom quoll zwischen seinen Fingern hervor und tränkte Hose und Tunika.

Kampfgeräusche und Schmerzensschreie erfüllten die Halle.

Als Björn erneut mit der Axt zuschlug, warf sich Hakon zur Seite, wurde jedoch vom Schaft an der linken Schulter getroffen. Er rollte sich von Björn weg. Schon kam der nächste Hieb. Der Axtkopf fuhr dicht neben ihm in den Boden. Lehmbrocken brachen heraus. Hakon riss das Schwert hoch und traf Björns rechte Hand. Die Klinge glitt durch Sehnen und Knochen und trennte die Hand vom Gelenk, die mitsamt der Axt zu Boden fiel.

Björn brüllte vor Wut und Schmerz, gab sich aber nicht geschlagen, sondern bückte sich mit der linken Hand nach der Axt. Bevor er sie zu fassen bekam, rammte Hakon ihm einen Fuß in den Bauch. Björn wurde zurückgeschleudert und prallte gegen einen Stützpfosten.

Während Hakon sich aufrappelte, um ihm nachzusetzen, warf er einen Blick hinüber zu den anderen. Er sah Thordis, deren Schreie durch die Halle gellten. Ihr Gesicht war nicht zu erkennen und ihr Kopf ein Gewirr aus blondem Haar und schwarzen Federn. Sie warf die Arme um sich und versuchte verzweifelt, sich den Raben vom Kopf zu reißen, während das Blut aus unzähligen Wunden spritzte. Gnadenlos fuhr der Schnabel nieder und hackte auf das Gesicht ein.

Er sah Bergljot neben dem umgekippten Schemel beim Feuer liegen, und er sah Asny, die sich am Tisch hochzog.

Da stürzte sich Björn auf ihn. Der Aufprall war hart und riss Hakon von den Füßen, aber er behielt das Schwert in der Hand, und als sich Björn auf ihn werfen wollte, stach ihm Hakon die Klinge in die Eingeweide. Björn brach zusammen und begrub Hakon unter sich.

Björn war schwer, aber Hakon schaffte es, unter dem sterbenden Mann hervorzukriechen. Er richtete sich auf und schaute sich nach Baug um. Warum war der seinen Brüdern nicht zu Hilfe gekommen?

Da sah er Thordis. Von Panik ergriffen stolperte sie durch die Halle und stieß einen mit Asche gefüllten Eimer um. Als der graue Staub aufwirbelte, musste Hakon an Malina denken – und an seine Mutter, die jetzt von der Asche bedeckt wurde.

Bergljot bewegte sich nicht mehr.

Da gelang es Thordis irgendwie, den Schemel, auf dem Bergljot gesessen hatte, zu greifen und damit nach dem Raben zu schlagen. Federn und Haarbüschel wirbelten durch die Luft. Der Rabe verlor den Halt und flatterte durch die Luft.

Für einen Augenblick stand Thordis vollkommen still da. Hakon hob das Schwert, richtete es auf sie und suchte in dem Gewirr aus Haaren und klaffenden Wunden nach ihrem Blick. Er fand ihn nicht. Das Gesicht war hinter einem roten Schleier verschwunden. Dennoch musste sie noch etwas sehen können, denn sie drehte sich um und taumelte durch die Halle zur Tür.

Hakon war versucht, ihr zu folgen. Er durfte sie nicht entkommen lassen. Aber da fiel ihm Baug wieder ein, und dass er ihn das letzte Mal beim Bett gesehen hatte. Hakon riss sich von dem Anblick der geisterhaften Gestalt los, die versuchte, den Riegel zur Seite zu schieben, und humpelte zum Schlaflager.

Seine Sorge war unbegründet. Baug würde niemanden mehr angreifen. Er lag rücklings auf dem Bett, in dem Hakon schlief, seit er ein Kind war. Baug hatte alle viere von sich gestreckt. In seinem Schädel steckte das Beil, das an der Wand fehlte, und über ihm stand Eirik, den Blick aus weit aufgerissenen Augen auf den Toten gerichtet.

Da hörte Hakon, wie der Riegel an der Eingangstür zur Seite glitt.

Tageslicht flutete die Halle.

16.

Hladir

Der Bug schrammte über die mit Seetang bewachsenen Steine. Unter Poppos Füßen zitterten die Planken, bevor das Schiff mit einem Ruck zum Stehen kam. Der Aufprall hätte ihn beinahe von den Füßen gerissen, doch Skammkill hielt ihn fest, und dann sprangen sie den Dänen hinterher ins knietiefe Wasser.

Als das auflaufende Wasser den höchsten Punkt erreicht hatte, landeten die zehn Schiffe in der Bucht oberhalb des Jarlshofs. Poppo und Skammkill waren auf dem Schiff des Dänenkönigs Harald Blauzahn mitgefahren, ein prächtiges Langschiff, das man vor dem Angriff mit einem Drachenkopf gekrönt hatte. Poppo musste seinen Ärger über die heidnische Sitte herunterschlucken. Jetzt würden sie die Stadt erobern, den Jarl gefangen nehmen und die Stoßzähne finden. Alles Weitere würde sich ergeben.

Poppo und Skammkill wateten mit den Dänen ans Ufer und dann weiter über einen vom Regen rutschigen Hang hinauf. Die Lederscheide schlug beim Laufen gegen Poppos Bein. Von Blauzahn hatte er sich ein Schwert geben lassen, auf Helm und Schild aber verzichtet. Poppo war ins Heidenland gefahren, um die Götzenanbeter zu vernichten, nicht, um sich gegen sie zu verteidigen – und Gottes Macht bot ihm mehr Schutz als jede Rüstung.

Nach einer Weile hatte sich das Heer oberhalb der Küstenlinie gesammelt, einige hundert Schritt von der Palisade entfernt, über der die Dächer des Jarlshofs emporragten. Im Hinterland breiteten sich bewirtschaftete Äcker und Felder aus, die von dichten Wäldern gesäumt wurden.

Poppo ging zu Blauzahn, der von einer Erhöhung aus die Palisade betrachtete.

«Vielleicht hat Graufell die Stadt bereits eingenommen», überlegte Poppo laut.

Blauzahns Gesicht verfinsterte sich. «Dann müssen wir uns beeilen und verhindern, dass sich mein Neffe die ganze Beute unter die dreckigen Fingernägel reißt!»

Er setzte den Helm auf. An seinen Handgelenken hingen schwere Silberringe. Über dem Kettenhemd hatte er ein kurzes und ein langes Schwert gegürtet. Er war ein prächtiger Kriegsherr, und er war weit gereist, um reiche Ernte einzufahren. Überraschend leichtfüßig stieg der gerüstete König von den Felsen herunter und trat zu seinen Heerführern. Auf ihr Zeichen setzten sich die Dänen in Bewegung.

Mehr als vierhundert Krieger liefen über Wiesen und Äcker und trampelten die Getreidepflanzen platt. Im Laufschritt näherten sie sich der Palisade auf breiter Front, ohne auf Gegenwehr zu stoßen. Bald darauf kamen sie zu dem Tor, von dem die blonde Frau berichtet hatte – und es stand wie angekündigt weit offen.

Die Frau hatte Wort gehalten, was Poppo zugleich überraschte und freute. Tagelang hatte die Flotte vor der Küste abgewartet, bis sie endlich die Nachricht erhielten, die Frau habe den Jarl unschädlich gemacht.

Poppo spürte ein angenehmes Kribbeln am ganzen Körper, als er sich dem Tor näherte. Das Ziel schien zum Greifen nahe. Er hoffte, den Jarl lebend in die Finger zu bekommen, um ihm mit glühendem Eisen den Teufel auszutreiben. Und bald konnte Poppo Abt Thiadrich endlich das Elfenbein liefern, auf das der schon ungeduldig wartete; schließlich musste er dafür seine letzten Schätze zusammenkratzen. Beim Tor lagen die Leichen von zwei Männern, die wahrscheinlich hier Wache geschoben hatten. Es schien wirklich alles genau nach Plan zu verlaufen, und doch wurde Poppo das Gefühl nicht los, dass irgendetwas nicht stimmte.

Der König schien ähnlich zu denken, denn er ließ das Heer haltmachen und bei der Palisade sammeln, bevor er ein Dutzend Männer durchs Tor auf den Jarlshof schickte. Mit gezogenen Waffen schlichen sie an einem großen Gebäude vorbei, vermutlich das Wohnhaus des Jarls und seiner Sippe, bevor die Vorhut aus dem Sichtfeld verschwand.

Es war auffallend ruhig, und eine solche Ruhe konnte trügerisch sein. Lauerte jenseits der Palisade eine Falle auf sie?

Poppo tastete nach dem Silberkreuz, das an einem Lederband um seinen Hals hing. Auch der Dänenkönig trug ein solches Kruzifix, das Poppo ihm im Namen des Kaisers Otto überreicht hatte. Allerdings hatte Blauzahn am Morgen nicht nur das Kreuz, sondern auch einen aus Silber gegossenen Thorshammer umgelegt.

Poppo hatte dies zähneknirschend zur Kenntnis genommen. Es würde eine Gelegenheit geben, den Dänenkönig dafür und für andere Verfehlungen wie die heidnischen Drachenköpfe zur Rechenschaft zu ziehen und ihm ein für alle Mal klarzumachen, welchem Gott er zu dienen hatte.

Kurz darauf kehrte die Vorhut zurück. Die Männer berichteten, dass sie niemanden angetroffen hätten. Der ganze Hof sei verwaist, wie ausgestorben.

Blauzahn kratzte sich unter dem Bart, und nachdem er seine Grübelei beendet und einen Entschluss gefasst hatte, schob er sich durchs Tor. Die anderen folgten ihm und kamen auf einen von Gebäuden gesäumten Hof, auf dem tatsächlich keine einzige Menschenseele zu sehen war.

Blauzahn schickte ein paar Dänen ins Wohnhaus, dessen vordere Tür offen stand.

Poppos Euphorie hatte sich schlagartig gelegt. Die Stille auf dem Hof war gespenstisch. Er betrachtete die über den Fjord und die Berge treibenden Wolken, während er den Qualm roch, den der Wind aus der Stadt herüberwehte, die von hier oben nicht zu sehen war.

Poppo senkte den Blick und stellte fest, dass der aufgeweichte Boden mit Fußspuren übersät war, in denen sich Regenwasser gesammelt hatte. Vor nicht allzu langer Zeit hatten sich viele Menschen hier aufgehalten, schloss Poppo daraus. Aber wo waren sie abgeblieben? Kämpften sie gegen Graufells Heer? Auch die Alten, Frauen und Kinder? Das hielt er für unwahrscheinlich.

Und wo war die blonde Frau, die das Versteck der Stoßzähne entdeckt haben wollte?

Als die Krieger wieder aus dem Haus kamen und von Leichen erzählten, gingen Blauzahn, Poppo, Skammkill und einige andere hinein. In der Halle lagen zwei tote Männer auf dem Boden, und einer lag auf einem Schlafpodest. Was zur Hölle war hier geschehen?

Poppo schaute sich um und sah in der Feuerstelle Scheite glühen. Ein Schemel war umgestürzt. Auf dem Boden waren Flecken von frischem Blut.

Eine böse Vorahnung beschlich Poppo. Er wechselte einen Blick mit dem König, dann liefen sie auf den Hof und setzten das Heer in Bewegung, das im Laufschritt einem Weg folgte, der nach Hladir hinunterführen musste. Bald darauf tauchte die brennende Stadt auf – und etwas, bei dem Poppo beinahe in Gelächter ausgebrochen wäre.

Da war Graufells Heer, an die fünfhundert, sechshundert Krieger – und da waren ein paar Männer, die das Heer am Fortkommen hinderte. Was war das für ein kläglicher Haufen! Vielleicht zwei Dutzend Männer harrten auf einem natürlichen Wall aus Felsgestein aus. Sie hatten ein paar Bogenschützen dabei. Hin und wieder sprang einer auf und schoss einen Pfeil den Hang hinunter – und das allein schien Graufells Heer aufzuhalten.

Auf den ersten Blick war es unerklärlich, warum Graufell die

Felsen nicht erstürmte. Einer solchen Übermacht sollte das mit wenigen Verlusten gelingen. Warum er es nicht tat, war nur so zu erklären, dass er glaubte, auf dem Felswall würden viel mehr Männer lauern.

Da brachen die Nordmänner plötzlich in Jubel aus. Sie hatten die Dänen oberhalb der feindlichen Linie auftauchen sehen, und endlich kam Bewegung in das Heer. Schilde wurden gehoben und Schwerter gezogen, und dann marschierten die Nordmänner gegen die Felsen.

Throender schossen Pfeile ab, wohl in der irrigen Hoffnung, Graufell erneut aufhalten zu können. Als sie jedoch die von hinten heranrückenden Dänen bemerkten, machte sich Panik breit. Männer liefen durcheinander, bis sie sich schließlich zum Schildwall zusammenzogen.

Die Throender igelten sich ein und richteten Waffen auf die Dänen.

Blauzahn ließ sein Heer halten und rief: «Nehmt alle gefangen. Ich will den verdammten Jarl lebendig haben!»

Dann schickte er zweihundert Krieger gegen die zwei Dutzend Throender.

Unterdessen hatten Graufells Männer zwischen den Felsen einen von Steinen blockierten Durchlass frei geräumt und strömten hindurch – allen voran König Graufell und dessen Bruder Gudröd.

Graufell stieß einen Fluch aus, als er sah, wie wenig Throender den Wall gehalten hatten.

Die Könige traten aufeinander zu. Poppo und Skammkill folgten Blauzahn.

«Ihr habt Euch ja von einem überaus starken Gegner aufhalten lassen», bemerkte Blauzahn gallig.

Viele Jahre lang waren er und Graufell erbitterte Gegner gewesen, die um die Vorherrschaft am Nordweg gerungen hatten, und eine solche Feindschaft ließ sich nicht in einigen Monaten beilegen. Dennoch war Poppo stolz, dass er sie im Namen des Herrn wieder an einen Tisch gebracht hatte. Ohne ihre Mithilfe würde er im Norden niemals die Saat des wahren Glaubens pflanzen und aufgehen lassen können.

Aber der Friede zwischen Onkel und Neffe war brüchig. Jederzeit konnte die alte Feindschaft wieder aufreißen. Daher war Poppo erleichtert, dass Graufell sich nicht provozieren ließ.

«Wo sind die anderen Throender?», fragte er nur.

«Die haben sich wohl in Luft aufgelöst», erwiderte Blauzahn kühl.

«Vermutlich haben sie sich während des Gewitters verzogen», knurrte Gudröd. «Es hat geschüttet, dass man die Hand nicht vor Augen sah.»

Graufell verdrehte die Augen zum Himmel.

Die Gefangennahme der Throender, die ihre Waffen nicht strecken wollten, war unterdessen schwieriger als erwartet. Mit dem Mut der Verzweifelten hieben sie nach jedem, der ihnen zu nah kam. Allerdings griffen die Dänen auch nur halbherzig an. Niemand wollte Blauzahns Zorn auf sich ziehen, indem er versehentlich einen Throender tötete.

Daher beschloss Poppo, das Treiben auf seine Weise zu beenden. Er forderte Skammkill auf, sich mit einer Lanze zu bewaffnen. Hunderte Blicke richteten sich auf das menschliche Ungetüm. Skammkill fuhr sich über den schweißnassen Schädel und durch den Haarstreifen, dann trat er mit der Lanze vor die Throender. Er täuschte mit der Lanze einen Stich auf den Kopf eines Mannes an. Als der den Schild hob, senkte Skammkill blitzschnell die Lanze und stach dem Mann die Spitze in den Oberschenkel. Skammkill zog die Lanze zurück, und der Throender fiel nach vorn, wobei er eine Lücke in den Schildwall riss.

Sogleich stach Skammkill erneut zu und verletzte einen zweiten Mann.

Einige Dänen und Nordmänner rückten nun ebenfalls mit Lanzen vor, und bald darauf fiel der Schildwall in sich zusammen. Die meisten Throender konnten so entwaffnet und gefangen genommen werden.

Aber noch immer wehrte sich eine Handvoll Männer trotzig gegen die Angriffe. Da wagte einer plötzlich einen Ausfall, warf den Schild weg und stürmte mit dem Schwert gegen Skammkill. Der Throender hatte einen Zopfbart, das Gesicht unter dem Helm war dunkelrot angelaufen. Skammkill tat ihm nicht den Gefallen, ihn im Kampf zu töten, sondern wich einfach zur Seite aus und ließ den Throender ins Leere laufen. Dann packte er ihn von hinten, rang ihm mit der rechten Hand das Schwert aus der Hand und legte ihm den linken Arm um den Hals.

«Der Bastard heißt Skjaldar», sagte Graufell. «Ich kenne den Kerl, er steht der Haustruppe des Jarls vor.»

«Ein Hauptmann?», schnaubte Blauzahn. «Bringt ihn her!»

Skammkill nahm Skjaldar den Helm ab und zwang ihn vor den Königen auf die Knie.

«Wo ist der Jarl?», fragte Blauzahn.

Das Gesicht des Hauptmanns glühte vor Zorn. «Ihr werdet ihn niemals besiegen!»

«Beantworte meine Frage, Gefangener!»

«Lieber verrecke ich ...»

Mit einem Mal sprang aus der umstehenden Menge ein junger Mann hervor und zog im Näherkommen ein Messer. Poppo erkannte in ihm den Bruder der blonden Frau wieder und glaubte sich zu erinnern, dass er Lambi hieß.

«Überlasst mir das Schwein, Herr!», rief er an Blauzahn gewandt und fuchtelte mit dem Messer herum. «Dann wird er schon reden.»

«Wer ist der Wicht?», entgegnete der Dänenkönig irritiert.

«Wicht?», kreischte Lambi, bevor jemand den König aufklären

konnte. «Mein Name lautet Lambi, Sohn von Asgeir, dem Jarl des Naumudals ...»

«Stopft ihm das Maul», knurrte Blauzahn und wedelte mit der Hand, als wolle er eine lästige Fliege verscheuchen.

Poppo nickte Skammkill zu, der Lambi mit der Faust einen Stoß vor die Brust verpasste, sodass der vier, fünf Schritt rückwärts durch die Luft geschleudert wurde und dann unsanft auf dem Hintern landete.

«Der Mann hat uns geholfen, das Seeräubernest einzunehmen», erklärte Graufell.

«Dann entlohnt ihn dafür», erwiderte Blauzahn. «Aber wir wissen immer noch nicht, wo der Jarl steckt ...»

«Wenn Ihr gestattet, Herr», bat Poppo den Dänenkönig, «würde ich mich gern mit dem Gefangenen unterhalten.»

Blauzahn zuckte mit den Schultern und trat einen Schritt zurück. Poppo beugte sich über den Hauptmann und schaute ihm tief in die blutunterlaufenen Augen.

«Du hast tapfer gekämpft, Skjaldar», sagte Poppo. «So tapfer, wie das nur ein Mann tun kann, der seinem Herrn treu bis in den Tod ergeben ist, und das ist eine Haltung, die ich sehr schätze. Du stellst dein eigenes, vergängliches Leben hinter eine größere Sache – auch wenn es die falsche Sache ist. Also bist du bereit, Qualen auf dich zu nehmen, um deinen Herrn zu schützen? Ich könnte dich foltern, und ich verspreche dir, dass ich deinen Willen brechen werde, aber ...»

Der Blick des Hauptmanns flackerte, aber er hielt Poppo stand. Dennoch gab das kurze Flackern dem Bischof die Gewissheit, dass er mit seiner Annahme richtig lag.

Poppo richtete sich wieder auf und drehte sich zu den Königen um. «Aber warum sollte ich meine Kraft und meine Zeit an solches Geschmeiß verschwenden? Er weiß nicht, wo der Jarl ist!»

«Und woher wollt Ihr das wissen?», fragte Graufell.

Poppo strich mit der flachen Hand über seine Kutte und richtete das Kruzifix über der Brust aus.

«Nun, es ist eine mir von Gott gegebene Gabe, ins Innerste eines Menschen zu schauen. Wenn jemand lügt, dann sehe ich es ihm an. Dieser Mann hier lügt nicht – nein, er sagt nichts, weil er nichts weiß.»

«Was ist mit den anderen?», fragte Blauzahn und deutete zu den gefangenen Throendern.

«Bei denen hätten wir ebenso wenig Erfolg», erwiderte Poppo.

Blauzahn zeigte hinauf zum Hügel, hinter dem der Jarlshof lag. «Ich bin überzeugt, dass der Jarl mit den Verletzten, Greisen, Männern, Frauen und Kindern gerade durch die Wälder irrt. Der Hof ist voller Spuren. Auch beim Tor, durch das man zu den Feldern gelangt, habe ich welche gesehen, obwohl man versucht hat, sie zu verwischen.»

«Dann sollten wir ihnen Krieger auf den Hals hetzen», warf Graufell ein.

Blauzahn nickte. Kurz darauf liefen zweihundert bewaffnete Dänen und Nordmänner den Hang hinauf. Außerdem wurden Krieger abgestellt, die in der Stadt über die Verteilung der Beute wachen sollten. Die restlichen Männer folgten den Königen und dem Bischof zum Jarlshof, wohin auch die Gefangenen gebracht wurden.

Beim Marsch den Hang hinauf wartete Poppo einen günstigen Moment ab, bevor er sich an Graufell wandte und ihn leise fragte: «Habt Ihr irgendeinen Hinweis auf die Stoßzähne bekommen?»

«Nein. Der Jarl ist nicht so dumm, sie in der Stadt zu verstecken.»

«Und was ist mit der blonden Frau, dieser Thordis?»

Graufell zuckte mit den Schultern und deutete auf Lambi, der in ihrer Nähe mit einem Gesichtsausdruck wie eine geballte Faust dahinschlich. «Bei dem da war das Weib nicht.»

«Auf dem Hof habe ich sie auch nicht gesehen.»

«Ob sie ihrem Bruder vom Elfenbein erzählt hat?», überlegte Graufell.

Außer ihm und Poppo wussten bislang nur wenige Leute davon, und die blonde Frau gehörte dazu.

«Das kann ich mir nicht vorstellen», meinte Poppo. «Die Frau weiß, dass wir sie dafür töten würden. Aber ich werde mir den Bruder vornehmen.»

Gleich nachdem sie den Hof erreicht hatten, steuerten Poppo und Skammkill auf Lambi zu, der einige Krieger um sich geschart hatte. Als er den Bischof – und vor allem den Hünen – näher kommen sah, schob er sich hinter die anderen Männer.

«Komm her!», rief Poppo.

«Warum sollte ich das tun?», entgegnete Lambi.

«Weil dich sonst Skammkill holt, und es kann sein, dass er dich dieses Mal etwas härter angeht.»

Skammkill machte einen Schritt auf die Krieger zu, die vor ihm zurückwichen. Jeder von ihnen hatte seine kleine Vorstellung vorhin am Schildwall gesehen, und sie machten nicht den Eindruck, als wollten sie für Lambi den Heldentod sterben.

Lambi trat vor, die Arme eng vor der Brust verschränkt, als würde er frieren.

Poppo nahm ihn zur Seite. «Wo ist deine Schwester?»

«Weiß nicht ...»

Poppo winkte Skammkill zu sich.

Lambi zuckte zusammen. «Der soll mich nicht anfassen! Ich habe ein Abkommen mit Graufell getroffen. Der König braucht die Unterstützung der Naumudaler.»

«Jetzt nicht mehr», erwiderte Poppo und lachte leise.

Er bemerkte, wie Lambis Unterlippe zu zittern begann und das Blut in den hervortretenden Adern an seinen Schläfen pulsierte. Seine Hände hatte er unter die Achseln gepresst.

«Vorhin habe ich hier ein Fass mit gutem, starkem Wein entdeckt», sagte Poppo.

Er war nicht überrascht, dass Lambis Atem schneller ging und seine Augen funkelten, als sei er auf eine Schatzkammer gestoßen.

«Ich ... habe meine Schwester gestern Abend das letzte Mal gesehen», erklärte er. «Vor dem Angriff heute Morgen habe ich drei Männer zu ihr auf den Hof geschickt. Sie wollte das so, vermutlich sollten sie dabei helfen, den Jarl gefangen zu nehmen ...»

«Was ihnen nicht gelungen ist. Drei Männer, sagst du? Nun, im Haus liegen drei Männer.»

«Steht da auch das Weinfass?»

«Unterbrich mich nicht! Könnte es sein, dass der Jarl deine Schwester mitgenommen hat?»

«Woher soll ich das wissen?»

«Ja, woher?»

«Mehr weiß ich wirklich nicht! Würdet Ihr mir nun endlich sagen, wo das Fass ... bei den Göttern – da ist ...»

Die Worte blieben ihm im Mund stecken, und seine Augen weiteten sich vor Entsetzen, als er an Poppo vorbei auf irgendetwas starrte. Poppo hörte aufgeregte Stimmen durcheinanderrufen.

Er drehte sich um und sah Männer von der geöffneten Tür eines Schuppens zurückweichen. In der Tür stand jemand, eine Frau, ja, das war unverkennbar eine Frau – aber was zur Hölle war mit ihr geschehen?

Ihre Tunika war zerrissen und mit roten Flecken übersät. Das blonde, mit Blut verschmierte Haar stand von ihrem Kopf ab wie ein zerwühltes Vogelnest, aber darunter war kein Gesicht! Da waren nur zwei Augen, die in einer blutigen Masse aus Haut, Fleisch und Knochen schimmerten wie helle, feuchte Kiesel.

Noch nie war Poppo einem Wiedergänger begegnet, einem Toten, der zu den Lebenden zurückkehrte. Eine Ausgeburt der

Hölle. In diesem Augenblick war er jedoch davon überzeugt, einem solchen Wesen gegenüberzustehen.

Die Frau machte einen unsicheren Schritt nach vorn, trat aus der Tür vor den Schuppen, dann einen weiteren Schritt. Krieger – gestandene Männer – wichen weiter zurück, als die Frau steifbeinig über den aufgeweichten Boden auf sie zukam. Dann knickten ihre Beine ein. Sie sank auf die Knie und reckte die Hände wie zum flehenden Gebet, bevor ein Beben durch ihren Körper fuhr und sie mit dem, was einmal ein wunderschönes Gesicht gewesen war, voran in eine dreckige Pfütze fiel.

4. Teil

Der Blutfjords-Schwan Beute bot,
wär ohne Not da gezieh'n matten Mutes mitten im Pfeilgewitter.
Vom Streitsegel schüttelt' schlagenden Bogen-Hagel –
Sein Lebens Wolfs Laber leicht wehrt' – Schwertlärms Mehrer.

Frühjahr–Mittsommer 967

1.

In den Bergen von Raumsdal

Hakon saß ganz oben auf dem Felsen und schaute in die Ferne. Aus den Nadelbäumen in der Talsohle dampften Nebelschwaden wie Rauch aus den Kesseln im Totenreich der Göttin Hel. Auf der anderen Seite des Tals ragten etwa eine halbe Meile entfernt Felswände steil empor, und auf der Kuppe stand die kleine Hütte, die er der Seherin gebaut hatte. Wie an jedem Abend wartete er auf ihr Zeichen. Nun waren seit seinem letzten Besuch schon wieder einige Tage vergangen, und auch da hatten die Götter geschwiegen.

Die Sonne neigte sich den Bergen zu, als er den Raben, dessen Flügel inzwischen geheilt war, rufen hörte. Er stand auf dem Ast einer Birke und war damit beschäftigt, aus einem geschlossenen Elsternest einen Ast nach dem anderen zu ziehen, bis ein Loch entstanden war. Dann griff er mit dem Schnabel hinein und zog ein fast noch nacktes Junges heraus. Die Eltern flogen aufgeregt zeternd um die Birke herum, trauten sich jedoch nicht, den Nestraub zu verhindern. Der Rabe kam mit dem Elsterjungen zu Hakon geflogen. Er tötete es durch einen Hieb mit dem Schnabel, bevor er Erde aus einem Felsspalt wühlte, die Beute hineinlegte und unter Erde und Kiefernnadeln versteckte.

Mit schiefem Kopf schaute er abwartend zu Hakon hinauf. Der wollte ihn gerade für den Fang loben, als sich Schritte näherten. Ein Schatten fiel über Hakon.

«Die Späher sind zurückgekehrt», sagte Ketil. «Sie haben wieder ein paar Leute mitgebracht.»

«Wie viele?», fragte Hakon.

Ketil hob eine Hand und spreizte alle Finger ab.

Noch fünf Menschen mehr, die ein Dach über dem Kopf brauchten. Die Kleidung brauchten. Die essen mussten. Dabei reichte die Nahrung schon jetzt kaum aus, obwohl im Winter fast die Hälfte der etwa zweihundert Flüchtlinge gestorben war. Die Leichenfeuer hatten unten im Wald die Nächte erhellt und die Körper in Asche verwandelt. Bergljot war die Erste gewesen, die man dem Feuer übergeben hatte. Hakon hatte es nicht übers Herz gebracht, seine tote Mutter im Jarlshaus zurückzulassen, obwohl es eine zusätzliche Belastung gewesen war, die Leiche mitzuschleppen.

Tagelang waren sie nach ihrer Flucht aus Hladir unterwegs gewesen. Der Tross aus zerlumpten Gestalten, aus Verletzten, Greisen und Kindern war durch die dichten Wälder geschlichen, bis sie sich nach Süden wandten und den Nid überquerten. Sie wussten, dass ihnen die Verfolger auf den Fersen waren. Doch die Feinde kannten sich in der Gegend nicht aus, und so gelang es den Throendern, den Abstand immer größer werden zu lassen. Sie drangen tief ins Hinterland vor. Um bewohnte Höfe schlugen sie weite Bögen, bis sie schließlich nach Raumsdal kamen, wo sie die felsige, von Wäldern verdeckte Anhöhe über dem Tal entdeckten und hier ihr Lager aufschlugen.

«Wo sind sie?», fragte Hakon.

Ketil zeigte nach unten zum Lager. «Sie warten auf dich.»

Der Mönch war noch immer eine gewaltige Erscheinung, aber er sah alt aus. Seine Haut war trocken und spröde, sein Haar lang und fettig, und auf Kinn und Wangen wucherte ein dunkler, struppiger Bart.

Hakon erhob sich. Als er sich vom Tal abwenden wollte, sah er die dünne Rauchsäule, die von der gegenüberliegenden Bergkuppe in den Abendhimmel aufstieg.

Die Seherin erwartete ihn.

Er kletterte mit Ketil auf die ebene Fläche hinab, auf der die kleinen, spitzdachförmigen Behausungen dicht an dicht standen. Sie hatten sie aus zusammengeschnürten Ästen errichtet, die mit Laub und Sträuchern gedeckt nur notdürftig gegen Wind, Regen und Kälte schützten. Auf dem Gestein war es unmöglich, festere Gebäude mit Pfahlgründungen zu bauen.

Hakon zwängte sich an den Hütten vorbei, vor denen die Menschen schweigend und mit dreckigen Gesichtern hockten. Ihre Körper waren von Hautausschlägen und aufgekratzten Mückenstichen gezeichnet. Hier und da brannten kleine Feuer, und der Rauchgeruch überdeckte kaum den allgegenwärtigen Gestank nach Schweiß und Fäkalien, der an Tagen wie diesem, wenn der Wind schlief, wie eine Decke über dem Lager lag.

Aber sie lebten. Noch lebten sie.

Irgendwo schrie ein Kleinkind, von denen im Winter mehrere geboren worden waren. Nur eine Handvoll hatte überlebt. Hakon dankte den Göttern, dass sich Eirik und Aud bislang keine Krankheiten eingefangen hatten. Im Moment konnte er seine Kinder nirgendwo entdecken. Vielleicht schliefen sie bereits.

Er sah einen Mann mit einem Holzlöffel dünne Suppe aus einem der wenigen Kessel schöpfen, die sie hatten mitnehmen können, und die Schale eines Mädchens damit füllen. Die Kleine schaute Hakon mit leerem Blick über den Rand der Schale an, während sie von der Suppe trank, die aus Fischresten und zerkochten Weißfischen aus einem nahe gelegenen See bestand. Es war Tage her, seit jemand einen größeren Hecht gefangen hatte. Sie mussten die Fische mit Holzspeeren jagen, weil ihnen jegliches Angelgerät fehlte. Hin und wieder gelang es ihnen, ein Wildschwein oder ein Reh zu erlegen, und das waren seltene Festmahle. Niemals gab es genug Fleisch oder Fisch, damit alle Menschen satt wurden. Meist ernährten sie sich von Mäusen, Insekten, Flechten, Farnsprossen oder ausgekochter Baumrinde.

Die Neuankömmlinge warteten mit den Männern, die sie hergeführt hatten, an der mit Gesteinsbrocken aufgeschichteten Mauer. Der etwa hüfthohe Wall schloss die Fluchtburg zum abfallenden Gelände hin ab und sollte gegen Angriffe schützen. Dies war die einzige Stelle, von der aus das Plateau einzunehmen war; an allen anderen Seiten fielen die Felswände steil ab.

Doch es war klar, dass eine solche Steinmauer einem Angriff nicht lange standhalten konnte. Einige Krieger hatten zwar Waffen mitgenommen. Aber wie sollten sie sich mit wenigen Schwertern, Lanzen und Äxten gegen ein hochgerüstetes Heer wehren? Hakon wusste, dass es nur eine Frage der Zeit war, bis ihnen der Feind auf die Schliche kommen würde. Bis er sie aufspüren und angreifen würde.

Und die Gefahr, entdeckt zu werden, stieg mit jedem Flüchtling, den sie aufnahmen. Dennoch brachte Hakon es nicht über sich, den Menschen die Hilfe zu verweigern, und er ließ sie zur Fluchtburg bringen – so wie die fünf Gestalten, die ihn jetzt erwartungsvoll anschauten: ein Mann und eine Frau mit drei Kindern, die sich an die Beine ihrer Eltern klammerten.

Beim Näherkommen erkannte Hakon in dem Mann den Schmied Thormod aus Hladir. Hakon begrüßte ihn und seine Familie. Dabei spürte er ein Ziehen im Magen, das nicht vom Hunger herrührte. Es tat ihm leid, auch diese Menschen enttäuschen zu müssen. Sie glaubten, endlich in Sicherheit zu sein. Aber was hatte er ihnen zu bieten? Man sah ihnen zwar die Strapazen des Marschs an, aber sie waren noch nicht so dreckig und ausgezehrt wie alle anderen.

Und doch war es besser, hier zu sein als in der Stadt.

Man brachte Thormods Familie mit Fischsud gefüllte Holzschalen, über die sie sich hermachten, als hätten sie seit ihrer Flucht nichts mehr gegessen.

Während die Leute die Suppe tranken, lehnte sich Ketil gegen die Steinmauer und klatschte nach einer fetten Mücke in seinem Nacken.

«Sie mögen dich, weil du wie ein Schwein stinkst», sagte Thorleif, der aus dem Lager gekommen war und sich zu ihnen gesellte. Auf seinem Gesicht lag das schier unverwüstliche, zahnlose Grinsen eines Mannes, der in seinem Leben alles erlebt hatte und den nichts mehr erschrecken konnte.

Ketil schnippte die tote Mücke in seine Richtung. «Die kannst du in deine Suppe tun, Alter.»

«Glaubst du, ich esse etwas, das sich mit Munkiblut vollgesogen hat?»

So ging es noch eine Weile zwischen den beiden hin und her, während Hakon wartete, bis Thormod, Sigrid und die Kinder die Schüsseln geleert hatten. Er brannte darauf, Neuigkeiten aus Hladir zu erfahren. Es war einige Wochen her, seit die letzten Flüchtlinge eingetroffen waren.

Thormod wischte sich die Lippen am Ärmel seiner Tunika ab, dann begann er zu erzählen. Viel Neues hatte er nicht zu berichten, und das, was Hakon von ihm erfuhr, ließ seine Sorgen nicht geringer werden.

Nachdem die Feinde die Herrschaft über Hladir und Thrandheim an sich gerissen hatten, zwangen sie die verbliebenen Bewohner, die Stadt zu Teilen wieder aufzubauen. Noch im Herbst waren die Könige Graufell und Blauzahn wieder abgezogen. Zurückgeblieben waren der Sachsenbischof und gut zweihundert Krieger, die in der Stadt Abgaben eintrieben und die Höfe in den Throender-Fylki plünderten. Man ließ den Menschen gerade so viel, dass sie nicht verhungerten und weiter ihren Arbeiten nachgehen konnten, um weitere Abgaben zu erwirtschaften.

«Habt ihr Thordis gesehen?», fragte Hakon.

Thormod und seine Frau schüttelten die Köpfe, und das wunderte Hakon nicht. Seit dem Überfall hatte niemand Thordis zu

Gesicht bekommen, aber alle wussten zu erzählen, dass sie noch lebte und auf dem Jarlshof wohnte. Es gab die wildesten Gerüchte, was dort vor sich ging.

«Man sagt, sie kommt nur nachts nach draußen, um mit den Toten zu speisen», erklärte Thormod. «Sie bewirtet die Wiedergänger und schickt sie aus, damit sie durch die Gassen streifen. Niemand wagt es, in der Dunkelheit vor die Tür zu treten, und niemand entzündet nachts die Hausfeuer, damit die Toten nicht erfahren, welche Häuser bewohnt sind.»

Diese und ähnliche Berichte hatte Hakon zur Genüge gehört, und je häufiger er sie hörte, umso mehr war er geneigt, sie zu glauben.

«Man sagt, Thordis sei gestorben, nachdem er ...» Thormod deutete ehrfürchtig auf den Raben, der sich auf einem Ast in der Nähe niedergelassen hatte. «Nachdem er sie zerfleischt hat. Doch sie sei aus dem Totenreich zurückgekehrt, weil die Totengöttin Hel ihr den Auftrag gegeben hat, dich zu vernichten, Hakon.»

Da Hakon diese Sache jetzt nicht vertiefen wollte, wechselte er das Thema und stellte die Frage, die er jedem Flüchtigen stellte. Dabei beobachtete er Thormod genau.

«Wie habt ihr erfahren, wohin ihr euch wenden müsst, wenn ihr uns finden wollt?»

Der Schmied senkte leicht den Blick. «Man redet darüber. Es spricht sich herum.»

«Weiß der Bischof davon?»

«Davon ist mir nichts bekannt.»

«Er muss doch merken, wenn Menschen verschwinden.»

Thormod machte eine abwehrende Geste. Er sah sehr müde aus. «Es kann sein, dass er Verdacht geschöpft hat. Am Flussufer hat er Krieger postiert, die uns aber nicht bemerkt haben.»

Hakon nickte. Das war zu erwarten gewesen.

Er wollte die Familie gerade ins Lager schicken, damit man

ihnen eine Unterkunft zuwies, als Thormod unter seine Tunika griff und ein Tuch hervorholte, in das etwas eingeschlagen war. Er legte es auseinander. Als Hakon sah, was darin war, huschte ein flüchtiges Lächeln über seine Lippen. Thormod hatte Angelhaken mitgebracht. Ein halbes Dutzend! Das würde ihnen den Fang von Fischen erheblich erleichtern.

Dennoch bat er Thorleif und Ketil, ein Auge auf den Schmied und seine Familie zu haben.

Als man sie fortführte, hörte Hakon den Raben krächzen, der auf dem Ast mit den Flügeln schlug. Die Sonne verschwand allmählich hinter den Bergen.

Es wurde Zeit, die Seherin aufzusuchen.

2.

In den Bergen von Raumsdal

Hakon stieg den Hang zu der Lichtung hinab, von der aus er einem Wildpfad folgte, bis nach einer Weile das Gelände auf der anderen Seite des Tals zunächst leicht, dann immer steiler wieder anstieg. Inzwischen war die Sonne hinter den Wäldern abgetaucht. Nur noch spärlich drang Licht durch die Baumwipfel zum Waldboden hindurch. Er war diesen Weg häufig gegangen, und mit Hilfe des Raben würde er ihn auch im Dunkeln finden. Hin und wieder hörte er über sich den Flügelschlag, wenn sich der Vogel von einem Ast erhob und vorausflog.

Er stieg weiter durch das Dickicht aus umgestürzten Bäumen, Büschen und Farnkraut, bis zu der Stelle, an der das vom Regen der vergangenen Tage vollgesogene Moos unter seinen Füßen schmatzte. Bald darauf wurde der Grund fester. Er trat zwischen den Bäumen hervor auf den nackten Felskamm und sah auf der anderen Seite des Tals die Nachtfeuer der Fluchtburg als helle Punkte schimmern.

Er wischte eine Mücke von seiner Stirn und ging an der zu seiner rechten Seite steil abfallenden Felswand entlang, bis er zu der Hütte kam, vor der die Seherin mit überkreuzten Beinen an einem kleinen Feuer saß, das sie mit dünnen Zweigen am Brennen hielt.

Sie hob den Kopf.

Obwohl seit seinem letzten Besuch erst wenige Tage vergangen waren, schien noch weniger von ihr übrig zu sein. Hakon kam der Gedanke, dass sie sich bald vollständig aufgelöst haben würde, wenn ihr Verfall nicht aufzuhalten war. Ihre Wangen waren eingefallen, und unter den müden Augen drückten die hervortretenden Knochen gegen die blasse Haut.

Die Wunde, die Thordis ihr mit einem Messer zugefügt hatte, war zum Glück nicht tief genug gewesen, um lebensbedrohlich zu sein, und inzwischen war sie gut verheilt.

Als er sich ihr gegenüber am Feuer niederließ, blieben ihre Lippen zusammengepresst wie ein dunkler Strich. Ein Blitzen in ihren Augen war die einzige Reaktion, bevor sie wieder die Flammen fütterte. Von einem Haufen nahm sie eine Handvoll Zweige, zerbrach sie und streute sie übers Feuer.

Hakon hörte den Flügelschlag und sah den Schatten von einem Baum herabgleiten. Dann landete der Rabe neben der Seherin. Er öffnete den Schnabel und ließ ein weiteres Elsterjunges neben sie fallen. Offenbar war seine Nesträuberei vorhin recht erfolgreich gewesen. Als die Seherin keine Anstalten machte, das Geschenk anzunehmen, stieß der Rabe ein Geräusch aus, das wie das Gurren einer Taube klang. Mit dem Schnabel schob er das tote Vögelchen weiter zu ihr, und erst als sie das Elsterjunge nahm und anerkennend nickte, schien er zufrieden zu sein und ließ sich von ihr die Kopffedern kraulen.

Ein Blick aus ihren Augen traf Hakon, und mit einem Mal spürte er, wie die Kälte trotz des Feuers an seinem Körper hinaufkroch. Er zog den Mantel um seine Schultern zusammen. An ihrem Blick, diesem flüchtigen, aber durchdringenden Blick, glaubte er erkannt zu haben, dass dieser Abend anders enden würde als die anderen zuvor.

Bald nachdem sie damals den Felsen auf der anderen Talseite entdeckt und begonnen hatten, ihn zur Fluchtburg auszubauen, hatte Asny Hakon gebeten, ihr eine Hütte fernab von allen anderen zu errichten. Die bescheidene Behausung aus Ästen und Flechtwerk, die mit Gräsern, Schilf und Moos abgedichtet worden war, stand von hohen Kiefern umgeben auf einem kleinen Plateau zwischen fünf Felsblöcken. Von hier aus wollte Asny zu den Göttern reisen.

Zumindest hatte sie das gesagt. Hakon vermutete jedoch, dass sie die Nähe zu den anderen Menschen nicht ertrug. So wie er selbst fühlte auch sie sich mitschuldig am Untergang von Hladir und an Tod und Elend, das der Feind über die Throender hatte bringen können – weil sie beide sich von Freyja hatten täuschen lassen und ihrem bösen Spiel aufgesessen waren.

Als das Feuer heruntergebrannt war, legte die Seherin das Elsterjunge zur Seite und eine Handvoll Äste nach. Knisternd arbeiteten sich die Flammen nach oben, und noch immer war zwischen Asny und Hakon kein einziges Wort gefallen.

Der Rabe zog sich auf einen Stein zurück, von wo aus er die beiden beobachtete.

Hakon brachte es nicht über sich, als Erster das Schweigen zu brechen, obwohl seine Ungeduld immer größer wurde. Worüber Asny grübelte, war ihm unklar. Dass es etwas Bedeutendes sein musste, glaubte er ihrer Miene ansehen zu können, ihrem starren, abwesenden Blick und den Falten auf ihrer Stirn.

Nach einer Weile legte Hakon den Beutel mit dem Essen, das er für sie mitgebracht hatte, neben die Steine an der Feuerstelle. Er hoffte, sie damit aus ihren Gedanken wecken zu können, und war erleichtert, als sie das in Blätter eingewickelte, gebratene Stück Fisch aus dem Beutel nahm. Sie zupfte einige Gräten heraus und schnippte sie ins Feuer, das ohne weiteren Ästenachschub allmählich herunterbrannte. Sie machte keine Anstalten, es neu zu entfachen, während sie den kalten Fisch aß, was der Rabe mit einem eigenartig glucksenden Geräusch kommentierte. Vielleicht freute auch er sich über ihren Hunger. Oder grämte er sich, weil sie sein Geschenk verschmähte?

Schließlich fuhr sie sich mit den vom Fischfett glänzenden Fingern durchs strähnige Haar, hob den Kopf und schaute Hakon an. Da war es wieder, dieses geheimnisvolle Blitzen in ihren Augen.

Ihre Lippen öffneten sich. «Es ist so weit!», sagte sie leise. Mehr nicht.

«Was meinst du damit?», fragte Hakon.

«Du wirst aufbrechen.»

«Aufbrechen? Willst du wieder allein sein?»

«Du weißt, was ich meine.»

Er schüttelte den Kopf. «Erklär es mir!»

Anstatt darauf einzugehen, zerbrach sie Äste und streute sie über die Glut. Es dauerte einen Moment, bis Rauch aufstieg und die Flammen wieder loderten. Währenddessen war ihr Blick auf Hakon gerichtet. Feuerschatten zuckten über ihr Gesicht, und er spürte, wie er sich zu der stillen Frau, die aus kaum mehr als aus Haut und Knochen zu bestehen schien, hingezogen fühlte. Irgendetwas war an diesem Abend anders mit ihr, und ihn beschlich ein Gefühl, das ihn für den Moment all die Entbehrungen, die Trauer und das Leid vergessen ließ.

Er hörte das Feuer knistern, das Holz über der Glut knacken und den Wind sanft durch die Kiefern streichen. Er spürte den harten Fels unter seinen Beinen. Und er sah ihre Augen.

Was geschah hier?

«Du hast deine Entscheidung bereits getroffen», sagte sie.

Eine Entscheidung? Ja, sie hatte recht, aber auch wieder nicht. Ihm war bewusst, dass etwas geschehen musste. Dass er etwas tun musste, bevor ihm der Feind erneut zuvorkam. Hakon hatte alle Möglichkeiten, von denen es nicht viele gab, durchdacht, hatte Ideen ersonnen und wieder verworfen. Geblieben war nur eine einzige Möglichkeit, deren Ausgang vollkommen offen war.

«Falls ich wirklich eine Entscheidung getroffen habe, ist es dann die Richtige?», fragte er.

«Sie kann es sein, wenn du deinem Verstand folgst.»

Er verzog das Gesicht. Dem Verstand folgen? Warum drückte sie sich nicht eindeutiger aus? Hatte die Erfahrung sie gelehrt, zurückhaltend zu sein? Aber hier ging es nicht um eine Reise zu den Göttern, um deren Rat einzuholen – jetzt ging es um Asnys Rat. Oder war das nicht zu trennen?

Er hatte noch niemandem von seinen Gedanken erzählt, auch Asny nicht. Dennoch schien sie besser zu wissen, was in ihm vorging, als er selbst.

«Ich habe gehofft, du sagst mir, welches der richtige Weg ist», sagte er.

«Das habe ich bereits getan.»

Wieder so eine vage Aussage! Spielte sie ein Spiel mit ihm? Nein, das war nicht ihre Art. Hatte sie etwa den Verstand verloren? Er wusste nicht, was sie den ganzen Tag über tat. Vermutlich verbrachte sie die meiste Zeit in der Hütte und hing ihren Gedanken nach. Versuchte sie, erneut Kontakt zu Freyja aufzunehmen?

Nur selten sah er sie bei Tage. Meist verließ sie die Hütte erst in der Dämmerung. Manchmal saß sie dann am Feuer, um ihm mit dem Rauch ein Signal zu geben. Manchmal hatte er sie auch gefährlich nah am Rand des Abhangs hocken sehen, den Blick in den Himmel gerichtet.

Einmal war er herübergekommen, ohne dass sie ihm das Rauchzeichen gegeben hatte. Er hatte aus einiger Entfernung beobachtet, wie sie dort saß, wo die Felsen steil ins Tal abfielen, in dem sich unter den Bäumen noch ein wenig Schnee hielt. Der Winter war bereits auf dem Rückzug, aber es war eine kalte Vollmondnacht gewesen. Sie hatte ihre Kleider ausgezogen. Ihr Oberkörper hatte sich gleichförmig vor- und zurückbewegt – der dürre, ausgezehrte Körper, wie ein sich im Wind wiegender Halm. Hakon hatte sich nicht zu erkennen gegeben, nicht aus Angst, sie könne sich erschrecken und ins Tal stürzen. Nein, weil er wusste, dass er etwas sah, was er nicht sehen durfte.

«Du sagtest, ich würde aufbrechen», meinte er.

«Ja.»

«Aber nicht, wohin ich gehen muss.»

«Dein Verstand weiß es, aber dein Herz ist voller Sorge, und deshalb zögerst du.»

«Es ist gefährlich.»

«Das ist es! Aber wenn du bleibst, werden alle sterben. Schon bald. Erzähl mir von deinen Gedanken!»

Kannte sie die denn nicht?, fragte sich Hakon.

«Was sind das für Männer, auf deren Unterstützung du hoffst?»

Doch, sie kannte sie. Offenbar.

Und er begann von Pálnir zu erzählen, seinem Blutsbruder, mit dem er zur See gefahren war und der auf einer Burg an der Küste des Ostmeeres lebte, wenn er nicht gerade Schiffe oder Gehöfte überfiel. Hakon erzählte davon, wie sie sich geschworen hatten, füreinander einzustehen, wenn der andere Hilfe brauchte, und wie sie diesen Schwur erneuert hatten, als Pálnir vor einigen Jahren zusammen mit seinem Halbbruder Skarpedin nach Hladir gekommen war.

Hakon war sich nicht sicher, ob er die beiden Asny gegenüber schon einmal erwähnt hatte. Es war gut möglich. Dennoch hörte sie aufmerksam zu. Jedes Wort schien sie aufzusaugen, und er bemerkte, wie sich ihre Körperhaltung leicht veränderte, als er Skarpedins Namen nannte.

Als es nichts mehr hinzuzufügen gab, senkte sie den Blick, nahm eine Handvoll Äste und hielt sie so lange über die Flammen, bis er befürchtete, sie würde sich die Finger verbrennen, bevor sie die Äste endlich fallen ließ.

Dann hob sie mit einem Ruck den Kopf. «Glaubst du, sie ist bei ihm?»

Er schaute sie irritiert an. «Wen meinst du?»

«Die Slawin.»

Er zuckte mit den Schultern. Diesen Gedanken hatte er natürlich auch gehabt, und er erinnerte sich an Thordis' Worte: Es gibt nicht viele Orte, die für diese einsame Frau in Frage kommen …

Malina kannte Pálnir und Skarpedin, und sie würden sie aufnehmen, zumindest bei Pálnir war er sich dessen sicher.

Aber Hakon hatte andere Sorgen, als an Malina zu denken. Sie war aus freien Stücken fortgegangen, auch wenn Thordis sie mit ihrer Lüge dazu gedrängt hatte. Dennoch hätte Malina auf ihn warten müssen, anstatt ihm zu misstrauen.

«Ich war bei Freyja», erklärte Asny.

Also doch! Hakon erinnerte sich an das böse Spiel, das Freyja mit ihnen beim letzten Mal getrieben hatte.

«Ich dachte, sie steht nicht mehr auf unserer Seite!»

«Vielleicht. Vielleicht aber doch. Es wird eine weitere Schlacht geben, und viele Tote werden zu beklagen sein.»

«Tote Throender wahrscheinlich!» Hakon straffte den Rücken.

Der Rabe stieß ein durchdringendes Krächzen aus.

«Das konnte ich nicht sehen, und sie hat es mir nicht verraten.» Asnys Augen verengten sich zu schmalen Schlitzen. «Aber ich habe dich gesehen!»

«Mich? Bei Freyja?»

«Auf dem Schlachtfeld.»

Hakons Herz schlug schneller. «Haben wir … gewonnen?»

«Das weiß ich nicht.»

Hakon stöhnte. Es war immer dasselbe. Asnys Reisen führten zu keinen Erkenntnissen, die ihn weiterbrachten.

«Aber du weißt, dass du zu deinem Blutsbruder gehen musst», sagte sie.

«Was soll dann aus den Flüchtlingen werden?»

«Ketil wird auf sie aufpassen. Und Thorleif.»

Der Gedanke, dass die Throender von einem Munki und einem alten Fischer geführt wurden, gefiel Hakon überhaupt nicht.

Aber hatte er überhaupt eine Wahl? Irgendwann würde der Feind auftauchen und sie alle töten – wenn sie bis dahin nicht an Hunger und Krankheiten gestorben waren. Je länger er darüber nachdachte, desto stärker wurde ihm bewusst, dass es tatsächlich die einzige Möglichkeit war. Dass er nichts zu verlieren hatte, nur die Achtung vor sich selbst, wenn er nicht alles tat, um die Menschen zu retten.

«Was ist, wenn ich es bis nach Jumne schaffen sollte und Pálnir nicht dort ist? Dann wäre die weite Reise umsonst gewesen.»

«Das entscheidet allein das Schicksal.»

«Und wenn Pálnir nur eine oder zwei Schiffsmannschaften aufbieten kann? Das wären viel zu wenige Krieger.»

Asny erhob sich, kam ums Feuer herum und ließ sich neben Hakon nieder.

«Denk nicht daran, was geschehen könnte, Hakon. Das wissen nur die Götter. Denk nur daran, was zu tun ist. Was jetzt zu tun ist!»

Er spürte den leichten Druck ihrer Hand auf seinem Oberschenkel und ein Kitzeln in seinem Nacken. Er verjagte weder die Mücke, die ihn stach, noch nahm er Asnys Hand fort, die auf seinem Bein wartete.

«Bevor du gehst», sagte sie leise, «möchte ich dich um etwas bitten.»

«Ja?»

«Lass mir etwas von dir zurück, ein Geschenk.»

Der Rabe schlug die Flügel durch, flog hinauf zu einem Baum in der Nähe und ließ einen Laut hören, den Hakon als Zustimmung deutete. Als ob er die noch gebraucht hätte.

3.

Hladir

Die Nacht war die Zeit der Dämonen und bösen Geister und seiner Albträume, in denen der Teufel versuchte, ihn zu verführen. Poppo hörte sich selbst schreien, und der Schrei fuhr ihm durch alle Glieder. Sein Herz raste, als er die Augen aufschlug und sich auf dem Bett aufrichtete. In der Hütte, die er sich hatte bauen lassen, war es noch stockfinster.

Das Böse war wiedergekommen. Feucht und dickflüssig rann es an den Innenseiten seiner Oberschenkel hinunter. Stöhnend sank er aufs Lager zurück und zwang sich, ruhig und gleichmäßig zu atmen, bis das Zittern, das seinen ganzen Leib ergriffen hatte, nachließ.

Hörten diese Träume niemals auf?

Ließen ihn die Dämonen der Sünde niemals in Ruhe? Was musste er noch alles tun? Welchen Nachweis seines tiefen, unerschütterlichen Glaubens musste er liefern, damit er vor den Augen des Herrn endlich Gnade fand?

Er starrte in die Dunkelheit, die schwer wie Blei auf ihm lastete. Bildhafte Erinnerungen liefen vor seinem inneren Auge ab. Erinnerungen an den Vater, der ihn den Lederriemen spüren ließ, wenn er Flecken auf Poppos Untertunika entdeckt hatte. Getrocknete Sünde! Sein Flehen und Betteln um Nachsicht, seine Entschuldigungen – all das fand kein Gehör.

Der Vater, ein einfacher Priester, prügelte wie von Sinnen die schmutzigen Gedanken und Träume aus seinem Sohn. Es waren die Träume vom Weibe, das der Teufel war. Die Dämonen der Versuchung. Der Vater brüllte, dass das Weib aus einer krummen Rippe gemacht worden sei. Dass der Schoß einer Frau unersättlich und giftig wie der Biss einer Schlange sei. Dass sie es sogar mit dem Teufel trieb, um ihre Lust zu stillen.

Dass das Weib der Teufel selbst war!

«Das Weib ist die Pforte zur Hölle», schrie der Vater. «Es ist der Weg zur Unzucht, ein unnützes Geschlecht! Auf der Welt würde göttliches Leben herrschen, wenn es keine Weiber gäbe!»

Poppo verstand ihn. Ja, er verstand ihn sehr gut. Der Vater erwartete von seinem Sohn, dass der ein besserer Gottesdiener wurde als er. Der Vater war ja selbst verführt worden und hatte gesündigt mit der Frau, die später Poppo gebar. Der Vater erwartete, dass es der Sohn zum Abt oder eines Tages gar zum Erzbischof brachte. Doch er hatte nicht mehr erlebt, wie Poppo zum Manne reifte, wie der Novize ein Mönch, wie er Priester und dann zum Bischof gewählt wurde. Nein, da hatte der Herr den Vater längst abberufen.

Oder hatte der Teufel das getan?

Poppo musste die Leiche seines Vaters aus dem Hurenhaus abholen, in dem dieser zwischen den Schenkeln einer dänischen Hure das Zeitliche gesegnet hatte. Der Vater war damals noch keine dreißig Jahre alt gewesen, und beim Anblick seiner Leiche war Poppo wirklich bewusst geworden, zu welcher Heimtücke der Teufel fähig war. Rücklings lag der Vater auf dem Boden, wohin ihn die Hure in ihrer Panik befördert hatte, und auf den entblößten Beinen hatte die Sünde geklebt, die jetzt auch auf Poppos Oberschenkeln trocknete.

Er hatte seinem Vater niemals einen Vorwurf gemacht. Nicht seine Schuld war es gewesen, der Sünde anheimzufallen. Nein, es war der Teufel in Gestalt der Frau, der ihn auf den Weg der Unzucht gelockt hatte. Daher war es nur folgerichtig und ein wehrhafter Akt gegen die Einflüsse der Dämonen, dass Poppo die Dänenhure später getötet hatte.

Sie war sein erstes Opfer.

Nach dem Tod des Vaters hatte Poppo erwogen, sich das Körperteil abzuschneiden, das in seinen Augen das äußere Zeichen für die Verführbarkeit durch das Weib war. Schließlich war er durch seinen Vater vorbelastet, und dass die Sünde vom Vater auf den Sohn übergehen konnte, war allgemein bekannt. Mit einem solchen Ansinnen war Poppo durchaus nicht allein. In dem Kloster, in dem er damals diente, kursierten Geschichten von Brüdern, die sich auf diese Weise selbst verstümmelt hätten, um für die Zeit ihres irdischen Lebens gefeit zu sein gegen das falsche Spiel des Teufels. Allerdings erzählte man sich auch, dass die wenigsten dieser Brüder die Kastration überlebt hätten. Deshalb hatte Poppo davon Abstand genommen.

Er war unabkömmlich und sein irdisches Leben zu wertvoll. Er hatte von Gott einen Auftrag bekommen. Eine Mission! Daher hatte er sich in der *castigatio*, der Selbstkasteiung, geübt. Er hatte sich ausgepeitscht und seinen Körper mit glühendem Eisen gezüchtigt, wenn er aus Albträumen erwachte, die das verfluchte Teil da unten so steif werden ließen wie einen getrockneten Ochsenziemer.

Mit den Jahren waren diese Träume seltener geworden und irgendwann ganz ausgeblieben. Poppo erkannte darin ein untrügliches Gotteszeichen: Je näher der Diener seinem Herrn kam, und je größer dessen Liebe wurde, desto geringer wurde der Einfluss des Teufels.

Es gab allerdings noch eine andere Möglichkeit, die Adaldag einmal nebenbei erwähnte: dass die Lust des Mannes auf das Weib mit zunehmendem Lebensalter abnahm. Und Poppo war ja mittlerweile über vierzig Jahre alt.

Dass die Theorie des Erzbischofs jedoch jeglicher Grundlage entbehrte, war Poppo auf schmerzhafte Weise bewusst geworden, als er in dieses verlauste Seeräubernest kam, in dem die Anwesenheit des Teufels allgegenwärtig war.

Daher dachte er bisweilen daran, den Ort so schnell wie möglich zu verlassen, vor allem nach Nächten wie dieser. Doch solche Gedanken waren Blendwerk! Streiche des Teufels! Poppo war ein treuer Diener Gottes, ein Krieger des Herrn, der einen Auftrag bekommen und eine Mission zu erledigen hatte. Würde er davonlaufen, hätte das Böse gewonnen!

Erst wenn seine Mission erfüllt war, durfte er gehen: Wenn das Bauernpack den Götzen abgeschworen hatte. Wenn sie den wahren Glauben gefunden hatten und Gottes Samen auf fruchtbaren Boden fiel – der Samen der Liebe und Wahrhaftigkeit und nicht der Samen der Sünde!

Und um dieses Ziel zu erreichen, war vor Gott jedes Mittel recht.

Allerdings waren Poppos Erfolge bislang mehr als dürftig. Es wagte zwar niemand mehr, die Götzen in der Öffentlichkeit anzubeten. Aber Poppo war nicht so naiv zu glauben, die Throender hätten den Dämonen endgültig abgeschworen, auch wenn sie sich hatten taufen lassen. Unter Waffengewalt hatte man sie anfänglich in die neue Kirche treiben müssen, und wie Schlachtvieh hatten sie ihren Priester angeglotzt. Daher war er auch nicht überrascht gewesen, dass sie wie Schafe blökten, als er ihnen die Zustimmung zum Glaubensbekenntnis abverlangte.

In ihren Augen war Angst gewesen. Und der Unwille, das Gute im Allmächtigen zu erkennen.

Es gab nur einen einzigen Mann, der es trotz Folter wagte, Gott offen die Stirn zu bieten. Poppo hätte den Mann, der Skjaldar hieß und ein Hauptmann des Jarls gewesen war, längst töten können. Aber das wäre zu einfach gewesen. Stattdessen hatte er eine Idee gehabt, die – so musste er sich trotz aller Bescheidenheit eingestehen – genial war. Wer ein gottloses Leben führte, hatte es verdient, wie eine gottlose Kreatur behandelt zu werden. Das lebende Beispiel starrsinnigen Widerstands diente der Sache mehr, als es Skjaldars gepfählte oder aufgehängte Leiche jemals vermocht hätte. Es hielt den Schrecken wach und den Bewohnern der Stadt vor Augen, was demjenigen blühte, der über den Herrn lästerte.

Dennoch überwogen die Misserfolge noch immer bei weitem. Poppo war überzeugt, dass der Unwille in der Bevölkerung erst weichen würde, wenn er den Jarl unschädlich gemacht hätte. Er zweifelte nicht daran, dass der Jarl noch lebte, und das taten offenbar viele Throender ebenfalls nicht. Deshalb musste er ihnen seinen Kopf präsentieren – auf eine Lanze gespießt sollte er überall herumgezeigt werden, auch dem hinterletzten Bauern im abgelegensten Winkel am Thrandheim-Fjord.

Denn für die Menschen war der Jarl das Sinnbild des Widerstands.

Außerdem musste Poppo endlich die verdammten Stoßzähne finden. Wenn der Kaiser das Elfenbein nicht bekam, würde er die Schätze zurückverlangen, die Poppo Graufell und Blauzahn in ihre gierige Rachen geworfen hatte. Zudem bedurfte es weiterer Schätze, um die Könige bei Laune zu halten.

Poppo war außer sich vor Wut gewesen, als er erfahren hatte, dass der Jarl die Stoßzähne bei seiner Flucht mitgenommen habe. Zumindest behauptete sie das! Doch konnte er ihr glauben? Konnte er diesem Weib vertrauen?

Sie hatte ihm durch einen Knecht übermitteln lassen, der Jarl habe das Elfenbein in einer Hütte versteckt, einen Tagesmarsch von Hladir entfernt. Das wollte das Weib erfahren haben, als es den Jarl durch einen Spalt in der Wand der Berghütte beobachtet hatte. Poppo entdeckte dort zwar ein großes Erdloch, aber es war leer gewesen. Natürlich lag da der Verdacht nahe, dass der Jarl die Stoßzähne herausgeholt hatte. Es sei denn, das Weib hatte ihn angelogen.

Der Kaiser, der sehnsüchtig auf das Elfenbein wartete, war zwar im vergangenen Jahr erneut nach Italien gezogen, wie Poppo vor einigen Tagen von einem sächsischen Händler erfahren hatte, der mit seinem Schiff nach Hladir gekommen war. Aber es verdichteten sich auch die Vorzeichen, dass der Papst die Magathaburg auf der Synode zu Ravenna zum Erzbistum erheben würde – und zwar ohne dass dafür die Zustimmung von Wilhelm, dem Erzbischof von Magontia, und von Bernhard, dem Bischof von Halberestat, nötig wäre. Ein auf der Magathaburg residierender Erzbischof würde somit erheblich an Macht und Reichtum gewinnen. Und er würde zahlungskräftig genug sein, um Poppos weitere Mission zu unterstützen – allerdings nur, wenn endlich das Elfenbein geliefert wurde.

Und da war noch etwas, an das Poppo sehnsüchtig dachte: die kostbare Reliquie, die Adaldag noch immer auf der Hammaburg unter Verschluss hielt! Die Knochen aus dem Finger des heiligen Laurentius würden Poppos Mission krönen. Sein Lebenswerk! Seinen Dienst am Herrn! Dann würde der Diener ein König sein, der über den Dämonen der Sünde thronte. Der sie unter seinen Füßen zerquetschte, wie sie es mit seinem Vater getan hatten.

Allmählich dämmerte draußen der Morgen. Dünnes Licht sickerte durch die Spalten unterhalb des Dachs, und die Vögel begrüßten den Tag mit frohem Gezwitscher, das gedämpft an Poppos Ohren drang.

Er spannte unter dem Fell die Beine an. Ekel überkam ihn, als er die inzwischen getrocknete Sünde auf seiner Haut spürte. Er schlug das Fell zur Seite, stieg steifbeinig aus dem Bett und entledigte sich der Untertunika. In einen mit Wasser gefüllten Eimer tauchte er einen Stofffetzen, mit dem er sich gründlich wusch. Er überlegte, ob er sich für den Albtraum züchtigen sollte, verwarf diesen Gedanken aber wieder. Dafür blieb nun keine Zeit mehr.

Er stopfte die Tunika und den Lappen hinter eine Truhe. Die besudelten Sachen würde er später verbrennen. Dann reinigte er seine Zähne mit einem anderen Stofffetzen, zog eine Kutte über die frische Tunika und kniete vor dem kleinen Altar nieder. Mit Blick auf das Kruzifix bat er den Herrn um Vergebung für den schmutzigen Traum.

Dann erhob er sich mit frischer Kraft. Nun war es an der Zeit, das Nötige zu tun, um dem Jarl auf die Schliche zu kommen.

Er entriegelte die Tür und trat hinaus in den jungen Tag, der ihn mit Vogelgesang und einem freundlichen, blauen Himmel empfing. Hütte und Kirche waren auf einem Hügel errichtet worden, von dem aus man den Jarlshof sowie den Weg, der hinunter in die Stadt führte, einsehen konnte. Noch war beim östlichen Stadttor keine Menschenseele zu erkennen. Aber das würde sich gleich ändern.

Eine der ersten neuen Regeln, die Poppo eingeführt hatte, lautete, jeden siebten Tag als den Tag der heiligen Ruhe zu begehen. Wie es von Gott verkündet worden war, markierte der *dies solis*, der Tag der Sonne, den Beginn einer neuen Woche. Es war der Tag für den Dienst am Herrn.

Natürlich war das vom Heidentum geprägte Volk zunächst störrisch gewesen und hatte Poppos Warnungen in den Wind geschlagen – bis er härter durchgriff. Er ließ einem Fischer, der an einem *dies solis* seine Netze zum Fischfang vorbereitete, erst die rechte Hand abhacken, und dann, damit es auch der letzte Sturkopf verstand, noch die linke Hand.

Fortan taten die Menschen das, was an diesem Tag ihre Aufgabe war: Sie strömten in die neue Kirche, um aus Poppos Mund Gottes Worte zu hören. So wie gleich wieder. Für heute hatte Poppo einen besonderen Gottesdienst vorbereitet.

Er reckte und streckte sich und hielt die Nase in die duftende Luft. Poppo liebte den Frühling, der die Welt von der kalten Jahreszeit erlöste. Er atmete tief ein und spürte die Lebensgeister erwachen und seine Kraft wachsen.

Aus Richtung der Kirche hörte er ein kehliges Knurren. Dort hockte Skjaldar, der Hauptmann, in Lumpen gehüllt am Boden, wie ein räudiger Köter an Hals und Füßen festgekettet. Als er Poppo bemerkte und ihm sein verdrecktes, mit struppigem Bart überwuchertes Gesicht zuwandte, schwoll das Knurren an. Er stieß Laute aus, die durchaus an Hundebellen erinnerten, wie Poppo immer wieder belustigt feststellte. Die Fähigkeit zu sprechen schien der Hauptmann verloren zu haben, als Skammkill ihm den Kiefer zertrümmert hatte.

Der trat jetzt aus dem Kirchenanbau, in dem sein Lager untergebracht war. Verschlafen grüßte er den Bischof mit einem Kopfnicken, bevor er zum knurrenden Hauptmann schlurfte, dem er einen Fußtritt in die Hüfte verpasste. Ebenfalls zur Begrüßung. Die Hundegeräusche wurden leiser.

Skammkill ging weiter zu einem Gebüsch, pinkelte und kam dann zurück, um den Menschenköter mit alter Grütze zu füttern. Er stellte ihm die Holzschüssel so hin, dass Skjaldar sie nur erreichen konnte, wenn er sich ganz lang ausstreckte, bis er wie ein demütiger Büßer auf dem Bauch lag, das Gesicht in die Schüssel vergraben.

Poppo mochte den Anblick. In seinen Augen bot er ein Sinnbild für die Überlegenheit Gottes gegenüber den Götzen, und an jedem *dies solis* pilgerten die Throender an diesem mahnenden Beispiel vor der Kirche vorbei.

Ja, dieser Einfall war wirklich genial gewesen!

Poppo strich seine Kutte glatt, bevor er am schmatzenden Hauptmann vorbei zu Skammkill ging. Er trug seinem Gefolgsmann auf, zum Gottesdienst die Kiste mitzubringen, die dieser seit einigen Tagen aufbewahrte. Außerdem sollte er ein scharfes Messer dabeihaben.

Dann stellte sich Poppo vor die geöffnete Kirchentür, um wie gewohnt die Schäfchen seiner Gemeinde in Empfang zu nehmen.

Sie zogen aus der Stadt, den Hang hinauf und dann am Felsgürtel entlang zur Kirche. Poppo nickte ihnen zu und spendete dem einen oder anderen ein Lächeln, das nicht erwidert wurde. Stattdessen senkten die Menschen ehrfürchtig die Häupter. Besonders gefielen Poppo die ängstlichen Blicke, die sie dem Hauptmann zuwarfen, bevor sie in das von brennenden Trankerzen erhellte Kircheninnere schlichen. Skjaldar starb – und sie lebten. Er wurde erniedrigt, ein dreckiger, stinkender Köter, um den man besser einen Bogen machte. Dennoch war einigen Leuten anzusehen, wie sehr sie dem Hauptmann Respekt zollten.

Krieger begleiteten den Gemeindetross. Es waren Sachsen, die mit Poppo in den Norden gekommen waren, und Nordmänner, die König Graufell zur Bewachung der Stadt abgestellt hatte.

Für den heutigen Gottesdienst hatte Poppo eine Reihe bestimmter Stadtbewohner ausgewählt, denen er mit Strafe gedroht hatte, sollten sie fernbleiben. Nur der eigene Tod wäre eine angemessene Entschuldigung, und so drängten sich bald Greise und Kranke neben Familien mit Neugeborenen und schwangeren Weibern in dem kleinen Raum, der nach Schweiß und anderen körperlichen Ausdünstungen stank.

Den Mann und die Frau, auf die Poppo heute ein besonderes Augenmerk legen wollte, dirigierte er selbst nach vorn in die erste Reihe. Dort waren sie ihm beim Altar am nächsten.

Skammkill stand steif und ausdruckslos an der Wand, in einer Hand die Kiste, das Messer hinter den Gürtel gesteckt.

Poppo baute sich vor dem Altar auf, einem Holzgestell, das mit einem hellen Tuch bedeckt und mit Frühlingsblumen und einem Holzkreuz geschmückt war. Er kehrte der Gemeinde den Rücken zu, sprach im Stillen ein Gebet und wartete, bis hinter ihm die Geräusche verebbten. Dann drehte er sich um, breitete die Hände aus, als wolle er die Menschen umarmen, und begann mit dem Gottesdienst. Er predigte, wie üblich, die himmlische Wahrheit in der Sprache der Throender, erzählte von der Herrlichkeit Gottes und von der Heimtücke des Teufels. Er konnte sehen, wie seine Worte die Menschen einlullten. Sie interessierten sich überhaupt nicht dafür. Aber darauf kam es heute nicht an.

Je länger er predigte, desto weniger gelang es den Menschen, ihre Langeweile zu überspielen. Irgendwo gähnte jemand vernehmlich, und andere taten das daraufhin ebenso. Sie sehnten sich danach, die Kirche schnell wieder verlassen zu können. Poppo ließ sie in dem Glauben, dass es gleich so weit sein würde.

Nachdem er eine Weile geredet hatte, tat er so, als würde er zum Vaterunser anheben. Die Leute mochten das Gebet, denn sie wussten, dass damit der Gottesdienst endete.

«Vater unser, der du bist im Himmel ...», begann er, verstummte dann jedoch jäh.

Er schwieg, und die Unruhe wuchs. Er hörte Getuschel und sah, wie sie ihn anstarrten, während sein Blick hart wurde und sich auf den Mann und die Frau in der ersten Reihe richtete.

Gleich war es so weit! Gleich würde er ihnen eine Überraschung präsentieren.

Der Mann schaute über seine Schulter zurück, wohl in der Hoffnung, dort sei irgendetwas Außergewöhnliches, und der Bischof meine gar nicht ihn. Aber hinter ihm waren nur andere verunsicherte Menschen, die darauf hofften, dass Poppo sie endlich mit dem Vaterunser erlöste und aus der Kirche entließ.

Der Mann hieß Hallvard, genannt der Helle, weil er sehr blondes Haar hatte, ebenso wie seine Frau Gudny. Poppo wartete, bis Hallvard wieder zu ihm schaute. Auf seiner Stirn glitzerten Schweißperlen. Ahnte er bereits etwas? Offenbar. Er wechselte einen kurzen Blick mit Gudny, deren Augen sich vor Schreck weiteten.

Dann konnte Poppo ja nun beginnen.

«Ich vermisse zwei Männer beim heutigen Gottesdienst», hob

er an. «Zwei Männer, die ich ausdrücklich geladen hatte – so wie euch alle!»

Hallvard wischte sich den Schweiß von der Stirn, und Gudnys Unterlippe begann zu zittern. Die Angst war ein hilfreicher Verbündeter.

«Die beiden Männer, die ich vermisse, heißen Ulfar und Thorir – Ulfar und Thorir Hallvardsson», fuhr Poppo fort.

Jetzt war es vollkommen still geworden im Hause des Herrn.

Hallvards Lippen bewegten sich. Doch Poppo verbot ihm mit einer herrischen Geste den Mund. Noch war er nicht dran.

«Um genau zu sein», sagte Poppo, «vermisse ich eigentlich nur Thorir.»

Überraschung und Ratlosigkeit zeigte sich in Hallvards und Gudnys Augen.

Poppo nickte Skammkill zu, der die Kiste anhob, den Deckel öffnete und hineingriff. Als er die Hand wieder herauszog, ging ein Stöhnen durch die Menge. Hallvard stieß einen Schrei aus, und Gudny wankte. Vermutlich wäre sie zusammengebrochen, wenn nicht jemand sie von hinten festgehalten hätte.

«Hier ist Ulfar Hallvardsson», sagte Poppo, «zumindest das, was von ihm übrig ist.»

Die Menge starrte auf den Kopf mit dem langen hellblonden Haar, der an Skammkills erhobener Faust baumelte.

Poppo forderte Hallvard und Gudny auf, vorzutreten. Es bereitete ihnen einige Anstrengung, dem Befehl nachzukommen. Ihre Blicke zuckten zwischen dem Kopf ihres Sohnes und Poppo hin und her.

«Ich hätte euch gern eure beiden Söhne zurückgebracht», erklärte er. «Aber Thorirs Leiche konnte leider nicht geborgen werden. Meine Krieger haben die beiden in den Wäldern jenseits des Nid aufgetrieben. Und ich bin mir sicher, ihr wisst genau, wohin eure Söhne unterwegs waren, oder?»

Keine Antwort, nur fassungsloses Schweigen.

Poppo trat vor Hallvard und Gudny, holte tief Luft und brüllte dann: «Ich bin überzeugt, dass ihr alle hier wisst, wohin Ulfar und Thorir gehen wollten! Sie wollten dorthin, wohin die Leute gegangen sind, die in den vergangenen Monaten aus Hladir verschwanden! So wie Thorkell Eyjolfsson und seine Frau Gudrun! So wie der alte Thord Skulisson! So wie Osvif, der Graue! So wie Thormod Björnsson und sein Weib Sigrid mit ihren Kindern! So wie all die anderen Familien!»

Einige Leute begannen zu weinen. Während sonst alle Bewohner Hladirs gezwungen waren, zum Gottesdienst zu erscheinen, hatte Poppo für heute nur diejenigen ausgewählt, deren Söhne, Töchter, Eltern oder andere Verwandte verschwunden waren.

«Unsere Söhne wollten ... nur Elche jagen», stammelte Hallvard.

Da packte Poppo ihn an der Tunika und schüttelte ihn. Diese Drecksbande! Dieses verlogene Pack – glaubten sie wirklich, sie konnten ihn für dumm verkaufen? War das der Dank dafür, dass er sich für sie aufopferte und ihnen Gottes Worte predigte? Dass er noch immer an das Gute in ihnen glaubte?

Dachten sie, er hätte nicht gemerkt, dass sich immer mehr Menschen davonmachten? Ganze Familien verschwanden über Nacht. Wenn das so weiterging, würde Poppo bald allein in der Kirche stehen.

Aber das war nicht seine größte Sorge. Schon vor Wochen war ihm der Verdacht gekommen, die Leute verschwanden nicht einfach, um sich seinem Einfluss zu entziehen. Nein, sie schlossen sich dem Jarl an, der irgendwo da draußen in den von dichten Wäldern überzogenen Bergen lauerte.

Poppo hatte Wachen auf der anderen Flussseite postiert. Dennoch hatten weitere Menschen die Stadt verlassen: zuletzt vor etwa zwei Wochen der Schmied Thormod und seine Familie und jetzt die beiden Hallvard-Brüder, denen die Krieger allerdings folgen konnten. Leider hatten die Brüder die Verfolger bemerkt. Es war zum Kampf gekommen, bei dem Ulfar und Thorir getötet wurden. Während Thorir unerreichbar in eine Felsspalte stürzte, brachte man Ulfars Leiche zu Poppo, und Skammkill schnitt ihr für dieses kleine Schauspiel den Kopf ab.

«Wohin?», brüllte Poppo und schüttelte Hallvard erneut durch. «Wohin sind die Leute gegangen?»

Schweigen! Wieder nur verdammtes Schweigen! Hallvard und Gudny rannen Tränen über die Wangen.

Fürchteten sie sich mehr vor der Rache des Jarls als vor ihm – ihrem Bischof? Oder wussten sie es wirklich nicht?

In den hinteren Reihen bewegten sich einige Leute auf den Ausgang zu. Poppo rief nach den Kriegern vor der Kirche, die mit Schwertern und Äxten in der Tür erschienen. Dann gab er Skammkill einen Wink, der darauf willkürlich einen Mann aus der Menge zog und ihm das Messer an die Kehle drückte.

«Niemand – hört ihr! –, niemand verlässt die Kirche», rief Poppo, «bevor ihr mir nicht meine Frage beantwortet habt.»

4.

Dierkow, Nordmark

Zwei Tage lang marschierte Hakon über die bewaldeten Berge, bis er an einem Fjord auf ein Gehöft stieß. Er wartete, bis sich die Bauern zur Nachtruhe ins Haus zurückzogen, und schlich dann an der Feldsteinmauer entlang zum Ufer, wo er ein Boot und Ruder fand. Kurz darauf ging der Mond auf und verzauberte den Fjord in ein Meer aus silberglänzendem Wasser. Hakon legte seine Tasche in den Kahn und ließ den Raben im Bug Platz nehmen. Als Waffe hatte er nur ein Messer eingesteckt und das Schwert auf der Fluchtburg zurückgelassen, da es zu auffällig war.

Er stieß das Boot vom Ufer ab. Die ganze stille Nacht hindurch ruderte er, bis er im Morgengrauen die Mündung des Fjords erreichte, von der er wusste, dass es hier nicht nur eine Siedlung, sondern auch einen kleinen Hafen gab. Seit Graufell die Blockade beendet hatte, wurde der innere Seeweg wieder rege befahren. Daher hoffte Hakon, hier ein Handelsschiff zu finden, das ihn seinem Ziel näher bringen würde.

Ein gutes Stück unterhalb der Landebrücken legte er in einer Bucht an. Dort ließ er das Boot zurück und schickte den Raben fort, der ihm in einiger Entfernung folgen sollte. Sicher gab es Männer, die alle möglichen Tiere mit sich herumschleppten – Marder, Schlangen, sogar Bären. Dennoch wollte er nicht das Risiko eingehen, sich durch den schwarzgefiederten Vogel zu verraten. Hakon war weithin bekannt, geradezu berühmt, und zu den Geschichten, die man sich über ihn erzählte, gehörten auch die des Raben.

Zwei Schiffe nahmen an dem Morgen im Hafen Trinkwasser an Bord, und eines davon war auf dem Weg nach Süden. Seine Mitfahrt bezahlte Hakon mit einem Teil des Geldes, das er damals aus dem Jarlshaus mitgenommen hatte. Noch war der Lederbeutel, den er am Gürtel mit sich trug, gut gefüllt.

Während der Rabe dem Schiff an der Küste entlang folgte, gelangte Hakon ungehindert am Königssitz Ögvaldsnes vorbei und weiter zum Handelsplatz Kaupang an der Küste des Skagerraks. Da er nun glaubte, weit genug entfernt von Graufells Einflussbereich zu sein, ließ er den Raben wieder zu sich kommen. In Kaupang traf er einen Schiffsführer, der unterwegs nach Jumne war – Hakons Reiseziel. Dann hörte Hakon auf der Überfahrt jedoch eine Geschichte, die seinen Freund Pálnir betraf.

Der Mann, der sein Blutsbruder geworden war, galt als einer der am meisten gehassten und gefürchtetsten Seeräuber im östlichen Meer. Hakon spitzte die Ohren, als er einen Seemann von Pálnirs Schandtaten erzählen hörte. Von Raub, Plünderungen und Mord handelte die Geschichte. Vieles waren nur Gerüchte, aber einiges mochte wahr sein. Zu seiner Überraschung erfuhr Hakon, dass Pálnir länger nicht mehr gesichtet worden sei. Ein Mann wusste gar zu berichten, dass Pálnir die Seeräuberei aufgegeben und sich mit seiner Mannschaft in einer Slawensiedlung, die Dierkow genannt wurde, zur Ruhe gesetzt habe. Um der Sache auf den Grund zu gehen, änderte Hakon seinen ursprünglichen Plan und ging auf Seeland am Öresund von Bord, wo er nach einigem Suchen eine Knörr mit dem Fahrtziel Dierkow fand.

Fast zwei Wochen waren seit seinem Aufbruch vergangen, als das Schiff die von Marschland und breiten Sandstränden gesäumte Mündung eines Flusses erreichte, den die Slawen *varnowa*, Krähenfluss, nannten. Malina hatte erzählt, dass ihr Stamm, die Varnower, tief im Landesinnern nicht weit entfernt von diesem Fluss lebte.

In den hohen Bäumen an den Ufern sah Hakon auch tatsächlich Scharen von Krähen, die den Raben zunehmend unruhiger machten. Mit aufgeplustertem Kopf saß er auf Hakons Schulter und beäugte die Krähen. Diese Vögel waren ihm zwar recht ähnlich, dennoch verabscheute er sie, aus welchem Grund auch immer. Daher gönnte Hakon ihm den Spaß, ein wenig mit ihnen zu spielen.

Der Rabe stieg auf. In rascher Folge wüste *rap-rap-rap*-Rufe ausstoßend fegte er geradewegs in die Krone einer Esche, aus der Krähen unter lautem Geschimpfe flohen. Der Rabe suchte sich aus dem Schwarm einzelne Krähen aus, die er verfolgte, im Flug attackierte und nach denen er mit dem Schnabel hackte. Nach einer Weile kehrte er wieder auf Hakons Schulter zurück, wo er sich sichtlich zufrieden das Gefieder putzte.

«Nimm dich in Acht, dass du niemals auf einen Gegner triffst, der dir überlegen ist», sagte Hakon.

Der Rabe schaute ihn an und legte dann den Kopf tief in den Nacken, um sich von Hakon die Kehlfedern kraulen zu lassen.

Der Flusslauf führte sie einige Meilen an Auenwiesen und Wäldern entlang, bis er schließlich nach links abbog. In der Ferne tauchte die Siedlung auf. Beim Näherkommen sah Hakon eine Burg, die sich ein gutes Stück vom Ufer entfernt erhob.

Im Hafen herrschte geschäftiges Treiben. An den Landebrücken, die auf dicken Pfosten in den schlammigen Flussgrund gesetzt worden waren, wurden mehrere Schiffe be- und entladen. Nachdem die Knörr einen freien Liegeplatz angesteuert und mit Tauen festgemacht worden war, ging Hakon als Erster an Land. Er durfte mit der Suche nach Pálnir keine Zeit verlieren. Er musste ihn und seine Mannschaft so schnell wie möglich finden oder zumindest sichergehen, dass Pálnir nicht hier war. Denn dann würde Hakon rechtzeitig zum Schiff zurückkehren, um die Suche auf dem Weg nach Jumne in anderen Häfen fortzusetzen.

Von der Landebrücke aus hielt er Ausschau nach einem Schiff, das seinem Freund gehören könnte. Aber er sah nur Handelskähne und kleine Fischerboote. Etwas abseits gab es einen Bootsbauplatz, auf dem zwei Schiffe auf Kiel gelegt worden waren und ein drittes abgetakelt auf eine Reparatur wartete. Das schmälerte die Hoffnung, Pálnir hier anzutreffen, denn der würde niemals ohne ein Schiff sein können. Er war ein Mann der See – ein Mann, der sein Schiff mehr liebte als alles andere.

Hakon zwängte sich an Hafenarbeitern, Kisten und Fässern vorbei zum Ufer, an dem einige Weiber hockten. Sie wuschen im Fluss Kleider und beschimpften lauthals einen Mann, der neben ihnen ins Wasser pinkelte.

Oberhalb des Hafengeländes schloss sich die Siedlung an mit kleinen Wohngebäuden, Fischerhütten und Schuppen, in denen Waren gelagert wurden. Überall roch es nach den Räucheröfen, aus denen es kräftig qualmte. Der Ort war größer, als Hakon erwartet hatte. Das würde die Suche nicht einfacher machen.

Am Rande des Marktplatzes sah er ein paar Knaben, die sich ihm näherten und aufgeregt auf den Raben zeigten.

«Krâja! Krâja!», riefen sie den slawischen Name für eine Krähe.

Da hob einer der jungen Kerle einen Stein auf und warf ihn auf Hakon. Der Stein verfehlte ihn jedoch, und als er die Knaben mit einem finsteren Blick bedachte, flohen sie lachend in eine mit Gerümpel vollgestellte Gasse zwischen den dicht an dicht stehenden Hütten.

Aber sie hatten noch nicht genug. Als Hakon sich abwandte, wurde er am Rücken von etwas getroffen. Er wirbelte herum und sah die Knaben mit Kieselsteinen auf ihn zielen. Der Rabe schlug die Flügel durch, aber Hakon hielt ihn fest. Dass der Vogel hier irgendwelchen Burschen die Augen aushackte, konnte er überhaupt nicht gebrauchen. Stattdessen griff er nach etwas auf einem Stand neben ihm und schleuderte es einem der Knaben ins Gesicht. Es war ein fetter Weißfisch, und es klatschte laut, als der

Bursche davon getroffen wurde. Wieder verschwanden sie in der Gasse. Hoffentlich gaben sie jetzt Ruhe! Der Zwischenfall hatte schon für genug Aufsehen gesorgt. Rings um ihn herum lachten Frauen und Männer. Einige nickten ihm anerkennend für den guten Wurf zu.

Der Fischhändler kochte jedoch vor Wut. Er kam hinter seinem Stand hervor, baute sich vor Hakon auf und drohte ihm mit einem von Schuppen verklebten Zeigefinger. Er war einen Kopf kleiner als Hakon, aber dafür doppelt so breit. Aus dem rot angelaufenen Gesicht ergoss sich ein Wortschwall so schnell und verzerrt, dass Hakon kein einziges Wort davon verstand. Dabei hatte er geglaubt, er beherrsche die Sprache, die Malina ihm an langen Winterabenden beigebracht hatte.

Da immer mehr Leute aufmerksam wurden, gab Hakon dem keifenden Fischhändler schnell eine Münze. Endlich versiegte das Gezeter, und als der Mann auf das Geldstück biss, schien er mit dem Handel zufrieden zu sein, denn nun grinste er breit.

Bevor Hakon sich wieder seiner Suche zuwenden konnte, sah er zwei mit Schwertern bewaffnete Männer auf sich zukommen. Slawenkrieger! Auch das noch.

Die Münze schien den Fischhändler so sehr besänftigt zu haben, dass er den Soldaten entgegentrat und auf sie einredete. Da er nun langsamer sprach, konnte Hakon einen Teil verstehen, auch dass er ihn als seinen Freund bezeichnete. Kurz darauf gingen die Soldaten weiter, wobei sie Hakon mahnende Blicke zuwarfen.

«Woher kommst du?», fragte ihn der Händler, stellte sich mit dem Namen Perdet vor und streckte eine schuppige Hand aus, vermutlich um die soeben vorgetäuschte Freundschaft zu besiegeln.

«Aus dem Norden», antwortete Hakon und schlug ein.

«Ein Nordmann, der unsere Sprache spricht? Na, soll ja vorkommen. Und dein Vogel – kann er etwas Besonderes?»

«Hm?»

«Ich meine, kann er irgendwelche Kunststücke, mit denen du dein Geld verdienst?»

Was war das denn für eine merkwürdige Frage?

«Der Rabe jagt Krähen», sagte er, weil ihm nichts Besseres einfiel.

Perdet legte den Kopf in den Nacken und lachte so heftig, dass sein fetter Bauch wackelte.

«Da seid ihr hier richtig», sagte er dann. «Krähen! Ich weiß von ein paar Bauern, die würden sicher die eine oder andere Münze springen lassen, wenn dein Vogel die Krähen von ihren Feldern verscheucht.»

«Kennst du hier viele Männer?»

«Viele? Wo denkst du hin? Ich kenne alle! Na, vielleicht nicht alle, aber genug davon. Bleibt nicht aus, wenn man in diesem Nest aufwächst und im ganzen Leben nichts anderes sieht, als die Siedlung und den Fluss und vielleicht noch das Ostmeer.»

Der Mann kam ins Reden. Hakon wartete ungeduldig auf eine Pause, um ihm die Frage zu stellen, die ihm auf der Zunge lag. Doch Perdet dachte nicht daran.

«Ich bin jeden Tag hier auf dem Markt, da kennt man wohl die Leute», fuhr er fort. «Na, fast jeden Tag. Ich muss ja auch erst mal die Fische fangen, die ich verkaufe, und manchmal krieg ich Durchfall von den Räucheraalen, die sind schön fettig, die Aale. Willst du einen kaufen?»

Hakon warf einen Blick zu den Soldaten, die ein paar Stände weiter die Waren eines Eisenhändlers kontrollierten.

Hakon beugte sich zu Perdet hinunter und dämpfte die Stimme. «Ich suche einen Mann, einen ...»

«Hab ich's mir doch gedacht», rief Perdet aus. «Er sucht wen! Du siehst auch nicht aus wie einer, der bei einem Bauern in den Dienst gehen will. Ja, wie einer, der auf der Jagd ist, siehst du aus. Ich sag dir was ...» Er tippte mit dem Zeigefinger gegen seine

Stirn, an der eine Schuppe kleben blieb. «Ich erkenne doch meine Schweine am Gang.»

«Schweine?» Hakon war sich nicht sicher, ob er den Mann richtig verstanden hatte.

«Das sagt man hier so, Nordmann. Nun sei doch nicht so stockernst. Lachst du auch mal …?»

«Der Mann, den ich suche, ist ein Däne.»

«Ein Däne? Verdammtes Pack. Davon gibt's ein paar. Lungern hier rum. Sachsen gibt's auch. Das sind die Schlimmsten. Die führen sich auf, als würde ihnen alles gehören, weil sie von ihrem Kaiser hergeschickt wurden, und dann kommen sie mit ihrem Markgrafen und …»

Hakon stöhnte innerlich auf und unterbrach den Händler: «Der Däne heißt Pálnir. Er soll vor einiger Zeit mit Schiff und Mannschaft hergekommen sein.»

Perdets Stirn warf so tiefe Falten, dass die Schuppe sich löste und in seinen Bart fiel. «Und du bist sicher, dass du diesen Hurensohn finden willst, Nordmann?», fragte er und pustete die Schuppe weg.

«Dann kennst du ihn also?»

Der Fischhändler hob abwehrend die Hände und machte Anstalten, hinter seinem Stand zu verschwinden. «Geh weiter! Ich muss jetzt arbeiten.»

Hakon nahm eine weitere Münze aus dem Beutel, woraufhin sich Perdets Miene wieder aufhellte, ein wenig zumindest.

«Wo finde ich den Dänen?», drängte Hakon.

Perdets Blick wanderte von der Münze zu Hakons Augen. «Willst du ihn töten? Ja? Dann sage ich dir gern, wo er sich die meiste Zeit aufhält.»

«Töten? Ich … habe noch etwas mit ihm zu begleichen.»

Perdets Hand verschwand in einer Kiste und kam mit einem geräucherten Aal wieder zum Vorschein. Sie tauschten Münze gegen

Fisch, wobei ihm Perdet leise und mit verschwörerischer Miene erklärte, wo der Däne wahrscheinlich gerade sei. «Aber versprich mir, dass du ihm gegenüber meinen Namen niemals erwähnst!»

Das tat Hakon und beeilte sich, den Marktplatz zu verlassen, bevor der Fischhändler noch auf den Gedanken kam, ihn bei den Soldaten anzuschwärzen. Der Räucheraal duftete verführerisch, und Hakons Magen knurrte so fürchterlich, dass er seine Bedenken wegen Perdets Durchfall beiseiteschob. Er zog die ledrige Haut ab, biss im Gehen in den fettigen Fisch und reichte auch dem Raben ein Stück.

Hakon folgte einem Bohlenweg, der ihn aus der Siedlung führte und dann weiter an Äckern und Feldern entlang in Richtung der von einer sumpfigen Wiese und einem Graben umgebenen Burg. Hinter der Brustwehr des Wehrgangs schimmerten Soldatenhelme im Abendlicht. Die runden Schutzwälle der Burg bestanden aus übereinandergeschichteten, mit Erde gefüllten Holzkästen. Drinnen residierte meist ein Wojwode, ein Slawenfürst, mit seiner Haustruppe, und bei einem Angriff fanden die Menschen aus der Umgebung hinter dem Wall Unterschlupf.

Hakons Ziel war jedoch nicht die Burg, sondern eine Ansammlung von Hütten, die etwa hundert Schritt vor dem Burgtor links und rechts des Weges standen.

Vor der Schenke saßen Männer mit Bechern und Bierkrügen an langen Tischen. Pálnir war nicht zu sehen, und auch sonst sah Hakon niemanden aus der Mannschaft, den er von früher wiedererkannte.

Der Rabe ließ sich auf dem Strohdach der Schenke nieder.

Hakon ging an Tischen, Bänken und grimmigen Männern vorbei zur geöffneten Tür, aus der ihm laute Stimmen und derbes Lachen entgegenschlugen. Überall in dem stickigen Raum standen oder saßen Männer. Zwischen ihnen liefen Frauen umher und verteilten Bier.

«Bist du zum Trinken gekommen oder um mir im Weg zu stehen?», schnauzte ihn eine Frau von der Seite an. Sie war mit vier Krügen beladen. Eine mit feuchten Flecken überzogene graue Tunika spannte sich über den ausladenden Brüsten.

«Ich suche einen Mann», erwiderte Hakon, dem diese enge und laute Hütte gar nicht behagte. Es roch hier drinnen nicht nur nach Bier und Erbrochenem, sondern vor allem nach Ärger.

«So einer bist du? Wir haben hier nur Huren, wenn du ...»

«Einen Dänen», fügte Hakon schnell hinzu. «Sein Name ist Pálnir.»

Das aufgedunsene Gesicht ballte sich zusammen wie eine Gewitterwolke. «Gehörst du zu seiner Mannschaft?»

«Ja.»

Sie deutete zu einer Ecke auf der anderen Seite. «Eben war er noch da, und wenn er inzwischen nicht verreckt ist, kannst du ihn gleich mitnehmen – aber nur, wenn er vorher seine Schulden bezahlt.»

Bier schwappte aus den Krügen auf ihre Tunika, als sie weiterging.

Hakon schob sich durch die lärmende Meute bis zum hintersten Tisch, an dem ein einzelner Mann mit dem Rücken zu ihm saß. Sein Kopf hing so tief über einem Becher, dass es den Eindruck machte, er würde darin etwas suchen.

Hakon blieb neben dem Tisch stehen, ohne dass Pálnir ihn bemerkte. Aber so wie der aussah, schien er überhaupt nichts mehr zu merken. Sein langer, struppiger Bart war mit Bier und Essensresten verklebt. An den Wangen haftete Dreck und an der Stirn getrocknetes Blut. Hakon fragte sich, wie so jemand in der Lage sein sollte, ihm im Kampf gegen ein hochgerüstetes Heer beizustehen. Er hatte nicht gewusst, was ihn erwartete, wenn er Pálnir erst gefunden hätte, aber so ein versoffenes Wrack bestimmt nicht.

«Einen Becher oder gleich einen Krug?»

Die Frau von eben stand hinter ihm. War sie ihm gefolgt?

«Er nimmt einen Krug!», kam es plötzlich von Pálnir, ohne dass er seine Sitzhaltung verändert hatte.

«Kann er bezahlen?»

«Natürlich!»

«Starkbier?»

«Was sonst? Der Mann kommt aus dem Norden. Der verträgt das! So wie ein Däne.»

Die Frau verschwand hinter der Theke, wo ein groß gewachsener Mann und einige Frauen damit beschäftigt waren, Krüge vollzuschenken und in einem Eimer Becher abzuwaschen.

Hakon nahm schräg gegenüber von Pálnir Platz. Der begann sich erst jetzt zu regen, hob den Kopf ein wenig an und drehte Hakon das Gesicht zu, um ihn mit dem rechten Auge anzustarren. Das andere Auge hatte er bei einem Überfall auf ein sächsisches Schiff verloren. Hakon hatte damals Pálnirs Gegner getötet und ihm damit das Leben gerettet. Seither waren sie Freunde, die nach alter Tradition Blutsbrüderschaft geschlossen hatten. Sie hatten einen langen Rasenstreifen aus der Erde geschnitten und einen Speer darunter gestellt, sodass sich ein Dach bildete, unter das sie sich hockten. Dann fügten sie sich mit einem Messer Wunden zu und ließen das Blut auf der unter den Grassoden aufgerissenen Erde zusammenlaufen. Sie schworen den Eid, dass jeder den anderen rächen sollte wie seinen eigenen Bruder, und die Götter waren ihre Zeugen.

«Hast du gesehen, wie ich reingekommen bin?», fragte Hakon.

«Natürlich! Ich habe alles im Blick, so wie immer.»

Seine Stimme war fester, als zu vermuten war. Vielleicht saß er noch nicht lange hier.

Hakon wollte gerade zu einer Erklärung ansetzen, warum er so dringend Pálnirs Hilfe brauchte, als die Frau zurückkam. Sie setzte einen Krug und einen Becher mit einem Knall auf dem Tisch ab.

«Mach nicht so einen Krach, Dobrica», knurrte Pálnir. «Du siehst doch, dass hier zwei alte Freunde ihr Wiedersehen feiern.»

«Die Begeisterung kann man euch ansehen. Ihr seid ja noch fader als unser Bier.» Sie lachte heiser und ging wieder.

«Ich brauche deine Hilfe», sagte Hakon.

«Sonst hättest du mich wohl kaum in diesem Nest aufgetrieben. Erst wird getrunken!»

Er füllte ihre Becher. Hakon nahm einen Schluck. Das Bier schmeckte nicht schal, sondern ausgesprochen bitter. Pálnirs Becher landete krachend auf dem Tisch, nachdem er ihn in einem Zug geleert hatte. Er schenkte sich nach.

«Weißt du, was ich glaube?», sagte er. «Ich glaube, Dobrica pisst da rein. Aber sie ist ein gutes Weib. Wenn's nach ihrem Alten ginge, würde ich hier gar nichts mehr bekommen.»

Was sicher nicht verkehrt wäre, dachte Hakon.

«Wo sind dein Schiff und deine Mannschaft?», fragte er.

«Erst trinken!»

Pálnir stieß mit seinem Becher gegen Hakons Becher, bevor er das Bier in sich hineinschüttete. Dieses Mal hielt Hakon mit, und der zweite Schluck war nicht mehr ganz so grauenvoll. Pálnir wischte mit dem Handrücken Bier aus seinem Bart und rief nach Dobrica. Als sie einen der Krüge nehmen wollte, hielt der große Kerl hinter der Theke sie zurück und kam selbst zu ihnen. Ohne Bier.

«Du hast genug!», zischte der Mann. Er war wirklich ziemlich groß.

«Er hat seinen Becher noch nicht einmal ausgetrunken», entgegnete Pálnir und grinste schief.

«Ich meine dich, Däne.»

Das Grinsen verschwand aus Pálnirs Gesicht. «Sag bloß, Bobola. Wann ich genug habe, bestimme ich immer noch selbst!»

«Bezahl deine Schulden!»

«Wovon denn?»

Der Slawe stemmte die Fäuste in seine Hüften. Auf seinen muskulösen Unterarmen traten die Adern blau hervor. Pálnir hob den Kopf. Sein rechtes Augenlid begann zu zucken. Hakon kannte das. Der Geruch nach Ärger wurde stärker.

«Geh mir aus dem Licht, Bobola», knurrte er. «Und schick Dobrica her. Dein Weib ist zwar hässlich wie ein Köter von hinten, wenn er den Schwanz hebt, aber sie bringt wenigstens Bier.»

Der Wirt war schnell. Ehe Pálnir reagieren konnte, wurde sein Kopf von Bobolas rechter Hand auf die Tischplatte gedrückt.

Ringsumher verstummten Gespräche und Gelächter. Einige Männer grinsten. So etwas kam hier sicher nicht zum ersten Mal vor.

Der Wirt beugte sich zu Pálnir hinunter. «Du hast genug, Däne. Genug! Wenn du nicht sofort verschwindest, hole ich die Soldaten, und du weißt, was sie mit Lumpen wie dir machen ...»

Er verstummte abrupt, und sein Gesichtsausdruck veränderte sich, als er erst rot anlief und dann anfing, nach Luft zu japsen wie eine Flunder auf dem Trockenen.

«Nimm deine verdammte Hand von mir», zischte Pálnir, das Gesicht seitwärts in einer Bierlache auf der Tischplatte. Dennoch sprach er langsam und klar. «Und dann schickst du Dobrica her – mit dem Bier! Und wenn du mich den Soldaten meldest, bete zu deinen verfluchten Göttern, dass sie mir den Kopf abschlagen. Sonst komme ich zurück, um dir das abzuschneiden, was ich grad in meiner rechten Hand halte.»

Das musste Hakon Pálnir lassen, nicht nur er hatte ihn unterschätzt.

Bobola zitterte am ganzen Leib. Er ließ Pálnir los, der sich langsam aufrichtete und die Hand zurückzog, mit der er den Wirt zwischen den Beinen gepackt hatte. Bobola schlich seltsam zusammengekrümmt zur Theke zurück.

«Bei dem gibt's die nächsten Tage Rühreier», sagte Pálnir.

Gleich darauf brachte Dobrica frisches Bier. «Das geht auf mich, Däne», sagte sie grinsend. «Vor Bobola habe ich erst mal ein paar Tage Ruhe.»

Pálnir kicherte und trank.

«Wie viel Geld schuldet er euch?», fragte Hakon.

Dobrica schien irgendetwas im Kopf zu überschlagen, hob dann beide Hände und spreizte alle Finger ab.

Hakon gab ihr vier von den größeren Münzen. «Das muss reichen.»

Dobrica nickte eifrig, steckte die Münzen in einen Beutel, den sie an einem Lederband um den Hals trug und ließ ihn im Ausschnitt der Tunika zwischen ihren Brüsten verschwinden. Mit einem aufreizenden Blick auf Hakon machte sie sich davon.

«Die mag dich», sagte Pálnir. «Aber sieh dich vor, die geht gut zur Sache.»

Hakon verkniff sich die Frage, woher Pálnir das wissen wollte, und kam auf sein Anliegen zurück. Erneut fragte er nach dem Schiff und der Mannschaft.

Die Antwort war ernüchternd.

«Das Schiff liegt unten im Hafen», erklärte Pálnir. «Vielleicht hast du es gesehen. Der Rumpf ist im Herbst leck geschlagen. Wir haben es noch bis in dieses Nest geschafft. Und das war's dann.»

«War was?»

«Nichts! Gar nichts mehr! Seitdem sitzen wir auf dem Trockenen wie mein Schiff. Ich hab kein Geld, um es reparieren zu lassen.»

«Und die Mannschaft?»

«Ein paar Männer haben sich der Truppe des Wojwoden angeschlossen. Und die anderen? Was weiß ich? Saufen irgendwo oder fahren auf anderen Schiffen. So sind Männer eben. Wenn du sie nicht mehr bezahlen kannst, lassen sie dich allein.»

«Nicht alle Männer tun das – Blutsbrüder nicht!»

Pálnir verzog das Gesicht. «Ich würde dir ja helfen. Ganz sicher würde ich das! Ich hab von der Geschichte gehört. Der alte Graufell soll deine Stadt erobert haben. Aber vor dir sitzt ein mittelloser Mann, der sogar sein Schwert versoffen hat.»

Hakons Blick wurde hart. «Ja, hier sitzt ein Mann, den ich nicht mehr kenne. Kein Mann, der etwas auf sich hält, versäuft sein Schwert!»

«Du hast doch auch keines dabei.»

Hakon beugte sich zu Pálnir vor und begann von Graufell, Blauzahn und dem Bischof zu erzählen. Vom Verrat der Naumudaler und von Thordis, die er zur Frau nehmen musste. Von der Flucht aus Hladir und dem Winter in den Bergen, in dem die Menschen starben wie die Fliegen. Und er erzählte von seiner letzten Hoffnung – von Pálnir, den er für seinen Freund, für seinen Bruder, gehalten hatte. Der ihn enttäuschte.

«Du gibst dich auf, weil du dein Schiff nicht bezahlen kannst!», zischte er, nahm eine weitere Münze und warf sie Pálnir hin. «Bezahl dein Bier damit, trink weiter, bis du umfällst. Und wenn du eines Tages nicht beim Saufen verreckst, gibt es hier in der Schenke bestimmt nicht wenige Männer, die Bobola gern den Gefallen tun würden, dir in einer dunklen Gasse aufzulauern und die Kehle durchzuschneiden.»

Er machte Anstalten, sich zu erheben, als Pálnir ihm eine Hand auf den Arm legte.

«Bleib», sagte Pálnir. «Dobrica wird uns Bier bringen, und dann sollst du erfahren, warum ich dir wirklich nicht helfen kann.»

Hakon zögerte. Dann setzte er sich wieder. Was änderte das schon?

Sie waren die letzten Gäste. Hakon hatte längst den Überblick verloren, wie viele Krüge sie geleert hatten. Selbst Dobricas Mann, durch die Münzen etwas besänftigt, hatte sich längst verzogen. Nur sie hielt noch die Stellung hinter dem Brett, auf dem die ausgewaschenen Krüge und Becher für den nächsten Tag bereitstanden. Wenn sie nicht gerade gähnte oder in der Nase bohrte, warf sie Hakon eindeutige Blicke zu und wartete darauf, neues Bier für die beiden Trinker heranzuschleppen, die ihre Köpfe zusammensteckten und viel zu bereden hatten.

Vor gut einem Jahr war Pálnirs Vater, der alte Toki, gestorben. Toki war einer der ersten Dänen gewesen, die sich in der slawischen Stadt Jumne niedergelassen hatten. Ein mächtiger Mann, der ein reiches Erbe hinterlassen hatte – allerdings nicht für Pálnir. Der war leer ausgegangen, weil sein Halbbruder Skarpedin das Erbe für sich in Anspruch nahm: die Herrschaft über die Burg von Jumne, die Krieger, Waffen, Schiffe, Lehen – alles! Und er war im Recht, zumindest auf den ersten Blick.

Tokis Frau war damals kurz nach Skarpedins Geburt gestorben. Später zeugte Toki mit einer Magd Pálnir, und somit war die Sache in der Erbfolge eindeutig. Dennoch meinte Hakon, Pálnir hätte das Erbe anfechten müssen.

«Ein Sohn ist erbberechtigt», erklärte er, «wenn der Vater den Sohn in die Sippe eingeführt hat – auch wenn die Mutter eine Unfreie ist. Verstoßen hat Toki dich doch nicht? Wenn ich mich richtig erinnere, hat er dich deinem Bruder sogar vorgezogen.»

«Er ist nur leider gestorben, bevor er das allen anderen verkünden konnte, wenn er es denn getan hätte. Er ist zu Bett gegangen und am nächsten Morgen nicht mehr aufgewacht.»

«Dann musst du eine Thingversammlung einberufen!»

«Wie denn?», gab Pálnir zurück. «Die Burg steht im Slawenland. Auf dänischem Boden hätte ich die Sache vor das Thing bringen und anklagen können. Aber nicht bei den Slawen. Da gelten andere Gesetze. Skarpedin geht beim Wojwoden Zdislaw ein und aus. Die beiden sind so!»

Er presste seine Hände fest zusammen.

Und dann rief er nach neuem Bier. Dobrica kam mit einem Krug zum Tisch.

«Das ist der letzte. Mir reicht's. Ich schlaf gleich im Stehen ein.» Sie schaute Hakon an. «Und dir zeige ich für eine Münze, wo du heute Nacht abbleibst.»

Sie verzog ihre Lippen zu einem honigsüßen Lächeln. Er spürte ihre Brüste an seiner Schulter, bevor sie sich mit schwingenden Hüften wieder zur Theke trollte.

«Nimm sie dir ruhig, morgen sehen wir weiter», sagte Pálnir. Seine Stimme war über die ganzen Biere schwer geworden. «Sie ist die Münze wert, wirst schon sehen. Außerdem ist deine Slawin ja in Jumne ...»

Hakon verschüttete etwas von dem Bier, das er gerade nachschenken wollte. Dann hatte Asny also recht gehabt.

Pálnir biss sich auf die Unterlippe. «Entschuldige. Ich wollte es dir noch nicht sagen. Nicht so.»

«Sie ist bei ihm?», stieß Hakon aus. «Bei Skarpedin? Warum hast du sie nicht zu dir genommen?»

«Das hätte ich ja getan. Aber als sie vor einem Jahr auftauchte, ging nach Tokis Tod alles drunter und drüber. Ich wusste auch nicht, was ich machen sollte. Da hab ich mir ein Schiff genommen und ein paar Männer überreden können, und dann sind wir aufgebrochen.»

«Ja.»

«Ja – was?»

«Dann bist du weggelaufen und hast dein Schwert versoffen.»

Pálnir senkte den Blick in den Becher. Er sah jetzt wieder so aus wie vorhin. Seine Hand zitterte, als er den Becher hob. «Das habe ich getan, ja», sagte er.

«Es liegt bei dir, dir ein neues Schwert zu besorgen.»

«Und dann?»

«Dann fahren wir nach Jumne, nehmen ein paar gute Schiffe, bemannen sie mit Kriegern – und jagen den verdammten Bischof zu seinem Teufel!»

«Das hört sich an wie ein guter Plan. Aber der scheitert schon daran, dass wir nicht mal nach Jumne kommen.»

Hakon löste den Geldbeutel vom Gürtel und warf ihn auf den Tisch. Er schlitterte über die Platte, bis er in einer Bierpfütze liegen blieb.

Pálnir lachte freudlos. «Da ist doch kaum was drin.»

«Es ist noch immer genug, um einen Mann allein nach Norden zu bringen oder zwei Männer nach Jumne.»

«Und was geschieht, wenn wir dort sind?»

«Das habe ich dir eben gesagt!»

Pálnir starrte ihn an, zunächst ungläubig, dann blitzte in seinem Auge etwas auf, und er begann zu lachen, erst leise, dann immer lauter. Hakon stimmte ein, und sie stießen mit ihren Bechern an und verglichen die Narben an ihren Unterarmen, die von den Schnitten stammten, mit denen sie sich einst Blutsbrüderschaft geschworen hatten.

Sie lachten noch immer, als Dobrica sie auf die Straße warf und wüste Flüche hinter ihnen her schrie, die vor allem Hakon treffen sollten. Sie lachten auch noch, als sie hinter ein Haus auf der anderen Seite des Bohlenwegs torkelten, bevor die von Dobricas Geschrei angelockten Soldaten aus der Burg stürmten. Und sie lachten, nachdem Pálnir sich übergeben hatte, und sie nebeneinander im Gras lagen. Dann verging das Lachen, und Pálnir begann zu schnarchen, während sich über Hakon die Sterne am Nachthimmel drehten, und er mit einem Mal glaubte, jemand anderes lachen zu hören. Stimmen von weit her, von oben aus dem Nachthimmel.

Waren es die Götter, die über seine Dummheit lachten?

5.

Hladir

Poppo fand Skammkill vor der Kirche, wo er mit dem Gefangenen spielte. Der verwahrloste Hauptmann hockte in den Ketten am Boden, während ihm Skammkill ein Stück Fleisch hinhielt, das er jedoch schnell wieder wegzog, wenn der andere danach greifen wollte. Obwohl Skammkills Miene wie immer starr und undurchdringlich war, schien ihm das Spiel Freude zu bereiten.

Eigentlich hatte Poppo keine Zeit. Aber im Moment war ihm alles recht, was den Besuch, den er heute hinter sich bringen musste, hinauszögerte. Also schaute er zu, wie Skammkill ein Stück von dem Fleisch abriss und es Skjaldar hinwarf. In dem schmutzigen Gesicht funkelten die Augen, und er betrachtete argwöhnisch den Leckerbissen, der nur vier, fünf Fuß von ihm entfernt lag.

Poppo war nicht klar, was Skammkill im Schilde führte. Wollte er den Hauptmann etwa mit dem kostbaren Fleisch füttern?

Skammkill schaute gelassen mit an, wie der Gefangene seine Muskeln anspannte, eine lauernde Haltung einnahm und abschätzte, wie er das Fleisch zwischen die verfaulten Zähne kriegen konnte. Fleisch! So etwas hatte der Kerl seit Monaten nicht mehr gehabt.

Der Gefangene bewegte sich langsam aus der Hocke auf alle viere. Sein wachsamer Blick ließ erahnen, zu welchen Taten er einmal fähig gewesen sein musste – der Krieger, den der Jarl seiner Haustruppe vorangestellt hatte. Jetzt war er nur noch ein räudiger Köter, der in einem undichten Verschlag hauste, aus dem an manchen Tagen der Gestank von Kot und Urin durch die Ritzen zwischen den Brettern in die Kirche zog. Das war eines Gotteshauses natürlich unwürdig. Die Angelegenheit würde sich jedoch bald erledigt haben. Kein Mensch konnte ein solches Dasein lange überstehen.

Aber noch lebte Skjaldar. Noch glomm in seinem Blick die List eines Kriegers.

Kaum merklich veränderte sich seine Körperhaltung. Dann warf er sich plötzlich auf das Fleischstück, das kaum größer als ein Daumen war, und er war schnell, verdammt schnell. Ehe Skammkill reagieren konnte, hatte er das Stück gepackt.

Oder hatte Skammkill gar nicht die Absicht gehabt, zu reagieren? Nein, offenbar nicht.

Poppo lachte innerlich auf, als ihm dessen Plan klarwurde. In der Vorwärtsbewegung spannte sich die Kette um den Hals des Hauptmanns, schnürte ihm die Kehle ab und zerrte ihn zurück. Er stürzte zu Boden. Sogleich war Skammkill über ihm. Ehe sich der Gefangene das Fleisch in den Mund stopfen konnte, rang Skammkill es ihm aus der Hand. Doch der Gegner gab sich nicht geschlagen. Die Gier hatte ihn gepackt, die Gier auf Essen, die Gier auf Leben! Er gab wütende, knurrende Laute von sich, griff nach Skammkills Bein und versuchte, den Hünen zu Fall zu bringen, womit er seine eigenen Möglichkeiten natürlich überschätzte.

Skammkill schüttelte ihn ab wie eine lästige Fliege und trat so hart gegen seinen Kopf, dass Skjaldar gegen die Bretterwand geschleudert wurde. Die Geräusche rasselnder Kettenglieder und brechender Knochen waren zu hören.

Es war Zeit, dem Spiel ein Ende zu bereiten, bevor der Gefangene tödliche Verletzungen erlitt. Poppo trat hinter der Ecke hervor zu Skammkill und legte ihm eine Hand auf den Arm. Der Hüne atmete schnell und flach. Seine Hände waren zu Fäusten geballt, groß und schwer wie Schmiedehämmer. Damit hätte er den

Hauptmann binnen weniger Augenblicke weich wie Hafergrütze geschlagen. Poppo spürte Skammkills zuckende Muskeln.

«Der Herr allein wird entscheiden, wann der Hund sein Leben verwirkt hat», sagte er.

Skammkills Fäuste öffneten sich, und er spuckte auf den sich am Boden windenden Hauptmann. Dann ließ er sich von Poppo fortziehen.

Sie folgten dem Trampelpfad oberhalb des Felsgürtels. Weiter unten am Hang erwachte die Stadt an diesem trüben Morgen. Der Himmel hatte sich zugezogen, und der Wind trieb vom Nordmeer her dunkle, schwere Wolken heran.

Am Fuß des Berges, den die Throender Adlerfelsen nannten, bogen Poppo und Skammkill nach rechts auf den Weg ab, der hinauf zum Jarlshof führte. Beim Näherkommen wurde das Gefühl, das Poppo beschlich, immer unangenehmer. Natürlich hätte er früher dorthin gehen müssen, hätte sich aufraffen und seine Ängste überwinden müssen. Doch sosehr ihm das bewusst war, so groß waren seine Abscheu und seine Angst vor dem, was ihn dort erwarten könnte.

Nun ließ es sich nicht mehr aufschieben.

Als er den Hof erblickte, spürte er, wie es ihn zur Umkehr drängte. Seine Füße fühlten sich an, als wateten sie durch zähen Schlamm. Das war kein guter Ort! Das war ein Ort, an dem das Unheimliche, das Teuflische, seine Heimstatt hatte.

Am Tor lungerten Krieger herum, ein halbes Dutzend Naumudaler, die wohl zu einer Art Leibgarde gehörten. Vor der Steinmauer, die den Hof bis an die Palisade im Hintergrund umgab, wucherten Brennnesseln und anderes Unkraut, ebenso auf den Äckern, auf denen im vergangenen Herbst das Getreide mit goldgelben Ähren gewachsen war. Es war eine Schande, dieses fruchtbare Land nicht zu bestellen. Der Boden hätte längst gepflügt und die Saat ausgebracht werden müssen.

Darum würde sich Poppo später kümmern und Entsprechendes veranlassen. Im Moment gab es andere Sachen zu erledigen, drängendere Sachen.

Es begann zu regnen.

Als die Wachen den Bischof und seinen Begleiter erkannten, traten sie bereitwillig zur Seite. Poppo und Skammkill gingen rasch über den verwaisten Hof. Die Wolkenbrüche waren nicht zu unterschätzen. Sie zogen zwar ebenso schnell weiter, wie sie kamen, aber in der Zwischenzeit luden sie binnen weniger Augenblicke ihre enorme Wasserfracht ab. Das Wetter war schon recht eigen in diesem noch gottlosen Land. Genauso eigen wie seine Bewohner.

Bevor das Gewitter seine volle Kraft entfalten konnte, erreichten die beiden das Jarlshaus. Poppo klopfte an. Als sich nichts regte, hämmerte Skammkill gegen die Tür, dass sie in den Angeln krachte. Daraufhin war das Geräusch eines Riegels zu hören, der zur Seite geschoben wurde. Die Tür wurde geöffnet, und in dem Spalt erschien das Gesicht eines Mädchens.

Poppo hatte gehört, dass sich der Naumudaler, dieser Lambi, einige junge Frauen wie Sklaven hielt.

Bevor das Mädchen nach einem Grund für den Besuch fragen konnte, zog Skammkill die Tür auf und schob sich ins Haus. Poppo folgte ihm.

Drinnen war es dunkel wie in einem Bärenhintern, und so stank es auch. Als Poppo das Anwesen nach der siegreichen Schlacht das bislang einzige Mal betreten hatte, war es ein gepflegtes Haus gewesen, von dem Blut und den Kampfspuren einmal abgesehen. Man hatte dem Haus die fleißigen Hände seiner Bewohner ansehen können.

Davon war nicht mehr viel übrig geblieben, eigentlich gar nichts.

Es dauerte einen Moment, bis sich Poppos Augen an das Zwielicht gewöhnten. Durch Ritzen in den Wänden pfiff der Wind, und vom Dach tropfte Regenwasser herab, das sich in Pfützen auf dem Boden sammelte. Überall lag etwas herum, Schalen, Becher, Tonscherben; Felle waren von den Wänden gefallen und die Stützpfeiler mit Spinnenweben überzogen. Im hinteren Bereich der Halle sah Poppo die Reste eines Webstuhls. Die Stützen waren eingeknickt, der Tuchbaum mitsamt der Fäden herabgefallen. Anscheinend hielt niemand es für nötig, die Sachen fortzuräumen.

Hier hatte schon lange niemand mehr Hand angelegt.

Stattdessen hatte der kleine Bastard, der den Hof für sich beanspruchte, seine Hände da, wo er sie den Gerüchten nach immer hatte: Er saß auf einem Lager, in der linken Hand hielt er einen Becher und seine rechte lag auf den Brüsten eines nackten Weibsstücks.

«Was wollt Ihr?», fragte er mit schwerer Zunge.

Der Wicht war ebenfalls fast nackt. Nur eine dünne Hose trug er noch, die er wohl gerade ausziehen wollte. Er machte keine Anstalten, sein sündiges Treiben zu unterbrechen und knetete die Brüste wie einen Brotteig, bevor seine Hand zwischen den Schenkeln der jungen Frau verschwand und sie dort weiterbearbeitete. Sie ließ es mit leerem Blick über sich ergehen.

Im Hintergrund, bei der Kochnische, sah Poppo die huschenden Schatten von weiteren Mädchen, zu denen sich auch das Weib zurückzog, das ihnen geöffnet hatte.

Poppo starrte mit einem unguten Gefühl hinüber. Aber dort schienen sich nur Lambis Sklavinnen aufzuhalten, die Weiber, von denen es hieß, er habe sie in der Stadt von der Straße weggefangen. Wer hätte ihn auch daran hindern sollen?

Poppo gab sich einen Ruck und trat tiefer in die Halle bis an die Feuerstelle. Unter seinen Schuhen knirschten Scherben, vielleicht waren es auch Schaben. Der Naumudaler verfolgte ihn mit seinen Blicken. Poppo hob einen Schürhaken auf, stocherte in der Glut herum und legte dann Äste und Scheite auf, die erstaunlicherweise halbwegs trocken waren. Kurz darauf loderten Flammen empor und erhellten die Halle. Auch durch die Ritzen in den Wänden drang nun mehr Licht. Das Gewitter zog weiter.

«Ich habe gefragt, was Ihr hier wollt, Bischof!», meldete sich der Wicht wieder zu Wort. «Zum Feuermachen werdet Ihr wohl kaum gekommen sein. Das ist mein ... unser Haus.»

Er lallte zwar, aber seine Stimme klang auch vorsichtig, abschätzend, was vermutlich mit Skammkills Anwesenheit zu tun hatte, der ihn nicht aus den Augen ließ.

Lambi hatte seine Hand noch immer zwischen den Weiberschenkeln. Vielleicht wollte er demonstrieren, dass er sich von den Eindringlingen nicht einschüchtern ließ. Dass er hier der Herr war. Seine Blicke und fahrigen Bewegungen sprachen jedoch eine andere Sprache.

Poppo kannte diese Sorte Mensch, ja, er kannte sie zur Genüge – großes Maul, doch wenn man ihnen an den richtigen Stellen weh tat, verging ihr Mut schneller, als ein Stein im Wasser versank. Maulhelden!

«Ihr müsst Euch anmelden, bevor Ihr unser Haus betretet», fauchte er. «Der König hat uns den Besitz des Jarls zugesprochen. Habt Ihr das vergessen? Heute empfange ich keinen Besuch. Wie Ihr sehen könnt, habe ich zu tun.»

Er trank den Becher leer und stellte ihn zur Seite. Aus seinem hellen Bart tropfte etwas, vermutlich Honigwein, auf seine nackte Brust. Er drückte die willenlose Frau neben sich aufs Lager. Poppo verspürte Ekel beim Anblick ihrer Nacktheit.

«Ich muss für Nachwuchs sorgen!», sagte Lambi und kicherte dumm.

Die Frau spreizte die Schenkel, doch er zögerte und rief nach den anderen drei Frauen, die aus der Kochnische kamen und sich am Feuer aufstellten.

«Schaut sie Euch an, Bischof!», rief Lambi und befahl den Mädchen, ihre Tuniken hochzuziehen. Bei zweien von ihnen wölbten sich die Bäuche leicht.

«Ich schenke Eurer Gemeinde neue Schäfchen», lallte der Wicht und kicherte wieder. «Gute Knaben werden das. Hoffe ich. Wenn's doch Weiber sein sollten, ertränke ich sie im Fjord, aber die Jungen – die könnt Ihr haben.»

Poppo wandte den Blick von den schwangeren Frauen ab zu Lambi. Er war ein junger Kerl, vielleicht um die zwanzig Jahre. Aber die Maßlosigkeit hatte ihre Spuren in das Gesicht gezeichnet. Er war blass wie ein Mann, der das Tageslicht mied. Unter den Augen, von denen eins nervös zuckte, hingen dunkle Ränder. Haar und Bart waren von Fett und Schweiß verklebt, und er stank nach allem, was eine feine Nase beleidigte.

«Na, wenn Ihr schon mal hier seid, könnt Ihr auch zuschauen, wie ich ein Schäfchen für Euch mache. Oder wollt Ihr selbst eins machen? Die eine da, Yngvild, die kriegt noch keins, glaube ich ...»

Poppo gab Skammkill ein Zeichen, der mit einem Satz bei Lambi war, ihn packte und am Arm vom Lager herunterzog. Lambi schrie und tobte, als Skammkill ihn durch die Halle zu Poppo schleifte.

«Der Große tut mir weh!», keifte er. «Das werde ich dem König berichten! Er kommt bald nach Hladir ...»

«Aus dem Grund bin ich hier», erklärte Poppo.

Lambi wand sich in Skammkills Griff. Offenbar war er sich in seinem versoffenen Schädel nicht bewusst, dass der Hüne nur ein wenig fester zudrücken musste, und der Arm würde brechen wie ein trockener Ast. Skammkill ließ Lambi los, der Poppo hasserfüllt anstarrte. Das Weiß in den Augen war von roten Äderchen überzogen.

«Das wird ein Nachspiel haben, Bischof!», schrie Lambi. «Es

wird dem König überhaupt nicht gefallen, dass Ihr seinen Verbündeten wie ein Stück Dreck behandelt!»

«Wie ein Stück Dreck?», entgegnete Poppo. «Du kennst mich schlecht, Lambi Asgeirsson. Würde ich dich wie Dreck behandeln, hättest du längst welchen gefressen – aber ohne deine Zähne, die mein Freund dir zuvor ausgeschlagen hätte. Wir können gern später darauf zurückkommen. Jetzt erzählst du mir erst einmal, wo deine Schwester steckt!»

Lambi dachte nicht daran. Stattdessen fuchtelte er mit dem ausgestreckten Zeigefinger vor Poppos Nase herum. «Was bildet Ihr Euch ein? Ihr behandelt mich wie ... wie einen Leibeigenen. Dabei seid Ihr nichts. Gar nichts! Nur ein sächsischer Hurensohn ...»

Es klatschte laut, als Poppo ihm mit der flachen Hand ins Gesicht schlug. Das war ja ungeheuerlich! Dem Bastard fehlte wirklich jeglicher Respekt. So etwas konnte tödlich sein, egal ob auf dem Schlachtfeld oder im eigenen Heim.

«Wo ist deine Schwester?», fragte Poppo.

Lambi rieb seine Wange. Dann machte er plötzlich mit erhobenen Händen einen Schritt auf ihn zu.

Poppo konnte es kaum glauben – der Kerl wagte tatsächlich, ihn anzugreifen. Bevor Lambi jedoch dazu kam, hatte Skammkill ihn von hinten gepackt und an den Schultern in die Höhe gehoben. Lambi schrie und zappelte mit den Füßen, während Skammkills Blick fragte, ob er ihn töten sollte. Poppo war durchaus versucht, Skammkill den Spaß zu gewähren, als er aus dem Augenwinkel bei der Kochnische eine Bewegung bemerkte.

Aus dem Schatten trat eine Gestalt. «Ihr sucht mich?»

Ein eiskalter Schauer lief Poppo über den Rücken. Ihr Kopf war bandagiert, und ihm war, als spüre er eine unheimliche Macht, die von der Frau auszugehen schien. Sie durchschaute ihn. Sie kannte seine Träume.

«Bring ihn raus», zischte er zu Skammkill, «ihn und die Weiber – alle raus hier!»

Die Gestalt kam langsam näher. Mit jedem Schritt fiel mehr Licht auf sie. Auf die helle, mit feinen Stickereien versehene Tunika, die so gar nicht in dieses Dreckloch passte. Ihre Füße steckten in sauberen Schuhen. Um den Hals trug sie eine kostbare Kette. Perlen aus Glas und Bernstein glitzerten im Feuerschein.

Sie blieb stehen und zeigte auf Skammkill. «Der da bleibt ebenfalls draußen!»

Ihre Stimme klang eigenartig genuschelt und wurde zusätzlich durch die Stofffetzen gedämmt, mit denen ihr Kopf umwickelt war. Nur vor dem Mund und den Augen waren schmale Schlitze, und an der Stelle, an der mal eine Nase gewesen war.

Poppo ängstigte der Gedanke, mit der Frau allein zu sein. Dennoch befahl er Skammkill, auf Lambi aufzupassen. Der Hüne, der die Frau wie eine Erscheinung angaffte, riss seinen Blick los und schleifte den Wicht zur Tür. Die vier Weiber folgten ihnen.

Die Tür fiel zu.

Da war sie nun, die Frau seiner Albträume. Schweigend standen sie sich eine Weile gegenüber, belauerten sich, während Poppo versuchte, ihren Blick einzufangen. Die Augen schimmerten hinter den Sehschlitzen.

Er schluckte gegen Druck in seiner Kehle an, vorsichtig, damit sein zuckender Adamsapfel seine Anspannung nicht verriet. Und seine Erregung.

Er hörte das Feuer knistern und Tropfen in die Pfützen fallen. Der Atem der Frau ging stoßweise und schwer, wie durch eine mit Rotz verstopfte Nase

«Was wollt Ihr von mir, Bischof?»

«Der König ...», begann er, wobei er sich bemühte, die gefährlichen Gedanken unter Kontrolle zu halten. «Der König hat Boten vorausgeschickt.»

Der verhüllte Kopf nickte. Natürlich wusste sie das längst. Aber Poppo war nichts Besseres eingefallen.

«Er kommt in einer Woche nach Hladir», fuhr er fort. «Hat man dir auch berichtet, dass er den Frieden mit seinem Onkel wieder gebrochen hat?»

Sie nickte erneut. Er hörte ihren Atem rasseln und den Stoff rascheln, als sie ihre Körperhaltung veränderte. Ihr Schweigen steigerte Poppos Erregung. Er hoffte, dass sie nichts davon bemerkte.

Herr im Himmel, flehte er in Gedanken. Lass mich dem Teufel widerstehen, allmächtiger Vater.

Er tastete nach dem Kruzifix, das an einem Lederband um seinen Hals hing.

«Es könnte wieder Krieg geben», sagte er. «Graufell hat beschlossen, seinem Onkel keine Abgaben mehr zu zahlen. Das wird sich der Dänenkönig nicht lange gefallen lassen. Daher hat Graufell eine Thingversammlung einberufen. Er wird zu den Throendern sprechen, um sie auf einen Krieg einzuschwören. Aber sie werden ihm wohl kaum Gefolgschaft leisten – zumindest so lange nicht, bis der Jarl gefunden worden ist ...»

«Haaakon!»

Der Schrei hinter der Maske kam so unvermittelt, dass Poppo zusammenzuckte.

«Ja, der Jarl muss getötet werden», sagte er dann. «Bevor ich dir erzähle, was ich erfahren habe, möchte ich von dir wissen, ob du weißt, wo er sich versteckt halten könnte.»

Sie stieß einen glucksenden Laut aus, der entfernt nach Lachen klang und der Antwort genug war auf seine Frage. Nein, sie kannte sein Versteck nicht. Wenn jemand den Jarl mehr hasste als Poppo, dann war es diese Frau. Sein Rabe hatte ihr das Gesicht genommen, hatte ihre Schönheit zerstört, ihre Würde, ihren Stolz. Was von dem Gesicht noch geblieben war, wusste Poppo nicht.

Das wusste niemand. Sie mied die Öffentlichkeit, und wenn man sie doch mal gesehen hatte, dann nur mit der Maske.

Mit Schaudern erinnerte er sich an ihren Anblick, als sie damals aus dem Schuppen gekommen war, an die blutige Fleischmasse unter dem blonden Haar. Man hatte sie aus der Pfütze gezogen und ins Haus gebracht, das sie seither nur bei Nacht verließ. Jemand wollte sie einmal gesehen haben, als sie die Gestalt eines Fuchses angenommen hatte und begleitet von einem Dämon in einer Nacht einen Karren durch die Gassen schob, um Leichen einzusammeln.

Zumindest erzählte man sich das in der Stadt, und noch einige andere Dinge, die Poppo gar nicht behagten. Einige Leute behaupteten, sie habe sich dunklen Mächten zugewandt, und es würde ihn nicht wundern, wenn das wirklich der Fall wäre. Für so etwas besaß er ein feines Gespür. Wie bei der Seherin Velva, und auch bei ihrer Tochter, nahm er wieder diese unheimliche, bedrängende Kraft wahr, die das Wesen umgab. Als er sie damals im Naumudal aufgesucht hatte, um sie für ein Bündnis mit Graufell zu gewinnen, war davon noch nichts zu merken. Vielleicht hatte sie sich den Dämonen verschworen, um Rache zu nehmen.

Ich sollte ihr den Teufel austreiben, sollte sie das heiße Eisen spüren lassen, dachte er. Aber jetzt nicht. Noch brauchte er sie.

«Nun, es wird dich bestimmt freuen zu hören, dass ich ihm auf die Spur gekommen bin», sagte er.

Ihre Augen blitzten auf. «Ihr kennt sein Versteck?»

Poppo hob abwehrend die Hände. «Das leider noch nicht. Aber immerhin weiß ich inzwischen, auf welche Weise die Überläufer zu ihm gelangen.»

Er berichtete ihr, was er vor einigen Tagen in der Kirche erfahren hatte. Es war nicht einfach gewesen, aus dem sturen Pack Antworten herauszubekommen. Es hatte einiges Blut fließen müssen, bis Poppo endlich eine gewisse Ahnung davon hatte, was sich der Jarl hatte einfallen lassen – dieser verdammte, schlaue Hund!

Den Plan, den Poppo inzwischen gefasst hatte, verriet er der Frau nicht, auch wenn ihrem Blick anzusehen war, dass die Neugier sie beinahe auffraß. Er durfte kein Risiko eingehen, niemand durfte davon Wind bekommen. Außerdem hatte er der Frau schon einmal von einer Sache erzählt, die er später bereut hatte – von dem verdammten Elfenbein.

«Was wollt Ihr unternehmen, um ihn zu finden?», fragte sie.

Sie hatte angebissen! Er dämpfte die Stimme. «Vielleicht erzähle ich dir davon. Aber da ist noch etwas anderes, über das ich mit dir reden muss: Nur du und ich wissen in Hladir von den Stoßzähnen. Oder hast du inzwischen mit jemandem darüber gesprochen?»

Er deutete mit dem Daumen über seine Schulter in Richtung der Tür. «Mit deinem Bruder?»

«Nein!», sagte sie schnell. Vielleicht etwas zu schnell.

Poppo dachte kurz wieder daran, sie zu foltern. Aber er verwarf den Gedanken. Alles zu seiner Zeit. Jetzt galt es, die Wahrheit über das Elfenbein herauszufinden.

«Ich bin in der Hütte beim Wasserfall gewesen», erklärte er. «Im Boden war tatsächlich ein Loch. Doch es war leer.»

«Der Jarl wird die Stoßzähne mitgenommen haben», erwiderte sie. «Das hat Euch mein Knecht, den Ihr anschließend getötet habt, doch mitgeteilt. Wenn Ihr den Jarl findet, findet Ihr das Elfenbein.»

«Ich frage mich, wie es einem schwerverletzten Mann auf der Flucht vor Hunderten Kriegern gelungen sein soll, das ganze Elfenbein mitzuschleppen. Meinst du nicht auch, dass er in einer solchen Situation nur daran denken würde, sich und seine Leute in Sicherheit zu bringen?»

Er wartete auf ihre Reaktion, aber sie verlagerte nur ihr Gewicht von einem Bein auf das andere. Was hätte er dafür gegeben, in ihrem Mienenspiel lesen zu können! Darin war er unschlagbar. Er sah es einem Menschen an, wenn dieser die Wahrheit verschwieg. Doch da war kein Gesicht und keine Miene. Nur diese Maske.

«Vielleicht hat er die Zähne später geholt», überlegte sie.

«Trotz der Gefahr, unseren Kriegern in die Hände zu laufen …?»

Da machte sie einen Schritt auf ihn zu, dann noch einen, bis sie nur noch eine Armeslänge von ihm entfernt war. Sein Herz schlug schneller. Bis eben hatte er sich unter Kontrolle gehabt, doch nun regte sich in ihm wieder das widerwärtige Gefühl. Dieser Drang, sie zu packen und mit ihr das zu tun, wozu die Dämonen ihn in den Träumen verführten. Töte sie, dachte er. Töte sie, bevor sie dich in den Abgrund der Sünde zieht!

«Ihr kennt ihn nicht», sagte sie. «Ihr wisst nicht, wozu der Jarl fähig ist.»

«Vielleicht kenne ich ihn nicht so gut wie du, ja», stieß er aus. Bleib ruhig!, befahl er sich. «Aber ich denke schon, dass ich mir vorstellen kann, zu welchen Taten der Mann in der Lage ist.»

Wieder dieses gurgelnde, rasselnde Lachen. «Ich habe ihn geliebt – und er hat dafür gesorgt, dass mir das hier angetan wurde.»

Ihre schlanken Hände legten sich an den Kopfverband. Die Hände waren von Narben überzogen, die wahrscheinlich vom Kampf mit dem Raben herrührten, so wie das, was sich unter den Stofffetzen verbarg – und dort verborgen bleiben musste!

«Du solltest die Liebe zu Gott finden», stammelte Poppo und tastete wieder nach dem Kruzifix. «Gott wird dich heilen. Er wird deine Seele heilen. Er liebt dich, und seine Liebe ist …»

Die Worte blieben ihm Hals stecken, als sie mit einem Mal begann, sich die Stofffetzen vom Kopf zu ziehen.

«Tu … das nicht!» Er richtete das Kruzifix auf sie.

Aber seine Gegenwehr war viel zu schwach. Die Gefühle übermannten ihn in einer gewaltigen Woge – Gefühle, von denen er glaubte, sie längst überwunden zu haben, und seine grauenvollsten Albträume wurden wahr. Die Dämonen nahmen Gestalt an.

Ein Schrei bahnte sich den Weg durch seine zugeschnürte Kehle und blieb ihm doch im Hals stecken. Nur ein ersticktes Krächzen kam ihm über die Lippen, während sich der Teufel aus der Maske schälte. Das Weib legte Fetzen für Fetzen ab und entblößte das Grauen.

Was war das nur für ein Wesen? Was für eine Ausgeburt der Hölle?

Offen liegende Zähne grinsten ihn aus einem lippenlosen Mund an. Vernarbtes Gewebe überwucherte Wangen, Stirn und Kinn. Von der Nase war nur ein kleiner Stumpf mit zwei kleinen Löchern geblieben. Einzig die Augen schienen unversehrt geblieben zu sein in dieser zum teuflischen Grinsen erstarrten Grimasse.

Sie kam noch näher.

«Sag ...», zischelte sie, «sag, dass ich schön bin!»

Er konnte ihren Atem auf seinem Gesicht spüren, und er roch den Gestank, der aus ihrem Körper strömte. Er wollte sie wegstoßen, wollte sie schlagen, töten, irgendetwas, aber er konnte sich nicht bewegen. Konnte sich nicht wehren. Er war gelähmt, hilflos wie in seinen Träumen, und als sie die Lederbänder am Ausschnitt öffnete und die Tunika an ihrem schlanken Körper herabglitt, als sie nach seiner Hand griff und ihm das Kruzifix aus den zitternden Fingern fiel, als sie seine Hand zu sich zog und er den Herzschlag durch ihre Brust spürte, gab es kein Entrinnen mehr. Da reagierte sein Körper wie der eines Sünders. Wie der seines Vaters.

«O Herr!», flehte er. «Bitte hab Erbarmen. Ich kann nichts dafür!»

6.

Jumne

Wieder waren Hakon mehrere Tage verlorengegangen, bis endlich ein Handelsschiff mit ihm und Pálnir an Bord in Dierkow ablegte. Die Knörr hatte Häute, Specksteine und Wolle geladen, die nach Osten gebracht werden sollten. Die Waren hatte man unter Planen auf Wagenkästen verschnürt, die alle von der gleichen Bauart waren. Auf diese Weise konnten die Kästen an ihrem Bestimmungsort einfach von Bord genommen und auf andere Karren gelegt werden. Das gewährleistete einen reibungslosen Transport, da die Waren nicht erst umgepackt und neu verladen werden mussten.

Günstiger Fahrtwind trieb die Knörr an den Küsten des östlichen Meeres entlang. Bereits am vierten Reisetag passierten sie den Sund, eine Meerenge zwischen dem Festland und der vom Slawenstamm der Ranen bewohnten Insel Rujana. Noch am Nachmittag desselben Tages kamen sie zur Insel Uznojim.

Während der Überfahrt schwieg Hakon meist. Wenn es nötig war, half er wie alle anderen an den Riemen oder am Segel aus. Ansonsten hing er seinen Gedanken nach, die nicht leichter wurden, je näher sie dem Ziel ihrer Reise kamen. Immer größer wurden seine Zweifel, ob er tatsächlich richtig handelte. War diese Reise nicht von vornherein zum Scheitern verurteilt gewesen?

Der Zeitpunkt, um Pálnirs Erbe einzufordern, hätte kaum ungünstiger gewählt sein können. Es war nicht nur fraglich, ob sich Skarpedin tatsächlich dazu bewegen lassen würde, Pálnir einen Teil des Erbes auszuhändigen. Von den Seeleuten, die regelmäßig zwischen Jumne und anderen Häfen an den Slawenküsten verkehrten, hatten sie erfahren, dass in Jumne der Ausnahmezustand herrschte, da benachbarte Stämme mit einem Angriff drohten. Was das für ihren Plan bedeutete, war unschwer zu erraten: In der Stadt wurde jeder Mann gebraucht, der eine Waffe führen konnte.

Pálnirs größte Hoffnung beruhte auf einem Mann namens Sigurd, sein und Skarpedins *fóstbróðir*, ihr Ziehbruder. Sigurd stand Pálnir wesentlich näher als Skarpedin, und er war ihm auf vielen Fahrten ein treuer Gefährte gewesen. Ob das allerdings immer noch so war, stand in den Sternen. Damals, als Pálnir Jumne verließ, hatte Sigurd ihn nicht begleitet, weil er hoffte, unter Skarpedin zum Schiffsführer aufzusteigen.

Dennoch sahen sie in Sigurd die einzige Möglichkeit, an Männer und Schiffe zu gelangen.

In seinen Grübeleien klammerte sich Hakon an die Worte, die Asny ihm mit auf den Weg gegeben hatte: Denk nicht daran, was geschehen könnte. Das wissen nur die Götter. Denk nur daran, was jetzt zu tun ist!

Und was er zu tun hatte, war nach Jumne zu fahren – auch wenn er geglaubt hatte zu hören, wie die Götter über ihn lachten, in jener Nacht, in der er trunken vom Bier neben Pálnir unter dem Sternenhimmel lag und seinen Plan fasste.

Hätten die Götter auch gelacht, wenn er stattdessen in den Norden zurückgefahren wäre, damit wenigstens er den Throendern beistehen konnte?

Sein Gefühl sagte ihm, dass die Zeit drängte. Dass sich die Schlinge um die Fluchtburg enger zog. Die Art und Weise, wie sie die Menschen aus Hladir zum Versteck in den Bergen brachten, war zwar ausgefeilt und bot etliche Sicherheiten. Aber der Bischof war schlau, und irgendwann würde er ihnen auf die Schliche kommen.

Zur rechten Seite sah Hakon vom Vordersteven aus die Hütten einer Fischersiedlung vorüberziehen, die die Slawen Wolygast nannten. Bald darauf ankerten die Seeleute in einer der zahllosen Buchten an der Meerenge. Dort übernachteten sie, bevor sie am nächsten Morgen Kurs auf das Gewässer nahmen, das *haf*, in das die Flüsse Pyana und Odera mündeten, und das sich wie ein riesiger See vor ihnen ausbreitete.

Der Wind wehte ungleichmäßig und böig. Sie brauchten den ganzen Tag, um das Mündungsgewässer zu überqueren, bis sich gegen Abend die Sonne wieder dem Horizont zuneigte und das Wasser tiefgrün schimmern ließ. Hakon hörte die Böen über die ausgedehnten Schilfgürtel an den Ufern rauschen, und als die Dämmerung einsetzte, erblickte er das Seezeichen von Jumne. Der Schein eines großen Feuers wies den Seefahrern den Weg zu der schmalen Einfahrt in den Fluss Dziwna. Das Seezeichen befand sich auf einem Hügel, der sich auf einer Landzunge am linken Flussufer erhob. Dadurch sollten die Schiffe über das wegen seiner Untiefen, kurzen Wellen und unbeständigen Winde nicht einfach zu befahrende Mündungsgewässer gelotst werden.

Hakon blieb mit dem Raben auf der Schulter am Vordersteven, während der Schiffsführer die Knörr in die hinter einem Dickicht aus Schilfrohr liegende Zufahrt zum Fluss Dziwna steuerte. Unweit des Feuerhügels stand eine kleine Siedlung, an die sich Gräberfelder anschlossen. Nachdem sie dem Flusslauf durch eine Kehre gefolgt waren, tauchte vor ihnen Jumne in der Dämmerung auf. Wie früher war Hakon überwältigt vom Anblick der Stadt, von der man sagte, es sei die größte an den Küsten des Ostmeeres.

Jumne verdankte seine Größe und seinen Reichtum der günstigen Lage an wichtigen Handelsverbindungen. Von hier aus waren die Flüsse und Meere mit Schiffen gut zu erreichen, ebenso wie auf dem Landweg die Orte auf der Insel Uznojim und jene auf dem Festland im Osten, wo andere Slawenstämme lebten. Jumne war ein wichtiges Glied in der Kette der *via regia*, einem Handelsweg, der in den Küstenregionen vom Fluss Elba im Sachsenreich bis nach Jumne führte.

Die zentrale Lage weckte immer wieder Begehrlichkeiten, wie jetzt die der Polanenstämme, gegen deren Angriff sich die Stadt rüstete. Darauf wiesen die in den Flussgrund gesetzten, oben angespitzten Pfähle hin, die das Anlanden feindlicher Schiffe verhindern sollten. Zudem lagen am Ufer alte Schiffe bereit, die im Bedarfsfall schnell ins Fahrwasser geschleppt und dort mit Steinen gefüllt und versenkt werden konnten, um die Zufahrt dichtzumachen.

Sie näherten sich der Insel, die den Fluss in zwei mit Brücken überspannte Läufe teilte. Links von der Insel erhoben sich am Flussufer die Gebäude der Stadt. An den langen Kaimauern und Landebrücken lagen Dutzende Schiffe, darunter Kriegsschiffe mit hochaufgezogenen Steven. Noch in der Abenddämmerung waren im Hafen überall Männer damit beschäftigt, Schiffe mit Säcken, Kisten, Körben und Fässern zu be- oder entladen.

Sie steuerten zu einem freien Liegeplatz an dem mit Eichenholzbrettern befestigten Kai und legten an. Hakon zahlte dem Schiffsführer den Rest des Fahrgeldes, womit der Beutel bis auf zwei kleine Münzen leer war. Dann ging er mit Pálnir an Land, während die Seeleute begannen, die Wagenkästen auf den Kai zu hieven, wo bereits einige der Gefährte herangezogen wurden, auf die die Kästen verladen werden sollten.

Pálnir zog sich die Kapuze seines Mantels tief ins Gesicht. Auch im Hafen gab es sicher etliche Männer, die den Einäugigen wiedererkennen könnten. Hakon selbst verhüllte sich nicht. Es war einige Jahre her, seit er das letzte Mal in Jumne gewesen war. Den Raben schickte er aber voraus, um kein Aufsehen zu erregen wie in Dierkow.

In den vergangenen Jahren war Jumne noch weiter gewachsen. Die Kaimauern waren auf mindestens vierhundert Schritt verlängert, die Spundwände befestigt und zusätzliche Landebrücken in den Fluss gesetzt worden. An den Kais standen die Hütten dicht an dicht. Hier wurden Waren gelagert, lebten Händler, Hafenarbeiter, Handwerker und Fischer. Zwischen all den Arbeitern, feilschenden Händlern, Sklaven und Knechten waren Soldaten zu sehen, die Waren kontrollierten und mit Waffen gefüllte Kisten auf Karren verluden, um sie für den Abtransport bereit zu machen. Hakon sah Schwerter, Beilköpfe, Lanzen- und Pfeilspitzen – Waffen, die sie im Norden dringend brauchten, um die Feinde aus ihrem Land zu jagen.

Ohne dass jemand sie aufhielt, kamen sie vom Hafen in die Stadt mit ihren durch Bohlen befestigten, schmalen Gassen zwischen den schilfgedeckten Holzhütten. Dann führte sie ihr Weg in der allmählich hereinbrechenden Nacht durchs nördliche Tor und weiter durch eine kleine Siedlung mit Marktplatz, Buden und Werkstätten. Kurz darauf schälten sich die Umrisse der von einem hohen Wall umgebenen Burg aus dem Zwielicht.

Sie hielten in einiger Entfernung. Es war hier so still, dass nur der Wind in den Ohren rauschte. Auf dem Wall waren die Schatten von Kriegern auszumachen, und vor dem Tor standen Männer mit Fackeln bei mehreren Wagen und Karren. Offenbar wurden die Ladungen kontrolliert, bevor man sie in die Burg brachte.

Hakon wechselte einen Blick mit Pálnir, dann erklärte er ihm, was er sich überlegt hatte. Es war riskant, schien ihm jedoch die einzige Möglichkeit zu sein, in Sigurds Nähe zu gelangen. Ob der sich wirklich in der Burg aufhielt, war zwar ungewiss, aber sie mussten es wenigstens versuchen.

Sie warteten, bis sich die Nacht über dem Gelände ausbreitete. Als sie sich in Bewegung setzten, hörte Hakon den Raben in einem Baum am Wegesrand krächzen. Sie näherten sich den Fackeln am

Tor, bis Stimmen zu hören waren. Die Krieger hatten damit begonnen, die Wagen in die Burg zu ziehen.

Hakon und Pálnir machten sich klein und krochen das letzte Stück auf Händen und Knien zu den beiden Karren, die ganz hinten in der Reihe standen. Die Wagen waren von der gleichen Bauart wie jene in Dierkow, mit denen die transportablen Kästen bewegt wurden. Hakon robbte unter einen Karren, Pálnir unter den daneben. Dann umklammerten sie von unten die Wagenkästen, sodass sie eine Handbreit über dem Boden hingen. Es verging eine Weile, bis sie an der Reihe waren. Hakons Glieder schmerzten bereits von der unbequemen Haltung, als sich Stimmen und Schritte näherten. Er drehte den Kopf und sah Pálnirs Karren aus seinem Blickfeld verschwinden, bevor sich die Dänen daranmachten, auch Hakons Gefährt zum Tor zu ziehen. Die Räder rumpelten erst durch Schlaglöcher, dann über die Holzbohlen im Tunnel, der unter dem Wall ins Innere führte. Das Tor wurde verriegelt, während der Karren über den Hof rollte und schließlich unterhalb des Walls bei den anderen abgestellt wurde.

So weit waren sie also gekommen. Sie waren in der Burg. Inmitten einiger hundert Dänenkrieger. Nun gab es kein Zurück mehr.

Wenn das Schicksal Hakon hergeführt hatte, so wie es ihn hatte Pálnir treffen lassen, warum sollte er nicht auch Sigurd finden?

Und dann? Vermutlich hatte Pálnirs Ziehbruder nichts Besseres zu tun, als mit zweihundert bereitwilligen Dänenkriegern in den Norden zu ziehen. Ein Kinderspiel! Oder etwa nicht? Nein, denn die Götter hatten gelacht, und die Nornen, die die Schicksalsfäden webten, machten gern ihre Späße. Das hatte Hakon oft genug erfahren.

Nach und nach wurde es auf dem Burghof ruhiger. Die Krieger zogen sich in die Hütten zurück, und die Lichter der Fackeln verloschen. Bald waren nur noch vereinzelte Geräusche zu hören.

Irgendwo schnaubte ein Pferd. Jemand lachte, vermutlich ein Wachposten oben auf dem Wehrgang.

Dann drang das Rauschen von Flügelschlägen an Hakons Ohren. Der Rabe landete auf dem Wagenkasten über ihm. Hakon lockerte den Griff, ließ sich zu Boden sinken, dehnte und streckte seine steifen Glieder und kroch unter dem Karren hervor. Der Rabe begrüßte ihn mit einem unterdrückten Laut. Auch Pálnir kam aus seinem Versteck.

Wo sollten sie nach Sigurd suchen? In dem runden Burghof standen mindestens drei Dutzend Hütten, die den Kriegern als Unterkunft dienten. Außerdem gab es Ställe für Pferde und Vieh, und gegenüber dem Tor war der große Palas des Heerführers Skarpedin zu erkennen.

Ob Malina dort war?, fragte sich Hakon. Aber er schob den Gedanken beiseite.

Pálnir deutete auf eine Hütte unmittelbar bei der Tordurchfahrt.

«Ist er da drin?», flüsterte Hakon.

Pálnir zuckte mit den Schultern. «Ich hoffe es. Damals hatte er dort sein Lager.»

Der Rabe nahm seinen Platz auf Hakons Schulter ein, bevor sie zwischen den Karren hervortraten. Vom Wehrgang waren die Schritte von schweren Stiefeln zu hören. Hoffentlich taten die Krieger das, was ihre Aufgabe war, und überwachten das Gelände jenseits des Walls. Geduckt huschten Hakon und Pálnir zu der Hütte. Pálnir wartete einen Augenblick, dann zog er die unverriegelte Tür auf.

Drinnen roch es nach kaltem Feuerrauch und Schweiß. Die Flamme einer Trankerze zuckte in der Zugluft. Pálnir schloss die Tür hinter ihnen. Links und rechts waren an den Wänden mehrere Betten aufgereiht, in denen Männer schnarchten und sich im Schlaf wälzten.

Hakon ließ Pálnir den Vortritt, der zu einem Bett gleich bei der Tür schlich, darauf bedacht, keinen falschen Schritt oder eine falsche Bewegung zu machen, um nirgendwo gegenzustoßen. Was dann geschehen würde, wagte sich Hakon nicht vorzustellen.

Pálnir beugte sich über das Bett, bevor er Hakon zunickte. Er hatte Sigurd gefunden!

Er legte dem Ziehbruder eine Hand auf den Mund und schüttelte ihn mit der anderen an der Schulter. Sigurd schnaufte und bewegte sich unter dem Schaffell. Dann riss er die Augen auf. Schnell legte Pálnir einen Finger an seine Lippen, die andere Hand noch immer auf Sigurds Mund gepresst. Der machte Anstalten, im Bett hochzufahren, entspannte sich aber sichtlich, als er Pálnir erkannte.

Er nickte. Pálnir nahm die Hand weg und gab ihm mit einer Geste zu verstehen, ihnen nach draußen zu folgen.

Sigurd wollte gerade aus dem Lager schlüpfen, als es unter ihm knarrte und ein Mann im Nachbarbett aufschreckte.

Sofort duckten sich Pálnir und Hakon.

«Was is'n los?», murmelte der Mann schlaftrunken.

«Schlaf weiter, ich muss pinkeln», erwiderte Sigurd leise.

«Das hast du doch vorhin erst getan.»

«Zu viel Bier, und jetzt mach die Augen zu, bevor du die ganze Hütte aufweckst», zischte Sigurd.

Hakon war einige Male mit ihm gefahren und hatte ihn als guten Kämpfer und aufrichtigen Kerl schätzen gelernt. Aber er war auch ein vorsichtiger Mann, der sich nicht durch herausragenden Mut auszeichnete. Sigurd war der Sohn eines Hersen aus dem Dänenreich. Der Vater hatte ihn im Knabenalter dem befreundeten Toki als *fóstrsonr*, als Ziehsohn, überlassen. Das galt als Zeichen der Ehrbezeugung höherer Familien gegenüber solchen, die in Rang und Namen tiefer standen; häufig diente es auch dazu, Konflikte zwischen den Familien beizulegen. Auch als Tokis Ansehen bei König Harald Blauzahn durch kriegerische Erfolge stieg und Blauzahn ihm die Führung über die Burg in Jumne überantwortete, blieb Sigurd bei Tokis Sippe. Er war etwas jünger als Pálnir und Skarpedin und ihnen in der *fóstbraeðralag*, der Ziehbrüderschaft, vor dem Recht in der Blutsverwandtschaft gleichgestellt – was ihm offensichtlich nichts genutzt hatte. Warum sonst schlief er bei den Kriegern statt im Palas?

Diese Vermutung schürte Hakons Hoffnung, Sigurd auf ihre Seite ziehen zu können. Was hatte er schon zu verlieren, wenn er beim Erbe ebenfalls leer ausgegangen war?

Der aus dem Schlaf gerissene Mann knurrte etwas, bevor er sich endlich wieder niederlegte.

Sigurd stieg aus dem Bett und ging zur Tür. Hakon und Pálnir folgten ihm, schlichen nach draußen und dann hinter die Hütte, die dort an den Burgwall grenzte.

Auf Sigurds Gesicht zeichnete sich die Freude über das Wiedersehen mit Pálnir ab, auch Hakon nickte er freundlich zu. Zugleich schien er jedoch voller Sorge zu sein.

«Was machst du hier?», flüsterte er. «Skarpedin wird kochen vor Wut, wenn er dich auf seiner Burg antrifft.»

«Es ist nicht seine Burg, und das weißt du», entgegnete Pálnir. «Tokis Erbe gehört mir ebenso, wie es dir und ihm gehört.»

«Das sieht er anders. Mich hat er nicht einmal zum Befehlshaber ernannt. Ich kann noch froh sein, dass er mich nicht aus Jumne gejagt hat, als du damals verschwunden bist. Er war außer sich, weil du das Schiff mitgenommen hast. Einige der Männer, die dich begleitet hatten, sind im Frühjahr zurückgekehrt und haben behauptet, du hättest das Schiff verkommen lassen und alles Geld versoffen ...»

«Das tut jetzt nichts zur Sache!», fuhr Pálnir dazwischen. «Ich bin gekommen, um mir meinen Anteil vom Erbe zu holen – zweihundert Männer und vier Schiffe.»

Sigurd schüttelte entgeistert den Kopf. «Ich fürchte, die Gerüchte stimmen: Du scheinst dir wirklich den Verstand weggetrunken zu haben. Skarpedin wird dir nichts geben. Im Gegenteil. Willst du wissen, was mit den zurückgekehrten Männern geschehen ist? Er hat sie hinter der Burg aufknüpfen lassen. Da hängen sie als Warnung noch immer, zumindest das, was nach der langen Zeit noch von ihnen übrig ist ...»

«Dieser verdammte Bastard», stieß Pálnir aus und ballte die Hände zu Fäusten. «Was ist geschehen, dass er sich so aufführt?»

«Er klammert sich an seine Herrschaft. Um zu verhindern, dass ihm jemand seinen Posten streitig macht, ist ihm jedes Mittel recht. Überall sieht er Feinde, die ihm ans Leder wollen. Unter den Kriegern geht die Angst um. Glaub mir, es gibt viele Männer, die dich dafür bewundern, dass du ihm das Schiff gestohlen hast und die lieber dich auf dem Hochstuhl sitzen sehen würden.»

«Du auch?»

Sigurd schluckte – und nickte.

«Gut», sagte Pálnir. «Dann hilf mir, die Krieger zu überzeugen, sich mir anzuschließen.»

«Und dann? Willst du ihn töten?»

«Nein ... oder vielleicht doch. Das wird sich zeigen. Erst einmal brauche ich die Krieger, um im Norden eine Schlacht zu schlagen.»

Sigurd schaute überrascht zu Hakon. «Bist du deshalb nach Jumne gekommen?»

Hakon nickte.

«Er hat mir damals das Leben gerettet», sagte Pálnir und legte einen Finger an das geschlossene, vernarbte Augenlid, «und er hat es wahrscheinlich gerade wieder getan. Ich bin ein Mann, der einem Freund die Schulden abzahlt.»

Da Sigurd nicht recht zu verstehen schien, was Pálnir meinte, klärte Hakon ihn kurz über die Situation in Hladir auf.

«Ihr wollt Krieger aus Jumne abziehen, damit sie für dich

kämpfen?», fragte Sigurd verdutzt. «Die Polanen wollen gegen die Stadt vorrücken …»

Er verstummte. Ganz in der Nähe war eine Tür zugefallen. Sie lauschten in die Dunkelheit und hörten die Geräusche sich entfernender Schritte. Dann war es wieder still.

«Wir können keinen einzigen Mann entbehren», flüsterte Sigurd.

«Ich weiß», sagte Hakon. «Aber ich habe keine andere Wahl, und ich verspreche jedem Mann, der mir folgt, zwei Pfund Silber als Belohnung.»

Pálnir und Sigurd schauten ihn überrascht an.

«Du bist reich?», fragte Pálnir. «Warum sagst du das jetzt erst? Es gibt kein besseres Argument, um einen Mann zum Kampf zu bewegen, als die Aussicht auf reiche Beute.»

Hakon überlegte, ob er die beiden einweihen sollte, und kam zu dem Schluss, dass es nicht schaden würde. Daher berichtete er ihnen von den Narwalzähnen, die er zu Geld machen würde, wenn sie Hladir befreit hätten.

Pálnir klopfte ihm auf die Schulter. «Narwalbein – das weiße Gold des Nordens! Mein Freund, ich bin beeindruckt und – wie ich zugeben muss – auch ein bisschen neidisch, dass mir niemals ein solcher Raubzug gelungen ist …»

Er verstummte abrupt, als der Rabe auf dem Dach einen Warnlaut ausstieß. In der Nähe erklangen Stimmen. Hakon, Pálnir und Sigurd schlichen an der Hütte entlang und spähten um die vordere Ecke. Da kamen Männer über den Hof – viele Männer, mit Schwertern, Äxten und Lanzen, und sie kamen in ihre Richtung.

Hakon griff instinktiv an seinen Gürtel, wo sonst sein Schwert hing. Aber da war natürlich nichts, nur das kleine Messer und der fast leere Geldbeutel.

«Wir müssen zum Tor», zischte Pálnir.

Als sie ihre Deckung verlassen wollten, sahen sie, dass sich gut zwei Dutzend Krieger mit Fackeln vor der Zufahrt postiert hatten.

Sie saßen in der Falle!

Die Krieger näherten sich und forderten die drei auf, hinter dem Haus hervorzukommen. Wenn Hakon vor Wut und Enttäuschung das Blut nicht so laut in den Ohren gerauscht hätte, hätte er wohl wieder die Götter lachen hören können.

7.

Jumne

Zwei finstere Nächte und zwei kaum hellere Tage ließ man die Gefangenen in einem Bretterverschlag schmoren, angekettet und ohne Essen. Nur hin und wieder wurde ihnen eine Schale mit übelriechendem Wasser vorgeschoben. Pálnir und Sigurd tranken davon und litten bald darauf unter heftigen Bauchschmerzen und Durchfall. Hakon hingegen gelang es, dem Drang zu widerstehen, seinen Durst mit dem verschmutzten Wasser zu stillen. Aber auch er hätte nicht mehr lange durchgehalten, wenn es nicht irgendwann geregnet hätte. Mit dem Mund fing er Tropfen auf, die durch das löchrige Dach sickerten, während sich Pálnir und Sigurd vor Schmerzen im eigenen Dreck wälzten.

Am Nachmittag des zweiten Tages kamen Dänen und führten die Gefangenen in Ketten aus dem Verschlag. Die Helligkeit blendete Hakon. Er kniff die Augen zusammen. Nur schemenhaft waren die vielen Krieger auf dem Burghof zu erkennen, aber er konnte den Hass spüren, der ihm und den anderen beiden Männern entgegenschlug. Er hörte das Gejohle, als Sigurd stolperte, zu Boden fiel und ihm jemand in den Unterleib trat.

Die Dänen brachten sie in den Palas, in die große Halle, deren Ausstattung noch protziger war als zu Tokis Zeiten. Die Holzwände waren mit Fellen behängt, bleiche Tierschädel bleckten die Zähne; Schilde, Schwerter, Lanzen und Bögen, Sporen und Sättel demonstrierten Macht und Stärke. Einige Dutzend Männer drängten sich in der Halle, vor allem waren es wohl Dänen und Slawen, aber auch einige Sachsen schienen darunter zu sein.

Hakon, Pálnir und Sigurd wurden durch die Menge bis zu einem Tisch geschoben, hinter dem drei Männer beim Essen saßen. Unwillkürlich begann Hakons Magen zu knurren, als ihm der Duft von gebratenem Fleisch und frischgebackenem Brot in die Nase stieg und sogar den Gestank aus Pálnirs und Sigurds Hosen überdeckte.

Skarpedin saß in der Mitte auf einem mit Göttermotiven verzierten Stuhl. Von Hakon aus gesehen rechts saß der Wojwode von Jumne, Zdislaw – ein ergrauter, spitzbärtiger Mann, dessen Gesicht von tiefen Falten zerfurcht war. Er war ein Mann, der niemals lachte, dennoch aber nicht unbeliebt war. Man sagte ihm eine herausragende Rechtskunde nach, die es ihm ermöglichte, gerechte Urteile zu fällen. Er war ein Gelehrter, der die Schriften der Christen gelesen, aber niemals den slawischen Göttern entsagt hatte. Der Wojwode strahlte eine Autorität aus, die auch Hakon beeindruckte.

Ganz im Gegensatz zu Skarpedin. Er war ein grobschlächtiger, machtbesessener Kerl, dem der Ruf nachging, er sei schon im Alter von acht Jahren zum Mörder geworden. Damals hatte er zwei ältere Jungen getötet, die ihn wegen seiner gespaltenen Oberlippe verspottet hatten. Skarpedin hatte ein rundes, gerötetes Gesicht, einen hellen Bart und blondes Haar, das zu einem Zopf gebunden war. Er galt als ausgezeichneter Schwertkämpfer, was Hakon aus eigener Erfahrung bestätigen konnte. Selten hatte er einen Mann so schnell und gewandt mit der langen Klinge umgehen sehen. In Zweikämpfen war Skarpedin unschlagbar, aber er war auch ein Hitzkopf, leicht zu erregen, und er neigte zum Jähzorn.

Warum Malina bei einem solchen Mann geblieben sein sollte, war Hakon ein Rätsel. Dass Skarpedin Macht und Schätze besaß und einer Frau Wohlstand bot, war sicher ein Grund, konnte aber für eine Frau wie Malina nicht der einzige sein. Oder hatte sich Hakon doch in ihr getäuscht?

Den blassen Mann links hatte er nie zuvor gesehen. Wenn er an der Seite der beiden mächtigen Männer saß, konnte er jedoch nicht unwichtig sein. Er war dünn und zerbrechlich wie ein vertrockneter Schilfhalm und knabberte an einem Hühnerflügel, wobei er den kleinen Finger abspreizte. Eine alberne Erscheinung, aber da war auch der stechende Blick aus den engstehenden, hellen Augen.

Aus einem abgetrennten Raum im hinteren Bereich der Halle huschten Sklavinnen und Mägde herbei, füllten die Fleischplatten auf und schenkten Wein nach.

Skarpedin und der Dünne tranken in großen Zügen, während der Wojwode lediglich am Wein nippte und dabei die Gefangenen über den Becherrand hinweg musterte.

Skarpedins Becher landete mit einem Knall auf dem Tisch. Dann leckte er das Fett von seinen Fingern und lehnte sich im Stuhl zurück. Bislang hatte er die drei Männer nicht beachtet. Erst jetzt schaute er einen nach dem anderen an, wobei sich seine gespaltene Oberlippe zu einem Grinsen dehnte.

«Mein Bruder ist wieder da!», rief er mit seiner eigenartig nuschelnden Stimme. «Ich würde ihn ja an meine Brust drücken, wenn er kein feiger Dieb wäre.»

Er stieß ein Lachen aus, in das der Dünne und mehrere Männer in der Halle einstimmten. Zdislaws Miene hingegen blieb ernst.

Skarpedins Lachen verklang. Er beugte sich auf den Lehnen weit vor, bis sein Bart fast auf der Fleischplatte hing. «Ich kann es nicht glauben, dass jemand, in dessen Adern Tokis Blut fließt, so dumm ist. Was willst du hier?»

Pálnir richtete sich zur vollen Größe auf, was ihm wegen der Magenkrämpfe augenscheinlich heftige Schmerzen bereitete. «Ich will das holen, was mir zusteht – meinen Anteil vom Erbe des Mannes, dessen Blut in meinen Adern fließt: vier Schiffe und zweihundert Krieger mit Waffen und Rüstung.»

Skarpedins Augen schienen aus den Höhlen zu quellen. «Du

willst – was?», nuschelte er. «Hört ihr das? Der Dieb ist nicht nur dumm, er ist auch noch unverschämt!»

Dann lachte er wieder, und dieses Mal war das Echo in der Halle noch lauter. Unterdessen pulte Zdislaw Fleisch von einem Knochen, den er auf dem Tisch ablegte, während die Menge damit beschäftigt war, Skarpedins Gelächter nachzueifern.

«Vor dem Recht sind wir gleichberechtigte Erben», beharrte Pálnir. «Ich fordere meinen Anteil – so wie unser Ziehbruder.»

Sigurd hob den Kopf. Sein Gesicht war leichenblass und der ganze Mann ein Häufchen Elend, das nichts lieber tun würde, als sich in einem Mauseloch zu verkriechen. Es tat Hakon leid, dass er ihn in die Sache mit reingezogen hatte. Wahrscheinlich hätte Hakon auch Pálnir in Ruhe lassen sollen. Wenn der sich zu Tode gesoffen hätte, hätte er dabei vielleicht noch ein bisschen Spaß gehabt.

Skarpedin griff nach dem vom Wojwoden abgenagten Knochen und warf ihn Pálnir vor die Füße.

«Das ist dein Anteil!», rief Skarpedin. «Friss ihn, bevor ich dich hängen lasse. Ich verurteile dich wegen des Diebstahls meines Schiffs zum Tode. Hättest du Dummkopf es mir zurückgebracht, wärst du vielleicht noch einmal davongekommen. Und diese anderen beiden Männer …»

Sein Blick glitt zum Ziehbruder. «Du, Sigurd Björnsson, hast dich schuldig gemacht, weil du zusammen mit Pálnir mein Eigentum stehlen wolltest.»

«Nein, ich …», stieß Sigurd aus.

«Schweig! Du wirst hängen.»

Jetzt kam Hakon an die Reihe.

«Was führt dich nach Jumne, Hakon Sigurdarson?», fragte Skarpedin. «Ich habe gehört, dass du dich mit deinem König geschlagen hast. Dein Land wird nun von einem Munki regiert.»

«Graufell ist nicht mein König», erwiderte Hakon. «Er ist mein

Feind. Aber von dir, Skarpedin, habe ich angenommen, du wärst mein Freund.»

«Warum sollte ich das sein?»

«Weil dein Vater mein Freund war und weil ich dich in Hladir aufgenommen habe. Ich habe dich bewirtet und dir ein gutes Bett gegeben. Du aber lässt mich in Ketten legen und setzt mir schlechtes Wasser vor.»

Ein Schatten huschte über Skarpedins Gesicht. «Das beantwortet nicht meine Frage!»

Hakon straffte den Rücken. Er spürte das Gewicht der Ketten an seinen Händen. «Ich bin nach Jumne gekommen, weil ich auf deine Unterstützung hoffte. Ich brauche Krieger, um Hladir zurückzuerobern.»

Skarpedins Blick wanderte zwischen Hakon und Pálnir hin und her. «Jetzt verstehe ich. Du hast meinen Bruder aufgefordert, hierherzukommen. Du steckst also hinter der ganzen Sache.»

«Wenn du so willst, Skarpedin – ja!»

«Dann wirst du ebenfalls hängen.»

«Ohne Verhandlung?», entgegnete Hakon.

«Du befindest dich auf meiner Burg – und hier spreche ich die Urteile!»

«Die Burg steht im Land der Slawen. Oder kennt das Volk der Slawen kein Recht und kein Gesetz?»

Die Frage erzielte den erhofften Effekt. Zdislaw starrte Hakon mit offenem Mund an. Einen solchen Vorwurf würde sich der Wojwode nicht machen lassen.

«Was fällt dir ein …?», schnaubte Skarpedin, verstummte jedoch, als ihm Zdislaw ins Wort fuhr.

«Der Nordmann sollte wissen, dass wir keine Barbaren sind!», zischte er.

«Und trotzdem lasst Ihr es zu, dass diese beiden Männer um ihr rechtmäßiges Erbe gebracht werden?», entgegnete Hakon.

Zdislaw stützte die Ellenbogen auf den Tisch und legte die Fingerspitzen aneinander. Er wirkte ruhig, aber seine Augen funkelten. «Es sind Dänen, und damit ist es ihre Angelegenheit.»

«Ja, es sind Dänen», sagte Hakon. «Daher unterliegen sie dem Recht der Dänen. Ich frage mich, was ihr König Harald Blauzahn dazu sagen wird, wenn seine Untertanen im Slawenland die dänischen Gesetze missachten.»

Zdislaw wechselte einen Blick mit Skarpedin. Den beiden war offensichtlich daran gelegen, es sich nicht mit Blauzahn zu verscherzen, dessen mächtiger Arm bis nach Jumne reichte.

«Toki wurde von Blauzahn hoch geschätzt», fuhr Hakon fort. «Es würde dem König daher kaum gefallen, wenn er hört, dass sich Tokis Söhne um das Erbe streiten wie Knaben um einen Angelhaken – ein Erbe, aus dem Blauzahn seine Lehen bezieht.»

«Er hat andere Sorgen, als sich um Tokis Erben zu kümmern», knurrte Skarpedin.

Da beugte sich der dünne Kerl in seinem Stuhl vor und ergriff zum ersten Mal das Wort. «Ihr habt recht, Skarpedin. Ich war erst vor kurzem bei ihm und habe erfahren, dass er das Bündnis mit seinem Neffen Graufell aufgegeben hat. Es ist wohl schon wieder vorbei mit dem Frieden im Norden.»

Diese Neuigkeit überraschte Hakon. Davon hatte er auf seiner Reise nichts gehört.

Der dünne Mann stellte sich mit dem Namen Wichmann vor. Er sei Sachse und kein Geringerer als ein Vetter des Sachsenkaisers Otto und des Markgrafen Hermann Billung, und diese beiden Männer hasse er auf den Tod.

Wichmann trug Bart und Kopfhaar kurz. Er war etwa Mitte dreißig und hatte die Statur eines ausgemergelten Sklaven. Dennoch merkte Hakon, dass man ihn nicht unterschätzen durfte. Er spürte Wichmanns stechenden Blick, während der berichtete, dass er seit vielen Jahren an der Seite der Slawen gegen die Sachsen und deren Verbündete kämpfte. Mit seinem Bruder Ekbert hatte er Aufstände gegen die sächsischen Markgrafen der Nordmark im Slawenland angezettelt. Mal paktierte Wichmann mit diesen, mal mit jenen Slawenstämmen. Dabei hatte er immer das Ziel vor Augen, seiner verhassten sächsischen Verwandtschaft den größtmöglichen Schaden zuzufügen, da diese ihn und seinen Bruder bei der Verteilung wichtiger Reichsämter übergangen hatten.

Hakon fragte sich, warum Zdislaw dem Sachsen so viel Redezeit einräumte. Dann beschlich ihn der Verdacht, dass Zdislaw damit eine Strategie verfolgte, die in erster Linie wohl dazu diente, Skarpedin zum Umdenken zu bewegen. Offenbar hatte Hakon mit der Erwähnung des Dänenkönigs das erreicht, was er beabsichtigte: Zdislaw wollte das Zerwürfnis abwenden, das drohte, wenn Blauzahn der Erbschaftsstreit zu Ohren kam.

«Eure Verwandten haben Euch also um die Posten betrogen, die Euch dem Erbe nach zustanden», merkte Zdislaw nachdenklich an.

Wie beiläufig sagte er zu Skarpedin: «Wichmanns Schicksal zeigt uns, welch gefährliche Folgen ein solcher Streit haben kann. Daher solltet Ihr Eure Entscheidung zum Erbteil Eurer Brüder vielleicht noch einmal überdenken.»

Stille machte sich in der Halle breit. Jeder Mann bekam mit, wie Skarpedin in Bedrängnis geriet, obwohl die meisten Anwesenden Zdislaws Schlussfolgerungen vermutlich kaum nachvollziehen konnten. Auch Skarpedin machte nicht den Eindruck, alles begriffen zu haben.

«Was soll daran gefährlich sein?», nuschelte er. «Ich knüpfe die drei einfach auf, dann werden sie Blauzahn wohl kaum noch etwas erzählen können.»

«Nun, die Gefangenen natürlich nicht», entgegnete Zdislaw und deutete in die Halle. «Aber vielleicht steckt es ihm ein anderer Mann.»

«Das sind meine Männer, und die halten den Mund, oder?»

Zustimmendes Gemurmel.

«Seid Ihr Euch dessen wirklich sicher?», fragte Zdislaw. «Seid Ihr Euch sicher, dass nicht der eine oder andere Mann genauso denkt wie Eure drei Gefangenen?»

Skarpedins Blick schweifte durch die Halle. «Wer mich hintergeht, bekommt mein Schwert zu spüren!»

Der Wojwode beugte sich zu Skarpedin und dämpfte die Stimme, aber Hakon konnte ihn gerade noch verstehen.

«Ich will Euch nicht überreden, Eure Brüder und den Nordmann zu verschonen», sagte Zdislaw. «Ich möchte Euch aber nahelegen, den Anschein zu wahren, sie hätten eine rechtmäßige Verhandlung erhalten. Denkt an meine Worte: Wir können es uns nicht leisten, auch noch den Unmut des Dänenkönigs auf uns zu ziehen. Die Polanen und Böhmen bereiten uns genug Sorgen.»

Im Verschlag hatte Sigurd von den Umständen erzählt, die zur erneuten Bedrohung Jumnes führten. Nicht zum ersten Mal sammelte der Polanenfürst Mieszko ein Heer, um Jumne zu erobern. Bislang hatte er sich daran die Zähne ausgebissen – auch dank der Dänen, die erst unter Toki und nun unter Skarpedin auf der Gegenseite kämpften. Dieses Mal waren Mieszkos Voraussetzungen jedoch günstiger: Vor zwei Jahren hatte er eine gewisse Dubrawka geheiratet, die Tochter des Böhmenherzogs Boleslaw, und somit ein mächtiges Bündnis zwischen Polanen und Böhmen geschmiedet. Doch damit nicht genug. Die beiden Stammesführer hatten sich Kaiser Otto unterworfen und sich dadurch dessen Unterstützung gesichert. Auch Otto war sehr daran gelegen, den Heiden in Jumne das Christentum aufzuzwingen und die Bewohner der reichen Stadt tributpflichtig zu machen. Hakon kam nicht umhin, den Menschen von Jumne für ihre Standhaftigkeit Respekt zu zollen, erinnerte ihn doch ihre Situation an seine eigene in Hladir.

Skarpedin und Zdislaw unterhielten sich noch eine Weile weiter, aber so leise, dass kein Wort mehr zu verstehen war.

Unterdessen bemerkte Hakon, wie Sigurd und Pálnir verstohlen zu einigen Männern schauten, die im hinteren Bereich der Halle etwas abseits von den anderen standen. Die Männer erwiderten die Blicke. Hakon glaubte, unter ihnen einige bekannte Gesichter wiederzuerkennen. Ja, wenn er sich nicht täuschte, war der eine ein Mann namens Fridgeir Gydusson, ein stämmiger, zopfbärtiger Krieger mit rotem Haar und Armmuskeln, dick wie anderer Männer Oberschenkel. Er war einer von Sigurds Gefährten gewesen, und vielleicht war er es noch immer. So wie Arnkel, der neben Fridgeir stand, ein Mann aus Northumbria, der einst Seite an Seite mit Pálnir und Sigurd gekämpft hatte. Arnkel war ein Säufer und Hurenbock, aber auch ein Mann, auf den Verlass war.

Während Hakon die Männer in Augenschein nahm und sich fragte, wie sie wohl zu Skarpedin standen, bemerkte er im Schatten hinter ihnen eine weitere Gestalt. Ein Kribbeln fuhr ihm über den Rücken.

War sie das? War sie das wirklich?

Als würde sie seinen starrenden Blick bemerken, machte die Gestalt einige Schritte nach vorn. Bevor sie jedoch ins Licht kam, begann Skarpedin mit den Fäusten auf den Tisch zu hämmern, um das Gemurmel in der Halle zu unterbinden.

Dann rief er: «Ich bin zu einem gerechten Urteil gekommen. Mein Halbbruder Pálnir, der Bastardsohn meines ruhmreichen Vaters und einer Magd, bekommt die Gelegenheit, um seinen Erbanteil zu kämpfen – gegen mich nach den Regeln des Holmgangs! Da Pálnir im Namen unseres Ziehbruders Sigurd auch dessen Anteil eingefordert hat, soll der Ausgang des Kampfs auch darüber entscheiden. Verliert er ...»

Skarpedin fuhr sich mit der Hand über die Kehle. «Verliert er, werden alle drei Männer ihr Leben einbüßen!»

Ein Raunen ging durch die Halle. Hakon schaute zu Pálnir, der nun noch kränker aussah, aber um Haltung rang.

«Nimmst du das Urteil an?», fragte Skarpedin.

«Wann soll der Kampf stattfinden?», wollte Pálnir wissen.

«Gleich morgen.»

Pálnir verzog das Gesicht. «Du hast mich mit faulem Wasser krank gemacht. Siehst du das nicht? Ich kann mich kaum auf den Beinen halten.»

Skarpedin sprang auf. Die Holzplatten und Becher klapperten auf dem Tisch. «Uns droht ein Angriff auf Jumne!», rief er aufgebracht. «Wir haben keine Zeit, auf deine lächerliche Krankheit Rücksicht zu nehmen. Ich habe Männer im Kampf getötet, die einen Kopf größer waren als ich, und ich habe einen Mann besiegt, obwohl ich mir zuvor ...», er reckte die rechte Faust, «die Hand gebrochen hatte. Und du jammerst, weil dir ein bisschen Dreck aus dem Hintern fällt.»

Tosendes Gelächter.

Fridgeir, Arnkel und die anderen lachten nicht.

Dann fiel Hakons Blick erneut auf die Gestalt, die nun aus dem Schatten getreten war. Er hatte sich nicht getäuscht: Es war Malina!

Sie war nicht mehr weit vom Tisch entfernt, kam näher und schaute Hakon mit ihren wasserblauen Augen an, die das Hellste in der Halle zu sein schienen. Auf ihrem Gesicht lag ein Ausdruck, den er nicht deuten konnte. Das Kribbeln auf seinem Rücken verstärkte sich. Mehr als ein Jahr war vergangen, seit sie Hladir verlassen hatte. Sie trug eine saubere Leinentunika, und ihr dunkelblondes Haar war auf dem Hinterkopf zu einem Knoten zusammengesteckt. In Hladir hatte sie es häufig offen getragen, was immer wieder Anlass für Streitereien mit Bergljot gegeben hatte.

Malinas Erscheinung war ihm auf eine Weise vertraut – und doch, auf eine andere Weise, erschien sie ihm so fremd.

War das nicht eben ein Lächeln gewesen, das über ihre Lippen huschte? Ein Lächeln, so flüchtig wie ein Sonnenstrahl an einem bewölkten Tag?

In der rechten Hand hielt sie einen Weinkrug, mit dem sie von hinten an den Tisch trat wie eine Dienstmagd. Sie schenkte erst Zdislaw und Wichmann nach und dann Skarpedin, der sich inzwischen wieder in seinen Stuhl hatte sinken lassen.

Als sich Malina zurückziehen wollte, hielt Skarpedin sie am Arm fest.

«He, Nordmann!», stieß er aus. «Erinnerst du dich an das Weib?»

Hakon nickte.

Malina schaute zu ihm. Sie schien angespannt zu sein, aber Freude über das Wiedersehen war in ihrem Blick nicht zu erkennen.

«Du hast das Weib verstoßen, und jetzt gehört es mir!», sagte Skarpedin.

«Ja», sagte Hakon nur. Was hätte er auch sagen sollen in diesem Moment? Wie gern hätte er Malina von Thordis' Lügen erzählt. Dass es ihm leidtat, wie alles gekommen war. Aber das war unmöglich in dieser Situation.

Hakon riss sich von ihrem Anblick los und wandte sich an Skarpedin. «Ich mache dir ein Angebot.»

Der Spalt in Skarpedins Oberlippe dehnte sich unter einem schiefen Lächeln. «Willst du das Weib wiederhaben? Wozu? Du hast nicht mehr lange zu leben, wenn mein Halbbruder den Kampf nicht annimmt.»

«Ich werde an seiner Stelle gegen dich kämpfen», erwiderte Hakon.

Skarpedins Stirn legte sich in Falten, während Pálnir und Sigurd Hakon überrascht anschauten.

«Du bist nicht erbberechtigt», knurrte Skarpedin.

«Das waren Pálnir und Sigurd nach deinen Worten bis eben auch nicht.»

Hakon beobachtete, wie Skarpedin, Zdislaw und Wichmann die Köpfe zusammensteckten, dann schaute er wieder zu Malina. Sie wich seinem Blick aus.

«Den Kampf kannst du nicht gewinnen», flüsterte Pálnir. «Niemand kann das. Kein Mann hat jemals einen Holmgang gegen ihn überlebt. Versuch dein Leben zu retten und zu fliehen!»

«Soll ich fliegen?», erwiderte Hakon leise. «Ich bin kein Rabe. Das hier ist meine Angelegenheit, genauso wie es deine ist, und ich mache mein Schicksal lieber von meinen eigenen Händen abhängig als von denen eines kranken Mannes.»

Ihm war klar, dass seine Aussichten, Skarpedin zu besiegen, gering waren, dennoch musste er es versuchen. Deshalb warf er dem Dänen jetzt einen Köder hin, den dieser nur schlucken konnte.

«He, Däne!», rief Hakon mit Spott in der Stimme. «Sollen dich die Skalden als einen Mann besingen, der seinen Bruder im Kampf erschlug, weil der von Magenkrämpfen gequält wurde? Das werden die Skalden tun und nichts anderes. Sie werden an den Höfen den Brudermörder Skarpedin besingen. Den feigen Brudermörder!»

Skarpedins Gesichtsfarbe wechselte von rot zu dunkelrot, und da wusste Hakon, dass er ihn am Haken hatte.

Zwei schwere Fäuste krachten auf die Tischplatte.

«Schweig, du Hurensohn!», brüllte Skarpedin. «Morgen schlitz ich dich auf!»

8.

Hladir

Das Leben hatte es mit Geirrid selten gut gemeint, und sie konnte sich nicht erinnern, jemals an so einem reich gedeckten Tisch gesessen zu haben. Durch die kleine Hütte zog der Geruch von gebratenem Geflügel, von Fisch und frischem Brot. Der Raum wurde von brennenden Bienenwachskerzen erhellt, deren Schein auf den mit einem Leinentuch bedeckten Tisch und auf die Holzplatten mit den saftigen Fleischstücken fiel. Noch nie wurde die Hütte von einem solchen Glanz erfüllt. Es war das allerbeste Essen, und dennoch brachte Geirrid es nicht fertig, einen Bissen anzurühren.

Halldor hingegen, der Mann, den sie hasste, stopfte Fleisch und Brot in sich hinein, als habe er seit Tagen nichts mehr gegessen. Auch Geirrids Kinder langten kräftig zu. Aber sie wussten ja auch nicht, was der Preis für dieses Mahl war. Halldor schmatzte und schlürfte Wein aus einem Becher, während sein Blick zu dem prall gefüllten Geldbeutel neben ihm wanderte.

Das war der Lohn – der Lohn für Geirrids Verrat!

Gleich nach dem Essen würde Halldor den Beutel wieder öffnen und die Münzen zählen, wie er es den ganzen Tag getan hatte. Es waren zwei Dutzend schwere Münzen. Mit dem Geld konnten sie das Haus ausbessern, sich eine Ziege und vielleicht noch ein Schwein und viele andere Dinge kaufen. Sie waren jetzt die reichsten Menschen in ihrem Viertel. Vielleicht sogar die reichsten in der Stadt.

Das alles hatte Halldor ihr immer wieder vorgehalten – der

Mann, den sie schon lange kannte, und der früher – vor dem schrecklichen Angriff – ihr Nachbar gewesen war. Der Mann, der seine Frau und die Kinder schlug; ihre Schreie waren weithin zu hören gewesen. Bei dem Angriff war sein Haus zerstört und seine Familie getötet worden, ebenso wie Geirrids Mann.

Was hätte sie also anderes tun sollen, als Halldor bei sich aufzunehmen? Sie – die *ekkja*, die Witwe mit drei hungrigen Kindern, die nichts galt ohne einen Mann, dessen Hände die Familie ernährten. Doch sie zahlte dafür einen hohen Preis, und sie hätte es nicht getan, wenn die Kinder nicht wären: drei, vier und sechs Jahre alt, schmal und schwachbrüstig und anfällig für Krankheiten.

Die Liebe zu den Kindern war Geirrids Schwachstelle. Da war sie verwundbar. Und erpressbar. Das wusste nicht nur Halldor, das wusste auch der Bischof, und daher hatte sie keine andere Wahl gehabt.

Halldor rülpste zufrieden und wischte sich mit dem Handrücken das Fett von den Lippen.

«Zieh nicht so ein Gesicht, Frau!», schnaubte er und trank mehr Wein. Ein ganzes Fass hatte er bekommen – genug, um sich die nächsten Tage zu besaufen.

Sie senkte den Blick auf das Fleisch vor sich.

«Iss was!», knurrte Halldor über den Tisch hinweg. «Du fällst sonst noch um, und ich will nicht, dass er uns das Geld, das er uns bereits gegeben hat, wieder wegnimmt. Denk an die Kinder, hörst du?»

Er legte dem ältesten Jungen, der an seiner Seite saß und Ofeig hieß wie einst sein Vater, die rechte Hand in den Nacken und drückte zu, nicht sehr fest. Aber kräftig genug.

Ofeig erstarrte mit einem Fleischbrocken zwischen den Zähnen und schaute hilfesuchend zu seiner Mutter.

«Hörst du, Frau?», wiederholte Halldor. «Wenn du nicht tust, was der Bischof verlangt, dreh ich dem Burschen hier den Hals um.»

Sie zweifelte nicht, dass er seine Drohung wahr machen würde, und nickte. Die Münzen klimperten, als er den Beutel in die linke Hand nahm. Dann lachte er und ließ Ofeig los. Der Junge weinte leise.

«He, ihr sollt fröhlich sein», rief Halldor. «Heute ist ein wundervoller Tag. Lasst das Essen nicht verkommen! Was ist mit dir, Kolli? Hast du schon genug?»

Kolli starrte Halldor an. Der Vierjährige saß mit seiner Schwester auf Geirrids Seite. Ehe er den Sinn der Frage begriff, hatte Halldor schon das restliche Fleisch von Kollis Holzbrett genommen. Er schlang es herunter und rülpste erneut.

Mit einem Mal klopfte es an der Tür. Halldor verschluckte sich und begann zu husten. Der Anfall ließ seinen Körper erbeben. Er würgte und röchelte, während Geirrid aufstand und zur Tür ging.

Sie öffnete, und der Bischof trat lächelnd ein, begleitet von dem unheimlichen Riesen.

Im Hintergrund hustete Halldor, bis der Riese zu ihm ging und dem dunkelrot angelaufenen Mann so kräftig auf den Rücken schlug, dass der nach vorn auf den Tisch kippte und einen kleinen Knochen ausspuckte.

«Bekommt dir mein Essen nicht, guter Mann?», fragte der Bischof.

Halldor richtete sich auf. «Oh doch, Herr», stieß er aus, «es ist wundervoll ... nicht wahr, Geirrid?»

Sie nickte.

«Das freut mich», sagte der Bischof. «Aber, wie ich sehe, hast du dein Fleisch gar nicht gegessen.»

«Das gehört dem Jungen», erwiderte Halldor schnell.

Der Bischof trat vor Geirrid. Er lächelte nun nicht mehr. «Hast du dir alles gemerkt, was ich dir erzählt habe?»

«Ja», antwortete sie leise.

«Ja?»

«Ja, Herr!»

«Dann wiederhole meine Worte!»

Sie erzählte das, was er hören wollte.

«So ist es gut, meine Tochter. Gott behüte dich und deine Familie!»

Er schlug das Kreuz über Geirrid, gab ihr einen Beutel mit Proviant für die nächsten Tage und schob sie aus der Hütte in die vom Vollmond beschienene, sternklare Nacht. Drinnen lachte Halldor gekünstelt, und Kolli begann zu weinen.

Auf dem Weg zum Hafen begegnete sie einigen Kriegern, die tagsüber und nachts durch die Stadt patrouillierten, damit niemand Hladir verließ. Sie hielten Geirrid nicht auf, auch am Stadttor nicht. Unten bei den Landebrücken wurde sie, wie verabredet, von zwei Männern erwartet. Sie hatten Kurzschwerter und Messer dabei, leichte Waffen, die sie bei einem Kampf in den Wäldern nicht behindern würden.

Geirrid stieg in das kleine Boot, das die Männer bereithielten. Dann ruderten sie auf die andere Flussseite und landeten an einer seichten Stelle an. Während der ganzen Zeit schwiegen sie. Es gab nichts zu sagen. Jeder kannte seinen Auftrag.

Die Männer zogen den Kahn ans Ufer, und Geirrid machte sich auf den Weg. Sie folgte einem Pfad, der sie durch das Sumpfgelände an der Flussmündung führte und dann weiter an der Küste des Fjords entlang, auf dem sich der Mond spiegelte.

Es war eine windstille Nacht und zum Ende des *gaukmánuðr*, des ersten Sommermonats, bereits angenehm warm. Dennoch fror Geirrid. Es war die Angst, die sie mit eiskalten Händen umklammerte.

Sie hatte sich niemals weit von Hladir entfernt, und als das

Gelände am Rand des Flusstals anstieg, kam sie in Gegenden, die sie nur aus Erzählungen kannte. Der Bischof hatte ihr jedoch alles bis ins Kleinste beschrieben, weswegen sie sich auf dem vom Mond beschienenen Pfad ohne Mühe zurechtfand.

Von den beiden Männern, die ihr in einiger Entfernung nachgingen, war nichts zu hören oder zu sehen. Aber Geirrid wusste, dass sie jeden ihrer Schritte beobachteten und sie sofort einfangen würden, wenn sie irgendetwas tat, was der Plan nicht vorsah.

Beim Aufstieg auf den Berg, dessen Gipfel *grakallen* genannt wurde, begann der Morgen durch die Äste der Buchen, Kiefern und Birken zu dämmern. Geirrid spürte ihre müden Beine, und ihr Magen knurrte. Auf einem Stein am Wegesrand ließ sie sich nieder und untersuchte den Inhalt des Proviantbeutels. Sie fand darin ein Brot, einen mit Wasser gefüllten Trinkschlauch, ein paar Zwiebeln, ein hartes Stück Käse und verschrumpelte, kleine Äpfel aus dem Vorjahr. Einfaches Essen, das niemandem verraten würde, dass nicht Geirrid die Wegzehrung eingepackt hatte.

Sie trank Wasser und biss vom Brot ab. Während sie kaute und sich zwang, die Bissen hinunterzuschlucken, hörte sie in einem Bach hinter sich das Wasser rauschen. Vor ihr öffnete sich eine sumpfige, mit rotem Kraut überwucherte Freifläche, die von hohen Buchen gesäumt wurde.

War da nicht ein Schatten zwischen den Bäumen gewesen? Oder spielte ihr die Angst einen Streich?

Sie schaute den Weg hinunter, über den sie gekommen war. Auch dort war niemand zu sehen. Wo waren die beiden Männer?

Sie dachte an Ofeig, ihren toten Mann. Er war gut zu ihr und den Kindern gewesen, und mit Grauen erinnerte sie sich an jenen Tag, an dem sich das Schicksal gegen sie und alle anderen Menschen in Thrandheim gewandt hatte. Sie sah Ofeig vor sich, wie er versuchte, die Hütte und seine Familie gegen die Angreifer zu verteidigen. Mit dem Stiel eines Reisigbesens schlug er nach den

Kriegern, die die Tür eingetreten und Ofeig ausgelacht hatten, bevor sie ihn mit Schwertern und Äxten niedermachten. Er starb, während die Krieger Geirrid auf den Tisch warfen und sich an ihr vergingen. Die Kinder klammerten sich in einer Ecke aneinander, und Ofeig lag in einer Blutlache. Warum man Geirrid und die Kinder nicht ebenfalls getötet hatte, wusste sie nicht. Manchmal wünschte sie sich, die Männer hätten es getan und ihnen das erspart, was danach kam.

Halldor, so erzählte man, hatte damals Frau und Kinder zurückgelassen und war aus seinem Haus geflohen. Er habe sich in einem Erdloch verkrochen, als man sein Haus in Brand steckte und seine Familie in den Flammen umkam. Er hatte niemals darüber gesprochen, und Geirrid hatte ihn nicht danach gefragt, natürlich nicht. Er war leicht reizbar und aufbrausend. Und sein Schlag war hart.

Mit Mühe bekam sie etwas Brot und Käse herunter. Sie musste essen, wenn sie den Aufstieg zum Grakallen schaffen wollte. Wenn sie ihre Kinder retten wollte.

Als sie glaubte, genug Kraft geschöpft zu haben, setzte sie den Marsch fort. Der Pfad wand sich durch dichten Wald höher hinauf. Als der Abend dämmerte, erreichte sie den alten Hof Svelgsa mit der Wiese Gullteig. Der Hof war eine Ruine. Die Steinmauern waren mit Moos und Flechten überwuchert, Schuppen und andere Nebengebäude zerfallen. Vom Wohnhaus standen nur noch die Wände.

Svelgsa war ein verrufener und gefährlicher Ort. Jeder in Hladir kannte die Geschichten, die sich um ihn rankten. Einst hatte hier ein Mann namens Arngrim mit seiner Familie gelebt. Arngrim war ein tüchtiger Bauer mit einer großen Schafherde gewesen. Eines Tages wollte er seinen Leithammel Fleygir schlachten. Doch als Arngrim mit dem gewetzten Messer zum Hammel ging, wurde er von dem Tier verzaubert. Unter dem Einfluss eines bösen Zaubers tötete Arngrim daraufhin seine Familie, bevor er sich erhängte. Seither streifte in manchen Nächten sein Geist über die Wiese, um nach Fleygir zu suchen und sich an ihm zu rächen. Kein Mensch war vor Arngrims Rache sicher, weil Fleygir die Gestalt eines Menschen annehmen konnte und Arngrim somit jeden für den verhassten Hammel halten konnte. Es war also ratsam, einen weiten Bogen um Svelgsa und Gullteig zu machen – und das war wohl der Grund dafür, dass der Jarl diesen Ort ausgewählt hatte.

Hier sollte Geirrid warten, bis man sie abholte, wie Dutzende Menschen zuvor, und dann sollte sie die Geschichte erzählen, die ihr der Bischof in den Mund gelegt hatte.

Geirrid hasste sich dafür, mit dem Bischof gemeinsame Sache zu machen. Aber hatte sie eine Wahl, wenn sie ihre Kinder eines Tages lebend wiedersehen wollte? Er wusste von ihren Sorgen, wusste, dass sie, so wie die meisten Menschen in Hladir, ihn und die Besatzer verachtete. Dass sich die Throender den Tag herbeisehnten, an dem der Jarl zurückkommen und den Bischof und seine Krieger töten würde. Das hatte ihr der Bischof selbst erzählt – und er hatte auch erzählt, dass er die Flüchtlinge verschonen würde. Sogar der Jarl sollte einen Prozess und die Möglichkeit bekommen, sein Leben zu retten.

Konnte Geirrid dem Bischof glauben? Sie wusste es nicht. Im Moment zählte das alles ohnehin nicht, nein, jetzt kam es nur auf sie an. Und auf die Kinder.

Auf der Wiese riss sie ein Büschel Gras ab, das sie an einen Balken über der Tür der Wohnhausruine band. Das war, wie der Bischof herausgefunden hatte, das Zeichen, dass jemand darauf wartete, abgeholt zu werden.

Im Haus stieg sie über die vom Dach herabgefallenen Holzbalken und anderes Gerümpel, bis sie eine Ecke fand, über der noch ein Rest des Strohdaches hing, unter dem sie Schutz vor Regen finden würde. Sie lehnte sich mit dem Rücken gegen die morsche Wand, zog die Beine an und wartete auf die Nacht.

Vermutlich lauerten ihre Verfolger irgendwo am Waldrand jenseits der Wiese. Sie hatten den Befehl, den Männern des Jarls nicht zu folgen, da der Bischof alles vermeiden wollte, was den Jarl misstrauisch machen könnte.

Nachdem es dunkel geworden war, versuchte sie zu schlafen, was ihr jedoch nicht gelang, obwohl sie vollkommen erschöpft war. Immer wenn sie an der Schwelle zum Schlaf stand, schreckte sie hoch. Sie glaubte, Geräusche zu hören. Stimmen, Schritte. Aber da war nichts. Weder war Arngrim auf der Jagd nach seinem Leithammel, noch kamen die Krieger des Jarls in der ersten Nacht, und auch in der zweiten und in der dritten Nacht nicht.

Die Vorräte waren längst zur Neige gegangen, als Geirrid in der vierten Nacht wieder etwas zu hören glaubte. Dieses Mal waren es tatsächlich Stimmen und die Geräusche von Menschen, die durch hohes Gras streiften.

Im Mondschein sah sie drei bewaffnete Männer in die Ruine treten, nahm ihren Mut zusammen und gab sich zu erkennen. Nachdem man sie und ihre Sachen durchsucht hatte, führte man sie nach draußen auf den Hof. Sie kannte die Männer, die in der Haustruppe des Jarls gedient hatten.

Sie erzählte ihnen die Geschichte vom angeblichen Tod ihrer Kinder und von Halldor, der sie misshandelt habe. Die Männer nickten. Offenbar war ihnen Halldor ein Begriff, was es Geirrid leichter machte, die Geschichte glaubwürdig klingen zu lassen. Nach kurzer Beratung kamen sie überein, Geirrid zu vertrauen, zumal sie den Hof seit Tagen beobachteten.

Es brach ihr das Herz, die Männer zu belügen. Wie gerne hätte sie ihre Kinder bei sich gehabt, um mit ihnen zum Jarl überzulaufen.

Einer der Krieger entfernte das Grasbüschel vom Eingang.

Dann verließen sie den Hof Svelgsa und gingen über die Wiese Gullteig davon. Einmal noch warf Geirrid einen Blick zurück zu den dunklen Bäumen und dachte an die beiden Männer, die nun zum Bischof zurückkehrten.

Und der Bischof würde auf Geirrid warten. Auf die Verräterin.

9.

Jumne

Sie bekamen Essen, kein Festmahl, aber immerhin Grütze, Brot und harten Käse, und es gab Wasser, sauberes, frisches Wasser. Ein leerer Krug lag neben der von außen bewachten und verriegelten Tür des Verschlags. Der zweite Krug stand, noch zur Hälfte gefüllt, bei Hakon, der an der Bretterwand gelehnt saß.

Skarpedin wollte sich nicht nachsagen lassen, er habe einen geschwächten Gegner zum Kampf herausgefordert.

Pálnir und Sigurd hatten gegessen und Wasser getrunken und dabei auf die Folgen gepfiffen. Es war ihnen egal, dass sie nichts davon bei sich behalten konnten. Inzwischen waren sie erschöpft eingeschlafen.

Hakon hatte es ebenfalls mit Schlafen versucht, um Kraft zu sammeln. Aber die Gedanken ließen ihn nicht zur Ruhe kommen, und so starrte er in die Dunkelheit, während der helle Fleck des durch ein Loch im Dach einfallenden Mondlichts über den Boden wanderte. Pálnir und Sigurd schnarchten, und die Stimmen und das Lachen der Wachen drangen an Hakons Ohren.

Seine Gedanken kreisten um die Menschen in seiner Heimat. Asny, Ketil, Thorleif, seine Kinder Aud und Eirik und all die anderen. Wie es ihnen wohl ohne ihn ergangen war? Oder brauchten sie ihn gar nicht? Machte er sich womöglich zu viele Sorgen?

Eigentlich war das Lager sicher. Es lag fernab der nächsten Höfe und Siedlungen im dichten Wald verborgen. Wer nicht zufällig auf die Fluchtburg stieß, würde sie niemals finden, selbst wenn er unterhalb der Felsen entlangging.

Das Problem waren die Flüchtlinge, die die Späher vom Svelgsahof auf dem Grakallen abholten. Hakon hatte die Männer mit Bedacht ausgewählt – erfahrene Krieger, denen er vertraute. Er war überzeugt, dass sie sich an seine Befehle hielten und immer erst einige Tage abwarteten, wenn jemand in die Ruine kam. Irgendwann würde der Bischof dahinterkommen, wohin die Flüchtlinge verschwanden. Dafür wussten inzwischen zu viele Menschen Bescheid.

Aber selbst wenn man die Späher verfolgte, würde man ihre Spuren bald verlieren. Das Gelände war unübersichtlich, und der Marsch durch Wälder, Berge und Täler dauerte fünf, sechs Tage.

Nein, die Fluchtburg war sicher! Oder versuchte er sich das nur einzureden, damit seine Sorgen nicht zu groß wurden? Kleiner wurden sie zumindest nicht, wenn er an den nächsten Tag dachte.

Seine Aussichten, den Zweikampf zu gewinnen, waren gering. Selbst wenn er Skarpedin besiegte, war unklar, wie sich die Krieger verhalten würden. Gab es hier wirklich zweihundert Männer, die bereit wären, ihm zu folgen, um in einem Krieg zu kämpfen, der nicht ihr Krieg war?

Es hatte keine Gelegenheit gegeben, die Geschichte von der Belohnung zu verbreiten, die Hakon nach dem Verkauf der Stoßzähne zahlen wollte. Er hoffte, dass das Elfenbein noch in der kleinen Höhle hinter dem Wasserfall lagerte, wohin Asny und er es gebracht hatten, bevor sie nach Hladir zurückmarschiert waren.

Die Gedanken drehten sich in seinem Kopf, obwohl er so erschöpft war wie kaum jemals zuvor. Die Sorgen um die Flüchtlinge, das entbehrungsreiche Leben im Wald, die lange Reise und nun die Gefangenschaft – all das zehrte an ihm.

Auch das Wiedersehen mit Malina hatte nicht dazu beigetragen, ihm neue Kräfte zu verleihen. Was hatte er denn von ihr erwartet? Auf jeden Fall nicht, dass sie ihn so abweisend behandelte, als sei er ein Bettler, der vor Gericht gezerrt wurde. Nein, er musste sich damit abfinden: Malina war für ihn verloren, und es würde ihr Geheimnis bleiben, warum sie bei Skarpedin geblieben war.

Hakon hörte Ketten rasseln, als sich Pálnir im Schlaf herumwälzte. Draußen, vor dem Verschlag, war es still geworden. Schwiegen die Wachen? Oder hatten sie ihren Posten verlassen?

Da drangen mit einem Mal vertraute Geräusche an seine Ohren. Der Rabe war auf dem Dach gelandet. Stroh raschelte unter seinen Krallen. Hakon beugte sich vor und sah oben den Schatten über einem faustgroßen Loch.

Er erhob sich und streckte sich, so weit die Ketten es zuließen, zu dem Loch, über dem das dunkle Gefieder im Mondschein glänzte.

«Ich danke dir, dass du gekommen bist», flüsterte Hakon. «Du musst etwas für mich tun.»

Jemand, der Hakon dabei beobachtet hätte, wie er mit einem Vogel redete, würde ihn für verrückt erklären, und es war ihm selbst nicht klar, ob der Rabe ihn verstand.

«Egal was morgen auf dem Kampfplatz geschehen wird – du darfst mir nicht helfen!», fuhr Hakon fort. «Diesen Kampf muss ich allein austragen. Ich ganz allein! Bis zum Ende. Wenn du eingreifst, werden sie den Kampf abbrechen und Skarpedin zum Sieger erklären, und dann sterben wir – so oder so.»

Der Rabe hatte den Kopf schief gelegt und stand ganz still.

«Ich habe noch eine andere Bitte an dich. Sollte ich morgen getötet werden, dann flieg zurück in die Heimat. Ich weiß, dass du den Weg finden wirst. Flieg zu Asny und hilf den Menschen zu überleben, so wie du mir immer beigestanden hast ...»

Der Rabe öffnete den Schnabel, stieß aber keinen Laut aus.

In dem Moment waren wieder Stimmen zu hören. Es klang, als würden die Krieger von irgendwoher zurückkehren.

«Was ist denn das da?», rief jemand.

Schritte näherten sich.

«Das ist ein Vogel», erwiderte ein anderer.

«Verdammt – das ist ein Rabe. Ich habe gehört, dass der Nordmann so einen Vogel hat!»

Der Rabe drehte den Kopf zu den Stimmen.

«Flieg weg!», zischte Hakon.

Der Vogel rührte sich nicht von der Stelle.

«Nein! Nicht mit dem Schwert! Nimm die Lanze», rief eine der Wachen.

«Ich? Warum ich? Warum tötest du ihn nicht selbst? Vielleicht ist es einer von Odins Boten?»

«Bist du betrunken? Wäre es Odins Vogel, müsste der Nordmann ja der Allvater sein!»

«Aber schau doch! Der Rabe hat keine Angst vor uns! Jeder andere Vogel wäre längst weggeflogen.»

«Gib mir die Lanze, du Feigling!»

Der Rabe stieß einen heiseren Krächzlaut aus und verschwand endlich.

Während sich die Krieger gegenseitig vorhielten, dass er entkommen war, setzte Hakon sich wieder auf den Boden. Er lehnte den Rücken gegen die Bretterwand und schloss die Augen.

Die Sonne schien, als man die drei Gefangenen ins Gelände hinter der Burg brachte. Im Vorbeigehen hörte Hakon aus einem Baum die Klopflaute des Raben und sah ihn im Geäst sitzen. Er warf dem Vogel einen eindringlichen Blick zu und hoffte, er würde sich an seine Bitte halten.

Kurz darauf erreichten sie eine von Hügeln umgebene Senke, in der der Kampfplatz vorbereitet worden war. Bereits am frühen Morgen hatten sich Hunderte Menschen eingefunden, viele Dänen und andere Krieger, aber auch gewöhnliche Männer mit Frauen und Kindern.

Während die Gefangenen durch die Menge geschoben wurden, schaute sich Hakon nach Malina um, konnte sie aber nirgendwo entdecken. Es war wohl besser so. Dafür fielen ihm drei Galgenstricke in die Augen, die auf einem der Hügel von einem Baum herabbaumelten, und er fragte sich, ob es wohl die Stricke waren, an die man Pálnirs Männer geknüpft hatte, als sie reumütig zu Skarpedin zurückgekehrt waren.

Und nun hielt man die Galgen für ihn, Pálnir und Sigurd bereit.

Skarpedin erwartete sie am Kampfplatz. Breitbeinig stand er da, die muskulösen, mit Tätowierungen überzogenen Arme vor der Brust verschränkt. Das waren sechs Fuß pure Kraft und blanker Hass, die Hakon gegenüberstanden.

Innerhalb der mit Haselstangen abgesteckten Kampffläche waren zusammengenähte Ochsenhäute mit einer Länge und Breite von jeweils fünf Ellen mit Pflöcken, den *tjösnur*, über den Boden gespannt.

Nachdem man Hakon, Pálnir und Sigurd die Ketten abgenommen hatte, gingen sie unter den Blicken der Zuschauer zu den Waffen und Rüstungen: Kettenhemden, Helme, jeweils drei Schilde für jeden Kämpfer, sowie Schwerter, Streitäxte und Wurfspeere mit dünnen Schäften aus Eschenholz, die man *kesja* nannte.

Hakon betrachtete die Sachen, die für ihn im Gras bereitlagen. Sie waren in gutem Zustand. Es hätte ihn auch gewundert, wenn Skarpedin ihn mit einem rostigen Schwert oder einem abgenutzten Schild abgespeist hätte. Nein, der Däne wollte sich wirklich nichts nachsagen lassen. Die Skalden sollten ihn als heldenhaften Krieger und Holmgänger besingen. Was seinen Ruf anging – darauf ließ er nichts kommen.

Pálnir und Sigurd blieben einige Schritte zurück, als Hakon vor seinen Gegner trat. Skarpedins Gesicht war wie in Stein gemeißelt, der Blick stahlhart, aber darin lag keine Spur von Überheblichkeit. Er wusste, dass man seinen Gegner niemals unterschätzen durfte.

Neben ihm standen zwei Waffenknechte. Für Hakon würden Pálnir und Sigurd diese Aufgabe übernehmen.

Unter den Zuschauern verstummten die Gespräche, und dann, in die Stille hinein, erhob sich die Stimme des Wojwoden Zdislaw. Er stand mit ausgebreiteten Armen auf dem Galgenhügel. Bei ihm waren der Sachse Wichmann und andere, feierlich gekleidete Männer. Zdislaw selbst trug eine weiße Tunika und darüber einen scharlachroten Umhang. An seinen Handgelenken glitzerten Armreifen aus Silber und Gold.

Jumne war eine reiche und stolze Stadt – und das repräsentierte ihr Oberhaupt.

Er wandte sich an die Zuschauer und berichtete – abwechselnd in der Sprache der Slawen und der Dänen – vom Streit der Erben Tokis, der diesen Kampf unausweichlich machte.

«Der Däne Toki hatte vor seinem Tod keine Gelegenheit mehr, über das Erbe zu bestimmen», rief Zdislaw. «Da sich seine Söhne Skarpedin, Pálnir und Sigurd nicht im Guten einigen können, muss nun der Holmgang darüber entscheiden, wer erbberechtigt ist. Pálnir und Sigurd sind jedoch krank geworden. Deswegen hat sich dieser Mann hier – Hakon, der Jarl von Hladir am Nordweg – bereit erklärt, für seine Freunde gegen Skarpedin anzutreten ...»

Während der Rede verzog Skarpedin keine Miene. Es fiel Hakon nicht leicht, diesem Blick standzuhalten. Jede Bewegung, jedes Zucken der Augenlider könnte dem Gegner Unsicherheit verraten.

Zdislaw kam in seiner Rede auf den Zweikampf zu sprechen, der in der Tradition des Holmgangs geführt werden sollte. Diese Regeln hatte Toki einst in den Ländern am Nordweg und auf Island kennengelernt und später in Jumne eingeführt.

Hakon kannte die Regeln. In der Heimat war er bislang dreimal zum Holmgang herausgefordert worden. Jeden der Kämpfe hatte er für sich entschieden, und die Herausforderer hatten ihm die Holmgangslösung zahlen müssen, ein zuvor festgesetzter Betrag in Silber. Den musste derjenige entrichten, der die schlimmsten Wunden davontrug.

Aber um Silber würde es heute nicht gehen. Heute ging es um Leben oder Tod.

«Nun denn, möge der Stärkere gewinnen», beendete Zdislaw seine Ansprache, und die Kämpfer begannen, die Rüstungen anzulegen. Skarpedins Knechte halfen ihm in ein Kettenhemd. Auch für Hakon lag eins bereit. Es war lange her, seit er eine solche Ringbrünne getragen hatte. Seine eigene hatte er auf dem Jarlshof zurückgelassen.

Pálnir und Sigurd hoben das Kettenhemd auf, und das Geflecht von Tausenden kleinen Ringen aus Eisendraht glitt über Hakons Kopf und Oberkörper und hing schwer auf seinen Schultern. Er überlegte, ob er auf die Rüstung verzichten sollte, um sich schneller bewegen zu können, aber bei einem Gegner wie Skarpedin schien es ihm ratsamer, das Kettenhemd zu tragen.

«Ich bete zu den Göttern, dass sie dir beistehen», sagte Sigurd leise.

«Und ich bete zu ihnen, dass dich der Bastard im Kampf tötet und dir den Strick erspart», knurrte Pálnir. «Wer sein Leben am Galgen beendet, stirbt ohne Ehre. Aber bevor du stirbst, mein Freund, lege ich dir das Schwert in die Hand – und wenn es das Letzte ist, was ich für dich tun kann.»

«Reich mir den Helm», erwiderte Hakon.

Es war ein guter Helm, inwendig mit Leder gefüttert und mit einem angenieteten Nasal.

Pálnir trat vor Hakon. «Wir sehen uns in Walhall, Jarl Hakon!» Dann setzte er ihm den Helm auf.

Skarpedin war bereits mit Helm und Kettenhemd gerüstet. In der linken Hand hielt er einen Schild, in der rechten einen Speer. Er machte jedoch noch keine Anstalten, den Kampfplatz zu betreten und schien auf etwas zu warten.

Hakon ließ sich Schild und Speer geben und trat an den Rand des Kampfplatzes.

«He, Throender!», rief Skarpedin, schaute jedoch nicht Hakon an, sondern hielt den Blick auf den Weg gerichtet, über den sie gekommen waren. «Dein Weib taugt nichts!»

Was hatte das nun wieder zu bedeuten?

«Es liegt auf dem Lager wie ein steifes Brett», höhnte Skarpedin. «Das ist keine Freude für einen Mann.»

Hakon drehte sich um und sah vier Frauen aus Richtung der Burg kommen. Eine von ihnen war Malina. Die Frauen hatten Körbe dabei und waren noch ein gutes Stück vom Kampfplatz entfernt. Als sie an dem Baum vorbeikamen, auf dem der Rabe saß, blieb Malina stehen.

Skarpedin lachte. «Schau dir das an! Für dich war es das richtige Weib – eins, das im Bett nicht zu gebrauchen ist und mit Bäumen spricht.»

Allmählich wurden die Zuschauer ungeduldig und Rufe laut, der Kampf solle beginnen.

«Ich will, dass sie dabei ist, wenn dich mein Stahl beißt», rief Skarpedin, und als Malina sich wieder in Bewegung setzte, trat er mit seinen Waffenknechten hinter die Haselruten in den Bereich, der nur von den Kämpfern und ihren Helfern betreten werden durfte. Zwischen der Umhaselung und den Ochsenfellen gab es ein äußeres Feld von etwa fünf Fuß Breite, auf dem sich die Knechte mit den Waffen bereithielten.

Mittlerweile stand die Sonne hoch über den Galgenbäumen und entfaltete ihre ganze Kraft. Hakon begann, unter der Rüstung zu schwitzen.

Zdislaw gab das Zeichen, indem er die rechte Hand hob. Die Kämpfer traten auf das Fell. Skarpedin rammte den Speer hinter sich in den Boden, und Hakon legte den Schild ab. Noch brauchte er den Schild nicht, da er als Erster mit dem Speer angreifen musste, während Skarpedin sich zunächst nur mit dem Schild verteidigen durfte.

Sie stellten sich an den jeweils gegenüberliegenden Seiten auf. Die Ränder durften sie nicht mehr übertreten. Wer das dennoch tat, galt als Davonläufer, woraufhin der Kampf beendet werden konnte. Das galt ebenso, wenn einer so schwer verletzt war, dass sein Blut auf das Fell tropfte. So lauteten zumindest die alten Regeln, aber heute würde es weder ein frühzeitiges Kampfende geben, noch würde sich einer durch die Holmgangslösung freikaufen können. Skarpedin war anzusehen, dass er nicht vorhatte, seinen Gegner lebend vom Kampfplatz zu lassen.

Hakon hob die Kesja mit dem zweischneidigen, schwertähnlichen Blatt.

«Ich werde in deinem Blut waten, Throender!», rief Skarpedin. «Man erzählt sich, dass dein Vater ein schleimiger Fisch war, ein Seehase – und wenn ich dich anschaue, kann ich dem nur zustimmen!»

Gelächter wurde laut.

Mit den Beleidigungen versuchte er Hakon zu einem voreiligen, unüberlegten Angriff zu provozieren. Hakon ging darauf nicht ein, sondern sparte sich seinen Atem für den Kampf auf.

Es wunderte ihn, dass Skarpedin versuchte, ihn mit einer so durchschaubaren Taktik zu locken. Was ihn noch mehr überraschte, war, dass Skarpedin mit einem Mal seinen Schild von sich weg hielt, sodass sein Körper ungeschützt war. Das war nicht nur leichtsinnig, das war einfach nur dumm! Und lebensgefährlich. Hakon war kaum zehn Fuß entfernt. Er brauchte nur den Speer zu werfen, und der würde Skarpedins Kettenhemd durchbohren.

Und Hakon warf sofort. Doch im gleichen Augenblick geschah etwas, das er niemals für möglich gehalten hätte. Er war schnell, doch Skarpedin übertraf ihn an Schnelligkeit. Urplötzlich war der Schild wieder vor seiner Brust, und die Kesjaspitze drang in das Lindenholz ein, ohne Schaden anzurichten.

Lachend warf Skarpedin den durchbohrten Schild weg und zog seinen Speer aus dem Boden, während Hakon seinen Schild nahm. Sogleich begann Skarpedin, den Oberkörper hin- und herzuschwenken wie ein Betrunkener. Es sah albern aus. Dann machte er einen Ausfallschritt nach vorn, und der Speer schoss auf Hakon zu. Er hatte mit einem Wurf auf den Kopf oder Oberkörper gerechnet. Stattdessen zielte Skarpedin auf seinen linken Oberschenkel.

Hakon riss den Schild nach unten, und die Kesja bohrte sich ins Lindenholz. Aber durch die schnelle Bewegung konnte Hakon nicht alle Kraft in den Arm legen. Der Schild wurde mitsamt der herausgetretenen Speerspitze gegen seinen Oberschenkel gedrückt – eine Handbreit unterhalb des Kettenhemds, und er spürte den Stich, als die Spitze in sein Bein drang.

Jubel brandete auf. Alle schauten zu Hakon, der sich den Schild vom Bein zog. Die Spitze hatte zwar keine tiefe Wunde gerissen, aber sie blutete. Er versuchte aufzutreten und war erleichtert, dass es noch ging.

Er warf den Schild weg. Als er wieder zu Skarpedin schaute, blickte er direkt in dessen grinsendes Gesicht.

«Was ist, Kohlenbeißer?», höhnte er. «Wenn du lang genug wartest, fällt vielleicht ein Tropfen Blut aufs Fell. Dann kannst du aufgeben und dir von mir den Strick um den Hals legen lassen. Aber willst du das wirklich?»

Hakon antwortete nicht. Er trat an den Rand des Fells, wobei er sich Mühe gab, nicht zu humpeln. Die Freude würde er Skarpedin nicht machen.

Pálnir und Sigurd hielten für ihn die nächsten Waffen bereit:

eine Streitaxt und einen Schild. Die Streitaxt, eine *skeggöx*, wurde am kurzen Schaft einhändig geführt, und die nach unten verlängerte Schneide diente dazu, den Axtkopf hinter dem gegnerischen Schild einzuhaken.

Hakon sah Malina hinter den Haselruten bei den Mägden stehen. Sie erwiderte seinen Blick nicht.

«Nur wenige seiner Gegner haben die erste Runde überstanden», lobte Pálnir.

Hakon zuckte mit den Schultern, nahm die Waffen und kehrte auf seinen Platz zurück. Unter dem Kettenhemd klebte ihm die Tunika am Körper. Er schwitzte immer stärker.

Die nächste Runde begann.

Skarpedin kam näher, langsam, hinter den Schild geduckt, die Axt erhoben, lauernd wie ein Raubtier. Plötzlich holte er zum ersten Schlag aus. Die Axt krachte gegen Hakons Schildbuckel, und die Wucht des Aufpralls hätte ihn beinahe von den Füßen gerissen. Schnell antwortete er mit einem Gegenangriff, doch sein Hieb ging ins Leere, ebenso der zweite.

Sein Schildarm begann zu schmerzen. Skarpedins Schläge kamen so schnell hintereinander, dass Hakon kaum eine Gelegenheit zum Gegenangriff bekam. Wenn er jedoch keinen Treffer landete, würde sein Schild in wenigen Augenblicken zu Kleinholz verarbeitet sein. Da gelang es ihm, den Axtkopf einzuhaken und Skarpedins Schild nach vorn zu ziehen. Aber bevor er ausholen konnte, ließ Skarpedin den Schild einfach fallen, tauchte nach unten ab und schlug nach Hakons Beinen.

Hakon spürte einen brennenden Schmerz, als die Axt seine linke Wade traf. Hätte er nicht geistesgegenwärtig nach Skarpedin geschlagen und dessen Helm getroffen, hätte der ihm mit einem zweiten Hieb das Bein durchtrennt. So aber taumelte Skarpedin benommen rückwärts. Hakon konnte ihm nicht folgen, sondern musste auf die Knie gehen, um seinen Unterschenkel zu entlasten. Blut trat aus der Wunde aus und versickerte im Hosenstoff. Hakon betete, dass es nicht aufs Fell tropfte und der Knochen unverletzt war.

Er sah, wie Skarpedin den verschobenen Helm zurechtrückte. Auch ohne Schild hätte er nun ein leichtes Spiel gehabt, schien jedoch etwas anderes im Sinn zu haben. Er reckte die Axt und die linke Faust in die Höhe und ließ sich von der Menge als Sieger der zweiten Runde feiern.

Hakon stützte sich auf die Axt und stemmte sich hoch. Dieses Mal war es nicht zu vermeiden, dass er humpelte, als er sich zu Pálnir und Sigurd schleppte.

«Dein Bein», sagte Pálnir, «sieht nicht so aus, als ob es noch lange hält.»

«Es ist, wie es ist», erwiderte Hakon.

Was sollte er sonst sagen? Zwei Runden hatte er gegen den besten Holmgänger an den Küsten des Ostmeeres überstanden und damit länger als die meisten Kämpfer, die vor ihm so dumm gewesen waren, gegen Skarpedin anzutreten.

«Wenn er dich noch einmal am Bein trifft, werden wir dich zum Galgen tragen müssen», sagte Pálnir. Es war nicht als Scherz gemeint.

Hakon ließ sich den dritten und damit letzten Schild geben. Dann nahm er das Langschwert, dessen Klinge die für den Holmgang festgesetzte Länge von zweieinhalb Fuß hatte. Das Schwert war recht schwer. Hakon bevorzugte leichtere und schnellere Klingen. Aber machte das noch einen Unterschied? Die Wunde brannte, und als er versuchte, mit dem linken Bein aufzutreten, flammten heftige Schmerzen auf. Das konnte nicht mehr lange gutgehen.

Er sah, wie Malina einem von Skarpedins Waffenknechten einen Trinkschlauch reichte und spürte, wie trocken sein Mund war. Weder Pálnir noch Sigurd hatten etwas zu trinken für ihn, und Malina würde ihn wohl kaum versorgen.

Ist das ihre Art, Rache zu nehmen?, fragte er sich.

Zugleich ärgerte er sich über den Gedanken. So sehr konnte er sich nicht in ihr getäuscht haben.

Der Waffenknecht wollte den Trinkschlauch an Skarpedin weitergeben, doch der schüttelte den Kopf, ergriff stattdessen Schild und Schwert und trat wieder an seinen Platz.

«Du hast gut gekämpft», sagte Sigurd.

«Nicht gut genug», erwiderte Hakon.

«Der Sitz an Odins Seite ist dir trotzdem sicher», sagte Pálnir und dann leiser: «Und denk daran: Was auch immer geschieht – niemand wird mich davon abhalten, dir das Schwert zu geben.»

«Ja.» Mehr brachte Hakon nicht über die Lippen.

Malina schaute wieder woandershin, dieses Mal zum Weg, der zur Burg führte. Dann drehte sie sich plötzlich um und tauchte in der Menge unter. Ob sie doch nicht dabei sein wollte, wenn Skarpedin ihn tötete?

Hakon humpelte zurück.

«Hey, Throender!», bellte Skarpedin. «Willst du aufgeben? Der Galgen wartet auf dich!»

Von allen Seiten erschallte Gelächter.

Oben auf dem Hügel baumelten hinter Zdislaw und Wichmann die Stricke im schwachen Wind. Hakon verlegte sein Körpergewicht aufs rechte Bein. Er war bereit zu kämpfen. Und zu sterben.

Skarpedin verschwendete keine Zeit. Er wollte die Sache beenden, wollte seinen Sieg auskosten. Brüllend stürmte er vor und ließ das Schwert niederfahren. Holz krachte, splitterte, barst. Hakon konnte die Schläge mit Schild und Klinge abwehren. Noch hielt sein Bein. Da wurde er am Helm getroffen, gleich darauf ein zweites Mal. Der Kerl war so unglaublich schnell! Die Kampfgeräusche hallten über den Platz, während Skarpedin wie ein Berserker über Hakon hinwegfegte.

Hakon gab sich nicht geschlagen, auch wenn jede Faser seines Körpers brannte wie ein Schmiedefeuer.

In dem Moment brach sein Schild entzwei.

Skarpedin rückte vor, und Hakon wich zurück, als sein linkes Bein nachgab. Es gab einfach nach, als wäre es nicht mehr vorhanden. Er fiel auf den Rücken. Das Schwert glitt ihm aus der Hand.

Skarpedin trat über ihn. Grinsend. Nun konnte er sich Überheblichkeit leisten. Er hatte gewonnen!

Da schoss mit einem Mal ein Schatten auf ihn nieder. Der Rabe! Verdammt, er sollte sich nicht in den Kampf einmischen! Skarpedin schlug vor Wut und Schmerz brüllend um sich, während der Rabe durch die Helmöffnung nach seinem Gesicht hackte.

Hakon kam auf die Knie und griff nach dem Schwert. Skarpedin versuchte noch immer, den Raben abzuschütteln.

Hakon war vollkommen durcheinander. Was sollte er tun? Man würde ihn hängen – so oder so.

«Verschwinde!», zischte Hakon zum Raben. «Tu, was ich dir befohlen habe!»

Der Rabe hackte noch einmal nach Skarpedins Gesicht, krächzte, erhob sich dann aber in die Luft.

Rings um den Kampfplatz und auf den Hügeln herrschte Schweigen.

Von Skarpedins Wangen und aus seinem Bart lief Blut und tropfte in feinen Fäden auf sein Kettenhemd. Fassungslos stand er da, stocksteif, als könne er nicht begreifen, was geschehen war.

Zdislaws Stimme durchbrach die Stille. «Der Kampf ist beendet ...»

«Nein», schrie Skarpedin. «Er ist beendet, wenn ein Kämpfer aufgibt oder wenn er tot ist! Gibst du auf, Throender? Willst du hängen wie ein Dieb? Oder willst du wie ein Krieger durch mein Schwert sterben?»

Hakon sah aus den Augenwinkeln, wie Malina durch die Menge zurück an die Umhaselung drängte. Hatte sie etwa den Raben auf Skarpedin gehetzt? Wusste sie denn nicht, dass das sinnlos war? Oder gönnte sie Hakon den Tod auf dem Kampfplatz nicht? Das letzte bisschen Ehre? Ja, wahrscheinlich wollte sie sehen, wie sich sein Gesicht am Galgen blau verfärbte, wie seine Zunge aus dem Mund quoll und sein Körper die letzten Zuckungen machte, bevor er erstickte.

Zu seiner Verwunderung schien sie ihn jedoch gar nicht zu beachten, sondern schaute zu Skarpedin, der sich vom Knecht den Trinkschlauch geben ließ. Er schüttete Wasser auf einen Stofffetzen und wischte sich damit Blut aus dem Gesicht. Malina riss Mund und Augen weit auf, geradezu panisch wirkte sie mit einem Mal.

Und da verstand Hakon, dass seine Bedenken und Vorbehalte ihr gegenüber falsch waren. Sie musste irgendetwas mit dem Wasser gemacht haben – und jetzt verschüttete Skarpedin es!

Als der Schlauch leer war, warf er ihn weg und drehte sich zu Hakon um, der vor ihm kniete. Skarpedin blutete noch, aber er grinste.

«Kein Wasser mehr, Weib!», rief er zu Malina. «Gib mir Wein. Ich will Odins Met trinken, bevor ich den Bastard nach Hel schicke.»

Hakons Griff um das Schwert wurde fester, während Malina einen anderen Lederschlauch aus dem Korb nahm und einem Knecht gab, der ihn seinem Herrn brachte. Skarpedin öffnete den Schlauch, legte den Kopf in den Nacken und trank. Wein tropfte über seine Lippen, vermischte sich mit Blut und versickerte im Bart, bis er den Schlauch wieder absetzte, ihn in die Höhe reckte und sich feiern ließ. Die Menge pries ihn als unbezwingbaren Kämpfer.

Er trat vor Hakon und legte ihm die Klinge an den Hals.

«Lass das Schwert fallen!», zischte er.

«Töte mich!», erwiderte Hakon. «Aber lass mir das Schwert.»

Das mit Blut und Wein verschmierte Gesicht über ihm lachte.

«Du bittest mich um einen Gefallen, Throender? Du – der du mich einen feigen Brudermörder genannt hast? Die Skalden werden mich besingen als den Krieger, der den Jarl von Hladir nach Hel geschickt hat. Das ist nicht einmal Graufell gelungen!»

Er dämpfte die Stimme. «Lass es fallen, und ich verspreche dir einen schnellen Tod. Das ist der einzige Gefallen, den ich dir ...»

Er stockte. Die Klinge an Hakons Hals begann zu zittern, und Skarpedins Gesichtsausdruck veränderte sich. Sein Atem ging schneller, raste. Der Mund öffnete sich, und die gespaltene Oberlippe zuckte. Er schien, als wolle er etwas sagen, doch es kamen nur unverständliche Laute hervor.

Hakon reagierte sofort. Die Zuschauer durften nichts merken. Er stieß Skarpedins Klinge weg und stemmte sich, auf sein Schwert gestützt, hoch. In einer schnellen Bewegung schlug er Skarpedin den Schwertgriff durch die Helmöffnung ins Gesicht, bevor er ihn packte und ihn vor sich drehte, wobei er ihm die Klinge gegen den Hals drückte. Jetzt würden alle anderen glauben, Skarpedin sei von Hakons Schlag so benommen.

Unruhe machte sich breit. Bewaffnete Dänen drängten zum Kampfplatz, trauten sich aber nicht hinter die Umhaselung, um ihren Anführer nicht zu gefährden.

«Ich töte ihn», rief Hakon zu Zdislaw hinauf. «Ich töte ihn, wenn Ihr Pálnir seinen Erbteil verweigert!»

Der Wojwode versuchte mit rudernden Armen und mahnenden Worten, die aufgebrachte Menge zu beruhigen. Viele Männer forderten Hakons Tod. Aber es gab auch Stimmen, die dagegen anriefen, und er sah einige der Männer, die sich damals im Saal von den anderen ferngehalten hatten. Fridgeir Gydusson und Arnkel waren bei ihnen, und sie hatten offenbar mehrere Krieger überzeugen können, Pálnir zu unterstützen. Sie bahnten sich den

Weg durch die Menge, die vor den schwer bewaffneten Kriegern zurückwich.

Hakons schaute zu Malina, und nun trafen sich ihre Blicke. Sie lächelte. Es war das Lächeln, in das er sich einst verliebt hatte.

Zwei gegnerische Lager standen sich am Kampfplatz gegenüber: Etwa einhundert Krieger hatten sich auf die Seite von Pálnir und Sigurd geschlagen, um deren Hinrichtung zu verhindern; doch die anderen, die zu Skarpedin hielten, waren in der Überzahl.

Oben auf dem Hügel raufte sich Zdislaw das graue Haar und kam dann mit Wichmann und einigen Slawenführern hinunter zum Kampfplatz.

Skarpedin zitterte in Hakons Griff. Auch er selbst konnte sich kaum auf dem verletzten Bein halten. Pálnir, der das bemerkte, schickte einige Männer zu ihnen, damit sie den verhassten Halbbruder übernahmen. Vor Skarpedins Mund klebte Schaum.

Hakon sah Zdislaw und Wichmann durch eine Schneise zwischen den Lagern eilen. Wenn es zum Kampf zwischen den Dänen kam, würde der Wojwode viele Krieger verlieren. Daher schickte er Heerführer aus, damit sie die aufgebrachten Männer beruhigten, ohne Erfolg jedoch.

Hakon humpelte ihm entgegen.

«Ihr spielt ein falsches Spiel, Jarl Hakon», brüllte Zdislaw. Sein Gesicht hatte die Farbe von reifen Äpfeln angenommen. «Ihr habt den Zweikampf verloren, und nun beugt Euch dem Urteil!»

«Verloren?», entgegnete Hakon. «Wer hat den Kampf verloren? Skarpedin ringt mit dem Tod, und ich erfreue mich bester Gesundheit!»

«Ihr habt Euch nicht an die Regeln gehalten! Was habt Ihr mit Skarpedin gemacht? Ihn verzaubert? Er hätte Euch fast getötet ...»

«Ja, er hätte mich fast getötet. Aber ich lebe – und er stirbt!»

Dieses Mal galt der Jubel Hakon. In vielen Männern schien

die Wut auf Skarpedin schon lange zu gären, und nun brach sie hervor. Anders konnte Hakon es sich nicht erklären, dass mit einem Mal so viele Dänen bereit waren, sich gegen ihren Herrn zu stellen.

Pálnir reichte Hakon eine Axt mit langem Stiel, auf den sich Hakon stützte, um endlich sein Bein entlasten zu können.

«Nehmt Eure Strafe entgegen, Jarl Hakon!», fauchte Zdislaw.

«Und die wäre?»

«Warum fragt Ihr das? Ihr wart doch selbst dabei, als die Bedingungen ausgehandelt wurden! Ich werde nicht zulassen, dass die Verteidigung Jumnes geschwächt wird, indem Skarpedins Halbbruder den Erbteil einfordert.»

«Wie wollt Ihr das verhindern?», fragte Pálnir.

Zdislaw richtete sich zur vollen Größe auf, die aber nicht viel hergab. Dann rief er so laut, dass ihn jeder rings um den Kampfplatz hören konnte: «Wer diesen Männern folgt, bezahlt es mit dem Leben.»

«Wenn wir hierbleiben, sterben wir beim Angriff der Polanen und Böhmen ohnehin», erwiderte jemand.

«Ihr werdet dafür bezahlt, die Stadt zu beschützen», schrie Zdislaw außer sich vor Zorn.

«Von wem denn?», wollte ein anderer wissen.

Zdislaw schaute irritiert zu Skarpedin, der wie ein Betrunkener in den Armen seiner Bewacher hing.

Unterdessen flüsterte Pálnir Hakon etwas ins Ohr.

Hakon zögerte kurz, bevor er nickte. Das, was Pálnir vorhatte, war riskant. Aber sie hatten nichts zu verlieren. Das Schicksal hatte sich zu ihren Gunsten gewandt, und im Moment bestimmten sie die Bedingungen, auch wenn der Wojwode das nicht wahrhaben wollte.

«Skarpedin bezahlt euch», rief Zdislaw. «Ich gebe ihm Silber, damit er es unter euch verteilt – und es ist viel Silber.»

Fridgeir trat vor. «Seit Toki gestorben ist, haben wir keine einzige Münze mehr bekommen!»

Da gab Hakon Pálnir und Sigurd mit einem Kopfnicken das Zeichen. Die beiden näherten sich langsam Zdislaw, der gerade den Abtrünnigen versprach, ihnen ab sofort den Lohn eigenhändig auszuzahlen.

Hakon rief: «Ich zahle jedem von euch das Doppelte!»

Es wurde still. Hakon hatte sie an der Stelle gepackt, an der sich jeder Mann fangen ließ – beim Geld.

«Wofür willst du uns denn bezahlen?», fragte Fridgeir.

«Dafür, dass ihr mit mir um meine Heimat kämpft!»

Aufgeregte Stimmen riefen durcheinander. Offenbar hatten die Männer gehofft, wie früher mit Pálnir auf Raubzüge zu fahren. Der Sommer stand bevor, und Wikinger waren nicht dafür gemacht, ihre Zeit an Land zu vergeuden.

Arnkel meldete sich zu Wort. «Schwörst du, uns reich zu belohnen, wenn wir dir folgen?»

«Ja, das schwöre ich!», erwiderte Hakon, während er still zu den Göttern betete, dass sich das Elfenbein noch in dem Versteck befand.

Unterdessen schoben sich Pálnir und Sigurd noch näher an Zdislaw heran, während weitere Dänen dem Lockruf der Schätze folgten und die Seiten wechselten.

«Niemand verlässt Jumne …», brüllte Zdislaw.

Da schnellten Pálnir und Sigurd vor und ergriffen ihn. Als Wichmann, der unmittelbar neben dem Wojwoden stand, eingreifen wollte, drückte ihm Sigurd eine Klinge an den Hals. Zdislaws Gegenwehr war kurz. Er war alt und hatte Pálnir, der ihn festhielt, nichts entgegenzusetzen.

Außerdem war er ein weiser Mann – weise genug, um zu wissen, wann er verloren hatte.

Auf dem Weg vom Kampfplatz zur Stadt nahm Hakon Malina zur Seite. «Ich danke dir für deine Hilfe», sagte er, und seine Stimme überschlug sich beinahe vor Erregung, so erleichtert war er, Malina endlich die Wahrheit erzählen zu können. «Sie hat dich belogen, Thordis, diese falsche Schlange. Ich bin damals nicht im Naumudal geblieben, weil ich mich für sie entschieden hätte. Ich musste doch versuchen, die Naumudaler auf unsere Seite zu bekommen.»

Malina hörte ihm schweigend zu, nickte hin und wieder, dann sagte sie: «Ich glaube dir, Hakon. Es tut mir leid, dass ich dir misstraut habe.»

«Das muss es nicht, Malina. Auch ich habe Thordis geglaubt, du hättest die Münzen gestohlen. Das Weib hat uns alle hintergangen. Sie hat sich mit Havald Graufell und dem Bischof verbündet, nur so ist es den Feinden gelungen, Hladir einzunehmen ...»

«Hakon!»

«Ja?»

«Ich hatte die Hoffnung niemals aufgegeben, dass du eines Tages nach Jumne kommst.»

Hakon schaute in ihre wasserblauen Augen. Er sah das Lächeln auf ihren Lippen und biss sich auf die Zunge. Er konnte ihr jetzt nicht erzählen, dass er ihr bis zuletzt nicht vertraut hatte, um sie nicht schon wieder zu verletzen.

«Ich würde mich sehr freuen, wenn du mit mir nach Thrandheim zurückkehrst», sagte er leise. Er wartete auf ihre Reaktion, und als sie nickte, war er erleichtert.

Während sie sich der Stadt näherten, berichtete sie, wie es ihr ergangen war. In ihrer Not hatte sie damals keinen anderen Rat gewusst, als nach Jumne zu fahren und sich an Pálnir zu wenden. Als der jedoch Hals über Kopf verschwand, musste sie an Skarpedins Tür klopfen, der sie als Magd im Palas aufnahm. Er behandelte sie wie sein Eheweib, nicht mit dessen Rechten, dafür aber mit den Pflichten im Bett.

Sie vermied es, Einzelheiten aus ihrer Zeit bei Skarpedin zu erzählen, und Hakon mochte nicht weiter nachfragen. Er respektierte ihr Schweigen. Vielleicht ergab sich eines Tages die Gelegenheit dazu, irgendwann, wenn das andere überstanden war.

Falls sie es überstehen würden.

Einhundertsiebzig Krieger wollten Hakon folgen. Im Hafen nahmen sie vier Schiffe, während die versammelte Stadtbevölkerung zuschaute, wie die Dänen Fässer und Kisten mit Proviant an Bord schleppten. Händler und Kaufleute protestierten nicht, als man ihnen die Waren abnahm. Dann legten die Schiffe ab und wurden die Dziwna stromaufwärts gerudert.

Hakon war mit Pálnir und Malina sowie den Geiseln Skarpedin, Zdislaw und Wichmann auf einem Schiff, die anderen drei Schiffe wurden von Sigurd, Fridgeir und Arnkel geführt. Hakon hatte die drei Männer als Geiseln mitgenommen, damit niemand in Jumne es wagte, ihnen hinterherzufahren, und sein Plan ging auf: Sie überquerten das *haf*, ohne dass ihnen jemand folgte.

In der ersten Nacht ankerten sie in einer Bucht vor der Insel Uznojim. Am nächsten Morgen ließ Hakon Zdislaw und Wichmann an Land schwimmen. Er achtete den Wojwoden dafür, dass er den Christen, die seine Heimat bedrohten, Widerstand bot. Und es würde ihm keinen Vorteil bringen, Wichmann zu töten. Sollte der sich doch mit den Sachsen schlagen.

Skarpedin erholte sich rasch von dem Gift, das Malina ins Wasser und in den Honigwein gemischt hatte. Als sie am zweiten Abend auf einer Sandbank vor der Insel Hedinsey ankerten, begann er, Hakon, Pálnir und alle anderen zu beschimpfen. Irgendwann – es dämmerte bereits – hatte Pálnir von dem Gezeter genug und setzte seinem gefesselten Halbbruder ein Messer an die Kehle.

«Ich sollte dich abstechen wie ein Schwein!»

«Mach doch, Bastardsohn!», keuchte Skarpedin. «Du bist nur ein Haufen Dreck. Bind mich los und kämpf mit mir, wenn du einen Funken Ehre im Leib hast.»

Hakon trat, auf einen Stock gestützt, zu ihnen und legte dem vor Wut bebenden Pálnir beruhigend eine Hand auf den Arm. Dann rief er einige Männer herbei. Sie hielten den tobenden Skarpedin fest und nahmen ihm die Fesseln ab. Anschließend zogen sie ihm die Kleider vom Leib und schleiften ihn unter dem höhnischen Gelächter, das auch von den anderen Schiffen herüberschallte, an die Bordwand.

«Die Skalden», sagte Hakon, «werden dich als den Mann besingen, der über Bord geworfen wurde und nackt um sein Leben schwamm. Das Wasser ist kalt. Aber ich denke, du schaffst es bis zur Insel. Du sollst leben, damit du die Spottverse hören kannst, die über das kleine Ding gedichtet werden, das sich zwischen deinen Beinen verkriecht.»

Er gab Skarpedin einen Stoß, und der landete kopfüber in den Fluten und versank wie ein Stein. Es war ein windstiller Abend und die Küste von Hedinsey nicht weit entfernt.

«Kann er schwimmen?», fragte Hakon.

Pálnir verzog das Gesicht. «Ich hoffe nicht.»

Da durchbrach Skarpedin die Oberfläche. Er stieß einen Fluch aus, verschluckte sich aber am Wasser und musste husten.

«Du solltest dich beeilen», rief Hakon. «Bald wird es dunkel, und dann kannst du nicht mehr sehen, wohin du schwimmst.»

Skarpedin spuckte Wasser aus, bevor er sich mit kräftigen Stößen von den Schiffen entfernte.

«Also kann er schwimmen», sagte Hakon.

«Warum lässt du ihn entkommen?» Pálnir war die Enttäuschung anzusehen.

«Der Tod wäre ein Geschenk für ihn gewesen. Nun muss er mit der Schmach der Niederlage leben.»

«Und du hast einen Feind!»

«Er ist nicht mein einziger Feind.»

«Aber du hast auch Freunde ...»

Hakon lächelte. «Ja, die habe ich! Und es gibt Freunde, die wiegen viele Feinde auf.»

Er legte Pálnir eine Hand auf die Schulter, bevor er sich zu Malina umdrehte, die hinter ihnen wartete.

10.

Hladir

Poppo begann zu schwitzen. Nur mit einer kurzen Leinenhose, der Bruche, bekleidet, saß er auf der Bank in einer Hütte unweit der Kirche. Der Jarl hatte sie einst als Badehaus, als *baðstofa*, errichten lassen. Die Wände waren aus massiven Baumstämmen gefertigt, die Spalten mit Lehm und das niedrige Dach mit einer dicken Schicht Stroh und Birkenrinde abgedichtet worden.

Einer der Männer aus dem Rogaland, die in Poppos Truppe dienten, hatte ihn auf die Idee gebracht, die Hütte zu nutzen. Das musste er den Nordmännern lassen – bisweilen hatten sie durchaus brauchbare Einfälle.

In der Mitte der vier Fuß tiefen Grube unter dem Hüttenaufbau stand ein aus Feldsteinen zusammengesetzter Ofen. Davor kniete Skammkill und schürte das Feuer, das so viel Hitze ausstrahlte, dass ihm der Schweiß vom Schädel tropfte. Er legte Holz nach, bevor er den Ofen mit einem Stein verschloss, den er mit Wasser übergoss. Sofort breitete sich heißer Dampf aus, der den Raum einhüllte und Poppo in Nase und Rachen brannte. Skammkill verließ die Hütte durch das Loch in der Wand, der einzigen Öffnung, die er von außen mit einer Klappe verschloss.

Endlich war Poppo allein.

Er zog die Bruche aus und lehnte sich mit dem Rücken gegen die Wand. Schmerzen durchzuckten ihn. Viele Wunden, die er sich durch Selbstkasteiung zugefügt hatte, waren längst vernarbt, aber einige noch frisch. Schweiß und Wasser rannen von seinem Körper auf die Bank und den Boden zu seinen Füßen.

Allmählich entspannte er sich, und die Gedanken, die ihn den Tag über verfolgt hatten, beruhigten sich ein wenig.

Sie war in seinem Kopf gewesen. Das war sie auch jetzt noch, und sie würde es weiterhin bleiben, wenn er sie nicht endlich tötete. Aber dafür war es noch zu früh. Er brauchte sie, bis er Gewissheit hatte, ob sie nicht doch mehr über das Elfenbein wusste, als sie ihm gegenüber zugegeben hatte.

Mit Grauen erinnerte er sich an die Begegnung vor nunmehr gut einem Monat. Wie von Sinnen war er gewesen. Er war über sie hergefallen und hatte mit ihr all das getan, was sein Vater mit Weibern zu tun pflegte, mit den Huren, zu denen er das Geld getragen hatte, während Poppo nicht wusste, wovon er satt werden sollte.

Es war schrecklich für Poppo gewesen. Er hatte vollkommen die Kontrolle verloren und sich auf die Frau gelegt, als die ihn auf den Boden gezogen hatte. Dann war es geschehen. Mit der dämonischen Fratze vor Augen hatte er sich hinreißen lassen. Niemals würde er den Anblick ihrer entblößten Zähne vergessen, zwischen denen stöhnende Lustgeräusche hervordrangen. Es war schnell gegangen, und als es vorbei war, hatte er seine Hose hochgezogen und war Hals über Kopf aus dem Haus geflohen.

Natürlich hatte er mit niemandem darüber gesprochen. Nur der Allmächtige wusste es, und Poppo hatte ihn Dutzende Male um Vergebung angefleht. Er hatte um Gnade gebettelt und sich gegeißelt, hatte sich ausgepeitscht und den Rücken blutig geschlagen.

Seit dem Sündenfall war er nicht mehr auf dem Jarlshof gewesen. Dennoch kam er nicht umhin, die Frau wieder aufzusuchen. Der Monat *iunius* im Jahre des Herrn 967 war angebrochen. Der Kaiser und Abt Thiadrich warteten sicher ungeduldig auf das Elfenbein. Auch Graufell, der vielleicht befürchtete, Kaiser Otto könnte ihm die Schätze wieder abnehmen, würde bald nach Hladir kommen und nach den Stoßzähnen fragen. Und nach dem Jarl! Was sollte Poppo dann antworten?

Der König würde ihm vorwerfen, versagt zu haben – und das zu Recht. In all den Monaten war es Poppo nicht gelungen, den Jarl zu fangen. Er hatte noch immer keinen Hinweis bekommen, wo sich das heidnische Geschwür versteckte, irgendwo da draußen, in diesem endlos weiten Land.

Ja, der König würde ihn zu Recht einen Versager schimpfen.

Poppo schloss die vom heißen Dampf brennenden Augen und ließ die Ereignisse der vergangenen Monate an sich vorbeiziehen. Da war das Bündnis mit den Naumudalern, das er eingefädelt und dadurch maßgeblich geholfen hatte, Hladir einzunehmen. Nun gut! Dann hatte er in dieser gottlosen Stadt eine Kirche bauen lassen; doch die Gemeinde, dieses ungläubige Pack, musste man unter Waffengewalt hineintreiben. Sogar er selbst war der Sünde anheimgefallen und hatte sich von dem hässlichsten Weib auf Gottes Erden verführen lassen. Und dann gab es noch die ungeklärten Probleme mit dem Jarl und dem Elfenbein.

Eine erfolgreiche Mission sah anders aus.

Wehmut beschlich ihn, als er an die Reliquie dachte. Die Fingerknochen des heiligen Lazarus. Hätte er sie dabeigehabt, dann – davon war er überzeugt – wäre er gefeit vor den teuflischen Einflüssen. Vor dem Weib! Doch wie sollte er die Reliquie jemals bekommen? Wenn er mit den bislang erzielten Ergebnissen zu Adaldag zurückkehrte, würde der ihm den Deckel des Kästchens wieder vor der Nase zuklappen.

Poppo öffnete die Augen wieder.

O Herr, betete er stumm in den wabernden Wasserdampf. O Herr, welche Prüfungen wirst du mir noch auferlegen?

Dann glitt er von der Bank auf die Knie, senkte den Kopf und dachte an den heiligen Lazarus, den Jesus so sehr liebte, wie auch Poppo von ihm geliebt werden wollte. Den der Herr auferweckte, nachdem er vier Tage im Grab gelegen hatte und der dann an dem Festmahl teilnahm, das man für den Heiland im Hause eines Aussätzigen bereitet hatte.

Es erfuhr nun eine große Menge, dass er dort war, hieß es in der Schrift des heiligen Johannes, und sie kamen nicht allein um Jesu willen, sondern auch um Lazarus zu sehen, den er von den Toten auferweckt hatte.

O Herr, betete Poppo, wirst du auch mich lieben und auferwecken, wenn ich die Sünde überwinde? Wenn ich den Teufel überwinde? Wenn ich die Welt reinige von allem Bösen, von den Götzen und ihren Anbetern?

Doch Gott schwieg. Nur die Ofensteine knackten.

Poppo seufzte, nahm die Birkenzweige, die neben ihm auf dem Boden lagen, und schlug sich damit auf Brust, Arme und Schultern, wie es ihm der Rogaländer erklärt hatte. Das sollte die heilende Wirkung des Dampfbads unterstützen.

Nach einer Weile hatte Poppo genug davon, warf die Birkenzweige weg und kroch auf Händen und Knien zum Ofen, der noch immer glühend heiß war. Mit der Holzkelle schöpfte er Wasser darüber, bis es zischte und dampfte.

Er wollte sich gerade wieder zur Bank begeben, als es an der Luke klopfte. Das war kein leises Anklopfen, sondern Skammkills kompromissloses Hämmern.

Was fiel ihm ein, seinen Herrn beim Bad zu stören?

Wieder klopfte es. Es musste etwas Wichtiges sein, wenn Skammkill gegen die Anordnung verstieß, seinen Herrn in Ruhe baden zu lassen.

Poppo schlüpfte in die tropfnasse Bruche, ging zur Luke und drückte sie von innen auf. Skammkills bleicher Schädel zeichnete sich vor dem Nachthimmel ab.

Er wich vor dem aus der Hütte quellenden Dampf zurück und deutete mit dem Daumen über seine Schulter. Poppo schaute an ihm vorbei und sah bei einem Feuer, das draußen entzündet worden war, die Umrisse von drei Gestalten, zwei größere und eine kleinere.

Was hatte das zu bedeuten? Konnten die nicht warten? Und warum ließ Skammkill diese Störenfriede überhaupt zu ihm?

«Wer ist das?», fragte er.

Skammkill stieß knurrende Geräusche aus.

Poppo wollte die Luke wieder verschließen, als er es sich anders überlegte. Für heute war ihm die Lust am Baden vergangen. Außerdem hatte ihn die Neugier gepackt. Vielleicht gab es zur Abwechslung gute Nachrichten.

«Geh zu den Leuten», sagte er, «und sorg dafür, dass sie sich wegdrehen.»

Nachdem Skammkill den Befehl ausgeführt hatte, stieg Poppo aus der Hütte. Er trocknete sich mit einem bereitgelegten Tuch ab, kleidete sich an und ging zum Feuer, wo ihm die Leute, einschließlich Skammkill, die Rücken zukehrten. Er räusperte sich, und als sie sich zu ihm drehten, erkannte er zwei seiner Krieger, die eine Frau in zerlumpten Kleidern zwischen sich genommen hatten.

Mit einem Mal waren die trüben Gedanken wie fortgeblasen.

Nun schien alles doch noch eine gute Wendung zu nehmen – wenn das Weib aus der Wildnis zurückgekehrt war, konnte das nur eins bedeuten!

11.

In den Bergen von Raumsdal

Die Reise führte die vier Schiffe durchs östliche Meer, dann weiter zwischen den dänischen Inseln hindurch nach Norden und an den Küsten der Sveländer entlang ins Skagerrak. Hakon wollte vermeiden, dem Dänenreich zu nahe zu kommen, um das Risiko, auf Blauzahns Schiffe zu treffen, möglichst gering zu halten. Der Dänenkönig hatte sich zwar mit Graufell überworfen, aber es war nicht klar, ob er Hakon nicht trotzdem noch feindlich gesinnt war.

Zwischenzeitlich hatte er sogar überlegt, Blauzahn ein Bündnis anzubieten, diesen Gedanken allerdings wieder verworfen. Es war nicht nur riskant, sondern würde vor allem Zeit kosten – wertvolle Zeit, die Hakon nicht hatte. Inzwischen waren gut zwei Monate vergangen, seit er die Heimat verlassen hatte.

Nachdem sie das Skagerrak hinter sich gelassen hatten, nahmen sie bei günstigem Fahrtwind Kurs auf den äußeren Seeweg fernab der Küste. So umgingen sie die von Graufell kontrollierten Gebiete und erreichten nach einigen Tagen Fahrt über das Nordmeer die Inseln Smøla und Hitra, wo sie eine Nacht an Land verbrachten.

Je näher sie dem Ziel ihrer Reise kamen, desto ungeduldiger wurde Hakon. Seine Laune besserte sich auch nicht, als er am nächsten Morgen am Vordersteven stand, wo ihm der böige Wind Regen ins Gesicht peitschte, während er die Schiffe in den Fjord lotste. Der Rabe kauerte mit zerzaustem Gefieder auf seiner Schulter.

Die Dänen warfen sich in die Riemen, und die Rufe der Steuermänner drangen an Hakons Ohren.

Und er spürte Malinas Blicke. Sie stand hinter ihm, eine Elle entfernt; viel näher waren sie sich an Bord nicht gekommen.

Er führte die Schiffe durch den Fjord, bis sie nach einigen Seemeilen in einen Seitenarm nach Steuerbord abbogen. Bald darauf kamen sie zu einer abgelegenen, vom Fahrwasser aus nicht einsehbaren Bucht und steuerten das seichte Ufer an. Sie fällten Kiefern, befreiten sie von allem Astwerk und zogen die Schiffe dann über die Baumstämme eine Böschung hinauf. Dort nahmen sie die Masten ab und verbargen die Rümpfe unter Ästen, Treibholz und Buschwerk. Das alles dauerte für Hakon unerträglich lange. Erst in den Abendstunden waren sie fertig. Aber sie durften die Schiffe nicht ungeschützt zurücklassen, dafür waren sie zu wertvoll. Auch mussten sie verhindern, dass jemand die Schiffe entdeckte und der Bischof davon erfuhr.

Im Morgengrauen brachen sie auf. Die Wunde an Hakons Wade war auf der Fahrt zwar recht gut verheilt, machte sich aber nun wieder bemerkbar. Er ließ sich das Bein mit Ästen schienen und biss auf die Zähne, während sie durch bewaldete Täler und über Bergkämme ins Küstenhinterland vordrangen. Am Abend des dritten Marschtages stießen sie auf den Pfad, der zur Fluchtburg führte.

Das ungute Gefühl, das Hakon seit Tagen bedrängte, wurde größer, als er die Fußspuren im aufgeweichten Boden sah. Er spürte, wie sich seine Kehle zusammenzog. Das konnten unmöglich alles Spuren von den Menschen aus dem Lager sein. Dafür waren es zu viele, und sie hatten sich tief in die Erde gedrückt – wie von Stiefeln, in denen die Füße schwerer, bewaffneter Männer steckten.

Hakon forderte die Dänen auf, ihre Waffen zu ziehen. Der Rabe erhob sich von seiner Schulter und flog voraus in den Wald.

Hakon hastete hinterher, so schnell sein Bein es zuließ – immer in der Erwartung, jeden Augenblick auf den Feind zu stoßen. Er stürmte durchs Gestrüpp, ohne auf die Schmerzen zu achten. Tiefhängende Birkenzweige peitschten sein Gesicht. Dornen von Brombeerruten rissen an seinen Kleidern.

Die anderen hatten Mühe, ihm zu folgen. Wie von Sinnen brach er durchs Unterholz. Das Herz hämmerte ihm gegen die Brust, und als endlich die Felsen zwischen den Bäumen auftauchten, blieb er so abrupt stehen, als wäre er gegen eine unsichtbare Wand geprallt.

Er rang nach Luft. Die Welt um ihn herum begann sich zu drehen. Wie aus weiter Ferne hörte er den Raben krächzen, hörte die anderen nachkommen, hörte Malina schreien und Pálnir und andere Männer fluchen.

Wenige Schritte von ihm entfernt hingen in den Bäumen die Leichen der Menschen, die auf seinen Schutz vertraut hatten. Die leblosen Körper von mindestens einem Dutzend Frauen und Männern bewegten sich im Wind, der durch die Bäume strich.

Von überallher traten Dänen aus dem Wald. Schwertklingen blitzten im Schein der durchs Blätterwerk einfallenden Sonnenstrahlen. Doch hier war niemand, gegen den sie kämpfen konnten.

Die Hütten waren niedergebrannt und die Steinmauer eingerissen worden. Der saure Geruch von verbranntem Holz und verwesenden Leichen war allgegenwärtig. Als Hakon durch die Überreste des Lagers stieg, hatte er Tränen in den Augen, und es kümmerte ihn nicht, ob jemand es bemerkte.

Zwischen verkohltem Holz sah er einen kleinen Körper liegen, ein Kind, etwa so groß wie seine Tochter Aud. War sie es? Das Gesicht war bis zur Unkenntlichkeit verbrannt.

Er spürte Malinas Hand auf seinem Rücken, ihre leichte, tröstende Hand. Aber er konnte nicht anders, als sie abzuschütteln, und schleppte sich weiter durch die Trümmer, unter denen schwarze Arme und Beine hervorragten. Er ging nach oben bis zu dem Stein, auf dem er so häufig gesessen hatte, wenn er zur Hütte auf der anderen Talseite schaute.

Er wischte sich über die Augen. Seine Hand zitterte.

Der Rabe drehte eine Runde über den Felsen, bevor er neben Hakon landete und mit dem Schnabel in eine mit Erde gefüllte Spalte hackte. Er zog etwas daraus hervor, nahm es in den Schnabel und hüpfte damit zu Hakon. Es waren die Reste der kleinen Elster, die er damals hier vergraben hatte. Er legte das Geschenk vor Hakon ab und flog dann auf eine kleine Kiefer, die in der Nähe aus einer Felsspalte wuchs.

Die Sonne hing bereits tief über den Bergen. Im blutroten, dämmrigen Licht glaubte Hakon zu erkennen, dass auch Asnys Hütte eine Brandruine war. Die Seherin und all die Menschen im Lager, Ketil, Thorleif, seine Freunde – sie tauchten vor seinem inneren Auge auf, zogen vorbei …

Und dann begann er zu schreien. Er schrie, bis seine Kehle brannte, bis es seine Brust zu zerreißen drohte und ihm schwarz vor Augen wurde. Seine Stimme versagte erst, als er auf dem Felsen niedersank. Hilflos, entkräftet. Einsam. Seine rechte Hand schloss sich um den verwesten Klumpen, das Elsterjunge, und er schleuderte es ins Tal hinunter.

Nach einer Weile traten Malina und Pálnir zu ihm. Gedämpft drangen aus dem Lager Stimmen herauf. Grillen zirpten. Irgendwo sang ein Vogel.

Dann zerriss ein Krächzen die Stille. Der Rabe schlug die Flügel durch und flog über das Tal davon, bis er im dunklen Wald auf der anderen Seite verschwand.

«Ob er drüben etwas entdeckt hat?», hörte Hakon Malina fragen.

Über der kahlen Felswand standen die Bäume dicht an dicht.

Mit einem Mal tauchte der Rabe wieder auf, erhob sich über das Blätterdach, um gleich darauf im Sturzflug wieder im Wald zu verschwinden. Tatsächlich schien er sie auf etwas aufmerksam machen zu wollen.

«Was hat das zu bedeuten?», fragte Pálnir. «Könnte der Feind noch in der Nähe sein?»

Hakon wollte etwas erwidern, aber aus seiner Kehle kamen nur gepresste Laute. Er hustete. «Ich glaube nicht», sagte er dann.

So unvorsichtig wäre der Rabe nicht. Sein Verhalten konnte nur eines bedeuten.

In dem Moment glaubte Hakon drüben Bewegungen zu erkennen. Schatten, die zwischen den Bäumen umherhuschten.

«Nimm zwei Dutzend Krieger», forderte er Pálnir auf. «Nimm die besten Männer und folgt mir.»

Sie liefen den Hang hinunter und dann über einen Wildpfad durchs Tal, bis sie auf der anderen Seite die Anhöhe hinaufstiegen und sich der Brandruine zwischen den Felsblöcken näherten. Hakons Magen zog sich zusammen, als er die Reste von Asnys Hütte sah, und er erinnerte sich an die Nacht, in der er beschlossen hatte, Pálnir zu Hilfe zu holen und die Flüchtlinge allein zu lassen.

Er ließ seinen Blick über den Bäume schweifen, zwischen denen er die Schatten gesehen hatte. Oder hatte er sich getäuscht? Vielleicht war es nur Rotwild gewesen, das der Rabe aufgeschreckt hatte. Oder ein Rudel Wölfe.

Er trat an den verkohlten Holzhaufen, der einmal die Hütte gewesen war, kniete davor nieder und befühlte ein Stück Holz. Es war kalt. Die Brandkruste zerbröselte zwischen seinen Fingern.

«Da ist jemand!», hörte er Pálnir rufen.

Die Krieger zogen die Schwerter.

Mit rauschendem Flügelschlag kehrte der Rabe auf Hakons Schulter zurück. Er stieß mehrere der merkwürdigen Klopflaute aus, bevor auch Hakon die große Gestalt bemerkte, die neben einer Birke stehen geblieben war und zu ihnen herüberschaute. In der rechten Hand hielt sie einen Knüppel.

Ein erstickter Schrei drang aus Hakons Kehle. Ketil! Er war es wirklich!

Hakon erhob sich und forderte die Dänen auf, die Waffen wegzustecken, bevor er seinem Freund entgegentrat. Bevor er bei ihm war, erschien hinter ihm ein anderer Mann – Thorleif, der Alte, den die Götter wieder einmal vergessen hatten.

Hakon blieb vor ihnen stehen. Ketil sprach kein Wort, auch Thorleif nicht.

Pálnir und die Dänen kamen nach.

«Ich ... bin zurück», sagte Hakon.

«Das ist nicht zu übersehen», erwiderte Ketil. «Jetzt müssen wir nur noch klären, ob uns die Gebete zum Christengott oder die zu den alten Göttern dieses Wunder beschert haben.»

«Red keinen Unfug, Munki», schnaubte Thorleif. «Wenn du wirklich zum Christengott gebetet hast, breche ich dir alle Knochen. Und jetzt schieb mal deinen fetten Hintern zur Seite, damit ich den Jarl begrüßen kann.»

Er drängte sich an Ketil vorbei, schloss Hakon in seine knochigen Arme und drückte ihn an sich. Hakon erwiderte die Umarmung, legte sein Gesicht in das strähnige weiße Haar des Alten und spürte, wie ein Schauer nach dem anderen über seinen Rücken jagte.

Der Rabe flog hinauf zu einem Ast, als Ketil zu ihnen trat und Hakon die rechte Hand auf die Schulter legte.

«Deine Reise scheint erfolgreich gewesen zu sein», sagte Ketil mit Blick auf die Dänen.

Thorleif löste sich von Hakon. «Ihr kommt zwei Wochen zu spät.»

In Hakon rangen die unterschiedlichsten Gefühle miteinander: Er verspürte Erleichterung und Freude darüber, dass die beiden noch lebten, und zugleich den unbändigen Wut und Hass auf den Bischof.

«Wie viele seid ihr?», fragte er.

«Zweiunddreißig», antwortete Ketil, «Fast alles Erwachsene, nur zwei Kinder sind uns geblieben.»

Vor Hakons Aufbruch waren etwa einhundert Menschen auf der Fluchtburg gewesen – einhundert, von denen nun die meisten tot waren.

«Wo sind die anderen Kinder?», fragte er.

«Sie haben sie getötet und einige verschleppt.»

«Was ist mit Eirik und Aud?»

«Das weiß ich nicht, nur, dass sie nicht hier sind», antwortete Ketil. «Es war ein heilloses Durcheinander. Der Bischof und seine Männer griffen an, während wir schliefen. Hundert Krieger hat er angeführt, vielleicht auch zweihundert. Sie haben die Wachen an der Steinmauer einfach überrannt. Es gab keinen Kampf. Hörst du, Jarl – wir haben versagt. Der Bischof hat das Lager im Handstreich eingenommen. Wer nicht fliehen konnte, wurde gefangen genommen oder getötet.»

«Und die Wachen im Wald?»

Ketil stöhnte. «Da waren keine. Ich sagte doch, dass wir versagt haben. Wir haben die Männer abgezogen, weil sie gejammert haben, es sei ihnen zu langweilig, im Wald zu hocken. Das war so verdammt töricht von uns!»

«Wahrscheinlich hätte es nicht viel geändert», meinte Hakon. Er wollte Ketil die Last der Schuld nehmen, die ebenso auf seinen eigenen Schultern lag.

«Der Bischof hat nach dir gesucht», erklärte Ketil. «Er hat rumgeschrien, wollte wissen, wo du bist ...»

«Und weil man es ihm nicht sagen konnte, hat er Männer und Frauen aufhängen lassen», sagte Hakon.

Ketil zuckte mit den Schultern. «Ist das so? Ich weiß nicht, was er mit ihnen gemacht hat. Von uns war seither niemand dort drüben, aus Angst, es könnten noch Soldaten dort sein.»

«Da sind nur die Toten.»

Ketil nickte bitter. «Ich wollte kämpfen. Aber es waren zu viele. Ich habe die beiden Kinder gegriffen und bin mit anderen über den Abhang hinunter ins Tal geflohen.»

«Ihr seid über die steile Wand entkommen?»

«Einige haben sich dabei alle Knochen gebrochen. Andere haben es geschafft, viele von uns sind verletzt. Drei Tage habe die Bastarde die ganze Gegend nach uns durchkämmt. Wir haben uns auf Bäumen oder in Höhlen versteckt, bis sie aufgegeben haben und abgezogen sind.»

Hakon schüttelte fassungslos den Kopf. «Wie ist es dem Bischof gelungen, das Lager ausfindig zu machen?»

Ketil senkte den Blick. «Nicht lange, nachdem du fortgegangen bist, haben die Späher eine Frau hergeführt, Geirrid Erlingsdottir, vielleicht kennst du sie. Wir haben sie bei uns aufgenommen wie alle anderen auch. Ein paar Tage später war sie wieder verschwunden. Sie hatte behauptet, Kräuter sammeln zu gehen, und wir glaubten zunächst, sie hätte sich verlaufen, als sie nicht zurückkehrte. Wir haben tagelang nach ihr gesucht, aber keine Spur von ihr gefunden.»

«Und ihr habt keinen Verdacht geschöpft?»

«Doch, doch, das haben wir! Wir haben die Späher zum Berg Grakallen geschickt, damit sie Hladir beobachten, falls der Bischof irgendetwas plant. Da die Späher nicht zurückkehrten, dachten wir, sie würden noch immer die Stadt beobachten und daher bestehe keine Gefahr, und Geirrids Verschwinden müsse einen anderen Grund haben. Es kam ja immer mal wieder vor, dass jemand in einen See oder in eine Bergspalte fiel und darin umkam.»

Er warf Thorleif einen Seitenblick zu.

«Außerdem war es doch nur eine Frau», sagte der Alte, «eine arme Frau, deren Kinder gestorben waren und die sich deshalb entschlossen hatte, zu uns zu kommen. Sie machte wirklich nicht den Eindruck, dass sie ...»

«Dass sie euch verraten würde!»

Ketil und Thorleif nickten betreten.

Hakon stöhnte. Vermutlich hatten die Krieger des Bischofs die Späher getötet, und dann war es genauso gekommen, wie Hakon immer befürchtet hatte. Aber wäre ihm aufgefallen, dass mit Geirrid etwas nicht stimmte? Er wusste, dass sie drei Kinder hatte, zwei Jungen und ein Mädchen, schwache, kränkliche Kinder. Vielleicht waren sie gar nicht gestorben, sondern der Bischof hatte Geirrid mit den Kindern erpresst. Er hatte gehört, dass Ofeig, ihr Mann, beim Angriff auf Hladir getötet worden war, und eine Frau, die drei Kinder allein durchbringen musste, war leicht erpressbar, wenn man ihr das Letzte zu nehmen drohte.

«Wo sind die Überlebenden jetzt?», fragte er.

Ketil nickte zum Wald. «Auf einer Lichtung, auch die Seherin ist dort.»

«Die Seherin?» Hakon war überrascht und glücklich zugleich, als er das hörte.

«Es geht ihr schlecht.» Ketil klopfte sich auf die Brust und hustete übertrieben laut, wohl um anzudeuten, was Asny fehlte. «Der Bischof hatte sie in ihrer Hütte aufgetan. Offenbar traute er sich aber nicht, sie eigenhändig zu töten. Wahrscheinlich aus Angst, sie könnte ihn verfluchen. Daher hat er die Hütte umstellen und Feuer legen lassen.»

Thorleif ließ einen Laut hören, der wie ein unterdrücktes, freudloses Lachen klang. «Das Weib ist nicht kleinzukriegen. Es hat sogar das Feuer überlebt.»

Das war zwar angesichts der verbrannten Hütte kaum vorstellbar, aber Hakon konnte sich denken, was geschehen war. Er hatte ihre Behausung über einer Felsmulde errichtet, die ihr an warmen Tagen als Vorratskammer für Tränke und Kräutermischungen dienen sollte. Über die Mulde hatten sie einen Boden aus Kiefernstämmen gelegt, sodass darunter eine geräumige, geschützte Kammer entstanden war, in der sie sich offenbar vor dem Feuer in Sicherheit gebracht hatte.

«Bringt mich zu den anderen», sagte er.

Die Lichtung lag gut versteckt etwa eine halbe Meile vom Tal entfernt auf einem mit dichtem Wald und mannshohen Büschen bedeckten Hügel. Als Hakon mit den Dänen eintraf, strömten von überallher Menschen herbei. Hakons Brust zog sich zusammen, als er die abgerissenen Gestalten sah. Einige humpelten, stützten sich auf Äste. Ihre Kleider waren verdreckt und die Gesichter mit Beulen, verschorften Wunden und Ausschlägen überzogen.

Er hörte, wie sie seinen Namen flüsterten und ihn um Essen anflehten.

«Wir haben Proviant, drüben bei der Fluchtburg», sagte er schnell. «Wir werden gleich aufbrechen ...»

«Nein», unterbrach ihn Ketil. «Für die Verletzten ist ein Marsch durch den Wald zu gefährlich.»

«Die Dänen werden sie tragen», entgegnete Hakon. Er war entschlossen, den Menschen so schnell wie möglich Nahrung zu geben.

Doch zunächst führte ihn Ketil zu einer kleinen, dachförmigen Konstruktion, die mit Ästen, Rinde und Farnblättern gedeckt war. Hakon schlug das Tuch zur Seite, mit dem der niedrige Eingang verdeckt war und kroch hinein. Das nächtliche Dämmerlicht von draußen flutete die Behausung mit matter Helligkeit.

Asny ruhte mit geschlossenen Augen auf einem Lager aus Reisig und Laub. Ihr Gesicht war bleich wie das einer Toten, ihr Atem ging stoßweise und rasselte in den Lungen, vermutlich eine Folge des giftigen Rauchs, den sie eingeatmet hatte. Sie war nicht alt, dreiundzwanzig Jahre, wenn Hakon sich richtig erinnerte. Aber im Moment sah sie aus wie eine Greisin.

Er war versucht, eine Hand auszustrecken, um sie zu berühren, als sich mit einem Mal ihre Lippen bewegten.

«Hast du sie gefunden?», fragte sie. Ihre Stimme war nur ein Hauch.

Er beugte sich über sie. «Ja, mein Blutsbruder Pálnir und einhundertsiebzig Dänen haben mich begleitet.»

«Das ist gut. Aber hast du auch sie gefunden?»

«Malina? Sie war in Jumne, so wie du vermutet hast. Sie ist auch hier ... drüben beim Lager.»

Ihre Lider öffneten sich halb. Sie drehte ihm das Gesicht zu. «Sie hat dir verziehen. Aber hast du das auch getan?»

«Ich ... ja. Warum fragst du danach? Die Krieger sind wichtiger. Unser Schicksal hängt von ihnen ab.»

«Es hängt *auch* von den Kriegern ab, Hakon. Von ihnen, von den Göttern – und von ihr.»

«Von Malina?»

Ein kaum sichtbares Lächeln legte sich über ihre Lippen. Hakon spürte einen Stich, als er an jene Nacht in der Berghütte dachte, in der Freyja ihn zu sich gerufen hatte. Und er dachte an die Nacht, als er Asny etwas dagelassen hatte, was sie sich gewünscht hatte – eine Erinnerung an ihn als Mann. Nur für den Augenblick, mehr hatte sie nicht gewollt.

«Was fühlst du, wenn du an sie denkst?»

«Ich ... weiß nicht genau», antwortete er. «Ich habe mir Sorgen um euch gemacht, um dich und Ketil und alle anderen, und ich glaube, ich hatte bislang keine Gelegenheit, über Malina nachzudenken.»

Das stimmte nicht ganz, und er sah, dass Asny das wusste.

Natürlich war er Malina dankbar, dass sie ihm zum Sieg über Skarpedin verholfen hatte. Mehr als dankbar! Sie hatte ihm das Leben gerettet, und ihr Eingreifen hatte letztlich dazu geführt, dass Hakon mit den Dänen abziehen konnte. Aber hatte er ihr auch nur ein einziges Mal gesagt, dass er sich darüber freute, dass sie wieder bei ihm war? Dass er glücklich darüber war? Nein.

Er fragte sich, was Asny wohl für ihn empfand, jetzt, genau in diesem Augenblick, genauso wie damals, als sie sich geliebt hatten. Konnte eine Seherin überhaupt einen Menschen aus Fleisch und Blut lieben? Ihre Mutter Velva hatte drei Kinder gezeugt, doch niemand wusste, wer ihre Väter waren. Velva hatte behauptet, die Kinder seien ein Geschenk der Götter, und es war nicht unwahrscheinlich, dass das zutraf.

Und was empfand er für Asny? Er hatte großen Respekt vor ihren Fähigkeiten, und er vertraute ihr wie kaum einem anderen Menschen. Aber sie würde immer nur den Göttern gehören, niemals ihm. So wie es sein sollte. Sie war eine Freundin, eine Verbündete, jemand, auf dessen Rat er hörte. Sie selbst hatte niemals irgendwelche Andeutungen in seine Richtung gemacht, auch wenn er manchmal den Eindruck hatte, in ihren Blicken lag mehr als nur Freundschaft für ihn.

Draußen rief jemand nach ihm. Die Leute waren bereit zum Abmarsch. Hakon erwiderte, er würde gleich kommen. Aber jetzt noch nicht. Er musste dieses Gespräch zu Ende führen. Er fühlte die Kraft, die von Asny ausging, von dieser zerbrechlich und unendlich erschöpft wirkenden Frau. Und er spürte, dass sie etwas wusste – etwas, das wichtig war.

«Warum hängt unser Schicksal von Malina ab?», fragte er.

«Unser Schicksal hängt von deinem Schicksal ab – und deines von ihrem.»

«Warum?»

Sie begann zu husten. Ihr Gesicht verzerrte sich vor Schmerzen, aber er konnte im Moment nichts anderes für sie tun, als ihre Wangen zu streicheln.

«Bleib bei mir, Asny», sagte er leise, als der Hustenanfall vorüber war. «Die Götter dürfen dich noch nicht zu sich nehmen. Die Menschen hier brauchen dich, und ich brauche dich. Malina wird es verstehen.»

Speichel rann aus ihrem Mund. Sie versuchte zu lächeln, doch es gelang ihr nicht. «Bring mich nach draußen. Die anderen warten auf uns.»

«Gleich! Sag mir erst, ob wir den Feind besiegen können! Der Bischof und Graufell sind mächtiger als je zuvor. Die Throender zittern vor ihnen.»

«Es gehört alles zusammen, dein Schicksal und das der Throender», brachte sie hervor. «Sie werden so lange Angst vor dem Feind haben, solange du sie nicht führst.»

Hakon schüttelte den Kopf. «Ich fürchte, viele Menschen haben sich längst mit der neuen Herrschaft abgefunden, und ich kann es ihnen nicht einmal verdenken. Sie wollen leben, einfach nur leben. Sie wollen essen, Kinder aufziehen, am wärmenden Feuer sitzen. Dafür nehmen sie in Kauf, dass Graufell hohe Abgaben verlangt. Dass der Bischof ihnen die Glaubensbekenntnisse abnimmt. Damit sie leben können.»

Asnys Stirn legte sich in Falten. «Du redest wie jemand, der den Kampf aufgegeben hat.»

Hakon wollte etwas darauf erwidern, brachte aber nichts heraus. Hatte er das wirklich? Hatte er den Krieg verloren gegeben, weil der Feind das Lager überfallen hatte? Weil ihm der Feind zu übermächtig erschien? Hakon hatte bewaffnete Männer, ein kleines Heer. Dänen, die durstig nach Blut und gierig auf den versprochenen Lohn waren. Ein Söldnerheer.

Zu gewinnen war die Schlacht aber nur mit den Throendern, mit Männern, die für ihre Freiheit kämpften, nicht für Silber.

«Die Throender brauchen ein Zeichen», sagte Asny, «ein Zeichen der Götter.»

Hakon lachte bitter. «Die Götter schweigen seit langem – das weiß niemand besser als du und ich.»

«Die Götter mögen schweigen, und dennoch hat der Bischof Angst vor ihnen. Und deshalb hat er Angst vor mir.» Ihre hellen Augen blitzten in dem bleichen Gesicht auf. «Nun glaubt er, ich sei tot. Er glaubt, die Götter überwunden zu haben, weil sein Gott mächtiger ist. Diesen Glauben musst du dir zunutze machen!»

Hakon nickte nachdenklich. Er verstand, worauf Asny hinauswollte. Was sie ihm sagen wollte. Dass der Krieg erst verloren war, wenn er, Hakon, sich in ein Schicksal fügte, das nicht sein Schicksal war.

5. Teil

Fort das Leben der Führer fegte der Ger-Regen.
Schar Thunds Kampfes-Schürer schlachtfroh voller machte.
Kiels Steurer Hel-kalte Klingen-Wetter ließ schmettern
im Odins-Spiel, edlen Odalbauern zum Tode.

Sommer 967

1.

Tungahof, Orkdal

Der Bonde Asgaut Thorgilsson hasste schlechte Nachrichten. Davon hatte er in letzter Zeit zu viele erhalten, und nun gab es schon wieder welche: Vali, einer seiner beiden Knechte, hatte sich den linken Arm gebrochen. Am frühen Abend brachten Asgauts Söhne Leiknir und Ljot den jammernden Knecht auf den Hof Tunga, auf dem die Sippe im Orkdal lebte. Die drei waren unten am Fjord auf Robbenjagd gewesen, als Vali auf einem rutschigen Stein ausglitt und sich beim Sturz schwer verletzte.

Während man sich im Wohnhaus von Tunga um den Knecht kümmerte, ließ sich Asgaut in den Hochstuhl sinken und von seinem Weib Gudrun einen Becher warmes Bier bringen.

«Nein, die schlechten Nachrichten hören einfach nicht auf», grummelte er bei sich.

Vali würde Wochen, wenn nicht gar Monate ausfallen und allenfalls leichte Arbeiten verrichten können. Zwei tüchtige Hände fehlten nun, um die Abgaben für den verfluchten Bischof zu erwirtschaften.

Und das ausgerechnet jetzt!

Asgaut hatte erfahren, dass König Graufell in Hladir war. Dort wollte der neue Herrscher in wenigen Tagen das Mittsommerfest feiern, und eine Woche später sollten die Throender nach Frosta kommen. Die Boten des Bischofs hatten Asgaut unmissverständlich klargemacht, dass er auf dem Thing zu erscheinen hatte, ebenso wie alle anderen Bonden aus den Thrandheim-Fylki. Wer fernblieb, musste mit Strafe rechnen.

Als wäre das Leben nicht schon schwer genug!

Die Menschen arbeiteten nur noch, um die Gier des Bischofs zu befriedigen. Wenige Tage nach dem Überfall auf Hladir hatten dessen Krieger in ganz Thrandheim Höfe geplündert. Im Frühjahr hatte der Bischof dann auf Frosta neue Abgabenhöhen festgesetzt: Jeden dritten Teil von Vieh, Ernte und Fischfang sollten die Bonden abtreten, was einem Ruin gleichkam. Kein Bauer hätte damit seine Familie und das Gesinde ernähren können.

Das wusste der Bischof natürlich, und er stellte daher für alle Männer, die den neuen Glauben annahmen, eine Abgabenhöhe von jedem fünften Teil in Aussicht. Das war zwar noch immer Wucher für die einst freien und stolzen Bauern. Dennoch ließen sie sich ausnahmslos vom Bischof mit dem geweihtem Wasser bespritzen und tauschten zähneknirschend Thorshämmer gegen Christenkreuze.

Wer wollte es ihnen verdenken?

Asgaut nicht. Er war keine Ausnahme, und es hatte ihm das Herz zerrissen, all das, wofür er früher gekämpft hatte, zu verleugnen. Aber er hatte sich auf Tunga um ein Eheweib, zwei Söhne, drei Töchter, zwei Knechte und zwei Mägde zu kümmern. Nicht eben wenig Menschen. Eine große Verantwortung.

Obwohl die Wut Asgaut in vielen Nächten nicht zur Ruhe kommen ließ, hätte er wohl mit den hohen Abgaben irgendwie leben können. Doch nun rüstete sich Graufell für eine Schlacht gegen die Dänen, und er verlangte, dass die Throender-Bonden jeden zweiten ihrer Söhne und Knechte hergaben – für einen Krieg, der nicht ihr Krieg war.

Dennoch gab es keinen anderen Ausweg, als der Forderung des Königs nachzukommen, obwohl der einzige Knecht, den Graufell ihm lassen würde, sich jetzt auch noch den Arm gebrochen hatte. Wer sich weigerte, dem nahmen sie alles, so wie dem Bonden Thorlak aus dem Sparbyggva-Fylki, dessen Hof sie in Brand gesetzt hatten – mitsamt Thorlak und seiner Sippe darin.

Valis gequältes Stöhnen riss Asgaut aus seinen Gedanken. Ljot hatte versucht, den gebrochenen Arm des Knechts zu richten und sich dabei ungeschickt angestellt.

Wenn man sich nicht um alles selbst kümmerte!

Asgaut wollte sich gerade aus dem Hochstuhl erheben, als die Tür aufflog und Leiknir, sein ältester Sohn, ins Haus stürmte. Der Ausdruck auf Leiknirs Gesicht verhieß nichts Gutes.

«Vorn am Hoftor sind Leute», stieß er keuchend aus.

«Was für Leute?», knurrte Asgaut.

Leiknir schluckte schwer. «Der Jarl ... ist zurückgekehrt!»

Asgaut klammerte sich an die Stuhllehnen. Auch das noch! Hatten sich alle bösen Geister gegen ihn verschworen? Mit dem Jarl konnte auf Asgaut und seine Sippe weitaus größerer Ärger zukommen, als ihnen ohnehin schon drohte. Der Bischof hatte im ganzen Land verbreiten lassen, dass jeder, der dem Jarl Unterschlupf gewährte oder ihn auf andere Weise unterstützte, mit dem Tod bestraft werden würde.

Asgaut versuchte, sich zu sammeln, holte tief Luft, sprang auf und drängte an Leiknir vorbei nach draußen. Er fuhr zusammen, als er die verwahrlosten Gestalten beim Tor erblickte. Gut drei Dutzend Menschen standen dort, die Gesichter von Hunger und Krankheiten entstellt. Männer und Frauen stützten sich auf Krücken; einige Leute hingen in den Armen anderer, weil sie sich nicht auf den eigenen Beinen halten konnten. Was für ein schrecklicher, jammervoller Anblick!

Auf halber Strecke zum Tor blieb Asgaut stehen. Was wollten diese Menschen hier? Warum kamen sie ausgerechnet nach Tunga?

Der Jarl trat aus der Menge hervor. Er humpelte zwar leicht, aber es schien nicht so schlecht um ihn bestellt zu sein wie um die anderen. Auch die beiden Männer, die ihn begleiteten, machten einen durchaus gesunden Eindruck. In einem der beiden erkannte Asgaut den alten Thorleif wieder. Der andere war ein großer Kerl, vermutlich der Munki, der im vergangenen Jahr mit der Seherin nach Hladir gekommen war.

Asgaut war unsicher, wie er sich Jarl Hakon gegenüber verhalten sollte. Einerseits war er erleichtert, ihn nach all der Zeit lebend wiederzusehen. Auf der anderen Seite überwog die Sorge.

Jarl Hakon schien Asgauts Zögern zu bemerken und blieb einige Schritt entfernt abwartend stehen. Asgaut sah in seinem Blick die lauernde, grimmige Entschlossenheit, die ihn schon früher fasziniert hatte. Es war die Entschlossenheit, ein Ziel um jeden Preis zu verfolgen. Es war aber auch eine Entschlossenheit, die einen Mann ins Verderben laufen ließ. Oder ein ganzes Volk.

Eine Böe rauschte vom Fjord her durchs Orkdal zum Hof hinauf und wehte dem Jarl dunkle Haarsträhnen ins Gesicht. Es war ein milder Frühsommerabend, und in der Luft lag der Duft von blühenden Blumen und Gräsern.

Weder der Jarl noch Asgaut machten Anstalten, einander zu begrüßen.

«Die Menschen haben Hunger», sagte Hakon nur und deutete hinter sich. «Unsere Vorräte sind aufgebraucht.»

Asgaut trat von einem Fuß auf den anderen. Was sollte er tun? Durfte er das Risiko eingehen? Wenn der Bischof erfuhr, dass er den Flüchtlingen geholfen hatte, würde der kurzen Prozess mit seiner Sippe machen. Aber diese verlumpten Gestalten waren Throender wie er. Einige von ihnen kannte Asgaut seit seiner Kindheit.

«Werdet ihr wieder gehen, wenn ich euch mit Essen versorge?», fragte er vorsichtig.

«Gib uns zu essen, und dann reden wir.»

Die Antwort verunsicherte Asgaut noch mehr. Was hatte

Hakon vor? Erwartete er etwa, dass sie all diese Menschen auf Tunga aufnahmen? Dass sie hier ihr Lager aufschlugen?

Da konnte sich Asgaut ja gleich einen Strick nehmen.

Er warf einen Blick zu dem Weg, der am Waldrand entlang durchs Tal und dann weiter über den Berggipfel Grakallen bis nach Hladir führte.

«Der Bischof ist nicht in der Nähe», sagte der Jarl, als habe er Asgauts Gedanken erraten. Was sicher nicht schwer war.

«Du bekommst einen gerechten Prozess, wenn du dich stellst», sagte Asgaut. «Das hat er versprochen – und dass alle anderen Flüchtlinge ungeschoren davonkommen.»

Die Miene des Jarls blieb starr, während der Mönch einen bitteren Laut ausstieß. Thorleif spuckte auf den Boden.

«Wann hat er das gesagt?», fragte Hakon.

«Neulich, also vor einigen Tagen, waren seine Soldaten hier», antwortete Asgaut. «Sie haben erzählt, der Bischof habe euer Lager entdeckt. Viele Menschen seien getötet worden, auch die Seherin. Du aber wärst entkommen ...»

Asgaut deutete zu den Gestalten beim Hoftor. «Und einige andere auch. Aber sie würden weiter nach euch suchen, bis sie euch gefunden haben. Dann würden sie alle töten. Nur wenn ihr euch selbst stellt, bleibt ihr am Leben.»

«Das glaubst du ihm? Ich hätte dich für klüger gehalten, Asgaut Thorgilsson. Oder trägst du das Christenzeichen aus Überzeugung und glaubst an die Worte des Bischofs?»

Asgaut legte schnell eine Hand an das Holzkreuz, das er an einem Lederband um den Hals trug, seit er sich hatte taufen lassen. Verdammt – er hatte es vollkommen vergessen. Nun würde der Jarl ihn erst recht für einen Verräter halten, und wahrscheinlich hatte er damit sogar recht: Was war er denn anderes als ein feiger Verräter?

Er ließ das Kreuz im Ausschnitt seiner Tunika verschwinden.

«Er hat deine Kinder», erwiderte Asgaut leise.

Hakons dunkle Augen blitzten auf. Offenbar hatte er das nicht gewusst.

«Hast du sie gesehen?» Zum ersten Mal verriet seine Stimme Unsicherheit.

«Nein. Die Boten haben es behauptet. Der Bischof werde deinen Kindern nichts tun, wenn du aus freien Stücken die Waffen niederlegst.»

Der Jarl wechselte Blicke mit Thorleif und dem Munki, bevor er sich wieder an Asgaut wandte. «Die Menschen haben Hunger», wiederholte er.

Asgaut seufzte. Dann drehte er sich um und forderte sein Weib, die Söhne und Töchter und die Bediensteten auf, Tische und Bänke in der Scheune aufzustellen und die Flüchtlinge mit Essen und Getränken zu versorgen.

Der Jarl bringt uns den Tod, dachte er.

Asgaut sah seine Vorräte schwinden. Mehr als dreißig ausgehungerte Gestalten drängten sich an den Tischen und schlugen sich die Mägen mit Grütze aus Mehl und Molke, mit Brot und hartem Käse voll, während die Bediensteten Skyr, Wasser und dünnes Bier ausschenkten. Asgaut saß, flankiert von seinen Söhnen, dem Jarl gegenüber und beobachtete, wie die Leute das Essen herunterschlangen.

Je schneller sie satt sind, umso schneller verschwinden sie wieder, dachte Asgaut. Er hatte beschlossen, die Flüchtlinge in dieser Nacht in der Scheune schlafen zu lassen. Aber nur eine Nacht! Gleich morgen früh würden sie Tunga wieder verlassen müssen.

«Du hast Angst», sagte der Jarl zwischen zwei Bissen, wobei er Asgaut anstarrte, als schaue er direkt in dessen Innerstes.

Asgaut blieb nichts anderes übrig, als zu nicken.

«Weil er gedroht hat, jeden zu töten, der uns beisteht?»

Asgaut nickte erneut.

Das schien den Jarl nicht zu überraschen. Er legte den Brotkanten zur Seite und spülte mit einem Schluck Bier nach.

«Er wird euch töten, so oder so», sagte er. «Indem ihr vor ihm zu Kreuze kriecht, verlängert ihr euer Leben nur noch ein wenig.»

Er zeigte auf Asgauts Brust, wo sich die Tunika über dem Kreuz wölbte.

«Und was geschieht dann?», fuhr der Jarl fort. «Ihr arbeitet für ihn, lasst euch erpressen, zahlt ihm Abgaben und betet seinen Gott an. Was ist ein solches Leben wert?»

«Wenn wir es nicht tun, zündet er unseren Hof an, so wie bei Thorlak ...»

Die Fäuste des Jarls fielen donnernd auf die Tischplatte. In der Scheune verebbten die Geräusche.

«Thorlak ist tot, und ihr lebt. Aber lebt ihr wirklich?» Der Jarl erhob sich von der Bank, blieb aber beim Tisch stehen.

«Bitte!», rief Asgaut abwehrend. «Wir verköstigen euch, obwohl wir selbst kaum genug haben – und nun tut uns den Gefallen und legt euch schlafen und ...»

«Nein! Jetzt hört ihr mir zu, Asgaut – du und deine Sippe! Noch habt ihr es selbst in der Hand, euch gegen den Bischof zu wehren.»

Asgaut stöhnte innerlich auf. Er hatte befürchtet, dass es darauf hinauslaufen würde. Er hatte es in Hakons Blick gesehen. Der Jarl war nicht gekommen, um ein paar hungrige Mäuler zu stopfen. Nein, er hatte niemals abgelassen von seinem aussichtslosen Kampf gegen die Besatzer.

«Wie stellst du dir das vor, Hakon Sigurdarson?», erwiderte Asgaut.

Sein schlechtes Gewissen und seine Angst schlugen allmählich in Wut um. Was bildete der Jarl sich ein? Wie konnte er so verblendet sein, nicht zu erkennen, dass er verloren hatte? Er schien verrückt geworden zu sein.

«Du isst mein Brot, trinkst mein Bier und bringst meine Sippe in Gefahr», schnaubte Asgaut. «Und mir machst du Vorwürfe? Du hast keine Ahnung, was in Hladir vor sich geht! Der Bischof hat zweihundert Soldaten in der Stadt, und hinzu kommen mindestens dreihundert Krieger, die Graufell für die Thingversammlung mitgebracht hat.»

Wieder sah er das Blitzen in Hakons Augen. War ihm das ebenso neu wie die Nachricht, dass seine Kinder noch lebten? Vielleicht brachte ihn ja das zur Vernunft. Selbst wenn der Jarl alle Throender von seinem aberwitzigen Plan überzeugte, konnten sie niemals eine befestigte Stadt einnehmen, in der fünfhundert Krieger lauerten.

«Warum ist Graufell nach Hladir gekommen?», fragte Hakon.

«Er hat ein Thing auf Frosta einberufen. Nach der Mittsommerfeier. Er will gegen Blauzahn in den Krieg ziehen, und dafür braucht er Männer.»

«Deine Söhne?»

«Er hat befohlen, dass jeder Hof ihn mit der Hälfte der Männer unterstützt, die älter als fünfzehn sind.»

Hakons Hände krallten sich um die Tischkante. «Und ihr Bonden habt nichts Besseres zu tun, als eure Söhne und Knechte in einen Krieg gegen Dänen zu schicken?»

«Was sollen wir sonst tun?»

«Kämpfen! Kämpfen sollt ihr – für Hladir und Thrandheim! Für eure Kinder! Und für eure Freiheit!»

Asgaut spürte Leiknirs Hand an seinem Arm. «Vater», flüsterte sein Sohn, «ich finde, der Jarl ...»

«Halt deinen Mund!», herrschte Asgaut ihn an. Das fehlte noch, dass sein Sohn ihm in den Rücken fiel.

In der Scheune war es totenstill geworden. Alle starrten Hakon und Asgaut an.

«Wer soll dir denn in den Kampf folgen?», fragte Asgaut, mühsam um Beherrschung ringend.

«Du! Du und deine Söhne und Knechte – bevor Graufell sie auf seine Schiffe verschleppt, um sie an die Dänen zu verfüttern.»

«Es gibt auf Tunga nur fünf Männer», erklärte Asgaut. «Fünf Männer – von denen sich einer den Arm gebrochen hat.»

«Dann kann er immer noch mit dem anderen Arm kämpfen! Fünf Männer vom Tungahof – und ebenso viele von jedem anderen Hof am Thrandheimfjord.»

Asgaut schüttelte entgeistert den Kopf. Was sollte er denn noch sagen, damit der Jarl endlich begriff, wie aussichtslos das alles war?

«Glaubst du wirklich, Hakon, dass die anderen Bonden anders denken als ich? Wir haben Verantwortung für unsere Sippen ...»

«Verantwortung?» Der Jarl beugte sich über den Tisch zu Asgaut herunter. «Das nennst du Verantwortung? Ich nenne es Feigheit! Morgen früh werden deine Söhne und deine Knechte zu den Höfen in der Umgebung reiten. Ihr werdet allen erzählen, dass die Götter an unserer Seite stehen. Dass Odin und Thor unsere Waffen führen – und dass wir den Feind vernichten.»

«Die Götter haben uns schon vor langer Zeit verlassen. Das sollte niemand besser wissen als du. Wo waren die Götter, als der Feind Hladir überfallen hat? Wo waren sie, als der Bischof die Herrschaft an sich gerissen hat? Wo waren sie, als er euer Lager zerstört und die Seherin getötet hat?»

Der Jarl starrte ihn mit einem Blick an, der Asgaut einen Schauer über den Rücken jagte.

Asgaut biss sich auf die Unterlippe. Das mit der Seherin hätte er nicht sagen dürfen. Es war allgemein bekannt, wie sehr der Jarl die Frau verehrt hatte. Aber er hatte ihn provoziert, und daher war er selbst schuld, wenn jemand die Wahrheit aussprach. Asgaut ließ sich nicht in die Enge drängen und einen Feigling nennen! Er verteidigte doch nur das, was alle anderen Bonden wollten: sein eigenes Überleben und das seiner Sippe.

Der Jarl stieg über die Bank nach hinten weg, ging zum Scheunentor und verschwand irgendwo draußen auf dem Hof.

Asgaut spürte die bohrenden Blicke der anderen auf sich. Die Anspannung in der Scheune schien mit Händen greifbar. Niemand rührte mehr etwas vom Essen oder von den Getränken an. Asgauts Mägde und Töchter standen unschlüssig mit den Krügen zwischen den Tischen herum. In den Gesichtern der Flüchtlinge sah er die Enttäuschung, aber auch etwas, das er nicht deuten konnte ...

Da ließ ihn ein Geräusch zusammenfahren. Es war das Krächzen eines Raben, das durch die Scheune hallte. Jetzt erst fiel Asgaut der Vogel wieder ein. In seiner Aufregung hatte er das merkwürdige Tier, das den Jarl immer begleitete, ganz vergessen.

Und als er sah, wo der Rabe saß, stockte ihm der Atem. Das war unmöglich! Warum sollte der Bischof gelogen haben?

Der Rabe war nicht wie sonst beim Jarl, sondern saß auf der Schulter einer dürren Frau mit bleicher, fast durchscheinender Haut.

Bei allen Göttern – die Seherin!

Der Jarl führte sie durchs Tor und blieb mit ihr vor den Tischen stehen. Sein Blick richtete sich auf Asgaut.

«Kommt her!», sagte er. «Kommt alle her – du und deine Sippe.»

Erst als Asgaut sich erhob, setzten sich auch sein Eheweib, seine Söhne, Töchter, Mägde und die Knechte in Bewegung. Auch Vali, der irgendwo hinten in der Scheune gesessen hatte, kam mit verbundenem Arm nach vorn.

Zögernd näherten sie sich der Seherin. Asgaut hatte sie zuvor einige Male in Hladir gesehen. Wie alle anderen war er fasziniert gewesen von ihrer Ausstrahlung und von den Tätowierungen, die auf den nackten Armen und im Ausschnitt der Tunika zu erkennen waren. Und er hatte die Kraft gespürt, die sie umgab, dieses Knistern, das die Luft zu erfüllen schien.

Der Jarl wartete, bis sich alle Bewohner des Tungahofs um ihn und die Seherin versammelt hatten. Dann sagte er: «Der Bischof hat sie getötet. Er hat sie bei lebendigem Leib verbrannt – aber sie ist aus dem Totenreich zurückgekehrt!»

Asgaut und die anderen schreckten zurück. Das war nicht gut. Nein, das war es ganz und gar nicht! Dennoch konnten er und die anderen nicht die Blicke abwenden von der zierlichen Frau, die regungslos dastand, und deren Augen so leer waren wie die einer Toten.

Mit einem Mal öffneten sich ihre blutleeren Lippen, und ihre Stimme erfüllte in einem eigenartigen Singsang die Luft.

«Ich war im Saal der Hel, fern der Sonne, auf *nástrand*, dem Totenstrand! Durch die Rauchlöcher strömte Giftregen, und die Wände waren aus Schlangen geflochten. Dort unten laben sich der Drache Nidhöggr und der Fenriswolf an den Leichen ...»

Asgaut lauschte der Stimme, während sich in seinem Kopf Bilder und Gedanken zur übermächtigen Bedrohung ballten. Er kannte die Geschichten von Wiedergängern, lebenden Toten, die aus Hels Reich zurückkehrten, wie die Geschichte von Arngrim, der oben auf dem Gipfel Grakallen den Hammel Fleygir jagte. Niemals zuvor war Asgaut jedoch leibhaftig einem *draugr*, einem Wiedergänger begegnet, und die Worte der Seherin bereiteten ihm Ängste, die er nicht für möglich gehalten hatte.

«Hel ruft nach euren Seelen», zischte sie. «Sie will euch. Sie will eure Seelen für die ewige Verdammnis ...!»

Sie verstummte, als der Jarl sie leicht am Arm berührte.

«Es liegt nun bei euch, Menschen vom Tungahof», sagte er. «Beugt ihr euch dem Feind? Verratet ihr das Andenken jener, die im Kampf um die Freiheit ihr Leben gelassen haben?»

Für einen Moment herrschte atemlose Stille.

Asgaut spürte, wie er am ganzen Körper zitterte. «Wir ... sind zu wenige, um gegen den Feind zu kämpfen», stammelte er in einem letzten Anflug von Widerstand.

«Nein! Wir sind nicht allein.»

Asgaut öffnete den Mund, brachte jedoch keinen Laut hervor. Wen meinte der Jarl?

Hakon wartete nicht, bis die Frage gestellt wurde, sondern forderte die Bewohner des Tungahofs auf, ihm nach draußen zu folgen.

Asgaut stockte der Atem, als er vor die Scheune trat. Im Licht der Sommernacht sah er sich einer Wand aus Männern gegenüber. Der Hof war gefüllt mit Kriegern. Mit schwer bewaffneten Kriegern. Wo kamen die alle her?

Hatte die Seherin sie mitgebracht – aus dem Totenreich?

2.

Fluss Nid

Hakon lag ausgestreckt am Rand über einer steil abfallenden Felswand. Unter ihm schlängelte sich der Nid durch die Ebene bis zur Fjordmündung. Dort, im Hafen, hatte Graufells Flotte festgemacht, fast ein Dutzend Schiffe. Das Heerlager war auf der Wiese außerhalb der Palisade errichtet worden; es waren viele Zelte.

Sofern er das von hier oben erkennen konnte, gab die Stadt ein noch schlimmeres Bild ab, als er befürchtet hatte. Zwar hatte man einige Häuser neu errichtet, aber viele Gassen waren von Brandruinen gesäumt. Hladir sah aus, als hätte ein Riese eine Schneise der Verwüstung gezogen.

Hakons Blick wanderte vom Osttor den Hang hinauf zur Thorsspalte am Fuß des Adlerfelsens. Auf der Wiese waren Leute mit den Vorbereitungen für das Mittsommerfest beschäftigt, das morgen Abend dort gefeiert werden sollte. Man stellte lange Tische und Bänke auf, errichtete Feuerhaufen und stellte Fässer bereit.

Vom Jarlshof, der weiter oben lag, waren nur die Dächer zu erkennen. Als Hakon nach rechts schaute, entdeckte er etwas, das sein Herz vor Wut schneller schlagen ließ. Auf halber Strecke zwischen der Stadt und dem Jarlshof stand oberhalb des Felsgürtels ein neues Gebäude, vor das man ein großes Holzkreuz in den Boden gesetzt hatte. Das musste die *kirkja* sein – das Haus, in dem der Bischof die Throender zwang, seinen Gott anzubeten.

Er hörte hinter sich jemanden rufen, dann gedämpfte Kampfgeräusche. Im Schatten des Bergs hatte er das Heerlager aufschlagen lassen und die Dänen gebeten, mit den Bauern an den Waffen zu üben. Die Throender waren den Wikingern zunächst mit einiger Skepsis begegnet. Offenbar hatte Asgaut recht dick aufgetragen mit den Schilderungen eines Geisterheeres, das mit der Seherin zusammen aus dem Totenreich emporgestiegen war. Die Scheu legte sich jedoch, als die Bauern feststellten, dass auch die Dänen nur Männer aus Fleisch und Blut waren.

Das Schauspiel auf dem Tungahof hatte seine Wirkung nicht verfehlt. Am nächsten Morgen waren Asgaut und seine Leute zu den Gehöften in den umliegenden Tälern aufgebrochen. Von dort aus verbreitete sich die Nachricht über die wundersame Wiederkehr der Seherin wie ein Lauffeuer in den Fylki westlich und südlich des Fjords.

Wie verabredet kehrte Asgaut mit etlichen Bauern und ihren Knechten am Abend des dritten Tages zum Tungahof zurück. Insgesamt waren es mehr als zweihundert Männer, meist mit einfachen Waffen wie Beilen und Keulen ausgerüstet, einige auch mit Schwertern und Lanzen. Sie verstärkten Hakons Heer auf etwa vierhundert Männer.

Doch es waren noch immer zu wenig Krieger. Hakon hatte die Zahl der Zelte in Graufells Heerlager überschlagen. Asgaut schien recht gehabt zu haben mit der Angabe, der König habe etwa dreihundert Männer nach Hladir geführt. Zusammen mit den Soldaten des Bischofs standen Hakon gut fünfhundert Männer gegenüber – und die waren nicht nur mit besseren Waffen ausgerüstet, sondern saßen auch innerhalb des Palisadenwalls.

Hakon hätte gern auch die Throender aus den nördlichen und östlichen Fylki hinzugezogen. Dafür reichte jedoch die Zeit nicht: Sie hätten mit Booten den Fjord überqueren oder Hladir von Osten her umgehen müssen.

Während er auf die Stadt blickte und sich den Kopf zermarterte, wie er gegen den Feind vorrücken sollte, hörte er den Raben krächzen, der auf einem Felsbrocken hinter ihm saß.

Hakon drehte den Kopf und sah zwischen den Steinen und Büschen Malina zu ihm hinaufklettern. Mit einer Handbewegung gab er ihr zu verstehen, sie solle sich ducken, bevor sie an den Felsrand kam. Unten am Fluss hatte er feindliche Wachposten ausgemacht, die sie jederzeit entdecken konnten.

Malina legte sich flach auf den Stein, robbte zu Hakon und kam so dicht neben ihn, dass sich ihre Arme berührten.

Schweigend schauten sie eine Weile auf die Ebene hinab. Der Wind heulte um die Felsen, zerzauste Malinas aschblondes Haar und kräuselte die Oberfläche des Nid.

«Darf ich dich etwas fragen, Hakon?»

Er nickte, auch wenn er ahnte, dass ein Gespräch, das mit einer solchen Frage eröffnet wurde, kein leichtes sein würde.

«Wird es irgendwann zwischen uns wieder so werden, wie es früher war?»

Er hatte ihr schon seit Tagen angesehen, dass ihr diese Frage auf dem Herzen lag. Was sollte er dazu sagen? Jetzt, da die Schlacht kurz bevorstand, hatte er andere Sorgen, als sich um eine Zukunft mit Malina Gedanken zu machen.

«Ich weiß es nicht», antwortete er ehrlich.

«Liebst du ... die Seherin?»

«Malina! Wir ziehen in den Kampf. Viele Menschen werden sterben, und du fragst ...»

«Bitte!», unterbrach sie ihn. «Ich muss es wissen.»

Er beschloss, aufrichtig zu bleiben, vielleicht gab sie dann Ruhe. «Ja, das tue ich.»

Sie presste die Lippen zusammen. Ihre blauen Augen wichen seinem Blick aus.

«Aber ich kann sie nicht lieben wie eine Frau.»

Sie schaute ihn irritiert an. «Warum nicht?»

«Asny gehört den Göttern!»

«Ja ... aber was wohl aus uns geworden wäre, wenn ich dich nicht verlassen hätte?»

Sie gab also doch keine Ruhe.

«Das kann ich nicht sagen, weil es das Schicksal so bestimmt hat», antwortete er.

«Dann wird das Schicksal auch bestimmen, was mit uns wird, oder?»

«So ist es immer.»

«Ich hoffe, das Schicksal meint es gut mit uns. Und mit deinen Kindern. Ich habe die beiden immer als meine Kinder angesehen. Ich liebe Eirik und Aud.»

Hakon schluckte. Beim Gedanken an seine Kinder begann in seinem Inneren wieder ein Sturm der Gefühle zu toben.

«Der Bischof hat sie als Geiseln genommen», sagte er. «Er wird drohen, sie zu töten.»

«Was willst du dagegen unternehmen?»

«Diese Frage quält mich, seit ich erfahren habe, dass er viele Kinder verschleppt hat.»

«Warum hat er das getan? Warum hat er alle Kinder mitgenommen, die nicht getötet wurden oder geflohen sind?»

Hakon lachte bitter. «Er weiß, dass ich einen Sohn und eine Tochter habe. Wahrscheinlich war ihm nicht klar, welche der Kinder meine sind. Inzwischen wird er es herausgefunden haben. Nun hat er eine weitere Waffe gegen mich in der Hand.»

Malina nickte nachdenklich. «Er wird dich vor die Wahl stellen – dein Leben gegen das deiner Kinder.»

«Genau das wird er tun.»

«Obwohl du nun mit einem Heer nach Hladir zurückkehrst, läuft es für Eirik und Aud auf dasselbe hinaus: Sie schweben in Lebensgefahr.»

Er verlagerte sein Gewicht. Als er sich bewegte, stieß er gegen einen losen Stein, der die Felswand hinabrollte, bis er unten in den Nid plumpste.

«Kann denn niemand etwas für die Kinder tun?», fragte Malina.

«Er wird nicht einmal Thordis in die Nähe ihrer Tochter lassen.»

«Vielleicht ist es ratsam, mit dem Angriff noch einige Tage zu warten, während jemand versucht, die Kinder zu befreien.»

Hakon schüttelte den Kopf. Diesen Gedanken hatte er immer wieder durchgespielt. Es gab nur zwei Möglichkeiten: Er würde in die Stadt schleichen, seine Kinder herausholen und erst danach angreifen. Aber wenn das so einfach wäre, hätte er es längst getan! Oder er zog gegen Hladir in der Hoffnung, dass der Bischof Eirik und Aud nicht sofort tötete, sondern Hakon die Gelegenheit gab, um das Leben seiner Kinder zu kämpfen.

Die eine Möglichkeit war so gut und so schlecht wie die andere, und wie er es auch drehte und wendete, jede von ihnen barg zu viele Unwägbarkeiten.

«Das geht nicht», sagte er entschieden. «Das Risiko ist zu groß, dass man mich entdeckt, bevor ich die Kinder in Sicherheit gebracht habe. Wer soll dann das Heer führen? Ich habe Pálnir zu meinem Hauptmann ernannt. Aber ich kenne Hladir und die Verteidigungsanlagen besser als jeder andere. Nein, wenn der Bischof mich in seine Gewalt bringt, bevor wir in der Stadt sind, sind wir alle verloren.»

«Dann müsste jemand anderes die Kinder befreien.»

«Wer sollte das tun? Denkst du wirklich, ich hätte das nicht in Betracht gezogen?»

«Ich kenne mich in der Stadt gut aus.»

«Du?» Hakon glaubte seinen Ohren nicht zu trauen. «Du bist ...»

«Eine Frau, ja! Und eine Frau würde weniger auffallen als Ketil oder Thorleif.»

«Das kommt nicht in Frage! Ich kann nicht zulassen, dass du dich in eine solche Gefahr begibst. Er wird dich töten.»

«Oder die Kinder!»

«Ich ... will euch alle nicht verlieren. Aber das Schicksal ...»

«Manchmal muss man das Schicksal in die eigenen Hände nehmen, Hakon. Manchmal muss man auf sich selbst vertrauen und nicht auf die Götter.»

Diese Worte hätten von Asny stammen können, dachte er.

Sie tauschten einen langen Blick aus. Er spürte ihre Hand auf seinem Arm.

«Ich habe einen Fehler begangen, indem ich dir misstraut habe, Hakon. Lass mich diesen Fehler wiedergutmachen.»

«Es war nicht deine Schuld. Ich hätte der falschen Schlange niemals vertrauen dürfen. Nur weil ich blind war, konnte sie dich mit ihren Lügen vertreiben.»

«Wir haben uns beide geirrt. Dennoch habe ich niemals aufgehört, an dich zu glauben. Ich hatte vorgehabt, in den Ort zurückzukehren, in dem meine Familie lebt. Aber ich bin nach Jumne gefahren. Ich habe immer gehofft, dass du eines Tages Pálnir aufsuchen wirst. Diese Hoffnung hat mich die Zeit bei Skarpedin überstehen lassen. Jeden Abend bin ich mit dem Gedanken an dich eingeschlafen, auch wenn er bei mir lag und ich mich schmutzig und missbraucht fühlte. Und dann kamst du nach Jumne und hast mich von Skarpedin weggeholt. Vielleicht weißt du im Moment nicht, wie du zu mir stehen sollst, aber lass mich dir eines sagen, Hakon: Trotz der Streitereien mit Bergljot waren die Jahre mit dir die glücklichsten meines Lebens – und jetzt möchte ich dir dafür etwas zurückgeben. Das bin ich auch den Kindern schuldig. Sie haben mich niemals wie eine Fremde behandelt.»

Hakon sah sie an. Ihre Wangen waren leicht gerötet, und mit einem Mal sehnte er sich danach, sie zu berühren. Doch er konnte es nicht. Konnte es jetzt nicht.

Er erinnerte sich an ihre erste Begegnung. Sie schlug sich damals bei den Sachsen als Hure durch und tötete einen Mönch, der sie vergewaltigen wollte – diese kleine Frau. Sie hatte Hakon einen seltsamen Mann genannt, nachdem er sie vor einer aufgebrachten Menge gerettet und als Gegenleistung dafür nicht ihren Körper verlangt hatte.

Ihre Sommersprossen bewegten sich, als sie die Stirn runzelte. «Warum schaust du mich so an?»

«Ich ... weil ...» Er wandte den Blick ab. «Du würdest das wirklich für mich tun?»

«Für dich – und für die Kinder.»

In dem Moment traten unten auf der anderen Flussseite zwei Männer aus dem Wald und stapften über das Geröll zum Ufer, wo sie ihre Trinkschläuche mit Wasser füllten.

«Es sind nicht die einzigen Wachposten auf dem Weg nach Hladir», sagte Hakon.

«Sie werden keinen Verdacht schöpfen», erwiderte sie lächelnd. «Ich bin nur eine kleine, schwache Frau.»

«Du wärst vollkommen auf dich allein gestellt und müsstest noch heute aufbrechen. Nachdem die Feinde morgen das Mittsommerfest gefeiert haben, greifen wir an.»

Malina beugte sich zu ihm und gab ihm einen Kuss auf die Wange. «Ich werde Eirik und Aud finden, das verspreche ich dir», sagte sie und zog sich zurück.

Hakon blieb am Felsrand liegen und beobachtete die feindlichen Krieger unten am Fluss. Ihre Stimmen waren auf die Entfernung nicht zu hören. Nach einer Weile trotteten sie in den Wald zurück.

Hakon kroch von der Kante weg und richtete sich auf. Er drehte sich um und schaute zu seinem Heer, das am Fuß des Berges lagerte.

Er suchte nach Malina und entdeckte sie einige hundert Schritt oberhalb des Lagers. Sie entfernte sich rasch und war kurz darauf aus seinem Blickfeld verschwunden.

Du bist nicht schwach, Malina, dachte er. Auf deine Art bist du stärker, als ich es jemals sein werde. Vielleicht ist es das, was mir Angst macht.

Dann stieg er den Hang hinunter, um sein Heer auf die Schlacht vorzubereiten.

3.

Hladir

Poppo saß zwischen Skammkill und König Harald Graufell an einer langen Tafel, an der auch Gunnhild, Gudröd und die Heerführer Platz genommen hatten. Insgesamt drängten sich wohl einige hundert Menschen an Dutzenden Tischen unterhalb der Felsmauer. Nicht weit entfernt erhoben sich Birkenholzhaufen auf der Wiese. Fässer mit Wein standen für die hohen Herrschaften bereit und welche mit Bier für das Volk und die einfachen Krieger. Die Becher waren vollgeschenkt und die Tische mit Fleisch, Brot, Käse und Fisch beladen.

Was für eine Verschwendung!

Poppo war alles andere als erfreut über Graufells Anordnung, dass alle Bewohner Hladirs ihre Vorratskammern ausräumen mussten, um ihn, den König, seine Familie und die Krieger zu bewirten. Es würde Wochen dauern, bis die Vorräte wieder aufgefüllt waren. Auch wenn der König das Oberhaupt von Thrandheim und das Volk ihm tributpflichtig war, fühlte sich Poppo für das Wohl der Stadtbewohner verantwortlich. Er war in Gottes Namen der Führer dieser Menschen, und sie waren seine Gemeinde. Es ging nicht an, dass die weltliche über die geistliche Macht dominierte. Dass die göttliche Ordnung ins Ungleichgewicht geriet!

Es war ja schon ein Verstoß gegen jegliche kirchliche Regel, dass Graufell das Mittsommerfest ausgerechnet heute, am längsten Tag und der kürzesten Nacht, feierte, anstatt drei Tage später am vierundzwanzigsten Tag des Monats *iunius*, dem christlichen Johannistag.

Poppo hatte Graufells Vorgehen zähneknirschend zur Kenntnis genommen, dafür aber darauf bestanden, vor dem Gelage das Wort an die Menschen zu richten.

Jetzt starrten ihn Hunderte Augenpaare an, als er sich hinter dem Tisch erhob und den Blick streng und fest über die Reihen wandern ließ. Er ließ diesen Augenblick einen Moment auf sich wirken, wartete, bis die Gespräche verstummten und ihm alle Aufmerksamkeit zuteilgeworden war.

Bevor er jedoch mit seiner Predigt beginnen konnte, rief jemand: «Wir haben Hunger!»

«Und Durst!», stimmten andere ein.

Gelächter ertönte, und Becher wurden auf die Tische geschlagen.

«Ruhe!», bellte Graufell.

Poppo warf ihm einen Blick zu. Der König starrte mit mürrischer Miene vor sich hin. Seit seine Flotte vor einigen Tagen in Hladir gelandet war, wirkte er angespannt und verschlossen. Nicht ein einziges Mal hatte er das Wort an Poppo gerichtet, sondern sich nur um die Ausrichtung der Feier gekümmert und die Thingversammlung auf Frosta vorbereitet. Eigentlich war Poppo das ganz recht gewesen. So war er bislang um das unangenehme Thema der verschwundenen Stoßzähne herumgekommen.

Er wandte sich an die Menge. Es war den Kriegern anzusehen, dass sie auf eine kurze Ansprache hofften. Sie wollten endlich mit Essen und Trinken beginnen und der Völlerei frönen. Aber den Gefallen würde er ihnen nicht tun. Hier ging es um nicht weniger, als den Menschen, die jahrhundertelang einem Irrglauben aufgesessen waren, Gottes Wahrheit zu verkünden – und das war eine heilige Angelegenheit.

Er breitete die Arme aus, holte tief Luft, und dann predigte er von Johannes dem Täufer, zu dessen Ehren man das Johannisfest feierte. Poppo holte weit aus in seinem Bericht vom Sohn des

Priesters Zacharias und der Elisabeth. Johannes' Aufgabe war es gewesen, Christus zu taufen, denn Christus sichtete das Volk, trennte die Spreu vom Weizen und taufte mit Geist und Feuer.

Poppo sah Männer unverhohlen gähnen und Gunnhild, die neben Graufell saß, einen Finger in ihren Becher tauchen und den Wein davon ablecken.

«Johannes sprach: ‹Christus muss wachsen, aber ich muss abnehmen!›», schloss Poppo seine Predigt. «Deshalb feiern die Christen des Fest des Johannis zur Wende vom längsten auf den kürzesten Tag. Gedenkt ihrer! Gedenkt Johannes und Christus!»

Er hatte das letzte Wort kaum ausgesprochen, als der König seinen Becher hob und rief: «Und jetzt trinkt!»

Das ließen sich die Krieger und alle anderen nicht zweimal sagen.

Seufzend sank Poppo auf die Bank. Er hatte in seiner Mission noch einen langen Weg vor sich. Einen sehr langen Weg.

«Wir trinken auf Eirik Blutaxt, meinen Gemahl!», rief Gunnhild.

Jubel brandete über die Tische, als Hunderte Becher aneinanderstießen und Wein und Bier in großen Zügen geleert wurden. Mägde, Knechte und Sklaven eilten umher und schenkten aus Krügen nach.

Skammkill schwieg wie immer ausdruckslos vor sich hin.

«Auf wen trinkst du an einem solchen Abend?», fragte Poppo.

Skammkill hob den Blick zum Himmel, der in diesem Teil der Welt auch im Sommer nachts nicht richtig dunkel wurde.

Poppo nickte. Dann nippte er an seinem Wein, während ringsumher die Feier begann.

Eines Tages, dachte er bei sich, eines Tages werde ich die Spreu vom Weizen getrennt haben, und dann werden alle Menschen, die reinen Glaubens sind, zu dir kommen. Ja, o Herr, eines Tages wird deine Saat aufgehen.

«Wir trinken auf Harald Schönhaar!», hörte er wieder Gunnhilds keifende Stimme.

So würde es noch eine Weile weitergehen, bis sie all ihrer Ahnen gedacht hatten, diese Dummköpfe.

Unterdessen entzündete man die Holzhaufen. Bald darauf loderten die Flammen hell und knisternd empor. Männer wankten hinter den Tischen hervor, zerrten Weiber zu den Feuern und begannen, um die Feuer zu tanzen.

All das war Poppo zutiefst zuwider, die ganze Feierei und all die Menschen, die sich wie Tiere aufführten, die grölten und jubelten, als hinge ihr Seelenheil einzig und allein vom Gelage ab.

Im Lachen zeigt sich die Fratze des Teufels, dachte er an die Worte seines Vaters, und der hatte es wissen müssen.

Einige Männer rissen sich die Kleider herunter, schwärzten ihre Leiber und Gesichter mit Kohle und sprangen, erhitzt vom Bier und Tanzen, in den nahe gelegenen Teich.

Poppo wandte den Blick von dem sündigen Treiben ab und begann, lustlos an einem Stück Fleisch zu nagen, als sich ihm jemand von hinten näherte. Er drehte sich um und sah Arnulf bei ihm stehen. Arnulf war ein Sachse, der eine Gruppe Krieger angeführt hatte, die in den westlichen Throender-Fylki die Bauern über die Thingversammlung unterrichtet hatten.

«Herr, ich muss Euch dringend sprechen!», schnaufte Arnulf. Sein Gesicht war gerötet.

«Nun?»

Arnulf blickte vorsichtig zu den anderen am Tisch. Außer Skammkill hatte ihn niemand bemerkt. Er dämpfte die Stimme: «Es ist besser, wenn wir unter vier Augen ...»

Was war mit Arnulf los? Poppo kannte ihn als unerschrockenen Krieger. Nun sah er aus, als sei ihm der Teufel erschienen.

Er beugte sich zu Poppo herunter und flüsterte: «Es handelt sich um den Jarl.»

Poppos Herz setzte einen Schlag aus. Hatte Arnulf ihn etwa aufgetrieben?

Er wollte gerade von der Bank aufstehen, als sich Graufells schwere Hand auf seine Schulter legte.

«Ihr wollt schon gehen, Bischof?»

Poppo hielt inne. «Ich bin überzeugt, Ihr könnt auch ohne mich feiern.»

«Sicher können wir das, vermutlich sogar noch besser. Aber ich habe etwas mit Euch zu besprechen, bevor ich zu betrunken bin.»

Noch war Graufells Stimme fest und sein Blick klar, ganz im Gegensatz zu dem seiner Mutter Gunnhild, die den Wein wie Wasser in sich hineinschüttete. In den Trinkpausen schimpfte sie lautstark über ihren Bruder Blauzahn und überzog ihn mit Schimpfworten, die Poppo niemals zuvor gehört hatte.

Er drehte sich zu Arnulf um. «Warte oben bei der Kirche auf mich!»

Arnulf presste die Lippen zusammen und nickte. Offensichtlich war ihm nicht besonders wohl dabei, das Gespräch aufzuschieben. Auch Poppo brannte darauf, die Neuigkeiten über den Jarl zu erfahren. Sie schienen sehr wichtig zu sein.

Er wandte sich wieder an Graufell, dessen Augen unter den buschigen Augenbrauen funkelten. Poppo konnte den Blick des Königs nicht deuten, aber etwas sagte ihm, dass er vorsichtig sein musste.

«Fast ein Jahr lebt Ihr mittlerweile bei den Throendern», sagte Graufell. «Glaubt Ihr, sie könnten Schwierigkeiten machen, wenn ich ihnen befehle, mit mir gegen die Dänen zu kämpfen?»

«Nein.»

«Nein? Was macht Euch so sicher?»

«Sie haben Angst vor Euch.»

Graufell nickte nachdenklich. «Die Angst macht sie gefügig.

Das ist gut. Mir wäre es aber lieber, die Schafhirten würden aus Überzeugung an meiner Seite kämpfen.» Sein Blick wurde schärfer. «Solange der Jarl frei herumläuft, wird ihr Widerstand nicht zu brechen sein.»

Poppo stöhnte innerlich auf. Ausgerechnet jetzt musste Graufell damit anfangen. Alles in ihm drängte danach, zur Kirche zu laufen. Vielleicht hatte Arnulf tatsächlich eine Spur. Vielleicht hatte er den Jarl sogar gefangen genommen. Bevor Poppo das nicht wusste, konnte er dem König nichts Neues berichten.

«Ich habe gehört, Ihr habt das Versteck von Hakon Sigurdarson gefunden – aber ihn nicht», sagte Graufell.

«Das entspricht leider der Wahrheit. Dafür habe ich seine Kinder in meiner Gewalt, und ich habe seine Seherin getötet.»

«Eine Seherin?», zischte Graufell. «Das interessiert mich nicht. Ich will seinen Kopf!»

Er trank einen Schluck Wein. Dann setzte er den Becher mit einem Knall auf dem Tisch ab und ballte die rechte Hand zur Faust. An seinem muskulösen Unterarm traten die Adern hervor. Poppo wich zurück. Wollte der König ihn etwa schlagen? Erst als Skammkill ein drohendes Knurren hören ließ, öffnete Graufell seine Faust wieder.

«Ihr hattet den Auftrag, den Hurensohn unschädlich zu machen, Bischof!» Er dämpfte seine Stimme. «Und den Auftrag, das verdammte Elfenbein zu finden. Ihr habt mir Schätze gebracht, aber die reichen nicht aus. Ich brauche mehr Geld, viel mehr Geld – und ich brauche es schnell! Für Schiffe, Männer und Waffen. Spätestens im Herbst werde ich Blauzahn angreifen. Ich werde den Hund ausräuchern und seine Siedlungen zerstören. Ich werde ihn zur Hölle schicken – und dann werde ich über die Dänen herrschen.»

«Ja.»

«Was – ja?»

«Genau das werdet Ihr tun.»

«Dann besorgt mir endlich das Elfenbein – und den Jarl.»

«Es kann nicht mehr lange dauern, bis ich das alles erledigt habe.» Poppo versuchte, so überzeugend wie möglich zu klingen. «Ich habe eine hohe Belohnung auf den Jarl ausgesetzt. Die wird sich kein Throender entgehen lassen. Beim Geld wird jeder Mann zum Verräter. Und ich habe seine Kinder. Glaubt mir, bald sitzt er in der Falle – wie eine Fliege im Spinnennetz.»

Graufell stieß einen verächtlichen Laut aus und beugte sich bedrohlich nah an Poppo heran. «Ich gebe Euch noch eine Woche. Eine Woche – bis zum Frostathing. Wenn Ihr mir bis dahin nicht den Jarl bringt – tot oder lebendig! –, zertrete ich Euch wie eine Fliege unter meinen Stiefeln. Euer Kaiser ist wieder in den Süden gezogen. Wie ich höre, schert er sich einen Dreck darum, was im Norden geschieht. Ihr solltet also nicht zu sehr auf seinen Schutz vertrauen. Habt Ihr mich verstanden, Bischof?»

Poppo spürte die Wut heiß und gallig in sich aufsteigen. Was bildete sich dieser grobschlächtige Nordmann ein? Hatte Poppo sich etwa das Elfenbein stehlen lassen? Nein, der König selbst war unfähig gewesen, die Stoßzähne wie verabredet zu liefern. Trotzdem hatte Poppo ihm das versprochene Gold und Silber besorgt, die dieser gierige Bastard für seine Schlachten ausgegeben hatte. Und er, Poppo, war es gewesen, der den Weg für ein Bündnis dieser streitsüchtigen Könige überhaupt erst frei gemacht hatte, indem er Blauzahn getauft hatte. Ohne Poppos Hilfe hätte Graufell – dieser eingebildete Dreckskerl! – Hladir niemals eingenommen!

Poppo atmete einige Male tief durch, bis seine Wut nachließ. «Ja», sagte er dann mit dem Anflug eines Lächelns. «Ja, ich habe Eure Worte verstanden.»

Von einem der Nachbartische drang Lärm herüber. Zwei Männer waren aufeinander losgegangen und bearbeiteten sich mit Fäusten. Gunnhild befahl einigen Kriegern, die Streithähne herzubringen.

Graufell starrte noch immer Poppo an. «Meine Geduld ist nicht unerschöpflich. Vergesst das nicht! Vergesst das niemals!»

Dann wandte er sich ab und schaute zu den Männern, die vor den Tisch geführt wurden.

«Macht weiter!», keifte Gunnhild. «Ihr sollt weitermachen!»

Die beiden blickten die Königsmutter irritiert an.

«Ich will euch kämpfen sehen!», rief sie.

«Die Sache ist erledigt», erwiderte einer der beiden, ein kräftiger Kerl, der von der Auseinandersetzung eine Platzwunde über dem linken Auge davongetragen hatte.

«Die Sache ist erst erledigt, wenn ich das sage!», schnaubte Gunnhild.

Sie sprang auf und hatte plötzlich ihre Peitsche in der Hand. Offenbar schleppte sie die ständig mit sich herum. Sie schwang die Peitsche und zog sie einem der beiden durchs Gesicht. Der Mann heulte vor Schmerzen.

«Und jetzt kämpft!», schrie die Alte.

Noch immer waren die Männer unschlüssig. Aber als Gunnhild erneut ausholen wollte, begannen sie zunächst, sich zu schubsen, bevor sie anfingen, aufeinander einzuschlagen. Die Menge johlte, und Gunnhild stieß mit ihren Söhnen an.

Poppo und Skammkill stiegen von der Bank und ließen das barbarische Treiben hinter sich.

4.

Fluss Nid

Drei Männer saßen am Waldrand in einem Unterstand aus Ästen und Sträuchern. Einer von ihnen hieß Hrafn, die beiden anderen Atli und Ricwin.

«Komm schon, Bauer – trink mit uns!», sagte Atli.

Hrafn schüttelte den Kopf. «Der Bischof hat's verboten.»

Atli verdrehte die Augen. «Der Bischof, der Bischof!» Er reichte den mit Wein gefüllten Trinkschlauch an Ricwin, den Sachsen, weiter.

Ricwin nahm einen langen Schluck und lachte dann laut und meckernd wie eine Ziege. Seine Augen waren bereits glasig. Er gehörte zu den Männern, die den Bischof damals an den Nordweg begleitet hatten. Das hinderte den Soldaten jedoch nicht daran, sich über den Befehl seines Herrn hinwegzusetzen. Warum auch? Sie waren gut zwei Meilen von Hladir entfernt und langweilten sich seit fünf Tagen am Ufer des Nid.

Irgendwie war es Atli, der wie Hrafn aus dem Rogaland stammte, gelungen, drei Weinschläuche mit auf den Wachposten zu bringen, ohne dass ihr Hauptmann etwas davon bemerkt hatte. Fünf Tage hatte der Wein unter Atlis Sachen gelegen, und heute Abend wollten sie ihn austrinken, bevor man sie morgen endlich ablöste.

Ricwin nahm noch einen Schluck, rülpste und gab den Schlauch an Atli zurück.

«Wenn der Bursche nichts will, bleibt mehr für uns», sagte Ricwin. «Es ist Mittsommer. In Hladir schlagen sie sich die Bäuche voll und saufen bis zum Umfallen, während wir hier vergammeln.»

Atli warf Hrafn einen mahnenden Blick zu. «Kein Wort darüber zu irgendjemandem, hörst du! Sonst breche ich dir alle Knochen und lass es wie einen Unfall aussehen.»

Hrafn zweifelte nicht daran, dass Atli seine Drohung in die Tat umsetzen würde. Daher hielt er es für ratsam, zustimmend zu nicken.

«Wenn ihr euch betrinkt, ist das eure Sache», sagte er.

Dabei wäre er einem Schluck Wein gar nicht abgeneigt, wenn er es recht bedachte. Ja, eigentlich hatte er sogar große Lust auf einen Rausch. Sein Gefühl sagte ihm jedoch, dass es nicht richtig war, gegen den Befehl zu verstoßen. Der Bischof hatte Hrafn das Vertrauen geschenkt und ihn als Wachposten ausgewählt, obwohl er jung war, noch keine achtzehn Jahre. Außerdem hatte Hrafn gelernt, was Treue und Gehorsamkeit bedeuteten. Sein Vater, ein freier Bauer im Rogaland, hatte bereits unter König Hakon *inn góði*, dem Guten, den neuen Glauben angenommen. Mit der Haselrute hatte er Hrafn und seinen Brüdern den Gehorsam gegenüber dem Christengott eingeprügelt. Der Gott sah alles und liebte die Fügsamen und Demütigen. Nur sie kamen in den Himmel – und dort wollte auch Hrafn hin.

Ricwin holte die Knochenwürfel hervor und legte sie auf den Boden. «Spiel wenigstens mit uns!»

Hrafn hatte zwar keine Lust dazu, aber um die anderen nicht weiter zu verärgern, nahm er die Würfel, als mit einem Mal vom Fluss her ein Geräusch an seine Ohren drang.

«Habt ihr das gehört?», fragte er.

Ricwin rülpste erneut. «Meinst du das?», entgegnete er und grinste breit.

Hrafn ließ die Würfel fallen und erhob sich. «Da ist irgendetwas am Fluss.»

«Der Kleine hört die Fische husten», rief Ricwin.

«Es klang, als ob etwas ins Wasser gefallen ist.»

«Wenn du nicht sofort die Würfel nimmst, werfe ich dich ins Wasser», knurrte Atli. «Seit wir hier Wache schieben, ist nichts geschehen, rein gar nichts.»

«Genau, setz dich wieder hin», sagte Ricwin und trank Wein. «Es ist Mittsommer – da wird getrunken!»

Doch Hrafn hatte die Neugier gepackt. Man wurde kein Gotteskrieger, indem man seine Aufgabe vernachlässigte. Er berührte das Kruzifix, das er an einem Lederband um den Hals trug. Auch Atli und Ricwin besaßen Kreuze. Hrafn hegte jedoch ernsthafte Zweifel, ob sie der christlichen Symbole würdig waren.

«Fangt schon an, ich bin gleich zurück», sagte er.

Wenn dort jemand war, der etwas über den Fluss schmuggeln wollte, würde Hrafn ihn überwältigen und morgen bei der Wachablösung dem Hauptmann übergeben. Hrafns Vater würde stolz auf seinen Sohn sein!

«Denk an meine Worte, Bursche!», rief Atli ihm hinterher.

Hrafn trat aus dem hinter Büschen und Gestrüpp verborgenen Unterstand, schlich zum Waldrand und ließ den Blick über den Fluss schweifen. Am gegenüberliegenden Ufer zog sich der felsige, zerklüftete Hang steil zum Bergkamm hinauf. Etwa einhundert Schritt flussaufwärts gab es eine Furt, an der das flache Wasser über die Steine strömte. Wenn jemand den Fluss überqueren wollte, würde er das an der Stelle tun müssen. Aber dort war niemand zu sehen, nur gurgelndes, schäumendes Wasser.

Hrafn wollte sich schon enttäuscht zurückziehen, als er unterhalb des Hangs einen im Fluss treibenden Baumstamm bemerkte. Er war mindestens zehn Fuß lang und bewegte sich quer zum Flusslauf über die tiefen Bereiche.

Die Sache kam Hrafn merkwürdig vor. Der Baum war zu groß und zu schwer, der hätte niemals über die Stromschnellen der Furt schwimmen können. Also musste er ganz in der Nähe ins Wasser gefallen sein.

Ob das das Geräusch gewesen war, das er gehört hatte?

Er trat aus der Deckung des Waldes und stieg über Geröll und Treibgut hinunter zum Ufer. Der Stamm trieb in seine Richtung. Er schien schon vor längerer Zeit abgebrochen zu sein. An den aus dem Wasser ragenden Ästen hingen keine Blätter. Wie war er also in den Fluss gelangt? Es wehte kein starker Wind, und das Wasser stand nicht hoch genug, um einen Baum mitzureißen.

Nein, hier stimmte etwas nicht. Er legte die Hand an den Griff seines Schwerts, während der Baum näher kam. Hrafn überlegte, ob er Atli und Ricwin holen sollte. Doch die würden ihn wahrscheinlich nur auslachen.

Er schaute zur Furt, wo die Bäume dicht am Ufer standen. In dem Waldstück war nichts Verdächtiges zu erkennen.

Zehn Schritt oberhalb der Stelle, an der Hrafn stand, trieb der Stamm gegen einen Stein und blieb daran hängen. Da sah Hrafn unter der Oberfläche etwas Helles schimmern, wie die Flanke eines großen Fisches – eines viel zu großen Fisches!

Er zog das Schwert, als plötzlich hinter dem Baum der Kopf eines Mannes auftauchte, dem das nasse, dunkle Haar im Gesicht klebte. Hrafn erstarrte. Er hatte sich nicht getäuscht. Da versuchte doch tatsächlich jemand, den Fluss zu überqueren. Dieser Bastard! Den würde Hrafn sich schnappen.

Er machte einen Schritt ins seichte Wasser, da schnellte der Mann mit einem Mal in die Höhe. In der linken Hand hielt er einen Bogen, mit der rechten legte er einen Pfeil ein und spannte die Sehne. Bevor Hrafn reagieren konnte, spürte er einen harten Stoß gegen die Brust. Die Pfeilspitze bohrte sich durch die Lederbrünne in sein Fleisch. Hrafn taumelte rückwärts, stolperte und stürzte auf die Steine.

Er versuchte, nach Atli und Ricwin zu rufen, aber aus seiner

Kehle drang nur ein heiseres Krächzen. Er schmeckte Blut, hob mühsam den Kopf und sah zwei weitere Männer hinter dem Stamm hervorkommen.

Alle drei wateten ans Ufer. Sie waren nur mit Hosen bekleidet und trugen Kurzschwerter an den Gürteln. Trotz seiner Panik konnte Hrafn den Blick nicht abwenden. Was waren das für Kerle? Einer war außergewöhnlich groß und breit, fast wie ein Bär; ein anderer hatte nur ein Auge.

Hrafn griff mit der linken Hand nach dem Pfeilschaft und versuchte ihn herauszuziehen, was ihm aber nicht gelang. Die Spitze hatte zwar keine Widerhaken, aber die Schmerzen raubten ihm fast die Sinne – und sie entfesselten seine letzten Kräfte. Es gelang ihm, einen Schrei auszustoßen. Einen langen und lauten Schrei.

Sofort gingen die Angreifer hinter der Böschung in Deckung. Vom Wald her waren Stimmen zu hören. Atli und Ricwin! Sie riefen nach Hrafn.

Er musste die beiden warnen!

Er sog Luft in seinen Oberkörper, der sich anfühlte, als ob darin ein Feuer brannte. Doch wieder drang nur ein heiserer Klagelaut aus seiner Kehle.

Irgendwo hinter ihm ertönten die Geräusche von Stiefeln auf losen Steinen. Verdammt, die beiden waren ganz in der Nähe und liefen geradewegs in die Falle. Hrafn versuchte erneut, einen Laut auszustoßen. Aber es war zu spät.

Die drei halbnackten Männer sprangen auf. Der Dunkelhaarige schoss einen Pfeil ab. Jemand schrie. Hrafn konnte nicht hören, ob es Ricwin oder Atli war. Die Angreifer stürmten los, dicht an Hrafn vorbei. Unter ihren Füßen wurden kleine Steine hochgewirbelt, die Hrafn ins Gesicht spritzten.

Kampfgeräusche drangen an seine Ohren. Rufe, Keuchen und Stahl, der auf Stahl traf, bevor es still wurde. Hrafn versuchte, den Kopf erneut anzuheben. Jede Bewegung bereitete ihm höllische

Schmerzen. Schließlich gelang es ihm, den Kopf so weit zu drehen, dass er Atli und Ricwin keine zehn Schritt entfernt auf dem Geröll liegen sah. Sie bewegten sich nicht mehr.

Die anderen drei Männer waren verschwunden. Vermutlich waren sie im Wald, um nach weiteren Wachposten zu suchen.

Das sind keine Räuber, die es auf Waffen und Rüstungen abgesehen haben, dachte Hrafn. Das sind Krieger.

Erschöpft sank er auf die Steine zurück. Die Pfeilwunde brannte. Er überlegte, zum Fluss zu kriechen und wegzuschwimmen. Aber das war sinnlos. Er würde untergehen wie ein Stein. Warum hatten Atli und Ricwin nicht auf ihn gehört? Zu dritt hätten sie die Angreifer vielleicht abwehren können.

Das war nun zu spät. Alles war zu spät!

Er hörte Schritte und Stimmen näher kommen und sah den Dunkelhaarigen, der sich jetzt über ihn beugte und den Pfeil betrachtete. Ein schrecklicher Verdacht beschlich Hrafn. Als der Krieger sich erhob und ein schwarzgefiederter Vogel vom Himmel herabgeflogen kam und sich auf der ausgestreckten Hand des Dunkelhaarigen niederließ, wurde der Verdacht Gewissheit.

Hrafn hatte den Jarl niemals zuvor zu Gesicht bekommen. Aber er kannte die Erzählungen über den blutrünstigen Krieger mit dem Raben und wusste, dass der Bischof eine großzügige Belohnung auf ihn ausgesetzt hatte.

Nun war Hakon Sigurdarson zurückgekommen, und er, Hrafn, hätte ihn aufhalten können. Er wäre ein Held geworden, einer, über den sich die Menschen an den Lagerfeuern Geschichten erzählten. Auf den der Vater stolz gewesen wäre.

Hrafn sah auf der anderen Flussseite bei der Furt Gestalten auftauchen. Es waren Dutzende, Hunderte Männer, die durchs Wasser wateten. Der Jarl hatte ein Heer mitgebracht!

Der Einäugige beugte sich über Hrafn. «Was sollen wir mit dem Jungen machen?»

«Die Wunde ist tödlich», erwiderte der Jarl.

Eine Klinge blitzte auf. «Halt dein Schwert fest», hörte Hrafn den Einäugigen sagen. «Halt es ganz fest. Odin wird dich empfangen.»

Hrafn begann am ganzen Körper zu zittern. Dann nickte er.

5.

Hladir

Malina duckte sich hinter einen großen Stein bei der Kirche und beobachtete den Mann. Er schien nervös zu sein. Mal ging er hin und her, bevor er wieder innehielt, sich das Haar raufte und zu dem Weg zurückschaute, der oberhalb der Felswand von der Kirche zur Thorsspalte führte.

Ob er auf jemanden wartete?

Auch Malina konnte ihre Aufregung nur schwer unterdrücken.

Sie war am Nid entlanggegangen, bis sie zu der letzten Biegung kam, die der Fluss unterhalb des Hafens machte. Die Stelle lag so dicht beim Fjord, dass sich die Gezeiten auf die Wasserhöhe auswirkten. Malina hatte Glück gehabt. Die Ebbe hatte den Wasserpegel sinken lassen und die Furt freigelegt, durch die sie den Nid überqueren konnte. Den Wachen am Hafen zeigte sie ein Bündel Schafgarbe; sie hatte das Kraut unterwegs gesammelt, und nun erfüllte es seinen Zweck. Die Krieger schöpften keinen Verdacht und ließen Malina passieren.

Wegen der Mittsommerfeier war im Hafen so viel los, dass Malina mit dem Menschenstrom unerkannt durchs Stadttor gelangte. Die Kapuze des Umhangs ins Gesicht gezogen, huschte sie durch die Gassen. Überall waren die Spuren der Verwüstung zu erkennen, die die Mordbrenner im vergangenen Herbst hinterlassen hatten – jene Männer, die jetzt über Hladir herrschten. Einige Hütten hatte man notdürftig wieder aufgebaut, Dächer neu gedeckt und Wände mit Baumstämmen oder Lehm und Flechtwerk ausgebessert. Von zahllosen Gebäuden waren jedoch nur noch verkohlte Balken und Schutthaufen geblieben, die niemand wegräumte.

Sie verließ die Stadt durchs östliche Tor und folgte dem Weg hinauf zum Adlerfelsen. Dabei kam sie an der Festwiese vorbei, auf der Menschen an Tischen zusammensaßen, während weiter hinten beim Teich große Feuer brannten. Malina überlegte, ob sie sich der Menge nähern sollte, um nach dem Bischof und dem Hünen Ausschau zu halten und vielleicht einen Hinweis zu bekommen, wo die Kinder gefangen gehalten wurden. Doch die Gefahr war zu groß, dass irgendjemand sie trotz der Kapuze erkannte.

Sie beobachtete die johlende Menge und erinnerte sich an den Tag, an dem Eirik auf dem zugefrorenen Teich beim Schlittknochenfahren den anderen Jungen überwältigt hatte. Sie war stolz auf ihn gewesen, und das war sie noch immer.

Irgendwo unter diesen Menschen vermutete sie den Bischof. Sie war ihm noch nie begegnet und war sich nicht sicher, ob sie ihn anhand der Beschreibungen erkennen würde: ein schlanker, drahtiger Mann, etwas älter, mit spitzer, hervorspringender Nase, verkniffenem Mund, engstehenden Augen und stechendem Blick. Eine Beschreibung, die auf viele Männer zutraf. Da war es wahrscheinlicher, dass sie ihn an der grauen Kutte, die er angeblich immer trug, und dem Silberkreuz erkannte. Oder an dem Hünen. Ein riesiger Kerl mit Glatze, so groß wie Ketil und immer an der Seite des Bischofs.

Malina ging weiter und bog hinter der unbewachten Thorsspalte nach rechts auf den Pfad ab, der oberhalb des Felsgürtels zur Kirche führte. Da sie keine Ahnung hatte, wo sie nach den Kindern suchen sollte, wollte sie es zunächst in der Kirche versuchen.

Einen Plan, wie sie an den Kriegern vorbeikommen konnte, die vermutlich die Kinder bewachten, hatte sie ebenfalls nicht. Sie hatte nur ein Messer, das sie unter ihrem Umhang verbarg. Was sollte sie damit gegen bewaffnete Männer ausrichten?

Sie wusste es nicht. Aber sie wusste, dass sie alles versuchen würde, um die Kinder zu finden, sie zu befreien und vor dem Angriff aus der Stadt zu bringen. Das war sie Eirik und Aud schuldig. Und Hakon auch. Sein Herz mochte für sie verloren sein, aber sie hatte niemals aufgehört, ihn zu lieben.

Zu ihrer rechten Seite fielen die Felsen zehn, zwölf Fuß tief ab. Im Vorübergehen sah sie die Feuer auf der Festwiese brennen. Mit Ruß und Kohle beschmierte Menschen tanzten um die Feuerhaufen, und die Flammen spiegelten sich auf dem Teich.

Als sie sich der Kirche näherte, waren dort nirgendwo Wachen, aber vielleicht hielten sich welche in dem Gebäude auf.

Daher hatte sich Malina zunächst hinter dem Felsen versteckt, und kurz bevor sie das Versteck wieder verlassen wollte, war der Mann aufgetaucht. Zunächst hatte sie die Schritte gehört, dann war der Krieger, der mit einem Schwert bewaffnet war, am Felsen vorbei zur Kirche gegangen, wo er seither herumstand. Und wartete.

Malina lief die Zeit davon.

Sie musste unbedingt einen Blick in die Kirche und die kleine Hütte dahinter werfen. Es war unwahrscheinlich, dass der Bischof die Kinder im Jarlshaus gefangen hielt. Sie hatte gehört, dass dort jetzt Thordis und ihr Bruder wohnten, und Auds Mutter – so verletzt sie auch sein mochte – würde es sicher nicht zulassen, dass man ihre Tochter als Geisel missbrauchte. Zudem mied der Bischof den Jarlshof wie sein Teufel das Weihwasser, wie Flüchtlinge erzählt hatten.

Nein, sie musste die Kinder hier suchen.

Da entfernte sich der Krieger, ging zu einem Busch und pinkelte.

Das war die Gelegenheit! Malina sprang auf und huschte zur Kirche. Der Mann kehrte ihr den Rücken zu. Sie öffnete die unverriegelte Tür, schlüpfte hinein und zog die Tür hinter sich bis auf einen kleinen Spalt wieder zu.

Drinnen war es finster. Malina lauschte auf irgendwelche Geräusche von Menschen. Doch nur das Blut rauschte in ihren Ohren, und durch den Türspalt waren jetzt die Schritte des zurückkehrenden Kriegers zu hören.

Sie streckte die Hände aus und bewegte sich vorwärts. Mit der linken Hand berührte sie einen Stützpfeiler, ging weiter und stieß kurz darauf mit einem Fuß gegen etwas, das eine Kiste sein konnte. Sie beugte sich hinunter, und ihre Finger berührten eine Platte, die mit einem Tuch bedeckt war. Vermutlich ein Altar, auf den die Munkis ihre heiligen Gegenstände stellten.

Verdammt! Hier gab es nur Stützpfeiler und einen Altar!

Malina musste zu der Hütte. Aber wie sollte sie aus der Kirche herauskommen, solange der Krieger davorstand?

Sollte sie versuchen, ihm mit dem Messer die Kehle durchzuschneiden? Es würde ihr nicht leichtfallen, einen Menschen zu töten, auch wenn es nicht das erste Mal wäre. Aber bislang hatte sie aus Notwehr getötet, und das war etwas anderes, als jemanden hinterrücks zu ermorden. Außerdem war der Mann eineinhalb Köpfe größer. Keine günstige Ausgangslage!

Da kam ihr eine andere Idee. Ob die Kirche einen Hinterausgang hatte?

Sie wollte sich gerade zu einer Wand vorbewegen, als draußen Stimmen zu hören waren. Der Krieger hatte Gesellschaft bekommen. Die Stimmen waren aber zu gedämpft, um einzelne Worte verstehen zu können.

Sie musste sich verstecken! Aber wo? Der Altar! Sie tastete sich daran entlang bis zu einer Kante. Sie zwängte sich zwischen den Altar und die Kirchenwand, und zu ihrer Erleichterung war hinter dem Altar ein schmaler Freiraum, gerade breit genug für eine kleine Frau.

Sie tauchte ab, kurz bevor die Tür geöffnet wurde. Licht fiel von draußen auf die Wand über ihr.

Malina machte sich ganz klein, während sich Schritte und Stimmen näherten. Der Boden hinter dem Altar war staubig, und Malina spürte ein Kribbeln in ihrer Nase aufsteigen. Sie kniff die Nasenflügel mit den Fingern zusammen, um das Kribbeln zu unterdrücken.

Es waren die Stimmen von zwei Männern, die vor dem Altar stehen blieben. Nun konnte Malina verstehen, worüber sie sprachen – und es gelang ihr nur mühsam, die aufkommende Panik zu unterdrücken.

«Das ist doch unglaublich», sagte einer.

«Doch, Herr. Der Jarl zieht gegen die Stadt. Er will uns angreifen!», erwiderte der andere.

Malina grub vor Schreck die Zähne in die Knöchel ihrer Faust.

«Bist du dir da absolut sicher, Arnulf?», fragte der Mann, von dem Malina annahm, dass es der Bischof war.

«Nicht weit von der Küste entfernt kamen wir zu einem Hof, auf dem sich einige Bauern zum Abmarsch bereit machten. Sie hatten Waffen dabei: Äxte, Keulen und Schilde. Als wir sie zur Rede stellten, behaupteten sie, es gebe Streit mit den Nachbarn. Dumme Ausrede! Ich habe mir gleich gedacht, dass etwas faul ist. Die Kerle hätten sich vor Angst fast in die Hose gemacht. So reagiert nur jemand, der etwas zu verbergen hat.»

Malinas Nase begann wieder zu kribbeln. Bitte nicht!, flehte sie in Gedanken und presste wieder die Nasenflügel zusammen.

«Komm zur Sache!», stieß der Bischof aus. «Hast du den Jarl gesehen? Oder ein Heer?»

«Nein. Wir haben die Bauern so lange bearbeitet, bis sie mit der Wahrheit rausrückten. Dann sind wir sofort nach Hladir aufgebrochen, um Euch zu warnen, Herr.»

«Die Wahrheit?»

«Na, dass der Jarl mit vielen Kriegern zurückgekehrt ist – und mit der Seherin. Sie soll von den Toten auferstanden sein.»

«Die Seherin? Bei allen Heiligen! Das ist Teufelswerk!»

«Das haben die Bauern so erzählt.»

Malina hörte den Bischof keuchende Laute ausstoßen. «Wann will er angreifen?»

«Wenn die Feier beendet ist.»

«Aber das ist ...! O – heiliger Herr Jesus! Warum hast du das nicht gleich gesagt?»

«Ihr hattet befohlen, dass alle Neuigkeiten, die den Jarl betreffen, zunächst nur Euch mitzuteilen sind.»

Der Bischof stöhnte. «Wir müssen das Gelage sofort beenden und die Krieger zu den Waffen rufen. Diese versoffene Horde! Skammkill – hol die Gefangenen aus der Badehütte. Ich will sie bei mir haben, wenn der Jarl angreift!»

Schritte entfernten sich.

Malinas Augen waren voller Tränen von der kribbelnden Nase, aber sie konnte das Niesen nicht mehr zurückhalten. Es war nur ein trockenes, unterdrücktes Geräusch.

Die Schritte verhallten sofort.

«Was war das?» Die Stimme des Bischofs.

«Vielleicht eine Maus?»

Es entstand eine längere Pause, in der die Männer vermutlich auf weitere Geräusche warteten. Dann fiel die Tür zu.

Malina wischte sich Tränen aus den Augen. Verzweiflung überkam sie. Hakons Plan, die Feinde zu überraschen, drohte zu scheitern und sein Heer in offene Klingen zu laufen.

Sie rang um einen klaren Gedanken. Sollte sie versuchen, sich zu Hakon durchzuschlagen, um ihn zu warnen? Oder war es dafür schon zu spät? Sie bezweifelte, dass er sich von dem Angriff abbringen ließ, denn der Bischof würde Jagd auf ihn und sein Heer machen und grausame Rache an den Throendern üben, die sich Hakon angeschlossen hatten.

Also musste sie die Kinder befreien. Von welchem Badehaus

hatte der Bischof gesprochen? Meinte er das alte Grubenhaus? Aber das war doch zerfallen? Hakon hatte es schon lange nicht mehr benutzt. Vielleicht hatte der Bischof es ausbessern lassen.

Dorthin war nun der Hüne unterwegs, dieser Skammkill, von dem es hieß, er sei unbesiegbar. Sogar Ketil hatte er niedergerungen, und Malina kannte niemanden, der so stark war wie Ketil. Was konnte eine Frau wie sie gegen dieses Ungetüm ausrichten?

Vermutlich gar nichts.

Dennoch musste sie es wagen, und wenn sie es mit dem Leben bezahlte. Sie hatte nichts mehr zu verlieren.

Sie kroch hinter dem Altar hervor, schlich durch den Innenraum zur Tür und legte ein Ohr dagegen. Dahinter waren keine Stimmen zu hören. Sie drückte die Tür eine Handbreit auf und spähte durch den Spalt. Da war niemand.

Sie schlüpfte hinaus, blieb aber wie erstarrt stehen, als sie den hageren, mit einer dunkelgrauen Kutte bekleideten Mann sah. Er hatte offenbar neben der Tür gewartet und starrte sie jetzt überrascht und wütend zugleich an.

Der Bischof!

Malina stieß einen spitzen Schrei aus, als sie von hinten gepackt wurde.

«Da hast du deine Maus, Arnulf!», sagte der Bischof.

Malinas Herz raste. Er sah anders aus, als sie ihn sich vorgestellt hatte. Kräftiger, aber in seinem Blick lag all das Böse und Grausame, von dem sie gehört hatte.

«Wer bist du, Weib? Und was machst du in meiner Kirche?»

Malina wand sich in Arnulfs Griff.

Da schlug ihr der Bischof ins Gesicht. «Warum warst du in der Kirche?», brüllte er. «Wer bist du? Ich habe dich noch niemals hier gesehen.»

«Wir sollten sie töten», sagte Arnulf hinter ihr. Seine Finger schlossen sich um ihren Hals.

«Warte!», entgegnete der Bischof. «Hat dich der Jarl geschickt?»

Malina versuchte, dem stechenden Blick auszuweichen und bemerkte plötzlich im Rücken des Bischofs eine Gestalt – ein verwahrloster, verdreckter Mann mit struppigem Bart.

Der Bischof hob erneut die Hand, doch bevor er dazu kam zuzuschlagen, kam der Mann näher, legte ihm eine rostige Kette um den Hals und zog sie zu. Der Bischof stieß einen erstickten Laut aus. Die Kette zog sich fest.

Arnulfs Griff um Malinas Hals wurde schwächer.

Sie reagierte blitzschnell, griff unter dem Umhang nach dem Messer und stach es über ihre linke Schulter nach Arnulf. Er trug kein Kettenhemd, und die Klinge bohrte sich durch die Tunika in seine Brust. Er keuchte und fluchte, während Malina sah, wie der Bischof versuchte, seine Finger hinter die Kettenglieder zu zwängen, die ihm die Luft abschnürten.

Sie stieß Arnulf von sich weg. Er sank zu Boden und blieb reglos liegen.

Die Gegenwehr des Bischofs wurde schwächer, und da erkannte Malina den anderen Mann. Es war Skjaldar, Hakons Hauptmann. Er sah schrecklich aus, sein eingefallenes Gesicht war mit Dreck und aufgekratzten Wunden übersät. Der Unterkiefer stand schief, als sei er gebrochen worden und falsch zusammengewachsen.

Aber er lachte, während dem Bischof die Augen aus den Höhlen quollen und er dunkelrot anlief. Skjaldar hielt ihn noch einen Moment, bis ein letztes Zucken durch den Körper fuhr und der Bischof in sich zusammensackte wie ein von Würmern zerfressener Baum.

Skjaldar schwang die Kette zurück und spuckte auf den Bischof.

«Das hat mich am Leben gehalten», schnaufte er mit eigenartig verzerrter Stimme. «Ich wollte den Augenblick erleben, in dem ich dem Bastard ins Gesicht spucke!»

Er schaute Malina an. «Mach mich los! Die Schlüssel sind unter seiner Kutte.»

Sie ließ sich auf die Knie nieder und durchwühlte die Kleider, bis sie die Schlüssel fand. Damit folgte sie Skjaldar zu einem Verschlag, aus dem ihr ein ekelerregender Gestank entgegenströmte. Mit einem Schlüssel öffnete sie das Schloss am Halseisen, dann mit einem anderen die Eisenfesseln an den Fußgelenken.

«Dich schicken die Götter, Malina! Hat Hakon dich ...?»

«Später! Weißt du, ob der Bischof Hakons altes Badehaus ausgebessert hat?»

Skjaldar schaute sie irritiert an. «Das Badehaus? Gut möglich, aber warum ...?»

«Nicht jetzt! Hilf mir, dem Bischof die Kutte auszuziehen. Wir brauchen Arnulfs Schwert.»

Skjaldar nickte. Er wankte leicht. Wer weiß, wie lange sie ihn gequält hatten.

Sie holten die Sachen, dann eilten sie, so schnell es ging, davon. Von der Festwiese her folgten ihnen Gesang und Gelächter.

Malina musste immer wieder halten und auf Skjaldar warten. Es kam ihr unendlich lange vor, bis sie endlich das Grubenhaus sahen. Sie verließen den Trampelpfad und schlichen von hinten näher heran. Hinter einem Haselstrauch gingen sie in Deckung. Vor der Hütte standen zwei Männer an einem Lagerfeuer. Skammkill war nirgendwo zu sehen.

Vor einigen Jahren war Malina einmal hier gewesen, als Hakon ihr von dem Dampfbad erzählt hatte. Der Gedanke, darin ein solches Bad mit ihm zu nehmen, hatte ihr gefallen. Sie hatte ihn gebeten, das Bad wieder herrichten zu lassen, was jedoch nie geschehen war. Hakon hatte andere Dinge im Kopf. Wichtigere Dinge. Ihr war auch der Gedanke gekommen, dass ihn das Bad an seine Frau Thora erinnerte. Einmal hatte er erwähnt, dass sie es geliebt hatte, in dem heißen Dampf zu entspannen. Daher hatte sie es nicht mehr angesprochen und das Badehaus irgendwann vergessen.

Es war groß genug für sieben, acht Menschen, und Malina erinnerte sich an einen Kuppelofen und mehrere Bänke.

Da war mit einem Mal eine laute Stimme aus der Hütte zu hören. Es war die Stimme einer Frau.

«Vielleicht ist Skammkill im Badehaus», flüsterte Malina. «Wir müssen die Wachen überwältigen, bevor er herauskommt.»

Als Skjaldar den Namen des Hünen hörte, stieß er einen wütenden Laut aus. «Ich werde den Bastard töten!»

Malina schlüpfte in die Kutte und zog ihren Umhang darüber, bevor sie Skjaldar ihren dürftigen Plan erläuterte. Der Hauptmann zuckte mit den Schultern. Sie hatten keine andere Wahl.

Malina trat hinter dem Gestrüpp hervor, die Kapuze tief ins Gesicht gezogen. Die Krieger würden sich über die Kapuze wundern, und dass die Gestalt in der Kutte viel kleiner war als der Bischof. Malina hoffte, dass das silberne Kruzifix sie für einen kurzen Moment ablenkte.

Bei der Hütte blieb sie stehen und lauschte. Sie hörte, wie sich die Männer darüber beklagten, dass sie nicht unten bei der Feier dabei sein konnten und sich stattdessen mit dem Lagerfeuer begnügen mussten.

Malina trat hinter der Ecke hervor und räusperte sich. Die Männer drehten sich um. Es waren junge Kerle, denen die Überraschung ins Gesicht geschrieben stand.

Malina winkte den beiden zu und zog sich dann schnell wieder hinter die Hütte zurück.

Macht schon!, flehte Malina innerlich. Kommt her!

Wenn der Hüne ausgerechnet jetzt herauskam, wäre alles umsonst gewesen. Den Geräuschen nach gab es da unten jedoch Schwierigkeiten. Die Frau schrie immerzu, während Kinder weinten. Mädchenstimmen! Da klatschte es mit einem Mal laut, und die Frauenstimme verstummte. Ein Junge begann, wütend zu brüllen. Eirik?

«Wer seid Ihr?», fragte einer der Krieger.

Zögernd standen sie an der Ecke. Das Kreuz hatte sie neugierig gemacht, und das hatten sie nun davon. Skjaldar kam hinter dem Gebüsch hervor. Die Gefangenschaft mochte ihm zugesetzt haben, aber er war noch immer schnell. Bevor die jungen Männer reagieren konnten, stieß Skjaldar einem die Klinge in den Hals, zog sie wieder heraus und stieß sie dem anderen in den Bauch. Das erste Opfer sank ohne einen Laut zu Boden, während Skjaldar dem anderen eine Hand auf den Mund presste, bis der sein Leben ausgehaucht hatte.

Sie wollten die Leichen gerade hinters Badehaus ziehen, als Malina Geräusche hörte. Sie lugte um die Ecke und sah ein Kind aus der Luke klettern und dann ein weiteres. Es waren zwei Jungen, die Malina nie zuvor gesehen hatte.

Ihre Nerven waren zum Zerreißen angespannt. Die toten Krieger lagen zwar einige Schritt von der Luke entfernt, wären von dort aber zu sehen, wenn jemand genau hinschaute. Noch zwei Kinder kamen aus dem Badehaus, dieses Mal waren es Mädchen – und eins davon war Aud.

Drinnen schrie die Frau wieder, bevor ein dritter Junge herauskroch. Malina dankte den Göttern – es war Eirik! Die Kinder waren verdreckt und ihre Kleider zerrissen, aber sie schienen unverletzt zu sein.

Unschlüssig warteten sie vor der Hütte. Da ertönte ein weiterer Schrei, bevor eine Frau aus dem Badehaus flog, als habe sie jemand durch die Luke geworfen. Hinter ihr erschien ein kahler Schädel mit einem Haarstreifen. Der Hüne drehte in der Öffnung den Kopf hin und her, als er bemerkte, dass die Krieger nicht dort waren, wo sie hätten sein sollen.

Er stieß einen knurrenden Laut aus und wollte sich durch die Luke zwängen, als plötzlich Skjaldar an Malina vorbeistürmte und mit dem Schwert nach dem Hünen schlug. Aber der duckte sich geistesgegenwärtig, und die Klinge fuhr in die Wand.

Malina sprang zu den Kindern. Eirik rief überrascht ihren Namen. Sie wollte gerade die Kinder mit sich fortziehen, als sie von etwas Schwerem im Rücken getroffen wurde, das sie zu Boden riss.

Skjaldar lag auf ihr. Der Hüne hatte ihn gegen Malina geworfen.

Im Liegen drehte sie den Kopf und sah Skammkill näher kommen. Skjaldars Gewicht raubte ihr den Atem. Er hatte das Schwert verloren, das nun zwischen ihnen und Skammkill lag.

Da tauchte die Frau auf. Sie hielt einen Stock, der an der Spitze brannte. Vermutlich hatte sie ihn aus dem Feuer gezogen. Sie schlug damit nach dem Hünen und traf ihn im Gesicht. Funken sprühten auf, und Skammkill stieß einen ohrenbetäubenden Schrei aus. Er wankte zurück.

In dem Tumult glaubte Malina, die Frau wiederzuerkennen. Sie lebte unten in der Stadt, zumindest damals, bevor Malina Hladir verlassen hatte, und sie hieß Geirrid. Aber dann war es doch die Frau, die die Flüchtlinge verraten hatte!

Während sich Skjaldar aufrappelte und von Malina herunterkroch, schlug Geirrid dem Hünen wie besessen den Stock wieder und wieder ins Gesicht, das vom Ruß schon schwarz geworden war. Seine Fäuste wirbelten unkontrolliert herum, wobei er versuchte, Geirrid zu treffen, aber nur Löcher in die Luft schlug. Offenbar hatte ihn das Feuer geblendet oder seine Augen verletzt.

Malina musste die Kinder vor den Fäusten in Sicherheit bringen!

Skjaldar hob das Schwert auf und näherte sich Skammkill von der Seite, kam aber wegen der fliegenden Fäuste nicht dicht genug heran. Da duckte er sich und stach ihm die Klinge in den rechten Unterschenkel.

Skammkills Faust traf Skjaldar, der das Schwert verlor, bevor das Bein des Hünen nachgab und er auf die Knie sank. Skjaldar verpasste ihm einen Tritt gegen den Brustkorb, sodass er nach hinten kippte. Skjaldar trat erneut zu, und Skammkill stürzte in die Luke und verschwand im Badehaus.

Schnell verschlossen sie die Öffnung mit der Holzklappe, die neben dem Eingang an der Wand lehnte. Skjaldar hob das Schwert auf.

«Das wird ihn nicht lange aufhalten», keuchte Geirrid. Sie war vollkommen außer Atem. «Gib mir das Schwert! Ich passe auf, dass er nicht herauskommt.»

Aus der Badehütte drangen laute Geräusche, die sich anhörten, als würde mit einer Bank gegen die Wände geschlagen.

«Du musst mit uns kommen – er ist zu stark!», rief Malina.

Geirrid schüttelte den Kopf. «Ich habe schwere Schuld auf mich geladen, und nun werde ich etwas davon wiedergutmachen.»

«Denk an deine Kinder», entgegnete Malina. «Warum seid ihr überhaupt hier?»

«Das war der Dank des Bischofs!» Geirrid lachte bitter. «Ich habe Halldor getötet, und der Bischof hat uns hier eingesperrt. Nun verschwindet und gebt auf meine Kinder Acht!»

Der Lärm aus der Hütte wurde lauter. Skammkill mochte zwar geblendet sein, aber es würde nicht lange dauern, bis er die Luke fand.

Malina riss Geirrid den Stock aus der Hand, hielt ihn ins Lagerfeuer, bis er wieder brannte, und warf ihn dann auf das Dach. Sofort fing das trockene Stroh Feuer.

«Du kommst mit uns!», befahl Malina.

Dem hatte Geirrid nichts mehr entgegenzusetzen. Die Frauen hasteten mit Skjaldar und den Kindern über den Pfad hinunter zur

Kirche. Von dort aus wollten sie weiter zur Festwiese und dann versuchen, durch die Stadt zu entkommen. Als sie jedoch die Kirche erreichten, blieb Malina so plötzlich stehen, dass Skjaldar beinahe gegen sie geprallt wäre.

Malina zeigte zu der Stelle, an der sie den Bischof und den anderen Mann hatten liegen lassen.

Arnulfs Leiche lag noch dort, aber der Bischof war verschwunden.

6.

Hladir

Wer in Gottes Namen ist das Weib?, dachte Poppo.

Er kauerte im Verschlag, in dem er den Hauptmann gefangen gehalten hatte, während die kleine Frau und die anderen zur Kirche kamen.

Poppo hatte sich in die hinterste Ecke gezwängt, inmitten der Kothaufen und Knochenreste. Es stank fürchterlich, und er zwang sich, flach zu atmen, um sich nicht vor Ekel zu übergeben. Kein normaler Mensch hätte hier so lange überleben können. Auch da hatte der Teufel seine Hände im Spiel gehabt.

Und dieser Teufel hätte Poppo beinahe umgebracht. Doch war es nicht ebenso ein Beweis für die allmächtige Herrschaft Gottes? Immerhin war Poppo rechtzeitig aus der Bewusstlosigkeit erwacht, bevor die Frau und der Hauptmann zurückkehrten.

Sie hatten geglaubt, er sei tot, und vermutlich wäre er das längst, wenn der Herrgott nicht die schützenden Hände über seinen ergebenen Diener gehalten hätte. So war Poppos Geist noch einmal zurückgekehrt. Als er die Augen aufgeschlagen hatte und in den blassblauen Himmel blickte, wusste er, dass seine irdische Aufgabe noch nicht erfüllt war. Dann hatte er Stimmen gehört und war in den Verschlag gekrochen. Wie klug das gewesen war, wurde ihm spätestens klar, als die Leute zunächst die Kirche durchsuchten, bevor sie anschließend die Tür zur Wohnhütte aufbrachen.

Auf den Gedanken, in dem Dreckloch nachzuschauen, kamen sie natürlich nicht. Gott war schlauer als der Teufel.

Er hörte die Leute wieder aus dem Wohnhaus kommen, bevor die Geräusche leiser wurden. Wahrscheinlich nahmen sie an, er sei zur Festwiese gelaufen, und flohen daher in die entgegengesetzte Richtung.

Er lauschte, bis er überzeugt war, dass sie wirklich verschwunden waren. Dann kroch er aus dem Verschlag und sog die frische Luft ein. Was für eine Wohltat! Er berührte seinen von der Kette schmerzenden Hals und überlegte, ob er gleich den König vor dem Jarl warnen sollte. Die Vorkehrungen gegen einen Angriff mussten sofort getroffen werden.

Auch wenn es ihm schwerfiel, entschied er sich anders. Zunächst musste er herausfinden, was mit Skammkill war. Niemals hätte er gedacht, sich einmal Sorgen um ihn machen zu müssen. Den Koloss zu überwältigen war schier unmöglich. Bei der Badehütte musste etwas Schreckliches vorgefallen sein.

Er lief in die Wohnhütte und zog eine neue Kutte an. Als er kurz darauf über den Pfad rannte, stieg ihm ein Geruch in die Nase, der seine Befürchtungen bestätigte – es roch nach Feuer. Der Trampelpfad bog um einen Felsen, und dann sah Poppo die Flammen, die auf dem Dach tobten. Das Stroh war so trocken, dass sich kaum Qualm bildete.

Beim Näherkommen hörte er Lärm aus der Hütte. Er hatte keinen Zweifel, dass es Skammkill war, der da wütete.

Der Eingang war mit der Holzklappe verschlossen und mit zwei schräggestellten Holzbalken blockiert worden. Im Vorbeilaufen warf Poppo einen Blick auf die Leichen der beiden Wachposten und rief dann Skammkills Namen, bevor er die Balken wegtrat. Es war ihm sicherer, wenn Skammkill wusste, dass es sein Herr war, der ihn befreite, bevor der in blinder Raserei Freund und Feind verwechselte.

«Skammkill», rief Poppo noch einmal. «Ich lasse dich jetzt raus!»

Das über ihm brennende Stroh trieb ihm den Schweiß aus den

Poren, und in seinen Ohren rauschten die fauchenden Geräusche der Flammen.

Bevor er jedoch dazu kam, die Luke zu öffnen, flog sie ihm entgegen. Zunächst quoll Rauch aus dem Loch, bevor der helle Schädel auftauchte. Skammkill zwängte sich nach oben. Sein Gesicht war dunkelrot angelaufen. Er keuchte und hustete. Aber er lebte! Zwei, drei Schritte schleppte er sich von der Hütte weg, dann brach er zusammen.

Stroh löste sich vom Dach. Poppo sprang hinzu und wischte das brennende Stroh von Skammkills Tunika. Dann packte er ihn an den Schultern, aber er war zu schwer, um ihn vom Feuer fortzuziehen.

«Wach auf, Skammkill!», brüllte er und schlug mit der flachen Hand so lange gegen dessen Schädel, bis endlich Leben den Körper flutete. Skammkill stieß einen grunzenden Laut aus. Seine tränenden, geröteten Augen öffneten sich.

«Wir müssen hier weg!», rief Poppo.

Skammkill starrte ihn an, bis er zu begreifen schien. Er stemmte sich hoch, und als er aufrecht stand, ruckte sein Kopf hin und her, als suche er nach den Leuten, die ihn töten wollten. Die Luft um ihn herum schien vor Hass zu knistern.

7.

Ein Berg bei Hladir

Das Sonnenlicht ergoss sich wie flüssiges Gold über die Berge im Osten. Vom Fjord im Norden strichen Böen über den Hafen, die Hütten, den Jarlshof und die Festwiese. Der Wind trieb den Geruch der niederbrennenden Mittsommerfeuer den felsigen Hang hinauf. Hier oben, auf einer Lichtung im Schatten hoher Bäume, lauerte das Heer der Throender und der dänischen Söldner.

Hakon und seine Gefährten Ketil, Thorleif und Pálnir hatten sich von den anderen abgesetzt und kauerten zwischen Felsen über dem Hang, von wo aus sie das Treiben in Hladir beobachteten. Aus dieser Richtung würde ein Angriff am ehesten erfolgreich sein, weswegen sie den Nid weiter stromaufwärts überquert hatten.

«Die torkeln wie dreibeinige Köter», sagte Ketil.

«Wie dreibeinige Köter, die wir gleich zu ihrem Hundegott jagen», meinte Thorleif.

Die anderen lachten, aber es klang angespannt.

Hakon lachte nicht, sein Blick war auf den Feind gerichtet. Männer wankten Arm in Arm durch die Stadt und dann weiter zu den Zelten, die jenseits der Palisade auf einer Weide am Flussufer errichtet worden waren. Graufells betrunkene Rogaländer würden eine leichte Beute sein.

Auf der Festwiese waren viele Bänke und Tische umgekippt. An den wenigen noch stehenden Tischen saßen Männer, die immer weitertranken.

Hakon suchte in der Menge nach Graufell oder dem Bischof,

konnte aber weder den einen noch den anderen ausmachen. Auf die Entfernung sah ein Mann aus wie der andere.

«Lass uns angreifen, Jarl», drängte Ketil.

«Ja, worauf wartest du?», fragte Thorleif.

«Auf die Seherin», antwortete Hakon.

«Wo ist Asny überhaupt?», erwiderte Ketil. «Ich habe sie nicht mehr gesehen, seit wir den Fluss überquert haben.»

Hakon zuckte mit den Schultern. Er wusste nicht, wo sie war, hätte aber einiges dafür gegeben, wenn sie endlich auftauchte.

«Sie wird ihre Gründe haben», sagte Ketil. «Der Feind ist wehrlos – so wie du es vorausgesagt hast, Hakon.»

Thorleif klatschte in die Hände. «Wir werden die Bastarde abschlachten und mit ihren Leichen die Feuer neu entfachen – und dann feiern wir unser Fest!»

«Du denkst nur ans Saufen», fuhr Ketil ihn an.

«Na und! Ich kann wenigstens saufen, obwohl ich dreimal so alt bin wie du, Munki!»

«Drei Krüge! Jeder von uns – und dann sehen wir weiter!»

«Vier Krüge! Und wer als Erster von der Bank fällt, leckt dem anderen die Stiefel ab.»

«Da hast du bei mir ordentlich was zu lecken, Alter!»

«Deine Stiefel sind nicht halb so groß wie deine Klappe.»

«Du kannst froh sein, wenn ich dir gleich im Kampf den Rücken frei halte!»

Thorleif schlug sich mit der flachen Hand auf den Schenkel. «Hab ich's mir doch gedacht! Du willst dich hinter mir verstecken.»

Pálnir stieß Hakon an. «Die beiden scheinen sich zu mögen.»

Hakon nickte beiläufig, während Thorleif und Ketil sich weiter beharkten. Hakon dachte an Malina. Ob sie die Kinder gefunden hatte? War sie überhaupt in die Stadt gekommen? Was auch immer dort unten geschehen sein mochte, es lag nicht in Hakons

Hand. Er konnte nichts für sie tun. Sie war auf sich allein gestellt, und er betete zu den Göttern, dass sie Malina, Eirik und Aud wohlgesonnen waren. Hakon hatte in diesem Krieg viele Opfer bringen müssen, und er trauerte um alle Menschen, die ihr Leben gelassen hatten. Bergljot, Skjaldar, Aki, all die Throender bei der Schlacht im Herbst, die Flüchtlinge ...

Es würden nicht die letzten Opfer bleiben.

Wut und Hass stiegen wie bittere Magensäure in ihm auf, und er ballte die Hände zu Fäusten, als das Verlangen nach Vergeltung übermächtig zu werden drohte. Er musste die Feinde vernichten, damit Frieden herrschte, und er war zum Siegen verdammt. Eine zweite Gelegenheit würde es nicht geben. Wenn der Angriff scheiterte, würden Graufell und der Bischof Thrandheim in ein Leichenfeld verwandeln, die Höfe niederbrennen, die verbliebenen Männer töten, Frauen und Kinder versklaven ...

Da geschah etwas, womit er nicht gerechnet hatte.

Ihm stockte der Atem, als er sah, wie die Männer, die eben noch an den Tischen zusammensaßen, plötzlich aufsprangen und durcheinanderliefen wie aufgeschreckte Ameisen. Einige eilten zu den Leuten, die verstreut auf der Festwiese herumlagen. Sie schütteten Wasser über die betrunkenen Schläfer, rüttelten sie, schlugen sie. Andere liefen den Männern hinterher, die auf dem Weg zu den Zelten waren.

«Was ist da unten los?», stieß Pálnir aus.

Thorleif und Ketil verstummten. Alle beobachteten mit wachsendem Entsetzen, was in Hladir vor sich ging: Der Feind machte sich kampfbereit!

«Wir müssen sofort ausrücken!», rief Pálnir.

Gedanken rasten durch Hakons Kopf. Der Feind musste vom bevorstehenden Angriff erfahren haben. Wie war es sonst zu erklären, dass die Männer da unten Rüstungen anlegten? Dass Schwerter gegürtet und Beile und Lanzen verteilt wurden? Dass

Krieger zu den Palisaden strömten, um das Stadttor beim Hafen zu sichern?

Hakon ballte die Fäuste so fest zusammen, dass sich seine Fingernägel in die Handballen bohrten. War Malina aufgeflogen? Er hatte einen Fehler begangen. Niemals hätte er sie in die Stadt gehen lassen dürfen. Wenn jemand sie erkannt hatte, lag der Schluss nahe, dass Hakon nicht weit war.

Viele Feinde mochten betrunken sein. Wenn sie jedoch die Stadt abriegelten, würde Hakons Heer gegen die Palisaden anlaufen, und die konnten auch von Betrunkenen gehalten werden.

Es sei denn ...

Ein Zurück gab es nicht mehr. Gab es niemals mehr. Daher musste Hakon seinen Plan ändern. Er hatte diese Gedanken in den vergangenen Tagen mehrfach durchgespielt. Es war nicht so erfolgversprechend wie ein Überraschungsangriff auf eine Horde Betrunkener, die man wie Schnecken hätte zertreten können, und es war ungewiss, ob der Plan überhaupt Erfolg haben würde. Aber er hatte keine andere Wahl.

Hakon lief mit den anderen zurück zum wartenden Heer, das von alldem nichts mitbekommen hatte. Sie erreichten gerade den Waldrand, als Pálnir ihn auf etwas aufmerksam machte.

«Da ist sie!», keuchte Pálnir im Laufen.

Hakon wurde langsamer und sah Asny auf einem Felsen am Rand der Lichtung. Zugleich kam der Rabe angeflogen und landete auf einem Ast über ihr.

Sie sah atemberaubend aus, so furchterregend, dass sogar Hakon ein Schauer über den Rücken lief. Sie war nackt. Die tätowierten Sonnen und wellenförmigen Muster leuchteten in den Sonnenstrahlen, die auf die Lichtung fielen. Asny hatte ihr blondes Haar abgeschnitten. Kurze, blaue Strähnen standen wie bei einem Igel von ihrem Kopf ab. Offenbar hatte sie ihr Haar mit dem Saft junger Blaubeeren gefärbt.

Ihre Stimme drang an Hakons Ohren. Keine Worte, eine Melodie war es, ein schriller, eigenartiger Singsang, so wie damals, als ihre Mutter Velva in Haithabu einen Mann verflucht hatte.

Hakon ging zu ihr. Die anderen folgten ihm. Auch die Throender und Dänen, die ungeduldig auf Hakons Befehl gewartet hatten, näherten sich. Für den Moment schienen sie nur Augen für diese seltsame Erscheinung zu haben.

Asnys Körper war ausgezehrt. Beckenknochen und Rippen zeichneten sich unter der bunten Haut ab. Ihre Brüste bebten, und ihre Stimme schwoll an. Fest und klar war sie jetzt deutlich zu verstehen, als sie rief: «Männer der Schlacht, die Götter stehen euch bei! Odin, der Heervater, und sein Sohn Thor kämpfen an eurer Seite. Eure Klingen werden im Blut der Feinde baden.»

Alles in Hakon drängte ihn danach, endlich den Befehl zum Angriff zu geben. Dennoch beschloss er, Asnys Rede abzuwarten. Sie würde die richtigen Worte finden – Worte, die ihm in dieser Situation fehlten und mit denen sie die Männer bestärkte, das Letzte aus sich herauszuholen. Sie durften weder Feind noch Tod fürchten, was angesichts der veränderten Lage umso wichtiger war.

Hakon hatte den Erfolg von einem Überraschungsangriff abhängig gemacht, bei dem die Gegner im Schlaf überrannt wurden. Diesen Vorteil konnte er nun vergessen, und während Asny die Kriegsgötter beschwor und die Stärke der Waffen pries, dachte er fieberhaft über den neuen Plan nach. Dabei kam er immer wieder auf den Einfall zurück, den er vor Tagen gehabt, damals jedoch verworfen hatte. Es war äußerst riskant, da Sieg oder Niederlage von einem einzigen Umstand abhingen.

Asnys rotgeränderte Augen waren weit aufgerissen, und ihre Blicke sprühten Feuer. Vierhundert Männer hingen mit ihren Augen an den im gleißenden Licht pulsierenden Tätowierungen – und an ihren Lippen. Vor allem an ihren Lippen.

«Thor schwingt Mjöllnir, den Hammer, den Zermalmer. Er

schleudert Blitze in das Heer der Feinde. Er fährt im Sturm der Schwertgetöse, dass die Berge brechen und die Erde erbebt! Dass die Throender den Sieg erringen …»

Jubel erhob sich über die Lichtung.

«Ich sehe tote Männer. Viele Männer! Ihre Leichen bedecken Hladirs Straßen – und es sind die Leichen der Feinde, durch deren Blut ihr watet, niedergestreckt durch die Waffen in euren Händen …»

Der Lärm schwoll an. Äxte und Schwertgriffe hämmerten gegen Schilde.

Hakon bewunderte Asny für ihre Worte, mit denen sie den Willen der Krieger zum Kampf entflammte. Niemals zuvor hatte er sie auf eine solche Weise reden hören, und niemals zuvor war sie so überzeugend gewesen wie in diesem Augenblick.

Sie ist wie ihre Mutter, dachte er. Nein, sie ist nicht wie Velva – sie ist besser!

Auch er wurde ergriffen von dem Jubel, angestachelt durch Asnys Rede, und mit jedem ihrer Worte wuchs sein Verlangen nach Vergeltung und Sieg.

Sie hob die Arme. «Jetzt zieht in die Schlacht, Männer des Krieges. Zermalmt den Feind – und schickt ihn in seine Hölle, damit er im Feuer der ewigen Verdammnis brennt!»

Sie erstarrte, die Arme über dem Kopf erhoben und das Gesicht der Sonne zugekehrt. Ihre Augen waren geschlossen. Es war alles gesagt.

Die Krieger wandten sich Hakon zu.

«Hakon, Hakon», riefen sie.

Hakons Herz schlug heftig. Jetzt war der Moment der Wahrheit gekommen!

Er stieg neben Asny, die noch immer wie versteinert dastand, auf den Felsen und erklärte den Kriegern, was zu tun war.

Kurz darauf stürmte eine Hälfte des Heers, gut zweihundert

Krieger, durch den Wald und dann den Hang hinunter, um einen Scheinangriff gegen das Stadttor zu führen. Angeführt wurden sie von Pálnirs Bruder Sigurd und anderen kampferprobten Männern.

Hakon ließ fünf Pferde und lange Seile holen, an deren Enden Schlingen geknüpft wurden, dann schwangen sich Hakon, Pálnir, Ketil und zwei Dänenkrieger auf die Pferde.

Thorleif bestand darauf, sie zu begleiten – um den Jarl zu beschützen, wie er meinte.

Hakon beugte sich zu ihm herunter, legte ihm eine Hand auf die Schulter und sagte: «Ich habe dich für eine andere Aufgabe vorgesehen.»

«Ich bin schnell – und stark!», fauchte Thorleif.

Hakon zeigte auf den Dänen, dem er den Befehl über die zweite Heeresgruppe gegeben hatte.

«Geh zu Styrbjörn», sagte er. «Du wirst mit ihm gemeinsam die Krieger gegen die Palisade führen. Dafür brauche ich so erfahrene Männer wie dich!»

Das Gesicht des Alten hellte sich ein wenig auf. «Pass auf dich auf, Junge. Ich will, dass du dabei bist, wenn ich den Munki unter den Tisch trinke.»

Dann trollte er sich zu Styrbjörn.

Hakon und die anderen Reiter nahmen jeder ein Seil, bevor sie zum Rand des Hangs trabten.

Das von Sigurd geführte Heer hatte inzwischen das Zeltlager erreicht, wo die Rogaländer, die es nicht rechtzeitig in die Stadt zurückgeschafft hatten, niedergemacht wurden. Das Tor beim Hafen war geschlossen. Hakon sah, dass der Feind dort seine Kräfte konzentrierte.

Noch einmal drehte er sich nach Asny um. Zwischen den Bäumen war auf der Lichtung der Fels zu erkennen. Die Seherin war jedoch verschwunden.

Hinter den Reitern sammelten sich die zurückgebliebenen zweihundert Krieger.

Er hörte den Flügelschlag des Raben, der nach Hladir vorausflog.

Ihr Götter – steht uns bei, betete Hakon im Stillen, bevor er dem Pferd die Stiefel in die Flanken drückte.

8.

Hladir

Graufell kochte vor Wut, als er Poppos Namen über den Wehrgang beim Stadttor brüllte, zu dem der Bischof und Skammkill über eine Leiter hinaufkletterten. Die beiden hatten gerade den oberen Bereich der Palisadenwehr erreicht, als sich Graufell, gefolgt von seinem Bruder Gudröd, durch die Menge der Krieger in ihre Richtung drängte.

Das Gesicht des Königs war dunkelrot angelaufen. Die rechte Faust erhoben, baute er sich vor Poppo auf. Skammkill stieß einen drohenden Laut aus, doch Graufell ließ die Faust nicht sinken. Er schlug aber nicht zu, obwohl er in diesem Moment offensichtlich nichts lieber getan hätte.

Auf der Festwiese hatte Poppo vorhin nur Gudröd und Gunnhild angetroffen. Graufell schlief zu dem Zeitpunkt bereits in einem Haus, aus dem er zuvor die Bewohner hatte vertreiben lassen. Es war ihm nicht anzumerken, ob er betrunken war. Er stand fest auf den Füßen, und sein Gesicht glühte wohl eher vor Zorn als von Wein und Bier.

Gudröd hingegen hatte deutlich Schlagseite. Seine Bewegungen waren fahrig, auch wenn er sich Mühe gab, sich nichts anmerken zu lassen. Er trug noch immer die mit Wein befleckte Tunika von vorhin. Um Poppos Warnungen vor dem Angriff zu begreifen, war er bereits zu betrunken gewesen.

Es war Gunnhild, die, obwohl sie ebenfalls kaum geradeaus schauen konnte, den Ernst der Lage erfasst hatte. Das steinalte Weib war Poppo immer ein Rätsel geblieben. Kurz zuvor hatte sie noch mit dem zerknitterten Gesicht in ihrem eigenen Erbrochenen auf dem Tisch gelegen, bevor sie von Poppos lauten Worten erwachte. Gleich darauf schlug sie Gudröd eine Holzplatte ins Gesicht, damit der endlich zu Sinnen kam.

Sie hatten alle Männer, die sich auf den Beinen halten konnten, losgeschickt, um die Betrunkenen auf der Wiese und im Heerlager vor der Stadt zu wecken. Das war kein leichtes Unterfangen, und so schafften sie es gerade noch, etwa die Hälfte der Männer aus den Zelten zu holen, bevor der Feind von einem bewaldeten Hügel stürmte. Den Kriegern des Königs war nichts anderes übriggeblieben, als sich in die Stadt zurückzuziehen.

Unterdessen wüteten die Angreifer im Heerlager, wo sie keinen am Leben ließen. Betrunkene wurden ins Freie gezerrt und erschlagen, während andere in den mit Fackeln angezündeten Zelten verbrannten.

Der herbeigeeilte Graufell hatte das Stadttor schließen lassen. Bogenschützen legten auf den Feind an. Doch die Angreifer hielten sich außerhalb der Reichweite ihrer Pfeile. Sie näherten sich auch nicht dem Hafen, in dem Graufells Schiffe lagen, denen seine größte Sorge zu gelten schien, vor allem der Seeschlange, seinem ganzen Stolz.

Poppo schätzte, dass der Feind nicht mehr als zweihundert Krieger hatte. Das waren deutlich weniger, als der König unter Waffen hatte. Allerdings waren dessen Männer vom Trinkgelage angeschlagen. Auch wenn ihr Wutgeschrei auf der Palisade bedrohlich klang, mussten sie doch aufpassen, nicht in blinder Raserei in die Schwerter der Angreifer zu laufen.

Graufell ließ die Faust sinken, öffnete sie und stieß den Zeigefinger in Poppos Richtung.

«Ihr seid für das alles hier verantwortlich, Bischof», brüllte er gegen den Lärm auf dem Wehrgang an. «Ihr hattet lange genug Zeit, den Widerstand der Throender zu brechen. Ich bin nach

Hladir gekommen, um das Pack zum Krieg gegen die Dänen zu verpflichten – und nun greifen die Bauern mich an!»

Poppo schluckte. Dem Vorwurf war schwer etwas entgegenzusetzen. Aber er wäre nicht der von Gott beauftragte Diener, hätte er nicht auch dieser Situation etwas Gutes abgewinnen können.

Mit bemüht fester Stimme sagte er: «Ihr habt recht, Harald. Das scheinen die Tatsachen zu sein, und ich verstehe Eure Wut. Aber sie macht Euch blind für den Vorteil, der sich uns durch den Angriff bietet.»

Graufell glotzte ihn mit offenem Mund an. «Was erlaubt Ihr Euch ...?»

«Hört mir erst einmal zu», schnaubte Poppo, der langsam die Geduld mit dem aufgebrachten Nordmann verlor. «Der Feind ist uns deutlich unterlegen, und der Angriff zeigt, wie verzweifelt der Jarl sein muss. Es liegt auf der Hand, dass es sein Plan war, die Stadt im Handstreich einzunehmen und alle Männer im Schlaf zu erschlagen. Stattdessen steht er Eurer Streitmacht gegenüber – zumindest wenn die Männer wieder nüchtern sind. Der Jarl kann uns nicht mehr entkommen!»

Tiefe Falten zeichneten sich auf Graufells Stirn ab. «Ach ja? Und wo ist der Jarl?»

Poppo schaute zum Heerlager hinüber. Fast alle Zelte waren niedergebrannt, dazwischen lagen die Leichen getöteter Krieger. Die Angreifer hatten sich ein Stück vom Lager zurückgezogen. Poppo versuchte, Hakon Sigurdarson zu erkennen – wenn er denn überhaupt unter den Kriegern war.

Aber das war er nicht.

Poppo strengte den Blick an und suchte die Feinde noch einmal nach dem Jarl ab. Das war doch nicht möglich. Hatte sich Poppo so sehr in ihm getäuscht? Warum führte er sein Heer nicht selbst in die Schlacht?

Gudröd, der sich bislang hinter Graufell gehalten hatte, schob sich neben den König. «Lasst uns diese Bastarde im Schildwall zerfetzen.»

Um seinen gelallten Worten Nachdruck zu verleihen, wollte er sein Schwert ziehen, was jedoch erbärmlich aussah, da es ihm erst beim dritten Versuch gelang.

«Halt den Mund, du betrunkenes Schwein», herrschte Graufell ihn an. «An der Sache ist was faul.»

Das Gefühl hatte auch Poppo. Waren das da unten etwa alle Männer, die der Jarl zusammengezogen hatte – die Throender und die geheimnisvollen Krieger, von denen Arnulf gehört hatte? Zweihundert Männer, vielleicht ein paar mehr oder weniger, viele von ihnen Bauern, die genau wissen mussten, dass in der Stadt ein stärkeres Heer war.

«Der Feind wird es nicht wagen, uns mit diesem Haufen zu belagern», überlegte Poppo laut. «Wo auch immer sich der Jarl aufhält, so dumm ist er nicht. Und er weiß auch, dass er niemals gegen uns in einem offenen Feldkampf bestehen kann ...»

«Da ist der verdammte Hund!», rief Graufell plötzlich und starrte auf etwas hinter Poppo.

Der wirbelte herum und sah Reiter von Osten her auf die Stadt zukommen. Aber das waren nur fünf Männer, und einer von ihnen war unverkennbar der Götzenanbeter. Poppo spürte, wie sich seine Nackenhaare aufstellten, als sein Blick dem dunkelhaarigen Mann folgte, der sich mit wehendem Mantel an der Spitze der Reiter in vollem Galopp näherte.

Was hatte das zu bedeuten? Wollte der verdammte Bastard die Stadt mit einer Handvoll Männer einnehmen?

Vom zerstörten Zeltlager waren Jubelrufe zu hören. Als die Reiter noch etwa fünfzig Schritt von der Palisade entfernt waren, setzten sich die Fußkrieger in Bewegung und liefen parallel zum Schutzwall auf die Reiter zu.

Und dann sah Poppo weitere Krieger aus dem Wald den Hang

hinunterstürmen. Es waren in etwa noch einmal so viele wie jene, die den ersten Angriff geführt hatten. Sie stürmten hinter den Reitern her, die jetzt die unbewachte Palisade erreichten – und sie hatten mit Schlingen versehene Seile dabei.

«Bogenschützen!», rief Poppo. «Wir müssen dort Bogenschützen hinschicken! Der Jarl wird versuchen, die Palisade niederzureißen!»

Graufell brüllte Befehle. Daraufhin verließ ein Teil der Krieger den Wehrgang beim Tor, und sie hasteten zusammen mit Dutzenden Bewaffneten, die unten gewartet hatten, durch die Gassen. Allerdings stolperten immer wieder Männer, deren Beine nach dem Saufgelage schwer waren, und andere fielen über sie hinweg, sodass sie nur stockend vorankamen. Die Krieger trieben sich gegenseitig voran, traten, schubsten und zogen Betrunkene aus dem Weg. Erst eine Handvoll Männer hatte die Palisade erreicht, als die Feinde versuchten, die Schlingen über die Pfähle zu werfen.

Poppo schickte ein Stoßgebet zum Himmel.

Noch hielt der Schutzwall.

9.

Hladir

Hakon spürte unter seinen Beinen die Muskeln des Pferds vibrieren. Hart schlugen die Hufe auf, rissen Erdklumpen und Steine hoch. Das Pferd schnaubte vor Anstrengung, doch Hakon trieb es weiter. Hinter ihm trampelten die Pferde seiner Gefährten. Links von ihnen, etwa vier-, fünfhundert Schritt entfernt, reckten die Männer der Vorhut ihre Waffen, bevor sie sich in Bewegung setzten.

Vor Hakon wuchs die Palisade in die Höhe – eine dunkle, scheinbar unüberwindbare Wand. Er dachte daran, wie sie den Wall vor vielen Jahren errichtet hatten. Im entscheidenden Moment war die Palisade nutzlos gegen Thordis' Verrat gewesen.

Er drängte die Gedanken beiseite und jagte auf eine Stelle des Schutzwalls zu, in deren Nähe sich kleinwüchsige Kiefern mit ihren Wurzeln in eine felsige Erhebung krallten.

Beim Näherkommen erkannte er, dass die Holzpfeiler noch immer dunkel waren und nicht hell. Man hatte sie nicht gegen frische Stämme ausgetauscht! Der gut sechs Fuß hohe Erdwall war auf der Außenseite mit einer etwa doppelt so hohen Holzpalisade befestigt. Die tragende Mittelpfostenreihe wurde in regelmäßigen Abständen durch schräge Stützen zusätzlich gesichert. Doch über die Jahre waren die Hölzer von der Witterung morsch und die Pfosten locker geworden.

Hakon versuchte, alles um sich herum auszublenden und sich auf die Palisade zu konzentrieren – und auf das Seil in seiner rechten Hand. Es bestand aus gedrehten Hanffasern, und es war fest und stark. Aber war es auch stark genug, um den Wall zum Einsturz zu bringen?

Er erinnerte sich an Asnys Worte, nicht daran zu denken, was geschehen könnte. Das wissen nur die Götter! Denk nur daran, was zu tun ist. Was jetzt zu tun ist!

Und das tat Hakon.

Er zügelte das Pferd, näherte sich trabend der Palisade auf etwa fünfzehn Schritt und wartete, bis Pálnir, Ketil und die beiden Dänen bei ihm waren. Dann traten sie den Pferden in die Flanken, schnellten vor und warfen die Seile über die Palisade. Hakons Seil fand keinen Halt. Es rutschte zwischen den spitzen Enden der Pfähle hindurch und fiel wieder herunter, als er daran zog. Auch die anderen verfehlten ihre Ziele – bis auf Yngvar, einer der beiden Dänen, dessen Schlinge sich um einen Pfahl legte.

Yngvar schlang sich das untere Seilende ums Handgelenk und trieb sein Pferd voran. Als es jedoch einen Satz nach vorn machte, wurde er am gestrafften Seil vom Pferd gerissen.

Hakon stöhnte. Er hatte den Männern eingeschärft, sich an den Tieren festzuhalten, bevor sie das Seil unter Spannung setzten.

Während Yngvar sich aufrappelte und wieder aufs Pferd stieg, wickelte Hakon rasch sein Seil auf, schwang es über dem Kopf und warf erneut. Dieses Mal hatte er mehr Glück. Die Schlinge fasste! Er hielt sich am Hals des Pferdes fest und trieb es an. Das Seil knirschte, der Pfosten ruckte, doch er gab nicht nach, auch beim zweiten Versuch nicht.

Ketil hatte sich nach einem missglückten Wurf in seinem Seil verfangen. Hakon rief ihm zu, er solle vom Pferd steigen und versuchen, die äußeren Stützpfosten wegzutreten, die in Abständen von jeweils zehn Fuß schräg im Boden steckten. Das war eine stabile Konstruktion, die Hakon in diesem Moment verfluchte, denn sie sollte genau das verhindern, was er vorhatte.

Bevor Ketil die Palisade erreichte, sah Hakon oben mehrere

Helme im Sonnenlicht aufblitzen. Es waren nicht viele, aber genug, um den Reitern Probleme zu bereiten, sollten die Feinde mit Bögen und Pfeilen bewaffnet sein. Noch beschränkten sie sich darauf, aufgeregt auf der Brustwehr hin- und herzulaufen.

Hakon trat dem Pferd erneut in die Flanken, doch viel zu stark. Das Tier sprang nach vorn, und der Schmerz in Hakons Arm war so heftig, dass er im ersten Moment fürchtete, der Ruck habe ihm die Schulter ausgekugelt – und die verdammte Palisade hielt immer noch.

Sein Heer näherte sich aus beiden Richtungen. Die Gruppen waren jeweils noch gut dreihundert Schritt entfernt.

Unterhalb der Palisade nahm Ketil Anlauf, bevor er mit beiden Füßen voran auf einen Stützpfosten sprang. Das Holz krachte und gab unter seinem Gewicht nach.

Sogleich preschte Pálnir heran und warf das Seil über einen der Pfähle, die mit Querstreben verbunden und von dem zerbrochenen Stützpfosten gehalten worden waren. Die Schlinge fand Halt, und als Pálnir das Pferd antrieb, brach hinter ihm ein halbes Dutzend Stämme mit einem berstenden Geräusch aus der Palisade. Dahinter wurde der Erdwall sichtbar, mit dem die Innenseite befestigt worden war.

Da flogen die ersten Pfeile. Einer zischte eine Handbreit an Hakons Helm vorbei.

«Den da!», rief Hakon Ketil zu und zeigte auf den Stützpfosten, der den Palisadenteil hielt, an dem sein Seil hing.

Ketil machte einen großen Satz, und das Holz zersplitterte unter seinem Fuß. Grinsend winkte er, als gebe es im Leben nichts Wundervolleres, als Pfosten zu zertreten.

Inzwischen hatte auch Arnald, der andere Däne, einige Palisadenpfähle heruntergerissen. Da sich sein Seil jedoch nicht davon lösen ließ, stieg er ab und lief zum Wall. In dem Moment tauchten über der Brustwehr wieder Helme auf. Hakon sah die gespannten

Bögen, sah die Pfeile, und dann sank Arnald zu Boden. Ein gefiederter Pfeilschaft ragte aus seinem Hals.

Hakon trieb sein Pferd an. Das Seil straffte sich, doch der befürchtete Schmerz blieb aus, und hinter ihm brachen sechs, sieben Pfähle aus dem Wall. Mit einem Ruck zog er die Schlaufe ab und holte das Seil ein, wobei er das Pferd hin- und hertraben ließ, um den Bogenschützen das Zielen zu erschweren.

An drei Stellen klafften mittlerweile Lücken in der Palisade. Wenn es gelang, einen größeren Teil herunterzureißen, wäre der Weg in die Stadt frei.

Das Heer war nur noch hundert Schritt entfernt, und in ihrer Panik begannen die feindlichen Bogenschützen auf die heranrückenden Krieger anzulegen.

Das gab Hakon die Gelegenheit, erneut zum Wall vorzustoßen. Er schwang das Seil über dem Kopf und warf. Die Schlinge legte sich um eine Pfostenspitze.

Hakon rief Pálnir und Yngvar zu, zum Heer zu reiten, damit sie Krieger mit Bögen holten, die die Palisade unter Beschuss nehmen sollten. Kaum waren die beiden davongeritten, als die Feinde wieder auf Hakon anlegten. Ein Pfeil prallte gegen seinen Helm, und der Widerhall dröhnte in seinem Schädel.

Unterdessen hatte Ketil weitere Stützpfosten weggetreten. Hakon straffte das Seil, doch da bohrte sich ein Pfeil in den Hals seines Pferds. Es bäumte sich wiehernd auf. Hakon verlor den Halt, rutschte herunter und schlug hart auf dem Boden auf. Das Seil noch immer ums Handgelenk gewickelt, rollte er sich weg, um den fliegenden Hufen auszuweichen.

In dem Moment wurde das Pferd von einem weiteren Pfeil getroffen und brach über Hakon zusammen. Er spürte den schweren Druck auf seinen Beinen, die jedoch nicht gebrochen zu sein schienen. Er versuchte, sie darunter hervorzuziehen, doch das Tier lastete mit seinem ganzen Gewicht darauf.

Hakon schaute zu Ketil, der zu einer Lücke geschlichen war, plötzlich am freigelegten Erdwall hochsprang und nach etwas hinter der Palisade griff. Dann zerrte er einen feindlichen Krieger hervor, den er am Fußknöchel gepackt hatte. Bevor der Mann reagieren konnte, zog Ketil ihn zu sich herunter. Der Krieger war mit Schild und Schwert bewaffnet. Ketil schickte ihn mit einem Faustschlag dorthin, wo die Leiden der Christen ewig währten, und nahm ihm die Waffen ab.

Derweil unternahm Hakon einen weiteren Versuch, sich unter dem Tier hervorzuziehen, drückte mit den Händen dagegen und zerrte zugleich seine Beine ruckweise zu sich heran. Aber er schaffte es nicht, freizukommen.

Erschöpft sank er zurück, den Kopf auf dem harten Boden, während sich weitere Pfeile in den Pferdekörper bohrten. Unter dem strahlend blauen Himmel zog der Rabe seine Kreise, bevor er mit einem Mal die Flügel anlegte und im Sturzflug herabschoss.

Sofort hörte der Pfeilhagel von der Palisade auf, aber nun zischten welche von der anderen Seite durch die Luft. Der Rabe, der die feindlichen Bogenschützen angegriffen hatte, stieg wieder in den Himmel auf. Dutzende Pfeile der Throender und Dänen bohrten sich in die Holzpfosten, andere flogen über sie hinweg.

Pálnir hatte die Schützen etwa dreißig Schritt vor den Wall geführt. Eine gefährliche Entfernung, wenn man keine Deckung hatte.

Ketil kam zu Hakon, den erbeuteten Schild über den Kopf gehoben, und mit seiner Hilfe gelang es Hakon, unter dem Pferd hervorzukommen.

«Gib mir das verdammte Seil, Hakon!»

Er löste es vom Handgelenk, und sie tauschten Schild gegen Seil. Hakon spürte einen Schlag gegen den Schild. Der Feind schoss wieder, um die Angreifer zurückzudrängen, und wie es schien, nahm die Stärke der Verteidiger zu. Es war nur noch eine

Frage der Zeit, bis Graufell seine Streitmacht zur umkämpften Palisade geführt hatte, und dann wäre es unmöglich, in die Stadt einzudringen.

Hakons Heer war weiter vorgerückt, aber zur Untätigkeit verdammt. Solange die Palisade hielt, würde es keinen Befehl zum Angriff geben.

«Nun werd ich dir mal zeigen, wie man das macht, Jarl», schnaubte Ketil, zögerte jedoch. «Eine Sache noch. Wenn mir das hier gelingt, musst du mir etwas versprechen.»

«Mach endlich!», zischte Hakon.

«Du musst mir den Hünen überlassen – diesen Skammkill.»

Der Munki hatte vielleicht Sorgen! Ob alle Männer so wurden, wenn sie gezwungen waren, längere Zeit in einem Kloster zu leben?

«Ja, verdammt! Und jetzt reiß endlich die Palisade ein!»

Das Seil knirschte, bis es einen lauten Knall gab. Im ersten Moment glaubte Hakon, das Seil sei gerissen, da es vor Ketil zu Boden fiel, aber auf den Knall folgte ein donnerndes Geräusch.

Augenblicklich endete der Pfeilhagel. Stattdessen ertönte ein ohrenbetäubendes Gebrüll. Hakons Heer stürmte gegen den Wall.

In der Palisade klaffte eine gewaltige Lücke. Dahinter liefen auf dem Erdwall einige Dutzend Männer aufgeregt hin und her, während zwischen den herabgestürzten Trümmern Bogenschützen umherkrochen und versuchten, sich auf den Wall zu retten.

Hakon zog sein Schwert – die Schlacht begann.

10.

Hladir

Es gab Männer, die liebten den Kampf und die Geräusche von krachenden Schilden und von Stahl, der auf Stahl schlug. Sie liebten das Getümmel der Schlacht, wenn ihre Klingen in Leiber fuhren, und sie liebten den Geruch von Blut und Angstschweiß.

Hakon gehörte nicht zu diesen Männern. Aber auch er tötete, wenn es sein musste. Und jetzt musste es sein!

Viele Menschen würden an diesem sonnenüberfluteten Tag sterben, und ihr Blut würde den Boden Hladirs tränken. Auf dem Weg in die Freiheit würde das Sterben nur ein Ende finden, wenn ein Mann diesen Tag nicht überlebte – und der Hass auf seinen Todfeind Graufell trieb Hakon zu den Resten der gefällten Palisade und dann weiter den Wall hinauf.

Die fast mannshohe Erhebung stellte noch immer ein beträchtliches Hindernis dar, das wohl unüberwindbar gewesen wäre, wenn es der Feind ausreichend gesichert hätte. Doch bislang hatten sich zu wenige Verteidiger eingefunden.

Hakon, Pálnir und Ketil schwappten mit der ersten Angriffswelle hinter die Palisade, und die vielleicht zwei, drei Dutzend Rogaländer wichen vor ihnen zu den angrenzenden Hütten zurück. Aus den Gassen strömten weitere Männer. Doch die Wege waren zu schmal, als dass genug von ihnen zugleich hervordringen konnten, um die Verteidigung auf dem Wall zu unterstützen. Es dauerte nicht lange, bis die meisten Rogaländer niedergemacht worden waren. Viele der betrunkenen Männer führten ihre Waffen wie unbeholfene Anfänger.

Throender und Dänen rückten vor. Der Feind versuchte zwar, Schildwälle zu bilden. Doch kaum hatten sich drei, vier Männer zusammengefunden, wurden sie von den Angreifern überrannt.

Hakon sah einen Rogaländer – vielleicht war es auch ein Sachse – vor einem Dänen zurückweichen, der beidhändig eine Streitaxt schwang. Wäre der Rogaländer nüchtern gewesen, hätte er den Dänen mit seinem Schwert auf Abstand halten können. So aber stolperte er rückwärts, stieß dabei mit den Füßen gegen einen am Boden liegenden Mann, und noch im Fallen traf die Axt mit voller Wucht seinen Schädel.

Hakon stieg über Leichen hinweg hinter den Wall zu einem der vielen Wege zwischen den Hütten. Pálnir, Ketil und ein gutes Dutzend Dänen begleiteten ihn.

«Ich will, dass ihr Ausschau nach Graufell haltet – und dann tötet ihn!», rief Hakon den Throendern und Dänen zu, bevor sie in die mit Feinden vollgestopften Gassen vordrangen.

Während einige Rogaländer zu fliehen versuchten, drängten andere von hinten nach. Es war ein heilloses Durcheinander, das es Hakon und seinen Kriegern leichtmachte, viele Feinde zu töten. Die Gasse, der sie sich zugewandt hatten, war so schmal, dass nur drei Männer mit Schilden nebeneinander gehen konnten. Je tiefer sie in die Stadt eintauchten, desto höher wurden die Leichenhaufen, über die sie steigen mussten, wobei sie den Feind wie eine Bugwelle vor sich hertrieben.

Hakon, Pálnir und Ketil kämpften in der ersten Reihe und pflügten tödliche Furchen in die Menge der Feinde, deren Schilde von Äxten heruntergerissen wurden.

In dem nach der Schlacht wieder aufgebauten Stadtteil zweigten viele Wege ab, und als sie an einer breiteren Gasse vorbeikamen, wurden sie von einem Dutzend Kriegern angegriffen.

Sofort richteten Hakon und die anderen ihre Schilde neu aus, und die Schildbuckel prallten aufeinander. Hakon spürte einen harten Stoß in seiner linken Hand und hieb mit seinem Schwert nach seinem Gegenüber. Er traf dessen Helm, der seitlich verrutschte. Während Pálnir, Ketil und andere Dänen mehrere Männer fällten, wehrte sich Hakons Gegner erbittert, und es gelang ihm, trotz des verrutschten Helms mehrere Schwertstöße abzuwehren.

Hakon rief nach einer Bartaxt, einer *skeggöx*, und ein Däne schlug damit nach dem Mann, bis der nach unten verlängerte Axtkopf hinter dem Schildrand einhakte und den Schild herunterzog. Der Mann ließ seine Waffen fallen und wich gegen eine lehmverputzte Wand neben einer geschlossenen Tür zurück. Sein Gesicht war mit Blutspritzern seiner getöteten Gefährten gesprenkelt, als habe er Sommersprossen. Abwehrend hob er die Hände und flehte um sein Leben.

Pálnir holte mit dem Schwert aus, um dem Rogaländer den Todesstoß zu versetzen. Doch Hakon ging dazwischen und packte den Mann am Kettenhemd.

«Wo ist dein König?»

«Tötet mich nicht, Herr!», stieß der Rogaländer aus. «Ich bin nur ein einfacher Bauer. Graufell hat mich zum Kriegsdienst gezwungen ...»

«Über dein Leben entscheide ich, wenn du mir sagst, was ich wissen will! Wo ist der Bastard?»

Der Rogaländer deutete die Gasse hinunter. «Das letzte Mal habe ich ihn auf dem Platz dahinten gesehen.»

Hakon hatte keine Ahnung, welchen Platz der Mann meinte. Vielleicht war er entstanden, als man die Trümmer niedergerissener Häusern entfernt hatte. Wenn der Kerl überhaupt die Wahrheit sprach.

Hakon zog die Tür auf, schubste den Rogaländer hinein und folgte ihm. In der Mitte des einzigen Raums kauerten ein Mann, eine Frau und ein halbes Dutzend weinende Kinder an einer Feuerstelle, in der Scheite brannten.

Der Rogaländer sank neben der Tür auf die Knie.

«Du bleibst hier drin», fuhr Hakon ihn an, «und wenn du gelogen hast, komme ich zurück und töte dich.»

Hakon wandte sich an den Mann beim Feuer. Er kannte ihn, konnte sich aber nicht mehr an den Namen erinnern.

«Wie heißt du?»

«Vestar Svertingsson, Herr! Den Göttern sei Dank – Ihr seid endlich zurückgekehrt!»

«Hast du eine Waffe?»

Vestar zeigte ein Messer mit einer kurzen Klinge vor.

«Das ist alles?», fragte Hakon.

«Ja, aber es ist scharf.»

«Gut, wenn der Kerl hier fliehen will, schneidest du ihm die Kehle durch.»

Hakon trat zurück in die Gasse und warf die Tür hinter sich zu.

«Du hättest ihn töten sollen», sagte Pálnir, und sein Auge funkelte. «Jetzt hast du einen Feind im Rücken.»

«Mit so einem Feind kann ich leben. Er hat sich gerade in die Hose gemacht.»

Sie liefen weiter in die Richtung, die der Rogaländer ihnen gewiesen hatte. Als sie um eine Ecke bogen, zischten ihnen plötzlich Pfeile entgegen. Einer drang neben Ketil in eine Hauswand. Doch ein anderer Pfeil traf Pálnirs rechten Oberschenkel.

Sofort trieb Hakon seinen Trupp hinter die Hausecke zurück.

«Kannst du stehen?», wollte er von Pálnir wissen.

Der nickte und griff nach dem Schaft, der aus seinem Oberschenkel ragte, zögerte jedoch.

«Soll ich ihn für dich rausziehen?», fragte Ketil.

Pálnir schüttelte den Kopf. «Das verdammte Ding hat Widerhaken.»

Er biss die Zähne zusammen, packte den Schaft und brach ihn

dicht über der blutenden Wunde ab. Ein unterdrücktes Stöhnen drang zwischen seinen Lippen hervor.

«Wenn das hier vorbei ist, Jarl», keuchte er, «würde ich gern deine Seherin näher kennenlernen, damit sie mir die Spitze aus dem Bein schneidet. Ich hab gehört, sie versteht sich auf so etwas.»

«Wenn wir nichts gegen die Bogenschützen unternehmen, wird Asny noch viel mehr Pfeilspitzen rausschneiden müssen», warf Ketil ein.

Weitere Pfeile flogen an ihnen vorbei. Vermutlich wollte man sie davon abhalten, in die Gasse zu gelangen.

«Wo verstecken sich die Nattern?», fragte ein Däne.

Hakon hob den Schild vor seinen Kopf, schob sich vorsichtig zur Ecke und spähte über den Schildrand hinweg in die Gasse. Am anderen Ende, etwa zwanzig Schritt entfernt, sah er Krieger stehen, mindestens ein Dutzend. Sie schauten in Hakons Richtung, machten jedoch keine Anstalten, anzugreifen.

Es war möglich, dass sie den Platz bewachten – und dass Graufell tatsächlich dort war.

Gerade noch rechtzeitig riss Hakon den Schild hoch, bevor ein Pfeil einschlug. Die mit Widerhaken versehene Spitze bohrte sich durch das Lindenholz. Wer auch immer den Pfeil abgeschossen hatte, war nicht in der Gasse, und er war ein außerordentlich guter Schütze. Vermutlich saßen die Bogenschützen auf einem der Dächer. Hakon nahm an, dass es mindestens zwei waren. Einer allein konnte nicht so schnell zwei Pfeile hintereinander abschießen, und sie waren ganz sicher nicht betrunken.

«Gottverdammte Scheiße!», rief Ketil. «Da kommen wir niemals durch. Sie werden uns wie Hasen mit Pfeilen spicken!»

«Gottverdammte Scheiße?», wiederholte Pálnir. «Beten Munkis auf diese Weise zu ihrem Gott?»

«Das ist nicht mehr mein Gott!» Die Anspannung hatte Ketil alle Gelassenheit vergessen lassen.

«Sie sitzen auf einem der Dächer», erklärte Hakon.

Er befahl den anderen hierzubleiben, und lief zu der Hütte mit dem Rogaländer zurück. Als er die Tür öffnete, wäre er beinahe über den Mann gestolpert, der sich vor ihm in einer Blutlache wälzte.

«Er ... wollte weglaufen», stammelte Vestar. Er kniete mit dem Messer in der Hand neben dem sterbenden Rogaländer.

Hakon trat ein und schloss die Tür hinter sich. Aus den umliegenden Gassen waren gedämpft Kampfgeräusche zu hören.

Es war Hakon egal, ob Vestar die Wahrheit sprach oder ob er Rache genommen hatte für das, was die Feinde den Throendern angetan hatten. Im Moment war das einerlei.

«Ich brauche Fackeln», sagte Hakon.

Vestar nickte seiner Frau zu. Sie erhob sich und kramte aus einer Kiste zwei Knüppel, die an einem Ende mit pechgetränkten Stofffetzen umwickelt waren. Hakon nahm sie entgegen und hielt sie in die Flammen des Hausfeuers, bis das Pech zu brennen begann.

Er wollte die Hütte gerade wieder verlassen, als er laute Stimmen hörte. Er drückte die Tür nur einen Spalt weit auf. Als er die Männer draußen erkannte, öffnete er die Tür ganz und trat zu ihnen. Es waren etwa ein Dutzend Throender und Dänen, die von Sigurd und Thorleif angeführt wurden.

Als sie Hakon sahen, jubelten sie ihm zu. Sigurd berichtete, dass die Feinde immer weiter in die Stadt zurückgedrängt wurden.

Thorleif reckte sein Schwert in die Höhe. «Heute hält Odin die Totenschau ab!»

Hakon deutete die Gasse hinunter, wo sich seine Krieger bereithielten. «Graufell ist wahrscheinlich dahinten.»

«Dann lass uns hingehen und dem Bastard die Eier abschneiden», entgegnete Thorleif und tippte gegen sein Ohrläppchen. «Ich werde die Dinger als Schmuck tragen.»

Die anderen Männer lachten verhalten. Die Erschöpfung war ihnen anzusehen.

Hakon versuchte, sich die verschlungenen Wege und Gassen seiner Stadt ins Gedächtnis zu rufen.

«Wir greifen von zwei Seiten an», entschied er dann und beschrieb den anderen einen Weg, von dem er glaubte, dass er ebenfalls zu dem Platz führte.

«Kannst du dich an die Werkstatt des Kammmachers Eyvind Grimsson erinnern?», fragte er Thorleif.

«Natürlich, der Kerl schuldet mir zwei Silbermünzen für die Fische, die ich ihm im vergangenen Frühling geliefert habe.»

Hakon forderte sie auf, den Weg zu Eyvinds Werkstatt zu suchen, und die Männer marschierten davon, während er zu seinem Trupp zurücklief.

«Du kannst in Vestars Hütte bleiben», sagte er mit Blick auf die stark blutende Wunde in Pálnirs Oberschenkel.

«Lieber lass ich mir noch einen Pfeil ins andere Bein schießen!» Pálnir zog eine schmerzverzerrte Grimasse.

Hakon nickte und reichte Ketil eine der brennenden Fackeln.

«Ihr haltet euch bereit, bis wir zurückkommen.»

Dann stieg er mit Ketil über einen hüfthohen Weidenzaun, der einen kleinen Garten abtrennte, in dem Bohnen und Zwiebeln wuchsen. Langsam schlichen sie zum anderen Ende des Gartens. Von dort aus waren die Rückseiten weiterer Hütten einzusehen.

Es war, wie Hakon vermutet hatte: Hinter dem First eines Schrägdachs lauerten zwei Männer über der Gasse. Sie hatten einen Teil des Strohs herausgerissen, um mit den Füßen Halt auf den Dachstreben zu finden.

Hakon sah den Raben auf einem anderen Dach sitzen und winkte dem Vogel zu, woraufhin der sich in die Luft schwang und sich bei den Bogenschützen am Ende des Firsts niederließ, wo er in aller Ruhe sein Gefieder putzte.

Die Männer starrten den Raben an – und waren abgelenkt.

Hakon und Ketil huschten aus der Deckung, dann durch zwei weitere Gärten, bis sie das Haus erreichten. Sie drückten sich gegen die Wand und hielten die brennenden Fackeln ans trockene Dachstroh. Schnell fraßen sich die Flammen empor. Es dauerte nicht lange, bis die Männer oben das Feuer bemerkten und laut fluchten.

Rasch warfen Hakon und Ketil die Fackeln zu Boden, traten sie aus und zogen die Schwerter. Es dauerte nur einen Augenblick, bis die beiden Krieger vom Dach herunterrutschten und zwischen den Bohnenranken landeten.

Ihre Augen weiteten sich, als sie Hakon und Ketil bemerkten. Sie hielten die Bögen zwar in den Händen, aber die Pfeile steckten in den Köchern. Bevor sie dazu kamen, danach zu greifen, wurden sie von den Schwertklingen durchbohrt.

Hakon nahm einem Krieger Bogen und Pfeile ab.

«Kannst du damit umgehen?», wollte er von Ketil wissen.

«Ich verlasse mich lieber auf das Schwert», antwortete der.

Hakon schulterte den Bogen, dann liefen sie zu den anderen zurück. Das Feuer hatte inzwischen das ganze Dach erfasst. Dichter Rauch waberte durch die Gasse, an deren Ende die Feinde hin- und herliefen und nach den Bogenschützen riefen.

Sie bemerkten nicht, wie Hakon ungedeckt in die Gasse trat.

Er legte einen Pfeil auf die Sehne und spannte sie. Es war ein guter Bogen mit einem Schaft aus Eibenholz und einer Sehne aus Hanffasern. Er lag leicht in der Hand, und als Hakon den ersten Pfeil abschoss, glitt er mit einem sanften Schmatzen an seiner Bogenhand entlang. Durch den Qualm sah Hakon einen Mann zu Boden gehen. Hakon fällte zwei weitere Rogaländer, bevor er den Bogen schulterte, das Schwert zog und das Zeichen zum Angriff gab.

Sie stürmten in die Gasse, am brennenden Haus vorbei und

mitten in die panische Schar der Feinde hinein, von denen drei, vier erschlagen wurden, bevor der Rest die Flucht ergriff. Nun war der Weg frei. Hakon lief ums nächste Haus, hinter dem sich eine freie Fläche auftat. Hier hatten früher tatsächlich Handwerkerhütten gestanden, und eine davon hatte dem Kammmacher Eyvind gehört.

Auf der gegenüberliegenden Seite des Platzes kämpften Sigurd, Thorleif und die anderen gegen doppelt so viele Feinde.

Wo war Graufell? Hakon konnte ihn in dem Durcheinander nicht entdecken, dafür sah er dessen Bruder Gudröd. Der wankte wie eine Birke im Sturm, wobei er eine gewaltige Axt schwang. Als die Rogaländer Hakons Trupp bemerkten, mussten sie einen Teil ihrer Schilde zur anderen Seite neu ausrichten.

Die Dänen verhöhnten die Rogaländer und schlugen mit den Waffen auf die Schilde. Hakon musste sie zurückrufen, damit sie nicht losrannten, um einen vermeintlich leichten Sieg zu erringen, zumal eine Geisel wie Gudröd viel Geld und Ruhm einbringen würde.

Viele Männer waren gestorben, weil sie ihre Gegner unterschätzt hatten – vor allem Gegner, die, in die Enge getrieben, mit dem Mut der Verzweiflung kämpften, ob sie nun betrunken waren oder nicht.

In der Überzahl hatten die Rogaländer mehrere Männer aus Sigurds Gruppe niedergemacht. Der Wind trieb Rauch über den Platz, der immer wieder die Sicht verdeckte. Offenbar hatten die Flammen auf andere Gebäude übergegriffen, und wenn sie nicht bald gelöscht wurden, drohte eine Feuersbrunst. Es war sicher nicht die beste Entscheidung gewesen, Feuer zu legen. Aber wie hätten sie die Bogenschützen sonst so schnell vom Dach holen können?

Hakon rief die Dänen in den Schildwall. Er bildete mit fünf anderen Kriegern die vordere Reihe. Sie ließen die Schilde überlappen, während die sechs Männer hinter ihnen mit Streitäxten und Lanzen nachrückten.

Sie waren auf etwa fünf Schritt an den Feind herangekommen, der bemüht war, eine Ordnung herzustellen, als mit einem Mal weitere Rogaländer hinter Sigurds Gruppe auftauchten. Helme und Klingen blitzten im Sonnenlicht, und innerhalb weniger Augenblicke wurden die meisten der Throender und Dänen gefällt. Die Männer, die Hakon zu Hilfe kommen sollten, waren selbst in eine Falle gelaufen.

Als Hakon gerade den Befehl zum Angriff geben wollte, erschien der König.

Graufell trug ein Kettenhemd, aus dem seine muskulösen, mit blauen Ätzungen gezeichneten Arme hervorragten. Sein breites, von einer langen Narbe verunstaltetes Gesicht war vor Wut verzerrt. Der graue Bart zitterte, während er Flüche ausstieß und wie ein Berserker tötete. Mit einem beidhändig geführten Langschwert wütete er unter den Gegnern und schlug einem Throender mit einem Hieb den Kopf vom Hals.

Entsetzen und Zorn packten Hakon bei dem Anblick des Todfeinds, und er verspürte zugleich noch ein anderes Gefühl – Angst. Es war nicht die Angst um sein eigenes Leben, es war die Angst, diese Schlacht doch noch zu verlieren. Er drängte das Gefühl zur Seite. Wer mit Angst kämpft, der verliert.

Sigurd und anderen Dänen gelang die Flucht in eine der angrenzenden Gassen.

Nur Thorleif stand jetzt noch da und wehrte sich mit einem Schwert und einem Schild, das an den Rändern von feindlichen Hieben eingekerbt war. Da stieß Graufell zwei Rogaländer zur Seite und wandte sich selbst Thorleif zu.

«Weiter!», brüllte Hakon seine Krieger nach vorn. «Weiter! Weiter!»

Doch es war zu spät. Graufell zerfetzte mit dem Schwert Thorleifs Schild, und dann spießte er ihn mit der Klinge auf, hob ihn daran hoch und ließ ihn zwei, drei Fuß über dem Boden schweben, bevor er ihn hinter sich warf wie ein geschlachtetes Vieh. Er stemmte Thorleif einen Fuß auf die Brust und riss die Klinge aus dessen Bauch.

«Gib ihm ein Schwert in die Hand, du Bastard!», schrie Hakon.

Graufell dachte nicht daran. Langsam drehte er sich zu Hakon um, während er sich mit der blutverschmierten Hand übers Gesicht wischte. Ein freudloses Grinsen lag auf seinen Lippen.

«Jetzt stirbst du, Jarl!», rief er und gab den Rogaländern den Befehl zum Gegenangriff.

Blanker Hass packte Hakon. In seinen Ohren hallten gellende Schreie wider, bis er merkte, dass er es selbst war, der schrie. Und dann prallten die Reihen aufeinander.

Hakon spürte einen Ruck im Handgelenk, als sein Schildbuckel von einem anderen gerammt wurde. Die Feinde waren in der Überzahl, aber die meisten von ihnen kämpften nicht so, wie sie es getan hätten, wenn sie nüchtern gewesen wären.

Hinter dem feindlichen Schildwall tauchte Gudröd auf. Er schwang die Streitaxt über seine Vordermänner hinweg, und bevor Hakon sich wegducken konnte, traf die Axt seinen Helm so hart, dass sein Kopf voller greller Blitze war. Er taumelte zurück, doch der Däne hinter ihm stieß ihn wieder nach vorn.

Er riss die Augen auf, und da sah er Gudröd, der sich in blinder Raserei zum Schildwall vordrängte, sodass die Deckung auseinanderbrach. Trotz der hämmernden Schmerzen in seinem Kopf stieß Hakon mit dem Schwert nach Gudröd. Die Klinge fuhr über dem Kettenhemd in Gudröds Hals und trat im Nacken wieder aus. Hakon drehte sie, bevor er sie wieder herauszog. Gudröd verdrehte die Augen und sank zu Boden. Als Hakon über ihn hinwegsteigen wollte, wichen die Feinde plötzlich zurück.

Hakon sah Graufell bei den Rogaländern stehen. Mund und

Augen weit aufgerissen starrte er auf etwas, das sich hinter Hakon befinden musste. Immer weiter zogen sich die Rogaländer zurück.

Hakon drehte sich um. Hinter ihm füllte sich der rauchverhangene Platz mit Dutzenden Throendern und Dänen, und da war auch Vestar, der die Krieger offenbar hergeführt hatte.

Hakon wandte sich wieder Graufell zu, der brüllend und um sich schlagend seine Männer daran hinderte wegzulaufen. Sie sollten erneut angreifen, anstatt wie die Hasen zu fliehen, was bei dem neuen Kräfteverhältnis sicher klüger gewesen wäre. Aber die Berserkerwut hatte Graufell gepackt, und die ließ keine klugen Entscheidungen zu.

Immer mehr Rauch quoll aus der Gasse über den Platz. Für einen Moment verschwand Graufell aus Hakons Blick, bevor er mit seinen Kriegern nach vorn kam.

Hakon warf den Schild weg, schob das Schwert in die Scheide und nahm den Bogen von der Schulter. Er zog einen Pfeil aus dem Köcher und legte auf Graufell an – auf den Mann, der sich König der Throender nennen wollte.

Plötzlich stockte Graufells Vormarsch. Sah er ein, dass er verloren hatte?

Grausame Schmerzen wüteten unter Hakons Schädeldecke und machten ihm das Zielen schwer. Er sah den Feind doppelt und kniff die Augen zusammen. Als er sie wieder öffnete, stand der Kerl noch immer da, den Blick voller Hass.

Der Rauch wurde dichter.

Hakon atmete tief ein, bis er vollkommen ruhig war und seine Hand nicht mehr zitterte.

«Du kannst mich nicht töten!», hörte er Graufell rufen. «Niemand kann mich töten. Ich komme zurück, und dann schlitze ich dich auf. Ich werde meine Brüder rächen und dein Land nehmen und ...»

Hakon öffnete die Finger an der Sehne, und der Pfeil verschwand in den Rauchschwaden. Er traf! Traf irgendetwas!

Ein Schrei hallte über den Platz, doch als eine Böe den Rauch vertrieb, war der Feind verschwunden. Dort, wo eben noch Graufell und die Rogaländer gestanden hatte, lagen nur noch die zusammengekrümmten Leichen und Verletzten in ihrem Blut. In keinem von ihnen steckte ein Pfeil.

«Wir verfolgen sie», keuchte Hakon.

Er warf den Bogen weg und zog wieder das Schwert. Er musste Gewissheit haben, ob er Graufell getroffen hatte.

Da fiel sein Blick auf Thorleif. Hatte er sich nicht gerade bewegt? Hakon zögerte.

«Wo bleibst du?», rief Pálnir, der mit einigen Dutzend Männern den Rogaländern nachsetzen wollte, obwohl er nur humpeln konnte.

Hakon war hin und her gerissen. Wenn er jetzt davonlief, könnte es nachher zu spät sein, um Thorleif ein Schwert zu geben, und Odins Wächter würden ihm den Zutritt verwehren. Konnte Hakon riskieren, seinem Freund den größten Wunsch zu verwehren?

«Verfolgt sie!», rief er Pálnir zu. «Ich habe hier etwas zu erledigen!»

In Hakons Schädel tobten die Schmerzen wie Hammerschläge. Er nahm den Helm ab, bevor er sich an die auf dem Platz zurückgebliebenen Männer wandte und sie aufforderte, die brennenden Gebäude zu löschen.

Er konnte sich kaum noch auf den Beinen halten. Als er sich zu Thorleif schleppte, sah er, dass Ketil bereits dort war. Hakon ließ sich neben ihm nieder. Schweigend saßen sie bei Thorleif, dem das Blut aus dem aufgerissenen Bauch floss. Ketil schluchzte, dass sein gewaltiger Körper bebte.

«Hab ich's mir doch ... gedacht», flüsterte da eine Stimme wie aus weiter Ferne. Thorleif hatte die Augen geöffnet. Blutiger

Schaum klebte auf seinen Lippen. «Du ... flennst wie ein Weib, Munki.»

Ketil legte die rechte Hand sanft auf Thorleifs Stirn. «Und du kämpfst wie zwei Männer.»

Der Alte hustete Blut und flüsterte dann: «Jetzt hast du keinen mehr, der auf dich aufpasst, Großer. Es wird nicht mehr lange dauern, bis wir beide in Walhall feiern können. Gibst du mir dein Schwert mit auf die Reise, Jarl?»

Hakon legte den Griff in Thorleifs geöffnete Hand und schloss dessen Finger, in denen keine Kraft mehr war.

«Halt mir einen Platz an Odins Tafel frei», brachte Ketil hervor.

«Du bekommst den Platz an meiner Seite, aber nur ... wenn du deine ... deine Bibel nicht mitbringst.» Ein gequältes Lächeln umspielte Thorleifs Lippen. «Mein Leben war zu lang ...»

Er hustete wieder.

«Mein Leben war zu lang, und es ist ... unwichtig geworden.»

«Mir bist du sehr wichtig, mein Freund», sagte Ketil leise.

«Das sagst du nur so, Munki.»

Ketil wollte protestieren, brachte aber keinen Ton heraus.

«Alles Leben wird irgendwann unwichtig», flüsterte Thorleif. «Wenn ich jetzt noch einen Furz rausdrücken könnte, und ihr könntet ihn riechen, bevor der Wind ihn wegträgt ... wäre das ... wäre das ... genauso unwichtig ... und nun hör endlich auf zu heulen ...»

Sein Kopf fiel zur Seite, und aus seiner Kehle drang ein letzter keuchender Laut. Hakon drückte Thorleifs Finger fest um den Schwertgriff.

11.

Jarlshof

Während in den Gassen die Kämpfe nachließen und die Rogaländer auf ihre Schiffe flohen, entkamen Poppo und Skammkill in entgegengesetzte Richtung durchs östliche Tor. Sie liefen weiter über den Weg, der an der Festwiese vorbei den Hang hinaufführte. Skammkill schleppte eine Streitaxt mit sich. Poppo hatte ein Schwert hinter die Kordel geschoben, mit der seine Kutte gebunden war.

Sein Gefühl hatte ihn wie so häufig nicht getäuscht. Schon beim ersten Angriff der Throender hatte er befürchtet, dass die betrunkenen Rogaländer die Stadt nicht halten würden. Daher hatte er in den Gassen einige Sachsen zusammengesucht und hinunter zum Hafen geschickt. Dort sollten sie ein Schiff bemannen, zu der Bucht beim Jarlshof rudern und sich bereithalten.

Den Kampf gegen den Götzenanbeter mochte Poppo vorerst verloren haben. Aber er wollte das gottlose Land nicht verlassen, ohne einen letzten Versuch unternommen zu haben, das Elfenbein zu finden. Und dieses Mal würde er sich nicht mit Lügen abspeisen lassen. Dieses Mal würde er die Wahrheit aus dem Weib herausholen. Dafür musste er geschickter vorgehen als beim letzten Besuch, bei dem der Teufel ihn zur Sünde verführt hatte.

Zur rechten Seite lagen die Reste der Mittsommerfeier verstreut auf der Wiese herum – all die Tische, Bänke, Fässer und Becher –, und vor ihnen tauchte der Durchlass zwischen den Felsen auf, den die Gottlosen nach dem Götzen Thor benannt hatten.

Wehmütig dachte Poppo daran, wie häufig er in den vergangenen Monaten hier hindurchgegangen war, wenn ihn sein Weg von der Kirche hinunter zu seiner Gemeinde in die Stadt geführt hatte.

Das war nun vorbei, und es half nichts, der Vergangenheit nachzutrauern. Es war, wie es war, und letztlich geschah alles nach Gottes Willen. Poppo musste den Blick nach vorn richten – auf den Kampf, der noch lange nicht beendet war. So lange nicht, bis die Menschen im Norden, deren Seelsorge Poppo von Gott anvertraut worden war, frei von Sünde und allen teuflischen Einflüssen waren.

Er blieb abrupt stehen, als mit einem Mal einer dieser Sünder durch die Spalte in ihre Richtung gelaufen kam. Das war doch Lambi!

Der Wicht hielt inne.

«Wohin des Wegs, junger Mann?», rief Poppo ihm zu und setzte sich wieder in Bewegung, bevor Lambi fliehen konnte.

Der schaute sich hektisch um, als suche er nach einem Ausweg. Aber es gab keinen.

Skammkill baute sich neben ihm auf.

«Lasst mich durch!», keuchte Lambi atemlos.

«Du hast es also eilig», bemerkte Poppo spöttisch. «Das verstehe ich. Wir alle sollten diesen Ort so schnell wie möglich verlassen. Doch lass mich dir einen Rat geben: Du läufst in die falsche Richtung. Die Stadt ist in der Hand der Feinde.»

«Ich muss unsere Krieger holen», stammelte der Wicht, der alle Überheblichkeit vermissen ließ, mit der er Poppo neulich begegnet war.

«Ich fürchte, auch dafür ist es zu spät.»

«Und wohin wollt Ihr, Bischof?»

«Oh, wir möchten deiner Schwester einen Besuch abstatten, und dir natürlich auch. So gehört es sich doch unter guten Freunden, nicht wahr?»

Lambi zuckte unter der Hand zusammen, die Poppo ihm mit leichtem Druck auf die Schulter legte.

«Da trifft es sich doch wunderbar, dass wir uns hier schon über den Weg laufen, mein Sohn, und dass wir uns jetzt ganz in Ruhe unterhalten können ...»

«In Ruhe?», keifte Lambi. Seine Hände zitterten. Wahrscheinlich hatte ihm seine Schwester verboten, an diesem schicksalhaften Tag Wein zu trinken. «Ihr habt doch gerade gesagt, dass der Jarl die Stadt eingenommen hat.»

«Nun, es hängt allein von dir ab, wie lange unser Gespräch dauern wird.» Poppo dämpfte die Stimme, um seinen Worten mehr Nachdruck zu verleihen: «Verrat mir einfach, wo die Narwalzähne sind, und wir werden sie holen und damit verschwinden. Du und deine Schwester – ihr wollt den Schatz doch bestimmt nicht für den Jarl zurücklassen, oder?»

«Ich ... weiß nichts von den Zähnen», stieß Lambi aus.

Er war ein schlechter Lügner. Poppo konnte seine Angst und Unsicherheit spüren. Er nahm die Hand weg und trat einen Schritt zurück.

«Sag mir sofort, wo die Stoßzähne sind», zischte er.

«Ich weiß es nicht – verdammt!», kreischte Lambi und versuchte, sein Schwert zu ziehen.

Poppo seufzte. Skammkill holte mit der Axt aus und schlug sie dem Wicht ins linke Bein. Schreiend brach der zusammen und wälzte sich zu Poppos Füßen.

Auf dem Jarlshof stand ein geräumiger Karren, vor den man ein Pferd gespannt hatte.

Als Poppo und Skammkill durch das Tor traten, sahen sie, wie eines der jungen Weiber eine Kiste aus dem Wohnhaus zum Karren schleppte. Beim Anblick des Bischofs blieb es zunächst wie erstarrt stehen und ließ dann die Kiste fallen, bevor es wieder im Haus verschwand.

Dummes Weib, dachte Poppo. Warum flieht es nicht einfach

mit den anderen Weibern vom Hof? Hier ist doch niemand mehr, der sie aufhalten könnte.

Er ging zu der Kiste und trat dagegen, bis sie umfiel. Bunte, aus kostbaren Stoffen hergestellte Kleider verteilten sich auf dem staubigen Boden.

Dann betraten er und Skammkill das Gebäude, das von dem durch Ritzen und Löcher eindringenden Licht spärlich erhellt wurde. Die Frau mit dem bandagierten Kopf stand mitten in der Halle bei einem Haufen Sachen, die man offenbar für die Flucht zusammengetragen hatte: weitere Kisten mit Kleidern, einige Decken sowie Gefäße – und aus unerfindlichen Gründen ein leeres Fass. Die vier Mädchen drängten sich hinter einen Stützpfosten, als könnten sie sich dadurch unsichtbar machen.

Poppo näherte sich der Frau, und wieder spürte er die eiskalten Schauer über seinen Rücken laufen. Seit dem letzten Besuch hatte er sich von dem Anwesen ferngehalten, obwohl ihm das teuflische Verlangen, eine weitere Sünde zu begehen, in mancher Nacht den Schlaf geraubt hatte. Die Angst hatte ihn sogar davon abgehalten, herauszufinden, ob die Stoßzähne nicht doch auf dem Hof versteckt waren.

Die Frau war für eine Flucht vollkommen unangemessen in ein prächtiges Gewand gekleidet, eine reich verzierte Tunika aus gelbgefärbtem Stoff, die die Form ihres Körpers auf widerwärtige Weise betonte.

Poppo atmete tief ein, um seinen Herzschlag zu beruhigen. Ihm blieb nicht mehr viel Zeit. Hinter den Sehschlitzen bewegten sich die hellen Augen, als Poppo nach seinem Kruzifix tastete und sich ein gütiges Lächeln abrang, das ihm jedoch gründlich misslang.

«Wie ich sehe, störe ich dich beim Packen», sagte er.

Sie schwieg. Es war ihr nicht anzumerken, ob sie Angst hatte.

«Der Karren», er deutete mit dem Daumen über seine Schulter zur Tür, «scheint mir etwas zu groß zu sein für deine wenige Habe.»

Sie reagierte noch immer nicht.

«Es tut mir leid, dir mitteilen zu müssen, dass dein Bruder dir nicht mehr beim Aufladen helfen kann.»

Da endlich war ihre durch die Stofffetzen gedämpfte Stimme zu hören: «Was ... was habt Ihr mit ihm gemacht?»

«Du solltest nicht auf ihn warten. Auch deine Krieger werden nicht kommen.»

«Ist die Schlacht vorüber?»

«Ja.»

«Hat er gewonnen?»

«So ist es!»

Nun zeigte ihr Körper eine deutliche Reaktion. Sie begann zu zittern und legte die Hände vor ihre Brüste, als ob sie fror. «Dann wird er bald herkommen.»

«Davon müssen wir ausgehen.»

Sie warf einen Blick zu den Mädchen, von denen jedoch keine Hilfe zu erwarten war.

«Du hast Angst vor ihm», stellte Poppo fest und beobachtete sie. «Du hast vor ihm und seinem schwarzen Vogel mehr Angst als vor mir, oder?»

Ihr Kopf bewegte sich leicht. Es könnte ein zustimmendes Nicken gewesen sein. «Wir sollten jetzt aufbrechen.»

Sehr gut! Das Weibsstück dachte in die Richtung, in die Poppo sie leiten wollte. Mit Drohungen würde er nicht weit kommen, das hatte er bereits versucht. Nur wenn sie von selbst erkannte, was das Beste für sie war, würde er sie kriegen.

«Denkst du denn, dass ihr – du und diese jungen Frauen – weit kommen werdet?»

«Wir verstecken uns in den Bergen ...»

«Du versteckst dich in den Bergen!», verbesserte er sie. «Diese armen Geschöpfe ziehen es bestimmt vor, zu ihren Familien zurückzukehren, jetzt, da der Vater ihrer ungeborenen Kinder sie nicht mehr davon abhalten wird.»

Es schien, als würde sie über seine Worte nachdenken, bis sie endlich die Frage stellte, auf die Poppo gewartet hatte.

«Würdet Ihr mich mitnehmen?»

Er war bemüht, sich den Triumph nicht anmerken zu lassen. Angst konnte wahre Wunder vollbringen, und manchmal brauchte es dafür nicht einmal Gewalt.

«Hm, ich soll dich also retten. Nehmen wir einmal an, ich würde dir den Gefallen tun, was hättest du dafür als Gegenleistung anzubieten?»

«Ich gebe Euch das, wonach Ihr sucht.»

Er hatte sie!

«Ach ja? Wenn wir dabei beide an das Gleiche denken, wundert es mich doch sehr, dass du vor nicht allzu langer Zeit behauptet hast, du wüsstest nicht, wo die Stoßzähne sind.»

«Verhelft Ihr mir zur Flucht oder nicht?», stieß sie unerwartet scharf aus. «Wenn nicht, werdet Ihr niemals erfahren, wo sie sind!»

«In der Bucht wartet ein Schiff auf mich und auf das Elfenbein, und – ja, wenn du mir das Versteck verrätst, wird an Bord auch Platz für dich sein.»

Ihr Hals zuckte. Sie schluckte schwer. Komm schon, Weib, dachte Poppo, bring es hinter dich!

«Ihr steht darunter.»

«Ich stehe – was …?» Schnell trat er einen Schritt zurück und schaute nach oben, erkannte in dem schummrigen Licht jedoch nur die mit Spinnweben überzogenen Dachbalken, an die in unregelmäßigen Anständen Hanfseile gebunden waren.

«Machst du dich über mich lustig, Weib?»

Sie deutete auf das leere Fass. «Schaut selbst nach.»

«Skammkill, hol das Fass her!», rief Poppo. Skammkill stellte es unter einen Querbalken, und Poppo stieg hinauf.

Mit der linken Hand stützte er sich am Balken ab, während er mit der rechten Hand die obere Seite abtastete. Beinahe hätte er einen Freudenschrei ausgestoßen, als seine Finger gegen die Stangen mit der geriffelten Oberfläche stießen, die dort oben mit den Seilen befestigt worden waren.

Er rief nach einem Messer.

Skammkill wollte gerade eins suchen, doch die Frau kam ihm zuvor und zog ein Messer aus der Lederscheide an ihrem Gürtel. Als sie es Poppo hinaufreichte, berührten sich ihre Fingerspitzen, und für einen kurzen, grauenvollen Augenblick entfachte die Berührung das Feuer der Sünde in ihm. Wie Blitze zuckten in seinem Kopf die Erinnerungen daran auf, wie er direkt unter diesem Balken vom Teufel verführt worden war.

Das Fass begann, unter seinen Füßen zu kippeln. Er musste sich zwingen, die scheußlichen Gedanken zu verdrängen, und machte sich daran, die Seile zu zerschneiden und die ersten Stoßzähne herunterzureichen. Anschließend schob er das Fass weiter, während Skammkill andere Seile mit der Axt durchtrennte. Balken für Balken arbeiteten sie sich voran, bis alle Stoßzähne unten waren. Es waren mindestens zwei Dutzend. Poppo wurde schwindelig bei der Vorstellung an das viele Gold, mit dem man das Elfenbein aufwiegen würde. Natürlich würde der Kaiser den Gegenwert der Schätze, die Poppo bereits Graufell übergeben hatte, von der Summe abziehen. Aber es würde noch immer reichlich Gold übrig bleiben.

Endlich war er reich – reich genug für ein neues Heer.

Skammkill lud das Elfenbein auf den Karren, und als es draußen war, schickte Poppo alle anderen bis auf die Frau aus dem Haus. Auch wenn es ihn zur Eile antrieb, wollte er noch einen Augenblick mit ihr allein sein.

«Zieh dich aus», sagte er.

Unter dem Kopfverband waren ihre Atemgeräusche zu hören. «Wenn Ihr ... wenn Ihr das wiederholen wollt, was Ihr beim letzten Mal mit mir getan habt, werde ich mich Euch hingeben, doch sollten wir nicht ...»

«Zieh dich aus!»

Zögernd begann sie, die Bänder am Ausschnitt ihrer Tunika zu lösen, dann glitt der Stoff geschmeidig von ihren Schultern und an ihren Brüsten und Hüften herab auf ihre schlanken Fesseln.

Ach, dieser weiße, feste Körper! Poppo stöhnte. Niemals wieder durfte er diesem Fleisch verfallen!

Er trat vor sie. Bevor sie seine Absicht erkannte, stach er das Messer in ihre linke Brust. Sie schrie auf und wollte weglaufen, doch er packte sie und drückte so fest zu, dass die Klinge bis zum Heft in ihren Körper glitt. Warmes Blut lief über seine Hand. Aus ihren Augen rannen Tränen und versickerten in den Stofffetzen. Er wartete, bis ihre Beine nachgaben und sie zu Boden sank.

12.

Hladir

Wir sollten den anderen jetzt beim Löschen helfen», brachte Hakon hervor. Sein Hals war wie zugeschnürt. «Wenn das hier vorbei ist ... werden wir ihn und alle anderen bestatten.»

Ketil wischte sich über die Augen. Dann hob er Thorleif auf und trug ihn zu einem Karren am Rand des Platzes, damit keiner der mit Wassereimern und Krügen umherlaufenden Männer und Frauen auf ihn trat. Hakon folgte ihnen mit dem Schwert, das er dem Toten gleich wieder in die Hand legte.

Da hörte er jemanden seinen Namen rufen. Jörund, ein Krieger, der schon früher in seiner Haustruppe gedient hatte, drängte durch die Menge in ihre Richtung.

«Wir haben Lambi gefunden», rief er.

«Lebt er?»

«Er ist verletzt. Und er besteht darauf, mit dir zu sprechen, Jarl.»

«Der Bastard stellt Forderungen?»

«Ja, offenbar. Aber worum es dabei geht, will er nur dir sagen.»

«Dann lasst ihn im Dreck liegen, bis ich irgendwann Zeit finde, mich mit ihm abzugeben.»

«Ich weiß nicht, ob es wichtig ist. Aber es könnte bald zu spät sein. Er blutet stark.»

«Hat er wenigstens angedeutet, was er erzählen will?»

«Na ja, er meinte, es gebe da etwas, was du sicher vermisst, und er wisse, wo es sei.»

Ob Lambi die Stoßzähne meint?, überlegte Hakon. Er hoffte, dass sie noch im Versteck hinter dem Wasserfall lagen. Wenn sie allerdings verschwunden waren, würde er bald große Probleme mit den Dänen bekommen, die er mit dem Erlös des Elfenbeins auszahlen wollte.

«Wo ist er?», fragte er.

«Bei der Thorsspalte.»

Hakon trat von dem Karren weg und bückte sich nach einem herrenlosen Schwert, das irgendjemand verloren hatte. Es passte in die Scheide.

Dann bat er Ketil, ihn zu begleiten. Nachdem sie einen letzten Blick auf Thorleif geworfen hatten, liefen sie los.

Überall in den Gassen stießen sie auf Kampfspuren. Tote und verwundete Männer lagen herum, viele Rogaländer, aber auch Dänen und Throender. Männer und Frauen kümmerten sich um Verletzte, gaben ihnen zu trinken und versorgten ihre Wunden.

Sie verließen die Stadt und kamen an der Festwiese mit den heruntergebrannten Feuern und den umgestürzten Bänken und Tischen vorbei. Vor der Thorsspalte sah Hakon einige Dänen, die um einen am Boden liegenden Mann herumstanden. Über ihnen kreiste der Rabe. Als Hakon und Ketil näher kamen, flog der Vogel herab und landete auf Hakons Schulter. Sein Blick fiel auf Lambi, und Hass loderte in ihm auf. Er konnte es kaum erwarten, den Verräter für das Unglück zu richten, das er über die Menschen gebracht hatte. Deutlich standen ihm die Bilder vor Augen, als Lambi damals, nur wenige Schritt von dieser Stelle entfernt, das Mädchen getötet hatte. Bera.

Hakon und Ketil knieten neben Lambi nieder, dessen Gesicht sich zu einer schmerzverzerrten Grimasse verzog. Sein linker Oberschenkel blutete stark.

«Sag, was du zu sagen hast!», zischte Hakon.

«Erst musst du mir etwas schwören!»

«Ich soll ...»

«Ja, du musst mir schwören, die Seherin zu holen. Sie soll meine Wunde heilen, und dann musst du mich laufen lassen.»

Hakon glaubte, seinen Ohren nicht zu trauen, aber die Kaltschnäuzigkeit weckte auch seine Neugier.

Lambi zuckte zusammen, als der Rabe einen krächzenden Laut ausstieß. Vermutlich befürchtete er, der Vogel könnte ihm das antun, was er mit Thordis gemacht hatte, und so wie sich das Krächzen anhörte, hatte der Rabe nicht wenig Lust dazu.

«Nenn mir einen einzigen Grund, warum ich dich am Leben lassen sollte!» Hakon kämpfte gegen den Drang an, die Klinge zu ziehen, um dem Leben dieser jämmerlichen Kreatur ein Ende zu bereiten.

«Ich weiß, wo die Sachen sind, nach denen du suchst», erwiderte Lambi.

Hakon dämpfte die Stimme: «Die Stoßzähne?»

Als Lambi nickte, fuhr es Hakon eiskalt über den Rücken. Also doch! Er drehte sich zu den Dänen um und bat sie, ihn und Ketil, den er ins Vertrauen gezogen hatte, mit Lambi allein zu lassen. Die Krieger waren zwar überrascht, taten ihm aber den Gefallen und zogen sich zurück.

«Woher weißt du von dem Elfenbein?», fragte Hakon.

«Von Thordis natürlich.»

Es fiel Hakon schwer nachzuvollziehen, warum sie den versoffenen Kerl eingeweiht hatte.

«Da es nicht mehr in der Hütte war, haben wir die ganze Gegend danach abgesucht», erklärte Lambi, und ein Ausdruck, der wohl ein verächtliches Grinsen sein sollte, legte sich über sein Gesicht. «Du hältst dich für schlau, Jarl. Aber das Versteck hinter dem Wasserfall hätte auch meine Großmutter gefunden, wenn sie noch leben würde, und die war blind ...»

«Komm zur Sache, Lambi! Wo ist das Elfenbein jetzt?»

Das verzerrte Grinsen wurde breiter. «Erst schwörst du mir, dass die Seherin mich heilen wird.»

«Und wenn ich das nicht tue?»

«Dann wird dir der Bischof wohl zuvorkommen.»

«Der Bischof?», stieß Ketil aus. «Ich dachte, der ist längst auf einem Schiff, wenn er nicht getötet wurde. Wo ist der verfluchte Schweinehund?»

«Ich rede nur mit dem Jarl», entgegnete Lambi patzig.

Ketil brauste auf, doch Hakon legte ihm beruhigend eine Hand auf den Arm.

«Die Seherin», sagte Hakon, «wird versuchen, dich zu heilen.»

Ketil knurrte angriffslustig, schwieg aber.

Lambis knabenhaftes Gesicht hellte sich auf. «Schwörst du mir das wirklich?»

«Im Namen der Götter!»

Lambi schien erleichtert. Dann erzählte er, was er wusste. Hakons Herz schlug schneller.

«Und nun schaff endlich das Zauberweib ran», fauchte Lambi, als er geendet hatte.

Hakon erhob sich und rief nach den Dänen.

«Sind eure Waffen noch immer durstig nach Blut?», fragte er.

Ein Mann trat vor, ein stämmiger Däne. An seinem Handgelenk glitzerten Silberreifen im Sonnenlicht, als er hinunter zur Mündung des Nid zeigte, wo mehrere Schiffe zum Fjord gerudert wurden. «Willst du, dass wir die Rogaländer verfolgen, Jarl?»

«Das wäre sinnlos», erwiderte Hakon. «Ich möchte, dass ihr diesem Mann hier beide Beine abschlagt!»

«Nein!», kreischte Lambi. «Du hast geschworen ...»

Hakon schaute auf ihn herab. «Ich habe geschworen, dass die Seherin deine Wunden heilt – wenn es in ihrer Macht steht.»

Die Dänen lachten. Schwerter wurden gezogen und Äxte gehoben.

«Lasst ihn dann einfach hier liegen», sagte Hakon. «Die Seherin wird irgendwann nach ihm schauen.»

«Aber ... bis dahin werde ich verbluten!», jammerte Lambi.

«Das hoffe ich», erwiderte Hakon und wandte sich zum Gehen.

13.

Jarlshof

Sie duckten sich hinter die mit Moos bewachsene Feldsteinmauer und schauten darüber hinweg in den Jarlshof.

«Da ist niemand mehr», meinte Ketil.

Den Eindruck hatte Hakon auch. Dennoch wollte er sichergehen und schickte den Raben voraus. Der Vogel schlug die Flügel durch und drehte eine Runde über dem Hof, bevor er durch die geöffnete Tür im Wohnhaus verschwand. Gleich darauf tauchte er wieder auf, landete auf der Mauer und hackte mit dem Schnabel in einen Spalt zwischen zwei Steine, dass Moos und Erdklumpen nur so herumspritzten.

«Der ist ja vollkommen aufgebracht», sagte Ketil. «Was hat er denn?»

Hakon zuckte mit den Schultern. Da beendete der Rabe sein merkwürdiges Schauspiel und flog erneut ins Wohnhaus. Nun war Hakon überzeugt, dass ihnen von dort keine Gefahr drohte. Er sprang auf und lief zum Tor. Ketil folgte ihm, in der Hand Lambis Schwert. Die Dänen hatten sie bei der Thorsspalte zurückgelassen; je weniger sie vom verschwundenen Elfenbein wussten, desto besser.

Hakon und Ketil liefen über den Hof, kamen an Geräteschuppen und Hütten vorbei. Nirgendwo regte sich etwas, nicht einmal Vieh war zu sehen. Vor dem Wohnhaus lag eine Kiste, aus der Kleidungsstücke gefallen waren, vielleicht Thordis' Kleider. Gleich daneben waren frische Spuren von Rädern. Aus dem Haus hallten ihnen laute, durchdringende *kek-kek-kek*-Rufe entgegen.

An der Tür blieben sie stehen. Als Hakon sah, in welchem Zustand sein Haus war, stieß er einen Fluch aus. Er zog das Schwert, dann stürmten sie hinein. Der Boden war übersät mit Tongefäßen, Scherben, zerschnittenen Seilen, Kleidern und anderen Gegenständen, als hätte hier ein heftiger Sturm gewütet.

Der Rabe war nicht zu sehen, nur sein aufgeregtes Krächzen war zu hören.

Hakon folgte den Geräuschen und entdeckte den Raben hinter einem umgekippten Fass, wo er auf einer nackten Frau kauerte, den weit geöffneten Schnabel auf einen mit Stofffetzen verbundenen Kopf gerichtet.

Thordis!

Ein Messer steckte in ihrer linken Brust.

Er schob das Schwert in die Scheide, kniete neben ihr nieder und verscheuchte den aufgebrachten Raben, der noch immer wie von Sinnen krächzend auf dem Fass herumhüpfte. Er hatte wirklich allen Grund, diese Frau zu hassen. So wie Hakon. Doch in diesem Moment fühlte er nichts. Keinen Hass, keine Wut, nur eine tiefe, innere Leere.

«Sei still!», herrschte er den Raben an. «Sie hat ihre Strafe bekommen!»

Der Rabe stieß den Schnabel einige Male so hart auf das Fass, dass Holzsplitter herumwirbelten, bevor er endlich durch die Tür davonflog.

«Wir müssen den Bischof verfolgen», hörte er Ketil sagen.

Hakon reagierte nicht. Er berührte den verbundenen Kopf. Sie war die Mutter seiner Tochter, und er musste wissen, was aus ihr geworden war – aus der Frau, die einst die Schönste im Naumudal, vielleicht im ganzen Norden, gewesen war. Die behauptet hatte, sie würde ihn lieben. Und die durch ihren Verrat so vielen Menschen Tod und Unglück gebracht hatte.

Er begann, die Stofffetzen zu lösen, wickelte sie vorsichtig ab und legte darunter ihr entstelltes Gesicht frei. Die freiliegenden Zähne grinsten ihn aus dem lippenlosen Mund an. Von der Nase waren nur die Löcher geblieben und Wangen, Stirn und Kinn mit Narben überzogen. Doch ihre Augen schimmerten noch immer hell und klar wie Edelsteine aus dieser grausam entstellten Grimasse.

Hakon dankte den Göttern, dass der Rabe nicht sein Feind war.

Er spürte Ketils Hand, die sich auf seine Schulter legte und ihn sanft, aber bestimmt von Thordis wegzog. Er erhob sich, und mit einem Mal fühlte er eine tiefe Müdigkeit, die ihn überkam.

Aber noch konnte er sich nicht ausruhen. Noch war der Kampf nicht beendet.

Die Spuren des Karrens führten hinter das Wohnhaus, durch das Tor und dann weiter über den Trampelpfad an mit Unkraut überwucherten, unbestellten Äckern vorbei bis zur Bucht.

Oberhalb der etwa zehn Fuß tief abfallenden Steilküste gingen Hakon und Ketil in Deckung.

Etwa fünf Schiffslängen vom Ufer entfernt dümpelte ein geräumiger Lastenkahn auf dem Fjord. Das Wasser hatte sich weit zurückgezogen und große, mit Seetang bewachsene Steine freigelegt, die ein Anlanden des Byrdings zu gefährlich machten. Am Ufer lag ein Ruderboot, bei dem drei Männer damit beschäftigt waren, die Stoßzähne zu verladen.

Einer der Männer war der Bischof. Hakon erkannte ihn sofort wieder, obwohl ihre letzte Begegnung in Haithabu bereits einige Jahre zurücklag. Die anderen Männer hatte er noch nie gesehen. Aber der eine konnte nur dieser Skammkill sein, ein ungewöhnlich großer Kerl, fast noch größer als Ketil. Der andere war wahrscheinlich derjenige, der den Kahn an Land gerudert hatte, mit dem sie das Elfenbein zum Byrding bringen wollten.

«Diese Schweinehunde!», zischte Ketil und berührte die Narbe an seinem Hals. Er hatte einmal erwähnt, sie stamme von einem Biss. «Denk dran, du hast ihn mir versprochen. Sein Schädel gehört mir! Mir ganz allein!»

«Dieser Skammkill sieht nicht aus wie ein Mann, der sich einfach ergeben wird», sagte Hakon.

«Was sollen wir also tun, Jarl? Zuschauen, wie sie abhauen?»

«Nein, wir ...»

Da bemerkte Hakon bei einem Felsbrocken in der Nähe des Ruderkahns eine Bewegung – plötzlich flogen von dort Steine. Der Sachsenkrieger wurde am Kopf getroffen, wankte und fiel dann ins flache Wasser. Der Hüne überwand als Erster den Moment der Verwirrung und griff nach einer Streitaxt im Karren, in dem nur noch zwei Stoßzähne lagen. Steine prallten von ihm ab, was er überhaupt nicht zu bemerken schien, und dann stapfte er mit der über den Kopf erhobenen Axt auf den Felsbrocken zu.

Der Bischof war hinter dem Ruderboot in Deckung gegangen und rief den Hünen zurück. Doch der dachte nicht daran, sondern lief immer weiter, während er von Steinen getroffen wurde. Jetzt konnte Hakon auch die Werfer sehen, zwei Frauen und ein Mann. All das geschah so schnell und unerwartet, dass er einen Augenblick brauchte, um zu begreifen, was dort vor sich ging.

Eine der Frauen war Malina! Bei den Göttern, was machte sie da? Und wer waren die anderen beiden? Der Mann mit dem schiefen Gesicht, das aussah wie ein zertretener Apfel – das war doch Skjaldar!

Der Hüne war nun bei ihnen angelangt und schlug mit der Axt nach dem Hauptmann. Skjaldar wich aus und zog sich einige Schritte zurück, während Malina und die andere Frau den Angreifer weiter bewarfen. Ein Stein traf ihn an der Schläfe, er taumelte kurz und schüttelte den Kopf, bevor er sich wieder fing und erneut die Axt schwang.

Da endlich lösten sich Hakon und Ketil aus ihrer Erstarrung.

14.

Bucht beim Jarlshof

Fassungslos beobachtete Poppo, wie Skammkill gegen die anderen kämpfte. Diese verdammten Bastarde! Wo kamen sie mit einem Mal her?

Oh, hätte Poppo den Hauptmann doch nur gleich getötet!

Er rief noch einmal nach Skammkill, der ihn aber in seiner Raserei nicht hörte. Sie mussten die Stoßzähne zum Schiff bringen! Alles andere war unwichtig.

Poppo kam aus der Deckung hinter dem Ruderboot und lief zum Karren, um die letzten beiden Stoßzähne zu holen, als er zwei andere Männer die Böschung herunterrutschen sah, die, als sie auf dem Strand waren, Schwerter zogen.

Allmächtiger, das waren der Jarl und der falsche Mönch! Hatten sich denn alle bösen Mächte gegen Poppo verschworen?

Er nahm die Stoßzähne aus dem Karren, hastete damit zum Boot zurück und warf sie hinein.

«Skammkill!», schrie er. «Du musst mir helfen, das Boot ins Wasser zu schieben!»

Der Dickschädel hörte wieder nichts.

Wie verloren stand Poppo einen Augenblick lang untätig herum und musste mit anschauen, wie sich der Mönch Skammkill von hinten näherte. Und der Jarl kam in Poppos Richtung! Wie er den Kerl hasste! Dunkle Strähnen hingen ihm ins blasse, versteinerte Gesicht, und die Schwertklinge glänzte im Sonnenlicht.

Poppo wirbelte herum. Er hatte keine andere Wahl, als Skammkill zurückzulassen. Das Elfenbein musste in Sicherheit gebracht werden. Davon hing alles ab! Alles! Er warf sein Schwert ins Boot und stemmte sich mit aller Kraft gegen den vollgeladenen Kahn, bis der endlich über tieferes Wasser kam und aufschwamm. Er kletterte hinein und stieg über die Stoßzähne, über die er beinahe gestolpert wäre, bis er die Ruderbank erreichte. Schnell legte er die Riemen ein und zog sie kräftig durch. Der Kahn nahm Fahrt auf.

Der Jarl war am Ufer stehen geblieben.

Poppo hielt die Ruder still und hörte das Wasser herabtropfen und vom Strand die lauten, aufgeregten Rufe und Kampfgeräusche. Noch war er etwa drei, vier Schiffslängen vom Byrding entfernt, aber er konnte nicht weiterrudern. Sein Körper war wie gelähmt.

All die Jahre hatte Skammkill ihn beschützt, war immer an seiner Seite gewesen. Er hatte sich auf den Mann, der ihm ein Rätsel geblieben war, verlassen können. Ein treuer Gefährte. Ein Freund. Und nun musste Poppo ihn im Stich lassen.

Er sah Skammkill wie von Sinnen mit der Axt um sich schlagen. Doch der Hauptmann konnte den Hieben ausweichen, ja, er tanzte geradezu um ihn herum, als wolle er ihn verhöhnen. Und dann kam der von Gott abgefallene Mönch hinzu und stieß Skammkill von hinten die Schwertklinge in eine Kniekehle. Skammkill drehte sich um, aber da war der Mönch schon zurückgewichen, und der Axthieb ging ins Leere. Nun wurde Skammkill von dem Hauptmann angegangen, der ihm das Schwert ins andere Bein stach. Skammkill – der unbesiegbare Skammkill! – sank auf die Knie, hielt dabei die Angreifer aber noch immer mit der Axt auf Abstand, bis die Frauen mehrere Steine gegen seinen Kopf warfen. Blut färbte den bleichen Schädel rot, und die Axthiebe fuhren unkontrolliert durch die Luft. Der Mönch wagte einen Vorstoß. Sein Schwert blitzte im Sonnenschein auf, bevor es Skammkills rechte Hand abtrennte. Hand und Axt fielen zu Boden. Sein gewaltiger

Körper schwankte auf den Knien hin und her wie ein morscher Baum.

Poppo schluckte schwer. Er klemmte sich die Griffe der Riemen unter die Achseln und faltete die Hände vor der Brust. Dann betete er still für Skammkills Seele. Das war das Einzige, was er noch für ihn tun konnte.

Da sah er oben auf der Böschung weitere Krieger auftauchen, erst nur ein Dutzend, doch binnen weniger Augenblicke füllte sich die Küstenlinie mit Männern.

Poppo beendete das Gebet und warf sich wieder in die Riemen. Sicher waren unter den Kriegern Bogenschützen.

Der Jarl stand noch immer wie erstarrt am Ufer. Wartete der Götzenanbeter auf etwas?

Beim Rudern schaute Poppo erneut zu Skammkill, und es erfüllte ihn mit ohnmächtiger Wut und Trauer, als er hilflos mit ansehen musste, wie der Mönch die Axt vom Boden aufhob und sie an den Hauptmann weiterreichte. Der Bastard, dieser dreckige Köter, holte aus und ließ die Axt auf Skammkills Schädel niederfahren.

«Gott wird deine Seele empfangen, mein Freund», stieß Poppo aus und ruderte weiter, wobei er über die Schulter zum Schiff schaute, um den Kurs zu halten.

Als er wieder zum Land schaute, waren Dutzende Krieger die Böschung heruntergekommen und verteilten sich auf dem Strand.

Aber wo war der Jarl?

Hinter sich hörte er vom Schiff die Sachsen nach ihm rufen; sie trieben ihn zur Eile an.

Und dann hörte er andere Geräusche. Flügelschläge! Ein Schatten fiel über ihn, und sein Herz setzte einen Schlag aus, als mit einem Mal der Rabe im Heck des Ruderboots landete.

Der Höllenvogel!

Poppo musste an das zerstörte Gesicht der Teufelsfrau denken, und die Angst griff mit eiskalter Hand nach ihm. Er ließ die Riemen ruhen. Doch der Rabe stand ganz still da, den Kopf leicht schräg gelegt, den Schnabel halb geöffnet. Er schaute Poppo an.

Das Boot glitt übers Wasser, wobei es Fahrt verlor. Poppo wagte es nicht, sich zu bewegen.

Er war noch gut zwei Schiffslängen vom Byrding entfernt. Von Bord waren trampelnde Schritte auf den Planken und Stimmen zu hören.

Er musste versuchen, an das Schwert zu kommen, das irgendwo hinter ihm lag. Ganz langsam und vorsichtig löste er die rechte Hand vom Riemen, wobei er den Raben nicht aus den Augen ließ. Er führte die Hand hinter sich und tastete nach der Klinge. Da war sie! Er spürte den kalten Stahl. Seine Finger schoben sich an der Klinge entlang.

Um jedoch den Griff in die Hand zu bekommen, musste er sich nach hinten beugen, und als er das tun wollte, ließ mit einem Mal ein heftiger Ruck den Kahn erbeben.

Poppo verlor den Halt, stürzte rücklings zwischen die hin- und herrollenden Stoßzähne und sah im gleichen Moment zur rechten Seite den Jarl über der Bordwand auftauchen. Mit einem Schwung wuchtete er sich ins Boot.

Wasser tropfte ihm aus dem Haar auf den nackten Oberkörper. An den Handgelenken glitzerten Silberreifen, und um den Hals trug er an einem Lederband das Symbol des Götzen Thor. Er war nur noch mit einer kurzen Hose bekleidet – und er war unbewaffnet!

Ehe Poppo jedoch erneut das Schwert suchen konnte, war der Jarl über ihm und drückte ihm mit einer Hand die Kehle zu, während er mit der anderen Hand das Schwert zwischen den Stoßzähnen hervorholte.

«Bitte ... töte mich nicht», keuchte Poppo.

Fieberhaft dachte er darüber nach, wie er den Jarl von sich

herunterbekommen konnte. Unter den Sachsen auf dem Schiff waren Bogenschützen. Warum legten die nicht auf den Jarl an? Wo blieben die Pfeile? Hatten die Narren Angst, Poppo zu treffen?

Er musste Zeit gewinnen.

Vom Thorshammer löste sich ein Wassertropfen und fiel auf Poppos Kinn.

«Bitte – du kannst alles haben ... das ganze Elfenbein», röchelte er. «Es gehört alles dir!»

Der Griff um seinen Hals wurde schwächer.

Der Jarl richtete sich über Poppo auf und zielte mit dem Schwert auf seine Brust. Die Spitze der Klinge schob sich unter das Kruzifix, und mit einem Ruck trennte der Jarl das Lederband durch. Das Kruzifix landete auf den Planken.

«Das ist es doch, was du willst – das Elfenbein», stammelte Poppo. «Lass mich laufen, und ich schwöre dir, dass ich dich und die Throender niemals wieder behellige ...»

Wo blieben die Pfeile? Der Jarl stand aufrecht da und bot ein hervorragendes Ziel.

Im Hintergrund hörte Poppo den Raben ein schauriges Krächzen ausstoßen. Sonst war nichts zu hören. Keine zischenden Pfeile, keine Stimme vom Schiff.

«Steh auf!», befahl der Jarl.

Poppo stützte sich auf die Ellenbogen, wobei er darauf achtete, den Kopf nicht zu hoch zu nehmen, damit ihn die Pfeile nicht treffen konnten.

«Ich mache dir einen Vorschlag, Hakon Sigurdarson», sagte er. «Du lässt mich zum Schiff schwimmen. Wenn ich im Sachsenland bin, lasse ich dir Gold zukommen. Viel Gold! Niemand wird etwas von unserer Abmachung erfahren. Hörst du! Das Gold und das Elfenbein machen dich zum reichsten Mann im ganzen Norden, zum mächtigsten Jarl, zum König ...»

Schießt endlich die Pfeile in den Bastard!, dachte er.

«Ein Schiff?», fragte der Jarl. «Von welchem Schiff sprichst du, Munki?»

Poppo riss den Kopf herum. Die Sachsen hatten die Riemen ausgelegt und entfernten sich von der Bucht. Diese Feiglinge! Diese verfluchten Feiglinge!

Er setzte sich auf und schaute am Jarl vorbei zum Ufer. Da waren Dutzende Bogenschützen. Sie hatten am Strand und auf den Felsen Stellung bezogen.

Allmächtiger – sollte es so enden? War es Gottes Wille, dass sein ergebener Diener, der die Liebe des Herrn immer über alles stellte, auf diese Weise sein Leben beendete? Dass er von einem halbnackten Barbaren erschlagen wurde?

«Steh auf!», wiederholte der Jarl.

«Und was dann?», erwiderte Poppo. «Wirst du mir den Kopf abschlagen, so wie sie es mit Skammkill getan haben?»

«Du nimmst jetzt die Riemen und ruderst uns an Land.»

«Warum?»

«Dort wartet jemand auf dich.»

Poppo schaute wieder zum Ufer, und ein heiserer Laut drang aus seiner Kehle, als er die hagere, abgemagerte Gestalt erkannte. Sie hatte sich vor die Bogenschützen geschoben und stand bis zu den Knien im Wasser.

«Oh, Gott! Töte mich! Bitte – töte mich», flehte er den Jarl an.

Der holte aus und schlug ihm den Schwertgriff gegen die Schläfe. Das Letzte, was Poppo hörte, war das Krächzen des Raben, bevor die Welt in tiefer Finsternis versank.

Er erwachte mit dröhnendem Schädel unter einem freundlichen, strahlend blauen Himmel.

Wie aus weiter Ferne drangen Stimmen und Gelächter an seine Ohren. War er im Paradies? Aber warum hatte er dann solche Kopfschmerzen? Und diese Stimmen? Sie kamen ihm bekannt vor.

Da hörte er metallische Schläge, und in seiner rechten Hand zuckten höllische Schmerzen auf.

Er versuchte, den Arm zu bewegen, doch er wurde festgehalten, und als er den Kopf drehte, stockte ihm der Atem. Durch seine Handfläche war ein großer Nagel in einen Holzbalken getrieben worden. Panik überkam ihn. Er wollte die linke Hand zu Hilfe nehmen, um den Nagel herauszuziehen, als erneut Hammerschläge ertönten, dieses Mal von der anderen Seite, und auch die andere Hand brannte wie Feuer.

Um ihn herum begann sich die Welt zu drehen. Das, worauf er lag, bewegte sich in die Höhe.

Er würgte und musste sich übergeben. Als er aufrecht stand und an sich herabschaute, sah er, dass er vollkommen nackt war. Seine Füße waren mit einem Seil an einen Balken gefesselt und schwebten über dem Boden.

Er hob den Kopf. Durch einen Tränenschleier sah er die Menschen, die gekommen waren, um sich an seinem Leid zu ergötzen. Um zu sehen, wie man ihn an das Kreuz nagelte, das er zur Ehre des Allmächtigen hatte aufstellen lassen. Das mussten Hunderte Menschen sein, die sich zwischen der Kirche und seiner Wohnhütte und auf den umliegenden Felsen und Hügeln drängten.

Sie lachten über ihn.

Er blickte in Gesichter, die von Hass und Triumph gezeichnet waren. Seine Gemeinde! Da waren Menschen, die seine Kirche besucht hatten. Denen er Gottes Worte gepredigt hatte.

Dieses undankbare Gesindel!

Die Schmerzen wurden von einer ohnmächtigen Wut weggeschwemmt. Er sammelte seine letzten Kräfte, pumpte Luft in den Oberkörper und schrie: «Der Herr ist allmächtig! Für eure Sünden werdet ihr Gotteslästerer auf ewig in der Hölle brennen ...»

Überall in der guten und christlichen Welt wären die Menschen vor Angst zusammengefahren. Sie hätten um Vergebung und Gnade gewinselt, wenn er – der Bischof – sie der schwersten Verbrechen vor Gott anklagte – doch die Barbaren lachten nur noch lauter.

«Lazarus, o heiliger Lazarus», flüsterte Poppo. «Deine Reliquie ist mir verwehrt worden. Bete für meine Seele, damit der Herr auch mich auferstehen lässt. Mein Auftrag ist nicht erfüllt ...»

Das Gelächter erstarb, als plötzlich jemand vor ihn trat. Es war die Seherin. In der rechten Hand hielt sie einen länglichen Gegenstand, über dem sich Rauch kräuselte. Ein eiserner Schürhaken, und die Spitze glühte rot.

Poppo schloss die Augen. Er spürte die Hitze näher kommen und dann den grausamsten aller Schmerzen. Er roch sein verbranntes Fleisch, und da wusste er, wo er war: Er war in der Hölle – und die Hölle befand sich hier. In Hladir.

15.

Hladir

Die Sonne war an diesem Abend im letzten Sommermonat, dem *haustmánuðr*, bereits untergegangen, und nun erhellte der Schein der Feuer die Nacht. Einige hundert Menschen waren auf der Festwiese von Hladir zusammengekommen. Drei Monate nach der Schlacht gab es zwar nicht viele Vorräte, da aber jeder so viel mitgebracht hatte, wie er entbehren konnte, mangelte es weder an Essen noch an Getränken. Flackernde Schatten fielen über die Tische mit Bechern, Krügen, Schüsseln und Holzplatten, auf denen sich Knochen und Fischgräten häuften. Die Menschen aus der Stadt feierten mit den dänischen Kriegern und vielen Bauernsippen aus den Throender-Fylki den Sieg über Harald Graufell und Bischof Poppo.

Und sie feierten eine Hochzeit.

«Bringt mehr Honigwein!», rief Ketil und schwenkte einen leeren Krug.

«Du hast bereits drei Krüge Met getrunken», ermahnte ihn Malina, die neben ihm an einem der langen Tische saß.

Ketil beugte sich weit nach vorn, wobei er mehrere Becher umstieß und schaute zu Hakon auf Malinas anderer Seite.

«Hast du dir das wirklich gut überlegt, Jarl?», lallte er.

Hakon stellte seinen Becher neben dem Raben ab, der gleichzeitig ein Bein und einen Flügel ausstreckte, um sich mit einer Kralle am Hinterkopf zu kratzen.

Auch Hakon war nicht mehr nüchtern, aber Ketil war der betrunkenste Mann am Tisch, vermutlich auf der ganzen Feier.

«Du weißt doch, wie die Frauen sind», sagte Hakon. «Erst versprechen sie dir das Blaue vom Himmel, und dann zählen sie dir jeden Schluck Wein in den Hals.»

Ketil lachte dröhnend. «Der Jarl hat einen Scherz gemacht! Habt ihr das gehört? Er hat einen Scherz gemacht. Dass ich das noch erleben darf!»

Hakon spürte einen Stoß, als Malina ihn in seine rechte Seite knuffte. «Dann halt dich mal ran, wenn du den Munki beim Trinken noch einholen willst!», sagte sie mit gespielter Strenge.

Ketil schlang einen Arm um Malinas Schultern. «Hab ich's dir nicht immer gesagt, Jarl? Du hast die Beste zum Weib genommen ... na ja ... die Zweitbeste ...»

Schnell zog er seinen Arm zurück und drückte der Frau an seiner anderen Seite mit den fettigen Lippen einen Kuss auf die Wange.

«Natürlich bist du meine Allerbeste, Dalla.»

Die Magd wich mit gequältem Grinsen vor Ketils weinschwerem Atem zurück, und als in dem Moment Skjaldar vor den Tisch wankte, stand sie auf, verabschiedete sich und erklärte, sie werde für Ketil das Bett schon einmal anwärmen. Wenn er denn irgendwann den Heimweg finden würde.

«Sie ist die Beste», schwärmte Ketil und schaute ihr versonnen nach.

«Dann trink halt mit mir!», sagte Skjaldar.

Er schob sich gegenüber von Ketil auf die Bank. Die Männer, die dort saßen, klopften ihm auf die Schultern und hielten ihm ihre Becher hin. Noch unzählige Male wurden in dieser Nacht die Becher erhoben.

Der Bonde Asgaut Thorgilsson prostete Hakon von einem anderen Tisch aus zu, und Hakon erwiderte die Geste. Asgaut hatte bei der Schlacht seinen Sohn Leiknir verloren. Ihn und etwa vierzig andere Männer hatte man in den Tagen nach den Kämpfen bestattet.

Unter den Feiernden war auch Geirrid. Die Throender hätten allen Grund gehabt, sie für den Verrat zu hassen. Doch sie hatten ihr verziehen, nachdem bekannt geworden war, dass der Bischof sie erpresst und dass sie bei der Befreiung von Thrandheim eine wichtige Rolle gespielt hatte.

So wie Malina.

Er war glücklich, dass sie wieder bei ihm war. Er hatte ihr viel zu verdanken und häufig an Asnys Prophezeiung denken müssen, sein Schicksal hänge von Malina ab. Und war es nicht genauso gekommen? Sie hatte viele Menschen gerettet: Eirik und Aud, Skjaldar, Geirrid und deren Kinder, und sie hatte den Bischof und den Hünen aufgehalten. Die Nornen hatten Hakons und Malinas Schicksalsfäden fest miteinander verwoben.

«Und wie ich den Dreckskerl ausgetanzt habe», rief Skjaldar.

«Wenn ich nicht hinzugekommen wäre, würdest du heute noch mit Skammkill tanzen», entgegnete Ketil.

Skjaldar dämpfte die Stimme, und seine Augen bekamen einen milden Ausdruck. «Habe ich dir eigentlich schon dafür gedankt, ich meine, so ganz richtig gedankt, dass du mir den Vortritt gelassen hast und ich den Bastard töten durfte ...?»

Malina beugte sich zu Hakon hinüber und flüsterte: «Das hat er doch mindestens schon zwei Dutzend Mal getan.»

«Wenn's reicht.» Hakon ergriff Malinas Hand. «Und wie oft habe ich dir gesagt, dass ich glücklich bin, dich wieder bei mir zu haben?»

Malina hob die Augenbrauen. «Nun, zumindest hast du das vor zwei Monaten gesagt, bevor du mich gefragt hast, ob ich noch immer deine Frau werden möchte.»

«Ich bin glücklich, dich bei mir zu haben», sagte er schnell.

«Oh, übernimm dich bitte nicht!» Sie lächelte, und ihre allmählich verblassenden Sommersprossen bewegten sich im Feuerschein.

«Und wenn du deinen Freunden im Trinken nacheifern möchtest, halte dich nur ran», fügte sie hinzu.

«Ich danke dir, mein Freund», sagte Skjaldar und rief dann in die Runde: «Dieser Mann hier, der Isländer Ketil Kormakson, hat Skammkill den Unbesiegbaren gefällt – mit meiner Hilfe, natürlich. Skammkill, den Riesen! Er hatte einen Schädel aus Stein und die Kraft von fünf Ochsen! Aber er, mein Freund Ketil Kormakson, hat dem Bastard die erste Wunde geschlagen. Gibt's hier nirgendwo einen Skalden, der ein Preislied auf uns beide dichten kann?»

Da die Menschen den beiden zwar zujubelten, sich aber kein Dichter finden ließ, verlegten sie sich wieder aufs Trinken.

Malina drehte ihre Hand und schob ihre Finger zwischen die von Hakon. «Ich verstehe dich. Es gibt so viele Dinge, die du bedenken musst, und ich weiß, welche Anstrengungen dich der Wiederaufbau der Stadt und des Jarlshofs kostet und welche Sorgen du dir machst, damit die Menschen genug zu essen für den Winter haben.»

Hakon wandte sich an Pálnir, der zu seiner linken Seite saß und bislang nicht viel gesprochen hatte. «Ich hatte gehofft, mein Blutsbruder würde uns dabei helfen.»

Pálnirs Auge blitzte auf. «Du weißt, wie die Männer entschieden haben. Ich kann sie nicht allein ziehen lassen.»

Mehrfach hatte Hakon den Dänen angeboten, sich in Hladir niederzulassen. Es gab freie Hütten und auch genug Frauen, die ihre Männer im Krieg verloren hatten. Aber Pálnirs Gefolgsleute waren Krieger, Männer der See, die den Wind in den Ohren rauschen und die Wellen unter den Planken spüren wollten. Sie hatten die vier Schiffe, mit denen sie hergekommen waren, wieder seetüchtig gemacht und in den Hafen von Hladir gebracht, wo sie zum Auslaufen bereitlagen. Es war Pálnirs Überredungsgeschick zu verdanken, dass die Dänen nicht längst das Weite gesucht hatten, nachdem Hakon sie mit der Hälfte der Stoßzähne entlohnt hatte. Stattdessen hatten sie beim Ausbessern der Gebäude geholfen, hatten Dächer abgedichtet und Wände verputzt, und sie waren mit den Throendern auf Fischfang und Jagd gegangen.

«Wenn du wieder Ärger mit Graufell oder dem alten Blauzahn bekommst», sagte Pálnir, «werde ich alles tun, was in meiner Macht liegt, um dir zu helfen. Aber auch ich habe einen Krieg zu führen.»

«Wären die Zeiten andere», entgegnete Hakon, «würde ich dich nach Jumne begleiten und an deiner Seite für dein Erbe kämpfen!»

«Falls Jumne nicht längst von den Polanen und Böhmen eingenommen wurde ...»

«Mehr Wein!», dröhnte Ketils Stimme.

Endlich erbarmte sich eine Magd und schlurfte mit einem vollen Krug heran, den sie mit einem Knall vor dem lärmenden Ketil abstellte.

«Das ist mein vierter Krug Met», rief Ketil.

Unter dem Tisch holte er ein Paar Stiefel hervor und hielt sie in die Höhe. Dabei legte er den Kopf in den Nacken und rief, während sein Oberkörper bedrohlich hin- und herschwankte, zu den Sternen hinauf: «Hörst du, mein Alter, das ist der vierte Krug – und wenn ich ihn leer getrunken habe und von der Bank falle, lecke ich deine Stiefel ab.»

Hakon wandte sich wieder an Malina und bat sie, auf Ketil achtzugeben, bevor er sich mit dem Vorwand, sich erleichtern zu müssen, vom Tisch zurückzog. Der Rabe flog auf seine Schulter, und Hakon spürte Malinas Blicke im Rücken, als er in der Dunkelheit verschwand.

Ihr kann ich nichts vormachen, dachte er.

Aber es gab noch jemanden, den er in dieser besonderen Nacht sehen musste.

«Die Prophezeiung hat sich erfüllt», sagte er leise und wartete auf eine Reaktion.

Asny zerbrach eine Handvoll dünner Äste und streute sie über das kleine Feuer vor ihrer Hütte. Nach der Rückkehr hatte sie Hakon gebeten, ausgerechnet im Haus des Bischofs wohnen zu dürfen, das er eigentlich mitsamt der Kirche einreißen wollte. Stattdessen hatten sie die Kirche zu einem Tempel umgebaut, in dem die Seherin nun zu den Göttern betete.

«Hast du daran gezweifelt?», erwiderte sie nach einer Weile.

Sie starrte in die Flammen, die sich knisternd durch die Äste fraßen. Das nachgewachsene Haar fiel wie goldenes Wasser über ihren Rücken. Seit sie den Bischof getötet hatte, mied sie die Menschen und ließ sich nur von Hakon und Ketil hin und wieder besuchen.

Hakon überlegte, ob er sie bitten sollte, ihn zum Fest zu begleiten, ahnte jedoch, dass es keinen Sinn haben würde. Asny tat nichts, was sie nicht wollte. Da war sie wie er.

«Es ist ein besonderer Abend», sagte er. «Malina und ich haben geheiratet.»

Sie warf weitere Zweige ins Feuer, und ihre Tätowierungen tanzten im Flammenschein. Dann hob sie den Kopf und schaute zu den Sternen.

«Auch Velva, Aki und Gyda freuen sich mit euch», sagte sie.

«Du vermisst deine Familie sehr.»

«Es geht ihnen gut.»

«Du hast uns – mich und Ketil und all die anderen. Wir sind deine Sippe. Du gehörst zu uns ...»

«Eine Seherin gehört zu niemandem», stieß sie überraschend scharf aus.

Hakon beugte sich vor und berührte sie vorsichtig am Arm. Sie zuckte zusammen, wehrte sich aber nicht dagegen. Hakon zog die Hand wieder zurück.

«Die Throender warten auf mich», flüsterte er.

Ihr Blick war noch immer in den Nachthimmel gerichtet. Als Hakon sich abwenden wollte, glaubte er, auf ihren Wangen Tränen glitzern zu sehen.

Nachwort

Die Erichssöhne traten nun die Herrschaft in Norwegen an, nachdem König Hakon (der Gute) gefallen war.»

So beginnt die «Geschichte von Harald Graumantel» in der *Heimskringla*, den Büchern über die norwegischen Könige (Ausgabe Thule, 1922). In mehreren Kapiteln behandelt der Verfasser die Kämpfe der Söhne von Eirik Blutaxt Haraldsson um die Vorherrschaft in den Ländern am Nordweg, dem heutigen Norwegen. Dort stießen die um das Jahr 960 aus dem Exil zurückgekehrten Brüder und ihre Mutter Gunnhild jedoch auf heftigen Widerstand. Einer ihrer Gegner war Sigurd Hakonarsson, bis er der Überlieferung zufolge von Harald Eiriksson getötet wurde. Über Sigurds genauen Todeszeitpunkt gibt es unterschiedliche Angaben, vermutlich geschah es Anfang der 960er Jahre. Sigurds Erbe trat sein Sohn Hakon an, der als Jarl von Hladir den Feinden ebenfalls die Stirn bot.

Bei den Kämpfen um die Herrschaft ging es um finanzielle Interessen, etwa um die Abgaben aus dem landwirtschaftlich reichen Thrandheim, dem heutigen Troendelag, oder aus dem Handel mit den weit im Norden lebenden Samen und Finnen. Vor allem Pelze wurden dort gekauft, und einer Legende nach brachte dieser Handel Harald Eiriksson den Beinnamen *gráfeldr*, Graufell oder Graumantel, ein.

Die kriegerischen Auseinandersetzungen waren auch religiös motiviert. Während Graufell und seine Sippe den christlichen Glauben angenommen hatten, blieb Hakon – wie schon sein Vater Sigurd – ein Verfechter des alten Glaubens an Odin, Thor, Freyja und die vielen anderen Gestalten dieser bunten Götterwelt.

Von den Auseinandersetzungen zwischen den Gunnhildssöhnen und Jarl Hakon handelt der historische Roman *Das weiße Gold des Nordens*. Leider reißt die *Heimskringla* die damaligen Ereignisse nur sehr knapp an. In der Schrift heißt es dazu lediglich: «Jarl Hakon hatte einige Kämpfe mit den Gunnhildssöhnen zu bestehen, und viele Männer fielen auf beiden Seiten.»

Das sind nicht gerade viele Informationen, auf denen ein Autor historischer Romane seine Geschichte aufbauen kann; aber es lässt ihm Spielraum. Auch ich habe mir einige Freiheiten herausgenommen: Ob es beispielsweise Graufells verheerende Niederlage in der Bucht am Thrandheimfjord oder die Schlacht um Hladir, bei der die Rogaländer und Naumudaler die Stadt eingenommen haben, gegeben hat, weiß ich nicht. Möglich wäre es.

Zwischen Fiktion und dürftiger Überlieferung bewegt sich auch die Figur des Bischofs Poppo. Über den Mann ist kaum etwas bekannt. Einige zeitgenössische Chronisten erwähnen ihn vor allem im Zusammenhang mit der sagenumwobenen Eisenprobe. So schreibt beispielsweise Thietmar von Merseburg, dass der Dänenkönig Harald Blauzahn Poppo aufforderte, die Stärke des Christengotts anhand einer Eisenprobe zu beweisen. Das habe sich der Priester nicht zweimal sagen lassen, sondern freudig ein glühendes, «außerordentlich schweres Stück Eisen» herumgetragen – und dann vor dem Volke «die sichere Hand in die Höhe» gehoben. Daraufhin unterwarf sich der Dänenkönig «hocherfreut dem Joche Christi» und gehorchte bis ans Ende seiner Tage den göttlichen Geboten. Nun denn.

Der Chronist Adam von Bremen legte sogar noch eine Schippe drauf: Poppo soll in Adams Schilderung nicht nur «ohne zu zögern sofort ein glühendes Stück Eisen in die Hand genommen, es herumgetragen und die Hand daraufhin ganz unversehrt vorgezeigt haben». Nein, bei Adam hat der Bischof anschließend noch ein mit Wachs bestrichenes Gewand übergezogen und es anzünden lassen. Poppos Gewand brannte lichterloh, er betete, und nachdem die Feuersbrunst sich gelegt hatte, habe der Bischof felsenfest behauptet, nicht einmal den Rauch gespürt zu haben. Was für ein Schauspiel!

Die christlich motivierten, mythischen Verklärungen gingen mir denn doch zu weit. Da ich Poppos Eisenprobe aber beeindruckend fand und in den Roman übernehmen wollte, habe ich den Bischof eben zu einem Trick greifen lassen. Wer weiß schon, wie es wirklich gewesen ist?

Die Wundertat soll sich der Legende zufolge bei einem Hünengrab zugetragen haben, das etwa auf halber Strecke zwischen den Städten Schleswig und Flensburg in der schleswig-holsteinischen Gemeinde Sieverstedt steht. Dort fließt ein Bach, der heute «Helligbek» heißt. Für den Zeitpunkt der Taufe gibt es die unterschiedlichsten Angaben in den 950er und 960er Jahren. In diesem Roman habe ich die Taufe aus dramaturgischen Gründen auf den Anfang des Jahres 966 datiert.

Das Großsteingrab steht noch immer dort. Man muss nur ein wenig suchen, bis man endlich den Bach findet, an dem ein schmaler Pfad unterhalb der Landesstraße 317 und weiter an einer Hecke entlang zum Hünengrab führt. An der Stelle erzählt eine Schautafel von Poppos Eisenprobe am Hünengrab, das heute von einem Holzzaun umschlossen ist. Wenn man sich Zaun, Tafel und den zumindest im Herbst allgegenwärtigen Mais wegdenkt, kann man die Lagerfeuer riechen, die wilden Männer knurren hören und den Bischof auf dem Grab stehen sehen. Glauben Sie mir – ich war ja da.

Denn – was ist schließlich Dichtung, und was ist Wahrheit? Diese Frage stellt sich angesichts der phantastischen Schilderungen zeitgenössischer Chronisten wie Thietmar von Merseburg, Adam von Bremen oder Widukind von Corvey. Und sie stellt sich bei den Schriften des isländischen Politikers, Dichters und Geschichtsschreibers Snorri Sturluson, der nach Meinung einiger Wissenschaftler die ganze oder zumindest Teile der *Heimskringla* in der ersten Hälfte des 13. Jahrhunderts aufgeschrieben haben soll. In den Abhandlungen verschwimmen die Ereignisse, die sich meist viele Jahre vor der Niederschrift zugetragen haben, zu einem Mix aus Dichtung und Wahrheit. Wie im historischen Roman, wenn man so will.

Mythen ranken sich auch um die Stadt Jumne. Einige Forscher sind der Meinung, dass Jumne identisch sei mit der auf geheimnisvolle Weise versunkenen Stadt Vineta, und verorten Jumne beziehungsweise Vineta beim heute polnischen Wolin am Fluss Dziwna.

Auch könnte dort die legendäre Jomsburg aus der Jomswikinger-Saga gestanden haben, obwohl umstritten ist, ob es jemals diese Burg und eine solche Gemeinschaft wie die Jomswikinger gegeben hat. In der Saga tauchen zwar verbürgte Gestalten des Frühmittelalters auf, etwa Harald Blauzahn, der die Jomsburg angelegt haben soll. Erwähnt werden auch Blauzahns Sohn Sven Gabelbart und nicht zuletzt Jarl Hakon, der sich mit den Jomswikingern eine gewaltige Schlacht liefert. Die meisten anderen Männer aber, wie Toki oder dessen Sohn Pálnir, sind wohl reine Phantasiegestalten des unbekannten Verfassers; einige von ihnen habe ich in meinem Roman übernommen.

Der Angriff des Polanenfürsten Miesko I. und der Böhmen auf Wolin hat hingegen tatsächlich stattgefunden: Im September 967 eroberten sie die begehrte Handelsmetropole; dabei fand der mit den Wolinern verbündete Markgraf Wichmann den Tod.

Trotz ihrer historischen Ungenauigkeiten sind die alten Sagas wahre Fundgruben, etwa die von Kurt Schier übersetzte und hervorragend kommentierte *Egils Saga* oder die unter anderem von Klaus Böldl herausgegebenen, mehrbändigen *Isländersagas*. Einige Beispiele: In den Sagas von Kormak Ögmundarson oder Gunnlaug Schlangenzunge werden alte Holmgangsgesetze oder in der Gisli-Saga Traditionen der Blutsbrüderschaft detailliert beschrieben. Die phantastische Geschichte des Leithammels Fleygir habe ich der Saga vom Hochlandkampf entlehnt und den Spottvers, den der Skalde auf Hakon dichtet, in der Saga vom kriegerischen Björn aus dem Hitardal gefunden.

Bei den während der Thingversammlung auf der Halbinsel Frosta angewandten Gesetzen habe ich mich am Werk *Norwegisches Recht. Das Rechtsbuch des Frostothings* (Germanenrechte, Band 4) orientiert. Für Rituale und Visionen der Seherin Asny fand ich Anregungen in dem Werk *Seidr* von Jenny Blain. Da ich weder Ornithologe noch Rabenexperte bin, war das Buch *Die Weisheit der Raben* von Bernd Heinrich eine wertvolle Quelle. Darin beschreibt Heinrich anschaulich seine jahrelangen Beobachtungen und Erfahrungen mit diesen faszinierenden Vögeln. Ich habe mir erlaubt, einige der Eigenarten auf Hakons Raben zu übertragen. Etwa wie der Rabe einem toten Eichhörnchen in die Maulöffnung pickt, bis die Beute von innen nach außen gewendet ist. Oder welche Laute die Vögel in welchen Situationen ausstoßen. Oder wie der Rabe ein Elsternest zerlegt.

Noch ein paar Worte zum «weißen Gold des Nordens». Es ist nicht ganz korrekt, die Stoßzähne der Narwale mit Elfenbein gleichzusetzen, wie es in diesem Roman geschieht. Früher bezeichnete man die spiralförmig gedrehten Stoßzähne wohl als «Ainkhürn», da man einen solchen Zahn für das Horn eines Einhorns hielt. Das Material der Zähne war zu jenen Zeiten sehr begehrt, und das Gewicht wurde mit dem zehnfachen Wert in Gold aufgewogen; manche Quellen berichten auch vom Zwanzigfachen. Ich habe in dem Roman den Begriff Elfenbein synonym verwendet. Es erscheint mir wahrscheinlich, dass das damals auch viele Menschen getan haben, weil die Materialien sich optisch ähneln. Außerdem wurden die wertvollen Verzierungen etwa für Reliquienschreine sowohl aus Ainkhürn als auch aus Elfenbein hergestellt.

Wer sich an den Handlungsorten umschauen möchte, findet auf meiner Homepage www.axelsmeyer.de Fotos meiner Recherchereisen aus den vergangenen Jahren. Die Spurensuche führte mich nicht nur zum Poppostein, sondern auch nach Trondheim, Magdeburg, Quedlinburg mit Wipertikloster und Wolin. Die kürzeste Anreise hatte ich zu den Überresten der ehemaligen Slawenburg in Dierkow, heute ein Stadtteil von Rostock. Von der Burg sind nur noch die Umrisse undeutlich zu erkennen. Eine Fluchtburg, die aussehen könnte wie jene, auf die sich die Überlebenden flüchten, habe ich zufällig am schwedischen Tynn-See entdeckt; ich habe mir erlaubt, sie literarisch an den alten Nordweg zu exportieren.

Ortsnamen

Bei der Schreibung der Handlungsorte in diesem Roman habe ich mich weitgehend an die für das 10. Jahrhundert in Nordeuropa überlieferten Namen gehalten. Als eine Grundlage diente dabei das unter anderem von Rudolf Fischer herausgegebene Buch *Namen deutscher Städte*. Eine weitere Quelle war die Karte *Deutschland im Jahr 1000* aus G. Droysens Werk *Allgemeiner Historischer Atlas*, etwa für die damalige Schreibung der Flussnamen. Bei den Orten und Bezirken in Norwegen habe ich mich an den Bezeichnungen in der von Kurt Schier kommentierten *Egils Saga* orientiert.

Wenn eine historische Benennung nicht möglich oder meiner Meinung nach irreführend war, habe ich gegenwärtige Namen verwendet, etwa für das Skagerrak, die Verbindung zwischen der Nord- und der Ostsee. Das gilt auch für Haithabu, das ich korrekterweise Hedeby (oder altnordisch Heiðabýr) hätte nennen müssen. Ebenso habe ich für alte Herzogtümer wie Sachsen oder Franken moderne Namen verwendet.

Orte im 10. Jahrhundert

Aquisgranum – Aachen
Augusburg – Augsburg
Brema – Bremen
Colonia – Köln
Constantia – Konstanz
Dierkow – Slawensiedlung
(heute Stadtteil von Rostock)
Diusburg – Duisburg
Drudmunde – Dortmund

Erphesfurt – Erfurt
Essendria – Essen
Etzeho – Itzehoe
Franchonfurt – Frankfurt
Halberestat – Halberstadt
Halla – Halle
Hammaburg – Hamburg
Hildenisheim – Hildesheim
Hladir – Lade
(heute Stadtteil von Trondheim)
Jumne – Wolin
(Übereinstimmung nicht gesichert)
Kaupang – alter Handelsplatz
(beim heutigen Larvik)
Lidandisnes – Lindesnes
Magathaburg – Magdeburg
Magontia – Mainz
Mersburg – Merseburg
Nussia – Neuss
Ögvaldsnes – Avaldsnes
Padrabrunna – Paderborn
Quidilingaburg – Quedlinburg
Reganisburg – Regensburg
Ripen – Ribe
Salzpurc – Salzburg
Staveran – Stavoren
Strazburg – Straßburg
Treberi – Trier
Tunsberg – Tönsberg
Wolygast – Wolgast
Wormaza – Worms

Gewässer/Inseln

Elba – Elbe
Almera – Ijsselmeer
Baltisches Meer – Ostsee
Danubis – Donau
Egidora – Eider
Emsea – Ems
Gautelf – Göta älv
Hedinsey – Hiddensee
Mosella – Mosel
Nordmeer – Nordsee
Odera – Oder
Pyana – Peene
Rhenus – Rhein
Rujana – Rügen
Rura – Ruhr
Uznojim – Usedom
Varnowa – Warnow
Wesera – Weser

Danksagung

Bei der Realisierung des Romans haben mich wieder viele Menschen unterstützt. Ganz herzlich möchte ich mich bei euch bedanken, die ihr viel Zeit damit zugebracht habt, das Manuskript aufmerksam zu lesen und nach Fehlern jeder Art zu durchforsten. Meine kritischen Erstleser waren Birgit Borloni, Dörte Rahming, Thomas Reinecke und Nina Gottschalk. Sehr wichtig waren außerdem die fachkundigen Anmerkungen zum mittelalterlichen Leben von Ingo Ludwig, Saeta Godetide und Skjaldar Arwedson, der sogar bereitwillig eine Rolle in dem Roman als Hakons Hauptmann übernommen hat.

Mein Dank gilt zudem der Lektorin Grusche Juncker vom Rowohlt Verlag und der Redakteurin Katharina Rottenbacher, die mit ihrem unbestechlichen Blick fürs Detail dem Manuskript den letzten Schliff gegeben hat.

Eine große Hilfe waren auch Nicole, Stefan, Pepe und Matteo, die mich in Trondheim liebevoll aufgenommen, mir eine Unterkunft gegeben und ein Fahrrad geliehen haben, damit ich auf Hakons Spuren wandeln konnte.

Axel S. Meyer bei rororo

Das Buch der Sünden

Das Lied des Todes

Das weiße Gold des Nordens

96